EL ASESINATO
DE PITÁGORAS

MARCOS CHICOT

EL ASESINATO DE PITÁGORAS

DUOMO EDICIONES

Barcelona, 2015

© 2013 por Marcos Chicot Álvarez
© de esta edición, 2015 por Antonio Vallardi Editore S.u.r.l., Milán

Todos los derechos reservados

Primera edición en esta colección: marzo de 2015
Segunda edición: junio de 2015
Tercera edición: abril de 2016
Cuarta edición: noviembre de 2016
Quinta edición: noviembre de 2016
Sexta edición: octubre de 2017
Séptima edición: diciembre de 2018
Octava edición: marzo de 2020
Novena edición: septiembre de 2021

Duomo ediciones es un sello de Antonio Vallardi Editore S.u.r.l.
Av. de la Riera de Cassoles, 20. 3.º B. Barcelona 08012 (España)
www.duomoediciones.com

Gruppo Editoriale Mauri Spagnol S.p.A.
www.maurispagnol.it

Depósito legal: B. 17.911-2013
ISBN: 978-84-16261-20-8
Código IBIC: FA

Diseño de interiores:
Agustí Estruga

Composición:
Grafime

Impresión:
Grafica Veneta S.p.A. di Trebaseleghe (PD)
Impreso en Italia

NOTA A LA EDICIÓN DE 2016

Debido al rigor histórico de la novela, en mayo de 2015 la ciudad de Crotona –donde Pitágoras desarrolló hace 2.500 años su extraordinaria labor– invitó a Marcos Chicot y le entregó la distinción *Encomio Solenne* (Alabanza Solemne), por haber «dado visibilidad internacional a la figura de Pitágoras». Unos meses más tarde, la novela volvió a ser galardonada, en esta ocasión con el prestigioso *Premio per la Cultura Mediterranea*. El autor viajó a Italia en octubre de 2015 para recibir el premio.

Lo que comenzó siendo un libro autopublicado, el intento de un padre por garantizar el futuro de su hija con síndrome de Down, se convirtió el mismo año de su publicación en el ebook en español más vendido del mundo. Posteriormente, ya en papel, se ha transformado en uno de los sucesos literarios más destacados de los últimos años: una novela especial que ha recibido la alabanza unánime de los lectores y de la crítica, un fenómeno extraordinario que no deja de crecer y que de momento se ha publicado en una veintena de países.

www.marcoschicot.com/es/el-asesinato-de-pitagoras#Lahistoriadetrasdelanovela

Para Lara, y para todas
las personas que a lo largo de la vida
me han hecho sentir su cariño.

Gracias

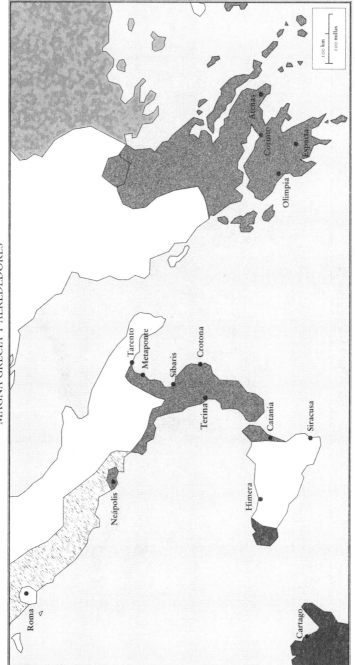

MAGNA GRECIA Y ALREDEDORES

Roma

Neápolis

Tarento
Metaponte
Sibaris
Crotona
Terina
Catania
Himera
Siracusa

Cartago

Atenas
Corinto
Esparta
Olimpia

100 km
100 millas

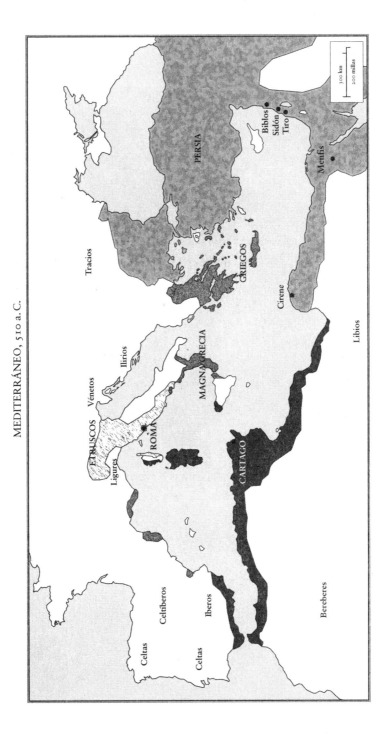

MEDITERRÁNEO, 510 a.C.

Tracios

Celtas

Celtas

Celtíberos

Iberos

Ligures

ETRUSCOS

Vénetos

Ilirios

ROMA

MAGNA GRECIA

CARTAGO

GRIEGOS

PERSIA

Biblos
Sidón
Tiro

Menfis

Cirene

Libios

Bereberes

300 km
200 millas

Sabrás también que los males que afligen a los hombres,
por ellos mismos han sido generados.
En su pequeñez, no comprenden
que tienen junto a ellos los mayores bienes.

PITÁGORAS. *Versos áureos*

Ante todo, respétate a ti mismo.

PITÁGORAS. *Versos áureos*

PITÁGORAS

...

Fue uno de los hombres más poderosos de su época y uno de los más misteriosos de todos los tiempos.

Dueño de un carisma irresistible y un intelecto prodigioso, pasó la primera parte de su vida viajando en busca de nuevos conocimientos. Aprendió con los mejores maestros griegos: Anaximandro y Tales de Mileto. Posteriormente absorbió durante largos años los conocimientos de los mejores matemáticos y geómetras de la época, los egipcios. Más adelante se relacionó en Mesopotamia con los magos caldeos y los matemáticos babilonios, que le enseñaron cuanto sabían de aritmética, astrología y astronomía. Su mente privilegiada fusionó las sabidurías de Oriente y Occidente en una síntesis única, y partiendo de ese punto inédito realizó numerosos avances revolucionarios para la humanidad.

Junto al conocimiento científico, estudió la religión de todas las culturas, los rituales sagrados y las prácticas de elevación espiritual. Algunos contemporáneos afirmaban que era capaz de sanar mediante la imposición de sus manos, y que en más de una ocasión se le vio controlar las fuerzas de la naturaleza y ejercer el don de la predicción.

En la segunda mitad del siglo VI a. C. fundó un movimiento filosófico, matemático y político que se extendió con rapidez por la Magna Grecia –colonias griegas de la península itálica y Sicilia-. Comenzando en Crotona, formó una élite político-intelectual que asumió pacíficamente el control de los gobiernos de Crotona, Síbaris, Tarento y otras muchas ciudades. Éstas eran independientes entre sí, pero todos sus gobiernos consideraban a Pitágoras, más que un líder, un semidiós.

...

Enciclopedia Matemática. Socram Ofisis, 1926

PRÓLOGO

25 de marzo de 510 a. C.

«Aquí se encuentra mi sucesor.» Pitágoras estaba sentado en el suelo con las piernas cruzadas, la cabeza inclinada y los ojos cerrados. Se hallaba inmerso en un estado de intensa concentración. Frente a él, seis hombres aguardaban expectantes.

Había traspasado límites inimaginables, controlaba el espíritu humano y las leyes del cosmos. Ahora su principal objetivo era que la hermandad que había fundado siguiera desarrollando esas capacidades cuando él no estuviese.

Inspiró profundamente el aire del templo. Era fresco y olía suavemente a mirto, enebro y romero, las hierbas purificadoras que habían quemado al inicio de aquella reunión extraordinaria.

Sin previo aviso, la firmeza de su ánimo se tambaleó con violencia. Su corazón estuvo un par de segundos sin latir y tuvo que hacer un esfuerzo titánico para conseguir que no se alterara ninguno de sus rasgos. Sus discípulos más avanzados se encontraban junto a él, esperando a que emergiera de su meditación y les hablara. «No deben advertir nada», se dijo alarmado. Compartía con ellos la mayoría de sus premoniciones, pero no ésta. El presagio era demasiado tenebroso. Lo mortificaba desde hacía semanas, y seguía sin revelarle ningún detalle.

Exhaló el aire lentamente. La oscura fuerza del presentimiento se había multiplicado al entrar en el templo; sin embargo, no había ningún otro indicio que hiciera pensar que corrían peligro.

Los seis hombres que tenía enfrente, sentados en semicírculo y ataviados con sencillas túnicas de lino, pertenecían al grado más alto de la orden, el de los *grandes maestros*. A lo largo de los años ha-

13

bía desarrollado hacia ellos un afecto sólido y un profundo orgullo. Sus mentes se contaban entre las más capaces y evolucionadas de la época, y cada uno había hecho sus propias aportaciones al corpus pitagórico. No obstante, sólo aquél a quien nombrara sucesor recibiría sus últimas enseñanzas y con ellas ascendería otro peldaño entre lo humano y lo divino.

Su heredero espiritual, además, podría alcanzar un poder terrenal único en la historia. Sería el dirigente de las élites pitagóricas, que regían siguiendo los principios morales de su orden sobre un territorio cada vez más amplio. La hermandad ya se había extendido más allá de la Magna Grecia: gobernaba ciudades de Grecia continental, algunas poblaciones etruscas e incluso se estaban introduciendo en la floreciente Roma. Después vendrían Cartago, Persia...

«Aunque no deben olvidar que el poder terrenal es sólo un medio.»

Pitágoras levantó la cabeza pausadamente y abrió los párpados.

Los seis discípulos se sobrecogieron. En los ojos dorados del maestro ardía un fuego más intenso de lo habitual. Su cabello, de un blanco níveo, caía en cascada sobre sus hombros y parecía resplandecer al igual que su espesa barba. Tenía más de setenta años, pero mantenía casi intacto el vigor de la juventud.

—Observad la *tetraktys*, clave del universo —la voz de Pitágoras, profunda y suave, resonó en el solemne espacio del templo circular.

En la mano derecha sostenía una vara de fresno. Con ella señaló hacia el suelo de mármol, donde había desenrollado un pequeño pergamino entre él y sus discípulos. Mostraba un sencillo dibujo. Una figura triangular formada por cuatro filas de puntos. La de la base contenía cuatro puntos, la siguiente tres, había otra de dos y finalmente una cúspide de un solo punto. Estos diez puntos ordenados en triángulo eran uno de los símbolos fundamentales de la orden.

Continuó hablando con majestuosa autoridad.

–Durante los próximos días dedicaremos la última hora a analizar el número que contiene a todos: el diez. –Realizó con la vara un movimiento circular alrededor de la *tetraktys*–. El diez contiene también la suma de las dimensiones geométricas –dio un toque con la vara a los diferentes niveles dibujados en el pergamino–: uno el punto, dos la línea, tres el plano y cuatro el espacio.

Se inclinó hacia delante e intensificó la mirada. Cuando volvió a hablar, su voz se había vuelto más grave.

–El diez, como sabéis, también simboliza el cierre pleno de un ciclo.

Las últimas palabras las pronunció mirando a Cleoménides, el discípulo sentado a su derecha. Éste tragó saliva conteniendo un arrebato de orgullo. Era evidente que Pitágoras estaba hablando de retirarse y de quién lo sucedería. Cleoménides, de cincuenta y seis años, sabía que él era uno de los principales candidatos. Notable matemático, aunque quizás no el más brillante, destacaba sobre todo por un férreo cumplimiento de las rigurosas reglas morales de la orden. También por su peso político, pues procedía de una de las principales familias aristocráticas de Crotona y manejaba con hábil diplomacia los asuntos de gobierno.

El semblante de Pitágoras se dulcificó sin llegar a esbozar una sonrisa. Cleoménides era el principal candidato, pero no iba a precipitarse en tomar la decisión final. Antes debía analizar el comportamiento de todos tras haberles desvelado que estaba considerando el tema de la sucesión. Aunque el proceso completo podía dilatarse unos meses, ahora tenía que estudiar su primera reacción, la más reveladora.

Desplazó la mirada a Evandro, que le respondió con una expresión sincera y satisfecha. Se trataba de uno de los miembros más jóvenes de su círculo íntimo, sólo tenía cuarenta y cinco años. Su padre había sido un comerciante de Tarento que viajaba regularmente a Crotona. Evandro era su segundo hijo y solía acompañarlo para aprender el negocio; pero un día, veinticinco años atrás, asistió a un discurso de Pitágoras e inmediatamente decidió incorporarse a la orden. El padre fue a protestar enérgicamente ante Pitágoras. Media hora después salía de la comunidad feliz de dejar allí a su hijo, convirtiéndose él mismo en un iniciado que asistió regularmente a la comunidad hasta que su vida se apagó.

Evandro, corpulento y vigoroso, mantenía la devoción del primer día y también algunos destellos de su fuerte impulsividad natural, aunque muy atemperados por la sabiduría alcanzada.

«Necesita todavía varios años de práctica para lograr un autodominio completo.»

Igual que diez eran los puntos contenidos en la *tetraktys*, diez estatuas de mármol contemplaban al maestro y los discípulos. La diosa Hestia, detrás de Pitágoras, tenía a sus pies el fuego sagrado que nunca se apagaba. A lo largo de la pared, Hestia formaba un círculo perfecto con las otras nueve estatuas, que representaban a las nueve musas a las que estaba consagrado aquel santuario: el Templo de las Musas.

Frente a Pitágoras, con la musa Calíope tras él y mirando a su maestro con sobria reverencia, se encontraba Hipocreonte. Sus sesenta y dos años lo convertían en el discípulo de grado máximo de más edad. Nativo de Crotona, desde muy joven se había alejado de las ocupaciones de su familia –la política y el comercio– para dedicarse a la filosofía. Tenía vocación de ermitaño y apenas salía de la comunidad, aunque las raras excepciones en que lo hacía utilizaba su particular carisma para lograr conversiones provechosas.

Sus relaciones familiares eran muy interesantes para la orden. Sus tres hermanos formaban parte del Consejo de los 300 –el máximo órgano de gobierno de Crotona–, y habían sido iniciados en el pitagorismo por el propio Hipocreonte. De vez en cuando acudían a la comunidad y seguían muchos de los preceptos, además de gobernar en bloque con los otros consejeros pitagóricos.

«Hipocreonte, si a tu naturaleza no le repeliera la política como al gato el agua, podrías ser mi principal candidato.»

En pocos años el movimiento pitagórico podía llegar a convertirse en un imperio. El primer imperio filosófico y moral de la historia. Su dirigente tenía que poseer grandes aptitudes políticas.

Cuando iba a pasar al siguiente candidato, Pitágoras tuvo que detenerse. Inclinó la cabeza hacia la *tetraktys* y cerró los ojos. Una sensación extraña le subió por la espalda y los brazos erizando el vello de su piel. Dejó la mente en blanco para facilitar que el presagio cobrara forma. Enseguida vislumbró el mismo manto de oscuridad que las últimas veces. Al cabo de un rato, sin embargo, no había logrado distinguir nada más y finalmente desistió. Recobró el dominio completo de sí mismo y alzó la vista.

Con la espalda flanqueada por las magníficas estatuas de las musas Polimnia y Melpómene, Orestes se removió inquieto al recibir la penetrante mirada de su maestro.

«No consigues perdonarte a ti mismo lo que hace mucho que expiaste», se lamentó Pitágoras.

Había aprendido de los caldeos a ver el interior de las personas a través de los gestos, la fisionomía, la mirada o la risa. En Orestes percibió desde el principio la culpa y el arrepentimiento. Siendo un joven político había robado oro aprovechando que ocupaba un cargo público. Pagó por ello y después quiso entrar en la comunidad. Pitágoras lo analizó con escepticismo, pero se sorprendió al acceder a su interior. Supo instantáneamente que nunca volvería a cometer un acto inmoral. Antes de pasar por los procesos de purificación que él enseñaba, Orestes había borrado de su interior toda inclinación egoísta o codiciosa. Cuando completó los tres años de oyente y ascendió al grado de matemático, Pitágoras comprobó que sus dotes para los conceptos numéricos eran excepcionales.

«Quizás seas el que mejor aúna capacidad matemática y moral, pero si ostentaras el poder la mancha de tu pasado podría ser una peligrosa arma política en tu contra.»

El siguiente en el círculo era Daaruk. Había nacido en el reino de Kosala, uno de los dieciséis Mahajanapadas, los Grandes Reinos alrededor de los ríos Indo y Ganges. Su tono de piel, algo más oscuro que el de los griegos, era lo único que lo revelaba. Se había instalado con su padre en Crotona con sólo once años y hablaba en perfecto griego sin acento. Ahora tenía cuarenta y tres años, dos menos que Evandro, lo que lo convertía en el miembro más joven de la élite pitagórica. Sus dotes intelectuales habían destacado desde el principio.

«Sin embargo, es improbable que lo haga sucesor.»

No era sólo porque nombrar líder a un extranjero podría ocasionar fricciones en la orden. Daaruk tenía una mente brillante y era un fiel seguidor de las normas morales, pero, quizás por su juventud, más de una vez había mostrado cierta vanidad. Además, en los últimos años se había vuelto un tanto perezoso.

El último del grupo lo miraba con intensidad. Aristómaco tenía cincuenta años y llevaba treinta con él. Extraordinario matemático, su devoción a la orden estaba fuera de toda duda.

«Daría la vida por la causa sin vacilar.»

Pitágoras nunca había conocido a nadie con semejante ansia de saber. Nadie que tuviera tanta necesidad de sus enseñanzas. Había absorbido cada concepto de la doctrina como si fuera la última gota de agua, y enseguida comenzó a aportar notables contribuciones.

«Con una personalidad fuerte sería el candidato perfecto.»

Pero no la tenía. Con cincuenta años era tan inseguro y nervioso como un chiquillo asustado de diez. Procuraba no salir nunca de la comunidad, y desde hacía tiempo Pitágoras no le pedía que diera discursos públicos.

Suspiró y recorrió el grupo con la mirada en sentido inverso, sin detenerse más tiempo en ninguno de los grandes maestros: Aristómaco, Daaruk, Orestes, Hipocreonte, Evandro y Cleoménides. Después agachó la cabeza.

«Probablemente Cleoménides será el elegido. Tomaré mi decisión dentro de unos meses.»

Asintió con firmeza, pensando en sus planes de futuro.

«El elegido cambiará el mundo.»

Cogió con ambas manos la copa ancha que aguardaba en el suelo frente a él. Contenía un mosto claro a través del cual podía ver la figura tallada en su interior: el pentáculo. La estrella de cinco puntas inscrita en un pentágono. Otro de los símbolos sagrados de su orden que ocultaba grandes secretos de la naturaleza. En este caso, como era frecuente entre los pitagóricos, se había añadido una letra de la palabra salud en cada una de las puntas.

Miró hacia delante. Las sombras de sus discípulos ondulaban en la pared al ritmo del fuego sagrado. Las musas resplandecían tras ellos con el tono anaranjado que les prestaban las llamas.

—Alcemos las copas por Hestia, diosa del hogar, por las musas que nos inspiran y por la *tetraktys* que tanto nos revela.

Los seis discípulos tomaron sus copas y las elevaron con reverencia frente a sus ojos. Las mantuvieron en alto unos segundos y después bebieron todos a la vez.

Pitágoras depositó su copa de arcilla roja en el suelo y se pasó una mano por la barba. A su derecha alguien dejó la copa con brusquedad. El maestro giró la cabeza siguiendo el sonido.

Cleoménides lo estaba mirando intensamente, abriendo tanto los ojos que parecía que se le iban a salir.

«¡¿Qué...?!»

Antes de que Pitágoras completara el pensamiento, su discípulo preferido se inclinó hacia él tratando de agarrarlo del brazo. La mano rígida se detuvo a medio camino. Intentó hablar, pero sólo pudo emitir un gorgoteo que le llenó la boca de espuma. Su cuello, rojo e hinchado, estaba surcado de venas grotescamente abultadas.

En medio del sagrado Templo de las Musas, Cleoménides se desplomó sin vida.

CAPÍTULO 1

16 de abril de 510 a. C.

AKENÓN, SIN DESVIAR LA MIRADA de la pequeña copa de cerámica que contenía su vino, observó con el rabillo del ojo al posadero. Éste se acercó a su mesa hasta quedar a un par de pasos, titubeó y volvió a alejarse. No le gustaba que un cliente estuviera tanto tiempo sin ni siquiera beberse la primera copa, pero no se atrevía a molestar a un extranjero, seguramente egipcio, que además de sacarle una cabeza iba armado con una espada curva y un puñal que no se molestaba en ocultar.

Akenón volvió a ensimismarse, ajeno al ambiente lúgubre de aquella posada. Llevaba allí dos horas y todavía permanecería varias más, pero a partir de que se pusiera el sol estaría en compañía de alguien que jamás habría entrado en ese antro por voluntad propia.

Acarició distraídamente la superficie de la copa y después dio un pequeño sorbo. El vino era sorprendentemente digno. Sin levantar la cabeza, recorrió la sala con la mirada.

«Esta noche acabará todo.»

La mayoría de las leyendas se van exagerando hasta alejarse completamente de la realidad. «Pero en el caso de los sibaritas casi todo es cierto», pensó Akenón.

Síbaris era una de las ciudades más populosas que había conocido en su ajetreada vida. Decían que contaba con trescientas mil almas, y tal vez fuese verdad. El resto de los mitos, no obstante, sólo eran ciertos en la parte de la ciudad más cercana al importante puerto. Allí residía la mayoría de los aristócratas, dueños de casi toda la fértil llanura en la que se asentaba la ciudad, y poseedores de una flota comercial que sólo palidecía ante la de los fenicios.

Los aristócratas sibaritas eran tal como se decía: vivían para el placer, el lujo y el refinamiento. Buscaban la comodidad hasta el punto de no permitir que en su parte de la ciudad se instalaran herreros o caldereros ni se acuñara moneda. Aunque huían del trabajo como de la peste, no descuidaban el control sobre el poder, que ejercían directamente, ni sobre el comercio, que manejaban a través de empleados de confianza. Llevaban dos siglos acumulando riqueza, de lo cual Akenón estaba encantado, pues gracias a ello le habían encargado la investigación mejor pagada de su vida.

Hacía un rato que había oscurecido cuando una silueta se recortó en la entrada de la posada. Localizó a Akenón, hizo un gesto sobrio de reconocimiento y volvió a salir. Un minuto después entraron varios sirvientes seguidos por un personaje encapuchado. De poco le servía ocultarse bajo una capucha cuando estaba envuelto en lujosas telas de raso y terciopelo, y cuando su cuerpo era el doble de voluminoso de lo normal.

Un esclavo se apresuró a desplegar un amplio taburete con asiento de tiras de cuero entrelazadas. Colocó encima un grueso cojín de plumas y el encapuchado se sentó frente a Akenón haciendo un gesto de incomodidad. Los sirvientes lo rodearon, unos pendientes de sus deseos, otros ejerciendo de guardaespaldas. El posadero hizo amago de acercarse e inmediatamente se lo impidieron.

Akenón levantó la copa hacia el recién llegado.

–Te recomiendo el vino, Glauco. Es bastante bueno.

Glauco hizo un gesto de desprecio a la vez que se bajaba la capucha. Él sólo bebía el mejor vino de Sidón.

Akenón observó con inquietud a su compañero de mesa. Se retorcía las manos, rechonchas y húmedas. La papada ocupaba el lugar donde debía haber estado el cuello y por sus mofletes carnosos caían gotas de sudor. Los ojos, engañosamente tiernos, se movían con rapidez como si fuera incapaz de fijar la mirada.

«Me temo que esta noche voy a descubrir un Glauco nuevo.»

Un viejo y desagradable recuerdo, de cuando vivía en su Egipto natal, asaltó a Akenón. Hacía unos veinticinco años había resuelto brillantemente una investigación policial. Gracias a ello lo contrató el propio faraón Amosis II. En teoría para formar parte de su guardia privada, pero la realidad era que debía investigar a miembros de la corte y nobles con excesivas ambiciones. Akenón destapó pocos meses más tarde una conspiración organizada por un primo del faraón. Amosis II lo felicitó efusivamente y el joven Akenón se hinchó de orgullo. Al día siguiente asistió al interrogatorio del pariente conspirador. Tras las preguntas y amenazas de rigor comenzaron los golpes. Después aparecieron enfermizos artilugios metálicos y aquello degeneró en una sádica tortura. Akenón se puso tan enfermo que dejó que fueran otros los que preguntaran. Media hora más tarde ni siquiera se hacían preguntas. No abandonó la sala porque habría sido un signo de debilidad inaceptable, pero dejó la vista perdida a unos metros del interrogado, procurando evitar que las imágenes de la carnicería se grabaran en su cerebro. Sin embargo, no pudo hacer nada para mantener fuera los gritos. Ahora, cada vez que despertaba empapado en sudor, el eco de aquellos espantosos alaridos permanecía largo rato retumbando en su cabeza.

No volvió a asistir a un interrogatorio, ni se lo pidieron, pero pasar de nuevo por algo similar era uno de sus temores más profundos.

Glauco lo sacó de aquellos recuerdos.

–¿Cuánto tiempo hay que esperar? –El semblante del sibarita reflejaba una desesperación febril.

Aunque ya se lo había explicado detalladamente, Akenón respondió con paciencia.

–Tarda entre cuatro y seis horas en descomponerse con el calor de la piel. Como hace bastante frío, quizás requiera un par de horas más.

Glauco gimió y enterró la cara en las manos. Aún tenía que esperar horas, y cada minuto le resultaba un tormento insufrible.

CAPÍTULO 2

16 de abril de 510 a. C.

A UN PAR DE HORAS de distancia de Síbaris, Ariadna cenaba en silencio con sus dos acompañantes. Estaban en una pequeña posada, sentados en una esquina del comedor. Siempre procuraba situarse de modo que no quedara nadie a su espalda. Al entrar había echado un vistazo rápido. Todos los presentes parecían inofensivos, excepto los dos hombres que ahora estaban situados delante de ella, a seis o siete metros. Sus voces ruidosas y ebrias destacaban sobre las conversaciones del comedor. De vez en cuando lanzaban miradas alrededor de modo desafiante, y bajo sus ropas se adivinaban sendos puñales. Ariadna comía sosegadamente, sin mirarlos, pero permanecía atenta a su comportamiento.

También ellos se habían fijado en Ariadna. Especialmente el más pequeño de los dos, Periandro, que no podía evitar que sus ojos se dirigieran una y otra vez a la joven que cenaba enfrente de él. Su pelo claro le llamaba la atención y notaba que bajo su túnica blanca se ocultaban unos pechos grandes y firmes. Bebió otro trago de vino. Estaba celebrando con su compañero una buena operación. Regresaban de trasladar una mercancía robada, que era a lo que se dedicaban habitualmente. Por este asunto habían cobrado lo suficiente para dedicarse sólo a gastar dinero durante un par de semanas. O quizás una, todo dependía de cuánto derrocharan. El día antes, por ejemplo, habían desembolsado una buena cantidad en un prostíbulo de Síbaris. Periandro se relamió al recordar a la esclava egipcia que había poseído violentamente a cuatro patas. Le encantaría hacer lo mismo con la mujer del pelo claro.

Ariadna, sin apartar la vista de su comida, percibió que uno de los hombres dirigía hacia ella su repulsiva lujuria. Se estremeció de asco y apretó las mandíbulas. Entonces cerró los ojos y un instante después estaba completamente relajada. Aunque sus silenciosos acompañantes eran hombres de paz, ellos no eran lo único que la protegía.

Periandro se inclinó hacia su compañero sin dejar de mirar a Ariadna.

—Antíoco, mira a esa mujer —la señaló con la cabeza—. Me está volviendo loco. Parece la mismísima Afrodita.

—Es una grata visión —convino Antíoco en voz baja.

—Fíjate en los inútiles que la acompañan. —Los miró con un desprecio agresivo—. Podemos dejarlos fuera de combate con una mano atada a la espalda. Si organizamos bien la emboscada ni siquiera les daría tiempo a gritar. ¿Qué te parece? —Vio que Ariadna se chupaba los dedos con sus labios carnosos y sintió que su deseo se multiplicaba—. Dime que sí, porque voy a forzar a esa hembra aunque tenga que arreglármelas solo.

Antíoco se sobresaltó y agarró a Periandro de la túnica.

—¡Calla, loco! —musitó—. ¿Es que no sabes quién es?

Periandro miró sorprendido a su fornido compañero. Antíoco se arrimó aún más y cuchicheó en su oído la identidad de la voluptuosa joven.

El rostro de Periandro palideció bruscamente. Miró a Ariadna de refilón, agachó la cabeza y apoyó la frente en una mano ocultando su cara.

—Vámonos —susurró.

Antes de que Antíoco respondiera, se levantó procurando no hacer ruido y salió del comedor a toda prisa.

Ariadna continuó cenando sin molestarse en levantar la vista.

CAPÍTULO 3

16 de abril de 510 a. C.

Un mes antes, Akenón se había reunido con Eshdek, lo más parecido que tenía a un amigo en Cartago.

Estaban en una estancia amplia y caldeada de la villa principal del cartaginés, sentados en sillones de madera cubiertos por grandes almohadones de hilo rellenos de plumas. Eshdek, uno de los tres comerciantes más acaudalados de Cartago, mostraba una sonrisa pícara y le chispeaban los ojos.

–Tengo un nuevo encargo para ti. Te va a encantar.

Akenón lo miró con interés y esperó a que continuara mientras sorbía vino dulce de Mesopotamia en una copa de marfil. El asa, que se ajustaba perfectamente a la forma de su mano, era un caballo puesto en pie sobre sus patas traseras. Un trabajo exquisito.

–Esta vez no es para mí, sino para Glauco, uno de mis clientes. Mi mejor cliente, de hecho. –Eshdek remarcó este punto levantando una mano con el índice extendido, haciendo ondear la manga de su colorida túnica.

Akenón frunció el ceño levemente. Llevaba quince años en Cartago trabajando por libre como investigador, pero desde hacía trece se había limitado a aceptar encargos de Eshdek. Con eso ganaba suficiente para vivir y apreciaba mucho la confianza y seguridad que encontraba en aquella relación profesional. No tenía ninguna gana de trabajar para terceros..., pero tampoco podía dar al poderoso cartaginés una negativa inmediata.

–El trabajo tiene algo bueno y algo malo. –Eshdek hizo una pausa retórica–. Lo malo es que es en Síbaris.

Akenón torció el gesto ya sin ningún disimulo. Se mareaba al viajar en barco, y para llegar a Síbaris había que cruzar de Cartago a

Sicilia y rodearla hasta llegar a la península itálica, lo que suponía alrededor de una semana de navegación, y desde ahí avanzar por el mar Jónico y adentrarse en el golfo de Tarento. En total, casi dos semanas de travesía marítima si el tiempo era razonablemente bueno. —No pongas esa cara, que la parte buena compensa sobradamente esa ridícula aversión tuya a los barcos. En realidad, hay dos partes buenas. —Eshdek dio un trago a su copa—. La primera es que el trabajo parece sencillo y sin peligro... —Se quedó un momento pensativo—. Aunque quizás deba advertirte de que Glauco es un tanto especial. —Akenón enarcó las cejas y Eshdek continuó—: Es como si en su interior convivieran distintas personas. Algunas veces me lo he encontrado llevando una vida casi ascética, rodeado de eruditos a los que paga fortunas para que le transmitan complicados conocimientos, y en otras ocasiones lo he visto ferozmente entregado a la gula y la lujuria.

—¿Quieres decir que puede tener un arrebato violento y atacarme?

—No, no es para tanto. Sólo comento que es un poco impredecible y hay que tratarlo con tiento. —Sacudió una mano como si quitara importancia a aquello—. El caso es que Glauco tiene un esclavo adolescente del que se ha enamorado perdidamente. Lo convirtió en su amante y ha estado disfrutando felizmente de él hasta hace unas cuantas semanas. Desde entonces Glauco sospecha que su esclavo amante tiene a su vez otro amante y los celos lo han desquiciado. No ha conseguido saber quién es, y como está enloquecido con el muchachito y no tiene la absoluta seguridad de que lo engañe, no se decide a arrancarle una confesión mediante tortura. Tu cometido sería averiguar, sin utilizar la fuerza ni levantar sospechas, si el muchacho engaña o no a Glauco. Y en caso afirmativo, claro, que descubras con quién lo engaña.

Eshdek se echó para atrás apoyándose en el respaldo. Estaba esperando a que Akenón preguntara cuál era la segunda cosa buena de aquel caso, pero su amigo egipcio se limitó a sonreír. A Eshdek le encantaba controlar las conversaciones provocando preguntas y reacciones a su antojo, y a Akenón le divertía fastidiar al cartaginés evitando seguirle el juego.

—¡Oh, vamos, por Astarté! —Eshdek levantó las dos manos simulando desesperación—. Pregúntalo de una vez, maldita esfinge.

Akenón ensanchó su sonrisa.

–De acuerdo. ¿Cuánto? –Sospechaba que sería una buena cantidad.

–Escucha con atención.

Eshdek prolongó el momento de modo teatral dando otro sorbo a su vino. Se inclinó hacia delante y aguardó a que su amigo también lo hiciera.

–El pago se realizará en plata. Y la cantidad total es... ¡el peso del esclavo!

«¡El peso del esclavo en plata!» Akenón estaba impresionado, pero consiguió disimular.

–¿Está gordo? –preguntó alzando una ceja.

–¡Por Baal, qué más da como esté!

Ambos soltaron una carcajada. Por muy delgado que estuviera, esa cantidad de plata sería al menos diez veces más de lo que había llegado a cobrar Akenón por una investigación.

Sería dueño de una pequeña fortuna... si resolvía el caso.

Glauco estaba llorando.

Llevaba un rato con los brazos cruzados sobre la mesa y la cabeza apoyada en ellos. No se le veía la cara, pero sus hombros se estremecían a intervalos regulares.

«Me da un poco de pena –pensó Akenón torciendo el gesto–. Resulta patético que su servidumbre lo vea así.»

Hacía media hora había pedido una segunda copa de vino y había entregado al posadero una moneda de plata, para compensar que ni Glauco ni la docena de sirvientes habían consumido nada en todo el tiempo transcurrido.

«Espero que la trampa funcione y me sobren las monedas de plata.»

De repente Glauco desenterró la cabeza de sus brazos. Lo miró suplicante, con el rostro empapado de sudor y lágrimas.

–¿Podemos irnos ya? –imploró con la voz rota.

–Hasta dentro de tres o cuatro horas no hará efecto.

Glauco enrojeció súbitamente. Dio un violento puñetazo en la mesa y se puso de pie.

–¡No pienso darles más tiempo a esos malditos cerdos! –Se volvió hacia sus hombres–. ¡Nos vamos!

Abandonó la posada sin subirse la capucha. Akenón dio un último sorbo a su vino y salió tras él.

En la calle había una docena de guardias de Glauco y un carro de dos ruedas con el asiento recubierto de cojines. Varios sirvientes ayudaron a Glauco a subirse. Cuando estuvo acomodado, el sibarita le hizo un gesto con la mano.

–Cabemos los dos.

Akenón dudó unos instantes. El carro no estaba atado a ningún caballo. Seis esclavos agarraban las varas de enganchar el tiro, ocupando el lugar de las bestias. En la parte noble de Síbaris no estaba permitido el tránsito de caballos a la hora de la siesta ni por la noche. Akenón prefería caminar junto al carro, pero imaginaba que Glauco los haría correr, por lo que subió ágilmente y se colocó junto al gordísimo sibarita.

–¡Al palacio, rápido!

Los esclavos tiraron del carro y el resto de la servidumbre echó a correr junto a ellos. En total dos docenas de hombres, la mitad guardias con las espadas desenvainadas. Las calles de aquel barrio humilde estaban casi desiertas y la única iluminación procedía de las antorchas de los hombres de Glauco. En algunas esquinas se veían fugazmente sombras agazapadas, salteadores o pordioseros que se apresuraban a apartarse de su camino. Akenón dejó de mirar las calles sucias y estrechas por las que avanzaban y observó al sibarita con disimulo. Aunque el rostro orondo era inexpresivo, su mirada perdida resultaba inquietante.

Enseguida llegaron al barrio de los aristócratas. El suelo de aquellas calles estaba cubierto por un paño basto que convirtió el traqueteo de su marcha en un murmullo sordo, tan sigiloso como el avance de un asesino. Poco después llegaron al palacio de Glauco. Sus altas paredes rojizas le daban la apariencia de una fortaleza, como un reflejo de la poderosa riqueza de su dueño. En cuanto cruzaron el pasillo de entrada y accedieron al patio, Glauco bajó del carro trastabillando y gritando órdenes como un histérico.

–¡Levantad a todo el mundo! ¡Ahora mismo todos a la sala de banquetes!

Acto seguido se dirigió a un lateral del pasillo de entrada y se acercó a una sombra oculta en la penumbra. La sombra se adelantó, transformándose a la luz de las antorchas en una figura humana descomunal. Akenón no pudo evitar estremecerse. Le resultaba imposible acostumbrarse a aquel engendro, a pesar de que lo veía a diario desde que había llegado a Síbaris. Se trataba de Bóreas, esclavo de confianza y guardaespaldas de Glauco. Había permanecido junto a la entrada con el encargo de que nadie saliera del edificio mientras su amo estaba fuera.

Glauco preguntó algo a Bóreas y éste negó con la cabeza. No tenía otro modo de expresarse, pues cuando era un niño, en su Tracia natal, le habían cortado la lengua con unas tenazas, para que pudiera convertirse en siervo de confianza que no revelaría los secretos de sus amos ni siquiera mediante tortura.

Glauco y Bóreas cruzaron el patio y Akenón los siguió dejando unos metros de distancia con el gigante tracio. Siempre procuraba quedar fuera del alcance de sus inmensas manos. Aunque él era bastante alto, ni siquiera llegaba a los hombros de Bóreas. Además, el gigante era inhumanamente corpulento; pese a que no estaba gordo debía de pesar el doble que Akenón. Su cabeza, completamente calva, era tan grande como la de un toro. Sus brazos y piernas eran gruesos como árboles y revelaban bajo la oscura piel unos músculos formidables. El enorme tronco terminaba en un cuello corto y más ancho que la cabeza, lo que reforzaba su aspecto macizo.

Akenón avanzaba en tensión detrás de Bóreas, sin apartar los ojos de su espalda. En una ocasión había visto con asombro que aquel monstruo inmenso podía moverse con la rapidez de un gato. Sin embargo, había otra cosa que lo alarmaba aún más: la mirada con la que parecía estar siempre acechando a todos los que lo rodeaban. Una mirada inquietante, extraña...

«... tan fría como la de un muerto.»

CAPÍTULO 4

16 de abril de 510 a. C.

CINCO MINUTOS DESPUÉS, Akenón estaba contemplando al último hombre que entraba apresuradamente en la sala de banquetes. Acto seguido cerraron las puertas.

«Hay por lo menos doscientas personas.» Akenón no podía evitar contagiarse por la asustada multitud que se había congregado sin entender el motivo. Casi todos eran trabajadores libres o esclavos, aunque también había algún familiar de Glauco que se alojaba permanentemente con él. Dos guardias armados cortaban una de las salidas y la otra estaba tapiada por la inmensa presencia de Bóreas.

Glauco ordenó que juntaran en el centro de la estancia los triclinios, bancos y mesas que se utilizaban en los banquetes, de modo que quedó un amplio espacio despejado entre los muebles y las paredes.

–Ya tenemos nuestro pequeño estadio –ironizó con amargura el obeso sibarita.

Mandó avivar las brasas del enorme hogar y que lo llenaran hasta los bordes de ramas secas. Al poco rato las llamas ascendieron por la madera hasta envolverla completamente.

La temperatura de la sala empezó a subir con rapidez.

Unas horas antes, Akenón había entregado a Glauco un pequeño frasco de cristal sellado con cera.

–Mantenlo fresco y cerrado hasta que vayas a utilizarlo.

El sibarita cogió el frasco y dirigió a Akenón una mirada recelosa. Estaba acostumbrado a que todo el mundo se desviviera por agradarle y le molestaba la actitud del egipcio, demasiado seguro e independiente. Eso lo irritaba de manera especial en aquel momento, tan espantosamente trascendental para él. Experimentó una ráfaga de cólera, pero su atención regresó rápidamente al recipiente que tenía en la mano. Lo puso frente a sus ojos y observó el contenido. Era un líquido denso, de un tono blancuzco amarillento.

–¿Seguro que no notará nada?

–Es completamente inodoro hasta que se descompone –respondió Akenón–, y cuando lo mezcles con aceite adquirirá la consistencia de éste. Es imposible que se dé cuenta.

Glauco exhaló un suspiro cansado y metió el frasco en uno de los bolsillos de su amplia túnica.

Media hora después se encerró con Yaco, el esclavo adolescente, en sus aposentos privados.

–Hoy te voy a dar el masaje yo a ti.

Yaco sonrió con picardía. El largo flequillo rubio le tapaba uno de sus ojos azul cielo. Había dejado que la túnica resbalara hasta la cintura, exhibiendo un cuerpo delgado y flexible del color del alabastro.

–Mi señor –se acercó con un sensual contoneo–, ¿vais a untar todo mi cuerpo?

Glauco sonrió con tristeza. Seguramente él tenía la culpa de que el bellísimo Yaco fuera tan lujurioso.

–Quedarás brillante desde tus hermosos cabellos hasta los dedos de tus adorables pies.

–Y resbaladizo –ronroneó Yaco, humedeciéndose los labios y dejándolos entreabiertos.

Tumbó su esbelto cuerpo en el lecho y Glauco empezó a acariciar la suave piel. Junto a ellos había un cuenco de aceite en el que sumergía las manos con frecuencia. Además del habitual óleo perfumado, había añadido todo el contenido del frasco de Akenón.

Las caricias fueron más intensas y prolongadas de lo habitual. Glauco lloró todo el tiempo sobre su joven amante, sin querer que acabara lo que podía ser su último encuentro íntimo.

–He de irme por unos asuntos políticos. Regresaré mañana por la tarde –mintió al terminar.

Mientras se alejaba, con la cabeza agachada y los hombros hundidos, sintió la mirada del efebo clavada en su espalda.

«Espero que esta noche se demuestre tu inocencia, mi amado Yaco. Por el bien de todos.»

—Yaco, acércate.

El esclavo adolescente estaba en un extremo de la sala, en medio de un grupo de sirvientes de confianza. En su rostro se mezclaban el miedo y el desconcierto. ¿Por qué había regresado su amo en mitad de la noche y los había sacado de la cama para juntarlos en el salón de banquetes? ¿Por qué se comportaba de un modo tan extraño? Dio un par de pasos y se detuvo, inseguro. Todos los que lo rodeaban estaban quietos y callados como estatuas, sin atreverse ni siquiera a susurrar. Lo único que se oía era el crepitar cada vez más fuerte del fuego.

—Acércate, Yaco —insistió Glauco con extrema suavidad. Sus labios rechonchos dibujaban una sonrisa amable.

El muchacho sonrió y dio otro paso, pero volvió a detenerse. Algo en su interior lo conminaba a alejarse de su amo.

—¡¡¡ACÉRCATE!!!

El alarido bestial del sibarita dejó a todo el mundo sin respiración. Cuando se desvaneció su eco, en la sala sólo quedó el sonido de los apagados sollozos de Yaco. El aterrado esclavo se acercó dando pasos cortos con la cabeza agachada.

«Pobre muchacho.»

Akenón no se arrepentía de haber hecho su trabajo, pero no podía evitar compadecerse ante la juventud y el temor del chico.

Bajo la atenta mirada de doscientos alarmados pares de ojos, Glauco pasó un brazo sobre los hombros de Yaco y lo condujo junto a la chimenea. El fuego danzaba con furia.

—Hace mucho calor —protestó Yaco débilmente.

Glauco ignoró su queja.

—Quédate aquí. —Se volvió hacia el resto de la gente—. Los demás, corred dando vueltas a la sala. En esta dirección —hizo círculos en el aire con una mano para indicar la dirección deseada.

Varios hombres se miraron dubitativos. Después iniciaron con lentitud un trote inseguro.

—¡¡¡Correeed!!! —Glauco gritó haciendo temblar sus fofas carnes hasta que se quedó sin aire en el pecho.

Los doscientos hombres y mujeres se lanzaron a correr alrededor del mobiliario amontonado en el centro. El pasillo entre las paredes y los muebles era demasiado estrecho y a menudo tropezaban entre sí. A veces alguno más débil caía y los que iban detrás intentaban saltar por encima, pero era imposible evitar que los caídos recibieran pisotones y patadas. Nadie se detenía a ayudarlos.

Las paredes estaban recubiertas de paneles de plata pulida cuyos reflejos multiplicaban el número de aterrorizados corredores. El espectáculo resultaba sobrecogedor. Akenón estuvo un rato contemplándolos y después se acercó a Glauco y Yaco. Con el calor que se estaba generando, en unos minutos el caso estaría resuelto..., a menos que el ungüento no funcionase, o que el esclavo y su amante se hubieran bañado después de estar juntos.

«En ese caso, puede que la furia de Glauco se dirija contra mí», pensó mirando de reojo al colosal Bóreas. Él estaba en forma y era muy hábil con la espada, podía escapar enfrentándose a un par de guardias, pero no tenía nada que hacer frente al gigante.

–¿Qué ocurre? ¿A qué huele?

Yaco miraba a uno y otro lado, nervioso, dándose cuenta poco a poco de que el olor pestilente procedía de él mismo. Glauco se había alejado unos pasos del intenso calor que arrojaba el hogar. Ahora se acercó de nuevo a Yaco y husmeó varias veces la intensa peste que emitía la piel del adolescente. Era una mezcla de azufre y verduras putrefactas.

–Bien, ya sé a qué huele. Puedes separarte del fuego. Colócate allí, retirado, en esa esquina.

Yaco todavía no entendía lo que sucedía y se alejó de las llamas con gran alivio. Estaba completamente colorado y su ropa desprendía tenues columnas de humo. Después de los enloquecidos gritos de Glauco, se había estado quemando sin atreverse a apartarse del enorme fuego.

«Al menos el ungüento ha funcionado», pensó Akenón un poco más tranquilo.

Su alivio se disolvió rápidamente en la tensión de la situación. Glauco se dedicó a caminar por la sala observando los rostros jadeantes de los corredores. Su avance era errático, tenía los puños apretados y respiraba agitadamente como si él mismo estuviera corriendo.

–Parad –ordenó de repente–. Ahora caminad despacio.

Se colocó en medio de la sudorosa corriente humana. Todos lo miraban con miedo, ya fueran esclavos, sirvientes libres o incluso sus propios familiares. Glauco echó la cabeza para atrás y cerró los ojos. Las aletas de su nariz estaban dilatadas, recogiendo todo el aire que podían.

Durante un par de minutos sólo se oyó el rumor de doscientas personas caminando casi de puntillas, intentando pasar desapercibidas en medio de aquel olor a sudor y putrefacción. Akenón pensó que no quedaba nadie por pasar junto al sibarita. Quizás Yaco no lo había engañado.

–Quietos.

La orden de Glauco fue apenas un susurro. Bajó la cabeza y se mantuvo con los ojos cerrados durante unos segundos. Desde donde estaba, Akenón vio que los párpados cerrados del sibarita dejaban escapar unas lágrimas.

Todo el mundo había dejado de andar y permanecía expectante con los ojos clavados en el suelo. Glauco se dio la vuelta y anduvo hacia las personas que acababan de rebasarlo, observándolas sin más expresión en el rostro que un cansancio profundo. Luego se alejó unos pasos de la rueda de corredores.

–Camiro, acércate –dijo con voz ronca.

Un hombre joven y atractivo se separó del grupo y avanzó reticente hacia su señor, que olfateó a su alrededor.

–Vete. Tú –señaló a una mujer mayor–. Acércate.

Aspiró junto a la mujer durante unos segundos.

–Vete. –La mujer se alejó rápidamente–. Tésalo, acércate.

El aludido se separó del grupo. Tenía unos treinta años y un rostro amable, acostumbrado a sonreír, que ahora sólo reflejaba temor. Glauco olió su cuello y después su pecho. Sin cambiar la expresión, se arrodilló pesadamente y husmeó en su entrepierna como si fuera un perro.

–Ayúdame a levantarme.

Tésalo era alto y fuerte, pero apenas pudo incorporar a Glauco. Cuando el gordo sibarita estuvo de pie, suspiró con tranquilidad y de repente, con una fuerza sorprendente, dio tal bofetón a Tésalo que lo hizo caer al suelo.

—¡Maldito hijo de perra, te di toda mi confianza, te saqué del fango, y así es como me lo pagas!

Tésalo se quedó tumbado con una mano en el oído. Entre sus dedos apareció un hilillo de sangre. Sus labios temblaban, pero no se atrevió a moverse ni a replicar. Glauco estaba de nuevo fuera de sus casillas, congestionado como si estuviese a punto de reventar.

Akenón se preguntó cuál sería el castigo para esos desdichados. Seguramente ni siquiera Glauco lo sabía. A pesar de las advertencias de Eshdek, hasta esa noche a Akenón le había parecido que el sibarita era un hombre medianamente sensato. En los días que había pasado en su palacio lo había visto comer durante horas en exquisitos banquetes, pero también llorar ante la delicadeza de algunos de los espectáculos de música y danza que organizaba a diario.

Aunque Eshdek sólo le había dicho a Akenón que Glauco era apasionado y un tanto impredecible, en estos momentos lo que se respiraba en el ambiente era violencia y odio en estado puro.

Glauco endureció su expresión y giró la cabeza hacia una de las puertas.

—¡Bóreas!

Se hizo un silencio tan espeso que costaba respirar. En la atmósfera recalentada, impregnada con el hedor del ungüento, sólo se oía una súplica.

—No, no, por favor, no —Tésalo negaba desde el suelo con desesperación, horrorizado al oír el nombre del gigante.

El enorme tracio se puso en marcha. La gente se apartaba de su camino, imaginando espantados lo que le iba a ocurrir al que hasta ahora había sido el copero de Glauco. Un hombre de su confianza, siempre a su lado con una copa de vino de Sidón, atento a su señal para darle de beber.

—¡Cógelo!

Tésalo reptó de espaldas en un patético intento de alejarse. Bóreas lo alcanzó en un instante y lo levantó con una mano como si se tratara de un ratón. El enorme puño envolvía todo el antebrazo del copero, que quedó colgando del brazo estirado del gigante.

—¡Nooo!

El grito desesperado de Yaco sorprendió a todos. Cruzó la sala corriendo hacia Glauco.

—Suéltalo, por favor. Hazme a mí lo que quieras, pero a él no le hagas nada.

El esclavo se lanzó a los pies de su amo, que lo miró con repentina ternura.

—Lo amas, ¿no es cierto?

Yaco levantó sus ojos azules, esperanzado por el tono de voz de Glauco, que comenzó a acariciarle la mejilla con el dorso de la mano.

—Sí —confesó con ingenuidad.

Glauco continuó acariciándolo durante unos segundos antes de dirigirse a Bóreas sin apartar la vista del muchacho.

—Mátalo.

El gigante pegó la espalda de Tésalo a su pecho y lo estrechó en un firme abrazo. Yaco chilló desesperado, abrazándose a las piernas de su amo. Bóreas se detuvo y miró a Glauco en espera de confirmación.

Akenón sentía que su cuerpo se había paralizado. De repente era como si estuviese de nuevo en la sala de torturas del faraón. Pero esta vez no podía apartar la vista.

—¡Mátalo! —vociferó Glauco.

Bóreas estrechó el abrazo poco a poco, prolongando por iniciativa propia la agonía de Tésalo. En los labios del gigante apareció una sonrisa cuando Yaco se soltó de las piernas de Glauco y se lanzó a las suyas.

«Es un monstruo.» Akenón aferró instintivamente la empuñadura de su espada.

Tésalo tenía los ojos tan abiertos que parecía que iban a salir disparados. Su rostro pasó del rojo al morado. Se oyó un primer crujido y poco después un segundo y un tercero. La boca del desgraciado se contorsionaba en un grito silencioso. Intentó dar patadas pero Bóreas ni siquiera se enteró. Cuando parecía que estaba a punto de morir, el gigante relajó un poco el abrazo. Después tomó aire, apretó las mandíbulas y tensó los brazos violentamente. El pecho de Tésalo se aplastó como una ciruela pisoteada, produciendo un espeluznante crujido pastoso.

Un estremecimiento recorrió la sala.

Bóreas dio un segundo apretón y la cabeza inerte de Tésalo vomitó una pasta sanguinolenta encima de Yaco. El gigante abrió los brazos y el cadáver de Tésalo se desplomó sobre su jovencísimo amante.

Glauco había contemplado toda la escena con la boca entreabierta:

—Tésalo ha sido tu último amante, te lo garantizo. —El bello esclavo estaba gimoteando con la cara pegada al suelo, sin atreverse a mirar los restos de Tésalo—. Vas a pasar el resto de tu miserable vida encadenado a un remo. No durarás ni un mes, acostumbrado a la vida regalada que te he proporcionado siempre. —Hizo una pausa—. Pero antes, Bóreas se ocupará de ti.

El cuerpo de Yaco, empapado en la sangre de Tésalo, se encogió en el suelo hasta hacerse un ovillo tembloroso. Glauco continuó dirigiéndose al gigante.

—Quiero que le marques la cara con un hierro al rojo hasta que su aspecto resulte abominable. Que desaparezca todo vestigio de su traicionera belleza. —Su voz se quebró en la última palabra.

Bóreas asintió. Con una mano levantó a Yaco y se lo echó al hombro. El adolescente chilló y se revolvió como un cerdo en el momento de la matanza. Akenón vio que en el rostro del monstruo, justo antes de que saliera con el muchacho, aparecía una sonrisa cruel.

El crepitar enérgico del fuego se adueñó de la sala. Todo el mundo aguardaba espantado la siguiente reacción de Glauco. El sibarita estaba lívido, concentrado en el eco cada vez más tenue de los gritos de Yaco. En cuanto dejó de oírlos, lanzó un chillido agudo y se derrumbó hasta quedar a cuatro patas.

—Fuera —balbuceó desde el suelo—. ¡Fuera todos!

CAPÍTULO 5

17 de abril de 510 a. C.

SÍBARIS ESTABA SUMIDA en un silencio inquietante.

«Parece una ciudad abandonada.»

Ariadna avanzaba con su burro por una calle ancha flanqueada de lujosas mansiones de piedra. Casi todas exhibían en sus entradas grandes columnas, como si fueran el acceso a templos consagrados a los principales dioses. Detrás de Ariadna cabalgaban sus dos compañeros en sendos asnos. Tenía que darse la vuelta de vez en cuando para asegurarse de que la seguían. El terreno estaba recubierto de tela gruesa y los cascos de los animales no hacían ningún ruido. Por otra parte, sus compañeros no habían pronunciado una palabra en todo el viaje.

No les estaba permitido.

Aunque había amanecido hacía ya dos horas, aquellas calles estaban completamente desiertas.

«Es sorprendente que muchos sibaritas se consideren pitagóricos», pensó Ariadna contemplando las mansiones, cuyos dueños debían de estar durmiendo todavía.

Entre la aristocracia sibarita abundaban los interesados en el pitagorismo, pero sólo en alguna parte de la doctrina y unos pocos preceptos. La disciplina observada en la comunidad de Crotona, centro de la hermandad y lugar de residencia de Pitágoras, era a todas luces demasiado para ellos. Se podía decir que el gobierno de Síbaris estaba controlado por una versión bastante tibia de adeptos al pitagorismo.

Detuvo su montura frente a un amplio pórtico de columnas estilizadas. Tras ellas, una pesada puerta de madera y metal permanecía cerrada. Alzó la vista. En el friso, bajo el frontón, destacaban bajorrelieves de Hades y Dioniso, los dioses de la riqueza y el vino.

«Tiene que ser aquí. Espero que no se haya ido.»

Saltó ágilmente de su asno y golpeó la puerta con firmeza.

Akenón hundió las manos en el saco de metal precioso. Había multitud de pequeñas monedas, pulseras, lingotes... Agarró un objeto medio enterrado y lo levantó. Se trataba de una bandeja de tamaño mediano. Las asas eran dos águilas toscamente labradas con las alas abiertas. La sopesó complacido y después la devolvió al saco, junto al resto de la plata. Era una visión fascinante. Se quedó un rato disfrutando del momento en la tranquilidad del establo, arrodillado en el suelo de arena y paja. Lo único que se oía era la respiración ruda de los animales y daba por hecho que no iba a entrar nadie.

«Es increíble que este tesoro sea mío.»

De repente, su sonrisa se desvaneció y retiró las manos como si se hubiera manchado. Acababa de recordar la salvaje ejecución de Tésalo.

Cerró el saco con una mueca de disgusto y lo colocó al lado de otro del mismo tamaño. Los ató entre sí con una cuerda y los cargó en su mula, junto al resto del equipaje.

Acudieron a su mente los últimos momentos de la noche anterior. En cuanto Glauco ordenó que saliera todo el mundo, se formó un tapón en las puertas. Hubo algunos heridos en la precipitación por alejarse de la locura asesina de su señor. Akenón permaneció junto al sibarita, que se quedó a cuatro patas gimoteando como un animal enfermo.

Finalmente, Glauco alzó su rostro desencajado.

—Dame algo para dormir. —Lloriqueaba con la barbilla empapada de babas que colgaban hasta el suelo en hilos viscosos—. Necesito estar inconsciente hasta que el barco de Yaco haya partido.

Akenón asintió sin palabras. No necesitaba a Glauco para cobrar su recompensa. Habían cerrado todas las condiciones junto a un secretario, que sería el encargado de pagarle.

Salió de la sala de banquetes y fue hacia su habitación sintiéndose exhausto. No vio ni oyó a nadie mientras cruzaba el palacio, como si en vez de albergar a doscientas personas estuviera vacío. Las antorchas del patio sólo iluminaban el aire frío e inmóvil de la noche.

Nada más entrar en su cuarto se sentó de golpe en el borde de la cama y apoyó la cabeza en las manos. Después de unos segundos, metió un brazo debajo del lecho y extrajo un saco grande donde guardaba la mayor parte de su equipaje. En el fondo tenía una bolsa de cuero con numerosos frascos y bolsitas, todo cuidadosamente envuelto en piel fina para protegerlo. Tanto en Egipto como en Cartago y Libia había dedicado muchos años a aprender a utilizar el poder de las plantas, minerales y diversas sustancias animales. Aquella bolsa de cuero era lo más valioso de su equipaje. Extrajo un frasquito de cristal de roca con un símbolo en su exterior que sólo él sabía interpretar.

«Si me excediera con la dosis, Glauco no despertaría jamás.»

Se recreó en aquel pensamiento durante unos segundos. A sus ojos Glauco había actuado como un criminal.

En muchas culturas se permitía la ejecución de esclavos, y en la mayoría de las ciudades helenas sólo se castigaba con la muerte el asesinato de un ciudadano. Por supuesto, si el homicida era un aristócrata el crimen de un esclavo casi nunca era investigado. Sin embargo, Akenón se consideraba un apátrida y juzgaba y actuaba según sus propias reglas. No obstante, tenía que ser pragmático: la primera consecuencia de matar a Glauco sería que su propia cabeza rodaría por los suelos. Además, él no era un asesino. Hasta ahora sólo había matado en defensa propia y no quería que eso cambiara.

Sirvió un poco de agua en una copa y añadió con cuidado dos pequeñas medidas del polvo pardo que contenía el frasquito. Lo removió mientras atravesaba de nuevo el palacio hasta la sala de banquetes. Glauco se había acostado en uno de los triclinios y lloraba débilmente. El cadáver de Tésalo seguía en el suelo, en medio de un charco de sangre. Glauco levantó la cabeza al oírlo llegar, le arrebató la copa y bebió el contenido de un trago. Después dejó caer la copa y miró a Akenón antes de darse la vuelta para dormir. Fue una mirada cargada de resentimiento. No le había dado las gracias ni lo haría nunca.

La mula se removió devolviendo a Akenón al presente. Le dio unas palmadas en la grupa y sacudió la cabeza intentando borrar los acontecimientos de la noche anterior.

No había vuelto a ver al joven Yaco. Ahora tendría su rostro de efebo destrozado y estaría encadenado a un remo en una de las naves comerciales de Glauco.

Meneó de nuevo la cabeza y llenó los pulmones con el aire frío de la mañana. Llevando a la mula de las riendas, atravesó las puertas del establo y accedió al patio interior.

La imagen que apareció ante sus ojos hizo que se detuviera en seco. Un instante después, su corazón comenzó a latir como si estuviera a punto de reventar.

CAPÍTULO 6

17 de abril de 510 a. C.

EL MAR JÓNICO RESPLANDECÍA bajo el sol de la mañana. Al regresar de su paseo matinal, Pitágoras se había detenido en la entrada de la comunidad, junto a la estatua del dios Hermes. Con una mano apoyada en su pedestal, contemplaba la unión entre el mar y la costa en dirección norte.

«Mañana regresarán.»

Su ánimo permanecía apesadumbrado desde la muerte de Cleoménides, hacía tres semanas. Había mantenido el ritmo en las actividades de la comunidad con muchas dificultades. Su aventajado discípulo era aristócrata de origen y su familia había ordenado una investigación a fondo, que había incluido el interrogatorio de todos los miembros de la orden presentes la fatídica noche.

No se había obtenido ni la más mínima pista.

Gracias a que los familiares de Cleoménides eran en su mayoría iniciados de la hermandad, los había convencido de que dejaran la investigación en sus manos.

«Aunque estoy tan perdido como en la cuestión de la sucesión.»

Al morir Cleoménides, sus virtudes frente al resto de los candidatos habían resaltado más que nunca. Hipocreonte, Orestes y Aristómaco, aunque por diferentes razones, no servían para la política. A Daaruk le faltaba compromiso y Evandro requería aún varios años de maduración.

Inspiró profundamente y echó un último vistazo al camino del norte.

«Dioses, iluminadme.»

Akenón contempló petrificado lo que tenía ante él. El entorno resultaba tan refinado como inofensivo, excepto por un detalle escalofriante.

En el patio del palacio de Glauco había columnas que formaban una amplia galería a lo largo de todo el perímetro. Dos de las columnas sostenían un frontón, constituyendo un pórtico que daba acceso a un patio más amplio, desde el que se accedía a las dependencias privadas del sibarita. Frente al pórtico, al otro lado del patio al que acababa de acceder Akenón, estaba el pasillo que conectaba con la calle. Ése era el objetivo que de repente parecía tan lejano.

A unos pasos de Akenón, una estatua del dios Apolo de tamaño natural reposaba sobre un pedestal. Seis metros más allá se alzaba otra de Dioniso. Entre ambas, como una esfinge que custodiara un paso, aguardaba Bóreas.

El gigantesco esclavo estaba descalzo y vestía tan solo un taparrabos. No parecía importarle que hiciese frío. Tenía los brazos cruzados sobre su inmenso pecho y los ojos cerrados, como si durmiera de pie.

Akenón permaneció inmóvil. Su mula se había detenido a su izquierda con la cabeza gacha. Los únicos signos de vida en todo el palacio los producían a su espalda los animales del establo.

Se movió muy despacio, tan sigilosamente como pudo, hasta colocarse al otro lado de la mula. Sin duda era una buena idea interponerla entre él y aquel gigante que la noche anterior había aplastado a un hombre con la misma facilidad que a una cáscara de huevo.

¿Por qué estaba allí Bóreas? Quizás Glauco le había encargado recuperar la plata. También era posible que el gigante siguiera los dictados de su propia voluntad. Akenón pensó en Eshdek, su poderoso amigo cartaginés cuyo nombre debería ser suficiente para protegerlo... «Ante los hombres, no ante las bestias.» Dio un paso hacia la salida sin apartar la vista del gigante, que no se inmutó. Conteniendo la respiración, siguió avanzando lentamente. Si Bóreas lo atacaba, su prioridad sería alcanzar la calle aunque tuviera que dejar atrás la mula y el equipaje con su recompensa. Ya intentaría recuperarlos a través de Eshdek.

Consiguió acercarse a sólo dos pasos del pasillo de acceso. En ese momento, Bóreas abrió los ojos y clavó en él una mirada intensa.

En el rostro del monstruo comenzó a dibujarse una sonrisa.

CAPÍTULO 7

17 de abril de 510 a. C.

Los golpes desvanecieron las imágenes de la mente de Alejandro. El joven, miembro de la guardia personal de Glauco, estaba recordando con amargura la noche anterior. Él era uno de los que se habían apostado en las puertas de la sala de banquetes para que no saliera nadie mientras su señor desenmascaraba al pobre Tésalo.

«Gracias a la ayuda de Akenón, ese maldito egipcio.» Había compartido con Tésalo numerosas partidas de dados. Era un buen hombre, tranquilo, simpático, siempre con una sonrisa en la boca. Jamás olvidaría su horrible muerte.

Los golpes se repitieron y Alejandro se acercó a la puerta exterior de doble hoja. Su compañero permaneció junto a la puerta interior, al otro lado del pasillo de acceso.

A través de la mirilla metálica vio a una mujer de unos treinta años, de pie junto a la puerta. Tras ella había dos hombres con apariencia inofensiva. Los tres iban vestidos con sencillas túnicas blancas, sin broches ni otros adornos, y ninguno parecía llevar armas.

Descorrió el cerrojo y abrió una de las hojas.

—¿Es ésta la residencia de Glauco? —la mujer habló antes de que lo hiciera Alejandro.

«¿Quién es esta mujer, que se comporta como si fuese un hombre?», se dijo el guardia un poco ofendido.

—¿Quién lo pregunta? —interrogó con brusquedad.

—Soy Ariadna de Crotona. Buscamos a Akenón. Tengo entendido que lo encontraremos aquí.

«El maldito egipcio.» Alejandro sintió que el rencor le quemaba el estómago y apretó el mango de su lanza.

Dirigió a la mujer una mirada hostil y tuvo el impulso de mostrarse grosero, o al menos responderle que Akenón no estaba; sin embargo, por lo que había visto hasta entonces el egipcio era un invitado muy valorado por su señor. Más le valía tragarse el resentimiento.

–Voy a avisar para que lo llamen –dijo de mala gana.

Cerró la puerta en las narices de Ariadna. Era la única satisfacción que podía darse, al menos de momento.

Ariadna sonrió. «No parece que Akenón vaya por ahí haciendo amigos.» Tenía curiosidad por conocerlo. Dio la vuelta, salió del pórtico y se dispuso a esperar junto a sus compañeros.

Se dio cuenta de que estaba nerviosa. Hasta ese momento había dado por hecho que el egipcio diría que sí, pero lo cierto era que no tenía ninguna garantía de ello.

«Quiera Apolo que acepte nuestra invitación.»

Cruzó los brazos y mantuvo la mirada clavada en la puerta.

Bóreas y Akenón se sostenían la mirada en silencio. El sol incidía directamente en la piel del gigante tracio, resaltando su matiz rojizo. Los dos permanecían inmóviles, como si el tiempo se hubiese congelado.

Finalmente Akenón tiró de las riendas de su mula hacia la salida. Aunque no quitaba la vista de Bóreas, con el rabillo del ojo vio que la puerta estaba cerrada. Tendría que llamar y esperar a que le abrieran.

La mula echó a andar. El sonido de los cascos pareció incitar a Bóreas, que descruzó sus enormes brazos. Akenón sintió que se le helaba la sangre y comenzó a desenvainar su espada.

CAPÍTULO 8

17 de abril de 510 a. C.

–¡AKENÓN!

Se volvió bruscamente a la vez que alzaba la espada. La puerta acababa de abrirse y un guardia lo llamaba desde el umbral. Experimentó un repentino alivio que se transformó al momento en una oleada de aprensión. Quizás el guardia y Bóreas tuvieran las mismas intenciones: recuperar la plata de Glauco de sus alforjas.

Tensó los músculos y aguardó con la espada en alto, atento a lo que sucedía tanto delante como detrás de él.

–Te buscan en la puerta –indicó el guardia de mala gana–. Una mujer... Ariadna de Crotona.

Akenón frunció el ceño. «No conozco a ninguna Ariadna.»

Apareció otro guardia junto al primero. Entre los dos abrieron de par en par las puertas interior y exterior, apartándose después para que pudiera pasar con su mula. Akenón dudó, pero enseguida decidió que cualquier riesgo era preferible a Bóreas. Con una mano en las riendas y la otra aferrando la espada, se internó en el pasillo de acceso sin dejar de vigilar al gigante.

«Vaya, nadie me había advertido de que fuera tan atractivo», pensó Ariadna.

Su gesto no reveló ninguna muestra de interés, pero lo cierto es que contempló complacida a Akenón, que estaba cruzando la puerta tirando de una mula bastante cargada. El hombre tenía diez o quince años más que ella y por lo que podía ver se mantenía en buena forma. Llevaba una túnica oscura y corta que se ajustaba a su cuerpo sin revelar la habitual curvatura en la tripa de los hombres de su edad. En sus brazos se marcaban fuertes músculos, lo que unido a su altura hacía que no pudiera pasar desapercibido. Al acercarse, el egipcio fijó en ella una mirada penetrante y algo recelosa. Ariadna no apartó la vista y detectó en su expresión un destello de interés. Tenía un rostro cuadrado, moreno, de labios anchos y ojos oscuros. Llevaba el pelo negro un poco largo y, al contrario que la mayoría de los griegos, su rostro estaba completamente afeitado.

Akenón traspasó el pórtico y miró hacia atrás. Los guardias estaban cerrando la puerta tras él, por lo que tanto Bóreas como ellos dejaron de ser una amenaza inminente. Envainó la espada y observó en silencio a las únicas personas que se veía en la calle. Una mujer llamativa y dos hombres de pie junto a tres burros sin apenas carga.

–¿Me buscabais? –preguntó dirigiéndose hacia los hombres.

Uno de ellos hizo un gesto hacia la mujer, que respondió con voz tranquila y firme.

–Mi nombre es Ariadna, y éstos son Braurón y Telefontes. Venimos de Crotona, de la comunidad pitagórica. Pitágoras desea invitarte a la comunidad y contratar tus servicios. Me ha pedido que te transmita su más afectuoso saludo y sus deseos de volver a verte.

Akenón desvió la vista, tomándose unos segundos antes de responder. Precisamente tenía la intención de visitar a Pitágoras tras acabar su trabajo en Síbaris. Hacía más de treinta años, siendo él un chiquillo, Pitágoras vivió un tiempo en Menfis, la ciudad natal de Akenón. El padre de éste era funcionario, un notable geómetra. Se dedicaba a formar a nuevos geómetras para que trabajaran en la correcta redistribución de las tierras tras las crecidas del Nilo. El mismísimo faraón le pidió que explicara a Pitágoras aquella ciencia que los egipcios llevaban siglos desarrollando. El carismático griego pasó muchas jornadas con Akenón y su padre. La madre de Akenón, de origen ateniense, había fallecido el año anterior y la familia la componían ellos dos solos. Compartieron la mesa muchas veces con Pitágoras, que incluso durmió en su casa en más de una ocasión, cuando la animada conversación se prolongaba inadvertidamente hasta la madrugada.

Sonrió sin darse cuenta. Recordaba a Pitágoras como un hombre fascinante y muy amable con él. Siempre le decía que tenía grandes aptitudes, y él se hinchaba de orgullo cuando recibía los elogios de aquel amigo de su padre y del faraón. En esa época, Akenón estudiaba con su padre y con trece años sabía bastante geometría. Hubiera sido un buen geómetra si la vida no se hubiese torcido.

Con el paso de los años el nombre de Pitágoras se había hecho famoso en todo el mundo. Akenón de vez en cuando oía hablar de él, de su creciente influencia y sus prodigios. Ahora llevaba más de tres décadas sin verlo y le alegraba que el gran maestro se acordara de él, pero no le hacía gracia que quisiera contratarlo. Gracias a la plata cobrada de Glauco, había confiado en poder cumplir su sueño de olvidarse de investigaciones y crímenes durante unos cuantos años.

Asintió levemente y alzó la mirada hacia Ariadna.

–Iré con vosotros. Tengo muchas ganas de reencontrarme con Pitágoras. Sin embargo, no creo que pueda quedarme a realizar ningún trabajo. Mi intención es embarcarme en pocos días.

–Te agradezco que nos acompañes –respondió Ariadna–. En cuanto a lo demás, lo mejor será que lo hables con Pitágoras.

«Y dudo que le digas que no. Nadie lo hace.»

En ese momento, a ochenta kilómetros de Ariadna y Akenón, Pitágoras paseaba en solitario por un bosque cercano a su comunidad. Caminaba con lentitud, absorto en sus pensamientos, y de vez en cuando negaba con la cabeza. La gran carga que soportaban sus hombros encorvaba su figura, habitualmente erguida y majestuosa.

Detrás de él, ocultándose entre los pinos, alguien observaba al gran maestro. Llevaba un rato siguiéndolo. Al igual que Pitágoras, también estaba pensando en la muerte de Cleoménides; sin embargo, a diferencia del maestro, lo hacía con gran regocijo.

CAPÍTULO 9

17 de abril de 510 a. C.

AKENÓN EXPERIMENTÓ UNA SÚBITA euforia en cuanto dejaron atrás las últimas casas de Síbaris. La sensación resultaba tan intensa y grata que casi lo aturdía. Era una mezcla de alegría y energía que provenía de haber terminado exitosamente un trabajo, dejado atrás una situación en la que había temido por su vida y llevar en las alforjas dos pesados sacos llenos de plata, un auténtico tesoro. A todo esto se unía la excitación de estar de viaje, casi podía decir que de placer, por una región desconocida y con una mujer que le resultaba cada vez más atractiva.

Llevaban tres horas de marcha pegados a la costa. El sol había ascendido en el cielo sin nubes y la temperatura se había vuelto muy agradable. Akenón observó que el terreno se iba volviendo más escarpado según se alejaban de Síbaris. Ariadna marchaba en ese momento justo detrás de él. Los dos acompañantes, completamente silenciosos, se mantenían tras ellos a cierta distancia, aparentemente entregados a la meditación sobre sus monturas.

Akenón había intercambiado unas cuantas frases con Ariadna, pero sería demasiado decir que habían conversado. Aunque ella respondía a sus preguntas, le remitía a Pitágoras en todo lo referente a los motivos para querer que fuese a Crotona. No obstante, a pesar de que Ariadna no parecía muy habladora, Akenón creyó percibir en sus silencios y en el modo de mirarlo que no era indiferente a él. En Cartago tenía cierto éxito con las mujeres y no había razón para pensar que eso fuera a ser diferente con las griegas. Tampoco es que fuese un mujeriego, ni mucho menos. De hecho, durante su juventud había pasado por una larga etapa de ascetismo que había dejado cierto poso en sus costumbres. Ese ascetismo, no obstante, estaba lejos de guiar su voluntad en estos momentos.

Refrenó su montura con disimulo y observó a Ariadna mientras ella le adelantaba. La joven llevaba su cabello castaño claro recogido en una cola de caballo. Su expresión era inteligente y tanto los ojos verdes como la boca sensual tenían un estimulante aire de desafío. Medía bastante menos que él, debía de llegarle por los hombros, y era una mujer de curvas acentuadas, más voluptuosa que rolliza. Contempló el contundente movimiento de su pecho bajo la túnica. El tejido era fino y se pegaba al cuerpo de un modo muy revelador. Akenón separó los labios y comenzó a respirar a través de la boca. Ella giró la cabeza para mirarlo y sonrió, haciendo que experimentara una oleada de calidez. Estaba casi seguro de que... quizás...

Espoleó su mula hasta ponerse junto a Ariadna.

—Supongo que nos detendremos antes de llegar a Crotona.

—Claro, tendremos que hacer noche a mitad de camino. No se puede ir rápido por estos senderos. Llegaremos a una posada antes de que se ponga el sol. —Exhibió de nuevo su sonrisa ambigua, quizás insinuante—. Para comer podemos parar en una explanada que hay tras doblar aquel pequeño cabo.

Akenón volvió la cabeza. Braurón y Telefontes estaban varios metros más atrás. No podían oírlos.

—Tal vez podríamos hacer alguna otra parada antes. Quiero decir...

La miró fijamente y sonrió de modo inequívoco. Nunca habría actuado así en circunstancias normales, pero era como si estuviese embriagado por la euforia y por el peculiar atractivo de Ariadna. Además, quién sabía si iban a volver a disfrutar de una ocasión tan favorable de estar a solas, en medio de ninguna parte y con sólo un par de acompañantes que se mantenían a distancia y absortos en su mundo interior.

Ella lo miró con una expresión de incomprensión sorprendentemente ingenua.

«¿Me lo está poniendo difícil o de verdad no se entera?»

—Quiero decir —insistió Akenón—, en un sitio donde uno pueda ocultarse entre los árboles sin que nadie lo vea —señaló con la cabeza hacia los compañeros de la mujer.

—Ya comprendo. —Ariadna sonrió—. Perdona que no te haya entendido antes.

Alzó la mano para que sus acompañantes se detuvieran y tiró de las riendas.

–No imaginaba que fueras tan tímido. Pero no te preocupes, estoy acostumbrada. Mi anciano padre también necesita parar a menudo para orinar. Son las pequeñas molestias de envejecer.

Akenón se quedó mirando a Ariadna boquiabierto. La joven mostraba ahora una expresión burlona. Había sabido perfectamente lo que quería desde antes de que dijera ni una palabra.

Saltó de la mula y se internó entre los árboles maldiciendo para sus adentros.

«Las pequeñas molestias de envejecer...»

Aguardó un minuto antes de regresar. Fue tiempo suficiente para que pasara de sentirse ofendido y abochornado a reírse de sí mismo. Volvió al camino con una sonrisa en los labios. Montó en su mula aguantando con deportividad el semblante divertido de Ariadna y reanudaron la marcha.

Durante un rato cabalgaron en silencio, hasta que Akenón se volvió hacia Ariadna e hizo otro comentario calculadamente ambiguo. Ella, sin alterar la expresión, respondió de nuevo con aparente ingenuidad a la vez que daba la vuelta al significado del comentario. Akenón agachó la cabeza para ocultar una sonrisa. Poco después alabó el paisaje de un modo que podía ser una referencia al candor engañoso de Ariadna. Ella asintió y respondió inmediatamente, refiriéndose a la aridez del terreno circundante con palabras que también parecían una burla a quienes por ser demasiado presuntuosos terminan escarmentados.

Aquel juego de equívocos y dobles sentidos se prolongó el resto de la jornada mientras seguían bordeando la costa. Akenón no lo pasaba tan bien desde hacía tiempo. La sutil agudeza de Ariadna y el hecho de que le hubiese tomado el pelo tuvieron el curioso efecto de que se sintiera más atraído.

Ya de noche, en la soledad de su cama de la posada, Akenón repasó los sucesos del día. Antes de caer dormido se hizo una promesa:

En Crotona conseguiría que Ariadna lo acogiera en su lecho.

Al atardecer del día siguiente llegaron a su destino.

El camino seguía la línea de la costa, que al acercarse a Crotona se volvía menos abrupta. Akenón observó con interés mientras su mula recorría cansinamente el último trecho. Crotona era una ciudad orientada hacia el mar, centrada en su puerto. Con el paso del tiempo había crecido tierra adentro hasta difuminarse en la falda de las colinas que protegían su espalda. No era tan grande como Síbaris, pero aun así Akenón estaba impresionado por su extensión. También se vio sorprendido por el tamaño y magnificencia de sus principales edificios. No en vano era la segunda ciudad más populosa de la Magna Grecia.

En vez de adentrarse en la ciudad, la bordearon en silencio en dirección a la colina más cercana. En la parte baja de su ladera, un kilómetro más allá de los límites de Crotona, un sencillo seto trazaba un rectángulo de trescientos por doscientos metros. En su interior se concentraban varios edificios, algunos templos y pequeños jardines salpicados de estatuas. Parecía una pequeña aldea en la órbita de la gran Crotona, unida a ella por un sendero que recordaba un alargado cordón umbilical. Como si la gran ciudad y la pequeña aldea formaran una simbiosis mística.

El camino por el que marchaban se cruzó con aquel sendero y Ariadna condujo al pequeño grupo alejándose de Crotona, en dirección a la extraña congregación de edificios. Se trataba de la comunidad pitagórica, construida por la ciudad de Crotona para que Pitágoras convirtiera aquel lugar en el centro de su poderosa iluminación. En las últimas tres décadas, la hermandad pitagórica había pasado de ser una modesta institución con algunas docenas de participantes a convertirse en la más boyante e influyente orden de la época: seiscientos discípulos vivían en los edificios de la comunidad crotoniata, había miles de seguidores de la doctrina en diversas ciudades y controlaban decenas de gobiernos.

Aunque Akenón no lo sabía, había una razón para que el prestigio de Pitágoras no fuese aún mayor: entre los principales mandatos de la orden estaba el secretismo sobre muchos aspectos de la hermandad, y en particular sobre el núcleo de su sabiduría. Hacían un voto de secreto tan estricto que ni siquiera podían poner por escrito sus principales descubrimientos. Pitágoras era conocido por su poder político y por su inmenso prestigio como maestro y espíritu superior; no obstante, la única manera de acceder a los conocimientos que atesoraba era conseguir acercarse a él y ser aceptado.

No era fácil ser admitido en la orden y alcanzar sus últimos grados resulta casi imposible. Todo el mundo era testigo del potente resplandor del maestro, pero muy pocos llegaban a contemplar la luz de cerca. En las tres décadas de existencia de la hermandad, sólo seis grandes maestros habían logrado formar parte del círculo íntimo de Pitágoras. Uno de ellos, Cleoménides, había sido asesinado. De los cinco restantes, sólo el que fuera nombrado sucesor recibiría en su totalidad la poderosa iluminación de Pitágoras.

Al acercarse más, Akenón sintió que un escalofrío le recorría la espina dorsal. Era imposible sustraerse al aura de espiritualidad que envolvía la comunidad. Se olvidó de su atractiva compañera de viaje, con la que no había cruzado palabra desde que habían divisado la comunidad. Su mente estaba concentrada en el hombre enérgico y enigmático que había conocido en Egipto. Estaba a punto de volver a encontrarse con él..., pero ahora ya no era sólo un hombre notable. Se había convertido en el maestro de maestros.

En la puerta de la comunidad aguardaba un pequeño comité de recepción. Al frente estaba el gran Pitágoras. Akenón, atraído por su magnetismo irresistible, no podía apartar la vista de él. El maestro destacaba por su altura imponente, pero sobre todo porque parecía irradiar una luz especial, como si el sol iluminara la blancura de su túnica y sus cabellos con mayor intensidad que al resto del mundo.

Desmontaron y recorrieron a pie los últimos metros. Ariadna caminaba a su lado con una expresión indescifrable.

Pitágoras se adelantó, colocó ambas manos en los hombros de Akenón y habló con su voz firme y sincera.

–Akenón, qué gran alegría volver a verte.

Lo envolvió con su mirada penetrante y Akenón sintió una extraña vergüenza, como si de repente quedara expuesto cuanto de bueno o malo había hecho a lo largo de su vida. Al mismo tiempo, a pesar de su determinación de no dejarse involucrar en un nuevo caso, tuvo la certeza de que sería muy difícil negarle nada a Pitágoras.

Tras retirar de él aquella mirada profunda, el maestro se volvió hacia Ariadna.

Sus siguientes palabras hicieron que Akenón palideciera.

CAPÍTULO 10

18 de abril de 510 a. C.

–¡¿Por qué tenemos que dejar que un extranjero haga el trabajo de nuestra policía?!

Cilón agitaba los brazos al hablar, haciendo bien patente su indignación. Estaba arengando a los miembros del Consejo de los Mil desde el estrado de la sala donde se congregaban, el espacio más amplio y solemne de Crotona. El millar de hombres más poderosos de la ciudad escuchaba desde las gradas su apasionado discurso, con interés en algunos casos, con recelo la mayoría. Por encima de la lujosa túnica púrpura de Cilón sobresalía su grueso rostro, tan congestionado que parecía rivalizar con el color de sus vestiduras. Tuvo que hacer un esfuerzo para controlar su respiración agitada y poder seguir declamando.

–Me acaban de informar de que ya ha llegado a la comunidad el hombre convocado por Pitágoras. ¡Un egipcio! –exclamó escandalizado. Se volvió hacia su derecha y señaló a un grupo de consejeros–. Cleoménides era vuestro hermano, vuestro primo, ¡tu hijo, Hiperión! ¿Por qué consentís que Pitágoras ignore nuestras leyes, una vez más, y se arrogue la función de la policía?

El anciano Hiperión se revolvió en su asiento, incómodo y dolido. Lo que decía Cilón tenía una parte de verdad. La policía había iniciado la investigación del asesinato de su hijo Cleoménides, sin obtener ninguna pista, y Pitágoras había solicitado continuarla por sus propios medios. La policía podía seguir investigando, pero lo cierto era que no tenía indicios que seguir y ya no le dedicaba tiempo al asesinato de su hijo. Por otra parte, era innegable que él podía haber exigido desde el principio una investigación mucho más contundente: más agentes para trabajar día y noche en el caso, que levantaran hasta la última piedra de la comunidad..., pero él jamás llevaría la contraria a Pitágoras.

Cilón clavó la mirada en los familiares de Cleoménides, uno a uno. Todos bajaron los ojos en silencio. Eran miembros del Consejo de los 300, por lo que nunca se opondrían a Pitágoras; sin embargo, Cilón no pretendía que se enfrentaran a su maestro. Lo que quería era minar su autoridad moral para que el Consejo de los Mil se rebelara de una vez contra la tiranía de los pitagóricos.

El gobierno aristocrático de Crotona había recaído tradicionalmente en el Consejo de los Mil, una representación de las principales familias y grupos de influencia que conformaban la ciudad. Tras la llegada de Pitágoras, muchos de los mil consejeros fueron iniciados en la orden pitagórica. Superaron duras pruebas morales e intelectuales y abrazaron con fervor la doctrina que ahora regulaba todos sus actos. Finalmente, Pitágoras convenció a la ciudad, Cilón no entendía cómo, de que se creara una nueva institución con estos iniciados: el Consejo de los 300. Era un subconjunto del Consejo de los Mil, pero se situaba jerárquicamente por encima de éste.

En definitiva, la ciudad obedecía a los trescientos consejeros pitagóricos, y eso era algo que Cilón estaba resuelto a cambiar como fuese. Le enloquecía ver que todos seguían a Pitágoras como borregos. El asesinato de Cleoménides y la llegada de aquel egipcio podían ofrecerle la oportunidad que llevaba tanto tiempo esperando.

Se volvió hacia las facciones menos proclives a Pitágoras, alzó los puños y multiplicó la intensidad de su arenga.

CAPÍTULO 11

18 de abril de 510 a. C.

—ME TEMO QUE TE VOY A MAREAR presentándote a mucha gente —dijo Pitágoras—, pero al menos ya conoces a Ariadna, la mayor de mis hijas.

«¡Ariadna es hija de Pitágoras!»

Akenón se esforzó por seguir sonriendo. Tenía la sensación de que la mirada intensa del maestro leía en su mente. No pudo evitar recordar el día anterior, cuando había intentado acostarse con Ariadna en medio del bosque.

«¿Cómo iba a saberlo? Ella no me dijo nada.»

La atractiva joven saludó a su padre, dirigió a Akenón una última sonrisa burlona y se internó en la comunidad. Akenón la siguió con la mirada hasta que Pitágoras volvió a hablar con su voz profunda.

—Acompáñame, te hemos preparado una habitación. En ella encontrarás agua fresca. Si quieres podemos llevarte también algo de comer, o puedes esperar a la cena que será en un par de horas.

—El agua está bien, gracias. Ahora prefiero descansar.

Un chico de unos veinte años se acercó e hizo amago de coger las riendas de su mula, que él todavía tenía sujetas. Al recordar su pequeño tesoro de plata sintió el impulso de resistirse pero se contuvo a tiempo.

—De acuerdo. —Soltó las riendas—. Gracias.

El joven sonrió sin decir nada.

—No puede hablar a menos que se le pregunte —señaló Pitágoras—. Al igual que los dos hombres que os han acompañado desde Síbaris: Braurón y Telefontes. Son discípulos con el grado de oyente. Deben escuchar y meditar. Si completan ese grado y superan las pruebas necesarias, alcanzarán el grado de matemático. Entonces accederán a enseñanzas más elevadas y podrán discutirlas con sus maestros.

Cruzaron un sencillo pórtico que hacía las veces de entrada a la comunidad. Aunque seguían al aire libre, Akenón se sintió como si hubiera traspasado el umbral de un templo. Estaban en la parte baja de una ladera y el terreno ascendía suavemente desde la entrada hacia los edificios. Akenón observó a su derecha una estatua de Dioniso y a la izquierda otra de Hermes. Más allá, dominando el lateral izquierdo, había tres templos de piedra clara, casi blanca. El más grande estaba dedicado a Apolo. Los otros dos resultaban un enigma para Akenón, sobre todo uno de planta circular, algo que no había visto nunca.

—Es el Templo de las Musas —indicó Pitágoras siguiendo su mirada.

Akenón asintió en silencio mientras andaba. El camino que llevaba a los templos estaba enlosado. En cambio, el resto de los senderos de la comunidad eran tan sólo bandas sin vegetación causadas por el tránsito frecuente. Unían grupos de edificios destinados a vivienda, una escuela, los establos y un bello jardín con estanque por el que paseaban varios discípulos. Al alcance de la vista había más de doscientos adeptos, casi todos hombres. La norma parecía ser vestir con túnicas de lino de riguroso blanco, aunque algunas mujeres iban de color azafrán.

—He seguido tu trayectoria a lo largo de los años.

Akenón se sobresaltó con las palabras de Pitágoras y se dio cuenta de que el ambiente de la comunidad lo sobrecogía. Miró al gran maestro. Podía ver que sonreía por debajo de la espesa barba blanca. ¿Sería cierto que se había mantenido al tanto de su vida? Debía ser cauteloso y no dejarse llevar por la vanidad, así como no olvidar que Pitágoras le había hecho venir para intentar contratarlo, algo a lo que no estaba dispuesto.

—Tenía gran estima a tu familia —continuó Pitágoras en un tono amable y sincero—. Tu padre era un hombre excepcional y lamenté profundamente su muerte.

—Fue asesinado —replicó Akenón ensombreciendo la mirada.

—Lo sé. Un crimen que hizo que abandonaras tus estudios de geometría y te hicieras policía para tratar de que los culpables no quedaran sin castigo.

Akenón sintió que el corazón se le encogía. Ésa fue la razón exacta por la que se hizo policía, pero jamás había hablado de ello con nadie. ¿Cómo podía saber Pitágoras tanto de él?

—Nunca los encontré —respondió con amargura.

—Puede que él lo hubiera preferido así —dijo el maestro con suavidad—. Y tu madre también. Probablemente haya sido lo mejor para ti.

Akenón desvió la vista hacia el Templo de las Musas y avanzó en silencio. Pitágoras planteaba una cuestión esencial. Su madre había muerto cuando él tenía doce años, y tras el asesinato de su padre él solía imaginársela mirándolo con preocupación. En aquella época deseaba matar con sus propias manos a los asesinos de su padre, no entregarlos a la justicia. Y eso iba en contra de enseñanzas que llevaba profundamente grabadas. Ahora se alegraba de no haberlo hecho. Quizás su vida hubiese sido mucho más oscura si hubiera acabado con aquellos criminales.

—¿Cómo diste conmigo? —preguntó con curiosidad pero también para cambiar de tema.

—Llegué a saber que trabajabas para Amosis II. Tras su muerte te perdí la pista, pero hace unos años llegó a mis oídos la historia de un investigador de Cartago que había resuelto un caso con excepcional brillantez. Su nombre era Akenón. Supe inmediatamente que eras tú.

Akenón torció el gesto. «Está halagándome de nuevo.»

—Desde entonces he oído hablar varias veces de ti. La última fue hace dos semanas, con la noticia de que estabas en Síbaris. Justo cuando iba a mandarte un mensaje a Cartago. Una extraordinaria casualidad.

En ese momento pareció que iba a revelar para qué quería contratarlo. En lugar de eso se detuvo frente a un edificio.

—Aquí es.

Akenón se acordó de nuevo de lo que llevaba en el equipaje. Miró hacia atrás. El silencioso discípulo guiaba a la mula unos pasos por detrás de ellos.

—Pitágoras —dijo bajando la voz—, llevo una gran cantidad de plata en mi mula.

El maestro asintió y respondió sin inmutarse.

—He mandado colocar en tu habitación un arcón con cerradura. Tú serás el único que tenga la llave. De todos modos, en la comunidad nunca se ha producido un robo. –Su expresión se ensombreció súbitamente y su voz traslució una aflicción intensa–. Aunque tampoco se había producido un asesinato.

Akenón enarcó las cejas.

–¿Un asesinato? ¿Por eso has querido que viniera?

–Desgraciadamente así es. Pero si no tienes inconveniente hablaremos de eso más tarde, cuando descanses. Vendré a buscarte antes de la cena y entraremos en detalle dando un paseo. En cuanto a tu equipaje, en tu habitación estará seguro, pero si te quedas más tranquilo lo guardamos en mi casa. –Reflexionó un momento–. También puedes entregárselo a Eritrio, el curador con el que trabajamos en la orden.

Akenón lo miró con expresión interrogativa y Pitágoras explicó la función del curador.

–En la orden tenemos iniciados, que residen fuera de la comunidad, y discípulos residentes. Los iniciados reciben la parte más sencilla de las enseñanzas mientras continúan con su vida externa habitual. Por otra parte, los discípulos que ingresan en la comunidad entregan sus bienes mientras residen con nosotros a un curador, Eritrio, que se encarga de cuidarlos o administrarlos.

Akenón meditó unos segundos. La comunidad estaba rodeada por un seto que se podía saltar fácilmente, pero parecía que en su interior sólo había discípulos de Pitágoras. Eran varios cientos de hombres y decenas de mujeres que darían la voz de alarma si se colaba un intruso. Por otra parte, quizás había un asesino entre ellos...

–De momento dejaré mis pertenencias en el arcón de mi habitación –concluyó finalmente–. Más adelante quizás lleve la plata al curador.

Pitágoras asintió e hizo un gesto al discípulo para que los ayudara a descargar la mula. Akenón se sorprendió cuando vio que el anciano Pitágoras participaba en la operación. El asombro fue completo al ver que cargaba sin inmutarse con un peso que habría doblado a hombres mucho más jóvenes. Cuando terminaron, el discípulo se alejó con la mula camino de los establos.

A solas en la habitación, Akenón decidió hablar con franqueza.

–Pitágoras, no quería abandonar la Magna Grecia sin venir a saludarte. Es una gran alegría para mí volver a verte.

El maestro asintió sin responder, suponiendo que Akenón quería decir algo más.

–Sin embargo, necesito tomarme un tiempo libre. Llevo muchos años trabajando sin descanso, viendo más crímenes, sufrimiento e injusticias de lo que hubiera deseado. –Akenón meneó la cabeza, asqueado–. Estoy bastante harto de todo ello y no me veo con fuerzas ni ganas para investigar más crímenes. Lo siento, pero es así.

Pitágoras veía en la expresión de Akenón que su resolución era firme, pero que en parte estaba sustentada por acontecimientos recientes. Como gran conocedor de la naturaleza humana, sabía que normalmente el influjo de lo reciente decae con rapidez.

–Si me lo permites –colocó una mano sobre el hombro de Akenón–, trataremos este tema más adelante. Te expondré lo que me gustaría solicitarte y las implicaciones de nuestro problema, y luego decidirás con total libertad. De momento considera que estás invitado a nuestra comunidad, sin ningún compromiso. No hace falta que hablemos hoy de ello, podemos aprovechar nuestro paseo simplemente para charlar.

Akenón asintió en silencio antes de responder.

–De acuerdo. –No le quedaba más remedio que aceptar las amables palabras del maestro, aunque se daba cuenta de que era una treta para acabar implicándolo.

Cuando se quedó solo, Akenón se tumbó en el lecho, relajó el cuerpo y dejó la mirada perdida entre las vigas del techo. No tenía la sensación de estar simplemente de visita. Sacó un brazo y apoyó la mano en el grueso arcón de madera que contenía su tesoro.

Al dormirse, en sus sueños se deslizó Ariadna de Crotona, hija de Pitágoras.

CAPÍTULO 12

18 de abril de 510 a. C.

MIENTRAS AKENÓN CAÍA DORMIDO, Ariadna estaba a unos cuantos pasos de él, sentada en su propia cama con la espalda apoyada contra la pared. Sobre las piernas tenía una tablilla de madera con una capa de cera. Usando un punzón había dibujado algunas figuras geométricas que observaba con expresión soñadora. Dibujaba lo mismo con frecuencia. Le traía recuerdos agradables.

Hacía una década, cuando tenía veinte años, se pasaba todo el día estudiando. Su único maestro era su padre, que cada vez le daba con más frecuencia la misma respuesta frustrante.

–No puedo enseñarte más sobre esta materia. Lo siguiente está reservado a los grandes maestros de la hermandad.

Ariadna bajaba la mirada y callaba, obediente, pero cada día le costaba más aceptar aquello.

–Padre –respondió un día–, ¿qué tengo que hacer para que me permitas profundizar más?

–Ariadna, querida hija –la voz de su padre, aunque seguía siendo grave y resonante, adquiría un matiz dulce al dirigirse a ella–, para poder enseñarte lo que me pides, tendrías que cumplir las condiciones exigidas a todo gran maestro. Es necesaria una antigüedad en la orden...

–Soy tu hija y tengo veinte años –lo interrumpió Ariadna–, o sea que ése es el tiempo que llevo en la orden.

Pitágoras sonrió ante la obcecación de su hija predilecta. Decidió no hacer alusión a que un gran maestro debía demostrar el cumplimiento de unas reglas morales bastante exigentes. Ariadna habría asegurado que ella las cumplía todas, por lo que era mejor esgrimir un punto indiscutible.

–También hay que haber superado los estudios de maestro en todas las áreas de nuestras enseñanzas, y tú te interesas básicamente por la geometría. Debes avanzar más en astronomía, música... Se calló cuando Ariadna se cruzó de brazos y resopló mostrando su frustración.

–¿Quieres que lo dejemos por hoy?

–No –contestó ella–. Lo que quiero es... –Se quedó callada. Se le acababa de ocurrir algo–. De acuerdo, entiendo que no merezco acceder al grado de gran maestro, pero ¿te parecería bien plantearme sólo la prueba de geometría que hay que superar para ser gran maestro?

Pitágoras suspiró. El planteamiento era ingenioso. La propia prueba pondría en contacto a Ariadna con uno de los conocimientos que tanto anhelaba.

No obstante, tenía que volver a oponerse a su hija.

–Ariadna, tampoco puedo hacer eso. Debes ir paso a paso. Cuando llegue el momento, te plantearé las pruebas para acceder al grado de maestro. Después, con el paso de los años y, entre otras cosas, si consigues hacer tus propias aportaciones, podrás enfrentarte a las pruebas para ser gran maestro.

Ariadna agachó la cabeza.

«Yo no quiero ser gran maestro, sólo quiero aprender más geometría... y demostrar que en eso puedo ser tan buena como los mejores maestros.» No se resignaba a aceptar el planteamiento de su padre, pero tampoco tenía sentido seguir discutiendo con él.

Debía intentar conseguir su objetivo de otro modo.

Al día siguiente se ofreció voluntaria para recoger en la escuela tras las clases. Una de sus funciones era alisar las tablillas de cera que quedaban sin allanar al finalizar el día. Para su disgusto, descubrió que en los niveles más altos eran muy pulcros al respecto. No en vano todos hacían un juramento de secreto que protegía especialmente los conocimientos más elevados. Pese a ello, de vez en cuando descubría que todavía podía distinguir leves trazos en el borde de alguna tablilla. Los examinaba con avidez y anotaba lo que veía en un pergamino que ocultaba bajo la túnica. Un día se dio cuenta de que, si observaba las tablillas a la luz del sol, a veces se podían apreciar los trazos más profundos. Cuando no habían apretado lo suficiente en el proceso de borrado, sólo estaba igualada la capa más externa de la cera. Lo que podía ver en esas tablillas también se apresuraba a trasladarlo al documento que llevaba siempre con ella.

Unas semanas más tarde tenía un pergamino atiborrado de trazos apretujados. Se pasó días analizándolo, intentando encontrar un sentido conjunto en aquellos trocitos de conocimiento. La mayoría no cobró sentido, pero hubo algo que sí. Uniendo lo que veía a sus propios conocimientos, cayó en la cuenta de que tenía ante sí lo suficiente para deducir el modo de construcción del tetraedro.* Lo pasó a limpio en otro pergamino. Podía decirle a su padre que lo había descubierto sin ayuda, que ésa era la aportación que la hacía merecedora de que le enseñara más. Podía hacerlo, pero sería una mentira. Por eso se pasó semanas dando vueltas a aquello hasta que un día, como si su facultad de ver mejorara repentinamente, concibió algo completamente nuevo.

No era un gran descubrimiento, ni siquiera estaba segura de que fuera algo desconocido, pero sí lo era para ella. Corrió a buscar a su padre, llegó junto a él sin resuello y le entregó el pergamino que recogía su aportación.

Pitágoras, sin cambiar de expresión, echó un vistazo a lo que le entregaba Ariadna. Desde el momento en que ella se había apuntado de voluntaria en la escuela imaginó lo que iba a intentar. Después la había descubierto escudriñando tablillas de cera bajo el sol. Se temía que su hija le presentara ahora algo que hubiera copiado de aquellas tablillas. Al cabo de unos segundos levantó una ceja, extrañado. Era el método de construcción del tetraedro, pero había algo más. Lo observó con mayor detenimiento. Había una ligera variación en los pasos, una aproximación diferente que resultaba novedosa. No tenía ninguna aplicación, pero se trataba de algo inédito.

Miró a su hija. Ariadna tenía la misma expresión expectante que ponía con diez años, pero ahora era una mujer adulta, una discípula brillante que lo llenaba de orgullo.

---

* El tetraedro regular es el objeto tridimensional cuyas cuatro caras son triángulos equiláteros. Los pitagóricos lo consideraban muy relevante para comprender el modo geométrico de construcción del mundo.

–Ven a verme al ocaso. Te plantearé la prueba.

Ariadna chilló de alegría.

Horas más tarde, mientras el sol se ponía, Pitágoras le repitió una advertencia que ya le había hecho varias veces.

–Recuerda que nadie debe saber lo que estás aprendiendo. Yo debo ser el primero en dar ejemplo y contigo me he saltado varias normas. –Su gesto se volvió más grave–. Y ahora estoy a punto de incumplir otra muy importante.

Ariadna asintió, muy seria. Pitágoras era inflexible con todas las reglas que gobernaban su hermandad, pero con Ariadna no podía evitar hacer excepciones. Ella *necesitaba* más que nadie mantener la mente ocupada en la doctrina.

–Te pongo las mismas condiciones que a todos los que se han enfrentado a esta prueba. Tienes que resolver en veinticuatro horas el problema planteado en este pergamino. No puedes hablar con nadie, y nadie debe ver en qué trabajas. El plazo empieza en este instante –le entregó un pergamino doblado–, y acaba mañana, en el momento en que se ponga el sol.

Ariadna desplegó el documento, lo revisó un momento muy nerviosa, y salió corriendo hacia su habitación sin decir una palabra.

Esa noche no durmió. Con la luz de dos lámparas de aceite analizó el contenido del pergamino hasta aprenderlo de memoria. Tenía que resolver el problema geométrico de inscribir un dodecaedro* en una esfera. Cuando las figuras comenzaron a bailar ante sus ojos, los cerró y siguió trabajando en su mente. Era un problema muy difícil, mucho más que cualquier cosa que hubiera visto hasta entonces. Intentó utilizar los conocimientos que poseía sobre el tetraedro, sin resultado. El dodecaedro era una figura mucho más complicada.

Al amanecer estaba cansada y desanimada. No salió de su habitación ni para desayunar, pero a media mañana se dio cuenta de que la fatiga y el hambre estaban haciendo mella en su capacidad de concentración. Se dirigió corriendo a las cocinas, cogió algo de fruta y regresó a la carrera.

---

* El dodecaedro regular es el objeto tridimensional cuyas doce caras son pentágonos regulares. Para los pitagóricos era el más importante de todos, así como el más complejo.

Aunque la comida le sentó bien, seguía sin avanzar. El pergamino tenía la mitad del espacio en blanco para que resolviera allí el problema, y apenas había hecho anotaciones. Empezó a plantearse la posibilidad de no resolverlo. ¿Cómo iba a conseguir ella lo que sólo había logrado un puñado de hombres, los más capaces de entre todos los maestros? Aquel pensamiento creció y creció y de repente notó que se bloqueaba. Las imágenes dejaron de fluir en su mente y se quedó sola ante un pergamino lleno de figuras planas que no le decían nada. El pánico la heló por dentro. El sol estaba en su cénit, a punto de iniciar el descenso hacia el horizonte. Le quedaban sólo unas pocas horas. Comenzó a respirar cada vez más rápido, sintiendo que se ahogaba. Finalmente decidió abandonar el pergamino y salió al exterior.

Se dirigió hacia el Templo de las Musas. Vio de reojo que su padre la observaba desde la distancia, pero no quiso ni mirarlo. Se refugió en la calma sombría del templo y contempló las estatuas de las Musas.

«Inspiradme», les rogó.

Cerró los ojos y dejó la mente en blanco, esperando que le llegaran imágenes. Al cabo de un rato desistió. No iba a resolver aquello a base de iluminación. Agachó la cabeza y llenó los pulmones con la atmósfera serena del templo. Por lo menos ahora se notaba más relajada. Debía volver a su habitación y seguir trabajando en el problema, tan intensamente como fuera capaz, hasta que el sol se pusiera.

Sentada de nuevo frente al pergamino, repasó lo que había hecho hasta entonces. Decidió dividir el problema en partes y afrontarlas por separado. Una hora más tarde, le pareció que había obtenido algún resultado en el inicio del problema, pero no tenía tiempo de comprobarlo. Siguió con los diferentes elementos, anotando todo lo que se le ocurría. La luz que entraba por la ventana era cada vez más tenue.

Mantuvo un ritmo frenético de trabajo durante horas, sin repasar nada de lo que hacía, hasta que llegó al final.

«Ahora tengo que comprobar qué pasos están bien y replantear los que no haya conseguido resolver.»

Antes de volver al principio del problema, echó un vistazo rápido a la ventana.

Estaba oscuro.

«¡No!»

Agarró el pergamino y salió como un rayo, sintiendo que los ojos se le llenaban de lágrimas. Cruzó la comunidad a la carrera e irrumpió desesperada en casa de su padre.

Pitágoras estaba sentado frente a una mesa, esperándola.

—El plazo ha expirado —dijo con rigurosa formalidad—. Se acaba de poner el sol..., aunque supongo que hará más de un minuto que has escrito lo que sea que lleves ahí.

Extendió una mano y Ariadna le entregó el pergamino.

—No me ha dado tiempo a repasarlo —murmuró abatida.

Pitágoras desplegó el documento ante él y comenzó a examinarlo.

—Lo he dividido en pasos —dijo Ariadna—. Creo que el principio está aquí —señaló una zona del pergamino—, y luego sigue...

Se situó junto a Pitágoras para ver mejor lo que había escrito y se dio cuenta de que aquello era un caos. No era sólo que debía de haber errores en la mayoría de los pasos, cuando no en todos, sino que resultaba imposible saber si aquel embrollo era algo más que una absurda superposición de figuras y símbolos.

Dos minutos más tarde, Pitágoras levantó la cabeza de los documentos y le dirigió una mirada severa. Después inició un largo discurso.

Ariadna lloró desde el principio.

Lo primero que provocó el llanto de Ariadna fue saber que había desentrañado el secreto del dodecaedro. Todos los pasos de su trabajo eran correctos.

—Has resuelto uno de los problemas matemáticos más complejos e importantes que el hombre haya resuelto jamás. —La voz de Pitágoras era solemne y respetuosa—. Hay menos de veinte personas en todo el mundo que lo hayan conseguido. —Hizo una pausa y continuó con la mayor gravedad—. Ahora eres depositaria de un secreto trascendental, uno de los más valiosos para la orden, y sabes que el juramento de secreto te obliga a preservarlo aun a costa de tu vida.

Ariadna asintió, apretando sus labios mojados de lágrimas. Después Pitágoras le dijo que debía renovar el juramento, pues éste era más estricto según aumentaba la importancia de los secretos a los que se accedía. Normalmente se realizaba en una ceremonia con varios miembros de la hermandad, pero como nadie debía saber que Ariadna conocía aquello, la ceremonia la realizarían ellos dos solos.

Su padre le dijo que estaba orgulloso, pero también que debía dejarse guiar. Tenía que avanzar de un modo más homogéneo en las distintas materias que contemplaban sus enseñanzas.

–Creo que en dos o tres años podrás enfrentarte a las pruebas para ser maestra de la orden. Está claro que no tendrás problemas con la prueba de geometría, pero sabes que hay muchas más.

Ariadna asentía a todo lo que decía su padre.

Desde el día siguiente se dedicó al resto de las materias con el mismo empeño que había puesto en la geometría. Dos años después, teniendo ella veintidós, se convirtió en la maestra más joven de la hermandad. Algo que nadie supo en ese momento, pues no lo hicieron público hasta unos años más tarde, cuando ella contaba con la edad preceptiva.

Su padre quería que llegara al siguiente y último grado, el de gran maestro. Organizó para ella un programa especial de siete años y continuó dirigiendo personalmente su preparación. Sin embargo, tres años después de haber obtenido el grado de maestro, Ariadna abandonó aquel proyecto.

–Padre, llevo diez años encerrada en la comunidad y sin hablar prácticamente con nadie, aparte de contigo. Creo que estoy preparada para reintegrarme en la sociedad. Me gustaría que nos centráramos en eso y relegáramos de momento los estudios.

Pitágoras la contempló pensativo. Cuando Ariadna tenía quince años, él se había convertido en su tutor personal. Entonces lo académico no era una prioridad, pero ella había avanzado de un modo tan sorprendentemente rápido que no pudo evitar soñar que seguiría sus pasos. A pesar de ello, no iba a permitir que esos deseos interfirieran con su prioridad de proteger a Ariadna e intentar que fuera feliz.

–Así se hará. –Sentía pena porque intuía que Ariadna no reanudaría sus estudios, pero a la vez se alegraba por ella–. ¿Qué te parece empezar trabajando como maestra de niños en la escuela?

Ariadna accedió y comenzó al día siguiente. También empezó a salir de la comunidad, primero para hacer pequeñas gestiones en Crotona y finalmente a otras ciudades, como emisaria de Pitágoras.

En los siguientes años recorrió casi toda la Magna Grecia. No obstante, la misión de contactar con Akenón había sido la primera que le había hecho viajar a Síbaris.

Volviendo de los recuerdos, cruzó las piernas sobre la cama y reacomodó la espalda contra la pared. Después echó otro vistazo a la tablilla de cera en la que había dibujado el método de construcción del dodecaedro. Sonrió y borró el dibujo alisando la cera minuciosamente.

Quedaba una hora para la cena. Dejó la tablilla en la cama, inspiró profundamente y cerró los ojos. Iba a poner en práctica la otra facultad que, junto con la geometría, más había desarrollado gracias a su padre.

Dejó la mente en blanco y se concentró intensamente en su propia consciencia. Poco a poco fue percibiendo todo su espacio mental, hasta dominarlo por completo. Entonces hizo aparecer en él, trazo a trazo, un brillante dodecaedro. Cuando estuvo completo lo hizo girar, siendo consciente de un modo simultáneo de cada uno de sus ángulos y aristas. Después de un rato, desvió una pequeña parte de su atención y conectó con su cuerpo. Redujo al mínimo la tensión de sus músculos, la respiración, los latidos del corazón... Al disminuir la actividad de su organismo, aumentó en su espacio mental la intensidad de su consciencia. Entonces se concentró en un punto hasta sentir que se reunía allí todo su *ser*, flotando en el espacio que su propia mente había creado. Se desplazó suavemente a través de ese espacio, acercándose al gran dodecaedro que mantenía una rotación lenta y silenciosa. Finalmente, penetró en su interior.

Rodeada por el dodecaedro, en el centro exacto de sus proporciones perfectas, estaba completamente aislada del mundo externo.

Ariadna reunió toda su energía mental para continuar profundizando. Haciendo un esfuerzo supremo, comenzó a internarse donde casi ningún gran maestro era capaz.

CAPÍTULO 13

18 de abril de 510 a. C.

SI AKENÓN HUBIESE VISLUMBRADO a lo que iba a enfrentarse, habría subido inmediatamente en el primer barco hacia Cartago. Sin embargo, tras despertarse se limitó a permanecer sentado en la cama, disfrutando de una agradable sensación de calma. Sus planes más inmediatos se limitaban al paseo que iba a dar con Pitágoras. Tenía intención de esquivar el tema de su participación en la investigación del asesinato... o rechazarlo de pleno, si era necesario.

Se levantó y comprobó de nuevo la cerradura del arcón. Quedó satisfecho, parecía muy sólida. Salió de su cuarto y atravesó un amplio patio interior rodeado de habitaciones similares a la suya. En la comunidad había cuatro edificios destinados a vivienda, todos de una sola planta y con las habitaciones dispuestas alrededor de un gran patio.

Llegó al exterior y encontró a Pitágoras aguardándolo. Tras saludarse, caminaron juntos hacia el pórtico de la comunidad iniciando una charla despreocupada. Cruzaron el pórtico y giraron a la derecha en dirección a un bosque cercano.

Akenón preguntó a Pitágoras por su familia. Esperaba que así el maestro le hablara de Ariadna.

–Tengo tres hijos, y Ariadna es la mayor –respondió Pitágoras sin poder contener un matiz de orgullo–. Es la más dotada de los tres para las matemáticas, pero también es la menos interesada en el resto de la doctrina. Quizás sea debido a su carácter independiente. Supongo que, igual que no es fácil ser a la vez padre y maestro, tampoco lo es ser hija y discípula.

Pitágoras calló y se acarició la barba distraídamente. Akenón sintió que por la mente del maestro pasaba algo triste relacionado con Ariadna. Reprimió el impulso de seguir indagando sobre ella y Pitágoras continuó hablando.

—Damo es dos años menor que Ariadna. Siempre ha sido extremadamente obediente y disciplinada, además de brillante. Se podría decir que dirige junto con mi esposa, Téano, la parte femenina de la comunidad. Téano es una excelente matemática y tiene grandes dotes curativas, y Damo progresa velozmente junto a ella en ambos campos. Yo diría que puede acabar superando a su madre. Ya ha obtenido logros muy notables para su juventud.

»Telauges es mi único hijo varón. Tiene sólo veintisiete años, pero desde hace unos meses dirige la pequeña comunidad de Catania. Deposité grandes esperanzas en él cuando lo envié a Catania y en ningún momento las ha defraudado. No obstante, a pesar de sus innegables progresos, es demasiado inexperto para poder considerarlo candidato a mi sucesión.

Akenón levantó una ceja en actitud interrogativa. Era la primera referencia que hacía Pitágoras a su sucesión.

El maestro no aclaró ese punto. Tenía pensado hablar de ello más adelante.

—Doy por hecho —continuó con repentino buen ánimo— que habrás oído hablar de mi legendario yerno Milón.

Akenón frunció el ceño al oír que Pitágoras tenía un yerno.

«¿Quién está casada con Milón: Damo o Ariadna?»

CAPÍTULO 14

18 de abril de 510 a. C.

GLAUCO TENÍA LOS OJOS muy abiertos, como en una expresión de continua sorpresa, pero los que lo rodeaban se daban cuenta de que no los veía.

Dos días antes, tras ordenar que castigaran a Yaco por su traición, el sibarita se había bebido el preparado de Akenón y había caído profundamente dormido. A la mañana siguiente, un secretario llamado Partenio lo encontró durmiendo en un triclinio del salón de banquetes. Cerró las puertas del salón y dio instrucciones de que no lo molestaran. Sin embargo, varias horas más tarde, viendo con inquietud que su señor no despertaba, ordenó a unos esclavos que lo trasladaran a la cama de su habitación.

Llevaba un día y medio sin levantarse de ella.

La primera tarde, al darse cuenta de que su señor comenzaba a tener fiebre, Partenio había encargado un sacrificio en el templo de Asclepio, dios de la medicina. El sacrificio había sido espléndido, pero el dios no se había conmovido por Glauco y la fiebre no dejaba de subir.

Partenio contempló a su señor y sacudió la cabeza desmoralizado.

«¿Qué más podemos hacer?»

Junto a la cama había dos esclavos que mantenían la frente de su amo cubierta con paños fríos. También humedecían sus labios con una infusión preparada con hierbas que les había dado el sacerdote de Asclepio.

De pronto Glauco se incorporó en la cama chorreando sudor, con la mirada fija en imágenes que sólo veía él. Extendió sus brazos rollizos y abrió las manos como si intentara coger algo que estaba a punto de rozar con la punta de los dedos.

—¡Yaco, Yaco, Yaco...! —sus gritos eran desgarradores.

Partenio miró a su amo con el rostro crispado.

«Por Zeus y Heracles, ya empieza otra vez.» Se dio la vuelta y salió apresuradamente de la estancia. No podía soportar más aquello. Cada pocos minutos Glauco rompía a gritar el nombre de su amante hasta que volvía a desplomarse sin fuerzas.

Partenio pasó junto al altar de Hestia y atravesó el patio en dirección a las puertas de entrada. Allí se encontró con el jefe de la guardia del palacio, un hombre severo y eficiente.

—¿Alguna novedad? —gruñó Partenio.

—Acabamos de terminar los interrogatorios. Una esclava afirma que vio entrar al investigador egipcio en la sala de banquetes cuando ya sólo estaba allí nuestro señor Glauco. —El jefe de los guardias intensificó su mirada—. Dice que llevaba una copa y que iba removiendo su contenido.

Una idea espantosa restalló en la mente de Partenio:

«¡Nuestro señor ha sido envenenado!»

—¡Por todos los dioses! —exclamó con rabia—. Tenemos que atrapar a ese malnacido de Akenón como sea.

CAPÍTULO 15

18 de abril de 510 a. C.

AKENÓN NUNCA HABÍA OÍDO hablar de Milón. Al decírselo a Pitágoras, éste respondió extrañado:

–¿En Cartago no conocéis al seis veces campeón de lucha en los Juegos Olímpicos, y siete veces campeón en los Juegos Píticos?

Akenón se encogió de hombros y volvió a negar con un ligero cabeceo. No sabía quién era Milón y tampoco conocía los Juegos Píticos. En cambio, sí sabía que los Juegos Olímpicos eran un torneo de un día de atletismo y lucha en donde competían todas las ciudades-estado griegas. Lo hacían en honor de Zeus, su principal dios, y los vencedores obtenían la gloria para ellos y sus ciudades, además de vivir el resto de su vida a costa del tesoro público. También sabía que los Juegos Olímpicos se celebraban en Olimpia cada cuatro años. Eso significaba que el tal Milón había sido campeón de lucha durante más de veinte años. El yerno de Pitágoras debía de ser todo un coloso.

–No le digas a Milón que en Cartago no es famoso –continuó Pitágoras–, porque está convencido de ser el griego más conocido de todos los tiempos dentro y fuera de nuestras fronteras.

El maestro soltó una carcajada breve y Akenón lo miró de reojo, dándose cuenta de que su fachada animosa no correspondía con su estado interno.

Pitágoras prosiguió más serio, caminando lentamente con las manos enlazadas a la espalda.

–Milón puede resultar algo rudo, pero es un hombre de buenos principios. También es una gran figura pública. Forma parte del Consejo de los 300 y comanda el ejército de Crotona. No se dedica a la orden como su mujer, mi hija Damo, pero es un iniciado.

–Akenón sonrió con disimulo al saber que la mujer de Milón no era Ariadna–. Milón acude a la comunidad con regularidad y ha puesto a disposición permanente de la hermandad una casa de campo donde celebramos algunas reuniones.

Pitágoras se detuvo y miró alrededor pensando si continuar o dar ya la vuelta. Llevaban sólo veinte minutos recorriendo los senderos del bosque, pero comenzaba a oscurecer. Se volvió hacia Akenón.

–Creo que tengo la suerte de contar con la mejor familia que puede desear un hombre. Mi mujer y mis tres hijos han sido un regalo de los dioses. Además, los miembros de la hermandad desarrollamos lazos muy estrechos entre nosotros.

Una luz refulgió en el fondo de su mirada dorada y Akenón experimentó un vértigo momentáneo, como si se asomara a un abismo sin fondo. La voz del maestro de maestros adoptó un tono diferente.

–Éste es uno de los principales preceptos de la doctrina: la amistad como vínculo sagrado. En la orden todos los miembros son mis amigos, mis hermanos… –dudó un momento, como si no estuviera seguro de querer continuar–, pero, como es lógico, hay círculos dentro de los círculos.

Hubo un momento de silencio. El bosque entero parecía pendiente de las siguientes palabras de Pitágoras. Akenón miraba con atención al maestro, percatándose de que estaba a punto de llegar al origen de su preocupación.

–El más interno de los círculos dentro de la comunidad lo forman los discípulos que llevan más tiempo conmigo, y que a la vez han demostrado mayor capacidad de asimilación y desarrollo de mis enseñanzas. Hasta hace tres semanas, este círculo lo componían seis miembros. Uno ha sido asesinado, quedan cinco. –Pitágoras desvió la vista por encima de Akenón, observando el cielo cada vez más oscuro–. Regresemos.

Mientras desandaban el camino, Akenón apenas distinguía las irregularidades del terreno y procuraba pisar por donde lo hacía el maestro. Pitágoras había mencionado el asesinato pero después se había callado, quizás para no incumplir su compromiso de no hablar de ello. ¿O había sido un sutil intento de manipularlo?

Akenón sintió una punzada de culpabilidad.

«Maldita sea, ¿por qué tengo que sentirme culpable?»
No tenía ninguna obligación moral de encargarse de aquel caso...
¿O sí?

Vinieron a su mente imágenes de cuando tenía trece años. Volvió a ver a su padre y a Pitágoras riendo juntos. Era innegable que su padre apreciaba mucho a Pitágoras. Él mismo le tuvo mucho cariño cuando estuvo en Egipto. Lo observó con disimulo. Ofrecía una imagen venerable. Su barba y largos cabellos blancos relucían en la penumbra tanto como su túnica de lino.

«Pero esto no es cuestión de apariencias.»

Su malestar residía en que *sentía* que debía ayudar a Pitágoras... aunque... ¿quizás el maestro había utilizado sus misteriosas capacidades para alterar sus sentimientos? Procuró reflexionar fríamente. No, no era eso. Tenía que ayudar a Pitágoras porque lo apreciaba y porque respetaba lo que hacía. Porque sabía que era un hombre generoso que luchaba por instaurar la paz entre individuos y entre gobiernos. Y, de acuerdo, también en memoria de su padre, a cuyos asesinos no fue capaz de capturar.

–Cuéntame algo más sobre ese asesinato.

El maestro se volvió hacia él. Akenón escudriñó su expresión buscando algún atisbo de triunfo, pero no lo encontró.

–Me temo que no hay demasiado que contar. La policía lo investigó durante varios días sin obtener una sola pista. –Pitágoras meditó unos instantes, recordando aquella tragedia con la mirada sombría–. Estaba reunido en el Templo de las Musas con mis seis discípulos de mayor confianza. Comencé a hablarles por primera vez del tema de mi sucesión... –Se detuvo, indeciso–. Akenón, todo esto es extremadamente secreto. Podría tener consecuencias catastróficas que alguien más supiera lo que te estoy contando.

Akenón asintió. Los ojos de Pitágoras atraparon su mirada y sintió de nuevo que el maestro podía leer en su mente.

–Bebimos un poco de mosto –continuó Pitágoras–. Cada uno de su copa, todos al mismo tiempo. Unos segundos después, Cleoménides, que estaba sentado a mi derecha, cayó muerto. Aparentemente había sido envenenado. Guardamos su copa como prueba; la policía la examinó y dijo que el veneno se encontraba en el mosto. Afirman estar seguros de que lo mataron con raíz de mandrágora.

Akenón frunció el ceño. Él era un experto en todo tipo de sustancias, tanto benéficas como perjudiciales, y sabía que hay diversos tipos de mandrágora cuyos efectos son muy variados.

–¿Conserváis esa copa o algo del mosto que bebió Cleoménides?

–El mosto se derramó, pero tengo la copa a buen recaudo, no dejé que se la llevara la policía. Ya tenía la idea de recurrir a ayuda externa, pues me temo que el enemigo puede ser alguien de Crotona o incluso de dentro de la comunidad.

–¿Sospechas de alguien?

El anciano negó con la cabeza. Estaban acercándose al pórtico de entrada. A pesar de no haber nadie cerca, se aproximó a Akenón y bajó la voz.

–No tengo ningún sospechoso claro, y por lo tanto todo el mundo lo es. Puede ser alguien de fuera con un colaborador interno, o puede que alguien de dentro. Tengo que reconocer que los candidatos a sucederme, los hombres que estaban esa noche conmigo, deben ser considerados sospechosos. –Hizo un gesto hacia la comunidad–. En breve los conocerás, pues vamos a cenar con ellos. Aunque son los hombres en los que más confío, supongo que es importante tener en cuenta que Cleoménides era el principal candidato a sucederme, y que su muerte mejora considerablemente las opciones de los demás candidatos. No obstante, también debes saber que ellos desconocían quién iba a sucederme. Yo no se lo había comunicado a nadie y ni siquiera tenía la decisión cerrada.

Antes de cruzar el pórtico, Pitágoras se detuvo y se volvió por última vez hacia Akenón. Su voz se convirtió en un susurro profundo.

–No quiero engañarte, Akenón. La orden tiene enemigos políticos muy poderosos. Por otra parte... –Se detuvo un momento, eligiendo las palabras–. Has de saber que los grados más altos de mis enseñanzas proporcionan poder sobre la naturaleza y sobre los hombres. Un poder cuyos límites todavía desconocemos.

Akenón tragó saliva y la expresión de Pitágoras se endureció antes de concluir.

–El enemigo puede ser enormemente peligroso. Y sé que intentará volver a matar.

CAPÍTULO 16

18 de abril de 510 a. C.

La BELLEZA DE LOS NÚMEROS era el eco de su poder. «Un poder que unos pocos apenas vislumbran, y que yo debo poseer en su totalidad.»

Colocando sobre la mesa otro pergamino, dibujó la *tetraktys* en la parte superior y a continuación comenzó a trazar líneas y triángulos. Sus trazos se convirtieron poco a poco en figuras cada vez más complejas. Notó que su mente se elevaba sobre lo material y comenzaba un diálogo con las fuerzas ocultas de la naturaleza.

«Pitágoras, tu enfoque es equivocado.»

Todavía recordaba la época en la que consideraba a Pitágoras un ser superior. Al principio lo había deslumbrado, pero en pocos años se acostumbró a su fulgor y sin darse cuenta dejó atrás al gran maestro que la muchedumbre reverenciaba.

«Aplastaré a vuestro maestro y os someteré para siempre.»

El estado de éxtasis en esta ocasión no era completo. Una preocupación lo empañaba. Pitágoras contaba con ayuda externa, el egipcio, una amenaza que debía cuantificar. De momento sabía poco más que su nombre, pero ya tendría ocasión de ver en su interior, conocer sus capacidades y su naturaleza.

Respiró profundamente.

Su envoltura corporal era una crisálida a punto de eclosionar. Cuando completara la metamorfosis, tendría el poder de un dios.

«Estoy cerca, muy cerca.»

CAPÍTULO 17

18 de abril de 510 a. C.

EL PALACIO DE GLAUCO tenía dos plantas. El sibarita aborrecía las escaleras, por lo que su dormitorio no estaba ubicado en la planta alta, como era la costumbre. El piso superior de su palacio estaba destinado básicamente a la ubicación de sus esclavos. Bóreas compartía la habitación más grande con otros siervos.

El gigante estaba tendido sobre varias mantas cuan largo era, boca arriba y con las manos detrás de la cabeza. Cuando no tenía que obedecer órdenes solía tumbarse allí, en el amplio espacio que *le habían cedido* los otros nueve esclavos que dormían en aquella habitación. Las mantas de Bóreas, que ningún otro esclavo osaría pisar jamás, ocupaban la mitad del suelo.

El palacio estaba agitado por la enfermedad de su señor, que seguía delirando en su lecho. Como sólo Glauco se atrevía a dar órdenes a Bóreas, ahora el gigante no tenía nada que hacer y había decidido retirarse a descansar. Su habitación era muy silenciosa, pero los gritos periódicos de Glauco llegaban con claridad.

En ese momento volvió a oírse la voz llorosa.

–¡Yaco, Yaco, Yaco...!

Bóreas sonrió mostrando sus dientes sucios y separados. Los gritos le recordaban el buen rato que había pasado con el adolescente por el que ahora gritaba Glauco.

Aquella noche, tras aplastar a Tésalo –se estremecía de placer al recordarlo–, salió del salón de banquetes con Yaco al hombro y se dirigió directamente a las cocinas. Sin soltar al gimoteante muchacho, llenó una olla hasta la mitad con brasas al rojo vivo. Encajó entre las ascuas tres espetones de hierro, cogió una antorcha y bajó a un almacén subterráneo.

Dejó caer al muchacho en el suelo y se sentó a esperar que los espetones se calentaran. Yaco se quedó inmóvil, llorando. El largo flequillo le tapaba parte de la cara. Poco después, Bóreas se dio cuenta de que los gemidos habían cambiado y ahora resultaban demasiado rítmicos y regulares. El chico debía de estar maquinando alguna estratagema.

«Muy bien, sorpréndeme», pensó Bóreas divertido.

De repente Yaco salió disparado hacia la puerta. En un segundo la había alcanzado y estaba frente a las escaleras. Habría tenido una oportunidad de escapar si hubiese sido otro el que lo custodiaba, pero la rapidez de Bóreas estaba al nivel de su increíble fuerza. Dio alcance a Yaco en la puerta, lo agarró de la túnica y lo lanzó hacia atrás como si fuese un trapo.

Yaco voló tres metros y golpeó de espaldas contra el suelo. Tras el impacto se quedó tumbado, boqueando sin conseguir que el aire entrara en sus pulmones. En su campo visual apareció la enorme cabeza de Bóreas. Su expresión era de evidente disfrute.

El gigante hizo un gesto con la cabeza hacia el otro lado del almacén. Después se retiró donde había indicado y se sentó en el suelo. Yaco se giró hasta quedar boca abajo y miró a Bóreas. El monstruo parecía relajado, incluso distraído.

«Quiere que intente escaparme para castigarme por ello», pensó el muchacho aterrorizado. Sin embargo, al mismo tiempo advirtió que él estaba a sólo tres metros de la puerta y el gigante a diez.

Miró de nuevo a Bóreas y luego hacia la puerta, con disimulo, pretendiendo ingenuamente que sus intenciones no fueran evidentes. Se incorporó un poco. Bóreas no se movió. Se puso a cuatro patas. Bóreas seguía quieto. Adoptó una postura que le permitiera echar a correr con rapidez. El gigante miraba hacia otro lado, como si no se hubiera percatado de lo que hacía.

Él estaba a tres pasos de la puerta, preparado para correr; Bóreas a diez metros y sentado.

Apretó los dientes y se lanzó con más fuerza que antes, clavando los pies y arañando el suelo al impulsarse. La puerta le quedaba a menos de dos metros. Intentó que sus piernas se movieran más rápido que en toda su vida. Un paso, otro más. Oyó ruido detrás de él, un retumbar rapidísimo como la carga de un rinoceronte.

Cruzó la puerta y empezó a subir escalones. «Bóreas pesa muchísimo, no puede subir tan rápido como yo.» Ascendió como si llevara las sandalias aladas de Hermes, el mensajero de los dioses. Ya vislumbraba la cocina. A Bóreas no le hizo falta subir las escaleras. Al llegar a su base se inclinó hacia delante, cogió a Yaco por un tobillo y tiró hacia abajo. Yaco sintió que una tenaza de hierro aplastaba su tobillo. Un instante después caía a toda velocidad. Se golpeó la cara con un escalón y en su nariz estalló un relámpago de dolor que le atravesó la cabeza. «Se ha roto la nariz», pensó Bóreas al oír el fuerte chasquido. Le daba igual. A fin de cuentas Glauco le había pedido que lo desfigurara.

Agarró la túnica de Yaco y dio un tirón para levantarlo, pero se quedó con la prenda en la mano y el muchacho desnudo a sus pies. Dejó caer la túnica al suelo y arrastró el cuerpo desmadejado dentro del almacén, a la zona mejor iluminada por la antorcha. Yaco se quejaba débilmente.

«Es comprensible la fascinación de Glauco», pensó Bóreas mientras lo contemplaba. El cuerpo era estilizado, de piel blanca y suave, sin imperfecciones. Se sentó junto a él y lo puso boca arriba con suavidad. Sangraba bastante por la nariz y la boca, pero la sensual hermosura de su rostro seguía siendo evidente. Bóreas pasó un dedo por la línea de la barbilla del muchacho. Sentía impulsos contrarios. O quizás complementarios. Por una parte despertaba su sensualidad y por otra le daban ganas de despedazarlo.

«No tengo toda la noche.» Se levantó y fue hasta la olla. Tomó el mango de madera de uno de los espetones y lo sacó de las brasas. Resplandecía. Volvió con él junto a Yaco, que parecía inconsciente. Al respirar hacía un ruido similar a un gemido. Bóreas dudó, prefería que sus víctimas estuvieran despiertas, pero supuso que recuperaría la consciencia al primer contacto. Se sentó en el suelo e inmovilizó a Yaco pasándole una pierna por encima del pecho y los brazos. Después acercó la punta del hierro incandescente a su cara y le dio un rápido toque en el pómulo, justo debajo del ojo. El siseo de la carne quedó inmediatamente apagado por el alarido del muchacho. Bóreas gruñó de excitación.

Media hora más tarde, un viejo esclavo llamado Falanto cruzó tembloroso el patio en dirección a la cocina. Desde que había escapado del salón de banquetes, huyendo del arrebato asesino de su amo, se había acurrucado con otros esclavos en una de las habitaciones del piso superior. Temían que Glauco ordenara a Bóreas que los aplastara a todos. Para muchos de ellos, el asesinato del copero Tésalo no era el primero de Bóreas del que habían sido testigos.

Falanto había abandonado la relativa seguridad de la habitación porque debía terminar una tarea que había dejado a medias cuando les habían ordenado presentarse en el salón de banquetes. A pesar de su edad, él era el encargado de que no faltara ningún ingrediente en la cocina del palacio. Para ello debía estar siempre al tanto de lo que había en la despensa, y ese día todavía no había terminado el inventario.

Entró en la cocina, oscura como los presagios de la pitonisa de Delfos. Iluminándose con la endeble llama de una lámpara de aceite, bajó las escaleras que conducían al almacén subterráneo. Llevaba la muerte de Tésalo grabada en la retina, por lo que no reparó en que había luz en el almacén hasta que bajó el último escalón.

En ese instante sintió que iba a morir de terror.

Bóreas estaba de espaldas a él, completamente desnudo, ocupándose de Yaco sobre una mesa. Falanto sólo podía ver la cabeza sanguinolenta del muchacho. Su rostro había sido destrozado con hierros candentes, pero para su desgracia seguía vivo.

Los tormentos que estaba soportando iban mucho más allá de lo ordenado por Glauco.

Falanto dio un paso hacia atrás sin poder controlar los temblores. Si Bóreas se daba cuenta de que estaba siendo testigo de sus actos lo destrozaría allí mismo. Retrocedió otro paso y tropezó con un escalón. Aunque el gigante no lo oyó, el anciano tuvo que apoyarse para no caer y al hacerlo soltó su lámpara. Hizo poco ruido al quebrarse contra el suelo, pero en los oídos del aterrado Falanto sonó como un trueno.

Bóreas también lo oyó.

El gigante giró la cabeza sin soltar a Yaco. Al ver a Falanto sonrió y se desentendió del muchacho, que resbaló de la mesa ensangrentada y cayó al suelo haciendo un ruido sordo. Bóreas comenzó a ronronear como un gato inmenso mientras caminaba sin prisa hacia el anciano.

Su expresión de sádico placer paralizó el corazón de Falanto.

CAPÍTULO 18

18 de abril de 510 a. C.

LA REUNIÓN EXCEPCIONAL de esa noche alteraba las disciplinadas costumbres de la comunidad.

Lo habitual era que cada maestro de alto rango se ocupara de un grupo de discípulos matemáticos. Tras la puesta de sol rezaban en común y luego dedicaban un tiempo para meditar individualmente sobre los actos del día. Después cenaban en grupos en los distintos comedores comunales. Esa noche, sin embargo, los discípulos no podían contar con los principales maestros. En honor a Akenón –al menos oficialmente–, Pitágoras había organizado en su casa una cena a la que asistía su círculo más íntimo: los cinco miembros que quedaban vivos del selecto grupo de candidatos a sucederlo.

La estancia estaba iluminada por un par de antorchas pequeñas que desprendían un agradable olor a resina. La cena era frugal, aunque menos de lo usual entre ellos. En consideración a Akenón, a la presencia habitual de agua, pan, miel y aceitunas habían añadido un guiso suave de cerdo, cebolla y guisantes. A Akenón el ambiente de la cena le resultaba extraño. Flotaba un aura de espiritualidad, una silenciosa y solemne parsimonia más propia de una ceremonia sagrada. Tuvo que reconocer que él encajaba mejor en los bulliciosos festines del sibarita Glauco que había disfrutado hasta hacía tres días.

Pitágoras era el centro de aquella congregación. Se podía palpar la reverencia con la que se dirigían a él cada uno de los grandes maestros que estaban cenando en esa mesa.

«Uno puede ser un asesino», se recordó Akenón.

Los observó con discreción. Estaban sentados en una mesa rectangular, con Pitágoras presidiendo en una de las cabeceras. Akenón tenía frente a él a Aristómaco, un hombre bajo y enjuto de unos cincuenta años. Conservaba sólo una franja de cabello grisáceo y encrespado. Se pasaba la mitad del tiempo mirando a Pitágoras como un niño que admira a su padre, y la otra mitad con los ojos entornados, moviendo los labios en silencio, hablando para sí mismo o rezando. Una de las veces que estaba abstraído en su mundo interior se le cayó el pan de la mano y dio un pequeño respingo. Su semblante comedido se desbarató por un momento. Rápidamente se recompuso, recogió el pan y volvió a cerrar los ojos. Akenón tomó nota de su tensión interna.

Junto a Aristómaco se sentaba Evandro. Tenía aproximadamente la edad de Akenón. Mostraba una sonrisa franca y unos ojos juveniles del mismo color castaño que su pelo abundante. «Está claro que se dedican a algo más que a meditar», pensó Akenón al reparar en la anchura de sus hombros. El mantenimiento del cuerpo como receptáculo del alma era un precepto de la doctrina que Evandro cumplía con agrado. No era raro el día que pasaba dos o tres horas entrenándose en el gimnasio en carreras, lanzamientos e incluso lucha, que Pitágoras permitía con ciertas restricciones.

Daaruk completaba la fila que Akenón tenía enfrente. Le había sorprendido agradablemente ver que Pitágoras incluía en su círculo de máxima confianza a un extranjero. Los griegos tendían a ser bastante intolerantes con los forasteros.

Aunque nadie había mencionado todavía el motivo de la presencia de Akenón en la comunidad, hubo un momento inquietante al respecto.

–¿Puedes acercarme el cuenco de aceitunas? –le pidió Daaruk a Akenón.

Akenón tomó el cuenco y estiró el brazo a través de la mesa. Cuando Daaruk lo cogió, le dio las gracias sosteniéndole la mirada. En ese momento Akenón sintió que los ojos de Daaruk, tan negros como su pelo, le transmitían un mensaje. Su rostro oscuro se limitaba a sonreír con amabilidad, mostrando unos dientes blancos entre los labios gruesos e inmóviles, pero Akenón creyó percibir una voz en su interior: «Sé por qué estás aquí. Espero poder ayudarte.» Retiró la mirada, azorado, y estuvo un rato preguntándose si aquello había sido únicamente un producto de su imaginación.

Las siguientes veces que miró a Daaruk no se repitió la experiencia. Se limitaba a departir con sus compañeros. Lo único un poco llamativo fue un fugaz gesto de altivez hacia el hombre que tenía frente a él: Orestes.

Desde que Pitágoras se los había presentado, Orestes había sido el más amable con Akenón. Todos eran bastante circunspectos, no era fácil leer por debajo de su comportamiento controlado; no obstante, Orestes se mostraba particularmente obsequioso. A pesar de no sentarse junto a él, era el que más veces le había ofrecido agua y le había acercado los diversos cuencos de comida. Cuando lo hacía, su mirada mostraba un recóndito destello..., se podría decir que suplicante. Todos sabían para qué lo había invitado Pitágoras, aunque no hablaran de ello, y Orestes parecía ansioso por proclamar su inocencia. En principio, aquello era un signo de culpa que Akenón había aprendido a tener en cuenta durante su etapa de policía.

«Pero no creo que sea culpable.»

Estaba acostumbrado a encontrar inocentes que al tratar con las autoridades mostraban todos los signos de culpabilidad. La causa era un persistente sentimiento de culpa que padecían algunas personas con un bajo concepto de sí mismas. Una simple mirada bastaba para que enrojecieran y comenzaran a balbucear proclamando su inocencia. Muchos habían sido ejecutados a causa de esta debilidad de carácter.

«Aunque no debo olvidar que también los débiles de carácter cometen crímenes», se dijo Akenón observando a Orestes.

Tenía que evitar los juicios precipitados, sobre todo en medio de aquellos expertos en la naturaleza humana. Frunció el ceño. Estaba incómodo, inusualmente inseguro. Era consciente de que todas sus impresiones podían ser sutilmente inducidas sin que notara que estaba siendo manipulado.

El último de los maestros, sentado a la derecha de Akenón, era Hipocreonte. Después de Pitágoras, resultaba el más parecido al concepto que Akenón tenía de sabio venerable. Casi tan delgado como Aristómaco, tenía el pelo ralo y de un blanco apenas sombreado por algunos cabellos plateados. No le vio sonreír en toda la cena y tampoco dijo más de dos o tres frases. Cuando era otro el que hablaba, Hipocreonte escuchaba con atención y después asentía despacio con la cabeza, como si ponderara metódicamente todo lo que se decía.

Entre aquellos grandes maestros, la velada transcurrió sin sobresaltos casi hasta el final.

En el comedor comunal de las mujeres, la joven Helena de Siracusa terminó de leer en voz alta un pasaje del médico Eurifón. Acto seguido, Téano se puso de pie atrayendo de inmediato la atención de todas las discípulas.

Tras la cena era habitual que una de las más jóvenes leyera un libro y después lo comentara alguna de las maestras. Cuando la que hablaba era Téano, la atención se redoblaba porque el comentario se convertía en una clase magistral. En este caso con mayor razón, pues recientemente Téano y Damo habían ganado al médico Eurifón un debate público sobre el desarrollo del feto. Todas las mujeres de la comunidad estaban muy orgullosas.

Ariadna, sentada a un par de metros, observó a Téano con una sonrisa melancólica. Qué bien envejecía su madre, qué guapa y elegante sin otro aderezo que una cinta blanca a modo de diadema sobre su pelo castaño, de un tono claro similar al suyo. Quería mucho a su madre, pero no habían sabido evitar distanciarse. Cuando le ocurrió... *aquello*, su madre intentó una y otra vez llegar hasta ella, pero la rechazó todas las veces simplemente porque no era capaz de hacer otra cosa. Su madre no se dio cuenta de que en realidad la consolaba mucho saber que estaba allí, intentando acercarse, aunque ella no la dejara entrar en su trastocado interior. Al final, su madre vio que se aislaba en el mundo de las ideas con su padre y se alejó definitivamente. Ariadna la echó de menos con toda su alma y se sintió más sola que nunca.

Téano estaba exponiendo ahora su conocida idea del paralelismo entre el cuerpo humano y el universo. Ariadna observó cariñosamente la expresión boquiabierta de las más jóvenes, las que oían aquello por primera vez. Envidió su candor. Probablemente hubo un tiempo en que ella era así, pero no conseguía recordarlo. Ahora enarbolaba continuamente el escudo del cinismo. Mantenía a los demás a una distancia segura con sus pullas irónicas. Por otra parte, a veces venía bien tener recursos con los que poner en su sitio a alguno demasiado seguro de sí mismo. Su sonrisa se amplió y puso una mano delante de la cara para ocultarla. Había sido realmente divertido mandar a Akenón a orinar en medio del bosque para que se le bajaran los humos.

Desconectó del ambiente del comedor y empezó a revivir la escena del día anterior.

En sus ojos aleteaba un brillo alegre.

Pitágoras no mencionó durante la cena el tema del asesinato, como si Akenón fuera un invitado que no tuviera ninguna relación con la investigación. En cambio, se dedicó a explicarle a grandes rasgos algunas de las enseñanzas de su hermandad.

—Cada uno de nosotros posee un alma divina, eterna e inmortal —sus palabras parecían quedar grabadas en el ambiente devoto de la pequeña estancia—. Las almas están encerradas en el cuerpo, atrapadas en esta envoltura mortal —dijo señalándose—, pero se reencarnan cada vez que la carne se extingue. Dependiendo de nuestro comportamiento durante la vida, el alma se reencarnará en un ser superior, acercándose más a la divinidad, o descenderá en la escala de los seres vivos.

Akenón ya no estaba prestando atención a los discípulos de Pitágoras. Las explicaciones del maestro lo mantenían completamente absorto. En Egipto la creencia dominante era que tras la muerte, el *ka* —parte de nuestra fuerza vital— continuaba viviendo en el reino de los muertos. Para ello resultaba necesaria la conservación del cuerpo, razón por la cual era tan frecuente el embalsamamiento. En Cartago, en cambio, muchos consideraban a la tumba la morada eterna de los difuntos. También era frecuente la incineración, como consecuencia práctica de no creer en una vida después de la muerte.

Akenón había perdido hacía mucho tiempo cualquier creencia religiosa y sólo le quedaba un prudente respeto. Eso no evitaba que lo que contaba Pitágoras le resultara fascinante.

—¿Quieres decir que un criminal puede llegar a reencarnarse en un animal?

—Por supuesto —afirmó el maestro con total seguridad—. El tránsito puede realizarse hacia cualquier ser vivo, desde las plantas hasta los hombres; y dentro de éstos, de los menos capacitados hasta aquellos a los que sólo separa un fino velo de la divinidad. Yo mismo he reconocido en el ladrido de un perro el timbre de la voz de un amigo fallecido.

Akenón vio con el rabillo del ojo que Evandro asentía en silencio, como si él hubiera sido testigo de aquello. Pitágoras continuó la explicación con aquel caudal de voz que era tan grave como reconfortante.

–Nuestras almas eran libres, pero cometieron una grave falta. Debido a ese error del pasado, ahora tienen que transitar por una serie de vidas hasta que demuestren estar de nuevo preparadas para unirse a la esencia divina. En la comunidad purificamos el cuerpo y la mente para que nuestra siguiente reencarnación suponga ascender en la rueda de reencarnaciones. Cuando se trabaja con disciplina y conocimiento, el camino hacia lo divino es más rápido, e incluso se logran capacidades que trascienden lo que suele considerarse posible en un ser humano.

Akenón estaba cautivado por las palabras del maestro. Oyéndolo, resultaba imposible pensar que no fueran otra cosa que la Verdad.

–¿Por ejemplo? –preguntó en un susurro.

–Logrando una armonía sublime de cuerpo y alma, se pueden recordar acontecimientos de las vidas pasadas y ayudar a otros a recordarlas, leer las mentes de los hombres, aplacar las fuerzas de la naturaleza...

Pitágoras le dirigió una sonrisa cálida y Akenón se dio cuenta de que estaba inclinado hacia delante con la boca abierta y los ojos como platos. Recompuso la postura, sintiéndose avergonzado porque todos los maestros lo estaban mirando, pero no por ello dejó de hacer preguntas.

–¿Y qué es lo que permite obtener semejantes capacidades? –dudó un instante antes de continuar–. ¿Podría conseguir yo alguna de ellas?

Pitágoras lo miró a los ojos en silencio.

–Akenón, ser ambiciosos con nuestro desarrollo es positivo, pero también es necesario ser paciente. Muchos de los que llaman a nuestra puerta son rechazados por no estar movidos por los motivos adecuados. Tampoco dejamos que se unan a nuestra orden quienes no tienen las capacidades o naturaleza convenientes. De los aceptados, la mayoría son iniciados sólo en la parte exterior de la doctrina, la concerniente al cuidado físico y las reglas morales. Casi todos residen fuera de las comunidades. Por otra parte, aquellos que son aceptados como discípulos residentes tienen que pasar un período mínimo de tres años en calidad de oyentes. Tres años en silencio, dedicados a escuchar a sus maestros, a estudiar los fundamentos básicos de nuestras enseñanzas y a meditar.

Akenón asintió, recordando a los dos hombres silenciosos que acompañaban a Ariadna cuando fue a buscarlo a Síbaris.

–Si superan esta etapa –prosiguió Pitágoras–, los discípulos oyentes empiezan a trabajar en el núcleo complejo de la doctrina, tratando de comprenderla con ayuda de sus maestros. Habrán alcanzado el grado de matemático. Estudiarán las propiedades de los números y las figuras geométricas. También las proporciones y reglas contenidas en la música, en el movimiento de las esferas celestiales y en todos los acontecimientos de la naturaleza. –Se inclinó hacia Akenón como si fuera a revelarle un secreto–. Todo es número, Akenón, *todo es número*. El que de verdad comprende esto, se convierte en un maestro de la doctrina. Entonces puede empezar a trascender las limitaciones inherentes a la naturaleza humana. Comprender es empezar a dominar. Uno de cada mil hombres, si dedica toda su vida a ello, puede llegar a este punto.

Se echó hacia atrás de nuevo y siguió hablando.

–El objetivo de cada hombre no debe ser llegar a un punto, sino avanzar desde donde está. ¿Avanzar hasta dónde? –preguntó retóricamente–. Eso depende de muchos factores. Hay que intentar dar un paso cada día, y cuando se retrocede esforzarse por recuperar lo perdido. Muchos no quieren, y muchos no pueden. Yo muestro el camino y hago de guía, pero cada uno debe realizar sus propios avances. –Clavó en Akenón sus ojos de fuego sólido–. En ti veo grandes cualidades. Podrías ser un iniciado, pero no un discípulo interno. Al menos no en esta época de tu vida, pues para ello deberías hacer renuncias a las que no estás dispuesto.

Akenón se preguntó a qué se refería Pitágoras: ¿renunciar a las mujeres? –Ariadna apareció un instante en su cabeza y la borró rápidamente–; ¿renunciar a comer y beber sin rígidas limitaciones?, ¿renunciar a su libertad? Bien, ciertamente no estaba dispuesto a dejar de disfrutar de la vida a cambio de algo en lo que no creía… Sacudió la cabeza, sorprendido al darse cuenta de que sus pensamientos se habían vuelto defensivos. Debía de haber reaccionado al hecho de que estaba siendo atraído por el discurso de Pitágoras como un marinero hacia el canto de las sirenas. Convertirse en un ser superior con poderosas facultades era un sueño muy atractivo, sobre todo si te mostraban el camino teórico para conseguirlo.

Levantó la mirada, sintiéndose como si acabara de despertar de un sueño o de un hechizo cuya niebla todavía lo rodeaba.

—Lo siento, pero creo que necesito retirarme.

En ese momento Aristómaco adelantó su pequeño cuerpo con un ademán nervioso.

—Me gustaría hacer un único comentario. El inventor de la *tetraktys* —señaló a Pitágoras con una respetuosa inclinación de cabeza— puede llegar a ser demasiado bondadoso en su juicio sobre algunos de sus enemigos. Por ello, me veo en la obligación de manifestar...

—¡No sigas! —lo reconvino Pitágoras.

Aristómaco se calló de inmediato. Bajó la vista con el semblante crispado y los puños apretados. De repente su rostro compuso una intensa expresión de dolor y continuó hablando.

—Tiene que saberlo. —Se volvió apresuradamente hacia Akenón—. Cilón juró vengarse de Pitágoras cuando le negó el acceso a la comunidad. Todos pensamos que la investigación debe centrarse sobre él, por muy poderoso que sea. —Agachó la cabeza y su voz se convirtió en un gemido—. Lo siento, maestro.

Se hizo un silencio tenso. El resto de los discípulos mantenía la mirada en la mesa, sin reaccionar a las palabras de su compañero. Akenón los examinó con rapidez y descubrió que Daaruk asentía muy levemente. No lo estaba mirando, pero Akenón percibió que su atención estaba puesta en él. Escudriñó su rostro sin detectar más indicios y arrugó el entrecejo.

«¿Daaruk quiere que sospeche de Cilón, o del propio Aristómaco?»

CAPÍTULO 19

18 de abril de 510 a. C.

BÓREAS DIO LOS ÚLTIMOS pasos hacia Falanto. El cuerpo desnudo del gigante estaba salpicado con la sangre de Yaco, sobre todo en la zona pélvica. Una sonrisa espantosa contorsionaba su rostro. El anciano esclavo intentó retroceder, pero su espalda chocó contra la pared. Miró hacia arriba con los ojos desencajados de terror. El monstruo era como una montaña de músculos a punto de caer sobre él. Intentó hablar, suplicar compasión, pero de sus labios temblorosos no salió ningún sonido.

Bóreas saboreaba el momento, no tenía prisa. Estaba bastante satisfecho después del rato pasado con Yaco. Falanto había visto lo que no debía e iba a matarlo, por supuesto, pero no sentía la necesidad de ensañarse con él. Quizás lo mejor sería que pareciera un accidente. Era un hombre viejo, podía estrangularlo sin dejar marcas y colocar su cuerpo en medio de la cocina. Los demás pensarían que había muerto de forma natural.

Se oyó ruido procedente de arriba. Bóreas apartó la vista del anciano y miró a lo alto de las escaleras.

–¿Padre?

Era la voz de uno de los hijos de Falanto.

–Padre, ¿estáis abajo? –preguntó otro de sus hijos.

A continuación se oyó ruido de pasos acercándose. Bóreas frunció el ceño, se dio la vuelta con rapidez y cogió del suelo la túnica de Yaco.

Falanto vio que el gigante se alejaba de él y pensó en huir, pero fue incapaz de mover un solo músculo. También quería gritar, aunque no para pedir ayuda sino para ordenar a sus hijos que escaparan de la bestia.

Bóreas cogió el cuerpo de Yaco como si fuese un muñeco y comenzó a vestirlo con la túnica. El muchacho emitía quejidos desmayados con cada movimiento.

Cuando Bóreas acabó su tarea parecía que la tortura se había limitado al rostro del adolescente, aunque por la cara interna de sus muslos bajaba una viscosa película de sangre.

Los dos hijos de Falanto aparecieron en el almacén.

—¡Padre!

Lo ayudaron a tenerse en pie y miraron a Bóreas con una mezcla de miedo y odio. Durante unos segundos todos se estudiaron en silencio. Los dos jóvenes eran fuertes, acostumbrados al trabajo duro, pero el gigante podía aplastarlos de un solo manotazo. Finalmente Bóreas levantó el cuerpo de Yaco y sacudió su cabeza ensangrentada frente a los tres esclavos.

Los hijos de Falanto se miraron entre ellos sin comprender. Bóreas se acercó más y gruñó con fuerza a la vez que agitaba la cara destrozada del muchacho.

—Lo que quiere decirnos —indicó Falanto con voz desfallecida—, es que seamos testigos de que ha cumplido las órdenes del amo Glauco. Le ordenó desfigurar a Yaco con un hierro al rojo, y eso es lo que ha hecho. Eso y nada más.

Los hijos de Falanto asintieron, tomaron a su padre por los hombros y lo ayudaron a subir las escaleras.

«También me ha dicho —pensó Falanto antes de desvanecerse—, que nos hará lo mismo que a Yaco si cuento lo que he visto.»

Los nuevos gritos de Glauco interrumpieron los recuerdos de Bóreas. Había notado algo diferente. Su amo ya no berreaba el nombre de Yaco. El gigante trató de distinguir lo que gritaba pero no lo consiguió.

Se desperezó sobre las mantas y se sentó. Le apetecía estirar las piernas, pero bajo techo no podía estar de pie sin doblar la cabeza y no quería salir al exterior. Decidió seguir allí un rato más.

Tras mostrar la cara destrozada de Yaco a Falanto y sus hijos, había llevado al muchacho desvanecido al puerto. Le acompañaron dos soldados, que le ayudaron a transmitir las órdenes de Glauco al capitán de uno de sus barcos. Bóreas escogió el que estaba a punto de zarpar hacia un destino más lejano. El capitán accedió sin rechistar a encadenar a aquel esclavo a uno de sus remos. El gigante aprovechó una distracción de los soldados para llevar a un aparte al capitán. Entonces le dio mediante gestos más indicaciones de su propia cosecha. Se estaba asegurando de que no tendría problemas con Glauco en el futuro. El capitán garantizó que atendería todas sus peticiones. Todos los que conocían a Bóreas, esclavos o no, sabían que era preferible no contradecir al gigante.

Mientras recordaba aquello, aparecieron dos guardias en la entrada de su habitación.

—Bóreas, Glauco quiere verte.

El gigante emitió un gruñido interrogativo.

—No lo sé —respondió el guardia—. Ha recobrado la consciencia y está hablando con mucha gente. Vamos.

Los dos guardias se mantuvieron a una prudente distancia mientras lo acompañaban. Llevaban una antorcha con la que disipaban la oscuridad nocturna mientras recorrían el palacio. Bóreas estaba un poco inquieto, aunque creía tenerlo todo bajo control. Se imaginaba que Glauco habría preguntado por Yaco nada más volver en sí, pero estaba seguro de que Falanto no se había atrevido a hablar. El viejo esclavo sabía que eso implicaría la muerte de su familia. Quizás también la de Bóreas, pero no antes de acabar con ellos y al menos con una docena de guardias.

Al llegar a la habitación de Glauco los guardias se apostaron fuera, a ambos lados de la puerta. Bóreas inclinó la cabeza y la espalda para poder acceder al interior.

Su amo estaba sentado en la cama con la espalda apoyada en varios almohadones. Se hallaba consciente, aunque sudaba profusamente y mostraba la expresión intensa propia de un alma torturada. Bóreas recorrió la habitación con la mirada y vio que estaba bastante llena. Cerca de la puerta había seis guardias erguidos en una pose marcial, entre ellos el jefe de la guardia del palacio. Junto a la cama había dos secretarios y algunos esclavos encargados de atender al convaleciente Glauco.

A la derecha, con el rostro tenso y rodeado por sus hijos, el anciano Falanto rehuyó la mirada de Bóreas.

CAPÍTULO 20

18 de abril de 510 a. C.

PITÁGORAS NO HIZO NINGÚN comentario a la inesperada intervención de Aristómaco. Se limitó a dirigirle una mirada comprensiva y dio la cena por concluida.

Los discípulos se retiraron en silencio a sus dormitorios.

—Akenón —dijo Pitágoras—, permite que te acompañe.

Salieron al exterior. La casa de Pitágoras se encontraba a cincuenta metros del edificio comunal en el que estaba la habitación de Akenón. Empezaron a recorrer el camino en silencio, escuchando el suave crujido de la tierra bajo sus pasos. La fresca brisa nocturna les trajo el olor del mar. En el cielo despejado la luna brillaba en cuarto creciente, prestando al terreno y a los edificios un matiz espectral.

—¿Quién es Cilón? —preguntó Akenón a mitad de camino.

—¿Estás decidido a ocuparte del caso? —replicó Pitágoras.

Akenón meditó unos instantes antes de responder.

—Si no te parece mal, dedicaré unos días a realizar interrogatorios e investigar aquí y allá, y entonces veremos si puedo ayudaros o estoy perdiendo el tiempo.

—¿Seis dracmas diarios te parece un sueldo aceptable?

Era una oferta adecuada, aunque naturalmente muchísimo menos que lo que había cobrado de Glauco.

—En recuerdo a mi padre, estos primeros días trabajaré sin cobrar. Si me fuera a quedar más tiempo volveríamos a hablar de una posible remuneración.

Pitágoras hizo amago de protestar, pero Akenón lo contuvo levantando una mano.

—Quiero hacerlo así. Me hace feliz poder ayudarte. Además, ya has visto que ahora mismo no me falta el dinero precisamente.

Pitágoras meditó unos instantes y después asintió.

—De acuerdo. Gracias, Akenón. —Suspiró antes de responder a su pregunta inicial—. En cuanto a Cilón, es uno de los enemigos políticos más poderosos que tenemos. Cuando llegué a Crotona, hace tres décadas, di una serie de discursos con los que convencí a muchos miembros del gobierno. Cedieron un terreno y construyeron en él esta comunidad para poder formar aquí a hombres, mujeres y niños. Además de las enseñanzas básicas, empecé a instruir más profundamente a quienes querían avanzar en mis doctrinas y superaban una serie de pruebas. Ese fue el nacimiento de la orden. Cilón, poderoso por riqueza y linaje, se consideraba el más apto para entrar. Demostró poseer un intelecto notable, pero tuve que rechazarlo en cuanto analicé su fisionomía y su mirada. Es vanidoso, egoísta y violento. Se fue lanzando maldiciones y sé que desde entonces nos guarda rencor y trata de perjudicarnos. Pese a ello, ya se ha convertido en una vieja molestia conocida. Me extrañaría que intensificara sus ataques después de treinta años.

Se detuvieron bajo el cielo estrellado, a las puertas del edificio comunal, y Pitágoras continuó hablando con voz queda.

—No quiero destacar a Cilón porque no creo que haya más probabilidades de que el asesino sea él que de que sea cualquier otro rechazado. También puede ser un rival político, tanto de Crotona como de cualquier otra ciudad en cuyo gobierno esté presente nuestra hermandad. En definitiva, tenemos miles de sospechosos si el criterio es que tengan algún móvil, personal o político. Sin embargo, sólo las pruebas deben señalar a uno antes que a otro, y no tenemos pruebas contra nadie. Aristómaco ha tenido algunos roces con Cilón en el pasado y por eso lo destaca. Yo no pienso igual. Es cierto que Cilón es un candidato que debemos considerar, pero sólo es uno más.

—¿Y dentro de la orden? —Akenón miró instintivamente hacia el interior del edificio comunal—. ¿Hay alguien que pueda tener un motivo para acabar con Cleoménides?

—Motivos personales no, hasta donde yo sé. Cleoménides era muy justo y poseía un carácter muy agradable.

—Mencionaste el tema de tu sucesión.

Akenón dejó la palabra en suspenso y Pitágoras respondió con lentitud.

–Sí, es algo que hay que tener en cuenta, aunque me resulte desconcertante. La noche del asesinato fue la primera vez que mencioné el tema. Mi salud es buena y nunca había hablado de retirarme. Cualquiera podía haber elucubrado sobre ello, pero sin fundamento. No obstante, en mi interior llevaba un tiempo reflexionando sobre el futuro de la orden. Unos días antes del crimen decidí que sería mejor que me sustituyera alguien cuando todavía pudiera ayudarlo durante algunos años. Los principales candidatos a sucederme son los hombres con los que has cenado hoy; pero esa noche, insisto, todavía no sabían nada. No es posible que el asesinato se perpetrara debido a mi sucesión, al menos no debido a lo que yo había dicho al respecto. Ten en cuenta que se lo comuniqué a todos a la vez durante aquella reunión y diez minutos después Cleoménides cayó muerto. Llevábamos más de una hora en el Templo de las Musas y nadie entró ni salió en ese tiempo.

–Es decir: el veneno estaba preparado en su copa desde antes de la reunión –dijo Akenón.

–Así es. Desde antes de que ninguno oyera ni una sola palabra sobre mi sucesión.

Pitágoras se encaminó hacia el Templo de las Musas tras despedirse de Akenón. Iba profundamente sumido en sus pensamientos, avanzando despacio por el sendero de piedras planas que moría en la entrada del templo. El único sonido que se oía en toda la comunidad era el suave roce de su calzado de cuero contra el suelo.

Evocó los diez años que había pasado en Tebas, ascendiendo por los diferentes niveles del clero egipcio. En cada etapa le habían revelado misterios más profundos de su religión y su ciencia.

Cuando alcanzó el estadio más alto, salió del clero para perfeccionar sus conocimientos de geometría, la rama del saber de la que todavía podía aprender algo de los egipcios. El faraón le hizo un último favor enviándolo a Menfis para que fuera instruido por el padre de Akenón, reconocido geómetra que además hablaba griego, pues su fallecida mujer era ateniense. En Menfis, Pitágoras se convirtió en maestro en geometría –ciencia que él mismo hizo evolucionar de modo único en los siguientes años–, y conoció al joven Akenón, que ahora era su mayor esperanza de resolver el asesinato de Cleoménides y detener la amenaza más peligrosa que había sentido jamás.

Subió los tres escalones de piedra y penetró en el templo.

Akenón era en aquella época poco más que un muchacho. Alegre, a pesar de haber perdido recientemente a su madre, muy inteligente y de una pureza de sentimientos poco común. Cuando Pitágoras se enteró del asesinato de su padre y de que había abandonado sus estudios para hacerse policía, pensó que podía echarse a perder. Pitágoras sabía lo difícil que era enderezar un alma y lo fácilmente que se maleaban sin un buen referente.

«Por fortuna no ha sido así», pensó recordando sus recientes impresiones sobre Akenón.

Realmente había sido una casualidad que Akenón estuviera tan cerca cuando la comunidad necesitaba a un investigador de fuera de Crotona. Si un enemigo político había tenido la audacia de cometer un asesinato delante de sus narices, no podía descartarse que sus tentáculos se extendieran también por la policía y el ejército. Necesitaba a alguien que no tuviera ninguna relación con sus enemigos de Crotona.

El momento era muy delicado, pues la orden había cobrado ya el peso político de un pequeño imperio. Llegaba el momento de introducirse en las naciones que podían verlos como una amenaza, y ponerlas de su parte antes de que los atacaran. Ya habían logrado alguna conversión entre los romanos y los etruscos. Debían avanzar y ganar peso en sus gobiernos hasta controlarlos. El siguiente paso sería penetrar en Cartago y finalmente en el gobierno del enorme imperio persa. El gran sueño político de Pitágoras era una comunidad de naciones. El fin de los conflictos bélicos. No lo vería en vida, pero quizás su sucesor sí. Llevaba treinta años sembrando las semillas de ese proyecto.

«Tal vez en otros treinta sea una realidad.»

Junto a la estatua de la diosa Hestia danzaba el fuego sagrado, dibujando sombras ondulantes sobre las paredes interiores del Templo de las Musas. Pitágoras dejó la mirada perdida en el fuego que nunca se apagaba. Sobre aquel fondo de llamas amarillas proyectó mentalmente la imagen de la *tetraktys*. Recorrió los conocimientos secretos de esa figura sencilla y poco a poco fue conectando con las más profundas y poderosas corrientes de fuerza espiritual.

Las razones entre el uno y el dos, el dos y el tres y el tres y el cuatro eran algunas de las leyes más básicas y fundamentales de la naturaleza que mostraba la *tetraktys*. Pitágoras había descubierto que la música, la relación armónica entre los sonidos, obedecía a esas proporciones. Ahora ascendió por ese conocimiento y su mente navegó entre las siete esferas celestiales. Como si se tratara de una gran lira, las esferas producían música al desplazarse por el universo. Una música que sólo su espíritu superior podía captar en momentos de inmensa concentración.

Ahora estaba oyéndola.

Desde el estado sublime que había logrado realizó un último esfuerzo, tensando sus propios límites, y consiguió algo que sólo enseñaría al *elegido*. Extendió el dominio sobre su mente más allá de la frontera natural de la consciencia, penetrando en el territorio inmenso del intelecto que registra y procesa información de un modo automático y casi ilimitado. Amplió el control hasta sus percepciones inconscientes, recuerdos desconocidos y conclusiones precisas e insondables que el cerebro realiza en sus niveles más profundos e inaccesibles, y de las que generalmente sólo vemos ocasionales espejismos a los que llamamos intuiciones. Durante unos instantes terriblemente arduos tendría acceso a las percepciones más tenues e impenetrables de sus sentidos, entendimiento y memoria. Podría analizar todo lo que su cerebro registraba o había registrado en las enormes áreas normalmente inalcanzables para la consciencia. Enfocó aquel potencial extraordinario en Akenón y encontró las mismas impresiones que durante el día: sensibilidad profunda, casi excesiva para el trabajo al que se dedicaba; una endurecida capa de pragmatismo y desapego producto de numerosas experiencias amargas; era un hombre justo y muy capaz, terrenal aunque con cierta espiritualidad; fiable y adecuado para investigar entre los hombres, desarmado frente a poderosas fuerzas espirituales.

«Espero poder estar a tu lado si tienes que enfrentarte a ellas.»

Mantuvo el esfuerzo y trasladó su concentración a los principales discípulos. No halló nada que le llamara la atención y se inquietó. Se había esforzado por hacer crecer a sus predilectos muy por encima del común mortal. Había intentado que fueran grandes maestros, pastores de la humanidad desorientada, como lo había sido él. Y lo había logrado, pero con ello también los había vuelto resistentes a su capacidad para ver el interior de las personas. Apenas atisbaba algo al buscar las profundidades de su mirada y las resonancias de su voz. Suponía que con la percepción insólita que en estos momentos le proporcionaba su mente podría observar tras las capas que las enseñanzas y el entrenamiento les habían proporcionado, pero no estaba seguro. ¿No ocultaban nada o no había sido capaz de captarlo? Hacía tiempo que había soltado su mano para que realizaran avances por sí mismos.

«Quizás alguno ha llegado más lejos de lo que imaginaba.» Se estaba debilitando. No podría aguantar mucho más.

Centró su pensamiento en Ariadna. Experimentó hacia ella una intensa corriente de amor. Después vino la culpa, aunque él no había podido evitar lo que le sucedió en la adolescencia. Eso la volvió arisca, no aceptaba estar con nadie, ni siquiera con su madre. La única solución para que no abandonara sus estudios fue que él se ocupara personalmente de ella, en contra de la norma de que fuera Téano quien instruyera a las mujeres de la orden. Ariadna se volcó en la doctrina de un modo obsesivo, como si fuera lo único que aplacara su angustia interior. Él quiso moderar aquel exceso, pero acabó cediendo, fascinado por el rapidísimo avance de su hija. Entonces incumplió gravemente otra de sus reglas. Le permitió el acceso a saberes cada vez más elevados demasiado rápido, demasiado joven. Llegó a pensar que ella podría sucederle algún día. Pero Ariadna cambió de nuevo. Ganó confianza y se hizo definitivamente adulta. Dejó de vivir exclusivamente en el mundo de las ideas. Pronto quedó claro que ya no estaba tan interesada en la doctrina, e incluso que había muchas normas morales con las que no estaba de acuerdo. Él tuvo que aceptar que no sería su sucesora y respetar su independencia. Aunque ahora ella trabajaba para la comunidad, se sentía enjaulada en sus límites y solicitaba cualquier labor que implicara viajar. Quizás, inconscientemente, intentaba huir del pasado.

Las fuerzas le flaquearon y la visión mental parpadeó.

«Un último destino.» Apretando los dientes en el Templo de las Musas, Pitágoras desplazó su concentración hacia varios de los consejeros que se oponían a la orden. Su percepción insólita le mostró animadversión e incluso destellos de odio. Más fuertes de lo que había imaginado.

No pudo más y la potencia de su mente se redujo a los límites comunes de la consciencia.

Pitágoras abrió los ojos, confuso. El fuego sagrado bailaba su danza irrepetible. Trastabilló hacia delante y se apoyó en el pedestal de Hestia, jadeando con la espalda encorvada. En el último instante había visto algo más. Todas las percepciones se habían acumulado en un fogonazo aterrador.

«¡No! ¡Dioses, no!»

Había vislumbrado el futuro. Una sombra de lo que *sería* si los acontecimientos seguían su curso. Un escenario de sangre y fuego. De sufrimiento infinito y pavoroso.

CAPÍTULO 21

18 de abril de 510 a. C.

Cilón estaba demasiado excitado para conciliar el sueño.

«Mi venganza está mucho más cerca.»

Recordó por milésima vez el incidente que había marcado su vida hacía treinta años. Era joven, rico y uno de los miembros preeminentes del Consejo de los Mil, el único órgano de gobierno de Crotona en aquella época. Se estaba acercando a la recién inaugurada comunidad pitagórica montado en un magnífico caballo, rodeado de familiares, amigos y esclavos. Quería que todo el mundo fuera testigo de su inminente momento de gloria.

Pitágoras había llegado a Crotona hacía unos meses con las manos vacías. Ellos le habían concedido terreno, materiales y trabajadores para las obras necesarias para su proyecto. Había que reconocer que Pitágoras los había impresionado. No sólo por su apariencia divina –muchos decían que era el mismo Apolo–, sino sobre todo por sus ideas y el modo de expresarlas. Con su voz fuerte y sincera bosquejaba planteamientos que asombraban a los más eruditos. Si alguien cuestionaba alguna de sus palabras, el maestro exponía tan acertados y elevados argumentos que todos se quedaban con la boca abierta. Les hizo sentir que antes de su llegada llevaban vidas vacuas y primitivas, tan carentes de sentido como llenas de sufrimiento y conflicto. Les mostró un camino nuevo, que él ya había recorrido, y se comprometió a guiarlos durante el trayecto, avanzando hasta donde a cada uno le permitieran sus capacidades.

El joven Cilón desmontó al llegar a la entrada de la comunidad. Entonces sólo había unas piedras que señalaban el lugar en el que se colocarían las columnas para el pórtico. Pasó entre ellas a pie, como gesto de respeto, y caminó hacia el maestro, que aguardaba junto a un grupo de recién admitidos.

«Pronto seré uno de vosotros. El mejor de vosotros», pensó Cilón mirándolos con arrogancia.

Se había convertido en un signo de distinción ser admitido en la comunidad. Una moda, quizás pasajera, de la que Cilón quería ser el principal representante.

Pitágoras lo saludó con una inclinación de cabeza. Cilón aguardó a que su comitiva se agrupara tras él para que nadie se perdiera detalle. Así también daba tiempo a que todas las personas presentes en la comunidad se percataran de su selecta presencia y prestaran atención al reconocimiento de Pitágoras a sus muchos méritos. No podía ser de otra manera. Sus preceptores nunca habían escatimado elogios al respecto. Tus capacidades son extraordinarias, Cilón. Eres el más distinguido, Cilón. Eres agudo, ingenioso, astuto, formidable... Y ahora Pitágoras lo constataría públicamente, delante de cientos de crotoniatas.

Se hizo el silencio. Una ráfaga solitaria recorrió la comunidad, agitando la túnica de intenso púrpura que Cilón llevaba prendida con broches de oro. Había recibido la magnífica prenda esa misma mañana, de un barco fenicio procedente de Tiro. Con ella destacaba aún más entre todos los asistentes.

–Acompáñame. –Pitágoras hizo ademán de echar a andar, pero Cilón lo detuvo con una rápida respuesta.

–No. –Sonó más imperativo de lo que pretendía, por lo que moderó el tono–. Si no te importa, maestro, prefiero que des tu respuesta delante de mis queridos conciudadanos. –Abrió los brazos y se volvió a izquierda y derecha, abarcando a toda la congregación. Era un magnífico orador y estaba acostumbrado a adular a la audiencia en sus discursos públicos.

–Sin embargo –respondió Pitágoras sin inmutarse–, es mejor que hablemos a solas.

Cilón se sorprendió. ¿Qué pretendía Pitágoras? A fin de cuentas no era más que un extranjero que vivía de la generosidad de él y los suyos, ¡y le estaba llevando la contraria delante de todo el mundo! Notando que la atmósfera se espesaba, clavó la mirada en el maestro.

Pitágoras no se inmutó. Su semblante permanecía relajado y a la vez conseguía transmitir dignidad y fortaleza. Los ojos eran de un tono más oscuro que los largos cabellos dorados. Era muy alto, estaba descalzo y vestía con una sencilla túnica de blanquísimo lino. Todo ello contribuía a crear una imagen de austeridad y honestidad que Cilón comenzó a intuir falsa.

Se mantuvieron en silencio el uno frente al otro. La tensión se elevaba por momentos. Tanto los discípulos de Pitágoras como la comitiva del poderoso Cilón se removían inquietos. Cada grupo permanecía detrás de su líder, como dos ejércitos antes de la batalla.

—Hablaremos aquí —sentenció Cilón—. Dame tu respuesta, maestro Pitágoras.

¿Qué intentaba Pitágoras haciéndose el remolón y queriendo llevarlo aparte? ¿Chantajearlo? ¿Conseguir más de lo que la espléndida Crotona le había dado ya? Le iba a quedar bien claro que Cilón no se dejaba intimidar.

Se irguió mientras esperaba a que el maestro cediera.

—Muy bien —accedió Pitágoras finalmente. Llenó sus pulmones, echó el aire por la nariz con aire resignado y continuó—. Tras las pruebas realizadas, y pese a tus innegables méritos, no puedes ser mi discípulo.

Los dos grupos de espectadores contuvieron la respiración al unísono. Todas las miradas se clavaron en el joven Cilón. El rostro de éste se congestionó. Intentó hablar, pero no encontraba las palabras y se limitó a balbucear penosamente. Tras el primer instante de desconcierto tuvo el impulso de echar mano a su espada y atravesar al fantoche que se había atrevido a negarle en público. A duras penas logró contenerse. Entornó los párpados hasta que sólo quedaron dos ranuras por las que se vislumbraba una mirada de odio infinito.

—Te arrepentirás —masculló roncamente—. Te lo juro.

Habían transcurrido treinta años desde aquel momento, pero cada día seguía lamentando no haber matado a Pitágoras allí mismo. Su odio no había dejado de crecer, exactamente en la misma proporción en que Pitágoras había ganado reconocimiento y poder.

«Por tu culpa ahora sólo soy un gobernante de segunda», pensó Cilón tumbado en la cama mientras su garganta se llenaba de bilis.

Pocos años después de su humillación pública, Pitágoras convenció al Consejo de los Mil de que se instituyera el Consejo de los 300. Sus miembros serían aquellos miembros de entre los Mil que hubieran sido aceptados e instruidos por Pitágoras. Resultaba increíble que la mayoría de los Mil que no iban a estar entre los 300 hubiese accedido, a pesar de la intensa campaña en contra que realizó Cilón. ¿Cómo habían sido tan estúpidos, tan indignos y patéticos como para convertirse en meros comparsas, en siervos de los adoradores del fantoche? Desde aquel momento, el Consejo de los Mil constaba de los 300 que gobernaban Crotona según la doctrina de su maldito Mesías, y de setecientos que acudían al consejo para ser simples testigos de aquella aberración histórica.

«Pero algo ha cambiado. Es innegable. Hoy lo he sentido.»

Siempre había tenido apoyos moderados de algunas decenas de consejeros de entre los *setecientos marginados*. Insuficiente para lograr nada, pero había mantenido vivo aquel rescoldo de rebelión en espera de una oportunidad.

«Una espera muy larga que puede estar acercándose a su fin.»

Seguía siendo un excelente orador y en la sesión de hoy se había esforzado más que nunca. Había sembrado la duda y la discordia y había logrado que más de doscientos consejeros aplaudieran su diatriba contra Pitágoras. Alrededor de un tercio de los *setecientos marginados* se había mostrado claramente de su parte. Entre los 300 no había habido manifestaciones de apoyo claras, pero sí inequívocos asentimientos de cabeza.

«Pitágoras, has cometido un grave error dando a un extranjero las funciones de la policía.»

Cilón contaba con más apoyos que nunca y estaba disfrutando de ello. No obstante, sabía que aún estaba lejos de tener la fuerza política necesaria para llevar a cabo su venganza. Hacía falta algo que inclinara la balanza lo suficiente.

«Necesito más muertes.»

CAPÍTULO 22

19 de abril de 510 a. C.

–ARIADNA –dijo una voz infantil–, ¿me peinas? Casandra estaba mirando a Ariadna con sus grandes ojos almendrados muy abiertos. Irradiaba toda la inocencia de sus siete años recién cumplidos.

«Parece una muñequita», pensó Ariadna sonriendo.

Acarició una de sus mejillas de terciopelo y cogió el peine que le ofrecía. Era un objeto sencillo, de madera, con dos filas de dientes contrapuestas. Casandra se sentó en una piedra soltando una risa alegre y Ariadna se agachó tras ella. Deslizó el dorso de la mano por su larga cabellera ondulada, del color de las castañas, y después comenzó a peinarla.

Se encontraban en el jardín de la comunidad, aprovechando la mañana soleada en el descanso entre dos clases de los más pequeños. No eran sus alumnos pero estaba ayudando a cuidarlos, encantada de pasar un rato entre niños. Se encontraba más cómoda con ellos que con los adultos.

Echó otro vistazo hacia el extremo opuesto de la comunidad y por fin lo vio.

–Casandra, ahora me tengo que ir. Por la tarde te peino otra vez, ¿de acuerdo?

–Bueno.

La pequeña se levantó de un salto, cogió su peine de las manos de Ariadna y salió corriendo a pedirle a una de sus profesoras que la peinara. Parecía que le daba igual quién lo hiciese, y Ariadna se sintió un poco infantil al entristecerse por ello.

Se puso de pie y cruzó resuelta la comunidad en dirección a Akenón. El egipcio estaba mirando hacia la lejanía como si buscara algo.

Resaltaba como un trozo de corteza sobre la nieve debido a su forma de vestir. Era la única persona en la comunidad, y probablemente en toda Crotona, que llevaba pantalones. Los griegos vestían únicamente con túnicas, clámides o mantos, de diferente largo y grosor dependiendo del clima, la edad y la condición social. Ni siquiera solían usar ropa interior. Además, utilizaban básicamente tejidos de lino, lana y cáñamo, mientras que la túnica corta de Akenón era de cuero tratado.

—Buenos días.

A Akenón se le iluminó la cara al ver que era Ariadna.

—Me he enterado de que has aceptado el caso —continuó ella—. En Síbaris parecías muy convencido de ir a rechazarlo. Parece que tus resoluciones no son muy firmes —añadió con ironía.

«Vaya, siempre con la lengua afilada.» Akenón sonrió sin responder. Se le ocurrían algunas pullas para continuar bromeando con ella, pero saber que era hija de Pitágoras le infundía un pudoroso respeto.

Ariadna tomó la iniciativa.

—Verás... —Se mordió el labio, dudando si decir lo que tenía pensado. Odiaba este tipo de situaciones—. Me gustaría participar en la investigación.

Cruzó los brazos esperando una respuesta. Había preparado varios argumentos, pero leyendo el rostro de Akenón supo que no serían efectivos y se limitó a mirarlo desafiante.

Akenón no se esperaba aquello y tardó un poco en reaccionar.

—Ariadna, lo siento..., siempre trabajo solo y... —Enmudeció al ver la expresión adusta de la hija de Pitágoras. Hasta ahora sólo había conocido a la Ariadna que se lo tomaba todo a broma.

Ella asintió con la mandíbula apretada. Akenón abrió la boca para suavizar su rechazo, pero de pronto Ariadna se dio la vuelta sin responder y se alejó a grandes pasos.

«Da igual lo que digas, Akenón. Antes de que acabe el día serás tú el que me suplique.»

La visión infernal de la noche anterior todavía abrasaba las retinas de Pitágoras.

Llevaba media hora paseando a solas por el bosque sagrado, buscando entre sus árboles centenarios la serenidad de espíritu que necesitaba para continuar guiando a sus discípulos. Ya era dueño de sí mismo, pero no podía olvidar lo que había visto. La oscuridad, impenetrable y cruel, se cernía sobre el mundo. El gran maestro se esforzó por recobrar la esperanza en un futuro luminoso.

«El curso del destino se puede alterar.»

Desde la entrada de la comunidad, Akenón observó a Pitágoras. Volvió a quedarse impresionado a pesar de que hacía sólo unas horas que habían estado juntos. El maestro regresaba del mismo bosque en el que habían paseado la tarde anterior. Su avance poseía la fluidez de un joven y el aplomo de un hombre excepcional. Akenón, por lo que conocía de la mitología griega, pensó que si en su juventud lo comparaban con Apolo, ahora había que equipararlo a Zeus, el soberano de los dioses del Olimpo.

Se dio cuenta de que muchas de las personas del entorno contemplaban a Pitágoras con adoración.

«Tiene una legión de incondicionales. El ejército más fiel del mundo.»

Cruzó el pórtico y aceleró el paso para cruzarse con el maestro, que se estaba alejando en dirección a Crotona. Lo alcanzó a quinientos metros de la comunidad.

—Buenos días, Pitágoras.

El imponente anciano se dio la vuelta saliendo de su ensimismamiento.

—Salud, Akenón.

Al acercarse, Akenón había creído percibir una arruga de preocupación en el venerable rostro, pero ahora sólo vio una sonrisa cálida que le hizo experimentar una extraña placidez.

—Caminemos juntos. —El maestro hizo un gesto amable con la mano para que se le uniera—. Voy al gimnasio. Tenemos la costumbre de pasear a esta hora por sus galerías mientras tratamos diversos temas.

Akenón miró hacia dónde se dirigía el sendero. A un kilómetro de distancia vio una construcción de gran tamaño que ya le había llamado la atención el día anterior. Era una edificación rectangular de unos ciento cincuenta por cuarenta metros. En realidad su perímetro se había concebido para las carreras y medía exactamente dos estadios. Los muros estaban rodeados por una galería con columnas en donde había gente paseando.

Pitágoras siguió su mirada.

—Creo que en Cartago no tenéis gimnasios.

—De hecho —respondió Akenón—, no estoy muy seguro de saber qué es un gimnasio.

—Se trata de un recinto donde ejercitarse o entrenarse. Normalmente tiene una pista de tierra batida con la longitud de un estadio, y otra que se utiliza de palestra, para la lucha. También suele practicarse el lanzamiento de jabalina y de disco.

Akenón había visto en alguna vasija griega representaciones de los lanzamientos, pero nunca los había presenciado. Sintió curiosidad por verlo.

Pitágoras continuó hablando mientras caminaban.

—Crotona tiene otros tres gimnasios, además de éste que cedieron a la comunidad. La particularidad del nuestro es que aquí se practica una modalidad menos violenta del combate cuerpo a cuerpo, y que utilizamos más instalaciones de lo habitual para nuestras reuniones y enseñanzas. Aparte de eso, encontrarás más o menos lo mismo que en todos: almacenes, baños, vestuario, salas para ungirse el cuerpo y un largo pórtico alrededor de los muros.

Según se aproximaban a la enorme construcción, Akenón olvidó lo que quería hablar con Pitágoras. La importancia que los griegos asignaban al deporte y al cuerpo armonioso resultaba asombrosa para él —y para todos los pueblos no griegos—. Tenía alguna noción por los motivos que solían decorar las cerámicas y otras manufacturas griegas, pero no por ello el gimnasio le resultaba menos fascinante.

Pasaron bajo la galería exterior, cruzaron una puerta y accedieron a la arena. Bajo el sol de la mañana decenas de jóvenes se ejercitaban en una pista perfectamente allanada. Cuatro de ellos echaron a correr a toda velocidad a la orden de un juez de salida y desaparecieron por un extremo del recinto, pues por ese lateral la pista continuaba más allá de los muros. A pocos metros de Akenón, un hombre desnudo, armoniosamente musculado, repetía una y otra vez el mismo movimiento. Rotaba sobre una pierna con el cuerpo encogido y un brazo extendido. En la mano llevaba un disco de bronce. Al finalizar la rotación amagaba con lanzarlo e iniciaba de nuevo el ejercicio.

–Es un discóbolo –señaló Pitágoras.

Un poco más allá varios chicos estaban realizando una extraña danza. Los movimientos eran bastante vigorosos y simulaban acciones como luchar o correr. Seguían el ritmo que un maestro les marcaba con una cítara. El resultado era extraño a la vez que armonioso.

–¿Qué hacen? –preguntó Akenón volviéndose hacia Pitágoras.

–Preparando el cuerpo y la mente para las enseñanzas. El ejercicio bien realizado fortalece el cuerpo y lo vuelve ágil y flexible; pero además aclara la mente, proporciona equilibrio interno y serena el espíritu. Pensé que igual te recordaba algo.

Akenón observó con más detenimiento. Estaba seguro de que era la primera vez que veía algo así y negó con la cabeza.

–Lo que estás viendo –prosiguió el maestro–, es una mezcla de danzas dóricas tradicionales y ciertos ejercicios que aprendí durante mi formación como sacerdote egipcio. En vuestros templos algunos rituales internos incluyen danzas, aunque diferentes a éstas. –Miró a Akenón sonriendo–. Mientras estés con nosotros puedes unirte a nuestros ejercicios. Son excelentes para la salud.

Akenón levantó una ceja con escepticismo. Los jóvenes estaban combinando ahora saltos con unas difíciles volteretas.

–Me parece que si intentara imitarlos el efecto sobre mi salud sería más bien negativo.

En ese momento recordó lo que quería tratar con Pitágoras y echó un cauteloso vistazo alrededor. Evandro e Hipocreonte estaban a unos treinta pasos detrás de ellos. Iban conversando mientras se acercaban. Tenía que darse prisa.

–Esta mañana he hablado con Orestes. Entre otras cosas que no he entendido, ha hecho referencia a algo que Aristómaco también mencionó anoche: la *tetraktys*. Le he pedido que me explicara qué es, y que me aclarara otros términos que ha utilizado. Me ha respondido que no podía hablar de eso. Ha dicho algo así como que había un juramento de secreto sobre el núcleo de vuestra doctrina. Y ha añadido que nadie me hablará de ello. Como comprenderás, esto es un problema para el desarrollo de mi investigación.

Pitágoras asintió gravemente y se quedó callado, reflexionando. Akenón echó un vistazo hacia atrás. Evandro e Hipocreonte se habían detenido a veinte metros, dejándoles que hablaran a solas.

–No puedo pedirles que desvelen todos los secretos –respondió Pitágoras–, y me temo que van a surgirte más dudas que las que yo podré aclararte. Suelo pasar la mitad del tiempo fuera de Crotona, en otras comunidades, y ni siquiera cuando esté en Crotona podré atenderte siempre. Además de las actividades propias de la orden, tengo que atender a numerosas embajadas, asistir a sesiones del Consejo...

Se acarició la barba y continuó hablando, más para sí que para Akenón.

–Entiendo que para tu investigación tendrás que manejar elementos internos de la orden. Necesitas a alguien que haya alcanzado el grado de maestro y no vaya a acudir a mí cada vez que requieras una nueva explicación. Por otra parte, ningún discípulo, por muy cercano a mí que sea, puede considerarse libre de toda sospecha. –Hizo una breve pausa–. Sí, no veo otra solución.

Esbozó una sonrisa enigmática y dijo el nombre de la persona que le asignaba.

CAPÍTULO 23

19 de abril de 510 a. C.

BÓREAS SE OCULTABA en los establos del palacio. Uno de los esclavos acudía periódicamente para mantenerlo informado, pero de momento no le quedaba más remedio que seguir escondido. Las órdenes de su amo habían sido contundentes.

El día anterior, cuando entró en la habitación de Glauco, éste se había dirigido a él con voz llorosa.

–Bóreas, mi fiel Bóreas, acompáñame en mi dolor, acompañadme todos porque la tragedia ha caído sin piedad sobre nosotros.

El obeso sibarita abrió los brazos abarcando con su gesto a todos los asistentes. Su habitación era amplia, pero hacía un desagradable calor húmedo al haber casi veinte personas entre guardias, secretarios y esclavos. El aire estaba viciado y olía a enfermedad.

–Sed mis amigos, mis hermanos más que nunca, pues nos une la desgracia.

Los presentes se miraron entre ellos, incómodos. Glauco generalmente era frío y severo, pero ahora se comportaba como una plañidera.

–¿Qué fue lo que me enloqueció? ¿Qué me pudo arrebatar el entendimiento de tal modo que ordené castigar al más puro de los seres? –No se estaba dirigiendo tanto a ellos como a sí mismo–. ¡Ah! –rugió de repente–. Muy bien lo sé. –Sus ojos se redujeron a una estrecha línea de odio y rabia y su mirada saltó con rapidez de unos a otros–. Fue el maldito Akenón. Él me hizo pensar que no sólo me había traicionado el corruptor Tésalo, sino también mi amado Yaco, mi niño inocente.

La mayoría de los asistentes se estaba esforzando por aparentar serenidad, pero la palidez de sus rostros era reveladora. Temían que aquella situación desembocara en una nueva orgía de violencia. Aunque Glauco había recobrado la consciencia, tenía una fiebre muy alta y parecía estar delirando más que razonando.

—Bóreas, cumpliste mis órdenes, ¿verdad? Desfiguraste al hermoso Yaco, maltrataste el rostro de mi amado... —Hundió la cara entre las manos y rompió a sollozar desconsolado—. Lo sé, lo sé —prosiguió al cabo de un rato—. Lo sé todo, Bóreas.

El gigante se puso tenso. Glauco siguió hablando, ahora con una voz gélida.

—Me lo ha contado Falanto, que fue testigo de tus actos.

Bóreas lanzó una mirada asesina a Falanto. El anciano temblaba con la vista clavada en el suelo. Él sería el primero al que mataría.

—¡Estúpidos! —gritó Glauco de repente—. Sois todos estúpidos por obedecer órdenes cuando no era yo el que las daba, sino un espíritu maligno que se había apoderado de mí.

Bóreas observó de reojo a los guardias, preparándose.

—Dime al menos —Glauco parecía estar perdiendo fuerza y su voz se volvió cansada, suave, suplicante—, dime al menos que no sufrió.

El sibarita dirigió a Bóreas una mirada cargada de lágrimas. El gigante hizo un gesto como de dar un golpe flojo.

—¿Lo dejaste inconsciente para que no sufriera?

Bóreas afirmó con la cabeza.

—Gracias. Al menos por eso, gracias.

Se quedó silencioso e inmóvil, con la cabeza caída sobre el pecho. Parecía un muñeco enorme y fofo que alguien hubiera abandonado entre aquellas sábanas húmedas.

Al cabo de un rato comenzaron a pensar que se había quedado dormido.

—Pero no debiste hacerlo —dijo Glauco de pronto, como si no se hubiera interrumpido—. Yaco seguiría entre nosotros, estaría conmigo en este momento. —Miró a uno y otro lado, perdido en la confusión de su mente—. Tiene que estar conmigo.

Se dirigió a los guardias con repentina decisión.

—Traedlo.

El jefe de la guardia se sobresaltó.

—¿A quién, mi señor?

—A Yaco. Traedlo.

Lo decía con la misma tranquilidad que si fuese una petición razonable.

—Pe... Pero... Mi señor, Yaco está ahora mismo en alta mar. Su barco zarpó hace dos días.

—Muy bien —asintió Glauco—. Traedlo.

El jefe de la guardia tragó saliva.

—No podemos hacerlo. Su barco era uno de los más rápidos de la flota y se dirigía directamente a Sidón.

—¡Traedlo! —rugió Glauco enrojeciendo—. Maldito imbécil, tráeme a Yaco o te encadenaré a un remo hasta que te pudras. Comprad la nave más rápida de todo el puerto y partid inmediatamente en busca de Yaco. Y si la nave tiene carga, arrojadla al mar mientras salís del puerto. Volad como los pájaros si es necesario, ¡¡¡pero traedme a Yaco!!!

—Sí, señor —balbuceó el guardia—. Sin embargo... —le aterraba seguir hablando—, quiero decir..., es posible que tardemos un mes en ir y volver de Sidón, y quizás, quizás Yaco...

Glauco lo miraba con la fiereza de un perro enloquecido y el guardia no se atrevió a continuar. Se cuadró con rapidez y salió inmediatamente a obedecer aquella orden. Lo acompañó un secretario para encargarse de la compra del barco.

Glauco se volvió hacia Bóreas.

—Y tú... —gruñó señalándolo—. Tú, maldito animal, ¿cómo fuiste capaz de mancillar el rostro de Yaco, cómo fuiste capaz ni siquiera de tocarlo? Tú... —Apretó los labios y resopló por la nariz como un toro a punto de atacar—. ¡Desaparece de mi vista, maldita bestia asquerosa!

Todos se apartaron del camino de Bóreas mientras abandonaba aquella estancia recalentada. Cruzó el patio privado del palacio sintiendo el frescor del sudor evaporándose sobre su piel, después atravesó el patio principal y entró en los establos. Allí ordenó al mozo de cuadras que saliera para mantenerle al tanto de lo que sucedía.

Una hora más tarde, el esclavo regresó.

—El amo se ha levantado de la cama —dijo sin atreverse a mirarle a los ojos—. Está recorriendo el palacio como loco, lamentándose a gritos y rompiéndolo todo.

Bóreas gruñó para que el mozo volviera a salir y se quedó pensativo. En su enorme frente aparecieron unas arrugas profundas.

«Debo prepararme para cuando regrese el barco que ha ido a buscar a Yaco.»

CAPÍTULO 24

19 de abril de 510 a. C.

Akenón regresó del gimnasio a la comunidad mascullando entre dientes. Había pensado pedirle a Pitágoras que le asignara uno de los dos candidatos a la sucesión que le habían inspirado más confianza: Evandro o Daaruk.

«Hubiera sido suficiente con que les eximiera del voto de secreto en cuanto a las aclaraciones que necesito para la investigación.» Antes de que pudiera hacer su propuesta, sin embargo, Pitágoras lo había sorprendido con semejante designación.

«¿Tiene el grado de maestro?» Todavía no podía creerlo.

Cruzó el pórtico de la comunidad, pasó entre las estatuas de Hermes y Dioniso y ascendió la suave pendiente desviándose a la derecha, hacia los edificios destinados a escuela.

Allí estaba. En medio de un grupo de niños de entre siete y diez años. Los chiquillos salían de la escuela parloteando contentos a la vez que mantenían el orden en fila de a dos. Las clases matinales habían terminado y se dirigían al comedor.

Se encontraba de pie junto a la fila de niños. Todos la saludaban con la mano al pasar.

—Hola de nuevo, Ariadna.

Ella se volvió manteniendo la expresión alegre que tenía con los niños.

—Akenón. —Esbozó una sonrisa traviesa—. Déjame que adivine. ¿Has cambiado de idea? —Sin esperar respuesta, negó con la cabeza como si reprendiera a un niño—. Vaya, qué hombre tan inconstante.

Akenón suspiró. Ya imaginaba que le iba a tocar aguantar la faceta sarcástica de Ariadna.

—Tu padre me ha remitido a ti. Supongo que sabías que ocurriría esto.

Ella se encogió de hombros. La fila de niños estaba acabando de entrar en el comedor.

—Podías haberlo hecho por tu propia voluntad u obligado por las circunstancias. Qué desilusión, que tengan que obligarte para que pasemos un rato juntos. —Su fingida seriedad se convirtió en una mueca guasona—. Anda, sígueme.

Entraron en la escuela y se metieron en el aula más cercana. Había una serie de taburetes en semicírculo alrededor de una silla que pertenecía al maestro. En un lateral de la sala se encontraba la única mesa con varias tablillas encima. Ariadna se sentó en la silla del pedagogo y le indicó con un gesto que utilizara uno de los taburetes.

Akenón tomó asiento y al momento se sintió ridículo. Él era un hombre muy grande y el taburete era minúsculo, adecuado para niños de siete u ocho años. Enfrente tenía a Ariadna sentada en una silla de dimensiones normales, simulando una expresión de profesora severa.

—¿A qué viene esa cara de disgusto, Akenón? —Lo estaba pasando en grande. Normalmente con los adultos estaba incómoda y se mostraba hosca, sobre todo con los hombres, pero con Akenón era diferente y le apetecía bromear.

—Bueno, ya es suficiente. —Akenón se puso de pie—. Pitágoras dice que puedes darme algunas explicaciones sobre conceptos de vuestra doctrina. ¿Es así?

—No podía desaprovechar la ocasión, perdona. —Ariadna se contuvo por un segundo, pero luego se le escapó la risa—. ¡Quedabas muy gracioso ahí sentado!

Volvió a reír y Akenón compuso una cara de circunstancias. Aunque parecía un poco ofendido, seguía teniendo unos ojos dulces y amables.

—Me alegra hacer que lo pases tan bien. ¿Podemos entrar ya en materia?

Ariadna sintió tristeza al darse cuenta de que algo había cambiado entre ellos. Las espontáneas insinuaciones del viaje de Síbaris a Crotona habían desaparecido. «Son las consecuencias de que mi padre sea el gran Pitágoras», pensó con resignación.

—¿Qué quieres saber?

—No lo sé exactamente. —Akenón se encogió de hombros—. Todo lo necesario para hacerme una idea de lo que guía la conducta de los integrantes de la hermandad. Sus posibles móviles. He visto muchos crímenes impulsados por creencias religiosas. Para resolverlos es necesario comprender la mente del criminal, las ideas que lo llevan a cometer el crimen. El pitagorismo, por decirlo de algún modo, me parece una religión con seguidores muy devotos... –Dudó un momento antes de decir lo que pensaba–. Bastante fanáticos, en realidad. –Alzó una mano en un gesto conciliador–. Espero no ofenderte.

–En absoluto. Considero la sinceridad una virtud –dijo ella sonriendo de medio lado.

Akenón se tomó unos instantes para ordenar sus ideas.

–En resumen, necesito entender ciertos términos y adquirir una visión general. Creo que es importante para comprender este caso. He empezado a hacer preguntas a miembros de la orden, entre ellos a algunos del círculo íntimo de tu padre. De momento ya han mencionado varias veces la *tetraktys*, que no tengo ni idea de lo que es pero ellos parecen darle mucha importancia. Y como todo el mundo respeta un estricto voto de secreto, nadie me aclara nada.

–¿Mi padre te ha dicho que yo no respetaré el juramento de secreto?

–Bueno, no... –respondió azorado–. Lo que ha dicho...

–Era broma, perdona. –Ariadna miró al suelo durante varios segundos antes de continuar–. Es cierto que soy la persona adecuada para esto. Fue una de las razones por las que te dije esta mañana que quería estar en la investigación –dijo con un leve tono de recriminación.

–No sabía que fueras una gran maestra.

–Soy maestra, no gran maestra, aunque... –Se detuvo, pensando en su irregular proceso de formación–. Es complicado. En cualquier caso, podré responder a casi todas tus dudas sobre la doctrina. Yo también me rijo por el juramento de secreto, pero mi enfoque sobre él no es tan estricto. Ese juramento se hace para proteger el núcleo de la doctrina, conocimientos poderosos que podrían ser catastróficos en malas manos. Por otra parte, y no te ofendas, la comprensión de los conocimientos primordiales está al alcance de muy poca gente, y sólo tras dedicar intensamente muchos años a su estudio.

«Como hice yo», añadió en su mente quedándose pensativa. Desde los quince años hasta los veinticinco se había sumergido en el estudio dieciséis horas cada día. Una década entera aislada del mundo, con la única excepción de su padre.

Ariadna borró los recuerdos de su cabeza antes de levantar la vista. Lamentaba que hubieran acudido en ese momento, pues no quería que Akenón percibiera las profundas sombras de su interior. Cruzaron las miradas. Los ojos de Akenón estaban un poco entornados en un gesto entre curiosidad y preocupación. Ariadna se volvió con rapidez. Por un momento se había sentido vulnerable y eso era algo que odiaba. Cogió una tablilla y un punzón de madera e inspiró profundamente para reponerse.

—Empecemos cuanto antes. —Exhibió una sonrisa maliciosa y agitó la tablilla frente a él—. Supongo que estarás dispuesto a pagar la generosidad con generosidad.

—Ariadna —respondió Akenón—, mi deber es informar sólo a Pitágoras del avance de la investigación.

—Y el mío respetar el voto de secreto igual que el resto de discípulos. Y no sólo te estoy pidiendo que me informes. Te estoy pidiendo *participar*.

Akenón reflexionó. De momento no había descubierto nada que pudiera considerarse confidencial, y ya tendría tiempo de preguntar a Pitágoras si estaba de acuerdo en que Ariadna formara equipo con él. Por otra parte, intuía que ella podía ser un miembro valioso de la investigación.

—De acuerdo.

A Ariadna se le iluminó el rostro.

—Muy bien. Comencemos por la *tetraktys*. —Colocó la tablilla sobre la mesa.

La tablilla era de madera de pino y en uno de los lados tenía una delgada capa de cera. Se escribía en ella rascando con el punzón de madera, que por el otro lado era plano para poder igualar la cera y borrar lo escrito. Ariadna pasó el punzón varias veces por el lado plano hasta que desapareció la escritura previa. Después comenzó a hablar mientras rascaba la tablilla.

—No es fácil para alguien no iniciado entender qué impulsa a un pitagórico. Desde fuera puede parecer que todo es religión, pero hay mucho más. En cuanto a creencias específicas, debes saber que mi padre es griego, de la isla de Samos, y por ello cree en los dioses del Olimpo. También está iniciado en los misterios órficos, por lo que Dioniso tiene una relevancia especial para él. Tuvo un maestro, Ferécides, que lo introdujo en la creencia en la reencarnación. Por supuesto, sabes que se hizo sacerdote en Egipto. –Akenón asintió–. Eso le abrió la mente en muchos aspectos y estableció ciertas peculiaridades en sus creencias, como el paralelismo entre Amón-Ra y Zeus. Para no alargarme, acabaré mencionando que en Babilonia estudió con discípulos de Zoroastro, y desde entonces Ahura Mazda es muy importante para él.

Akenón estaba abrumado y Ariadna rió al ver su cara.

–Ya te dije que se necesitan muchos años para comprender el pitagorismo. Pero no te asustes. El resumen práctico que debes entender es la creencia general en una divinidad superior a la que podemos acercarnos con disciplina física y mental. Hay un montón de ejercicios para el cuerpo y la mente. Más adelante te enseñaré alguno de ellos. –Miró un momento el dibujo que estaba realizando en la tablilla. Luego siguió hablando–. También creemos en la transmigración de las almas. Dependiendo de lo que hagas en esta vida, la siguiente será inferior y más sufrida, más elevada, o incluso puede ser la fusión con la divinidad. Mi padre enseña el camino hacia la justicia y la felicidad. Muestra qué hay que hacer y cómo hacerlo para llevar una vida mejor antes y después de la muerte.

Akenón se agachó para ver mejor el dibujo de la tablilla. Ariadna también estaba agachada, retocando lo que había dibujado. La observó disimuladamente. Su cara estaba muy cerca, de perfil, con la boca entreabierta. Akenón podía ver el interior de su opulento labio inferior, tierno y húmedo…

Tragó saliva e intentó concentrarse en el dibujo.

CAPÍTULO 25

19 de abril de 510 a. C.

BAJO EL PÓRTICO DEL GIMNASIO, los cinco candidatos a la sucesión estaban sentados frente a Pitágoras. El venerable maestro les hablaba de las características que debía aunar un líder intelectual y político, y de cómo desarrollarlas.

Daaruk cerró los ojos como si se concentrara en las palabras de su maestro. Sin embargo, desvió la atención de Pitágoras y la dirigió hacia sus compañeros. Orestes se hallaba detrás de él. Daaruk había sentido varias veces su mirada clavada en la espalda. En este momento volvió a sentirla. Quizás Orestes lo miraba de ese modo porque Daaruk lo había sorprendido por la mañana hablando a escondidas con Akenón. Orestes se había puesto muy nervioso al darse cuenta de que estaba siendo observado.

Daaruk mantuvo los ojos cerrados y se concentró con mayor intensidad en su compañero.

«¿Qué estás maquinando, Orestes?»

—¿Eso es la misteriosa *tetraktys*? —preguntó Akenón extrañado—. ¿Un triángulo de puntos?

—Es eso y mucho más —respondió Ariadna dejando la tablilla sobre la mesa—. Debes acostumbrarte a mirar más allá de lo que ven tus ojos o nunca comprenderás a un pitagórico.

Akenón sintió que se había precipitado al hablar y aguardó a que ella continuara.

—La *tetraktys* se utiliza para mencionar a mi padre. A menudo se lo denomina «el inventor de la *tetraktys*». Ésta tiene tanta importancia que se ha convertido en uno de los símbolos de la orden; al igual que el pentáculo, del que hablaremos en otro momento.

»Los números son muy importantes para nosotros, como ya sabes. Sobre todo los primeros, que están representados gráficamente en la *tetraktys*. Pero la *tetraktys* es sagrada sobre todo porque muestra las leyes de construcción de la música.

Se quedó callada mirando a Akenón, dudando por un momento. Estaba acercándose a la parte del conocimiento pitagórico que también ella consideraba un secreto que debía proteger. Tras analizar su mirada, decidió continuar.

—Akenón, has de mantener en secreto, siempre y con todas las personas, todo lo que te revele.

Se había puesto muy seria; por un instante Akenón vislumbró en ella la majestuosidad y solemnidad de Pitágoras.

—Así lo haré —afirmó un poco cohibido.

—De acuerdo. —Ariadna se detuvo un momento para ordenar sus ideas—. Imagino que sabes que en un instrumento de cuerda las cuerdas más cortas producen notas más agudas que las cuerdas más largas.

—Sí, lo sé —dijo Akenón muy atento, preparándose para oír algo más complicado que eso.

—Pues bien, mi padre construyó hace mucho tiempo un instrumento musical que permite acortar o alargar las cuerdas en la medida deseada. Con él comprobó que la relación de belleza o armonía entre dos sonidos guarda una proporción numérica exacta con la longitud de la cuerda que los produce. Demostró que la armonía es perfecta entre el sonido que produce una cuerda y el generado por una cuerda que sea la mitad o el doble de larga. Como puedes ver, esta razón o proporción entre las cuerdas nos la indican las dos primeras líneas de la *tetraktys*. —Las señaló con el punzón de madera—. Es la razón entre el uno y el dos. Las otras proporciones más bellas nos las dan las razones más simples que podemos formar con líneas adyacentes de la *tetraktys*. Se dan entre una cuerda de longitud dos unidades y otra de tres unidades, y entre la de tres y la de cuatro.

Mirando a Akenón, dio unos golpecitos con el dedo en el panel de cera donde había dibujado la *tetraktys*.

—Esta armonía, Akenón, se da siempre que las cuerdas guardan esas proporciones entre ellas. Esto es muy importante —dijo con un brillo misterioso en sus ojos verdes—. No es un caso particular para cuando una cuerda mide diez dedos y otra veinte, por ejemplo. Es una regla que se da siempre, es la ley del funcionamiento de la música, eterna y exacta. ¡Es perfecta!

Akenón estaba sorprendido. Tanto por lo que acababa de revelarle Ariadna –y que no estaba seguro de comprender plenamente–, como por su ardor. La respiración de la joven se había agitado y su voz había cobrado una intensidad especial. De pronto experimentó un nuevo impulso hacia ella; algo diferente, menos físico que cuando la había conocido. Se trataba más bien de una especie de admiración.

–Lo que te he contado por encima –continuó Ariadna– permite vislumbrar dos cosas trascendentales. Una es que al menos algunos procesos del universo se rigen por leyes exactas que está en nuestra mano descubrir. Tal vez sepas de la regularidad absoluta del comportamiento del sol, la luna, las mareas... –Akenón asintió. Conocía a un par de astrónomos en Cartago a los que les encantaba hablar de su trabajo aunque no se lo pidieran–. Lo segundo que vemos es que estamos abriendo puertas inéditas al conocimiento y al dominio de las leyes de la naturaleza. El poder que ese dominio puede proporcionar es inimaginable. –Ariadna lo miró fijamente y Akenón supo que estaba a punto de mencionar algo que ella consideraba clave–. El poder es una de las principales razones por las que se mata. Para conseguir el poder y para eliminar al que lo tiene. Y mi padre, Akenón, es el hombre más poderoso –se dio unos golpecitos en la cabeza–, y es quien decide sobre el acceso de los demás a ese poder.

Se hizo el silencio. Akenón había estado de pie hasta entonces y ahora se sentó en el borde de la mesa. Se daba cuenta de que ella tan sólo le había hecho algunos comentarios superficiales sobre el pitagorismo, y aun así necesitaría reflexionar lentamente sobre ello para comprenderlo. Por otra parte, lo último que había dicho sobre el poder...

–¿Estás diciendo que temes que intenten asesinar a tu padre? ¿Piensas que la muerte de Cleoménides fue consecuencia de un atentado contra tu padre que salió mal?

–No lo sé, pero temo por su vida. Lo que te estoy diciendo es que aquí el conocimiento puede ser un móvil fundamental. Eso es algo que la policía de Crotona no entiende, pero que tú debes comprender o nunca resolverás este caso.

Akenón tomó nota mental de aquello y después bromeó para reducir un poco el dramatismo del ambiente.

–No sabía que fuera tan peligrosa la profesión de sabio.

–Sabio no, *filósofo*.

–¿Cómo?

–Mi padre ha inventado el término filósofo. Significa amante de la sabiduría, frente al mero poseedor de sabiduría, que sería el sabio. Filósofo es un término más dinámico y humilde. Implica una búsqueda que no acaba. Algo muy apropiado en relación al conocimiento.

–Entonces tu padre es el filósofo Pitágoras –sonrió Akenón.

Ariadna le devolvió la sonrisa.

Aquella noche Ariadna no era la única que pensaba en Akenón.

«El egipcio es peligroso. Tengo que resolver esta situación lo antes posible.»

Durante un momento acarició la idea de colarse en su habitación en mitad de la noche y cortarle la garganta con un cuchillo. Se estremeció de placer al imaginarlo ahogándose en su sangre, sin poder pedir ayuda..., pero no era un plan viable.

«Demasiado arriesgado. El egipcio es fuerte y está bien adiestrado. No debo subestimarlo.»

Había pensado en muchas alternativas para llevar a cabo su propósito principal; sin embargo, todas chocaban con la presencia de Akenón.

«Lo de Cleoménides fue sencillo, pero ya no cuento con el factor sorpresa.»

Cerró los ojos y se concentró. En su rostro apareció poco a poco una sonrisa cruel y decidida.

«Las dificultades son el estímulo de la caza. Mi éxito es inevitable.»

CAPÍTULO 26

22 de abril de 510 a. C.

PITÁGORAS ESCUCHABA EN SILENCIO las palabras de Akenón. Se encontraba con él y con Ariadna en la cima de la colina que había a espaldas de la comunidad. Habían iniciado el ascenso media hora antes del amanecer. Quinientos metros por debajo de ellos podían distinguir el perímetro rectangular de setos que rodeaba los edificios y jardines comunales. Desde allí se dibujaba con claridad el camino que llevaba al imponente gimnasio, rodeado de columnas como un enorme templo, y más allá el sendero continuaba hasta fundirse con el límite exterior de Crotona. Tras la extensa ciudad, el mar reposaba en calma hasta el horizonte, donde el sol naciente lo teñía todo de rojo. Un manto de nubes cubría el cielo como si fuera a descargar una lluvia de sangre. Sobre la colina, la luz de la aurora hacía de Pitágoras un faro que refulgía con el cabello y la barba incandescentes.

–El veneno utilizado en el asesinato de Cleoménides fue mandrágora –dijo Akenón con seguridad–, la policía tenía razón en eso. En concreto, era un extracto concentrado de raíz de mandrágora blanca. Apliqué varios reactivos a los restos que había en la copa y la identificación no deja lugar a dudas.

–Ese tipo de veneno es más común en Egipto –intervino Ariadna–, pero cualquiera con ciertos conocimientos puede prepararlo aquí. No es una rareza, por lo que no resulta una pista muy valiosa.

Pitágoras había pedido a Akenón que le pusiera al tanto de la situación tras los tres días que llevaba investigando. Le había sorprendido que Ariadna los acompañara, pero al ver cómo se relevaban con las explicaciones comprendió que su hija había hecho algo más que ayudar a Akenón a entender la hermandad y la doctrina.

Se había implicado completamente en el caso, algo que pensó que ella querría hacer y que Akenón no le permitiría.

Esbozó una sonrisa. «Ariadna siempre se las arregla para conseguir lo que quiere.»

Absorbió un último instante los rayos del amanecer. Después se volvió hacia ellos y contempló al egipcio. Recreó en su cabeza el momento de su llegada a la comunidad. Aunque Akenón había intentado disimular, Pitágoras había visto que se sentía atraído por su hija. Más de lo que él mismo era consciente.

«En cambio, no sé qué siente ella», pensó observándola con curiosidad. Pitágoras podía leer en lo más recóndito de las personas a través de las sutiles características e inflexiones de la voz, la risa o la mirada. Sin embargo, las capacidades de Ariadna eran las de un maestro avanzado, resultaba difícil ver en su interior.

–El punto más claro es el del veneno –continuó Akenón–, y otro que ya habías anticipado tú y que, además, es una mala noticia: podemos estar razonablemente seguros de que Cleoménides no era el objetivo último del asesino. Nadie de dentro ni de fuera de la comunidad ha dicho una sola palabra en su contra. Ni siquiera han sido capaces de mencionar un enemigo suyo. También he hablado con Eritrio, el curador, para averiguar quién se beneficiaba materialmente con la muerte de Cleoménides. Poseía una notable cantidad de plata y dos pequeñas propiedades. Su testamento deja bien claro que todo pasa a ser propiedad de la comunidad.

Pitágoras asintió. Los discípulos residentes que no tenían hijos solían hacer testamento a favor de la hermandad.

Akenón adoptó un aire más grave.

–Si Cleoménides, como parece, no era el objetivo final, me temo que su muerte puede ser sólo el primer paso de un plan criminal mucho más amplio.

Comenzaron a descender la colina. Las túnicas largas de lino blanco que envolvían a Ariadna y Pitágoras habían cambiado la tonalidad rojiza por un naranja pálido. Akenón llevaba una túnica de piel sin mangas y estaba lamentando no haber añadido algo que abrigara más.

Ariadna se volvió hacia su padre y mencionó un punto que había estado hablando con Akenón el día anterior:

—Debido a la libertad de movimientos que hay en la comunidad, cualquiera pudo haber puesto el veneno en la copa. Tampoco podemos descartar que al asesino le diera igual quién de vosotros muriera, puesto que la copa con el veneno fue colocada en el Templo de las Musas antes de que os reunierais. Cualquiera de vosotros podía haber bebido de ella.

Pitágoras ya había pensado en eso.

—No creo que haya sido un asesinato al azar —respondió—. Es habitual que las copas estén preparadas antes de las reuniones y Cleoménides se sentaba siempre a mi derecha. Lo más probable es que el que envenenara la copa supiera a quién estaba destinada.

—Todo parece indicar que el asesino conoce bien la comunidad —dijo Akenón—, o que es de fuera pero tiene a alguien de la comunidad trabajando para él. Mi hipótesis principal es que asesinaron a Cleoménides porque ibas a elegirlo sucesor, lo que nos llevaría a que el golpe está dirigido contra ti o contra la hermandad en su conjunto.

El rostro de Pitágoras permaneció sereno, pero en su estómago se acababa de formar un doloroso nudo. Le ocurría cada vez que pensaba en que Cleoménides podía haber sido asesinado como un ataque indirecto contra él.

Ariadna tomó la palabra.

—También hemos estado pidiendo opiniones sobre posibles culpables. Cilón es el adversario más nombrado, pero hay otras muchas hipótesis, algunas de las cuales pensamos que hay que tener en cuenta.

Miró a Akenón, dudando si seguir. «Quizás debería dejar que expusiera él la situación.»

Akenón percibió sus dudas y la animó a proseguir con un gesto.

—La ambición política es uno de los móviles más probables —continuó Ariadna—. La comunidad de Crotona es la cabeza de las comunidades pitagóricas que has fundado en los últimos años por toda la Magna Grecia. No hay que descartar que el líder de alguna de ellas se haya descarriado y esté pensando en emanciparse cuando tú no estés. Eliminando a tus candidatos se asegura de que no haya una figura fuerte que mantenga unidas a las comunidades.

Pitágoras, mirando al suelo para no tropezar con rocas ni raíces, repasó mentalmente los discípulos que tenía al frente de las distintas comunidades. Se detuvo un momento en Telauges, su hijo de veintisiete años que dirigía la pequeña comunidad de Catania. En su momento dudó si enviarlo, pensando que quizás era demasiado joven para tanta responsabilidad.

«Hace seis meses que no visito Catania; y ellos tampoco han enviado embajadas...»

Akenón interrumpió sus pensamientos.

–Aglutinas un poder político considerable por ser la cabeza de todas las comunidades, pero el poder que tienes por dirigir indirectamente los gobiernos de tantas ciudades es inmenso. Cada día que paso en la Magna Grecia me quedo más sorprendido. Tus rivales políticos deben de contarse por miles dentro y fuera de la Magna Grecia. Aunque eres un gobernante en la sombra, no por eso dejas de ser uno de los más poderosos del mundo. Yo diría que incluso el rey Darío de Persia debe de verte como uno de sus rivales potencialmente más peligrosos. ¡Los gobiernos que tú controlas rigen sobre más de un millón de personas!

Pitágoras meneó la cabeza disgustado. Llevaba mucho tiempo enfrentándose al mismo dilema. Por todos los dioses, su doctrina hablaba de moral, de comprender las leyes de la naturaleza, de cómo hacer crecer espiritualmente a los individuos y a las comunidades. No quería acumular poder, su propósito era ayudar a progresar, extender la verdad, que imperara la sabiduría y la búsqueda, la justicia, la paz...

«Pero no debo engañarme.»

Era evidente que había acumulado un enorme poder material. Sólo entre Crotona y Síbaris sumaban alrededor de medio millón de habitantes. Más del doble entre todas las ciudades cuyos gobiernos lo obedecían a él. Y algunas de esas ciudades tenían notables fuerzas militares. Su objetivo nunca sería atacar, pero los pueblos colindantes probablemente no tenían esto tan claro como él.

«Muchos deben de considerarme su vecino más peligroso», se dijo entristecido.

Continuó descendiendo por la ladera pensativo. El móvil político era bastante probable, sobre todo si alguien había vislumbrado, como él, lo que podía ocurrir con la hermandad en las siguientes décadas. Su sucesor podía hacer crecer los brotes que ya estaban empezando a dar frutos en la Grecia continental, así como entre los etruscos y los romanos. Entonces sólo Persia sería un rival militar, y también entre ellos lograrían conversiones que a la postre...

«Basta, no es momento de sueños.» Ahora lo importante era que tanto la situación actual como sus planes de futuro chocaban con las ambiciones de muchos mandatarios.

Akenón intervino de nuevo.

–El conocimiento es otro posible móvil. Yo no comprendo las... –hizo un gesto con las manos, intentando encontrar las palabras– *facultades superiores* que tus enseñanzas pueden llegar a otorgar, y no conozco los saberes que protege vuestro juramento de secreto. Sin embargo, sé que entrar en la orden es la aspiración máxima de muchos hombres y que algún rechazado, como Cilón, te guardará rencor el resto de su vida. Con mayor motivo, alguien que haya accedido a parte de ese saber y ambicione tener más puede llegar a intentar conseguirlo por cualquier medio si no puede obtenerlo mediante los procedimientos que tú estableces.

–Estás hablando de los candidatos a sucederme –dijo Pitágoras.

–También hemos de considerarlos entre los sospechosos, por supuesto. No podemos olvidar que son las personas que tenían más relación con Cleoménides, estaban presentes en el momento del crimen y pueden tener un móvil. Demasiados puntos para pasarlos por alto. Por otra parte, Ariadna me ha convencido de que no los interrogue yo solo.

–Y yo tampoco puedo hacerlo –aseguró ella–. Tienen capacidades muy por encima de las mías. Igual que pueden engañar fácilmente a Akenón, pueden hacerlo conmigo. Lo poco que llegara a vislumbrar en su interior podría ser un engaño.

Pitágoras, sin dejar de caminar, reflexionó sobre lo que le estaban pidiendo. Aunque las facultades de Ariadna eran superiores a lo que ella indicaba, ya fuera por modestia o por desconocimiento de su propio desarrollo, era cierto que su hija no podía competir con los candidatos. Impedir el análisis interno resultaba relativamente sencillo para un iniciado de grado superior. Ni siquiera él mismo podría leer en ellos si no contaba con su colaboración; aunque si alguno se oponía quedaría en evidencia.

Detuvo sus pasos y se volvió hacia Akenón. La quietud del bosque otorgó a sus palabras una resonancia especial.

—Esta noche vendrás a cenar a mi casa —dijo con un semblante grave y decidido—. Convocaré también a todos los candidatos a sucederme. Si alguno guarda un secreto oscuro... te aseguro que esta noche saldrá a la luz.

CAPÍTULO 27

22 de abril de 510 a. C.

DURANTE EL RESTO DEL DÍA Akenón notó una inquietud creciente, que se instaló definitivamente en su estómago en el momento en que el sol se puso y acudió a la casa de Pitágoras. Tras sentarse a la mesa se mantuvo en silencio mientras reflexionaba.

En la corte del faraón Amosis II, los nobles llevaban vestiduras ostentosas, se comportaban como príncipes y vivían rodeados de séquitos en ocasiones superiores al del propio faraón. Imponían de modo consciente respeto y temor. Algunos de ellos ni siquiera se dignaban a mirar al plebeyo Akenón. El faraón le enseñó a afrontar adecuadamente todo aquello, y Akenón detuvo, interrogó, encarceló e incluso entregó al verdugo a algunos de esos nobles, que además de ser altivos tenían una considerable afición a la conspiración.

Del mismo modo que aprendió a no dejarse intimidar por el aspecto exterior y el comportamiento de los nobles, ahora intentaba no sobrecogerse en presencia de los venerables maestros que lo rodeaban vestidos con austeras túnicas blancas, y cuyos rostros impasibles transmitían una sencilla dignidad cien veces superior a la de cualquier noble egipcio.

«No debo olvidar que en el fondo son hombres. También pueden experimentar ambición o deseo de venganza», se dijo mientras los contemplaba. Tampoco debía olvidar que durante esa cena podía revelarse que uno de ellos era el asesino. Aunque de momento el ambiente era apacible, Akenón se mantenía en tensión con la guardia bien alta. Estaba preparado por si uno de ellos intentaba huir o lanzaba un ataque.

Desde la muerte de Cleoménides, Pitágoras había ordenado que dos sirvientes de confianza controlaran la comida que tomaban él y los candidatos. En ese momento sobre la mesa tenían copas que habían sido enjuagadas antes de la cena, y los dos sirvientes escogidos habían dispuesto tortas de cebada y cuencos con dátiles, queso, aceitunas e higos secos.

Llevaban un rato cenando en silencio cuando de repente Pitágoras alzó el rostro y los miró a todos. Las antorchas prestaban un brillo anaranjado a su mirada de oro.

–Las investigaciones de Akenón están estrechando el cerco sobre el asesino. En esta cena hablaremos de ello y espero que eso aclare algunos puntos.

No dijo nada más. Los contempló durante unos segundos y después siguió comiendo. Sin embargo, el eco de sus palabras se quedó flotando sobre las cabezas de los presentes como una advertencia. Akenón prestó atención a las posibles reacciones. Los candidatos aguardaron por si Pitágoras continuaba y luego reanudaron la cena.

«Si alguno se ha puesto nervioso, lo disimula muy bien», pensó Akenón con inquietud. Le preocupaba especialmente Evandro, con diferencia el más fuerte de todos los maestros.

Al cabo de un rato, Pitágoras levantó la cabeza y pronunció con firmeza el nombre del candidato que tenía enfrente:

–Evandro.

El fornido discípulo alzó la vista hacia Pitágoras, que clavó en él una mirada escrutadora. Akenón supuso que el maestro estaría poniendo en práctica su misteriosa capacidad para analizar el interior de las personas. Se fijó durante un rato en el rostro de Evandro.

«¿Qué estará viendo Pitágoras?»

Él no era capaz de extraer ninguna información. Le parecía que en esos momentos el rostro de Evandro era tan inexpresivo como si estuviese dormido. Por si acaso introdujo una mano entre los pliegues de su túnica y palpó el puñal que llevaba oculto. Quería asegurarse de que podría sacarlo con rapidez. Miró alrededor y vio que los otros candidatos dirigían discretas miradas a Evandro. Tal vez intentaban vislumbrar en su interior aprovechando que tendría bajadas las defensas para no enfrentarse a Pitágoras.

«Es inevitable que recelen entre ellos.»

La habitación, perfumada con un suave olor a incienso, estaba sumida en un silencio tirante. Nadie prestaba atención a Akenón, que pudo dedicarse a examinarlos como si fuera invisible. Pitágoras seguía con los ojos clavados en los de Evandro, mirándolo con tal intensidad que Akenón deseó no tener que enfrentarse nunca a esa mirada.

–Orestes, mírame –dijo Pitágoras.

Pitágoras se centró en Orestes mientras Evandro abría y cerraba los ojos como si le costara enfocar. Akenón continuó observando la extraña escena, preguntándose con creciente tensión cómo acabaría aquello.

«¿Debo suponer que Pitágoras ha descartado que Evandro sea el asesino, o expondrá lo que ha descubierto tras analizarlos a todos?»

Orestes estaba inmerso ahora en una comunicación silenciosa y enigmática con Pitágoras. Por su parte, Aristómaco, Daaruk e Hipocreonte comían pausadamente, como si no les importara estar a punto de someterse al penetrante análisis de su maestro.

«El interior de Orestes no oculta secretos», pensó Pitágoras mientras lo analizaba.

El análisis de las personas a través de la mirada y el semblante no era completamente preciso, pero Pitágoras estaba casi seguro de percibir el espíritu de Orestes en su integridad. «Además, noto que sus facultades no han dejado de crecer.» Estaba aprovechando también el escrutinio de cada candidato para evaluar su potencial como sucesor. El análisis de Orestes confirmaba su nobleza, entrega y capacidad. «Cometió un grave error político, pero fue hace tantos años que poca gente lo recordará.» Si no fuera por aquella duda, sería su candidato número uno. «Al mismo nivel que Cleoménides.» Y, desde luego, no creía que tuviera nada que ver con su asesinato.

–Hipocreonte, mírame.

El sobrio discípulo se volvió hacia su maestro tan serio como siempre. Su rostro mostraba huellas de cansancio, lo que unido a sus escasos cabellos blancos le hacía parecer mayor que Pitágoras. Akenón mantuvo la atención en él durante un rato en busca de una reacción que no se produjo. Después se centró en los dos candidatos a los que Pitágoras todavía no había analizado. Daaruk estaba situado frente a él y parecía muy tranquilo, comiendo torta de cebada parsimoniosamente. Akenón recordó la anterior reunión, cuando Daaruk le había contactado en silencio para decirle que quería ayudarlo. Esta noche ni siquiera le había mirado.

Se volvió hacia su izquierda. Aristómaco mantenía la mirada baja mientras sostenía entre los dedos un dátil sin comérselo, como si no se diera cuenta de que lo había cogido. De repente alzó la cabeza con brusquedad. El dátil resbaló de sus dedos. Estaba mirando hacia delante con los ojos muy abiertos. Akenón siguió su mirada a la vez que oía un ruido ahogado, el grito de terror que una garganta agarrotada no conseguía pronunciar.

Las miradas de todos los presentes convergieron con horror en Daaruk. La cara del maestro extranjero ya no mostraba su moreno natural sino un espeluznante morado. Sus ojos desorbitados se clavaron en Akenón. Los labios ennegrecidos se movieron como si quisiera transmitirle un mensaje a toda costa. De su boca surgió una espuma amarillenta. Al tratar de ponerse en pie su cuerpo convulso volcó la silla. Intentó apoyarse en la mesa, pero le fallaron las fuerzas y se derrumbó como una marioneta. Su cabeza rebotó contra el borde de la mesa produciendo un ruido sordo.

Akenón se levantó de un salto. Rodeó la mesa corriendo y se agachó junto a Daaruk. Una raja profunda abría en dos su ceja izquierda. La sangre resbalaba por su cara mezclándose con la espuma amarilla de su boca desencajada antes de gotear al suelo. Sus ojos negros estaban fijos en los de Akenón, profiriendo un grito mudo.

«¿Quién te ha hecho esto? –le preguntó Akenón sin palabras–. ¿Quién es el asesino?»

Cogió la cabeza de Daaruk con ambas manos. Se acercó a él hasta casi rozarse. Esta vez, sin embargo, no escuchó ninguna palabra en su interior. En la mirada frenética del maestro sólo vio un torbellino de desesperación y pánico... y finalmente nada.

Apoyó dos dedos en su cuello durante unos segundos y se volvió hacia Pitágoras.

–Ha muerto.

CAPÍTULO 28

22 de abril de 510 a. C.

ARIADNA ABRIÓ LOS OJOS DE GOLPE, interrumpiendo su meditación. Estaba en su dormitorio y acababa de tener un mal presentimiento sobre la reunión en casa de su padre. Alarmada, miró hacia la puerta. Sintió el impulso de acudir corriendo, pero consiguió reprimirlo. Habían quedado en que Akenón la avisaría después de la reunión para contarle lo que averiguaran sobre los candidatos.

Procuró controlar la respiración. El presagio seguía allí, mordiéndole las entrañas.

Se puso de pie y caminó descalza por el suelo de tierra. Hacia la puerta y luego hasta la pared contraria, en donde se detuvo. Sobre un soporte había colocado una lámpara de aceite achatada, de piedra negra con un fino veteado blanco. Por el orificio lateral surgía una débil llama cuya luz exigua no consiguió tranquilizar su ánimo.

–No tengo de qué preocuparme –susurró hacia la llama.

En realidad, ¿qué era lo peor que podía suceder? ¿Que uno de los grandes maestros resultara ser el asesino y usara la violencia para escapar? En ese caso sería una pelea de un hombre solo contra seis; sobre todo contra Akenón. Aunque el asesino estuviera armado, Akenón también lo estaba y permanecería alerta en todo momento. Además, era mucho más fuerte que cualquiera de ellos.

«Con la excepción de Evandro», se recordó.

Evandro era muy fornido y resultaba un rival casi imbatible en las competiciones de lucha. Pero también Akenón debía de ser un luchador extraordinario. Por otra parte, Ariadna estaba segura de que Evandro no era el asesino. Siempre le había parecido que tenía el carácter más abierto y noble de todos los grandes maestros.

Volvió a sentarse en la cama. Frente a lo que decía su inquieta intuición, lo más probable era que la reunión transcurriera pacíficamente. En cualquier caso, le daba mucha confianza que Akenón estuviera allí. La presencia de Akenón siempre le hacía sentir una extraña seguridad. Similar a la que experimentaba con su padre, pero con un matiz diferente. Su expresión se relajó, sus labios se distendieron e iniciaron una sonrisa. Al instante siguiente, sin embargo, su semblante recobró la seriedad. Cuanto más cercana se sentía de Akenón, con mayor fuerza experimentaba la necesidad de alejarse de él.

Volvió a mirar hacia la puerta.

«Esperaré media hora.»

Se inclinó hacia delante y tanteó con una mano por debajo de la cama. Localizó unas alpargatas de esparto y las sacó. Las había comprado la tarde anterior, aprovechando que había ido con Akenón a Crotona para entrevistarse con algunos consejeros pitagóricos. Se habían repartido el trabajo y ella se reunió con Hiperión, el padre de Cleoménides. Cuando salió de su mansión todavía quedaba una hora para reencontrarse con Akenón. Necesitaba calzado nuevo, así que decidió aprovechar ese tiempo para acudir al mercado.

La acompañaron dos discípulos de su padre. No podían llevar armas, pero uno de ellos había sido soldado profesional durante varios años y el otro era un aficionado a la lucha de un nivel similar a Evandro. Al alejarse del barrio de los aristócratas, las calles se hicieron más estrechas e irregulares y las casas más pequeñas. Poco a poco desaparecieron las de dos pisos y las paredes de piedra. En los barrios de los artesanos y comerciantes las viviendas todavía tenían cimientos de piedra, pero sus paredes eran de ladrillo de barro cocido. No obstante, aún contaban casi todas con un patio interior, más o menos modesto dependiendo de la prosperidad de su dueño.

Ariadna recorrió las calles observando con agrado la amplia variedad de establecimientos. Gracias a su padre, la ciudad gozaba desde hacía muchos años de una notable prosperidad económica. No sólo llevaban varios años sin conflictos bélicos de importancia, sino que las relaciones con las ciudades vecinas eran excelentes, en gran parte debido a que muchas tenían también gobiernos pitagóricos. La bonanza se apreciaba en la cantidad de comercios y en la abundancia de la mercancía que exponían. Los talleres de un mismo gremio tendían a agruparse, a menudo dando nombre a la calle en la que se concentraban. Ariadna y sus acompañantes pasaron por delante de cuchilleros, ceramistas y caldereros con su mercancía presentada en el suelo o en toscas mesas y estantes. Un poco más allá, los alfareros mostraban tinajas y lámparas, así como tejas y canales de conducción.

Al entrar en la siguiente calle Ariadna arrugó la nariz. El olor acre revelaba la presencia de tintes, muchos de ellos tóxicos. Los propietarios y los compradores se congregaban frente a la mercancía para discutir sobre la calidad de los tejidos. Ariadna divisó, en el interior de los establecimientos, a varios trabajadores manipulando con esfuerzo rudimentarios telares verticales. La mayoría de los talleres vendía sus productos en el mismo lugar donde los elaboraban, pero también había una nutrida presencia de vendedores ambulantes. Aunque estaban prohibidos en los barrios ricos, recorrían las calles populares voceando su mercancía, que ofrecían igualmente en los mercados, de casa en casa o de pueblo en pueblo. Raro era el día que no pasara uno por delante de cada vivienda, con sus liebres o gallinas, un surtido de cuchillos y vasijas, y una buena provisión de salchichas, aceite y quesos.

Ariadna se fijó en la gente y sonrió complacida. Le agradaba que en los barrios modestos la presencia de las mujeres por las calles fuera mucho mayor. Además, no iban rodeadas como las ricas de un séquito de esclavas. Como mucho llevaban una o dos para ayudarlas con los trabajos más duros. También había diferencia en la indumentaria. Los tintes eran caros y a los ricos les gustaba exhibir prendas coloridas, en ocasiones chillonas: túnicas rojas o de un intenso marrón dorado, peplos de rojo cereza o clámides violetas. Pero el color favorito de la aristocracia, siguiendo la moda de Atenas, era el carísimo púrpura extraído del múrice, un pequeño molusco marino. Los fenicios lo traían de Oriente y nadie que no fuese rico se plantearía comprar ni siquiera una capa corta teñida con él.

El pueblo llano que rodeaba a Ariadna en estos momentos vestía de blanco o de marrón. Sus túnicas eran sencillas y prácticas. Dejaban libre el brazo con el que trabajaban, y era frecuente que los pescaderos se enrollaran la prenda a la cintura y mostraran el torso desnudo. Casi nadie se adornaba con estampados o ribetes como los ricos. Apenas se veían broches o alfileres para sujetar las túnicas, y cuando los había nunca eran joyas ostentosas, sino prácticas piezas de cobre, bronce o madera.

Siguió caminando, contemplando todo sin detenerse. Le encantaba la intensa sensación de vitalidad que se respiraba en una ciudad grande como Crotona. Tenía alrededor de doscientos mil habitantes, frente a los sólo seiscientos residentes que había en la comunidad pitagórica. En Crotona sus sentidos de la vista, olfato y oído recibían tantas sensaciones que casi se saturaban, y eso era un agradable contraste con los diez años que había estado sin salir de la comunidad.

«Pero no podría vivir en una ciudad.»

Aunque había cosas que le gustaban, jamás podría ni querría adaptarse a las normas y costumbres que regulaban los derechos y el papel de la mujer en la sociedad griega. Los griegos consideraban que la mujer era inferior al hombre en intelecto, carácter y moral. No debía intervenir en las conversaciones de los hombres y ni siquiera estaba bien visto que las mujeres se reunieran entre ellas. En muchos aspectos la mujer era equivalente a un niño. El marido ejercía la tutela sobre ella. Y si quedaba viuda, automáticamente pasaba a depender de su padre, de su hijo mayor o del nuevo esposo que el difunto marido hubiera señalado para ella.

Afortunadamente ella vivía en la comunidad, donde su padre había instaurado una situación muy diferente. Seguía habiendo algunas desigualdades, pero hombres y mujeres tenían un papel mucho más parecido. En la ciudad, Ariadna habría tenido que aprender a ser solícita y la habrían instruido exclusivamente en las labores domésticas para poder casarse adolescente y virgen con un hombre que rondara la treintena, cuando no con un viudo mayor.

Arrugó el entrecejo. En la comunidad a veces sentía que se asfixiaba, pero fuera de ella no sería aceptada. No pertenecía plenamente a ninguno de los mundos que conocía.

La calle se abrió de pronto a una plaza sucia y caótica que parecía haber sido el escenario de una terrible batalla. Un laberinto de tenderetes se desparramaba entre las ruinas de un gran edificio. Cientos de personas iban de un lado para otro sorteando restos de columnas tumbadas y pedestales vacíos.

El semblante de Ariadna se iluminó.

«Mi mercado favorito.»

Allí se había levantado el primer gran gimnasio de Crotona. Entonces aquello eran las afueras de la ciudad, pero ésta siguió creciendo y terminó cercando aquel espacio con una maraña de calles angostas y viviendas miserables. El gimnasio fue abandonado por las autoridades de la ciudad, que para entonces habían hecho construir otros en entornos más adecuados. El expolio de material acabó haciendo caer paredes y techos y aquello se convirtió en una gran plaza en medio de los suburbios. Hacía de frontera entre los barrios modestos pero todavía dignos y otros donde directamente se hacinaban los habitantes que la ciudad había atraído pero después no había podido absorber.

Al otro lado del espacio abierto, Ariadna podía ver un manto irregular de viviendas medio desmoronadas. Allí no existían los cimientos de piedra ni los patios interiores. Las casuchas eran de adobe y una sola habitación, y después de cada tormenta había que reconstruir sus tejados de cuerda y cañas. Aunque no había talleres, los habitantes más resueltos se las apañaban para hacer algo útil con sus manos, sin apenas materiales ni herramientas. Con sus humildes productos acudían al *mercado del antiguo gimnasio*, como era conocido por todos.

Ariadna abandonó la seguridad de la calle que la había conducido allí y se internó con sus acompañantes en aquel espacio sin ley. A ese mercado no acudían los magistrados encargados de que se cumplieran las normas comerciales. Cada vendedor se instalaba donde podía y la mayoría de los intercambios se realizaban mediante trueque.

—Señora, noble señora, mirad qué joyas tengo.

Ariadna se volvió hacia una vendedora gruesa y desdentada, indicando con un gesto que no estaba interesada. La vendedora puso frente a su cara unos pendientes y un pequeño espejo de mano con mango de hueso, que quizás representaba burdamente a la diosa Afrodita. Los pendientes eran sencillos pero bonitos. Dos pequeñas esferas de pasta de vidrio sujetas con hilo de cobre.

Volvió a declinar el ofrecimiento. Su hermana Damo a veces llevaba pendientes, pero ella no utilizaba más adornos que una cinta o una diadema para recogerse el pelo.

Cuando se alejaba, la vista se le fue a la bisutería expuesta sobre un tablón. Había diversos aros lisos o con forma de serpiente para el muslo y el tobillo. Algunos objetos eran bonitos, aunque los materiales fueran baratos. Se fijó en una fina serpiente que podría quedar bien enroscada en su muslo. Cayó en la cuenta de que estaba pensando en Akenón, sacudió la cabeza y prosiguió.

Dejaron atrás rápidamente varios puestos de bordados y artesanías. Al pasar junto a un gran tenderete de pescado frunció el ceño. Tenía tantas moscas que apenas se veía la mercancía. Por fin, un poco más allá, divisó uno de calzado. El dueño estaba ocupado atendiendo a un par de hombres. Ariadna pasó la vista por encima de unas botas de cuero altas y otras de media caña. Después cogió unos botines cerrados con la suela claveteada. Los examinó un momento y los dejó. «Prefiero sandalias abiertas.» Sobre una piedra en el suelo divisó unas sandalias de cuero de vaca. La suela era gruesa, de dos o tres capas. De la parte delantera salían varias correas que se unían en el empeine a una pieza metálica en forma de corazón. Para atarlas había que dar tres o cuatro vueltas a las correas alrededor de la pantorrilla.

—Oiga —susurró alguien detrás de ella.

Se volvió hacia la voz. Era una mujer encogida debajo de una manta sucia y raída. Debía de ser lo único de que disponía para abrigarse. Tenía el pelo enmarañado, la cara manchada y aspecto de enferma. Al estar encorvada parecía una vieja, pero Ariadna se percató de que no era mayor que ella.

La abertura de la manta se entreabrió y surgió una mano.

—Tengo lo que necesita.

Mostraba unas alpargatas nuevas que no tenían mala pinta. De repente, un grito hizo que la mujer se estremeciera.

—¡Largo de aquí!

El vendedor del puesto de calzado se abalanzó sobre ella con los brazos en alto. Ariadna lo sujetó inmediatamente por un hombro.

—Quieto.

El hombre se dio la vuelta, incrédulo. Su expresión se crispó rápidamente. Sin embargo, no reaccionó. Ariadna lo estaba mirando con la intensidad de un felino, sin mover un solo músculo. El vendedor desvió la mirada y descubrió entonces a los dos hombres que había detrás de aquella extraña mujer. Por su actitud y sus túnicas deduje que eran pitagóricos... y ella... ¡Por Heracles, ella debía de ser la hija de Pitágoras!

Se apresuró a doblarse en dos murmurando un sin fin de disculpas. Ariadna lo ignoró y se acercó a la mujer, que había reculado varios pasos.

–Muéstrame tu mercancía –dijo en tono tranquilizador.

La mujer le alargó las alpargatas, mirando con precaución tanto al vendedor que la había amenazado como a ella. Ariadna las cogió y las examinó impresionada. Estaban realizadas con materiales sencillos, pero el resultado era excelente. La suela de esparto era compacta y flexible y tenía firmemente cosida una banda de tela que cubría la mitad delantera del pie. Del talón salía una correa de cuero que se bifurcaba en forma de i griega y se anudaba por delante.

–Es un trabajo muy bueno.

–Mi marido era zapatero y me enseñó el oficio. –La mujer se interrumpió con un ataque de tos áspera y profunda–. Murió y me dejó cuatro hijos –añadió con un hilo de voz.

Ariadna asintió comprensiva. Después se probó una de las alpargatas y comprobó que era de su talla.

–Me las quedo. ¿Cuánto quieres por ellas?

La mujer pareció dudar. Ariadna imaginó que tenía pensado cambiarlas por algo de comida. Entre los pobres no era frecuente el uso de moneda, a pesar de que Pitágoras había potenciado su utilización en toda la región porque consideraba el trueque lento e imperfecto.

–Tres óbolos –dijo por fin.

Tres óbolos era media dracma. La costumbre era regatear y Ariadna sabía que la mujer aceptaría inmediatamente dos óbolos e incluso uno. No obstante, para alimentar a su familia durante un par de días necesitaba al menos media dracma, por muy básicos que fueran los alimentos que comprara.

Ariadna buscó en el bolsillo de su túnica, escogió una dracma de plata y se la dio. La mujer apretó con fuerza el puño alrededor de la moneda y miró a Ariadna dudando. Ella asintió y la mujer se escurrió inmediatamente entre el gentío.

Aquellas alpargatas eran las que acababa de calzarse sentada en su cama. Las contempló de nuevo y después paseó la mirada por la habitación saltando de un punto a otro. Había conseguido distraerse un rato con los recuerdos del día anterior, pero ahora su mente volvía a llenarse de imágenes espeluznantes. Veía a alguno de los discípulos de su padre abalanzándose sobre él con un cuchillo, tan rápido que Akenón no tenía tiempo de reaccionar.

«Maldita sea, ¿por qué estoy tan nerviosa?»

Saltó de la cama sin saber qué hacer. No era la primera vez que tenía corazonadas, y no siempre habían sido correctas..., aunque nunca había experimentado una tan fuerte.

El instinto le gritaba que en la misma sala donde estaban su padre y Akenón había un asesino.

CAPÍTULO 29

22 de abril de 510 a. C.

AKENÓN APOYÓ LA CABEZA ensangrentada de Daaruk en el suelo y observó por un momento a todos los presentes. Pitágoras estaba paralizado con la mirada clavada en el cuerpo del discípulo caído. La consternación había petrificado su rostro. Los cuatro candidatos estaban de pie; habían retrocedido instintivamente y parecían aterrados.

Akenón se incorporó y salió precipitadamente de la habitación. Sus sentidos se habían agudizado. Extrajo el puñal y recorrió con la mirada el austero patio interior de la casa de Pitágoras.

«No hay nadie.»

Atravesó el patio en dos zancadas, salió al exterior y echó a correr. Al llegar al edificio comunal más cercano entró sigilosamente, giró a la derecha y pasó por delante de varias habitaciones. Se detuvo junto a una puerta y escuchó durante unos segundos con todos los músculos en tensión. Era el cuarto de los sirvientes que se habían encargado de la cena. Se escuchaban susurros, pero no se entendía lo que decían. Akenón se apartó y abrió la puerta de una patada.

A la luz de una lámpara pudo ver a los dos sirvientes. Estaban sentados en sus camastros, mirándolo espantados como si fuera Tánatos, el genio alado de la muerte.

—¡Levantaos!

Saltaron de los camastros inmediatamente, temblando de miedo ante aquel egipcio grande y violento que blandía un afilado puñal.

Akenón los examinó en un instante: dos hombres de mediana edad de constitución débil, desarmados.

—Venid conmigo.

Se miraron entre sí dudando.

—¡Rápido!

Los sacó de su cuarto y los condujo a empujones a través de la comunidad hasta llegar a la habitación del crimen. Allí seguían todos de pie, inmóviles y silenciosos, como si el tiempo se hubiera congelado al morir Daaruk.

Empujó a los sirvientes junto a Evandro, cuyo corpachón abultaba más que los dos hombres juntos.

–Ocúpate de que no salgan de la habitación.

Evandro parpadeó desconcertado, pero ya se estaba reponiendo. Colocó una manaza en el hombro de cada sirviente y los obligó a quedarse quietos en unas sillas.

Akenón se planteó darle el puñal a Evandro. Titubeó un segundo y lo descartó. Si los sirvientes intentaban huir o luchar, Evandro era más que capaz de reducirlos con su fuerza física. El puñal, sin embargo, podían arrebatárselo y conseguir una ventaja con la que ahora no contaban.

Salió de nuevo a la carrera. Al llegar a la calle se detuvo. Su mente estaba en alerta máxima. Era muy consciente de que en los minutos siguientes a una muerte violenta resultaba más probable que nunca ser herido o asesinado.

La luna resplandecía sobre su cabeza, a tres días de ser llena. Akenón avanzó unos pasos y volvió a detenerse. Inmóvil en mitad de la noche, contuvo la respiración y se concentró en la información que recibía del entorno a través de sus ojos y oídos. Podía ver con claridad hasta los límites de la comunidad. A su derecha tenía la silueta circular del Templo de las Musas, un poco más abajo el Templo de Hera y cerca de los setos el Templo de Apolo. No detectaba ningún rastro de actividad. Varias estatuas se erguían a lo largo de la comunidad. Las escrutó con la mirada, dudando si alguna sería en realidad alguien tratando de engañarlo; no estaba seguro de recordarlas todas. De repente oyó un apagado relincho a su izquierda. Se volvió alarmado. Procedía de los establos. Aguardó un rato, pero no se repitió y supuso que había sido un ruido casual.

«Ha sido veneno. Pueden haberlo preparado hace horas.»

Echó un último vistazo alrededor, frustrado, y regresó a casa de Pitágoras. Tenía que conseguir información caliente cuanto antes.

Los dos sirvientes seguían sentados, con las manos de un ceñudo Evandro aferrando sus hombros. Al verlo entrar, agitado y con el puñal en la mano, se encogieron como si pensaran que iba a ejecutarlos allí mismo.

Akenón evaluó por un momento la situación. El cadáver de Daaruk seguía en el suelo. La profunda herida de la ceja había dejado de sangrar. «¿Habrán utilizado el mismo veneno?» Resolvería eso más tarde. Pitágoras mantenía el control y esperaba que él le dijera qué hacer. Orestes e Hipocreonte intentaban calmarse pero su respiración seguía agitada. El más nervioso de los candidatos, Aristómaco, tenía los ojos cerrados y respiraba profundamente mientras juntaba y separaba sus manos temblorosas.

–Pitágoras –dijo Akenón señalando a los sirvientes–, ¿puedes... *analizarlos* mientras los interrogo para saber si dicen la verdad?

El filósofo se colocó frente a los sirvientes sin responder. Su mente parecía estar muy lejos de allí.

–¿Sabéis algo sobre el asesinato cometido aquí esta noche? –preguntó Akenón.

Ellos negaron vigorosamente con la cabeza, ansiosos porque los creyeran. Akenón los observó detenidamente y finalmente asintió. No le hacía falta la confirmación de Pitágoras para saber que decían la verdad. Los sirvientes empezaron a dar confusas explicaciones y los detuvo alzando una mano.

–Había veneno en una de las tortas. –Lo comprobaría más tarde, pero todos los indicios apuntaban en esa dirección–. ¿Quién ha tenido ocasión de poner el veneno? Pensad bien antes de responder. Y tranquilizaos –añadió en tono amable–, no os va a suceder nada.

–Por su experiencia en interrogatorios, sabía que la mayoría de la gente no es capaz de acordarse ni de su propio nombre cuando está sometida a mucha presión.

Uno de los sirvientes se apresuró a responder.

–Yo he cogido las tortas de una de las cestas grandes de la cocina. Las habían horneado haría una media hora, todavía estaban calientes. –Se quedó pensativo–. Se supone que allí sólo entran los trabajadores de la cocina, pero cualquiera tiene acceso a ella. De todas formas –añadió rápidamente–, he comido una antes de servirlas. –Señaló con la cabeza a su compañero–. Eudoro y yo probamos todos los alimentos antes de que lleguen a la mesa de los maestros.

Pitágoras suspiró y negó en silencio. Había recalcado a los sirvientes que no hicieran eso.

—¿Has cogido las tortas que estaban encima de todas? —preguntó Akenón.

—Sí —el sirviente respondió con voz insegura, temeroso de haber cometido algún grave error.

Akenón se esforzó por entender lo ocurrido. Era imposible que el asesino supiera qué torta iba a comer Daaruk. Sin embargo, podía haber puesto la envenenada encima de todas. Así conseguía asegurarse de que se destinaba a la cena de la casa de Pitágoras. Aquello tenía todo el aspecto de ser un intento de matar a cualquiera de los que se habían sentado a esa mesa.

«Incluido a mí mismo», pensó tragando saliva.

Se volvió hacia Daaruk, tirado en el suelo. Junto al cadáver había restos de comida que habían caído con él. Si el asesino era uno de los candidatos que quedaban vivos, tendría que haber marcado la torta envenenada para poder evitarla durante la cena. Ser el único comensal que no comía torta habría resultado muy sospechoso si después otro moría por una que contenía veneno.

Se levantó para examinar los restos de la torta de Daaruk. Instintivamente evitó dar la espalda a los grandes maestros. Si hallaba alguna marca en la torta envenenada, estaría seguro de que el asesino se encontraba en ese momento en la habitación.

Pitágoras observó a Akenón agachado junto al cuerpo de Daaruk, examinando con detenimiento los restos de la torta. «No sé qué pretende.» Respiró hondo un par de veces intentando disipar la niebla de sus pensamientos. Escudriñar con tanta intensidad el interior de Evandro, Orestes e Hipocreonte —cuyo análisis no había completado— lo había agotado. Y ahora acababa de ver morir a otro de sus discípulos más cercanos.

El impacto había sido brutal, pero se obligó a reponerse al advertir lo afectados que estaban Orestes y Aristómaco.

«Soy su maestro, debo guiarlos con mi ejemplo.»

Quizás uno de sus candidatos fuera el asesino —aunque él no lo creía así—, pero en todo caso el resto eran víctimas inocentes.

Se irguió y contactó con sus discípulos en silencio.

En ese momento, Akenón, acuclillado junto a Daaruk, negó con los labios apretados y se volvió resueltamente hacia él.

–Debemos interrogar ahora mismo a todos los trabajadores de la cocina, y a todo el que haya podido pasar por allí esta tarde.

Pitágoras asintió. Agradecía que Akenón se hiciera cargo de la situación.

–Me gustaría que Ariadna me ayudara con los interrogatorios –continuó Akenón–. Además, hay que formar cinco grupos de al menos tres hombres cada uno. Un grupo debe ir a los establos y evitar que nadie pueda hacerse con una montura para escapar. Otro tiene que colocarse en la entrada de la comunidad y cortar el camino a Crotona. Y tiene que haber otro en cada uno de los laterales para evitar que nadie salte los setos y escape hacia los bosques. Probablemente sea tarde para atrapar al asesino, pero puede que tenga un cómplice en la comunidad. Si es así, tal vez se ponga nervioso al ver que comienzan los interrogatorios e intente escabullirse.

Pitágoras reflexionó unos instantes. Formar un cerco de patrullas y después hacer una batida por toda la comunidad parecía lo más acertado. Comenzó a repartir tareas para llevar a cabo el plan de Akenón. Tanto éste como sus discípulos se pusieron en marcha y se llevaron con ellos a los sirvientes. En un momento la habitación quedó vacía, sumida bruscamente en un silencio fúnebre.

Pitágoras, el maestro de maestros, se dejó caer en una silla.

El segundo de sus mejores discípulos yacía inerte a sus pies.

La comunidad estaba a punto de convertirse en un hervidero. Akenón entró en su edificio y atravesó a grandes zancadas el patio interior, todavía envuelto en la noche silenciosa.

«Esto se ha convertido en una cuestión personal. Seas quien seas, juro que te atraparé.»

Se metió en su habitación y sacó la llave que llevaba colgada del cuello con un cordel; la hizo girar en la cerradura del arcón de madera y levantó la pesada tapa. La espada estaba encima de todo. Había ido a la cena armado sólo con su puñal para mantener las apariencias, aunque también porque lo prefería en caso de tener que luchar en una estancia reducida. Cogió la espada y la depositó en el suelo. Después rebuscó en el fondo del arcón y extrajo una bolsa de piel.

Desanudó su cordón de cuero y seleccionó un pequeño saquito de entre decenas similares. Por último sacó un tubo metálico del tamaño de un dedo que utilizaba como pipeta.

Regresó al exterior con la espada colgando de la cintura. En cada lateral de la comunidad se veían antorchas.

«Bien. El perímetro está sellado.»

Dentro de la comunidad había varios grupos de tres o cuatro hombres que iban con antorchas de un edificio a otro. Sacaban de sus camas a los que debían ser interrogados y los llevaban a la escuela. Allí había varias salas amplias donde tenerlos controlados. A Akenón le vino a la cabeza el recuerdo de una redada a gran escala que había dirigido en el palacio del faraón Amosis. Aquella batida había resultado efectiva. «¿Lo será ésta?» Observó la actividad de la comunidad durante unos instantes. Recordaba los gritos airados de la redada en el palacio. Eso hacía que le resultara más chocante el silencio en el que aquí transcurría todo.

Volvió a centrarse en su propósito más inmediato y se apresuró a la casa de Pitágoras.

El filósofo estaba solo en la habitación del crimen, sentado frente a la mesa con una expresión insondable. Akenón se arrodilló junto a Daaruk. La sangre de su cara comenzaba a secarse. Seguía con los ojos abiertos y Akenón contempló su mirada vacía.

«¿Qué tratabas de decirme?»

Recordó la primera vez que se había reunido con todos ellos. Daaruk le había transmitido que lo ayudaría, que contara con él.

«Ojalá me hubieras dicho si sospechabas de alguien.» Quizás Daaruk había averiguado quién era el asesino y eso le había causado la muerte.

La crispación de la agonía se había moderado en el semblante oscuro del discípulo extranjero. Ahora su expresión era más de sorpresa que de sufrimiento.

«Lo siento, Daaruk», pensó Akenón a la vez que cerraba sus párpados.

Abrió el saquito, cogió una copa y disolvió en agua un poco de polvo oscuro. Después llenó la pipeta con el preparado y dejó caer unas gotas en la mejilla de Daaruk, mojada de saliva y restos de espuma amarillenta. El preparado se volvió rojo en cuanto tocó los restos.

«Mandrágora.»

Alrededor de Daaruk había trocitos de la torta que había estado comiendo, igual que en la mesa. Akenón se había fijado durante la cena y sabía que ése era el único alimento que había probado Daaruk. También había bebido agua, pero eso había sido varios minutos antes de caer envenenado. Akenón juntó los restos de la torta y echó varias gotas del reactivo que identificaba la mandrágora.

No hubo cambio de color.

«Debía de estar sólo en un punto de la torta.»

Un pellizco de extracto de raíz de mandrágora blanca era más que suficiente para matar a un hombre.

Cogió de la mesa las tortas restantes y las desmigó. Llenó la pipeta de nuevo y goteó encima el preparado. No se produjo reacción.

«¿Por qué no envenenaron más tortas?», pensó extrañado.

En ese momento una exclamación ahogada detrás de él lo sobresaltó. Se volvió a toda velocidad. Ariadna estaba en el umbral de la habitación con las manos en la boca. Akenón se adelantó un paso, pero ella corrió hasta Pitágoras y lo abrazó.

–¡Padre! –Se separó de él, mirándolo ansiosa–. ¿Estás bien?

Pitágoras la miró en silencio durante un segundo y después asintió. Ariadna volvió a abrazarlo.

–Es mejor que salgas –dijo Pitágoras al cabo de un rato.

Ariadna se apartó y miró de nuevo al cadáver. La sangre en la cara de Daaruk hacía más violenta la escena. En la mente de Ariadna comenzaron a acumularse muchas preguntas, pero también quería alejarse de allí y abandonó la habitación seguida de Akenón.

Antes de salir, él se volvió hacia Pitágoras.

–Por mi parte ya se puede retirar el cadáver. –Hizo un gesto hacia Daaruk–. Lo han asesinado utilizando mandrágora blanca, el mismo veneno que con Cleoménides. He comprobado que estaba sólo en la torta de Daaruk.

Pitágoras hizo un imperceptible gesto con la cabeza y se quedó mirando a su discípulo muerto. Akenón pensó que era la primera vez que aparentaba la edad que tenía.

Al llegar al exterior, Akenón comenzó a poner a Ariadna al corriente de lo sucedido. Mientras hablaban se acercaron algunos grupos a pedirle instrucciones. Ariadna aprovechó para disipar de su mente la conmoción que le había producido ver el cadáver. En un primer momento había creído que aquel cuerpo ensangrentado era su padre.

—Tenemos que interrogar a mucha gente —dijo Akenón cuando el último grupo de hombres se alejó—. Me temo que va a ser una noche muy larga.

Comenzaron a andar en dirección a la escuela. En el aire flotaban los murmullos lejanos de algunas conversaciones tensas. De repente, un alarido agónico y prolongado estremeció la comunidad.

Ariadna se volvió espantada hacia Akenón.

—¡Viene de casa de mi padre!

Se dio la vuelta y echó a correr. Akenón desenvainó su espada y se lanzó tras ella.

CAPÍTULO 30

23 de abril de 510 a. C.

EL CONSEJERO CILÓN avanzaba satisfecho por las concurridas calles de Crotona. Llevaba el extremo de su larga túnica púrpura enrollado en el brazo izquierdo y el derecho descubierto. El sol de la mañana le daba directamente en la cara. Entornó los párpados, disfrutando de la sensación de calor en la piel.

«El tiempo mejora, igual que mi posición en el Consejo.»

Sabía que en breve se le uniría alguien para acompañarlo a la sesión matinal. Desde que había ganado peso político eran muchos los que revoloteaban a su alrededor, zalameros, apostando por él para obtener algún beneficio de su renovada influencia.

–Cilón, buenos días.

«El primero.»

Sonrió complaciente y se detuvo a esperar a Calo, un rico comerciante encorvado y enjuto de unos sesenta años, que disponía de la red de informantes más envidiada de toda Crotona. Era un aliado imprescindible a la vez que traicionero. Uno de esos miserables sin escrúpulos que tanto podían aportar y a los que Pitágoras nunca se acercaría.

–Te traigo una magnífica noticia que no creo que haya llegado aún a tus oídos.

–Si tú lo dices, Calo, no tengo ninguna duda de que así es.

Calo se frotó las manos, regocijándose, y Cilón se alegró de verlo tan contento. El pitagórico Consejo de los 300 había actuado en más de una ocasión contra Calo debido a que éste no tenía reparos en recurrir al pirateo para acabar con sus competidores. Que Calo estuviera contento no podía ser bueno para los pitagóricos.

El retorcido comerciante soltó de golpe su impactante información:

–Esta noche ha sido asesinado otro de los hombres de peso de la comunidad pitagórica.

–¡¿Quién?! –Cilón se atrevió a soñar con que fuese el mismísimo Pitágoras.

–Uno de los hombres de confianza de Pitágoras: Daaruk.

«El extranjero», pensó Cilón con desprecio.

Pitágoras tenía la desfachatez de rechazar a nobles crotoniatas y aceptar extranjeros, mujeres y hasta esclavos en su orden. Era un ultraje que incluso se hubiera hablado de que el tal Daaruk podía llegar a dirigir la hermandad, y por lo tanto gobernar sobre toda Crotona a través del Consejo de los 300.

«Aunque eso ya da igual.» Lo importante era que estaba muerto, con lo que Pitágoras acababa de perder otro de sus pilares.

«Qué lástima que Daaruk no tenga familia entre la nobleza de Crotona. Hubiera sido perfecto que muriera Hipocreonte, que tiene varios hermanos consejeros.»

En cualquier caso, no podía quejarse. Era magnífico tener un nuevo asesinato en la comunidad ahora que Pitágoras había asumido las funciones de la policía. Así quedaban en evidencia tanto Pitágoras como el egipcio Akenón, el gran investigador con el que el engreído filósofo pretendía detener al asesino de Cleoménides.

Pasó el brazo derecho por los hombros de Calo y lo puso a caminar junto a él.

–Cuéntame todos los detalles –dijo mostrando los colmillos en una sonrisa siniestra.

Mientras Calo relataba lo sucedido, Cilón entrecerró los ojos. La arenga que iba a dirigir al Consejo esa mañana sería arrolladora.

«Los 300 pueden empezar a temblar.»

CAPÍTULO 31

23 de abril de 510 a. C.

LOS RECUERDOS DE LA NOCHE anterior mantenían a Ariadna ensimismada sobre su montura.

Akenón cabalgaba a su lado y de vez en cuando la miraba con preocupación. El burro que la llevaba avanzaba por instinto, sin recibir instrucciones. Ariadna no conseguía apartar de su mente dos escenas que continuaban sobrecogiéndola. La primera era la imagen del gran maestro Daaruk desmadejado en el suelo, con la cara ensangrentada y espuma saliendo de su boca.

«Sólo el azar evitó que aquel cadáver fuera el de mi padre.»

La segunda imagen que la torturaba era la que había visto tras entrar de nuevo en casa de su padre, alertada por aquel grito espantoso. Tirado junto al cuerpo de Daaruk había otro hombre. Su cara estaba apoyada contra el pecho del maestro envenenado. Llevaba el pelo muy corto, lo que revelaba su condición de esclavo. El tono de su piel era muy oscuro, todavía más que el de Daaruk. Al levantar la cabeza mostró un rostro desencajado por el dolor y arrasado de lágrimas. Sus ojos se encontraron con los de Ariadna y pronunció unas palabras en un extraño idioma. Después elevó los brazos al cielo y lanzó de nuevo aquel espeluznante alarido.

El esclavo se llamaba Atma. Había sido comprado por los padres de Daaruk cuando tenía sólo tres años para que sirviera a su hijo. No obstante, lo trataron casi como a otro miembro de la familia, hasta el punto de que Atma sintió que tenía en ellos unos padres y un hermano, aunque sin olvidar por ello su diferente condición. Tenía cinco años menos que Daaruk, por lo que contaba con seis años cuando Daaruk, con once, se trasladó con su familia a Crotona desde Shravasti, la capital de Kosala. Su función fue servir y entretener a Daaruk hasta que éste ingresó en la comunidad pitagórica. Entonces pasó al servicio de su madre; sin embargo, visitó a Daaruk a diario, demostrando que su dedicación a éste iba más allá de la relación entre amo y esclavo.

Hacía cinco años, hubo una epidemia de fiebres en la región que se cebó con los enfermos y los ancianos, como eran entonces los padres de Daaruk. Ambos murieron en el intervalo de una semana. Desde ese momento, Atma y Daaruk no tenían otra familia y su relación se estrechó. Afortunadamente, Atma pudo pasar las pruebas requeridas para entrar en la comunidad y se convirtió en un discípulo oyente. Lo habitual era estar tres años de oyente y después intentar ascender al grado de matemático, pero Atma llevaba ya cinco años como discípulo oyente y no tenía ningún interés en subir de grado. Su único objetivo era estar cerca de Daaruk.

En la hermandad las reglas sociales eran diferentes que en el exterior. No había otros rangos que los asociados al grado alcanzado dentro de la orden. Los esclavos seguían siéndolo fuera de las fronteras de la comunidad, pero no dentro. Atma podía haber llevado como discípulo la misma vida que el resto de los residentes; sin embargo, su principal voluntad seguía siendo servir a Daaruk. Como éste no quería utilizarlo de sirviente particular, le encomendaba tareas necesarias para la comunidad. Desde hacía un tiempo Atma se ocupaba de las pequeñas reparaciones, incluyendo adquirir en el mercado de Crotona los materiales necesarios. Las horas previas al asesinato había estado comprando en Crotona hasta que se hizo de noche. Había regresado media hora antes de la muerte de Daaruk; es decir: era de los pocos miembros de la comunidad totalmente libre de sospecha.

Cuando regresó de Crotona, lo primero que hizo Atma fue descargar la mula. A continuación se despidió del sirviente que lo había acompañado y fue a su habitación, que compartía con otros tres discípulos. En ese momento no había nadie y pensó que debían de estar acabando de cenar. Él había comido algo antes de abandonar Crotona y estaba cansado, por lo que decidió tumbarse en el camastro. Igual hasta se saltaba la lectura que se realizaba después de la cena.

Nada más tumbarse oyó revuelo a poca distancia. Se asomó al patio interior y vio al egipcio salir a la calle apresuradamente. Delante de él caminaban dos sirvientes a los que iba empujando. Le pareció que eran Eudoro y Cabírides, aunque no estaba seguro. En el momento en que salían de su ángulo de visión vislumbró un fugaz reflejo metálico en las manos del egipcio.

«¿Qué demonios está haciendo?»

Permaneció un rato dando vueltas en su pequeña habitación. El egipcio, en los pocos días que llevaba en la comunidad, había cenado varias veces con Pitágoras y alguna vez también con su amo Daaruk.

«¿Estará ahora con él?»

Debía tranquilizarse. Se sentó en el camastro y estuvo un rato controlando la respiración y los latidos como le habían enseñado en la comunidad. Cuando abrió los ojos, le pareció ver un resplandor anaranjado procedente del patio y salió de su cuarto abandonando todo propósito de templanza.

Un grupo de hombres marchaba velozmente portando antorchas. A las puertas de una habitación había otro grupo. Se acercó a ellos apresuradamente.

–¿Qué sucede? –Se suponía que al ser oyente él no podía hablar si no era interrogado, pero las reglas le importaban muy poco en ese momento.

Los hombres se volvieron hacia él. Al reconocerlo, unos fruncieron el ceño y otros bajaron la vista sin que ninguno respondiera. Atma había oído la palabra «muerto» al aproximarse a ellos. Se quedó un momento indeciso, sintiendo que su aprensión se multiplicaba, y salió corriendo a buscar a Daaruk.

En el exterior había numerosos grupos con antorchas. Por un momento a su atemorizada mente le pareció que iban a quemar la comunidad. Miró hacia la derecha. A cincuenta metros el egipcio y Ariadna hablaban entre ellos, cerca de la puerta de la casa de Pitágoras. Avanzó en esa dirección. Antes de que llegara, ellos comenzaron a alejarse sin darse cuenta de su presencia.

Accedió a la vivienda, traspasó el pequeño patio y entró en el comedor. Las venas de su cuello latían tan fuerte que creyó que iba a ahogarse. La habitación le pareció vacía..., pero enseguida divisó a Pitágoras sentado a la mesa con el semblante demudado. Atma se quedó paralizado. Nunca había visto una muestra de fragilidad en aquel hombre imponente. Pitágoras lo miró y Atma sintió un fuerte escalofrío: había un brillo de alarma en los ojos dorados del maestro. Entonces lo vio.

Tirado en el suelo, el cuerpo agarrotado de Daaruk. Sangre y saliva espumosa recubriendo el amado rostro.

Algo se quebró en el interior de Atma y cayó sobre Daaruk sin ser consciente de que gritaba.

Ariadna estaba tan enfrascada en los recuerdos que por un momento perdió el equilibrio. Tuvo que apoyar ambas manos en el lomo del asno para no caer. El movimiento brusco hizo que reaccionara y tuvo la sensación de que despertaba. Se hizo repentinamente consciente de que Akenón cabalgaba a su lado y de que ella llevaba mucho tiempo comportándose como una sonámbula.

Se enderezó sobre su montura y apretó las mandíbulas. Sí, hubo un tiempo en que era débil, pero aquello había quedado atrás. Estaba orgullosa de haberlo superado, de ser como era. Dirigió a Akenón una mirada desafiante, diciéndole sin palabras que no creyese que era una mujer frágil por haber tenido un momento de flaqueza. Akenón la miró con seriedad en respuesta a su expresión casi agresiva, pero inmediatamente sonrió. Fue una sonrisa amable, comprensiva, un gesto de ánimo que no era en absoluto condescendiente. Ariadna sintió una corriente cálida en su interior y giró la cabeza antes de que esa sensación se reflejara en su cara. Rápidamente hincó los talones en su montura para que el animal se adelantara unos pasos.

Akenón continuó mirando a Ariadna durante un rato. ¿La había visto sonreír antes de ocultar su rostro? No estaba seguro. Ahora sólo veía su espalda y su pelo largo y ondulado, peinado con una cinta de tela negra ceñida a la frente.

El camino se estrechó y Akenón tuvo que mantenerse detrás de Ariadna. Al cabo de un rato, se irguió intentando ver lo que había delante de ella.

Estaban llegando a su destino.

Antes de la noche anterior Akenón sólo había visto a Atma un par de veces. A pesar de ello, los gritos del esclavo y su rostro desfigurado por el dolor se le habían clavado en el alma. Era evidente que Daaruk había sido para Atma mucho más que su propietario. Akenón tuvo un estremecimiento al ahondar en los recuerdos.

Seguían sin pistas sobre el asesino, pero la causa de la muerte de Daaruk estaba clara, por lo que una hora después de su defunción decidieron levantarlo del suelo y colocarlo sobre la mesa del comedor de Pitágoras. El filósofo y Atma se quedaron velándolo mientras Akenón iba a inspeccionar la habitación del muerto. Ariadna no podía entrar en las viviendas reservadas a los hombres, así que se marchó a la escuela para empezar a interrogar a las cocineras.

La habitación de Daaruk era extremadamente austera. Aun así, Akenón tuvo la extraña impresión de que estaba demasiado pulcra, como si alguien hubiera hecho una limpieza a fondo. Parecía más bien el cuarto de alguien que ha llegado hace unos días y piensa irse pronto. Akenón se preguntó si los cuartos de los demás candidatos le causarían la misma impresión.

Le llevó sólo un minuto inspeccionar la habitación. No encontró nada reseñable. Al regresar junto a Pitágoras descubrió con sorpresa que Atma tenía bastantes más pertenencias que Daaruk. Había traído de su propio cuarto una caja de madera y marfil que se cerraba con llave, y de ella había sacado ungüentos y unos lienzos largos y estrechos. Tenían dibujados extraños símbolos que Akenón no pudo reconocer. Atma los estaba utilizando para envolver el pecho y la cabeza de Daaruk. Mientras lo hacía, canturreaba en voz baja una hipnótica salmodia en un idioma desconocido.

A Pitágoras no le agradaba que Atma llevara a cabo ritos funerarios ajenos a la doctrina pitagórica, pero no daba muestras de ello. Aparentemente Atma había recibido de la madre de Daaruk profundas enseñanzas sobre la cultura de su país de origen. Pitágoras había decidido permitir que, hasta cierto punto, Atma fuera consecuente con aquella cultura. No obstante, en ese momento el filósofo no imaginaba que las discrepancias iban a intensificarse radicalmente poco después, ni que Atma iba a mostrarse sorprendentemente inflexible al respecto.

Akenón recordó los infructuosos interrogatorios de la larga noche y el establecimiento de turnos de vigilancia en el perímetro de la comunidad. Debido a la inevitable falta de experiencia de los improvisados vigilantes, él tuvo que pasarse toda la noche de un lado para otro, asegurándose de que el cerco se mantenía inexpugnable. Al amanecer seguían sin ninguna pista. Akenón, sabiendo por experiencia que el tiempo jugaba en su contra, en vez de descansar intensificó su actividad. Pasó la mayor parte del día organizando nuevos interrogatorios y controlando las patrullas de vigilancia. No había dormido ni un minuto en dos días. Ahora, en el preludio de una nueva noche, sentía los párpados pesados como el plomo mientras trataba de vislumbrar lo que había más allá de Ariadna.

La hija de Pitágoras se volvió hacia él.

–Ya hemos llegado.

La montura de Akenón avanzó un poco más ascendiendo por una empinada cuesta. Al llegar arriba, el camino se ensanchó y pudo colocarse al lado de Ariadna. Ella se había detenido y observaba con los ojos muy abiertos.

Él miró en la misma dirección. Tras una pequeña pendiente estaba el río, que descendía caudaloso. En la orilla más cercana se encontraba lo que habían ido buscando.

Akenón contuvo la respiración al contemplarlo.

CAPÍTULO 32

23 de abril de 510 a. C.

EL HOMBRE SALTÓ sobre su caballo, el mejor de la ciudad, y se lanzó al galope hacia la comunidad pitagórica. En pocos minutos alcanzó el gimnasio, lo bordeó y continuó directo hacia la entrada principal sin reducir la velocidad. Los tres discípulos que hacían guardia junto al pórtico se alarmaron al verlo acercarse. Levantando una nube de polvo, un enorme corcel volaba hacia ellos cabalgado por alguien tan grande que hacía que el caballo pareciera un potro. Llevaba ambos brazos desnudos y sus músculos tenían el doble de tamaño que los de un hombre normal.

En cuanto estuvo un poco más cerca lo reconocieron. Esto hizo que se pusieran aún más nerviosos. Siempre lo habían visto tranquilo, a la vez fanfarrón y divertido. Ahora tenía el rostro sudoroso y desencajado. Parecía asustado, y eso era algo inaudito en Milón de Crotona, yerno de Pitágoras, seis veces campeón de lucha en los Juegos Olímpicos, destacado miembro del Consejo de los 300 y general en jefe del ejército de Crotona.

–¿Dónde está Pitágoras? –preguntó sin descabalgar.

Su montura se revolvió, agitada por la carrera. Los hombres retrocedieron unos pasos.

–En una sala de la escuela –señaló uno de ellos–. Con los maestros.

Milón espoleó su caballo y atravesó impetuosamente el pórtico de la comunidad.

Pitágoras no esperaba a Milón en ese momento. Estaba rodeado por sus discípulos más avanzados y había cerrado los ojos. Alrededor de treinta maestros escuchaban la música que ejecutaba uno de ellos, el más hábil con la cítara. La música tenía para ellos funciones mucho más elevadas que el mero disfrute estético. Pitágoras les enseñaba a curar con ella las enfermedades del cuerpo y de la mente. La utilizaba con frecuencia para sanar, tranquilizar y consolar. Por medio de cánticos, danzas y melodías aprendían a modular las emociones y a purificar el alma. Las actividades musicales eran muy frecuentes en su día a día. Esa tarde estaban sirviendo para unirlos más que nunca frente a la adversidad y consolarlos de la dramática pérdida de otro de los suyos.

Cuando Milón traspasó el umbral de la sala, Pitágoras notó su presencia y abrió los párpados. Con una mirada le indicó que aguardara fuera. Quería proteger a los demás de la angustia que había visto en los ojos de su yerno.

Salió a reunirse con él y se dirigieron hacia el jardín bajo la declinante luz de la tarde.

—Maestro —dijo Milón en cuanto estuvieron a solas—, vengo directamente del Consejo. Hemos estado reunidos ocho horas y Cilón no ha dejado de lanzar ataques contra la orden, contra ti y contra Akenón.

Pitágoras asintió animándolo a continuar. Las invectivas de Cilón no eran una novedad, pero nunca había visto a Milón tan preocupado y eso era inquietante.

—Calo, esa rata apestosa, le ha prestado un buen servicio con sus redes de informantes. Cilón era el único de todos los consejeros que sabía a primera hora que Daaruk había sido asesinado, y ha utilizado esa información con habilidad. Tengo que decir, maestro, que nunca había sentido una oposición tan fuerte en el Consejo.

—Supongo que te refieres a los que no son miembros de los 300.

—¡No sólo al margen de los 300! Hoy ha logrado aplausos de casi la mitad de los *setecientos marginados*, como él llama a los miembros del Consejo de los Mil que no pertenecen a los 300; pero además varios de los 300 han mostrado cierto acuerdo con alguna de sus retorcidas argumentaciones. Eso es insólito, y puede significar una brecha que nuestro peor enemigo es muy capaz de aprovechar.

Pitágoras se detuvo junto al pequeño estanque y reflexionó unos instantes.

–Estamos en un momento político delicado –concedió con gravedad–, pero el grado de oposición que has visto hoy no refleja la base de los sentimientos del Consejo. Ciertamente Cilón es hábil avivando las emociones negativas, sobre todo cuando cuenta con nuevos argumentos. Por ello tenemos que hacer dos cosas a partir de ahora. Lo primero es recuperar el afecto del Consejo. Entre los 300 no creo que vaya a haber problema. Son iniciados y eso los coloca por encima de la influencia profunda de Cilón. Mañana acudiré al Consejo para dirigirme a los setecientos que Cilón llama marginados, pero que no hay que olvidar que en su momento estuvieron de acuerdo en que los 300 gobernaran sobre ellos. Verás como en el fondo permanece esa conformidad. No te preocupes por este punto.

Milón asintió, mucho más sereno. La presencia de Pitágoras y la seguridad de su argumentación siempre lo tranquilizaban.

–Lo segundo que tenemos que conseguir, a toda costa –prosiguió Pitágoras–, es evitar nuevas muertes. Además de ser tragedias terribles, son armas políticas muy peligrosas. Sobre este respecto, por cierto, Akenón quería hablar contigo. Quiere que designes quince o veinte soldados de tu completa confianza para vigilar la comunidad y poder encargarles otras misiones que entrañen peligro. Desde anoche tenemos grupos de discípulos haciendo guardia alrededor de la comunidad. Se han presentado voluntarios, pero apenas servirían para dar la voz de alarma. Ni siquiera tenemos espadas, y eso, como bien sabes, no debe cambiar entre los discípulos residentes. –Suspiró antes de concluir–. Akenón también quiere unos hombres asignados específicamente a protegernos a mí y a cada uno de los grandes maestros.

Milón lo miró inquisitivo. Pitágoras siempre se había opuesto a que dentro del recinto de la comunidad patrullaran hombres armados.

–Sé que supondrá una perturbación del espíritu de la orden –dijo Pitágoras respondiendo a su mirada–; pero, dadas las circunstancias, la prioridad debe ser conseguir que no haya más desgracias y atrapar al asesino.

Milón asintió con aire marcial y Pitágoras abordó otro asunto desagradable.

–Esta mañana todos los residentes rindieron homenaje a Daaruk. Mi intención era que los de fuera pudierais hacerlo entre esta tarde y mañana; sin embargo..., Atma se ha llevado el cadáver hace un par de horas.

Milón apenas pudo reprimir una exclamación de sorpresa. Las normas y costumbres dictaban que se lavara, ungiera y arreglara el cadáver, se le rindiera homenaje durante un día y después se lo enterrara y tuviera lugar el banquete fúnebre. ¿Qué era eso de que Atma se había llevado el cuerpo? ¿Adónde? ¿Para qué? ¿Cómo era posible que se lo hubiesen permitido?

Pitágoras suspiró con fuerza y negó con la cabeza en una insólita manifestación de contrariedad, por lo que Milón contuvo sus preguntas sin atreverse a ahondar en aquel evidente motivo de disgusto.

–Hablaré con Akenón, maestro. ¿Dónde puedo encontrarlo?

Pitágoras miró hacia el camino del norte antes de responder.

–Akenón partió hace una hora con Ariadna. Se fueron en busca de Atma.

CAPÍTULO 33

23 de abril de 510 a. C.

ATMA SECÓ EL SUDOR de su frente con el borde de la túnica. Después contempló el estado de los preparativos. Recordaba vagamente la única vez que había asistido a esa ceremonia. Tenía cinco años. Estaba en las orillas del río Ganges. Varios hombres y mujeres se afanaron durante un día entero en realizar el arduo trabajo que ahora estaba completando él sin ayuda de nadie.

Atma no recordaba bien lo que ocurrió durante aquella única observación infantil; sin embargo, conocía perfectamente el ceremonial gracias a la detallada y repetida enseñanza que había recibido de la madre de Daaruk, a la que él siempre había considerado su propia madre. La mujer nunca quiso renunciar a su cultura de origen, e intentó que Daaruk y Atma la mantuvieran viva en su interior. Como Daaruk se unió pronto a la hermandad pitagórica, la mujer se centró en Atma y dedicó miles de horas a transmitirle creencias, idioma y ritos.

«Pero nunca imaginé que llevaría a cabo el ritual funerario –pensó Atma consternado–. Y menos aún que lo haría con mi amado Daaruk.»

La noche anterior, cuando llevaba un rato velando el cadáver junto a Pitágoras, recordó de pronto lo que debía hacer. Fue como si una voz le hablara desde el más allá sacándolo de un sueño profundo, urgiéndolo a darse prisa. Sin decir una palabra salió de la casa del filósofo y se dirigió a su habitación. Antes de entrar se aseguró de que no lo había seguido nadie. Después se encerró dentro, apartó la cama y escarbó frenéticamente hasta desenterrar dos documentos. Le iban a resultar vitales en las siguientes horas. Los contempló un momento antes de ocultarlos bajo la túnica.

«Son la llave de mi futuro.»

Aquellos documentos protegían celosamente su contenido con un sello de cera, que en ambos casos mostraba el mismo símbolo esotérico: un pequeño pentágono en cuyo interior estaba inscrita una estrella de cinco puntas.

A continuación, Atma recorrió apresuradamente la comunidad hasta llegar al almacén, situado junto a los establos. Era una construcción sencilla y amplia, con paredes de adobe, estrechas ventanas y el suelo de arena. Como encargado de las reparaciones de la comunidad y de la compra de materiales, Atma sabía perfectamente que allí encontraría lo que necesitaba.

«Lo complicado será sacarlo de la comunidad.»

Recorrió el interior con la vista. Sabía que acabaría llamando la atención. Antes de que eso sucediera debía avanzar todo lo posible. Los restos de una pequeña barca de pesca estaban apoyados contra una pared. Hacía muchos años que no se utilizaba. La habían llevado al almacén con la idea de repararla más adelante, pero acabó siendo olvidada. La comunidad tenía dinero más que suficiente para comprar el pescado que consumían. Atma se acercó a la maltrecha embarcación y la examinó. Decidió que serviría para su propósito. Seleccionó también una vasija de cerámica, alta y con tapa, llena con una mezcla de aceites que se utilizaba como combustible para las lámparas. Por último añadió cuerdas, telas y otros materiales y salió al exterior en dirección a los establos.

Ahora, mientras rememoraba esto junto al río, empapó un paño grueso en la vasija que tenía a sus pies. Después se encaramó a la estructura de madera que había preparado. El cuerpo de Daaruk yacía en su parte superior. Empezó a untarlo con una sustancia viscosa. Daaruk parecía tranquilo y Atma lloró de nuevo mientras acariciaba su rostro.

La noche anterior nadie le había puesto objeciones cuando entró en los establos. Sin embargo, al salir tirando de una mula a la que había enganchado un carro acudieron a la carrera dos grupos de hombres.

−¡Alto! ¿Adónde vas?

Al darse cuenta de que era Atma se quedaron desconcertados, pero siguieron bloqueándole el paso.

–Tengo que prepararlo todo para la ceremonia fúnebre de Daaruk.

–¿Qué ceremonia? –lo miraron extrañados–. De eso se ocupará Pitágoras, y no se necesita ningún carro.

–Esto es muy sospechoso –intervino un tercero–. Lo mejor será que lo llevemos ante Akenón o Pitágoras y que les dé explicaciones a ellos.

Atma soltó las riendas.

–Llevadme ante Pitágoras.

Caminó escoltado entre aquellos improvisados guardias como si estuviera detenido. Al llegar donde el filósofo, Atma se adelantó y habló antes que nadie.

–Pitágoras, tengo que hacer los preparativos para ocuparme del cuerpo de Daaruk. –Extrajo de su túnica uno de los documentos, poniendo mucho cuidado para no cometer el terrible error de enseñarle el otro–. Aquí puedes ver cuáles son las disposiciones de Daaruk al respecto.

Pitágoras, sentado junto al cuerpo de Daaruk, se levantó y cogió el documento. Lo contempló con extrañeza. Estaba doblado de forma que no podía leerse el contenido sin romper su sello de cera.

–Sí, es de Daaruk –musitó tras examinar el símbolo en relieve del sello. Después miró a Atma–. ¿Lo abro?

Atma asintió y Pitágoras quebró el sello. Desdobló el documento y comenzó a leerlo. Su rostro pasó rápidamente de la curiosidad a la incredulidad.

Cuando llegó al final estuvo a punto de soltar un exabrupto, pero consiguió reprimirse. Volvió a sentarse y se quedó mirando a un punto indefinido del suelo mientras reflexionaba.

–Atma –dijo con la voz teñida de pena–, déjame cinco minutos solo.

Se volvió hacia los demás.

–Salid todos.

Atma dudó unos instantes. Pitágoras no podía oponerse. Él conocía perfectamente el contenido del documento y sabía que no había posibilidad de dobles interpretaciones. Finalmente decidió seguir a los demás hombres y abandonó la habitación.

Pitágoras estaba perplejo. Daaruk decía en aquel documento que, en caso de muerte, quería que su cuerpo fuera tratado según las costumbres de su región de origen, y que fuese Atma quien se ocupara de todo. Pitágoras sabía lo que significaba eso. Algo a lo que la doctrina pitagórica se oponía frontalmente.

«Incineración.»

Movió lentamente la cabeza de un lado a otro. La incineración no era una práctica rara entre los griegos, pero en la hermandad seguían otro procedimiento, el único coherente con sus creencias, y enterraban a sus muertos. Tras muchas dudas, Pitágoras decidió respetar la voluntad de Daaruk. La única condición que impuso fue que Atma no se llevase el cuerpo hasta la mañana siguiente. Así podrían realizar durante la noche la ceremonia de homenaje al difunto.

Atma accedió. «Eso no altera mis planes.» Cargó el carro con todos los materiales que necesitaba y salió de la comunidad sin que nadie se lo impidiese.

Había dos kilómetros hasta el río. Los hizo a pie, con la mula avanzando pesadamente tras él. Al llegar descargó el carro y utilizó la barca como base para la pira funeraria. Dedicó la noche a montar el armazón. El cielo estaba despejado y la luna brillaba lo suficiente para no tener que encender una hoguera.

Cuando el sol apareció en el horizonte, Atma siguió trabajando sin descanso. A media mañana la estructura de madera se alzaba un metro por encima de la barca. Entonces regresó para recoger el cuerpo de Daaruk, rezando para que Pitágoras no hubiese cambiado de idea.

Las miradas que recibió al atravesar la comunidad fueron más de desconcierto que reprobatorias.

«Me da igual lo que piensen.»

Era obvio que su futuro en la hermandad se había truncado, pero él había entrado allí por Daaruk. Ahora carecía de sentido seguir fingiendo que le interesaba el pitagorismo. De hecho, si todo salía como estaba previsto, aquélla sería la última vez que ponía los pies en la comunidad.

Llevaba muchas horas realizando un trabajo pesado y acusaba la falta de sueño, por lo que pidió a Pitágoras que le proporcionara un sirviente para ayudarlo con el traslado del cuerpo. Pitágoras, comprometido a cumplir la frustrante última voluntad de Daaruk, designó al mozo de cuadras. El muchacho dio un respingo al enterarse, pero obedeció sin rechistar. Entre él y Atma colocaron a Daaruk sobre el carro. Atma aprovechó para coger más madera y se dirigieron al río.

El sirviente quiso regresar en cuanto terminaron la descarga.

—Enciende una hoguera y después llévate la mula y el carro —le dijo Atma—. Yo volveré andando cuando termine.

El chico asintió, hizo lo que le pedían y se alejó presuroso. Deseaba llegar a la comunidad para realizar un ritual de purificación por haber estado en contacto con la muerte.

Por la tarde, Atma se ocupó del cuerpo de Daaruk. Tras desnudarlo, lavó cada centímetro de su piel y después lo vistió con la túnica y las mismas cintas de tela que había utilizado en casa de Pitágoras. Durante todo el proceso no dejó de canturrear salmos en su idioma natal. Luego depositó el cuerpo en lo alto de la pira y lo ungió minuciosamente con la sustancia viscosa.

Estaba ocupado en esa tarea cuando descubrió que Akenón y Ariadna lo habían localizado. Se encontraban detrás de él, en la linde del bosque, y de momento se limitaban a observarlo.

«Por los dioses, espero que me dejen acabar.»

Llevaba un pequeño cuchillo en la túnica, pero no tenía experiencia en usarlo como arma. Intentó darse prisa ungiendo el cuerpo. Sus manos se volvieron torpes e inseguras y tuvo que hacer una pausa para intentar serenarse.

«Media hora —pensó angustiado—. Sólo necesito media hora más sin que nadie se acerque.»

Miró hacia atrás conteniendo la respiración.

Akenón avanzaba hacia él.

CAPÍTULO 34

23 de abril de 510 a. C.

LOS PITAGÓRICOS SOLÍAN DEDICAR un tiempo a la meditación en solitario antes de que se pusiera el sol. Aquel día Pitágoras decidió hacerlo en la misma habitación en la que había muerto Daaruk. Por allí habían ido pasando todos los miembros de la comunidad para rendir homenaje al maestro extranjero..., hasta que Atma se había llevado el cuerpo. La mente de Pitágoras estaba llena de dolor e interrogantes. Lo que más lo desconcertaba era la consciencia de que uno de sus discípulos más cercanos, con el que había tratado casi a diario desde hacía más de veinte años, había sido un desconocido para él en aspectos muy relevantes.

Daaruk iba a ser el primer iniciado en la hermandad incinerado en lugar de enterrado. A Pitágoras le resultaba incomprensible que las creencias y costumbres de la familia de Daaruk hubieran prevalecido sobre la doctrina.

«¿Lo habrá hecho por respeto a su familia o por sus propias convicciones?»

Sus ojos recorrieron la mesa y se detuvieron en donde había estado cenando el malogrado discípulo antes de caer al suelo. Lamentaba no haber tenido tiempo para analizar en profundidad el interior de Daaruk. Era la primera vez que realizaba un análisis tan exhaustivo a los candidatos a sucederle. Semejante análisis era un acto extremo, casi se podía decir que agresivo, que sólo se justificaba en unas circunstancias tan excepcionales como las actuales. El objetivo del análisis había sido descartar cualquier implicación en el asesinato de Cleoménides, pero, al ser un escrutinio tan minucioso, a Pitágoras no se le hubiera escapado un secreto de la magnitud del que ocultaba Daaruk.

Durante la cena había completado el análisis de Evandro y de Orestes. Ambos quedaban totalmente descartados como sospechosos. Además, Orestes se perfilaba con nitidez como el mejor candidato a sucederlo. El futuro de la orden podía quedar a salvo en sus manos.

Al pensar en Evandro y Orestes le vino a la mente un viaje de hacía quince años. Había visitado las comunidades de Tarento y Metaponte y después iba a recorrer la región de Daunia. Tenía la costumbre de hacer que lo acompañaran en esos viajes algunos de sus discípulos más destacados para que adquirieran experiencia política, algo imprescindible en los futuros dirigentes de la hermandad. En esta ocasión lo acompañaban Evandro, Orestes y Daaruk. Los dos primeros llevaban diez años con él y eran maestros desde hacía tres o cuatro años. Daaruk sólo llevaba cinco años en la hermandad y acababa de obtener, de un modo inusualmente rápido, el grado de maestro. Aquél era su primer viaje con Pitágoras.

Se encontraban haciendo un descanso en lo alto de un promontorio. Sus burros pastaban apaciblemente a poca distancia. Pitágoras estaba sentado en una roca y los tres discípulos se habían acomodado frente a él. Tras ellos, como era habitual, se agrupaban decenas de hombres y mujeres de las localidades vecinas.

—Maestro —dijo un hombre sentado al fondo del grupo—, ¿por qué dices que no hay que hacer sacrificios animales? ¿No nos exponemos así a desairar a los dioses?

Pitágoras respondió con su voz fuerte y pura.

—Hombres y animales compartimos la misma alma. Formamos parte de la única y divina corriente de vida que impregna el universo. En la medida de lo posible, no debemos matar animales, ni para sacrificarlos ni para comerlos. Los dioses —dijo sonriendo—, se ven honrados por un sacrificio sincero, aunque la ceremonia se realice con granos de trigo, hierbas aromáticas o figuras de animales hechas de pasta.

Daaruk miraba a Pitágoras sin pestañear, absorbiendo con avidez cada palabra. Evandro y Orestes habían asistido con frecuencia a discursos similares, pero él no estaba acostumbrado. Además, al acceder al grado de maestro había empezado a ser instruido en algunas de las cuestiones más profundas de la doctrina, y cuantos más conocimientos adquiría más sentía que necesitaba.

—¿No puedo dar de comer carne a mis hijos? —preguntó una mujer con preocupación.

—No sólo puedes, sino que debes —le respondió Pitágoras con una sonrisa tranquilizadora—. La restricción de comer carne no debe afectar al crecimiento de tus hijos. La sabiduría suele hallarse en el punto medio, y éste se encuentra donde por producir un beneficio no se ocasiona un perjuicio.

Daaruk asintió para sí mismo. El maestro insistía en no matar animales de modo gratuito, pero no era radicalmente contrario a alimentarse de ellos. Era cierto que en los grados más altos de la orden casi nunca probaban la carne, pero en gran parte se debía a que ésta estimulaba los instintos primarios y nublaba el entendimiento. La dieta vegetariana servía para elevar el espíritu y disponer de un pensamiento más claro y preciso.

Pitágoras continuó hablando a los presentes. Les dijo que con el alma inmortal podían comunicarse con los animales del mismo modo que con las personas. Después elevó el rostro hacia el sol y cerró los ojos. Los congregados lo contemplaban admirados tanto por la energía que irradiaba como por sus palabras. No comprendían todo lo que decía, pero sentían que, del mismo modo que se abre un claro entre las nubes, aquellas grandes verdades traspasaban las tinieblas de sus espíritus confusos. Al cabo de un rato vieron que el maestro comenzaba a silbar una melodía mirando al cielo. Era como si imitara las notas más graves de un instrumento de viento. Todos se sintieron reconfortados.

De repente alguien chilló. Una sombra caía rápidamente sobre Pitágoras. El maestro extendió un brazo y se produjo una exclamación unánime de asombro. Un águila de gran envergadura se posó en el antebrazo de Pitágoras. Sus garras de uñas curvas y afiladas se cerraron sobre la carne, haciendo sólo la fuerza necesaria para sostenerse. El maestro susurró suavemente y acarició la nuca del animal, que agachó la cabeza agradeciendo la caricia. Un minuto después, en medio de un silencio de respiraciones contenidas, el águila rozó con su pico el hombro de Pitágoras y se alejó con un aleteo poderoso.

La noticia de que los animales salvajes obedecían a Pitágoras se extendió con rapidez por aquellas tierras.

–Se hace llamar Pitágoras –decían los lugareños–, pero en realidad es la encarnación del dios Apolo.

Dos días después, mientras se adentraban en la región de Daunia para predicar la doctrina, ya no eran decenas sino cientos las personas que lo seguían por los caminos.

Varios hombres se le acercaron cuando caminaba junto a sus discípulos.

–Maestro Pitágoras, permite que me postre a tus pies –dijo uno de ellos arrodillándose.

Era un hombre de unos cuarenta años, delgado y de ademanes inseguros. Su túnica raída y sus pies descalzos revelaban que era pobre. Evandro se adelantó y lo ayudó a levantarse. Estaba acostumbrado a que los hombres se comportaran como si el maestro fuera un dios.

–Hermano –dijo Pitágoras–, no me des un trato que no me corresponde, háblame como a un igual.

–Muchas gracias, maestro –respondió el hombre, aunque mantuvo la mirada en el suelo–. Queríamos pedirte... –hizo un gesto hacia sus compañeros, tan pobres y nerviosos como él–, que visitaras nuestra aldea. No es una población importante ni rica, pero la mayoría de los habitantes llevamos años esforzándonos por ajustar nuestra vida a tus enseñanzas. Muchos viajamos cada vez que podemos a la comunidad de Metaponte para escuchar a los maestros que residen allí.

Se calló bruscamente y permaneció con la cabeza agachada.

–Guiadnos –respondió Pitágoras–. Seguiremos vuestros pasos.

Los aldeanos se pusieron en marcha en medio de reverencias y grandes muestras de alegría. Dos de ellos se adelantaron para anunciar su llegada. Pitágoras, que se había dado cuenta de que Daaruk lo había mirado con extrañeza, se volvió hacia Evandro.

–Dinos, Evandro, ¿por qué nos dirigimos hoy a esta pequeña población y no a una gran ciudad?

–Porque el poder es sólo un instrumento de la orden, maestro.

La rápida respuesta de Evandro hizo sonreír a Pitágoras, que amplió la contestación para los oídos de Daaruk.

–Así es. El poder nunca debe ser un fin, sino el instrumento con el que lograr que el mayor número de personas viva de acuerdo con los principios en los que creemos.

Orestes, que caminaba tras ellos, frunció el ceño y desvió la vista al suelo. En su juventud había ejercido de político en Crotona y había utilizado el poder para enriquecerse. Hacía tiempo que se había convertido en una persona diferente, pero seguiría lamentando aquello todos los días de su vida.

Pitágoras continuó hablando.

—La hermandad controla el gobierno de varias ciudades. Por esa razón nos tratan con tanto respeto las autoridades de toda la región y algunas de las personas que nos siguen por los caminos. Pero la mayoría de nuestros adeptos, como los habitantes de la aldea a la que nos dirigimos, sólo buscan la verdad en nuestra doctrina. Estos hombres vienen a nosotros en busca de iluminación, debemos satisfacer su anhelo de vivir según nuestros principios de justicia y superación.

Prosiguieron el camino en un silencio reflexivo. A Pitágoras le inquietaba el efecto que el poder podía llegar a ejercer sobre sus discípulos. La hermandad se había vuelto tremendamente influyente en pocos años. Eso significaba que él tenía un enorme peso político, pero también que sus discípulos ganaban autoridad en la sociedad. A fin de cuentas, representaban a una organización que dirigía varias ciudades, incluyendo a sus ejércitos.

«Algún día uno de ellos me sucederá.»

Quien heredara su posición obtendría todo su poder político.

«Debo formar no sólo los mejores maestros, sino también los mejores gobernantes. —Sonrió mientras observaba de reojo a sus jóvenes maestros—. Afortunadamente quedan muchos años para pensar en retirarme.»

El recuerdo de aquel viaje había hecho sonreír a Pitágoras. Sin embargo, su sonrisa se desvaneció rápidamente.

«Uno de los tres discípulos que me acompañaban acaba de ser asesinado.»

Sus otros dos acompañantes, Evandro y Orestes, eran precisamente a los que había podido realizar la noche anterior el análisis completo. Quedaban descartados como posibles sospechosos.

«¿Quién será el asesino de Daaruk?»

Siguió pensando en el resto de los candidatos. El análisis de Hipocreonte había quedado a medias, pero la impresión obtenida confirmaba sus conclusiones previas: Hipocreonte era un excelente maestro, con una marcada aversión hacia la vida pública pero completamente devoto.

Además, le había faltado realizar el análisis de Aristómaco, al que consideraba su discípulo más transparente y por tanto libre de sospecha; y el análisis de Daaruk, cuya muerte había destapado una faceta de él que nunca había imaginado.

Pitágoras se removió en el asiento. «¿Algún otro discípulo guardará secretos semejantes?», se preguntó inquieto. Debía acabar el análisis de Hipocreonte y realizar el de Aristómaco cuanto antes. Volvió a pensar en Atma. En estos momentos estaría a punto de prender fuego a la pira funeraria. El cuerpo de Daaruk se convertiría en cenizas. Cerró los ojos y negó con la cabeza. Al menos esperaba tener la ocasión de enterrar las cenizas. No lo había hablado con Atma, pero sobre eso no pensaba dar su brazo a torcer. Daaruk sería incinerado, de acuerdo, pero también enterrado con toda ceremonia.

El siguiente pensamiento dibujó en su frente arrugas de preocupación. Había pedido a Akenón que recuperara las cenizas de Daaruk...

«Aunque tenga que enfrentarse a Atma.»

CAPÍTULO 35

23 de abril de 510 a. C.

AKENÓN SE ENCONTRABA a pocos pasos de Atma. Estaba acercándose a él con la excusa de darle el pésame. No iba a engañarlo con sus condolencias, pero al menos se diluiría un poco la tensión de mantenerse a unos metros sin hablarse. Además, prefería tantearlo antes del previsible enfrentamiento cuando trataran de llevarse las cenizas de Daaruk.

Atma había cerrado los ojos y movía los labios en silencio. Parecía en estado de trance. Akenón se detuvo a un paso de él y aguardó un rato, sin encontrar el momento de hablar. Miró hacia la pira. Era una barca sobre la que Atma había montado una estructura de troncos que se entrecruzaban formando ángulos de noventa grados. Esa disposición proporcionaba estabilidad a la pira y garantizaba que el aire circulara libremente entre los troncos. Ardería con fuerza y durante varias horas, pues los troncos de la base eran gruesos como los poderosos muslos de Zeus. Encima de la madera estaba el cuerpo de Daaruk, vestido con una túnica blanca inmaculada. Unas bandas de tela llenas de símbolos le envolvían la frente, los brazos y las manos, que Atma le había cruzado sobre el pecho.

Akenón se fijó en el anillo de oro que Daaruk llevaba en el dedo anular. Tenía grabado un símbolo pitagórico que había visto antes: un pentágono con una estrella de cinco puntas en su interior. Recordó que Ariadna le había dicho que aquella estrella se llamaba pentáculo. Lo que no sabía era que Atma tenía en su poder un documento lacrado con el mismo símbolo.

Las telas que envolvían el cuerpo de Daaruk, así como su piel y su pelo, estaban recubiertos de una sustancia viscosa.

«Prenderá bien», pensó Akenón.

En ese momento Atma abrió los ojos y lo atravesó con una mirada tensa y recriminatoria. Akenón sintió que había irrumpido groseramente en medio de una ceremonia sagrada. Murmuró una disculpa, agachó la cabeza en señal de respeto y regresó de nuevo junto a Ariadna.

Ella estaba sentada en el suelo, abrazada a sus rodillas para protegerse de la notable bajada de temperatura. El manto de nubes que los cubría había cambiado el rojo ardiente del ocaso por el gris azulado y frío del anochecer. Akenón se sentó en la arena junto a ella y se quedaron observando la ceremonia funeraria en un silencio reverente.

Atma se acercó a una pequeña fogata que languidecía a unos pasos de la barca. Avivó las llamas y puso entre ellas la punta de una rama, como si preparara una antorcha. Elevó la vista al cielo, contemplando la creciente oscuridad y quizás rezando las últimas plegarias por el alma de Daaruk. Después le quitó la tapa a una pesada vasija, la cogió con ambas manos y se acercó a la pira funeraria.

El líquido de la vasija comenzó a mojar los troncos de la base. Atma rodeó la barca, metiéndose en el río hasta las rodillas para empapar los troncos de los laterales. Cuando completó la vuelta, se encaramó sobre la pira y derramó el resto del combustible desde arriba.

Ariadna seguía sentada estrechando sus piernas. Tenía la cabeza apoyada en una rodilla, pero la levantó con ansiedad cuando Atma cogió la antorcha. La noche se había cerrado con rapidez y la luna estaba tapada por las nubes, apenas se veía nada más que el círculo de claridad producido por la tea. Atma avanzó hasta la pira y se detuvo unos segundos con el brazo de la antorcha levantado. Ariadna creyó ver unas lágrimas surcando su rostro atezado.

El esclavo introdujo la tea por un resquicio entre los troncos y prendió una base de paja y ramitas secas. Las llamas envolvieron con rapidez la estructura de madera y Atma tuvo que retroceder. Un momento después intentó acercarse, pero el calor se lo impidió. Pareció dudar un instante. Entonces se tumbó en el agua fría y empapó todo su cuerpo. Avanzó hasta la pira a cuatro patas, apoyó las manos en el borde en llamas de la barca y empezó a empujar. Ariadna veía con claridad su rostro congestionado por el esfuerzo y el dolor. La embarcación estaba firmemente encallada, los troncos y el cuerpo de Daaruk pesaban demasiado. Atma redobló sus esfuerzos, incrustando los pies en la arena de la ribera y aplastando la cara y los hombros contra el borde ardiente de la barca. El fuego lamía su cabeza y sus manos. Profiriendo gemidos de sufrimiento consiguió arrastrar la pira funeraria hasta que comenzó a flotar. Siguió empujando, internándose en el agua, y por fin la corriente desplazó lentamente la barca. Con un último esfuerzo impulsó la pira flotante hasta el centro del río.

La imagen era espectacular, parecía que se hubiese declarado un incendio en medio del agua. Resultaba sobrecogedor saber que aquellas llamas estaban devorando el cuerpo de un hombre. Ariadna y Akenón permanecieron en silencio durante un rato, contemplando cómo se alejaba lentamente la hoguera flotante. El contraste con el brillo de la pira sumía el entorno en una negrura aún más profunda.

Ariadna se irguió, súbitamente alarmada.

–¡¿Dónde está Atma?!

Akenón escudriñó la oscuridad en todas direcciones.

El esclavo había desaparecido.

PENTÁCULO

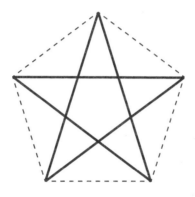

El pentáculo es la estrella de cinco puntas que se obtiene al unir las aristas alternas de un pentágono.

También se lo conoce como pentagrama y pentalfa.

Desde hace miles de años se ha considerado que oculta grandes secretos, entre ellos el de la construcción del mundo. Se ha documentado su utilización en Mesopotamia alrededor del año 2600 a. C. Para los babilónicos era símbolo de salud y encerraba diversas relaciones simbólicas.

A lo largo de la historia ha sido empleado con frecuencia para representar al ser humano. También ha sido uno de los principales símbolos utilizados en la magia; con la punta hacia arriba en la magia blanca, y hacia abajo para llevar a cabo actos de magia negra.

Los pitagóricos a veces lo representaban con una letra de la palabra salud (en griego υγεια) en cada una de sus puntas.

También lo utilizaban como signo secreto de reconocimiento.

...

Enciclopedia Matemática. Socram Ofisis, 1926

CAPÍTULO 36

23 de abril de 510 a. C.

LA BALSA FUNERARIA se desplazaba con lentitud, arrancando reflejos flamígeros de la negra superficie del agua. Akenón la contempló durante unos segundos y luego, buscando a Atma, recorrió con la vista lo poco que podía divisar de su entorno. Con las nubes ocultando la luna no se podía ver casi nada. Forzó el sentido del oído, pero tampoco así consiguió detectarlo.

Ariadna estaba junto a él, muy concentrada con los ojos cerrados. Al cabo de un rato los abrió y negó con la cabeza.

–Debe de haber regresado –dijo sin mucha convicción.

Desanudaron las riendas y echaron a andar por el margen del río siguiendo el perezoso ritmo de la barca. Apenas unos minutos después, Akenón sintió que los párpados se le cerraban. La visión de la enorme fogata flotando en medio de la oscuridad resultaba hipnótica y él llevaba dos días sin dormir.

Bostezó largamente y se frotó la cara intentando despejarse. Pitágoras le había pedido que consiguiera las cenizas de Daaruk para enterrarlas, pero no era una buena idea continuar en ese estado. Hacerse con las cenizas podía implicar tener que enfrentarse con Atma, y en vista de su conducta de las últimas horas quizás reaccionara con la violencia de un animal acorralado.

«Además, la situación se ha vuelto más peligrosa al perderlo de vista.» Volvió a mirar alrededor sin dejar de andar sobre la arena de la ribera. Estaba tan oscuro que Atma podría acercarse a un metro sin que lo vieran.

La brisa fluvial era refrescante. A pesar de ello, en pocos minutos Akenón volvió a notar que se le cerraban los ojos. No tenía ningún sentido esperar a que la barca encallara. Lo haría en cualquier momento aunque ellos no la siguieran..., o llegaría al mar en un par de horas y entonces nadie podía saber adónde la llevarían las corrientes. Puede que volviera a la orilla o que se tragara el mar. La comunidad estaba bastante cerca. La tentación de regresar era cada vez más fuerte. En poco más de media hora podía estar durmiendo en un lecho blando y caliente y volver al amanecer para buscar la barca.

El cansancio acumulado hizo que aquella idea resultara irresistible.

—Regresemos.

Cuando llegaron a la comunidad quedaron en encontrarse al amanecer y Ariadna se fue al edificio de las mujeres. Akenón, en lugar de dirigirse a su dormitorio, atravesó el terreno en tinieblas hasta llegar al de Atma. Quería hablar con él antes de acostarse para intentar sonsacarle sus planes para el día siguiente.

«Con un poco de suerte podré recuperar las cenizas de Daaruk sin tener que pelearme con él.»

Los tres compañeros de habitación del esclavo ya estaban acostados, pero uno de ellos se incorporó en la cama en cuanto abrió la puerta.

—¿Sabes dónde está Atma? —preguntó Akenón señalando su lecho vacío.

El hombre miró al camastro de Atma antes de responder.

—Hace muchas horas que no lo veo. Desde que se fue con el cuerpo de Daaruk.

Akenón movió la cabeza lentamente.

«¿Adónde puede haber ido, en medio de la noche y empapado?» No tenía manera de saberlo. Además, la modorra estaba volviendo su mente tan espesa como la miel fría. Si no se iba a su habitación acabaría durmiéndose de pie.

Salió al exterior y trató de echar un vistazo a la comunidad. La oscuridad era tan completa que sólo pudo divisar las antorchas de las patrullas en algunos puntos del perímetro. Arrastró los pies hasta su cuarto y se dejó caer sobre la cama. Sabía que estaría dormido en cuestión de segundos.

Una nueva idea se perfiló borrosamente en su cabeza.

«Debería organizar ahora mismo una partida de búsqueda.»
En lugar de hacer caso a su intuición, Akenón se adentró en las aguas del sueño.

Se arrepentiría durante el resto de su vida.

CAPÍTULO 37

24 de abril de 510 a. C.

La vegetación estaba cubierta por un fino manto de rocío. Los colores grisáceos del amanecer pintaban el paisaje con un matiz acuoso. En medio de la quietud, un arbusto se agitó provocando una lluvia de pequeñas gotas. El rostro de Atma asomó entre las ramas y escudriñó el entorno. Cuando decidió que no había nadie cerca abandonó su refugio.

«Por fin», dibujaron sus labios sin que llegara a emitir ningún sonido.

La noche anterior le había resultado sencillo escabullirse de Akenón y Ariadna. Tras colocar la pira funeraria en medio de la corriente, regresó a la orilla y se alejó en la noche negra manteniendo los pies en el agua para no dejar rastro. Sus visitantes estuvieron un rato con la atención centrada en la pira antes de comenzar a buscarlo. Para entonces Atma ya estaba fuera del alcance de sus sentidos. Remontó la corriente varios cientos de metros, se internó en el bosque y se ocultó dentro de un tupido grupo de arbustos. Allí estuvo pendiente de cada sonido durante una hora, pero la falta de sueño, el trabajo duro y las intensas emociones hicieron que cayera profundamente dormido.

Se estiró para desentumecer el cuerpo sin poder dejar de temblar. Estaba helado, pero había merecido la pena. Si hubiese regresado a la comunidad, tal vez esa mañana no podría moverse a sus anchas, y había llegado el momento de pasar a la siguiente fase de su plan. Metió la mano por debajo de la túnica y extrajo el segundo de los documentos.

«Esto es todo lo que necesito.»

Volvió a guardarlo pegado al pecho. El día anterior lo había enterrado orilla arriba para protegerlo de un eventual registro y del agua del río. Gracias a eso, además de servir para su plan de futuro ahora estaba seco y le ayudaba a conservar el calor del cuerpo.

Repasó los acontecimientos de las últimas horas mientras daba saltos de una pierna a otra y se frotaba los brazos. Se estremeció al recordar la imagen de Daaruk tirado en el suelo como un muñeco roto, con la cara empapada de sangre y aquella espuma amarilla provocada por el veneno. Ése había sido el peor momento.

«Y también cuando prendí fuego a la pira.»

Las emociones volvieron a acumularse y la garganta se le agarrotó, pero algo había cambiado. Comenzaba a sentir que aquello pertenecía al pasado, que debía concentrarse en el futuro que se abría ante él.

Estaba en el momento de transición entre dos vidas muy distintas. El sol saldría dentro de poco. Lo mejor sería acercarse al río a beber y luego ir a Crotona para confundirse entre los trabajadores del puerto. Tenía que pasar desapercibido durante unas pocas horas.

«Después podré utilizar el documento y desapareceré de Crotona para siempre.»

Palpó su pecho y sintió el abultamiento del sello de cera con el símbolo del pentáculo. Lo acarició por encima de la túnica y sus labios comenzaron a curvarse, primero poco a poco y después abiertamente en una sonrisa eufórica.

Estaba tan cerca de conseguirlo que le daban ganas de reír a carcajadas.

CAPÍTULO 38

24 de abril de 510 a. C.

LAS CENIZAS ESTABAN HÚMEDAS por el rocío, lo que indicaba que llevaban un tiempo frías. Akenón quiso asegurarse y hundió un dedo en medio de los restos de la pequeña fogata. Al sacarlo, frío y mojado, reflexionó mientras observaba el entorno. Estaba en el lugar en el que Atma había construido la pira. Había decidido iniciar la búsqueda desde allí. Por el estado de las cenizas sabía que la hoguera no había vuelto a avivarse desde que Ariadna y él se habían ido.

«Atma debe de haber pasado la noche en otro lugar.»

El río avanzaba hacia el este, por donde apuntaban los primeros rayos de sol. Akenón dejó que le dieran en la cara mientras aclaraba sus ideas. Había salido de la comunidad antes de que amaneciera para que Ariadna no fuese con él. El hecho de que Atma se hubiera escapado significaba que ocultaba algo, y por lo tanto era muy posible que fuese peligroso, e incluso podía ser el asesino.

Se maldijo por no haberlo detenido e interrogado cuando había tenido ocasión. Aunque en el fondo sabía que no tenía sentido reprocharse aquello. Atma estaba en Crotona cuando se había producido el asesinato de Daaruk y también durante las horas previas. Era imposible que hubiese puesto el veneno en la torta. No había nada que hiciera sospechar de él... hasta el momento en que había desaparecido.

No le hacía gracia estar solo en medio del campo, buscando a un sospechoso de asesinato que además podía tener cómplices. Sin embargo, no tenía alternativa. Todavía no disponía de los hoplitas, los soldados de infantería pesada que Milón iba a proporcionarle. No podía dar más ventaja a Atma quedándose en la comunidad hasta que los soldados llegaran. Demasiada le había concedido al no salir tras él la noche anterior, en el momento en que se enteró de que no había regresado a la comunidad. Pero estaba tan cansado que no habría podido mantenerse alerta.

En esas condiciones habría sido un suicidio salir en mitad de la noche él solo, o con la ayuda de inofensivos pitagóricos, a perseguir a un sospechoso de varios asesinatos.

«Espero que haber retrasado unas horas su persecución no tenga consecuencias negativas.»

Dedicó unos minutos a inspeccionar el suelo arenoso y húmedo del entorno. No encontró un rastro claro que seguir. Probablemente Atma se había alejado manteniendo los pies dentro del agua. En ese caso no habría indicios de su presencia hasta el punto donde hubiera salido. Y si había elegido una zona rocosa para abandonar el agua, entonces no habría ningún rastro. Miró hacia ambos sentidos del río y comenzó a andar por la orilla en dirección al mar. Si Atma se había alejado tierra adentro sería casi imposible que lo localizara. Lo mejor era recorrer el terreno por donde resultaba más fácil distinguir un rastro.

«Y de paso igual encuentro los restos de la pira funeraria.»

En una mano llevaba las riendas del único caballo de la comunidad. Era una yegua blanquecina, con la cola y las crines grises, algo mayor pero todavía fuerte. La había escogido en vez de un asno para poder ir tras Atma con la mayor rapidez en caso de encontrar alguna pista.

Un par de veces se encontró con que el río formaba un pronunciado recodo. Confió en que la barca se hubiera detenido allí, pero no hubo suerte. Tampoco detectó rastro alguno. Siguió avanzando mientras pensaba en los candidatos a la sucesión.

«Los cuatro que quedan de los seis iniciales», se recordó amargamente. Sólo faltaba que Pitágoras hiciera el análisis interno de Aristómaco y completara el de Hipocreonte para poder descartarlos completamente.

De repente la vio.

La barca se había desviado de la corriente central al golpear contra unas piedras y había encallado en unas raíces muy cerca de la orilla. Akenón aceleró el paso. Aquello ya no era la estructura que la noche anterior sobresalía metro y medio sobre la superficie del río. La parte de la embarcación más cercana al agua no había ardido, pero sus bordes habían desaparecido. El interior contenía cenizas humeantes que no parecían abultar mucho desde donde estaba Akenón.

«¿Habrá caído el cuerpo al agua?»

Con creciente inquietud, se apresuró hacia la barca sin dejar de buscar en el terreno algún rastro de Atma.

«Quizás ha pasado por aquí antes que yo y se ha llevado los restos de Daaruk.»

Soltó las riendas de la yegua y recorrió los últimos metros estirando el cuello, intentando distinguir el contenido de la embarcación.

Ariadna se acercó preocupada a un grupo de hombres que salía de los jardines de la comunidad.

—Evandro, ¿has visto a Akenón?

El recio maestro se detuvo, secándose el sudor de la frente con el dorso de la mano. Todas las mañanas dirigía el ejercicio de un grupo de discípulos. Realizaban unas danzas dóricas que para ellos tenían carácter sagrado.

—No, no lo he visto. —Evandro oteó alrededor, buscando a Akenón, y de repente recordó algo—. Debe de estar recuperando las cenizas de Daaruk. Tu padre se lo pidió ayer.

Ariadna se esforzó por sonreír.

—Gracias, Evandro.

Continuó hacia la entrada de la comunidad. Tres hombres hacían guardia en el lado exterior del pórtico. Ariadna pensó que distaban mucho de parecer un obstáculo para un asesino armado.

—Salud, hermanos.

—Salud, Ariadna.

—¿Habéis visto a Akenón?

—Se fue con la yegua por el camino del norte, media hora antes del amanecer.

Ariadna reflexionó durante unos instantes. De repente creyó comprender lo que había ocurrido y empezó a enfadarse.

—¿Sabéis si Atma regresó anoche?

—Nosotros llevamos de guardia desde dos horas antes del amanecer, y durante nuestro turno Atma no ha pasado por aquí.

—De acuerdo. Gracias.

Ariadna dio la vuelta y se apresuró hacia la habitación de Atma. Estaba casi segura de que iba a descubrir que no había pasado la noche en la comunidad. Akenón debía de haberse enterado antes que ella. «Por eso se ha marchado sin avisarme.» Entendía que Akenón se hubiera ido solo, pero eso no evitaba que estuviera furiosa con él.

Las raíces en las que había encallado la barca estaban a un par de metros de la orilla. En cuanto metió los pies en el agua, Akenón comprobó que en ese punto cubría bastante más de lo que había supuesto. Se detuvo y buscó la manera de acercarse. Finalmente tuvo que dar un pequeño rodeo esquivando raíces.

Con el agua por la cintura, puso una mano en el borde requemado y se inclinó para asomarse al interior. De repente le sobrevino un mareo intenso y tuvo que afirmar bien las piernas en el fondo del río para no caerse. Se agarró con ambas manos al borde de la barca y apoyó la frente en un brazo. «Por Osiris, ¿qué me ocurre?» Cerró los ojos con fuerza. La respiración se le había disparado y su cabeza se estaba llenando de imágenes en rápida sucesión.

Lo único que pudo hacer fue contemplarlas.

Eran de su pasado, de hacía catorce o quince años. Cartago atravesaba un largo período de sequía que comenzaba a causar estragos entre la población. En el último año y medio había fallecido la décima parte de los habitantes y casi la mitad de los animales domésticos. Como recurso extremo para terminar con la sequía, se decidió llevar a cabo el rito conocido como molk: un holocausto en honor del dios Moloch.

Cincuenta bebés menores de seis meses iban a ser sacrificados.

Para no ofender al dios con un acto injusto ni soliviantar a algunos sectores de la sociedad, los pequeños serían escogidos al azar entre toda la población. Inmediatamente comenzó la compraventa de niños. Las familias ricas que habían sido seleccionadas para entregar a sus hijos compraron bebés de entre los pobres y los entregaron a los sacerdotes en lugar de sus propios hijos. Aunque aquello era ilegal y sacrílego, se pagaron los sobornos necesarios para que todos los reemplazos prosperaran. Los primeros bebés se intercambiaron por pequeñas fortunas, pero enseguida corrió la voz y algunas familias que se morían de hambre vendieron a sus hijos por apenas unas monedas. A pesar de haber más oferta que demanda de bebés, se dieron varios casos de secuestro. Algunos niños fueron arrancados de los brazos de sus madres en plena calle. A Akenón lo contrataron para encontrar al hijo único de una familia de pequeños comerciantes. Lo habían tenido hacía cuatro meses, tras catorce años de matrimonio, cuando ya pensaban que no lograrían descendencia. Intentaron proteger a su pequeño manteniéndolo dentro de la vivienda en todo momento, pero acabó siendo raptado con la colaboración del cocinero de la casa, como averiguó Akenón tras interrogar a todos los sirvientes. Siguiendo esa pista dio con la familia de aristócratas que lo había comprado. Trató de dialogar con ellos, pero se negaron a recibirlo. Entonces reunió más pruebas y acudió a uno de los magistrados que supervisaban la selección y el transporte de los bebés. Quedaban pocas horas para el holocausto. El magistrado escuchó a Akenón con mucho interés y le dijo que estuviera esa tarde en el lugar donde iba a tener lugar el gran sacrificio.

Al atardecer, Akenón salió de la ciudad y caminó junto con cientos de cartagineses hasta una construcción de gran tamaño. Tenía forma rectangular, altas paredes de piedra y carecía de techo. Akenón nunca había estado allí. Cruzó una de sus puertas y contempló con espanto el interior del recinto consagrado a Moloch.

Sobre una plataforma de mármol se alzaba la estatua de bronce del dios. El temible Moloch estaba sentado en la plataforma con las piernas cruzadas. Aun así su altura era cinco veces superior a la de un hombre. Tenía forma humana hasta llegar al cuello. Su cabeza era de carnero y entre los cuernos enroscados lucía una corona dorada. Los brazos estaban pegados al cuerpo, los antebrazos extendidos y las palmas de las manos hacia arriba. El vientre abierto de Moloch era como el hogar de una chimenea descomunal. Llevaba horas siendo alimentado y contenía una capa de brasas incandescentes de más de un metro de profundidad. Akenón vio que dos sacerdotes se acercaban hasta donde les permitía el calor infernal. Desde allí arrojaron al interior un par de cestos de hierbas aromáticas. Ardieron al instante, generando una espesa humareda que subió por el cuerpo hueco y escapó por los ojos y las fauces abiertas del dios carnero.

Moloch tenía hambre.

Frente al dios estaba el altar principal, recubierto de inmaculado lino. Muy pronto se teñiría con la sangre de cincuenta bebés. Tras degollarlos, los sacerdotes irían colocando a los pequeños en las manos anhelantes de Moloch. De la espalda del dios colgaban dos gruesas cadenas que pasaban a través de los codos articulados y llegaban a las manos. Cuando hubiera un bebé en ellas, varios sacerdotes tirarían de las cadenas haciendo que el dios se llevara las manos a su boca abierta.

Los pequeños caerían en el interior al rojo vivo de Moloch.

«Espero poder irme antes de que comience el holocausto», pensó Akenón entornando los ojos.

Empezó a avanzar entre la multitud con dificultad. Cientos de tambores y trompetas producían un estruendo continuo con intención de ahogar el llanto estridente de los bebés. La mayoría de la gente parecía hechizada. Tenían la mirada clavada en Moloch y bamboleaban el cuerpo al ritmo de los tambores.

El olor dulce del incienso llegó hasta Akenón y arrugó la nariz. Dentro de poco se extendería un olor muy diferente.

En las primeras filas del público se colocaban los padres que habían entregado a sus hijos por el bien de Cartago. Algunos parecían serenos y otros hacían todo lo posible por contener el llanto. Manifestar dolor al entregar un hijo a Moloch se consideraba una afrenta al dios. Estaba prohibido y el infractor se exponía a una pena severa.

Muchos cartagineses se mostraban esperanzados. Rezaban fervorosamente juntando las manos y agachando la cabeza, o extendían los brazos hacia el dios y lo aclamaban a gritos. La ciudad había sufrido mucho y quizás Moloch se apiadaría ante la devoción y el sacrificio de sus servidores.

Los magistrados estaban muy ocupados dando instrucciones. Los bebés comenzaron a pasar de las manos de los funcionarios custodios a las de los sacerdotes, retorciendo sus pequeños cuerpos como si supieran lo que estaba a punto de ocurrirles.

El cuchillo ceremonial resplandecía sobre el altar mayor.

A veinte metros de distancia, apenas visible en las sombras del muro occidental, Akenón distinguió al magistrado al que había expuesto el caso. Le estaba mirando y le hizo una seña en cuanto establecieron contacto visual. Acto seguido desapareció detrás de una pequeña gradería de madera. Akenón fue tras él. Nada más adentrarse entre las sombras notó un fuerte golpe en la nuca y se desplomó. Un segundo atacante se agachó sobre su cuerpo y lo apuñaló en la espalda, a la altura del corazón.

Llevar una cota de cuero grueso y que el asesino no fuera un buen profesional fueron los dos factores que le salvaron la vida. El cuero contrarrestó parte de la fuerza del golpe y el cuchillo resbaló a lo largo de las costillas, limitándose a rajar la carne de su espalda. Cuando recuperó la consciencia estaba empapado en sangre pegajosa y le costaba respirar. Tras varios intentos angustiosos, consiguió ponerse en pie y salir de debajo de las gradas. La noche estaba avanzada. El sacrificio había terminado y no había nadie más en el recinto. Moloch, el dios voraz, estaba haciendo a solas la digestión de los cincuenta bebés. Uno a uno habían sido degollados y sus cuerpos arrojados al vientre incandescente, donde ahora humeaban los restos carbonizados.

Akenón avanzó en la oscuridad arrastrando los pies. Subió a la plataforma dejando un rastro de sangre. El olor hizo que sintiera una arcada. Apretó los dientes y se obligó a acercarse más, recordando que sus clientes estaban en su casa, anhelando que apareciera con su hijo.

Moloch resultaba inmenso desde tan cerca. Todavía desprendía muchísimo calor. Akenón contempló el contenido de la enorme tripa de bronce. Estaba aturdido y no conseguía enfocar bien, sólo distinguía un relieve difuso recorrido por fantasmales oleadas rojizas. Poco a poco su vista se volvió nítida y los bultos informes se convirtieron en manitas, piernas, cabezas...

Akenón se tambaleó sintiendo que iba a enloquecer. Una carita estaba vuelta hacia él como si le pidiera ayuda.

«¿Será el bebé de mis clientes?», se preguntó cayendo de rodillas. Por su rostro horrorizado descendían dos surcos de lágrimas.

Un minuto más tarde, la pérdida de sangre hizo que se desvaneciera frente a Moloch.

El día después del sacrificio, Akenón despertó en casa de sus clientes. Habían enviado a dos siervos al recinto y al encontrarlo inconsciente lo trasladaron allí para curarlo. Les dijo que no había podido salvar a su hijo. Aunque ya lo imaginaban, con la confirmación se deshicieron en un llanto desgarrador.

Akenón abandonó la casa en cuanto pudo ponerse en pie. Acudió a Eshdek, el fenicio más poderoso que conocía y para quien había trabajado en un par de casos. Deseaba venganza. Eshdek se esforzó en convencerlo para que se olvidara del asunto. El niño ya había muerto. Todo lo que él podía hacer por Akenón era ponerlo bajo su protección para evitar que el magistrado corrupto rematara su faena. Unas semanas más tarde aquel magistrado falleció de muerte natural. Akenón pudo olvidarse de la idea recurrente de asesinarlo, pero nunca olvidaría los cuerpos a medio carbonizar de aquellos bebés.

La imagen se desvaneció y se encontró de nuevo con el agua hasta la cintura. Estaba encorvado, con la cabeza apoyada en el borde de la barca. Parpadeó varias veces, aturdido, y después respiró profundamente intentando disipar la amarga desazón.

Cuando por fin se asomó dentro de la barca, todo era negro: cenizas, alguna esquina de tronco a medio quemar... e innegables restos de ser humano. Los contempló un rato sin tocarlos y de pronto distinguió algo de otro color.

«¿Qué es esto?», se preguntó alargando una mano.

Lo rozó superficialmente, con aprensión, y apareció el brillo del oro. Era el anillo de Daaruk, todavía encajado en un dedo que había perdido casi toda su carne. Ascendió con la vista y vio que los huesos carbonizados de la mano desaparecían a la altura de la muñeca, debajo de los restos de algunos troncos. Los apartó con cuidado y pudo apreciar el resto del brazo, desgajado del hombro. Parecía que en algún momento de la noche el armazón de madera, al irse quemando, se había hundido en su parte central debido al peso del cuerpo. Probablemente entonces algunos troncos habían caído sobre el cadáver, que ya debía de estar muy quemado, y ahora era más difícil distinguir los restos de madera de los de ser humano.

Salió del río y cogió una manta que llevaba en la yegua. Antes de regresar a la barca echó otro vistazo al terreno.

«Aquí no ha estado Atma.»

Se metió en el agua, extendió la manta sobre la popa de la barca y comenzó a colocar en ella restos humanos. Al coger un fémur vio que colgaban del hueso algunos jirones de carne abrasada.

«Tampoco es necesario que sea muy minucioso», pensó con asco.

Había comenzado por la parte de abajo del cuerpo. Al llegar a las manos se quedó un momento pensativo. Después extrajo con cuidado el anillo de oro y le dio vueltas entre los dedos. Estaba un poco deformado debido al calor, pero el símbolo del pentáculo se conservaba íntegro. Lo sopesó un momento en la palma de la mano, mirando hacia los restos de Daaruk que reposaban sobre la manta.

Finalmente guardó el anillo en el bolsillo interior de su túnica.

Al llegar a la comunidad, Akenón desmontó y saludó distraído al grupo que vigilaba la entrada. Cruzó el pórtico llevando a la yegua de las riendas. A lo lejos divisó a Ariadna, que se acercaba a él con expresión furibunda.

«Vaya, parece que me va a caer una reprimenda.»

Cuando Ariadna estaba a pocos pasos, Akenón se detuvo y fue a alzar una mano en gesto conciliador. La llevaba dentro de la túnica, y al moverla se dio cuenta de que tenía entre los dedos el anillo de oro de Daaruk.

«El oro es la causa más frecuente de los crímenes», pensó de pronto.

Inmediatamente se estableció en su cabeza una asociación de ideas tan clara que casi pudo oír el ruido que hacían las piezas al encajar.

En ese momento Ariadna llegó a su altura:

—¿Se puede saber...?

Akenón la detuvo con un ademán perentorio.

—¡Rápido, monta conmigo! —exclamó a la vez que saltaba sobre el lomo de la yegua.

Extendió una mano hacia Ariadna, que lo miró desde el suelo desconcertada.

—Debemos ir a Crotona inmediatamente —urgió Akenón—. Puede que estemos a punto de atrapar al asesino de Daaruk.

Ariadna agarró con fuerza el antebrazo de Akenón y se colocó detrás de él. Akenón espoleó inmediatamente a la yegua. Cuando llegaron a la entrada se cruzaron con Evandro y Akenón tiró de las riendas.

–Evandro, entrégale esto a Pitágoras. –Sacó de las alforjas un hatillo cuidadosamente empaquetado–. Son los restos de Daaruk.

Evandro sostuvo el hatillo con aprensión. Antes de que pudiera responder, Ariadna y Akenón galopaban hacia Crotona.

CAPÍTULO 39

24 de abril de 510 a. C.

ATMA ABANDONÓ EL LUJOSO edificio de piedra y se despidió de los dos enormes guardias que custodiaban la entrada. Éstos lo miraron brevemente y después desviaron la vista sin dirigirle la palabra. No eran pitagóricos, por lo que para ellos Atma era sólo un esclavo. «Seré un esclavo, pero soy rico.» Reprimió una sonrisa. No podía considerarse a salvo hasta que abandonara la ciudad. Después dejaría que le creciera el pelo y se instalaría en otra región, y entonces nadie lo consideraría otra cosa que un ciudadano respetable.

Estaba caminando por una de las calles principales de la ciudad. Aunque era bastante temprano, el tránsito ya era considerable. Se tocó el pecho, echando en falta el documento que había guardado con tanto celo. Acababa de entregarlo y a cambio tenía algo mejor. Torció a la derecha y avanzó con la cabeza baja. Era absurdo, pero le parecía que todo el mundo adivinaba el contenido del pesado fardo que cargaba en el hombro derecho.

«Nadie puede saber que llevo encima una fortuna en oro», se dijo intentando tranquilizarse.

Notó que algo le rozaba la cara y levantó la vista. Comenzaba a llover. El color de las nubes indicaba que dentro de poco se desencadenaría una fuerte tormenta.

«Menos mal que ayer no llovió.» Sonrió de medio lado, notando una sensación agridulce al recordar la pira funeraria ardiendo río abajo.

Llegó a su destino, una enorme caballeriza donde además de guardar caballos y bestias de carga se podía adquirir una buena montura. Pasó entre los mozos de cuadra y se dirigió directamente al encargado. En el pasado había tratado con él para comprar dos asnos para la comunidad.

—Salud, Ateocles.

El aludido se volvió. Mostraba siempre la misma expresión desconfiada tras su barba espesa y un tanto descuidada. Hizo un esfuerzo y, como buen comerciante, consiguió recordar su nombre.

—Buenos días, Atma. Qué madrugador has sido hoy. ¿Quieres otro burro? Tengo mercancía excelente.

Atma respondió intentando aparentar tranquilidad. Quería abandonar la ciudad cuanto antes, pero debía evitar a toda costa levantar sospechas.

—Esta vez vas a hacer mejor negocio. —Los ojos de Ateocles se estrecharon con codicia—. Me encargan un caballo rápido y resistente, que pueda recorrer en una jornada el doble de distancia que un burro.

—Vaya, ¿quién tiene tanta prisa?

—Es para agilizar el intercambio de mensajes. Cosas de política, supongo. —Atma encogió los hombros con fingida despreocupación y resistió el impulso de mirar hacia la entrada de las cuadras. Temía que en cualquier momento apareciera alguien para detenerlo.

—Muy bien, estoy seguro de que tengo lo que necesitas.

Ateocles se internó en las caballerizas seguido de Atma. Al crotoniata se le notaba indeciso. Estaba maquinando cómo plantear la negociación. ¿Mejor empezar presentando una mala montura para poder subir el precio cuando Atma reclamara un animal mejor; o quizás era preferible mostrar su mejor caballo y pedir un importe muy alto para poder acabar consiguiendo una buena cantidad por una montura inferior?

Atma no podía perder tiempo negociando.

—Escucha, Ateocles, he venido tan pronto porque hoy tengo muchos encargos que cumplir. Si me enseñas ya tu mejor montura y pides un precio razonable, te pagaré con oro ahora mismo. Si no es así, me iré a continuar con mis tareas y volveré más tarde…, a menos que encuentre una montura adecuada en otro lugar.

Ateocles se mordió con fuerza el labio inferior. No estaba acostumbrado a hacer negocios de ese modo, pero tampoco quería dejar escapar la oportunidad de hacerse con una buena suma de oro. Por otra parte, la actitud de Atma era bastante sospechosa.

«¡Pero por todos los dioses, habla de pagar inmediatamente y con oro!»

Eso también restaba importancia al hecho de que no le hiciera gracia que un esclavo le hablara así. Además, recordaba la primera vez que Atma le había comprado un burro. Al principio no le había hecho caso por ser un esclavo y Atma tuvo que irse sin que lo atendiera. Unas horas después se presentó un maestro pitagórico para explicar a Ateocles, con una inquietante mezcla de suavidad y firmeza, que Atma por encima de esclavo era un iniciado pitagórico, y que por lo tanto debía tratarle como al mismo Pitágoras. Ateocles no era pitagórico, pero como todo crotoniata sabía que Pitágoras era el hombre más influyente de la ciudad. «Y basta con verlo y escucharlo para saber que tiene trato directo con los dioses, si es que no es uno de ellos.»

Jamás se le ocurriría volver a mostrarse desconsiderado con Atma.

Cinco minutos después, Atma trotaba por las calles de Crotona. En la transacción había incluido un par de alforjas donde ahora viajaba su recién estrenada fortuna de oro. El trato con Ateocles no había sido muy malo teniendo en cuenta la precipitación con que lo había cerrado.

«Este caballo es excelente», pensó regocijado. Se trataba de un animal joven, grande y muy fuerte. Nada que ver con la yegua de la comunidad.

La lluvia se había vuelto densa, de gruesos goterones, pero no hacía tanto frío como al amanecer. Entrecerrando los ojos para ver mejor a través de la lluvia, Atma distinguió a cien pasos el perfil borroso de la puerta norte de Crotona.

«Estoy a punto de conseguir mi sueño.»

Se despreocupó de los transeúntes y lanzó el caballo en un poderoso galope.

CAPÍTULO 40

24 de abril de 510 a. C.

C<small>UANDO LA YEGUA SOBREPASÓ</small> el gimnasio, una fina lluvia empezó a mojar las ropas de Ariadna y Akenón. Mantuvieron el galope el resto del camino hasta Crotona. Allí redujeron al trote y Akenón dirigió la montura entre las calles siguiendo las indicaciones de Ariadna. La lluvia caía ahora con más fuerza y las calles de tierra comenzaban a embarrarse.

–Ahí es, donde los guardias –señaló Ariadna al cabo de un rato.

Akenón le acababa de explicar sus sospechas y Ariadna estaba de acuerdo con él. «Si actuamos con rapidez podemos estar a punto de atrapar al asesino de Cleoménides y Daaruk.»

Akenón detuvo la yegua junto al pequeño establo que se encontraba en la esquina del edificio. Prácticamente arrojó las riendas a las manos de un sirviente. Éste se quedó mirándolos boquiabierto mientras ellos corrían hacia la entrada principal.

Los guardias hicieron amago de bloquearles el paso. Nadie entraba corriendo en el establecimiento de Eritrio, el curador. En el último momento se dieron cuenta de que la joven que corría junto a aquel egipcio era la hija de Pitágoras. Retrocedieron y se limitaron a inclinar la cabeza con respeto mientras pasaban.

Al acceder a la estancia principal, Akenón observó que las paredes de piedra eran el doble de gruesas de lo normal. Dirigió la vista hacia el techo y vio que estaba reforzado con pesadas vigas de madera.

«La cámara del tesoro», pensó a la vez que se percataba de que tampoco había ventanas.

Eritrio estaba sentado frente a una mesa, leyendo con atención un documento. En cuanto entraron se levantó y caminó hacia Ariadna con los brazos abiertos. Tenía unos cincuenta y cinco años. Debajo de su elegante túnica se adivinaba un cuerpo delgado y llevaba el pelo y la larga barba gris arreglados con esmero. Akenón observó su rostro, sonriente y franco, y decidió que aquel hombre le inspiraba confianza.

—Salud, querida Ariadna. Cuánto tiempo sin verte.

—Salud, Eritrio —dijo ella con premura—. Te presento a Akenón.

—Encantado de recibirte, Akenón. —Le dedicó una mirada llena de cordialidad que le hizo recordar que Eritrio era un iniciado de la hermandad—. ¿Qué puedo hacer por vosotros?

—Estamos buscando a Atma —respondió él—. ¿Ha estado aquí?

Eritrio enarcó las cejas, sorprendido. Miró a Ariadna, que también aguardaba su respuesta con ansiedad, y después de nuevo a Akenón.

—Pues sí, ha estado aquí hace poco. Me ha entregado este documento.

Les dio la espalda y cogió un pergamino de la mesa. Era el documento que estaba examinando cuando ellos entraron. Los pliegues marcados y la tendencia a plegarse indicaban que había sido estirado recientemente después de pasar mucho tiempo doblado.

—Es una especie de testamento de Daaruk —explicó.

—¿Qué dice? —apremió Ariadna.

Eritrio tomó aire y suspiró antes de responder. Se veía que aquello lo incomodaba.

—Bueno, pues… Básicamente que todo lo que era de Daaruk pasa ahora a pertenecer a Atma.

Ariadna separó los labios para replicar y volvió a cerrarlos sin decir nada. Se había quedado sin palabras. A pesar de que no había ninguna ley al respecto, la costumbre era que todas las propiedades de los miembros de la comunidad pasaran tras su muerte a pertenecer a la orden pitagórica. En los casos en los que tenían familia en el exterior a veces determinaban un reparto. Lo que jamás había ocurrido era que no dejaran nada a la hermandad. Aquello resultaba todavía más chocante al tratarse de un gran maestro que pertenecía al círculo más íntimo de Pitágoras.

—¿No puede ser una falsificación? —preguntó Akenón.

—No, no —replicó Eritrio agitando las manos—. El sello que lo cerraba me ofrece la garantía de que el propio Daaruk selló este documento. Lo he comprobado con otro similar que tengo en mi poder. Además, Daaruk me dijo en un par de ocasiones que confiaba ciegamente en Atma.

Akenón cogió el documento de manos del curador. En una esquina colgaba el sello de cera casi íntegro, sólo se había roto una esquina al acceder al documento. Contempló el sello durante unos segundos. Después metió la mano en el bolsillo de su túnica y extrajo el anillo de oro de Daaruk. Ariadna se sorprendió al verlo. Akenón lo sujetó entre las puntas de los dedos y lo hizo coincidir con el sello de cera. El ajuste fue perfecto. Era indudable que el pentáculo había sido marcado en la cera utilizando el anillo de Daaruk.

En ese instante, a menos de cien metros, Atma estaba cerrando con Ateocles la compra del mejor de sus caballos.

–Tenemos que dar con él lo antes posible. –Akenón dejó el documento sobre la mesa y guardó el anillo en el bolsillo–. ¿Cuánto hace que se marchó de aquí?

–No más de diez minutos –respondió Eritrio–. De hecho, no os lo habéis cruzado por muy poco. Mis guardias podrán deciros qué dirección ha seguido.

Se apresuraron hacia la salida con Eritrio a la cabeza. El curador tenía la desagradable sensación de haber obrado incorrectamente. Ahora deseaba que atraparan a Atma lo antes posible. «¿Acaso el esclavo es el asesino?» No podría perdonarse que lo fuera y él lo hubiese ayudado a escapar.

–¿Qué se ha llevado Atma? –preguntó Ariadna.

Eritrio volvió un momento la cabeza sin detenerse.

–Quería que le diera todo el oro posible. Le he explicado que una buena parte del patrimonio de Daaruk está invertido en expediciones comerciales y préstamos al tesoro público. Liquidar todo eso puede llevar semanas e incluso meses. También hay alguna propiedad familiar que puedo ocuparme de vender, pero también para eso hace falta tiempo. Me ha interrumpido y ha insistido en que sólo quería oro y que lo quería inmediatamente. Le he entregado lo que tenía aquí, que era una cantidad muy considerable. También le he dicho que en unas horas podría conseguirle más, pues la mayor parte del oro y la plata que guardo está depositada en el templo de Heracles, como es natural.

Akenón asintió recordando aquella costumbre griega. El carácter sagrado de los templos y las penas aplicadas a quienes los profanaban, hacían que en muchas ciudades los templos fueran el lugar donde se depositaban los tesoros públicos y a veces también privados. En el caso de Crotona, el templo de Heracles revestía una especial importancia por considerarse que Heracles había sido el fundador de la ciudad.

—¿Hacia dónde ha ido Atma? —gritó Eritrio a sus guardias antes de llegar a su altura.

Los guardias se volvieron sobresaltados. Parecieron dudar, y finalmente respondió el más joven.

—Primero se fue hacia allá —señaló hacia la derecha—, supongo que al establecimiento de Ateocles, porque poco después ha pasado montado en un caballo enorme en dirección a la puerta norte.

Ariadna echó a correr hacia el establo antes de que el guardia acabara de hablar.

—¿Hace cuánto le habéis visto a caballo? —preguntó Akenón.

—Ha sido hace nada. Un par de minutos como mucho.

Ariadna apareció montada en la yegua. La túnica se le pegaba al cuerpo por la lluvia y su barbilla goteaba agua.

—Sube —apremió.

Akenón se adelantó hasta ella y cogió las riendas.

—No. Iré solo. Puede ser peligroso.

Ariadna lo sorprendió sacando una daga de entre los pliegues de la túnica.

—Yo también puedo ser peligrosa. Monta ahora mismo o me iré sin ti.

Akenón escudriñó su mirada. Estaba claro que ella iría sola tras Atma si dudaba un segundo más. Hizo un gesto con la cabeza indicando a Ariadna que le dejara ir delante y montó de un salto.

Un segundo después recorrían las calles en dirección a la puerta norte. Los cascos de la yegua hacían un sonido pastoso y amortiguado al golpear contra el terreno empapado. Al llegar a la puerta de la ciudad Akenón fue a preguntar a los guardias si habían visto a Atma. Ariadna interrumpió su ademán.

—¡Ahí está!

Un punto oscuro avanzaba velozmente por el camino de la costa en dirección a Síbaris. Se había abierto un pequeño claro entre las nubes y lo estaba iluminando un rayo de sol. El claro se cerró en ese momento y el fugitivo desapareció de su vista.

Akenón lanzó la yegua al galope. El caballo de Atma corría más, pero con la lluvia no podría ver que lo perseguían.

«Si se detiene en algún momento, caeremos sobre él.»

CAPÍTULO 41

24 de abril de 510 a. C.

CUANDO ARIADNA Y AKENÓN llevaban dos horas persiguiendo a Atma, en Crotona Pitágoras se enfrentaba a una dura prueba. Iba a comenzar la que sería la segunda sesión del Consejo de los Mil tras la muerte de Daaruk. El ambiente de la Asamblea era agitado y desordenado como el de una plaza de mercado. El filósofo, revestido de solemnidad, atravesó la sala en dirección al estrado. Los mil consejeros se fueron quedando en silencio según se percataban de que iba a intervenir. Al final del recorrido, un millar de rostros observaba el avance del venerable maestro como un campo de girasoles sigue el movimiento del sol.

Pitágoras percibía una fuerte oposición, tal como Milón le había advertido la tarde anterior. Su inquietud era aún mayor porque al salir de la comunidad le habían dicho que Atma había desaparecido. Los presagios oscuros de las últimas semanas se revolvieron en su interior y sintió que seguían avanzando hacia un futuro de sangre y fuego.

«Más tarde me ocuparé de Atma, ahora debo centrarme en el Consejo. Tengo que ser contundente antes de que prenda la llama de la rebeldía.» Todavía contaba con un apoyo mayoritario; no obstante, su posición era la más débil de los treinta años que llevaba en Crotona.

Subió los cinco escalones del estrado y paseó la mirada sobre su audiencia. La sala del Consejo de Crotona era uno de los edificios más amplios de toda la Magna Grecia. La habilidad de sus constructores había permitido que mil personas pudieran sentarse en su interior sin apenas interrupciones visuales a causa de las columnas. Las gradas laterales de piedra tenían siete niveles y dejaban entre ellas un espacio rectangular de cinco por treinta metros. En el centro del pavimento destacaba el famoso mosaico dedicado a Heracles. Lo mostraba prediciendo la fundación de Crotona y erigiendo una estatua en honor a Crotón, el héroe que daba nombre a la ciudad y al que Heracles había matado involuntariamente.

Pitágoras mantenía el extremo de su túnica recogido en el brazo izquierdo. El derecho lo llevaba libre para poder enfatizar su discurso. Lo alzó durante unos segundos antes de comenzar a hablar con su voz grave y potente.

–Consejeros de Crotona, sé que la decisión de traer un investigador ajeno a nosotros no ha sido bien aceptada por todos. –Debía ser directo y rebatir los argumentos de los adversarios antes de que los plantearan–. Ahora podría parecer que la muerte de Daaruk ha dado la razón a los detractores.

Un murmullo de conformidad recorrió la sala.

–Sin embargo –continuó con más fuerza–, sólo las malas lenguas pueden ver en ello una acción irrespetuosa con nuestra policía, o incluso irresponsable con la seguridad de nuestros hombres. Akenón, el investigador que hemos contratado, es sobradamente reconocido en su oficio. Fue policía en Egipto, donde destacó tanto que el faraón Amosis II lo contrató para que trabajara personalmente para él. –Se iba volviendo hacia donde se mantenían los murmullos como si apagara un fuego con sus palabras–. Los últimos dieciséis años los ha pasado en Cartago, cosechando éxito tras éxito como investigador. Y hemos podido traerlo tan rápidamente porque casualmente estaba en Síbaris, contratado por Glauco.

Hizo una larga pausa para que asimilaran aquello. Comprobó con agrado que en los murmullos ahora había corrientes de admiración hacia Akenón. La riqueza de Glauco era legendaria, muy superior a la de cualquier potentado de Crotona. Si el acaudalado sibarita, que todo se lo podía permitir, había escogido a Akenón como investigador, debía de ser porque Akenón era el mejor.

«Ahora tengo que suavizar los recelos por haber dejado al margen a la policía.» Sabía que las críticas que contaban con más apoyo eran las que acusaban a la hermandad de considerarse por encima de las leyes de Crotona.

–Akenón... –Aguardó hasta que el Consejo quedó en silencio–. Akenón ha trabajado con las fuerzas de seguridad de Crotona desde que llegó. Y desde este insigne estrado os anuncio que vamos a reforzar esa colaboración, tanto con la policía como con el ejército.

Hizo una nueva pausa y sondeó con inquietud el ambiente de las gradas. «Llega el momento clave.» Iba a intentar un golpe de efecto para afianzar su control sobre el Consejo. Descendió del estrado y atravesó la sala. Los mil consejeros lo contemplaban con expectación. Detuvo sus pasos frente a la ubicación de Milón, en primera fila junto al mosaico de Heracles, y le tendió un brazo. El coloso abandonó su puesto y se situó con él en medio del Consejo.

–El general Milón me ha sugerido que el ejército refuerce la seguridad en la comunidad. –Se escucharon murmullos de aprobación–. Los hoplitas de Crotona patrullarán tanto por los alrededores como dentro del recinto de la hermandad. Así protegerán a los ciudadanos de Crotona, a mis discípulos, a vuestros familiares. Por supuesto, yo he aceptado, encantado y agradecido, la propuesta del general en jefe de nuestro ejército.

Milón y Pitágoras estrecharon las manos y los consejeros comenzaron a aplaudir, primero con tibieza y finalmente con fervor. Por el modo en que había expuesto el asunto, y gracias a unos rumores ambiguos que habían filtrado previamente, podía parecer que Pitágoras había aceptado a regañadientes una imposición de Milón. Los partidarios de Pitágoras creerían que la intervención del ejército había sido consensuada con Milón. Los detractores, en cambio, pensarían que Pitágoras se había doblegado a las exigencias de la ciudad.

Pitágoras agachó la cabeza con humildad y agradecimiento. Había resultado sencillo, pero ya imaginaba que iba a serlo desde que al entrar en el Consejo advirtió que Cilón no estaba.

«Muy astuto por su parte», pensó con inquietud.

Cilón evitaba un enfrentamiento directo cuando sabía que no podía ganar. Era tan listo como retorcido. Seguiría esperando su momento, maquinando con infatigable persistencia, aprovechando que podía asistir a todas las sesiones del Consejo mientras que las obligaciones de Pitágoras apenas le permitían acudir una vez al mes.

El filósofo observó durante un momento a un grupo de consejeros que no pertenecían a los 300. Tanto su postura como su expresión eran severas, como si quisieran dejar claro que a ellos no los había convencido. Pitágoras no esperaba otra cosa, pues aquéllos eran los más acérrimos seguidores de Cilón.

«¿Dónde se ha escondido vuestro líder? —pensó mientras los contemplaba—. ¿Cuál va a ser su siguiente movimiento?»

CAPÍTULO 42

24 de abril de 510 a. C.

ATMA ESTABA LLEGANDO a su destino. Apretó los ojos y después parpadeó intentando escudriñar el horizonte a través de la lluvia.

«Todavía no se ve», pensó nervioso sobre su montura. Nada más alejarse de Crotona había aminorado del galope al trote. Además había superado los repechos al paso, y la última hora había estado más tiempo caminando que montado para reservar las fuerzas del caballo. «Dentro de poco tendrá que hacer un gran esfuerzo.»

El espeso manto oscuro que se extendía en todas direcciones sobre su cabeza hacía presagiar que seguiría lloviendo mucho tiempo. «Mejor, así podré ir encapuchado sin llamar la atención.» Pasarían varias semanas antes de que su pelo creciera lo suficiente para ocultar su condición de esclavo. En Crotona todo el mundo lo conocía y podía ir solo sin problemas, pero en cualquier otro lugar pensarían que era un esclavo fugitivo y lo detendrían.

Miró hacia atrás. No vio a nadie dentro de la reducida visibilidad que permitía la lóbrega mañana.

Avanzó durante un rato al trote con la cabeza agachada para protegerse del agua. Por su izquierda la vegetación pasaba como una nube oscura. A la derecha el mar grisáceo y embravecido resultaba sobrecogedor como una enorme amenaza. A pesar del entorno hostil, Atma se sentía cada vez más a salvo. Crotona quedaba ya muy lejos.

La posada se materializó ante sus ojos como una aparición. Era una construcción de piedra, de dos pisos de altura, con un amplio establo adosado al que se dirigió Atma. Bajó del caballo y entró llevándolo de la brida. Un mozo de unos quince años surgió rápidamente de la oscuridad y cogió las riendas admirando el magnífico ejemplar. Atma salió de nuevo al exterior, se aseguró de que la capucha le cubría hasta la frente y entró en la posada.

La posadera salía de la cocina en el momento en que Atma accedía al comedor. Contempló con prevención a aquel hombre que no se bajaba la capucha en el interior de la posada. No le gustaban los hombres que ocultaban la cara, y menos ese día que su marido estaba en cama aquejado de fiebres.

Se acercó a él con firmeza, procurando infundir respeto.

–¿En qué puedo ayudarte, viajero?

Atma la contempló un segundo. Era una mujer gruesa y colorada. Llevaba una jarra en el brazo derecho, colgando como si su dueña estuviera preparada para utilizarla de maza. Atma rehuyó la mirada.

–Busco a Hipólito.

«El otro encapuchado», se dijo la posadera. Tuvo un estremecimiento al recordar la mirada del hombre que se alojaba en la habitación del piso de arriba. Era lo único que había podido distinguir de su rostro en sombras. También recordaba con inquietud su voz, apenas un susurro áspero y oscuro. Tras darle su nombre, que ella imaginaba falso, le había indicado que cuando llegara un hombre preguntando por él lo hiciera subir inmediatamente.

–Te está esperando –le dijo al recién llegado–. Está en el piso de arriba. –Señaló con la cabeza hacia las escaleras–. Nada más subir, la primera puerta de la derecha.

Atma agachó la cabeza y se apresuró hacia las escaleras. Mientras ascendía notó que su inquietud aumentaba un grado en cada escalón. Al llegar arriba se detuvo junto a la puerta e intentó serenarse, pero no lo consiguió. La inminencia del encuentro le producía una emoción demasiado intensa.

Inspiró profundamente, dudó un segundo más y abrió la puerta.

CAPÍTULO 43

24 de abril de 510 a. C.

LA LLUVIA ERA INCESANTE, hacía frío y llevaban mucho tiempo cabalgando al límite de la pobre yegua. La situación no era en absoluto agradable para Akenón..., excepto por una circunstancia. Ariadna estaba en parte protegida de la lluvia por el hecho de ir detrás, pero también tenía frío y se abrazaba con fuerza a él. El bamboleo de la cabalgada hacía que el cuerpo de Ariadna se aplastara una y otra vez contra su espalda. Aunque eran sólo unos centímetros, resultaba suficiente para que Akenón sintiera intensamente el voluminoso pecho.

«Ay, Akenón, llevas demasiado tiempo de abstinencia», se dijo a la vez que intentaba ignorar la mullida sensación en su espalda.

–¡Ahí está la posada! –exclamó Ariadna señalando hacia delante. Una masa difuminada por la lluvia fue cobrando nitidez según se acercaban. Se trataba de la misma posada en la que se habían hospedado cuando viajaron de Síbaris a Crotona. No había otro lugar para descansar en varias leguas, por lo que era probable que Atma se hubiese detenido allí. Akenón tiró de las riendas. Completarían a pie el último trecho. Al descabalgar se dio cuenta de que la yegua estaba tan exhausta que ni siquiera buscó dónde atar la brida. Durante el recorrido habían desmontado en todos los repechos y le habían permitido pararse a beber en dos ocasiones, pero aun así el pobre animal estaba al límite de sus fuerzas.

Salieron del camino y recorrieron los últimos metros enfilando un lateral de la posada. Las dos únicas ventanas de aquella pared estaban cerradas. Al llegar al edificio, Akenón le hizo un gesto a Ariadna para que aguardara tras él y se asomó por la esquina.

«Nadie en el exterior.»

Se volvió hacia Ariadna y se sorprendió al ver que ella había desenvainado su cuchillo y lo llevaba frente al cuerpo en una posición de defensa profesional.

–Preferiría entrar solo –dijo sabiendo lo que ella respondería.

Ariadna se limitó a negar con la cabeza y hacer un gesto de apremio.

–De acuerdo. –No había tiempo para discusiones–. Quédate en todo momento detrás de mí.

Akenón dobló la esquina y avanzó rápido y sigiloso hacia la puerta principal. Sabía que al otro lado del edificio estaban los establos. Le gustaría haber comprobado si el caballo de Atma se encontraba allí, pero eso hubiese implicado arriesgarse a que su presencia fuera detectada. Lo mejor era entrar cuanto antes dando por hecho que Atma estaba dentro de la posada. «Puede que con algún cómplice.» Quería proteger a Ariadna, pero si ella sabía utilizar el cuchillo su ayuda podía resultar vital.

Desenvainó la espada, se volvió hacia Ariadna y le preguntó con la mirada si estaba preparada. Los labios de ella temblaban, de frío o de miedo, pero sus ojos mostraban la misma decisión que una loba defendiendo a sus cachorros.

Akenón apoyó su mano libre en la puerta. Pretendía abrir con suavidad para poder echar un vistazo al interior antes de perder el factor sorpresa. La lluvia y el viento azotaban con fuerza, lo que le hacía pensar que nadie los habría oído aproximarse.

Dirigió una última mirada a Ariadna y empujó la puerta.

CAPÍTULO 44

24 de abril de 510 a. C.

ATMA SE DETUVO EN EL UMBRAL. No conseguía distinguir el interior de la habitación. La única fuente de luz era una ventana sin cerrar por la que se colaban el viento y la lluvia.

–Cierra la puerta, Atma.

El esclavo se sobresaltó. La voz provenía de un lateral del cuarto. Allí había alguien sentado dándole la espalda.

Entró y cerró tras de sí. Al interrumpir la corriente, el viento y la lluvia disminuyeron la fuerza con que irrumpían en la habitación. Atma se bajó la capucha. En su rostro apareció una sonrisa vacilante y temerosa. Dio un par de pasos hacia el hombre que seguía de espaldas a él, encapuchado e inmóvil. Después se detuvo inquieto.

–Hace mucho frío aquí, mi señor.

No obtuvo respuesta. Aguardó un buen rato de pie tras el hombre al que había llamado señor. Su vista, que había estado expuesta a la iluminación del salón de la posada, se acostumbró de nuevo a la oscuridad. La habitación tenía un lecho que no parecía haber sido utilizado, una vasija vacía para hacer las necesidades y dos taburetes. Uno de ellos estaba ocupado por el encapuchado.

–¿Estáis bien, mi señor? –preguntó con voz temblorosa.

–Atma –la voz era un susurro pedregoso–, siéntate a mi lado.

El esclavo hizo lo que le pedían. Miró hacia su señor, intentando encontrar en su rostro indicios sobre su estado de ánimo, pero tenía la cabeza inclinada hacia abajo y la capucha calada le ocultaba el semblante. De entre las sombras de la capucha surgió de nuevo aquel grave murmullo de palabras arrastradas.

–¿Cuánto oro has conseguido?

–Menos del que esperábamos, mi señor –respondió temblando–.

El curador dice que la mitad está invertido y otra parte guardado en algún templo. Aun así, tengo en el establo un caballo con una buena bolsa de oro en las alforjas. Más que suficiente para iniciar otra vida lejos de aquí.

—¿Es un buen caballo?

—Excelente —se animó Atma—. Ha costado caro, pero me ha permitido venir desde Crotona sin parar y aun así está fresco para llevarnos ahora a los dos.

—Bien, bien. —El encapuchado desgranaba las palabras con una lentitud inquietante—. Atma, has hecho todo lo que debías.

Se hizo un extraño silencio. El viento ululaba en el exterior y la lluvia tamborileaba sordamente contra el suelo de arena de la habitación. Al cabo de un rato, el encapuchado se puso de pie produciendo una serie de crujidos. Se movió hasta colocarse detrás de Atma.

El esclavo sintió que las manos de su señor se apoyaban en sus hombros. Después subieron lentamente hasta su cuello y comenzaron a realizarle un masaje suave. Cerró los ojos, sintiéndose dichoso, y notó que la tensión que acumulaba desde hacía dos días comenzaba a disolverse.

—¿Estás seguro de que no te ha seguido nadie?

—Akenón y Ariadna me estuvieron vigilando mientras preparaba la pira funeraria, pero no me causaron problemas. Después de prender la pira conseguí escabullirme y he pasado la noche oculto en el bosque. Esta mañana he acudido al establecimiento de Eritrio en cuanto ha abierto, he comprado el caballo y he salido disparado de Crotona. —El masaje era ahora una caricia que ascendía por su cuello y le recorrió un escalofrío de placer—. De todos modos, mi señor, Akenón es listo y obstinado, y andará tras mi pista al comprobar que no he pasado la noche en la comunidad. Es peligroso demorarnos aquí.

El encapuchado contempló desde arriba el semblante relajado de Atma, sus párpados cerrados y la boca entreabierta. El esclavo se dejaba llevar por las caricias a pesar de sus palabras de urgencia. Sonrió y acercó los labios a la oreja de Atma, rozándolo al susurrar.

—Tranquilo, Atma. —Las puntas de sus dedos captaron el pulso del esclavo en el cuello—. Nunca volverás a ver a Akenón.

Presionó un poco más. Atma estaba entregado y notó complacido que su cansancio se transformaba en sueño. El flujo de oxígeno que llegaba a su cerebro se redujo lentamente. Apoyó la cabeza en la mano de su señor, que la acogió con suavidad sin dejar de bloquear la circulación de sangre. El esclavo besó instintivamente la mano y se desvaneció sobre ella. El encapuchado oprimió entonces con mayor fuerza. Al cabo de unos instantes el cuerpo de Atma se convulsionó en un último intento de aferrarse a la vida. El encapuchado aguantó la presa con firmeza.

Unos segundos más tarde, el corazón de Atma se detuvo.

El encapuchado mantuvo la presión durante un rato mientras pensaba en sus siguientes pasos. «Lo primero es despistar a Akenón, el maldito egipcio.» Tenía la intuición de que había seguido a Atma, por lo que debía abandonar la posada lo antes posible. Sonrió pensando en el caballo y el oro que lo aguardaban en los establos.

Depositó el cadáver de Atma en el suelo y se dirigió a la puerta. La abrió sin hacer ruido y se asomó poco a poco. La posadera estaba hablando con alguien. Un segundo después aparecieron otras personas en su campo visual.

«¡Akenón y Ariadna!»

Ellos no lo vieron, pero en ese momento terminaron de hablar con la posadera y comenzaron a subir las escaleras.

El encapuchado regresó apresuradamente a la habitación y desenvainó su espada.

CAPÍTULO 45

24 de abril de 510 a. C.

ARIADNA ESTABA SUBIENDO las escaleras detrás de Akenón. Apretaba la empuñadura del cuchillo con tanta fuerza que tenía los nudillos blancos. Según ascendían, la luz que los iluminaba desde el piso de abajo era más tenue. La posadera acababa de confirmarles que hacía quince o veinte minutos había entrado un hombre solo. A pesar de no haberse quitado la capucha parecía corresponder con la descripción de Atma. Estaba citado con otro hombre cuya llegada se había producido una hora antes. Tampoco había dejado ver su rostro.

«Aun así, la posadera no ha podido reprimir un escalofrío al referirse a él», pensó Ariadna.

Llegaron a un rellano en penumbra. A su derecha, a un paso de distancia, había una puerta cerrada. Akenón se situó junto a ella e indicó con un gesto a Ariadna que se colocara al otro lado. Ya no perseguían a un enemigo incierto. Ahora sabían que estaban a punto de enfrentarse a dos hombres que con casi toda seguridad eran los autores de los asesinatos perpetrados en la comunidad.

Akenón pegó la cabeza a la puerta y escuchó atentamente. Mientras lo hacía miraba a Ariadna. Ella respiraba aceleradamente por la boca abierta, tensa pero sin mostrar atisbos de duda. Akenón estaba sorprendido con esa nueva faceta de Ariadna. Cerró los ojos para concentrarse en lo que oía. Le parecía que había una ventana abierta, pero no escuchaba voces ni movimiento de personas. Abrió los ojos y le hizo una señal a Ariadna. Iban a entrar.

Retrocedió un paso. Su idea era irrumpir y atacar a toda velocidad. Un tajo al que estuviera más cerca y se lanzaría inmediatamente a por el segundo hombre. «Así Ariadna como mucho tendrá que enfrentarse a un hombre herido.» En cuanto él acabara con el segundo adversario, volvería de nuevo a por el primero. Cuando estaba a punto de empujar la puerta oyó un golpe desde el otro lado. Dudó un instante e inmediatamente abrió de una patada. Entró corriendo y se volvió blandiendo la espada, alarmado porque la habitación estaba en penumbra. Recorrió con la vista la pared de la puerta. No vio a nadie. Ariadna entró en ese momento, habían acordado que esperara a que él lanzara el primer golpe. Ella se agazapó y giró rápidamente, como una cobra a punto de atacar. Akenón vio un cuerpo tirado en el suelo. Distinguió el pelo corto y supuso que era Atma. Siguieron moviéndose a toda velocidad. Ariadna se acercó al cuerpo y él se asomó a la ventana. Debajo estaba el establo. Vio a un hombre rodar sobre el borde del tejado y caer al suelo.

–¡Está en el establo! –gritó precipitándose hacia la puerta.

El hueco de la ventana era demasiado estrecho para él. Bajó las escaleras de cuatro en cuatro y atravesó el salón de la posada con la espada desenvainada.

Ariadna lo siguió. Al adentrarse en la lluvia vio a Akenón meterse en los establos. Corrió hacia allí armada con su cuchillo como una avispa con su aguijón. Había comprobado que Atma estaba muerto, pero todavía no entendía qué significaba aquello. No había tiempo para pensar, debía actuar por instinto para mantenerse con vida y ayudar a Akenón.

Cuando alcanzó la puerta de los establos, un caballo enorme surgió impetuosamente sin que Ariadna tuviera tiempo para apartarse. Su cabeza chocó contra la cruz del animal y cayó al suelo de espaldas. El cuchillo salió volando. Aturdida, lo único que pudo hacer fue mirar lo que tenía delante. El caballo parecía dudar entre iniciar la carrera o detenerse. Ariadna vio que Akenón estaba sujetando las riendas con su brazo izquierdo. El derecho colgaba inerte de su cuerpo. Alguien encapuchado se sostenía sobre el caballo, intentando que echara a correr y lanzando patadas hacia Akenón.

El caballo pisoteaba el suelo enloquecido. Ariadna rodó sobre sí misma para evitar que la aplastara y encontró su cuchillo. Lo cogió y se levantó de nuevo. En ese momento el encapuchado acertó a Akenón con una fuerte patada en la cara. Akenón se desplomó y el caballo inició una frenética carrera.

Ariadna se acercó corriendo. Akenón estaba aturdido y sangraba por la nariz pero no parecía tener nada grave. Lo dejó sentado en el suelo y entró a toda prisa en el establo en busca de una montura para perseguir al encapuchado. Pensó en la yegua, pero la descartó porque estaba tan agotada que no aguantaría ni medio kilómetro de galope. En una esquina del establo había un chico hecho un ovillo. Se abrazaba las rodillas temblando y sangraba por un corte en el pómulo. Debía de ser un sirviente de la posada. Ariadna siguió mirando desesperada en todas direcciones. En el establo sólo había burros y mulas. Dio un grito de rabia y se volvió hacia el camino. Su enemigo estaba tan lejos que apenas podía distinguirlo.

Salió de los establos sintiendo que toda su tensión se convertía en una frustración aplastante. Habían estado tan cerca... Sacudió la cabeza experimentando una sensación de irrealidad como si despertara de un sueño. Dejó caer el cuchillo y corrió hacia Akenón, que seguía sentado bajo la lluvia escupiendo sangre. El hombro derecho había recibido un golpe de las patas delanteras del caballo y estaba hundido, haciendo un feo escalón a partir de la clavícula.

Akenón levantó la cabeza hacia Ariadna. Su rostro estaba crispado y pálido como la cera.

–El de arriba... ¿Es Atma? –preguntó con los dientes apretados.

–Sí. Está muerto. –Ariadna pensó en el enemigo huido. No había podido distinguir su rostro–. ¿Has visto la cara del encapuchado?

Akenón negó con la respiración entrecortada y volvió a agachar la cabeza. Sentía que iba a desmayarse de dolor.

–Aguanta. Voy a buscar ayuda.

Ariadna puso una mano en la mejilla de Akenón y se levantó. Antes de regresar a la posada echó un último vistazo al camino de Síbaris.

Sólo se veía la lluvia.

CAPÍTULO 46

21 de mayo de 510 a. C.

GLAUCO ESTABA A PUNTO de tener una revelación trascendental. Desde hacía un mes lo único que hacía era dormir y deambular por su palacio a cualquier hora, como si su mente hubiese perdido la capacidad de discernir entre el día y la noche. Cuando estaba despierto recorría la mansión sin descanso, entrando y saliendo una y otra vez de las mismas estancias, aparentemente en busca de algo que no encontraba. Junto a él cojeaba Leandro, su nuevo copero, un esclavo tan viejo y feo que nunca se interpondría en sus relaciones con jóvenes amantes, como había hecho Tésalo con su adorado Yaco.

Leandro cumplía fielmente sus instrucciones y le acercaba el vino a los labios cada cinco minutos. Este procedimiento conseguía amortiguar el dolor implacable que le producía el recuerdo de su joven amante. Pero cuando dormía no tenía escapatoria. A pesar de no haber asistido al tormento de Yaco, soñaba continuamente con su delicado rostro de efebo contraído de dolor, suplicando clemencia mientras Bóreas lo torturaba con un hierro al rojo vivo. Escuchaba con claridad sus gritos, sus súplicas desgarradas, Glauco, mi querido señor, ¿por qué hacéis esto a quien tanto os ama? Despertaba gritando, y entonces bebía con tanta avidez el vino de Sidón que la mitad se desparramaba por la túnica y las sábanas.

Desde aquel suceso abominable no podía soportar la visión de Bóreas. Lo obligaba a esconderse para que su gigantesca presencia no le recordara que había desfigurado a Yaco, y que lo había encadenado al remo de un barco con destino al otro extremo del mar. Dos días después de aquello, Glauco había enviado un segundo barco para rescatar a Yaco. Cuando consiguieron alcanzar al primero ya no había nada que hacer. El muchacho, demasiado frágil para hacer de remero, había muerto al quinto día de embarcar.

«Y el capitán ordenó que arrojaran su cuerpo al mar.» A Glauco le espantaba recordar aquello. Imaginaba a su amado hundiéndose lentamente hacia las profundidades abismales, con los ojos muy abiertos, suplicándole en silencio que lo salvara.

A pesar de que Bóreas permanecía oculto, a veces Glauco sentía unas ganas casi irrefrenables de matarlo. Igualmente deseaba la muerte de Akenón, el egipcio que le recomendó Eshdek, su principal proveedor de Cartago; el investigador que demostró que Yaco lo engañaba con su anterior copero; «el hombre que soñé que demostraría que Yaco era inocente, y en cambio me arruinó la vida con su ingenio y sus mejunjes.»

También empezaba a desear su propia muerte, viendo en ella la única manera de acabar con su amargo sufrimiento.

Atormentado por los mismos pensamientos de todos los días, llevaba horas dando vueltas a la galería del gran patio privado de su palacio. Pasaba por delante de las habitaciones de invitados, cambiaba de sentido y recorría el lateral ocupado por las estancias de sus sirvientes de confianza, de nuevo giraba y caminaba por la galería frente a los salones privados, la sala de baños y masajes... y por fin la habitación desocupada que había pertenecido a Yaco. Allí aceleraba como si quisiera escapar y corría por el último tramo de galería dejando atrás sus aposentos, la estatua de Hestia con el fuego perpetuo en su altar y el amplio arsenal. Las vueltas se sucedían sin descanso. Iba tan enfebrecido que Leandro no lograba seguirlo sin derramar el vino sobre el suelo de mármol.

De pronto Glauco se detuvo en seco. Se volvió y miró desafiante a la estatua central de Zeus.

«¡Dioses inmisericordes, os complacéis en jugar con nosotros como si fuéramos vulgares marionetas!»

La mirada de piedra mantuvo su cruel indiferencia. Glauco pasó entre dos columnas, saliendo de la galería, y se acercó al soberano de los dioses. Su exaltación era tal que estaba a punto de maldecir al más poderoso de los habitantes del Olimpo.

Se detuvo frente a la estatua y alzó furioso los puños. En ese instante lo paralizó un relámpago interior. Con la intensidad de un nacimiento, experimentó la certeza nítida de que conectaba con su propia naturaleza divina.

Una luz prodigiosa inundó su mente.

Quince años antes, Pitágoras había viajado a Síbaris con Orestes y Cleoménides, sus discípulos más aventajados por aquel entonces. La comunidad pitagórica de Crotona había alcanzado tal renombre que muchos sibaritas acudían a ella con la esperanza de ser admitidos. Muy pocos lo conseguían, pues el carácter de los sibaritas y la mundanidad de su sociedad no cuadraba con el rigor y disciplina de la hermandad. Pitágoras finalmente ideó un modo intermedio de que siguieran sus enseñanzas y expuso sus ideas a las clases gobernantes de Síbaris. Les enseñaría la parte más ligera de la doctrina y de las reglas de comportamiento interno y externo. La aceptación fue excelente. Los sibaritas, sin necesidad de muchos sacrificios, podrían ser seguidores de Pitágoras, a quien consideraban de naturaleza divina.

–He de regresar a Crotona –anunció Pitágoras al cabo de unos días–. Pero Orestes y Cleoménides permanecerán con vosotros durante seis meses.

Aunque no se iba a establecer una comunidad en Síbaris, recibirían una atención preferente por parte de los maestros pitagóricos. También se acordó el envío frecuente de embajadas entre Síbaris y la comunidad crotoniata. El contacto sería especialmente estrecho entre Pitágoras y los miembros del gobierno sibarita.

Los siguientes años fueron delicados para la economía de Síbaris por las amenazas sobre sus rutas comerciales y sobre sus clientes más importantes. Persia invadió Egipto y amenazó Grecia. Unos años antes había invadido Fenicia y después el rey persa Darío había desviado las rutas comerciales del Mediterráneo oriental desde Grecia hacia Fenicia, ahora convertida en satrapía, una simple provincia de su imperio. Por su parte, Cartago, originalmente colonia fenicia, se había independizado de su madre patria y acaparaba las rutas comerciales del Mediterráneo occidental. A pesar de todo esto, Síbaris se aprovechó del auge general de la Magna Grecia y de las regiones periféricas, y sobre todo se benefició de la estabilidad política que Pitágoras había aportado a la región. El gobierno de Síbaris se volvió cada vez más partidario de Pitágoras y estrechó lazos con el resto de gobiernos pitagóricos, que no dejaban de crecer en número.

En aquella época, el joven Glauco acababa de heredar de su padre un imperio comercial. La muerte de su progenitor fue repentina, pero ya llevaba años enseñándole el negocio y haciéndole asistir a todas las reuniones. Gracias a eso, y a las notables dotes de Glauco, su gestión fue brillante desde el principio. Sin embargo, tuvo un momento crítico cuando se interesó tanto por el pitagorismo que descuidó sus responsabilidades sobre el negocio. Llegó a plantearse intentar ingresar en la comunidad de Crotona para dedicarse a la búsqueda de conocimiento. Sus socios se inquietaron y finalmente lo pusieron entre la espada y la pared.

–Puedes volverte tan asceta como quieras –le dijeron–. También eres libre de ingresar en la comunidad crotoniata y no abandonarla jamás. Pero antes de hacerlo, y por la memoria de tu padre, con quien tantos años trabajamos juntos, te pedimos que cedas el mando de todas las operaciones.

Glauco reflexionó durante dos semanas. Era un joven de fuertes pasiones y ambos extremos de su naturaleza lo llamaban con igual fuerza. No quería elegir, pero debía hacerlo. Al final concluyó que no iba a renunciar a sus inclinaciones más antiguas y establecidas. «Tal vez la vida de la comunidad resultara demasiado dura para mí.»

Decidió mantener sus ocupaciones y modo de vida sibaritas, y así se lo comunicó a sus socios, pero su pasión por las matemáticas no disminuyó. Encontraba un exquisito placer y una serenidad única cuando su mente se entregaba a los razonamientos más sutiles y complejos. Por eso intentó convencer al maestro Orestes de que se le permitiera el acceso a los conocimientos pitagóricos más elevados.

–Tus aptitudes son extraordinarias –le respondió Orestes–, pero los grandes conocimientos y descubrimientos de Pitágoras se desvelan sólo a los que dedicamos la vida a la hermandad.

Glauco inclinó la cabeza respetuosamente ante el maestro Orestes, aparentemente resignado; no obstante, pronto volvió a querer más de lo que se le permitía.

Llegó hasta donde pudo por sí mismo. Después empezó a pagar a cualquiera que afirmara poseer conocimientos que él anhelaba. Su palacio se llenó con una cohorte de sabios, magos y embaucadores con los que departía a diario. También instauró premios para quien le enseñara a avanzar un paso más. La cuantía ofrecida era tal que la noticia de aquellos premios atravesó rápidamente las fronteras de Síbaris. Un día recibió la visita de Pitágoras. El venerable maestro desentonaba en el ambiente de lujo del palacio. Esperó a estar a solas con Glauco para tratar la delicada cuestión.

—Debemos anhelar no sólo la verdad, sino también la virtud —sentenció Pitágoras—. El conocimiento que se obtiene mediante oro, y no a través de un merecimiento virtuoso, puede apartarnos del camino recto y ser nefasto para nosotros y para nuestro entorno.

Aparte de aquella amonestación, el resto de la visita fue cordial. Pitágoras, en su papel de estadista, estaba interesado en mantener buenas relaciones políticas con Glauco, cuyo peso en el gobierno de Síbaris era muy relevante.

Glauco hubiera preferido actuar dentro de los límites y normas marcados por Pitágoras, pero le resultaba imposible. Sus apetitos carnales habían seguido creciendo al mismo ritmo que los intelectuales y ya le resultaba implanteable abandonarlo todo para ingresar en la comunidad de Crotona. Su único camino para llegar a conocer las más arduas verdades matemáticas y las leyes más íntimas de la naturaleza era ofrecer premios a quien le desvelara aquellos secretos. Los pitagóricos eran los mejores, pero no los únicos que obtenían resultados en el camino hacia la Verdad.

«La experiencia me ha enseñado a confiar en el poder del oro», pensaba Glauco por debajo de la sonrisa de resignación que dirigía a los maestros pitagóricos.

Gracias a su oro avanzó más de lo que Pitágoras hubiera deseado. A pesar de ello, pronto encontró murallas aparentemente insalvables. Pitágoras, en los grados más elevados de la hermandad, enseñaba que en última instancia todo estaba formado por figuras geométricas. También revelaba las propiedades y el modo de construcción de estas figuras. El dodecaedro era la figura más importante, pues resultaba ser el elemento constitutivo básico del universo. Glauco dedicó meses a estudiarlo, consultó a decenas de sabios y convocó varios premios al respecto. Fue en vano. Los secretos del dodecaedro estaban fuera de su alcance.

Sin embargo, había un secreto todavía más fascinante. Uno que destacaba sobre cualquiera. Parecía de una simplicidad pasmosa, pero se resistía a todos los esfuerzos de los hombres. Se trataba de la razón o cociente entre la longitud de una circunferencia y su diámetro –lo que mucho tiempo después se conocería como número Pi–. La búsqueda de ese cociente ocupó su mente durante años. Se convirtió en una obsesión de la que apenas se distraía durante los largos banquetes o mientras revisaba el estado de sus negocios. Glauco era un excelente ejemplo de sibarita: gordo, comilón, delicado y muy rico; no obstante, su mente poseía cualidades especiales más propias de un maestro pitagórico. Debido a ello, intentar *demostrar* una buena aproximación a aquel cociente le sumía en un estado de gozosa tensión mental, una especie de acercamiento prometedor al mayor clímax imaginable.

Con el tiempo descubrió que los pitagóricos tampoco sabían calcular ese cociente. Fue un descubrimiento agridulce. Por una parte lo desanimó saber que no podía seducir con su oro a un pitagórico para que, rompiendo su juramento de secreto, le revelara aquel enigma. Por otra parte, si conseguía descubrirlo sin ayuda pitagórica se colocaría en aquel asunto por encima del mismísimo Pitágoras, y la promesa de gloriosa catarsis que siempre había sentido estudiando el escurridizo cociente se transformaría en una realidad instantánea. Aquello lo elevaría, siquiera por un instante, a la categoría divina.

Hacía un año y medio su apasionada naturaleza había dado otro bandazo hacia el extremo contrario. Una soleada mañana descubrió a Yaco irradiando inocencia y sensualidad entre la mercancía de un mercado de esclavos. Lo compró sin regatear y lo convirtió en el centro de su vida, relegando sus intereses matemáticos –promesas esquivas y frustrantes– a la categoría de secundarios.

Con Yaco vivió un éxtasis largo y feliz. La vida consistía en navegar en el cielo de sus ojos y jugar a perderse en su piel de alabastro. Alcanzó una dicha tan perfecta que parecía eterna. Por eso el brusco final lo golpeó con tanta fuerza. Le hizo perder el rumbo, empezó a enloquecer y poco a poco se convenció de que el suicidio era una excelente alternativa, seguramente la única. Aquella idea, envuelta en brumas de alcohol y angustia, rondaba su cabeza desde hacía semanas y estaba a punto de fraguar.

Ahora, sin embargo, una simple mirada a la estatua de Zeus acababa de producir en su mundo un nuevo cambio. Toda la pasión perturbada que se había acumulado en su alma rompió tumultuosamente los límites que la contenían y se mezcló con sus viejas obsesiones. Las brumas se disiparon arrastradas por un vendaval de clarividencia y comprendió que su vida volvía a tener sentido. Todo su ser se impregnó de una determinación infinita al resurgir el viejo objetivo. Ya no tenía dudas. El camino sería sublime y su culminación le proporcionaría satisfacciones inconmensurables.

Cerró los ojos frente a la estatua, deslumbrado por la claridad de su visión. Experimentaba un anhelo vital, una necesidad imperiosa de dedicar cada segundo a su objetivo.

«Tengo que poseer, a cualquier precio, los secretos que hasta ahora se me han negado.»

PI

...

Es la relación entre el perímetro de una circunferencia y su diámetro.

Se denomina Pi desde el siglo XVIII. Su nombre proviene de la letra griega pi (Π, π), inicial en griego de periferia (περιφέρεια) y perímetro (περίμετρον).

Es un número irracional; es decir, no puede expresarse de forma exacta como cociente de dos números enteros. Por lo tanto, sus decimales son infinitos y no periódicos. Su valor con cinco decimales es: 3,14159...

El empeño en obtener una buena aproximación ha ocupado a lo largo de la historia a muchas de las mentes más brillantes, algunas de las cuales han dedicado su vida en exclusiva al número Pi. Alrededor del año 1800 a. C. el escriba egipcio Ahmes estimó un valor de 3,16.* En la Biblia,

---

* Para simplificar, los números se escribirán utilizando nuestro sistema actual de notación posicional y decimales. En la Antigüedad, en casi todas las culturas, sus sistemas de notación hacían que el cálculo aritmético fuera mucho más laborioso que hoy en día. Además, desconocían los decimales y en su lugar utilizaban las fracciones.

el Libro de los Reyes narra la construcción del Templo de Salomón, en el siglo x a. C., y menciona una pila circular de bronce con una relación entre diámetro y circunferencia exactamente igual a 3. En Mesopotamia también se le dio el valor de 3, y a veces 3,125.

Arquímedes, en el siglo III a. C., fue el primero en desarrollar un método de cálculo racional con el que llegó a un rango cuyo punto intermedio es 3,14185.* El procedimiento de Arquímedes fue utilizado por el matemático chino Liu Hui en el siglo III d. C. y por el astrónomo y matemático indio Aryabhata en el siglo V d. C. Aryabhata logró una buena aproximación hasta el cuarto decimal (3,1416) y Liu Hui hasta el quinto (3,14159).

En la época de Pitágoras, siglos antes de Aryabhata, Liu Hui y Arquímedes, nadie había desarrollado un método de cálculo y no se conocía con certeza ningún decimal de Pi, pero eran conscientes de su importancia. El número Pi es imprescindible para el cálculo de circunferencias, círculos y esferas, y para los pitagóricos la figura más perfecta era el círculo y el sólido más perfecto la esfera. Además, consideraban que los planetas se movían trazando órbitas circulares.

Necesitaban a Pi, pero su cálculo quedaba todavía lejos de su alcance.

...

Enciclopedia Matemática. Socram Ofisis, 1926

---

* Arquímedes afirmó que estaba entre 3 10/71 y 3 1/7.

CAPÍTULO 47

3 de junio de 510 a. C.

–¡MAESTRO! El muchacho, de unos diez años, corría hacia Orestes a toda velocidad. Iba descalzo y vestía una túnica corta. El terreno de la comunidad descendía suavemente desde los edificios de viviendas hasta el pórtico de entrada; eso aceleraba la carrera del chiquillo, que parecía que iba a caer en cualquier momento.

Orestes se detuvo junto a la estatua de Dioniso y alzó las manos a la altura del pecho, indicando al chico que se tranquilizara. No les permitían correr dentro del recinto comunitario, pero por la expresión del muchacho parecía que tenía una buena razón para quebrantar la norma.

–¡Maestro Orestes! –El chico llegó a su altura y tuvo que respirar varias veces antes de poder seguir hablando–. El maestro Pitágoras ha convocado una reunión urgente. Debéis acudir a la escuela cuanto antes.

Orestes se tensó inmediatamente y alzó la vista. Junto a la puerta de la escuela había bastante gente. Tragó saliva. En las seis semanas transcurridas desde el asesinato de Daaruk la calma había retornado poco a poco a la comunidad; sin embargo, al mínimo sobresalto muchos de ellos se encogían como un animal asustado, poniendo de manifiesto que aquella serenidad era igual de frágil que una copa de cristal de Sidón.

–¿Sabes de qué se trata? –preguntó a la vez que se ponía en marcha.

El muchacho negó con la cabeza.

–Sólo sé que han llegado noticias de fuera.

«Noticias de fuera –se dijo Orestes extrañado–. ¿Qué habrá ocurrido?»

Cerró los ojos un momento intentando recuperar la paz de hacía unos minutos. Acababa de regresar a la comunidad tras el paseo para meditar que realizaba en solitario todas las mañanas. En realidad, que realizaba en solitario hasta que le asignaron dos guardaespaldas que lo acompañaban todo el tiempo. Se pegaban a él desde que pisaba la calle al amanecer hasta que regresaba a su habitación para dormir. Entonces, sus guardaespaldas regresaban a Crotona y en la comunidad quedaban unas patrullas que la recorrían sin descanso. Ahora estaba prohibido andar por la comunidad tras la caída del sol si no era en compañía de una patrulla. Orestes no conocía a los soldados de la noche, pero sus guardaespaldas eran siempre los mismos. Se volvió hacia ellos sin dejar de andar apresuradamente.

Bayo tenía unos veinticinco años, estatura media y un cuerpo rocoso bajo la coraza de cuero cubierta con láminas de bronce. Su rostro era agradable y franco. «Se nota que le gusta ser hoplita. Seguro que nunca discute una orden.» Junto a Bayo marchaba Crisipo. Era más alto y delgado, pero también estaba en muy buena forma pese a sus cuarenta años. Al igual que su compañero, portaba sin aparente esfuerzo toda la panoplia propia del hoplita: coraza, yelmo, grebas, escudo, lanza y espada. Treinta kilos en total.

Crisipo devolvió la mirada a Orestes y sus ojos destellaron con una agudeza poco habitual en un soldado. Orestes desvió la vista. A pesar de llevar mes y medio con aquellos guardaespaldas, y de que había expiado su delito hacía casi tres décadas, seguía sin sentirse cómodo en presencia de las fuerzas de seguridad. La falta cometida en el pasado, la vergüenza y el arrepentimiento habían dejado un poso indeleble en lo más profundo de su ser. No obstante, ahora sabía que eso no era un problema para Pitágoras. La noche del asesinato de Daaruk, el filósofo había escudriñado el interior de Orestes, pero durante ese proceso también Orestes había vislumbrado algo dentro de su maestro.

«Conseguí percibir la reacción que le suscitaba a Pitágoras lo que estaba viendo en mi interior.»

Gracias a eso, Orestes estaba seguro de que, muerto Cleoménides, el principal candidato a suceder a Pitágoras era él.

Sin darse cuenta levantó la barbilla mientras se acercaba a grandes pasos al gentío que se arremolinaba junto a la escuela. La confianza de Pitágoras en él le proporcionaba fuerza y seguridad. No podía cambiar su pasado, pero estaba superando el lastre interno que este pasado suponía en sus intervenciones públicas. Sabía que era un buen maestro y estaba comenzando a sentir que podía guiar a las comunidades pitagóricas y combatir en la arena política. En su juventud, antes de su error, había sido un político de notable éxito. «Ahora estoy mucho más preparado en todos los sentidos.» Le llegó una ráfaga de aire cálido subrayando este pensamiento. A esas alturas del año el sol brillaba con fuerza desde por la mañana. Alcanzó la puerta de la escuela y los discípulos congregados se apartaron para que pasara. Las túnicas de lino resplandecían con la fuerza de Apolo. Aquella claridad armonizaba con la pureza de su filosofía.

Orestes echó un vistazo al entorno antes de cruzar el umbral. Vio que Akenón estaba accediendo a un edificio cercano, donde se hallaba situada la enfermería.

Bayo y Crisipo se quedaron en la puerta de la escuela junto a los discípulos de los grados más bajos. Orestes entró y se dirigió a la sala más cercana. Pitágoras estaba allí de pie, rodeado por todos los maestros de la comunidad. Algunos se movieron para permitirle acercarse más y acabó en primera línea, situado entre Evandro y Ariadna. Más que la presencia multitudinaria de los maestros, a Orestes le sorprendió la intensidad del ambiente.

«Tiene que ser una noticia muy importante.»

—¿Te duele?

Akenón estaba sentado en un taburete y Damo se hallaba a su espalda, llevándole el brazo derecho hacia atrás por encima de la cabeza.

—Un poco —respondió conteniendo una mueca.

—Es normal que se resienta al forzar el movimiento. —Damo dejó que el brazo de Akenón descansara—. Ese dolor puede que desaparezca en unas semanas o que te dure toda la vida, pero has tenido mucha suerte. He tenido pacientes con lesiones similares que han perdido el brazo.

La hija pequeña de Pitágoras se colocó frente a Akenón. Era alta y esbelta y su cabello rubio enmarcaba una sonrisa sorprendentemente luminosa. Vestía una túnica sin mangas, que mostraba el inicio de sus muslos, y unas sandalias de cuero con largas tiras que se anudaban alrededor de las pantorrillas. Tanto sus rasgos como el porte resultaban imponentes, producto de una afortunada combinación del físico de sus padres. Miró directamente a Akenón y él se tuvo que poner de pie para no sentirse intimidado. Los ojos clarísimos de la joven no sólo realzaban su belleza, sino que además parecían obtener de la mirada de Akenón más información de la que éste quería transmitir.

Akenón desvió la vista y para disimular su turbación dio unos pasos por la estancia realizando movimientos con el brazo como si comprobara el estado del hombro. Téano, la madre de Damo, solía estar presente durante las curas, pero en esta ocasión se había ido a la reunión que acababa de comenzar en la escuela. Akenón estaba muy agradecido a ambas mujeres. Sus conocimientos del arte de sanar eran excelentes. No sólo habían colocado en su lugar el hombro dislocado, sino que habían demostrado una gran sabiduría durante la rehabilitación posterior.

—Prueba con los ejercicios que te enseñamos —indicó Damo.

Bajo la atenta mirada de la joven, Akenón forzó el hombro poco a poco hasta que le dolió. El dolor le recordaba lo cerca que habían estado de atrapar al asesino. Aunque eso sólo servía para que experimentara una frustración más intensa.

«El asesino consiguió escapar y yo terminé herido e inconsciente, desplomado en el barro bajo la lluvia.»

Por fortuna, Ariadna consiguió llevarlo de vuelta a la comunidad tomando prestado el carro de la posada. Durante un par de días estuvo en cama con fiebre y después retomó las investigaciones. Los exhaustivos interrogatorios terminaron concluyendo que el asesino era alguien de fuera de la comunidad, y que el único cómplice había sido Atma. Al menos ahora no había dudas sobre la fiabilidad del resto de los miembros de la comunidad.

«Pero eso nos deja otra gran incógnita», pensó mientras apretaba los dientes al levantar el brazo.

Imaginaban que Atma había puesto el veneno en la copa de Cleoménides. Sin embargo, habían comprobado que su coartada era firme en cuanto a la torta que mató a Daaruk. Atma no había podido colocar el veneno porque había pasado el día en la ciudad. La única explicación que les quedaba era que lo hubiese colocado alguien de fuera que hubiera entrado en la comunidad haciéndose pasar por visitante. Akenón se preguntaba si aquel falso visitante sería el cerebro de ambos asesinatos, y si realmente habría caminado entre ellos preparando las muertes.

«Eso demostraría una sangre fría tremenda», pensó con inquietud. Cuanto más fríos eran los criminales, menos probable resultaba que cometieran un error.

Akenón se sentía algo más tranquilo con los soldados patrullando la comunidad y ejerciendo de guardaespaldas, pero una voz en su interior le decía que el asesino debía de haber maquinado ya un nuevo plan para seguir matando. Probablemente estaba agazapado no muy lejos de ellos, buscando su ocasión. Aunque se lo habían puesto más difícil, ya había demostrado que no era alguien que se detuviera ante las dificultades.

Akenón recordó con rabia el momento en que estuvo a un metro del encapuchado, intentando encontrar un hueco entre las patas de su caballo para clavarle la espada. La tenía alzada para descargarla contra su pierna cuando el casco del caballo le aplastó el hombro. A partir de ese momento lo único que pudo hacer fue colgarse de las riendas con el brazo que podía utilizar, intentando tirar al caballo o que llegara Ariadna y atacara al asesino por sorpresa.

No servía de nada rememorar aquello, pero no podía evitarlo. A veces se descubría evocando con intensidad las sombras que envolvían el rostro encapuchado de su enemigo, como si aumentando la concentración pudiera retirar los velos de oscuridad y distinguir algún rasgo, tal vez conocido.

–¿Estás bien?

La voz suave de Damo le hizo darse cuenta de que llevaba un rato ensimismado.

–Sí, claro. –Sonrió a la joven, que lo miraba con expresión interrogativa–. Me he dejado llevar por los recuerdos.

Damo asintió y después volvió a hablar.

–He de irme. Tengo que asistir a la reunión de la escuela.

–Por cierto, ¿de qué se trata? –preguntó Akenón encaminándose hacia la puerta.

–Hace unos minutos llegó un mensajero de Síbaris. Mi padre habló con él y después convocó una reunión de urgencia. No sé nada más.

Salieron juntos de la enfermería. Akenón dio las gracias a Damo y dejó que se adelantara. Él no había sido convocado a la reunión, por lo que supuso que se trataba de algo que no estaba relacionado con la seguridad de la comunidad. De todos modos, se acercó al grupo que aguardaba frente a la escuela.

Mientras Damo desaparecía en el interior del edificio, Akenón pensó que era una lástima que ése hubiera sido el último día de curas. Tanto Téano como Damo habían sido muy amables y eran mujeres muy bellas, sobre todo la joven Damo. No obstante, le seguía resultando más atractiva Ariadna. Comparada con su hermana, la belleza de Damo le parecía demasiado ideal, inmaculada pero falta de expresividad. Y su personalidad…, demasiado formal y previsible. Ariadna, en cambio, seguía siendo una incógnita para él. Tratar con ella casi siempre tenía la estimulante emoción de lo inesperado.

Al cabo de un rato decidió asomarse al interior. Cuando estaba llegando a la puerta, Ariadna surgió de pronto con expresión seria. Al ver a Akenón le hizo un gesto para que la siguiera y se alejó unos metros sin responder a las preguntas que le hacían algunos discípulos.

–¿Qué ocurre? –preguntó Akenón cuando estuvieron a solas.

–Han llegado noticias de alguien a quien conoces –contestó ella con gravedad.

Akenón se extrañó del tono de voz de Ariadna. Observó su rostro y se dio cuenta de que estaba conmocionada. Asintió brevemente, animándola a continuar, y escuchó atentamente mientras ella detallaba las novedades.

Poco después Akenón negaba con la cabeza sin poder salir de su asombro.

CAPÍTULO 48

3 de junio de 510 a. C.

LA SALA DE BANQUETES del palacio de Glauco parecía haber sufrido un terremoto. La mayoría de las mesas y de los triclinios habían desaparecido. Los restantes se encontraban en las esquinas, formando descuidados montones. Los paneles de plata pulida que antes cubrían las paredes estaban tirados en el suelo, desperdigados como una lluvia de hojas otoñales. En medio de la sala, horadando el suelo de mármol, sobresalía una barra de hierro de medio metro de altura. Anudado a su extremo superior había una cuerda que recorría la sala como una serpiente hasta terminar en un afilado punzón metálico. Utilizando ese artilugio como compás gigante, se había trazado un círculo perfecto cuyo diámetro tenía la anchura del lado mayor de la sala rectangular. Para poder completar el círculo, Glauco había ordenado derribar la pared que lindaba con los almacenes y la despensa.

Leandro entró en aquel caos que antes era la sala de banquetes. Desde hacía un mes y medio no se celebraba ninguno. El castigo a Tésalo y Yaco había puesto fin a una costumbre diaria, y la nueva fase de locura de su señor, iniciada hacía dos semanas, había alterado completamente la función de aquel salón. Ahora parecía consagrado al círculo, como si éste fuera el nuevo dios de su señor.

«También mis funciones han cambiado», pensó Leandro con inquietud. Glauco ya no necesitaba un copero. No había probado ni una gota de vino en dos semanas y apenas bebía agua ni comía.

«Todo comenzó en aquel extraño momento –recordó Leandro con un escalofrío–, cuando mi amo se quedó paralizado frente a la estatua de Zeus como si estuviera teniendo una revelación.» A partir de entonces Glauco se había obsesionado con fabricar círculos cada vez más grandes, insistiendo a los artesanos que tenían que ser perfectos. Ahora mismo había varios de esos círculos de madera tirados por la sala, los que medían menos de dos metros y cabían por la puerta. Glauco los había medido una y otra vez con una cuerda minuciosamente graduada; después hacía unos cálculos y los alejaba de sí con furia, gritando que necesitaba que fueran más grandes. Contra las columnas del patio adyacente se apoyaba uno de tres metros y medio de altura. También lo había desechado. Fue entonces cuando hizo que un herrero atravesara con una barra de hierro uno de los valiosos paneles de mármol que formaban el suelo de la sala de banquetes. Después ordenó que derribaran la pared del almacén y dedicó un día entero a grabar en el suelo el fino círculo que ahora recorría el salón y parte del almacén.

Leandro no entendía nada, pero le preocupaba que su señor quisiera trazar un círculo todavía más grande y acabara derribando todo el palacio.

Glauco, sin embargo, ya no quería hacer más círculos *materiales*. Las mediciones realizadas le habían proporcionado la seguridad de que el cociente buscado era tres y un poco más. El primer decimal era un uno, de eso estaba seguro, y el segundo un número medio, entre cuatro y cinco. Además de saber eso, ahora estaba más convencido que nunca de que sólo mediante procedimientos matemáticos abstractos conseguiría una aproximación que le hiciera sentirse por encima de todos los mortales, incluyendo a Pitágoras. «Necesito un procedimiento para obtener al menos cuatro decimales.» La alternativa por medios mecánicos era inviable: construir o dibujar un círculo perfecto de un kilómetro de diámetro y medir con una exactitud imposible tanto su diámetro como su perímetro.

Llevaba días ciñéndose a métodos abstractos, utilizando los paneles de plata de las paredes como tablillas de escritura. Grababa en ellos arcos y líneas con el afilado punzón que había utilizado como compás. Arañaba la blanda superficie de plata intentando resolver el problema de la cuadratura del círculo; es decir, obtener con regla y compás un círculo con una superficie idéntica a un cuadrado de superficie conocida.

«Si lo consigo, de ahí obtendré inmediatamente el *cociente*.»

La mayor parte del trabajo lo realizaba dentro de su cabeza. A veces cerraba los ojos y pasaba horas perdido en imágenes mentales. Cuando creía acercarse a la solución, como quien tiene una palabra en la punta de la lengua, los abría y comenzaba a dibujar frenéticamente. Sin embargo, poco después soltaba el punzón. Los trazos en las planchas de plata se negaban a cobrar significado. Volvía a cerrar los ojos y se sumergía en un universo matemático de rectas y curvas perfectas.

Clientes, proveedores y socios de Glauco se cansaban de acudir a las puertas del palacio sin conseguir que los recibieran. El gobierno de Síbaris estaba inquieto por el insólito comportamiento de uno de sus principales miembros, pero tampoco lograban hablar con él. Los únicos que eran atendidos, inmediatamente y a cualquier hora, eran aquellos que prometían ser capaces de resolver el problema planteado por Glauco. El sibarita había convocado un premio cuya cuantía generó inicialmente una enorme corriente de aspirantes a cobrarlo; sin embargo, pronto corrió la voz de que Glauco no era un ser cándido a quien se pudiera embaucar, sino un experto en matemáticas que ordenaba azotar a todos los que intentaban engañarlo. Con ello se secó el flujo de pretendientes, lo que para Glauco era otra amarga demostración de que nadie conocía la solución al problema.

Abrió los ojos y vio que en el panel de plata pulida que reposaba sobre sus piernas no quedaba espacio libre. Le dio la vuelta y contempló durante unos segundos la superficie llena de arañazos. Finalmente soltó un gruñido de fastidio y lo dejó caer a un lado. El tintineo metálico resonó contra las paredes mientras Glauco se ponía en pie trabajosamente. Al apoyarse en una rodilla vio que su túnica estaba sucia y desgarrada, pero no se molestó en preguntarse cuántos días o semanas llevaba sin cambiarse de ropa. En lugar de eso se tambaleó por la sala, yendo con el punzón en la mano de panel en panel. Al examinarlos se dio cuenta de que en muchos de ellos había dibujado el mismo acercamiento al problema, sin ninguna diferencia. Llevaba días sin avanzar ni lo más mínimo, pero al menos navegar con la mente por el universo de las matemáticas lo mantenía alejado de cuestiones terrenales. No necesitaba comer ni beber y apenas sentía las punzadas del recuerdo de Yaco.

Esbozó una sonrisa lánguida, moviendo sólo los labios, sin alterar el resto de su semblante de carnes blandas. Se notaba vacío. Desenganchó el punzón de la cuerda y comenzó a rascar las paredes. Ahí podía realizar dibujos más grandes que en los paneles de plata. Poco a poco fueron apareciendo enormes círculos, arcos y segmentos, y eso le resultó gratificante. Era como si la dimensión matemática, aquella a la que su mente pertenecía cada día en mayor grado, lo envolviera también desde el mundo físico.

Continuó arañando la pared a un ritmo más vivo, produciendo chirridos agudos y desagradables. Su cuerpo temblaba con la escritura como atacado por espasmos febriles. Sus ojos, sin embargo, seguían los surcos que dejaba el punzón con un interés frío, igual que los ojos de un gran reptil siguen el vuelo de una presa que se acerca. Desapasionados y letales.

CAPÍTULO 49

3 de junio de 510 a. C.

Al ver salir a Ariadna, Pitágoras supuso que iría a contarle la noticia a Akenón. Él acababa de transmitirla a todos los maestros y había un ambiente de completa confusión en la sala. Se habían formado varios grupos que debatían con vehemencia las posibles implicaciones. Muchos maestros le dirigían preguntas sin poder contener la excitación que aquello les producía.

—¿Existe alguna posibilidad?

—¿Realmente tiene tanto oro?

—¿Por qué lo ha hecho?

Pitágoras contempló con paciencia la agitación de sus adeptos. Después se sumió en sus reflexiones y comenzó a pasear por la tarima, momentáneamente ajeno al desordenado bullicio.

Hacía una hora, un mensajero había llegado a la comunidad proveniente de Síbaris. El mensaje que había levantado tanto revuelo decía que Glauco había convocado un premio matemático.

«Ojalá fuera un simple premio», se dijo Pitágoras inquieto.

Aunque ya había establecido otros premios anteriormente, éste contaba con novedades impactantes. Para empezar, lo que se premiaba no era simplemente algo que a un hombre común le costara conseguir por sí mismo, sino algo que quedaba mucho más allá de la capacidad de cualquier hombre, incluido el mismo Pitágoras. Glauco concedería su premio a quien hallara la relación o cociente entre el perímetro y el diámetro de un círculo. Se sabía que ese cociente era cercano a tres. Según algunos cálculos antiguos recogidos por Pitágoras, parecía que el primer decimal era un uno.

«Pero Glauco exige una aproximación de cuatro decimales para entregar su premio.»

—¿Se puede calcular? —insistieron varios de los maestros presentes. En realidad le estaban preguntando si él podía calcularlo, y la respuesta era que no.

Aquel cociente era uno de los secretos más escurridizos que habían perseguido durante mucho tiempo, para concluir finalmente que no debían dedicarle más esfuerzos al quedar demasiado lejos de su alcance. No sólo no contaban con ningún buen método de cálculo, sino que tampoco tenían ninguna aproximación que se acercara mínimamente a lo pretendido por Glauco. «¿Por qué querrá Glauco algo tan complejo?», se preguntó Pitágoras. «Y de un modo tan desesperado», añadió al recordar el importe del premio. La suma casi inimaginable era lo que le hacía pensar que debía tomarse el asunto muy en serio. «Tanto oro puede movilizar fuerzas muy poderosas.» La relativa calma de las últimas semanas en la comunidad y en el Consejo de los Mil se le antojaba quebradiza. «Incluso la paz en toda la Magna Grecia podría estar en peligro.»

La sensación de amenaza latente que le acompañaba desde la primera muerte se había intensificado con la noticia del premio. Se irguió en medio de la tarima y contempló a los presentes, sus discípulos más avanzados. En las caras de algunos de ellos veía reflejos de ambición. Consideraban el premio como una oportunidad, pero no lo era. Pitágoras lo sentía como un inmenso volcán cuyos primeros temblores anunciaban una erupción cercana y devastadora.

Levantó las manos para reclamar silencio.

—Todos vosotros sois maestros de nuestra orden. —Paseó la mirada sobre ellos. Varios seguían con las manos levantadas y las fueron bajando según hablaba—. Eso significa que cada uno de vosotros tiene una gran responsabilidad sobre muchos discípulos que están iniciando su formación, mentes que todavía carecen de la disciplina suficiente, hombres y mujeres que en muchos casos siguen demasiado condicionados por su naturaleza animal. Vuestros discípulos necesitan que los guiéis. Dado que es inevitable que la convocatoria de este premio llegue a sus oídos, el mensaje claro y único que debéis transmitirles es el siguiente: la pretensión de Glauco no es más que una locura. Un desatino al que ningún miembro de la hermandad debe dedicar ni un solo minuto.

Paseó por la tarima mientras hacía una pausa para que sus palabras calaran.

–Ni yo ni nadie vamos a intentarlo –continuó–. Estamos aquí porque conocemos la futilidad de lo material. Eso no puede cambiar ni por todas las riquezas de Hades. Por otra parte, la constante presencia de soldados en nuestra comunidad debe recordarnos que estamos amenazados, y que nuestra seguridad depende de que seamos capaces de mantenernos unidos y serenos.

Los maestros asintieron en silencio.

–Ahora, id con vuestros discípulos y ayudadles a enfocar la noticia debidamente. Que esta prueba sirva para aumentar nuestro compromiso y nuestra sabiduría. Salud, hermanos.

Bajó de la tarima y se dirigió a la salida con paso firme. Cruzó entre los maestros sin que nadie hablara. Al atravesar la puerta de la escuela se hizo el silencio entre los numerosos discípulos agrupados al aire libre. Se detuvo en medio de ellos para dirigirles unas palabras. Su voz tenía un tono paternal, con la firmeza cariñosa de un padre que alecciona a sus hijos.

–Estimados discípulos, como todas las mañanas nos dedicaremos al estudio hasta que el sol llegue a su cénit. Para aprovechar el buen tiempo os reuniréis con vuestros maestros en los jardines, en el bosque o en los pórticos del gimnasio. En todos los grupos se dedicará un máximo de diez minutos a las noticias que nos han llegado de Síbaris. El resto del tiempo debe destinarse al tema que cada grupo tuviera previsto para hoy.

Los discípulos inclinaron la cabeza sin replicar, aliviados como siempre que escuchaban a su líder supremo. Sus palabras eran para ellos una manifestación de su Sabiduría.

El filósofo reanudó la marcha recorriendo el sendero de tierra en dirección al gimnasio. Dos imponentes hoplitas lo siguieron a pocos metros. Pitágoras consideraba que seguían amenazados, pero la presencia del ejército y el tiempo transcurrido sin incidentes le hacían sentir que debía ocuparse de algunas tareas pendientes.

«Ha llegado la hora de seguir viajando.»

Llevaba un mes retrasando el viaje a Neápolis, una ciudad situada a medio camino entre Crotona y Roma. Tenía que decidir si se daban las condiciones para instalar una comunidad permanente en Neápolis. Además, quería recabar noticias frescas sobre Roma. La última información recibida era confusa. Indicaba que el rey actual,

Lucio Tarquino, un déspota conocido como el Soberbio, afrontaba dificultades por algún asunto turbio.

Pitágoras siempre había tenido la intuición de que la ciudad de Roma, tradicionalmente enérgica y expansiva, desempeñaría un importante papel político en los años venideros. Para mantenerse en buena relación con ellos, y quizás ganarlos para su causa en un futuro cercano, mantenía contactos clave tanto en la familia real como entre los miembros de la oposición. Los vencedores de los conflictos políticos solían llevar a cabo notables reformas institucionales. Esos momentos de redistribución de poder podían ser apropiados para que la orden pitagórica ganara presencia.

«El trono de Roma se tambalea. Tenemos que estar más cerca de Roma que nunca.»

CAPÍTULO 50

3 de junio de 510 a. C.

—¿Estás segura de que el premio consiste en oro y no en plata? —preguntó Akenón perplejo. No era capaz de asimilar lo que Ariadna acababa de contarle.

Ella asintió, dándole tiempo a que reaccionara. Era comprensible su incredulidad inicial. En la reunión con Pitágoras, ninguno de los asistentes había sido capaz de dar crédito a lo que estaba oyendo hasta que el filósofo repitió tres veces la cantidad descomunal.

Akenón se esforzó por hacerse una idea de la magnitud del premio ofrecido por Glauco.

«¡Diez veces su propio peso en oro!»

Pensó en el gordo sibarita, en sus carnes fofas y su oronda figura. Además, era bastante alto. Debía de pesar alrededor de ciento cincuenta kilos. Por lo tanto, diez veces su peso eran mil quinientos kilos.

«¡Mil quinientos kilos de oro!» ¿Era posible que alguien tuviese tanto dinero? Siguió haciendo cálculos, forzando las capacidades aritméticas que su padre le había hecho desarrollar cuando era un muchacho en Egipto. El oro valía unas quince veces más que la plata, por lo que el premio de Glauco equivalía a veintidós mil quinientos kilos de plata. «Increíble...» Recordó el enorme palacio del sibarita. Las paredes de la sala de banquetes estaban recubiertas por paneles de plata. En muchas ocasiones Glauco se adornaba con colgantes y gruesas pulseras de oro. Abundaban la plata y el oro en candelabros, trípodes, incrustaciones en los muebles... Quizás sí podía respaldar su loco ofrecimiento. Síbaris era la ciudad más rica de la que Akenón había oído hablar, y Glauco seguramente fuera el hombre más rico de todo Síbaris.

«¿A cuántas dracmas de plata equivale el premio?» Tenía que tener en cuenta que la dracma de la Magna Grecia había adoptado el sistema de Corinto. Pesaba aproximadamente un veinte por ciento menos que la que utilizaban en Cartago, que a su vez era un veinte por ciento inferior a la ateniense. Se concentró intensamente hasta que obtuvo la cantidad final.

–¡Por Osiris, casi ocho millones de dracmas!

Ariadna se sobresaltó ante la exclamación de Akenón. Ella no había hecho la conversión a dracmas, y ahora dedicó un momento a comprobar que el cálculo era correcto... «Sí, lo es.» Le sorprendió que Akenón hubiera podido realizar un cálculo tan complicado y con números tan elevados. En el mes y medio transcurrido desde que el encapuchado hirió a Akenón habían compartido muchas conversaciones y sabía que la inteligencia y los conocimientos matemáticos del egipcio eran muy altos para no ser pitagórico; aun así, le chocó que realizara el cálculo utilizando sólo la mente y en tan poco tiempo.

Akenón seguía fascinado con aquella cantidad. El importe que él había cobrado por desvelar que el esclavo amante de Glauco lo engañaba con su copero le bastaba para retirarse durante algunos años. «Incluso toda la vida, si lo administro con mesura.» La cantidad había sido el peso del esclavo en plata. El premio que ahora ofrecía el sibarita era tres veces mayor por pesar Glauco tres veces lo que el esclavo; diez veces más por ofrecer diez veces su peso por una la del esclavo; y quince veces mayor por valer quince veces más el oro que la plata.

«Tres por diez por quince... Cuatrocientas cincuenta veces más que lo que yo cobré, y eso que fue con diferencia la mayor recompensa de mi vida.»

Consideraba con bastante razón que sus cincuenta kilos de plata, unas diecisiete mil dracmas, eran un pequeño tesoro que muy pocos hombres lograban reunir. De hecho, hacía un mes había llevado a Eritrio, el curador, la mayor parte de su plata para que la custodiara mientras permanecía en Crotona. Era demasiado para guardarlo en un simple arcón de madera, dentro de una comunidad amenazada.

Comenzó a expresar sus asombrados pensamientos en voz alta.

–Se puede contratar un obrero por una dracma diaria. Una casa modesta puede costar tres o cuatro mil dracmas. Una buena mansión cien mil. –Se volvió hacia su compañera–. ¡Ocho millones es más de lo que una familia rica gastará en toda su vida...!

Se interrumpió al ver la expresión de Ariadna y comprendió que estaba reaccionando como un chiquillo. Era normal quedarse deslumbrado al imaginar aquel tesoro fabuloso, pero debía poner los pies en la tierra y centrarse en las implicaciones.

Ariadna aguardó con media sonrisa a que la expresión de Akenón le indicara que había dejado de imaginarse cataratas de oro y plata. Aunque más moderada y breve, su primera reacción había sido similar, y cuando abandonó la reunión todavía había muchos maestros con los ojos abiertos como platos, contemplando imágenes internas de riquezas nunca concebidas. Desapegarse de lo material era una de las prioridades entre los pitagóricos, pero la naturaleza primaria siempre latía bajo la capa de autocontrol.

Akenón sonrió, un poco avergonzado, y Ariadna continuó explicando la situación.

–Lo que Glauco pretende conseguir con tanto oro es una aproximación a un concepto que los seguidores de mi padre perseguimos hace tiempo sin resultado. Tú estudiaste geometría y tienes conocimientos sobre curvas y circunferencias.

Akenón asintió con curiosidad.

–Glauco quiere conseguir con extraordinaria precisión la relación entre circunferencia y diámetro. –Ariadna intensificó sus siguientes palabras para acentuar lo absurda que era la pretensión de Glauco–. Busca una aproximación de cuatro decimales y el método para calcularla.

Akenón retrocedió mentalmente a las enseñanzas de su padre. Aquella relación era una de las incógnitas de los geómetras. Era difícil, y a veces imposible, conocer algunas relaciones de los objetos de lados rectos, como los triángulos. Todavía resultaba mucho más difícil averiguar las de los que tenían lados curvos. «Y nunca he oído hablar de un método para calcular la relación que busca Glauco.»

–La experiencia nos demuestra que esa relación es ligeramente superior a tres –dijo tras reflexionar un rato.

−Sí, eso ya lo sabe Glauco, pero quiere algo diferente. Nunca podremos conseguir cuatro decimales haciendo experimentos con círculos de verdad.

−¿Entonces?

−Para lograr lo que él quiere, en todo caso habría que aplicar un proceso de abstracción y otro de demostración, que son las herramientas más elevadas que mi padre utiliza en sus investigaciones matemáticas. En este problema, decenas de maestros han dedicado su vida a ello sin acercarse ni de lejos a lo pretendido por Glauco. Mi padre le dedicó bastante tiempo y su conclusión fue que no es posible. Desde entonces, y dada la autoridad de mi padre, nadie trabaja en esto.

−Pero Glauco es un iniciado pitagórico. Supongo que sabrá lo que acabas de contarme.

La cara de Ariadna se ensombreció como si en su interior se hubiera hecho de noche.

−Glauco es un iniciado no residente. Se le ha enseñado matemáticas y otras disciplinas a un nivel poco profundo, para que las utilice como herramienta de meditación y sublimación espiritual. −Suspiró y después recapituló sobre algo de lo que ya le había hablado−. La voluntad de mi padre es que los hombres y sus gobiernos se comporten de acuerdo a ciertas reglas que garantizan la templanza y la concordia. El objetivo final es incrementar el desarrollo interno y la armonía universal. En el caso de Glauco y de otros hombres con mucho peso político, mi padre a veces tiene que limitarse a ser práctico. Trata de poner la influencia de estos hombres al servicio de los intereses de la doctrina, sin pretender grandes progresos internos en personas que no están dispuestas a renunciar a las pasiones más primarias de sus almas.

−No parece que Glauco esté de acuerdo con los límites que marca Pitágoras.

−Glauco siempre ha sido un enigma. Yo no lo conozco personalmente, pero mi padre me ha hablado bastante de él. En Glauco conviven intensas pasiones de signos contrapuestos. A lo largo de su vida ha oscilado de un extremo a otro, y parece que ahora acaba de dar el mayor de los bandazos. Además lo ha hecho en contra de las indicaciones que le dio mi padre. Anteriormente Glauco ya había intentado tomar atajos para acceder a conocimientos restringidos. Mi padre le recriminó su comportamiento y el sibarita prometió no volver a ofrecer dinero a cambio de conocimiento... Y ya ves lo que nos encontramos ahora.

Las palabras de Ariadna hicieron que Akenón evocara imágenes ambiguas de Glauco: la entrega y fruición que mostraba comiendo y bebiendo, la aguda inteligencia de sus ojos penetrantes durante las conversaciones sobre geometría, la mezcla de lujuria y adoración con la que acariciaba la piel adolescente de su esclavo, la implacable furia con la que ordenó que el monstruoso Bóreas aplastara a Tésalo y torturara a Yaco.

Recordó cuando en Cartago, antes de viajar a Síbaris por primera vez, Eshdek le había hablado de Glauco y le había advertido de que era *especial*. «Es como si en su interior convivieran distintas personas», habían sido las palabras exactas de Eshdek. Una definición bastante acertada, pero Eshdek se había equivocado al opinar después que Glauco no era peligroso.

Akenón se percató de que las noticias y los recuerdos sobre Glauco habían hecho mella en su ánimo. La atmósfera de la comunidad, a pesar de la calidez primaveral y el suave olor a hierba, parecía de repente más pesada, cargada de amenazas, recelos y codicia.

Estaban surgiendo más preguntas que respuestas: ¿Glauco tenía algo que ver con lo sucedido en la comunidad, tal vez en busca de conocimiento? ¿Podía ser cómplice, o quizás el cerebro de los asesinatos?

¿Su desorbitado premio, suficiente para armar un ejército, representaba una amenaza para los pitagóricos?

Sólo había una manera de responder a aquellas preguntas. Akenón asintió en respuesta a sus propios pensamientos, inspiró profundamente y endureció la mirada.

«Debo volver a Síbaris y enfrentarme a Glauco.»

CAPÍTULO 51

3 de junio de 510 a. C.

Dos horas después, en la espaciosa galería del gimnasio, Pitágoras comunicó sus planes inmediatos a su círculo íntimo.

—Evandro, tú vendrás conmigo a Neápolis. En caso de que se den las condiciones para fundar una comunidad, te quedarás allí y serás su líder durante los primeros meses, hasta que designe a alguien que ocupe ese puesto de modo definitivo. Podrías ser tú mismo si llegado el momento prefieres quedarte en Neápolis en vez de regresar a Crotona.

Evandro asintió brevemente, experimentando sentimientos contradictorios. Pitágoras mostraba mucha confianza en él, pero a la vez estaba dispuesto a apartarlo de su lado definitivamente. En cualquier caso, valoraba la decisión y la consideraba acertada. Se sentía preparado para dirigir una pequeña comunidad. Además, su lealtad era absoluta. Jamás se opondría a su maestro.

Pitágoras continuó hablando.

—Hipocreonte, nos acompañarás a Neápolis. —El aludido dio un pequeño respingo y redobló la atención—. Sé que prefieres no participar en cuestiones políticas, pero tienes familia en Roma y es posible que en este viaje nos ocupemos tanto de Roma como de Neápolis.

—Como quieras maestro —respondió Hipocreonte en tono neutro.

Pitágoras lo observó durante unos instantes. Su discípulo aborrecía la política, pero haría un papel muy bueno a la hora de gestionar sus influencias en el entramado político romano.

Antes de continuar, echó un vistazo detrás de sus discípulos. Los dos guardaespaldas de cada uno de ellos, diez soldados en total, aguardaban a cierta distancia.

«Los llevaremos a Neápolis.» Aunque Pitágoras tenía aversión a las armas, en esta ocasión lo más prudente era viajar con protección militar. Cada uno se llevaría sus dos hoplitas y él le pediría a Milón que les asignara una escolta adicional.

Volvió a centrar la atención en sus hombres.

—Aristómaco, te quedarás en la comunidad. Debes asegurarte de que las enseñanzas siguen el curso marcado. Conoces mejor que nadie las investigaciones sobre el cociente entre circunferencia y diámetro, y sabes que la pretensión de Glauco es absurda. Que nadie pierda tiempo con ello. Junto a ti estará Orestes, que asumirá mi papel en lo político hasta que regrese.

Se volvió hacia Orestes, que no pudo evitar tragar saliva.

—Desde la muerte de Daaruk he aumentado mi asistencia a las sesiones del Consejo —dijo Pitágoras—. Antes apenas iba una vez al mes y ahora he estado yendo todas las semanas. Quiero que tú asistas a todas las sesiones. Hemos mantenido a raya a Cilón, pero sé que está ansioso por lanzarnos otro ataque político. —Miró a todos para recalcar sus siguientes palabras—. En cuanto se entere de que estoy de viaje, tened por cierto que no pasará ni un día antes de que intente con todas sus fuerzas poner al Consejo en nuestra contra. Los 300 se mantendrán fieles, pero ellos solos no pueden contener al resto de los Mil, por mucho que la ley diga que los 300 se encuentran un escalón jerárquico por encima. Tu primera actuación, Orestes, tiene que ser contundente o Cilón se crecerá y redoblará sus ataques.

Orestes no pudo evitar erguirse unos centímetros. «¡Está dejando clara su intención de nombrarme sucesor!» Pitágoras no había designado antes a nadie para que lo sustituyera en el Consejo como cabeza de la comunidad. Ahora lo hacía con él en uno de los momentos más delicados de la orden.

El filósofo comprobó en el semblante de Orestes que estaba enormemente agradecido, pero también que se encontraba un poco incómodo con el peso de la responsabilidad.

«Le vendrá bien para aumentar su confianza. Es lo único que le falta.»

Un minuto después, Pitágoras se despidió de sus maestros y echó a andar mientras pensaba en las últimas instrucciones que debía dar antes de partir. De cara a la hermandad había quitado importancia a la sorprendente convocatoria de Glauco, pero lo cierto era que había que ocuparse de aquel asunto.

«Si no lo controlamos a tiempo, las consecuencias pueden ser catastróficas.»

Después de comer celebraron una reunión en la casa de Pitágoras a la que también asistieron Ariadna, los cuatro candidatos y Milón.

—Es preciso viajar a Síbaris cuanto antes —dijo Pitágoras—. Aunque ya hablamos con Glauco tras la muerte de Daaruk, la convocatoria de este premio matemático abre demasiadas incógnitas. No es sólo un acto completamente desproporcionado y desestabilizador, sino que supone una agresión directa a los preceptos de nuestra orden, que Glauco juró respetar.

Ariadna, sentada frente a su padre, bajó la mirada y la dejó perdida entre los pliegues de su túnica. La mención de Síbaris hizo que recordara los acontecimientos posteriores a la muerte de Atma, el esclavo de Daaruk. Aquella noche, cuando ella consiguió regresar a la comunidad con Akenón malherido, el propio Milón partió sin tardanza hacia Síbaris con veinte soldados. A medio camino se detuvieron en la infausta posada, donde se hicieron cargo del cadáver de Atma. Después sometieron a los posaderos y al mozo de cuadras a un interrogatorio que resultó infructuoso, buscaron otros testigos sin encontrarlos y continuaron hasta Síbaris intentando hallar algún rastro. En la ciudad dedicaron varios días a hablar con muchos sibaritas, entre ellos Glauco y otros pitagóricos relevantes; sin embargo, si el encapuchado había pasado por Síbaris lo había hecho sin dejar huellas.

«Milón también dijo que Glauco le había llamado la atención, pero más que por parecer un encubridor, por estar completamente ido.»

Ariadna volvió a levantar la cabeza al escuchar la voz de Akenón.

—Interrogar a Glauco es precisamente lo que tenía pensado —dijo en respuesta a las palabras de Pitágoras—. Mi idea es partir lo antes posible.

—Te agradezco tu disposición a viajar inmediatamente —contestó Pitágoras—. Como puedes imaginar, dado tu cercano trato con Glauco, mi intención era solicitarte que fueras a Síbaris; sin embargo, sería preferible que pospusieras tu partida.

Akenón enarcó las cejas y aguardó a que Pitágoras se explicara.

–En cuanto acabemos esta reunión –continuó el filósofo con su voz profunda–, Evandro, Hipocreonte y yo saldremos de viaje. He tenido que esperar a que las aguas se calmen en el Consejo de Crotona. Ahora que la situación parece controlada tengo que partir lo antes posible. Mi labor no se limita a esta comunidad y llevo demasiado tiempo posponiendo una visita a Neápolis.

Pitágoras prefirió no mencionar que también pretendía tratar con Roma. Guardaba con el mayor secreto la información que tenía sobre la situación turbulenta de aquella ciudad, así como sus planes al respecto. En caso de llegar a oídos de sus enemigos podían desbaratar uno de sus más ambiciosos proyectos: expandirse junto con Roma.

–¿Cuánto tiempo estarás fuera? –preguntó Milón sorprendido y un poco molesto por no haber sabido nada hasta ese momento.

–Depende de varios factores. Como mínimo tres semanas, pero espero que los proyectos prosperen y requieran mi atención durante más tiempo. Podría estar fuera incluso dos o tres meses. Llegado el caso, os enviaría un mensaje desde Neápolis.

–¿No quieres que vaya a Síbaris hasta que regreses? –Akenón no pudo evitar que su voz sonara contrariada.

–Debo pedirte que permanezcas en la comunidad tras mi partida, pero bastará con unos pocos días. Tengo la sensación de que nuestros enemigos están aguardando la ocasión de atacarnos de nuevo. Probablemente el momento más delicado será cuando sepan que me he alejado de la comunidad.

Akenón hizo un gesto de asentimiento y se echó hacia atrás apoyándose en el respaldo de la silla.

«De acuerdo, esperaré unos días. –Apartó la vista–. De hecho, sin Pitágoras en la comunidad me resultará menos incómodo pedirle a Ariadna que viaje a Síbaris conmigo.»

Una hora después, Pitágoras partió de la comunidad bajo un sol radiante.

Junto al venerado maestro iban Evandro e Hipocreonte montados en sendos burros. También viajaban con ellos dos sirvientes encargados del equipaje y una veintena de soldados de élite. En las puertas de la comunidad los despidió una numerosa congregación encabezada por Orestes. Flotaba una mezcla de tristeza y alegría. Estarían un tiempo sin su líder, pero gracias a sus viajes la doctrina se extendía entre los hombres.

Unos pasos por detrás del numeroso grupo, medio oculto tras la estatua de Hermes, Aristómaco contemplaba con lágrimas en los ojos a su maestro. Se había escondido tras la estatua al darse cuenta de que no era capaz de mantener la compostura durante la partida de Pitágoras.

Aristómaco se pasó la mano por el escaso cabello intentando mejorar su apariencia. Los dedos temblorosos sólo consiguieron encrespárselo más. Apoyó la espalda contra el pedestal. La brisa le traía un murmullo de risas y buenos deseos para los viajantes. Él estaba muy lejos de compartir ese júbilo. No tenía la capacidad premonitoria de Pitágoras, pero sentía con intensidad que la calma de las últimas semanas estaba a punto de saltar en pedazos.

CAPÍTULO 52

3 de junio de 510 a. C.

«¡SOLDADOS!»

El encapuchado se encogió tratando de pasar desapercibido. Estaba en una taberna de mala muerte, en los arrabales de Crotona. Llevaba largo rato sentado en la esquina menos iluminada, frente a un vaso de vino que no había probado. La relativa calma de la taberna acababa de verse rota por la irrupción de un grupo de hoplitas. Por la forma en que reían a voces y se tambaleaban, aquél no era el primer tugurio que visitaban esa noche. Su ebria exaltación hacía que apenas prestaran atención al entorno, al contrario que el misterioso personaje que los escudriñaba desde la penumbra.

La mirada del encapuchado, penetrante y cargada de desprecio, pasó de rostro en rostro observando asqueado las narices enrojecidas por el alcohol, los ojos vidriosos y estúpidos, las bocas salivantes y fanfarronas que recordaban a gritos su reciente paso por algún prostíbulo.

–Le he dado media dracma –bramó un hoplita de corta estatura y ojos muy juntos–, ¡pero ha quedado más feliz que si le hubiera pagado cien talentos!

–No me extraña, debes de haber sido su único cliente –respondió un compañero palmeándole el hombro–. ¡Era tan peluda que yo la había confundido con un oso!

El grupo estalló en risotadas. A pocos pasos, el encapuchado inclinó la cabeza ocultándose todavía más bajo el embozo. Llevaba un cuchillo afilado y se recreó mentalmente con la posibilidad de degollar a alguno de ellos. «Quizás cuando uno salga a orinar.» Podría acercarse por la espalda, tirar hacia atrás del pelo largo y rebanarle el cuello como a un cerdo. Sonrió y después se obligó a respirar profundamente, a pesar del olor agrio a sudor y vino derramado. Imaginar no entrañaba riesgos directos, pero suponía una distracción que no podía permitirse.

Uno de los soldados paseó la vista por el salón. Estaba borracho, pero eso no impidió que reparara en el encapuchado que se ocultaba entre las sombras.

«¿Por qué lleva ese hombre la capucha dentro de la taberna?», se preguntó con pensamiento vacilante. Lo miró aturdido durante unos segundos y tuvo una sensación extraña. No le veía los ojos, pero *sabía* que lo estaba mirando.

Decidió acercarse a él.

El hombre oculto percibió la amenaza pero mantuvo en su interior una serenidad perfecta. El hoplita dio un paso inseguro hacia él y después otro.

«Si intenta quitarme la capucha tendré que matarlo.»

Observó el avance del enemigo. Gracias a sus excepcionales facultades sería capaz de atrapar la mirada del soldado con la suya y paralizarlo. Así podría apuñalarlo con facilidad. «El problema es que sus compañeros saltarían sobre mí un segundo después.»

Por debajo de la túnica, movió lentamente su mano derecha hasta aferrar la empuñadura del cuchillo. Estaba tranquilo. En un instante su mente precisa había trazado el mejor plan de ataque y había examinado todas las alternativas para escapar en función de los resultados de la embestida inicial. El factor sorpresa le daba una gran ventaja. Tenía la certeza de que mataría a dos de los soldados y alcanzaría la puerta. Que después llegara hasta su caballo dependía del estado de ebriedad del resto de hoplitas, y también de que no encontrara nuevos obstáculos en la calle.

El soldado se detuvo frente a su mesa. Antes de hablar parpadeó un par de veces intentando aclarar la visión.

«Estará muerto antes de tocar el suelo.» El encapuchado visualizó la trayectoria que seguiría el cuchillo. Con un golpe rápido entraría por la papada y atravesaría la cabeza hasta partir en dos aquel cerebro bañado en alcohol. La inminente muerte del hoplita lo satisfacía, pero lamentaba las implicaciones posteriores. Todo su proyecto estaba a punto de desmoronarse por culpa de haber regresado a Crotona.

«Sabía que podía ocurrir esto, pero era inevitable correr el riesgo.»

La mano callosa del soldado se dirigió lentamente hacia su capucha. Los labios vinosos farfullaron algo ininteligible. El encapuchado no podía esperar más o perdería el factor sorpresa. Tensó las piernas, preparado para lanzarse al ataque como la cola de un escorpión.

De repente se oyeron gritos.

La mano del militar se paralizó a unos centímetros de la capucha. Después se retiró. El soldado había girado la cabeza y dirigía una mirada turbia hacia sus compañeros. Estaban celebrando a voces la llegada de la bebida. El hoplita se dio la vuelta olvidando lo que estaba a punto de hacer, lanzó un grito y corrió hacia su copa antes de que otro diera cuenta de ella.

El encapuchado, sin apartar la vista de los militares, se deslizó por la pared en sombras empuñando su cuchillo bajo el ropaje. Alcanzó el exterior sin problemas y se alejó con la cabeza agachada. Enseguida se detuvo y observó el entorno. Las calles sucias y tortuosas de aquel barrio pobre abundaban en rincones donde uno podía ocultarse discretamente. Se agazapó en uno de ellos como si fuera un mendigo o un borracho, y desde aquel escondite se dedicó a vigilar la entrada de la taberna.

Llevaba varias noches acudiendo a Crotona con un objetivo.

Confiaba en alcanzarlo esa misma noche.

CAPÍTULO 53

8 de junio de 510 a. C.

ARIADNA HINCHÓ SUS PULMONES disfrutando con la sensación de libertad. Experimentaba la misma emoción cada vez que abandonaba la comunidad. Montada en la yegua, cerró los ojos, alzó la cara y dejó que el sol le calentara la piel mientras su montura seguía obediente al resto del grupo.

Al pasar junto al gimnasio, varios atletas hicieron una pausa en sus ejercicios para observarlos. La partida en la que viajaba Ariadna estaba formada por otros nueve jinetes: Akenón en un magnífico caballo que se había comprado, seis hoplitas y dos sirvientes.

Habían pasado cinco días desde la partida de Pitágoras. «Su barco llegará a Neápolis entre hoy y mañana», calculó Ariadna.

Seguía con los ojos cerrados, disfrutando del rítmico balanceo. Sonrió al recordar cuando Akenón le había pedido que viajara con él a Síbaris. Fue el día después de que su padre se marchara a Neápolis. Estaba tratando otros temas con Akenón y poco a poco éste pasó a hablar de su próximo viaje a la ciudad de los sibaritas.

–Además de tantear a Glauco –dijo Akenón–, quiero buscar alguna pista del encapuchado. Puede que se les pasara algo a los soldados que investigaron en Síbaris y en la posada.

Ariadna asintió esperando a que continuara. Akenón dudó unos segundos, como si estuviera eligiendo las palabras. Sus titubeos contradecían el aire casual que intentaba adoptar.

–Durante los interrogatorios –añadió por fin–, y también para ayudarme con los conceptos de la doctrina que no comprenda, me sería muy útil que estuvieras a mi lado.

Ella aceptó, con el mismo aire casual que Akenón, y después tuvo que darse la vuelta para disimular una sonrisa.

Ahora cabalgaba unos metros por detrás de él, con una extraña tensión en el estómago. Abrió los ojos y lo observó durante un rato. Sintiéndose cada vez más nerviosa, espoleó a su yegua para que se acercara al caballo de Akenón.

Poco después de rebasar Crotona, el grupo se estrechó debido a la angostura de los caminos. En primer lugar marchaban tres hoplitas y tras ellos iban Ariadna y Akenón, dejando la distancia suficiente para conversar con libertad. A veinte pasos cabalgaban los dos sirvientes y la otra mitad de los soldados que formaban la retaguardia. A diferencia de la última vez que habían pasado por allí, durante la persecución de Atma, ahora no había una sola nube. El sol arrancaba mil destellos de la espuma que hacían las olas al romper contra la base de los acantilados.

–He salido muchas veces de la comunidad –estaba diciendo Ariadna–. De hecho, siempre que he podido, pues me siento confinada en cuanto llevo un par de meses sin viajar, pero nunca he salido de la Magna Grecia.

–¿Eso significa que nunca has viajado en barco? –Akenón tenía que inclinarse hacia ella al hablar, ya que su caballo era un palmo más alto que la yegua que montaba Ariadna.

–Jamás –respondió ella–. ¿Qué sientes al estar rodeado de agua sin ver tierra en ninguna dirección?

Akenón miró hacia el mar con aprensión antes de responder.

–Una angustia y un malestar espantosos. Daría lo que fuera por poder volver a Cartago por tierra.

Ariadna contempló su rostro durante un segundo, sorprendida. Al ver que sólo bromeaba a medias rompió a reír.

–Oh, dioses, lo dices en serio. Qué cruel es la fortuna. Yo daría lo que fuera por poder dedicar mi vida a recorrer el mundo igual que mi padre. –Akenón se contagió de su sonrisa–. Sé que eres egipcio, vives en Cartago y ahora estás en la Magna Grecia. ¿Adónde más has viajado?

–Me temo que voy a defraudarte, pues únicamente he estado en los lugares que acabas de mencionar. Sólo otra vez tuve la desdicha de viajar por mar perdiendo de vista la costa, y fue para realizar una investigación en Siracusa, que también forma parte de la Magna

Grecia. –Suspiró y luego continuó con un ligero velo de melancolía en la mirada–. Nací en Egipto y viví allí hasta que tuve veintinueve años. Recorrí buena parte del país durante los años que trabajé para el faraón Amosis II. Tras la muerte del faraón tuve que irme de Egipto, pues su hijo Psamético III se alió con antiguos enemigos de su padre que pedían mi cabeza.

Ariadna lo escuchaba fascinada y Akenón prosiguió.

–De Egipto me fui a Cirene, la colonia griega que está a medio camino entre mi país y Cartago. Unos meses más tarde los persas, comandados por Cambises II, avanzaron hacia occidente e invadieron Egipto. Decidí alejarme más.

Akenón se sumió de repente en un silencio pensativo. Prefería no mencionar una de las principales razones de abandonar Cirene. No quiso permanecer entre los griegos porque la invasión de Egipto había sido posible gracias a la traición de un griego, tradicional aliado de los egipcios: el tirano Polícrates de Samos. Además, la isla de Samos era la tierra natal del padre de Ariadna, otro motivo para no expresar en voz alta aquellos viejos rencores.

Ariadna intentó sacarle de su mutismo.

–¿Fue entonces cuando te instalaste en Cartago?

La expresión de Akenón se relajó.

–Así es. Por suerte había conocido años antes a un influyente fenicio de Cartago que me acogió al llegar a la ciudad. Se llama Eshdek, es comerciante y un gran hombre. Me ayudó a instalarme como investigador y unos años después trabajaba en exclusiva para él. Sus padres emigraron desde Tiro justo antes de que fuera asediada por Nabucodonosor II de Babilonia. Eshdek ha sabido aprovechar el imparable auge de Cartago, que hace mucho tiempo dejó de ser una simple colonia de Tiro. Cartago es hoy en día un floreciente imperio, y para mí un excelente lugar para vivir.

Ariadna envidió a Akenón. Ojalá tuviera ella un *excelente lugar para vivir*. De repente recordó algo sobre Cartago y frunció el ceño, dudando si comentarlo con Akenón. Se aseguró de que los soldados no podían oírlos y después se volvió hacia su compañero de viaje.

–Akenón, ¿es cierto lo que he oído de que los cartagineses comen perros?

–Bueno..., sí. ¿Por qué no hacerlo?

Ariadna tenía otra pregunta mucho más peliaguda.

–Y ¿es cierto...? –Hizo una pausa, indecisa–. ¿Es cierto que en Cartago se sacrifican bebés humanos?

La expresión de Akenón ensombreció bruscamente. La imagen de cincuenta bebés carbonizados se materializó ante él con dolorosa nitidez.

–Sí –respondió en un susurro. Asintió en silencio durante un rato, recordando, y después continuó en el mismo tono sombrío–. En ocasiones excepcionales intentan agradar a sus dioses sacrificando bebés.

El ambiente se había enrarecido y Ariadna lamentó haber hecho esa pregunta.

–Perdona, no pienses que en mis palabras hay ánimo crítico. Mi padre me ha hablado de costumbres de otros pueblos muy diferentes a las nuestras, pero también me ha enseñado a no juzgar a los demás por sus tradiciones o creencias.

–No te preocupes, a mí me desagrada tanto como a ti. Que viva en Cartago no significa que me gusten todos sus ritos. Por fortuna, los sacrificios humanos sólo han tenido lugar una vez desde que yo vivo allí.

–Y dime –repuso Ariadna en un tono más alegre–, ¿qué costumbres nuestras te han extrañado más?

Akenón esbozó una sonrisa.

–Lo cierto es que esperaba encontrarme más prácticas o normas incomprensibles. Vuestra hermandad se ve como algo chocante a distancia, pero todo parece tener sentido cuando se vive desde dentro. Recuerdo, por ejemplo, que en el barco en el que vine desde Cartago había un ateniense que decía a quien quisiera oírlo que Pitágoras y sus seguidores erais unos locos regidos por normas absurdas. Mencionaba, entre otras cosas, que tenéis prohibido pasar por encima de una balanza, o que no dejáis que las golondrinas aniden en vuestros tejados.

Ariadna asintió con expresión divertida.

–Mi padre muchas veces habla utilizando parábolas o metáforas. A veces lo hace para exponer de modo sencillo conceptos complejos, y otras veces para reservar el significado de sus enseñanzas sólo a los iniciados. Cuando dice que no hay que pasar por encima de una balanza, quiere decir que hay que prevenirse contra los impulsos de la ambición y no querer tener más de lo que a uno le corresponde.

Y en cuanto a lo de las golondrinas, con ello recomienda que no se acojan en la casa propia a personas incapaces de contener la lengua.

Akenón observó a Ariadna mientras hablaba. Su tono de voz y su actitud tenían un matiz cercano impropio de ella. Sonrió sin decir nada y se quedó mirándola, preguntándose qué habría producido ese cambio. «¿Quizás alejarse de la sombra de su padre y de la comunidad?» En cualquier caso, lo prefería a la ironía y la aspereza. Hacía tiempo que había dejado de plantearse la posibilidad de que ocurriera algo entre ellos, pero ahora...

Ariadna sintió que se sonrojaba bajo el efecto de la mirada de Akenón. Dirigió la vista al frente. Su pecho subía y bajaba con mayor frecuencia de lo habitual y se esforzó para tratar de calmar la respiración. No le resultaba sencillo, pues Akenón vestía una túnica corta de estilo griego y la pierna musculosa quedaba a tan sólo un palmo de su mano.

Lo observó con el rabillo del ojo. Lo que deseaba no era tranquilizarse, sino acariciar aquella piel morena.

Quedaban todavía dos horas para la puesta del sol cuando divisaron la posada. Akenón, montado en su caballo, se llevó la mano a un bolsillo sin darse cuenta y acarició el anillo de Daaruk. Se lo había entregado a Pitágoras para que lo enterrara junto a los restos del discípulo asesinado, pero Pitágoras se lo había devuelto con una inquietante recomendación.

–Consérvalo, Akenón. Este anillo contiene el símbolo del pentáculo. –Su mirada dorada refulgió por un instante–. Es un poderoso talismán que te guiará y protegerá.

Recordando aquellas palabras, Akenón extrajo la sortija y observó de cerca el símbolo. Ya sabía que a la estrella de cinco puntas la denominaban pentáculo, y que a menudo la representaban dentro de un pentágono. Ésa era la figura en relieve que mostraba el anillo de oro macizo.

Recorrió con la mirada cada trazo de la figura.

–¿Estás analizando el pentáculo?

La voz de Ariadna lo sobresaltó.

–Sí... Me estaba preguntando por qué le dais tanto valor a esta figura. Entiendo que sea un símbolo de reconocimiento entre vosotros, y también que sea interesante como figura geométrica regular, pero me parece que es mucho más que eso para la hermandad.

Ariadna asintió, dándose tiempo para responder.

–Como sabes, hay elementos superiores del conocimiento que ha desarrollado mi padre que están protegidos por nuestro juramento de secreto. Varios de esos secretos se derivan del pentáculo. No puedo decirte mucho más que eso, o ya sabes lo que me ocurriría. Aunque nunca se había aplicado el castigo, la norma era que el que quebrantara el juramento debía morir. Así se decía de modo solemne en la ceremonia del juramento. Ésa era la medida más radical de las muchas que había para evitar que los saberes más elevados de la orden cayeran en manos profanas.

–Prefiero quedarme en la ignorancia que ser la causa de que te suceda nada malo –el tono de Akenón convirtió sus palabras en un suave flirteo.

Ariadna rió, un poco nerviosa. Estaba acostumbrada a responder con dureza a quien la trataba de ese modo. Era la primera vez en su vida que no quería ser cortante, pero si no se escudaba en la acritud y el cinismo se sentía vulnerable, como desnuda. El silencio que se creó tras las palabras de Akenón incrementó su sensación de inseguridad, por lo que se apresuró a seguir hablando.

–Ya que estudiaste geometría, te diré algo más. –Notó su voz un poco precipitada y procuró continuar con más tranquilidad–. Fíjate en los cruces de las líneas del pentáculo. –Akenón acercó el anillo a su cara y lo examinó de nuevo–. Los cruces dividen cada línea en segmentos, y podemos considerar que cada segmento es una sección del inmediatamente superior.

Ariadna se inclinó hacia Akenón, que le acercó el anillo. Ella señaló con el dedo lo que quería decir. Para poder hacerlo mejor apoyó inadvertidamente la mano derecha en el muslo desnudo de Akenón. Al darse cuenta tragó saliva y le pareció que su mano temblaba, pero continuó con las explicaciones sobre el pentáculo.

–Este segmento menor guarda una proporción con éste mayor –rozó con la uña los puntos que indicaba– que es exactamente la misma proporción que guarda el segmento mayor con la suma de ambos. Y a su vez ocurre lo mismo entre esa suma y la línea completa.

Akenón asintió muy lentamente, fascinado. Al morir su padre él había dejado los estudios y se había hecho policía, pero la geometría seguía apasionándole.

Ariadna prosiguió:

–Los matemáticos babilónicos enseñaron a mi padre algunas manifestaciones de esta proporción en la naturaleza. Mi padre… –Estaba en la frontera de lo que protegía el juramento de secreto. Por mucho que confiara en Akenón, debía respetar su juramento–. Mi padre ha descubierto que no es sólo una curiosidad, sino una de las leyes fundamentales del universo.

Akenón comprendió que Ariadna no podía decir más y no siguió preguntando. En la hermandad eran extremadamente reservados con sus conocimientos más complejos, aquellos que podían otorgar un misterioso dominio sobre la naturaleza y los hombres. Pitágoras había estipulado que ningún pitagórico debía acceder a esos conocimientos más que a través de las vías de crecimiento y purificación establecidas por él. Por eso era tan grave que Glauco quisiera hacer uso de sus riquezas para acceder a ellos.

«En realidad, lo que pretende Glauco no es conseguir ilícitamente un conocimiento secreto, pues ha establecido su premio a cambio de algo que ni siquiera Pitágoras conoce.»

Akenón advirtió que los hoplitas que encabezaban el grupo se detenían y desmontaban frente a los establos de la posada. Guardó rápidamente el anillo, desmontó y comenzó a dar instrucciones a los soldados.

No sospechaba que aquel anillo le iba a revelar secretos vitales.

SECCIÓN ÁUREA

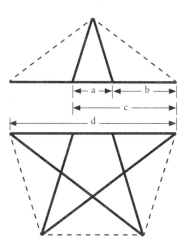

...

Los antiguos griegos la conocían simplemente como la sección.

Otros nombres que ha recibido a lo largo de la historia son: divina proporción, número de oro, proporción áurea...

Es la que hace que dos partes de un segmento mantengan entre ellas la misma proporción que la parte grande y el segmento total.

Su resultado es un número irracional (1,618...). Se representa a menudo por la letra griega phi (Φ, ϕ), que es la inicial de Fidias (Φειδίας), escultor griego cuyas obras representan la belleza ideal y son uno de los mayores logros estéticos de la época clásica.

Se considera esta proporción de gran belleza y perfección matemática. Del mismo modo, se atribuye belleza y perfección a todo aquello que guarda esta proporción en su composición interna. Se cree que se ha utilizado profusamente en el arte: en el Partenón, en la Gran Pirámide de Gizeh, en obras de Leonardo Da Vinci, Miguel Ángel, Beethoven, Mozart... También se ha identificado la sección áurea por doquier en la naturaleza: en las espirales de las conchas de muchos animales, los pétalos de las flores, las hojas en los tallos, la relación del grosor de las ramas de los árboles... Asimismo, en el ser humano: relación entre altura total y hasta el ombligo, hasta la cadera y hasta la rodilla, relación entre longitud del brazo y hasta el codo, etc.

Cada cruce de líneas del pentáculo define un segmento que es sección áurea del inmediatamente mayor. Siguiendo la notación del diagrama: $\phi = d/c = c/b = b/a = 1,618...$

Como vemos, el pentáculo muestra de un modo admirable la sección áurea, y por tanto, para los pitagóricos, los secretos divinos de la construcción del universo.

...

Enciclopedia Matemática. Socram Ofisis, 1926

CAPÍTULO 54

8 de junio de 510 a. C.

ARIADNA SE HABÍA RETIRADO a dormir. Akenón, aunque estaba cansado, se quedó en el salón de la posada bebiendo una copa de vino rebajado con agua. Tenía que confraternizar con los soldados que le había asignado Milón si quería obtener de ellos el máximo rendimiento.

Recibió una palmada en el hombro. Uno de los hombres, con el rostro colorado por la bebida, le hizo un gesto quejándose de que estaba bebiendo poco. Akenón apuró de un trago el resto de su copa y palmeó entre risas la espalda del soldado, que rió con él.

Era la noche ideal para relajarse. Resultaba muy improbable que acechase ningún peligro en aquella posada en medio del campo. Además, el día siguiente lo dedicarían a viajar, por lo que no tendría mucha importancia que alguno estuviese con resaca.

A su mesa se sentaban cinco soldados. El sexto hacía guardia en el pasillo del piso superior, donde se ubicaban las habitaciones en las que dormirían. Por su parte, los dos sirvientes estaban ya en los establos, roncando junto al equipaje y los valiosos animales con los que viajaban.

Akenón observó a la posadera pasando entre las mesas con una bandeja de comida. Interrogar de nuevo a los posaderos sólo había servido, gracias a las habilidades analíticas de Ariadna, para confirmar que no habían mentido y que no podían proporcionar ninguna pista. Tampoco había sido útil la inspección meticulosa de la habitación del crimen ni del resto de elementos de la posada. Era el resultado previsible, dado que ya habían sido examinados por Milón y sus investigadores. E incluso por el propio Akenón, que había repasado decenas de veces los breves pero intensos recuerdos del día que se había enfrentado al encapuchado.

Le llenaron de nuevo la copa. Hizo amago de beber, pero se limitó a mojarse los labios aprovechando que los soldados estaban entretenidos recordando antiguas juergas. Todos ellos se conocían desde hacía varios años. «Eso es bueno si tenemos que combatir», pensó Akenón mientras los observaba en silencio manteniendo una sonrisa tibia.

Desconectó de nuevo del jolgorio que lo rodeaba y rememoró algunos elementos de la investigación realizada tras el asesinato de Daaruk.

En Egipto, Akenón había aprendido a analizar la escritura, por lo que pidió que le dejaran algunos escritos de Daaruk y los cotejó cuidadosamente con el testamento que Atma había entregado a Eritrio. Pensaba que el documento sería una falsificación, igual que había ocurrido en un caso que había resuelto hacía años. En aquella ocasión se había falsificado el sello de un miembro de la familia del faraón Amosis II y se había utilizado la copia para sellar documentos comerciales fraudulentos. Akenón descubrió que la copia se había realizado a partir de un molde de cera obtenido mientras el dueño del anillo dormía, sin ni siquiera quitárselo. Sin embargo, en este caso el análisis de la escritura no dejaba lugar a dudas: Daaruk había escrito el testamento. Eso llevaba a concluir que confiaba plenamente en Atma... y poco más. Seguía habiendo cientos de preguntas sin responder en aquel caso, «y con Daaruk y Atma muertos sólo queda el encapuchado para responderlas».

Tomó otro sorbo de vino y miró a los soldados. Eran bulliciosos, pero sólo estaba borracho el que le había palmeado hacía un rato y a ése no le tocaba guardia esta noche. Parecían buenos profesionales, como había afirmado Milón. Akenón pensó en Síbaris y en la investigación que iniciarían al día siguiente. Intuía que para llegar al asesino encapuchado su mejor apuesta pasaba por Glauco: era el hombre más rico y poderoso de Síbaris, iniciado en la hermandad pitagórica, fanático de las matemáticas como acababa de demostrar con la convocatoria de su premio descomunal... «Todo apunta a que Glauco es una pieza clave del rompecabezas.»

Akenón se puso de pie. Les recordó a los militares que partirían al amanecer, se despidió y cruzó el animado salón. Quería pensar con tranquilidad y estar fresco para el día siguiente.

Mientras se dirigía hacia las escaleras le vino a la cabeza la imagen de Ariadna montada en su yegua, apoyada en su muslo mientras examinaban el anillo. Nunca se había mostrado tan amable y cercana.

«Ariadna es otro enigma.»

Frunció el ceño y negó ligeramente con la cabeza.

«Tan atractiva como imprevisible», añadió un poco desconcertado.

De repente fue consciente de que ella estaba tumbada en una cama a pocos metros, en el piso superior. Se detuvo un momento al pie de la escalera y miró hacia arriba.

Al iniciar el ascenso sintió que un escalofrío le recorría la espalda.

Ariadna llevaba un rato acurrucada bajo las mantas; sin embargo, desde que había recordado algo sabía que no podría dormirse.

«No hasta que tenga los documentos conmigo.»

Antes de salir de Crotona había cogido unos pergaminos de su padre que trataban sobre el círculo y sus propiedades. Con ellos esperaba convencer a Glauco de que su pretensión con aquel premio no tenía sentido. El problema era que se suponía que aquellos documentos no debían abandonar la comunidad. Nadie sabía que los había cogido.

Al principio pensó en llevarlos pegados al cuerpo, pero durante el día hacía demasiado calor y el sudor podía estropearlos. Finalmente los ocultó en el fondo de una bolsa. Ahora esos valiosos pergaminos estaban en el establo, junto al resto del equipaje, con la única protección de unos sirvientes que pasarían toda la noche durmiendo profundamente. Era muy improbable que los documentos corrieran peligro, pero la idea ya no se le quitaba de la cabeza, azuzada por la sensación de culpabilidad.

«No tenía que haberlos cogido», pensó revolviéndose en la cama.

Aquello ya no tenía remedio. Lo único que podía hacer era protegerlos al máximo. Debía sacarlos del equipaje y mantenerlos con ella hasta que los restituyera cuando regresaran a Crotona.

Apartó la manta de un tirón. Se sentó en la cama y calzó sus pies con unas alpargatas de esparto. Al salir de la habitación vio al soldado que estaba de guardia, de pie en un extremo del pasillo. Le hizo un gesto de reconocimiento con la cabeza y él respondió del mismo modo.

La única luz que había en el piso superior era la que provenía del salón, desde donde también llegaban risas y conversaciones en voz alta.

«Akenón debe de estar todavía abajo.»

Sintió vergüenza y dudó si bajar, abochornada por cómo se había comportado con Akenón durante el viaje.

«Parecía un animal en celo», se recriminó ruborizándose.

Ajustó su túnica y se dirigió hacia los escalones. La puerta de la calle estaba junto a la escalera, por lo que probablemente nadie se daría cuenta de que ella salía hacia los establos.

Al poner el pie en el primer peldaño, envuelta en penumbra, advirtió que alguien empezaba a subir desde el salón.

«¡Akenón!»

Él tenía la cabeza girada hacia el interior del piso inferior, echando un último vistazo. Todavía no había reparado en ella.

Ariadna contuvo el impulso de darse la vuelta para ocultarse antes de que Akenón la viera. Se obligó a seguir bajando como si nada, preparándose para el momento en que él alzara la vista. Akenón iba del salón iluminado a la oscuridad del piso superior, por lo que todavía ascendió otro par de peldaños antes de percatarse de que entre las sombras, sigilosa, descendía ella.

Ariadna se apresuró en el descenso, pensando en dirigirle un breve saludo cuando se cruzaran. Vio que Akenón elevaba la mirada a la vez que ralentizaba su avance. Ella descendió otro peldaño, lo miró a la cara y entonces la expresión de Akenón hizo que se detuviera.

Akenón pensó por un momento que lo que veía era una alucinación debida a que sus ojos aún no se habían acostumbrado a la oscuridad. Precisamente acababa de tener el turbador pensamiento de que Ariadna, hoy extraña y dulcemente cordial, estaría tumbada muy cerca de él, y ahora parecía que su imaginación cobraba cuerpo entre las sombras de la escalera... Pero no era una ilusión, sin duda era ella. El pelo alborotado revelaba que acababa de levantarse. Su piel parecía desprender el calor de la cama recién abandonada. Irradiaba tal sensualidad que hizo que él se paralizara deslumbrado, incapaz de hacer otra cosa que contemplarla.

Amparados en la intimidad de la penumbra, con la sensación de irrealidad que proporciona lo inesperado, se miraron en silencio muy cerca el uno de otro. Los separaba un solo peldaño, lo que casi eliminaba su diferencia de altura. Akenón, inadvertidamente, adelantó la mano izquierda y rozó la derecha de Ariadna. Ella movió lentamente su mano, acariciando con el dorso los dedos de Akenón. El contacto era mínimo, pero les proporcionaba una sensación tan intensa que sus cuerpos se estremecieron. Ariadna bajó la mirada desde los ojos de Akenón a sus labios oscuros y carnosos. Estaban entreabiertos, y en su respiración agitada distinguió el mismo deseo que crecía con rapidez en ella. De repente fue consciente de la desnudez de ambos bajo las finas túnicas que cubrían sus cuerpos. Sus pezones se endurecieron súbitamente y anheló con todas sus fuerzas estrechar el cuerpo musculoso de Akenón.

Sin pensarlo, se acercó a él separando los labios. Akenón inclinó la cabeza para besarla, cerró los ojos...

... y los volvió a abrir alarmado al oír ruidos provenientes del piso superior. Alguien acababa de salir de una habitación y se dirigía hacia las escaleras. Ariadna se tensó de inmediato, musitó azorada algo ininteligible y reanudó apresuradamente su descenso, pasando junto a Akenón sin mirarlo. Él dudó por un instante. En el rellano apareció otro cliente de la posada, grueso y malencarado, que lo contempló con suspicacia al verlo detenido en medio de la escalera. Después bajó gruñendo un saludo al cruzarse con él.

Akenón se dio la vuelta. El desconocido bajaba los peldaños trabajosamente. Un poco más allá la puerta de la posada se estaba cerrando.

Ariadna había salido a la noche cálida.

CAPÍTULO 55

8 de junio de 510 a. C.

«Es perfecto.»

El encapuchado cogió el pesado espejo con ambas manos. Lo llevó junto a la antorcha, la única fuente de luz de la estancia subterránea. En la parte superior del marco había una figura de Cerbero, el perro de tres cabezas que los griegos creían que guardaba la puerta del reino de los muertos. Puso el espejo de perfil y contempló con ojo crítico la superficie de bronce pulido. Presentaba una lisura impecable, lo que garantizaba un reflejo sin distorsiones.

«Perfecto.»

Lo apoyó en el suelo y se alejó unos metros, colocándose de forma que toda su figura estuvo contenida en el amplio espejo. Tras permanecer así unos segundos se acercó un poco. El reflejo le mostraba una capa marrón, una capucha y, donde debía estar el rostro, sólo oscuridad.

«Así me ven todos.»

Avanzó hasta quedar a tan sólo un metro del metal pulido. Aunque la luz de la antorcha alcanzaba el interior de la capucha, allí era engullida por la negrura.

Sonrió satisfecho.

Clavando los ojos en su imagen, apartó poco a poco la tela. Su cabeza quedó al descubierto. Pudo ver los contornos del rostro, rígidos y fríos como los de una estatua, negros como el hollín. En el hueco de sus ojos reinaba una oscuridad aún mayor.

Sonrió de nuevo, pero su reflejo permaneció impasible. La expresión era siempre severa en la máscara metálica que ocultaba su cara. Estaba hecha de plata pura, perfectamente ennegrecida mediante un baño de azufre. La contempló en el espejo mientras desanudaba tras su cabeza las correas de cuero que la mantenían sujeta. Al terminar, agachó la cabeza y la máscara se separó lentamente de él hasta quedar en sus manos. Tenía bandas de fieltro pegadas al interior. Gracias a eso podía llevarla tan cómodamente que casi nunca se la quitaba. Ni siquiera cuando estaba solo. De hecho, cuando pensaba en sí mismo no acudía a su mente la imagen de su cara, sino la de la máscara. Le dio la vuelta y contempló el gesto congelado. Era como una coraza sin brillo, implacable y tenebrosa.

«Éste es mi verdadero rostro.»

Sin saber por qué, experimentó el impulso de mirarse en el espejo sin la máscara. Meditó unos segundos sobre ello con la mirada perdida en los rasgos de plata negra.

Inspiró profundamente y elevó su rostro hacia el espejo.

CAPÍTULO 56

9 de junio de 510 a. C.

LA NOCHE ANTERIOR, Akenón había aguardado en mitad de la escalera a que Ariadna regresara. No quería volver al salón y esperar a la vista de los soldados, y tampoco podía hacerlo en el piso superior, donde había otro hoplita haciendo guardia.

Permaneció atento a los ruidos del piso inferior, nervioso y un tanto confundido. Unos minutos más tarde vio que el hombre gordo que los había interrumpido cruzaba el salón de nuevo en dirección a las escaleras. Si veía que Akenón seguía allí, podía pensar que estaba ocultándose con malas intenciones.

«Igual se pone a gritar», pensó Akenón inquieto. Lo último que quería en ese momento era llamar la atención de los soldados sobre Ariadna y él.

Subió el último tramo de escalera, saludó al soldado de guardia y entró en su habitación. Cerró la puerta y se quedó escuchando. El hombre gordo pasó por delante. Poco después oyó a Ariadna regresando a su dormitorio. Distinguió con claridad sus pasos, el sonido de la puerta y el ruido del jergón acogiendo su cuerpo. Tuvo el impulso de ir a su cuarto, pero se contuvo. No podía cruzar el pasillo delante del soldado de guardia para meterse en el dormitorio de la hija de Pitágoras. Se tumbó en el camastro pensando en ella y llegó a dudar de que aquello hubiera sido real. «¿De verdad hemos estado a punto de besarnos?» Todo había sido tan rápido y sorprendente que no estaba seguro. Y, si había sido cierto, ¿por qué Ariadna ahora estaba dispuesta a que ocurriera algo entre ellos?

Al cabo de un par de horas entraron los dos soldados con los que compartía habitación. Se desplomaron en sus camastros y en cinco minutos ambos roncaban plácidamente. Akenón continuó con la vista perdida en el techo, incapaz de dormir, sorprendido al darse cuenta de que albergaba fuertes sentimientos hacia Ariadna. Se habían desarrollado como algo al margen de la realidad, en un lugar de su mente donde desde hacía tiempo tenía claro que nunca ocurriría nada, que se despedirían sin más el día que regresara a Cartago.

«Ya no sé qué esperar.»

Intentó distraerse pensando en la investigación que iban a llevar a cabo en Síbaris; sin embargo, su mente regresaba a Ariadna, imaginaba qué habría sucedido si no los hubieran interrumpido y se le ponía la piel de gallina.

Cuando por fin consiguió dormirse, sus sueños lo situaron de nuevo en la escalera.

A la mañana siguiente, Akenón se reencontró con Ariadna en presencia de los soldados. Se limitaron a saludarse sin más. Después iniciaron el camino cabalgando juntos, manteniendo cierta distancia con los otros miembros del grupo igual que habían hecho la jornada anterior. Nada parecía haber cambiado, pero las miradas entre ellos eran ahora más prolongadas y no podían dejar de sonreír.

Ambos sabían que por la tarde llegarían a Síbaris. Allí tendrían ocasión de continuar lo que había quedado a medias.

En Síbaris se alojaron en una posada situada cerca del barrio de los aristócratas. Gracias a eso, los hoplitas que enviaron al palacio de Glauco tardaron poco tiempo en regresar con la respuesta. Ariadna y Akenón se reunieron con ellos y el resto de soldados en el amplio salón de la posada.

—Os recibirá mañana por la tarde. —El soldado hizo una pausa, dubitativo—. Bueno, en realidad ha dicho que enviará un mensajero indicando si os puede atender o no.

Ariadna frunció el ceño. Iban a ver a Glauco en nombre de Pitágoras. Era insólito que un iniciado pitagórico actuara de ese modo.

—De acuerdo —respondió Akenón—. Esperemos que finalmente nos reciba. —Se volvió hacia el resto de soldados—. Ahora será mejor que nos acostemos. Es tarde y mañana a primera hora tenemos que empezar a buscar pistas del encapuchado por todo Síbaris.

Los soldados gruñeron y se retiraron. Interrogar a Glauco podía tener lógica —si bien era arriesgado tocar las narices a un hombre tan poderoso, por muy amigo de los pitagóricos que fuera–; no obstante, a lo que no encontraban sentido era a repetir la búsqueda de pistas del encapuchado. En cualquier caso, ellos eran soldados y las órdenes de Milón habían sido muy claras: Obedecer a Akenón en todo. Cuando desapareció el último de los soldados, Akenón se volvió hacia Ariadna.

«Ya estamos solos», pensó con una sonrisa de complicidad.

Ariadna rehuyó su mirada y se alejó apresuradamente.

Ariadna cerró la puerta de su alcoba nada más entrar y apoyó la espalda contra ella.

«¿Qué me ocurre?»

La respuesta acudió a su mente con claridad: «Tienes miedo».

Akenón llamó suavemente. Al cabo de unos segundos ella abrió la puerta y retrocedió un par de pasos.

–Pasa –dijo esbozando una sonrisa indecisa.

–¿Estás bien? –preguntó Akenón con suavidad.

Ariadna se limitó a asentir. Tenía la sensación de que si hablaba se le quebraría la voz.

Akenón, vacilante, alargó una mano para acariciarle la mejilla. Cuando la tocó, ella dio un respingo.

–Ariadna, ¿qué sucede? –inquirió preocupado.

Intentó que ella le mirara a los ojos, pero Ariadna bajó la vista y se quedó en silencio mordiéndose el labio inferior.

–Ariadna...

–No hables –lo interrumpió de golpe abalanzándose para besarle.

Sus labios sellaron los de Akenón, que se quedó un instante paralizado. Cuando reaccionó, la rodeó con los brazos y la estrechó con delicadeza. Inmediatamente se dio cuenta de que Ariadna estaba temblando. Antes de que pudiera decir nada, ella lo empujó con fuerza.

–¡Aparta!

Akenón se quedó perplejo. Lo más sorprendente no era la reacción de Ariadna, sino el pánico de su voz.

–¡Vete!

Ariadna retrocedió y se encogió sobre sí misma como si intentara evitar que la pegaran.

–Ariad...

–¡¡¡Vete!!! –En su chillido vibrante había desesperación y terror.

Akenón la contempló angustiado sin saber qué hacer. Finalmente salió cerrando la puerta.

«¿Qué ha sucedido?», se preguntó en medio del pasillo oscuro.

Se volvió y contempló la puerta cerrada. Alargó una mano, dudó y la retiró a medio camino.

Al cabo de un rato seguía de pie frente al dormitorio de Ariadna.

La puerta se abrió lentamente.

CAPÍTULO 57

9 de junio de 510 a. C.

EL ENMASCARADO EMERGIÓ de su cámara subterránea a la noche fresca y limpia.

«Una noche magnífica. La diosa Nix bendice mis planes.» La máscara de plata negra ocultaba su expresión satisfecha. Se notaba exaltado, por lo que cerró los ojos un momento. Los latidos de su corazón se ralentizaron y su respiración se aquietó como si estuviese en trance. Su excepcional capacidad de dominar las emociones era sólo una de las múltiples habilidades que había aprendido gracias a Pitágoras. Le estaba agradecido sobre todo por el conocimiento de la milenaria sabiduría de Egipto, que permitía despertar poderosas fuerzas latentes en la mente humana.

«Todavía escondes algunos secretos, pero tengo que reconocer que he aprendido mucho de ti... antes de superarte.»

Cubrió la máscara con la capucha y se dirigió a los establos.

«También estoy agradecido a Atma», pensó mientras cogía las riendas del caballo que el esclavo le había proporcionado. Lo sacó al exterior y cerró la puerta de los establos. La oscuridad daba un matiz inquietante a los sonidos. Antes de montar, palpó la bolsa de monedas de oro y el cuchillo envenenado que ocultaba bajo la capa.

—El siguiente golpe será el mejor de todos —murmuró con su voz ronca.

Subió a lomos del poderoso animal y se adentró por un camino del bosque. Mientras cabalgaba hacia Crotona, se regocijaba pensando en la desgracia que al día siguiente caería sobre los pitagóricos.

CAPÍTULO 58

9 de junio de 510 a. C.

ARIADNA MIRÓ A AKENÓN en silencio con lágrimas en los ojos. Se dio la vuelta y arrastró los pies hasta la cama, notando que Akenón entraba tras ella y cerraba la puerta. Se sentó en el jergón, desmadejada y triste. No sabía cómo empezar pero estaba decidida a contarlo todo. Realizó una inspiración profunda, entrecortada por un sollozo, y comenzó a hablar con la vista clavada en el suelo de arena.

–Cuando tenía quince años... me secuestraron.

La frase resonó un instante en el aire de la pequeña habitación. Ariadna volvió a respirar hondo, apretó los dientes y prosiguió con voz temblorosa.

–Mis secuestradores me dijeron que lo hacían por encargo y que iban a violarme y a matarme. –Miró a Akenón, que se estremeció bajo aquellos ojos de hielo que se derretían poco a poco. Al volver a hablar, su voz se había convertido en un río de dolor–. Yo tenía quince años, Akenón. Nunca había estado con un hombre... –Se llevó las manos a la cara y su cuerpo se agitó con un llanto profundo y silencioso.

Akenón se sentó a su lado y apoyó una mano en su hombro con suavidad.

Un rato después, Ariadna bajó las manos y continuó un poco más serena.

–Pensaban matarme al tercer día, pero mi padre movió cielo y tierra y consiguió localizarme antes de que pasaran veinticuatro horas.

De nuevo se detuvo, perdida en los recuerdos. En su respiración encrespada vibraban el odio y la repugnancia.

–Milón todavía no era el jefe del ejército, pero iba al frente del grupo de soldados que dio con el lugar donde me ocultaban. A los tres secuestradores no les dio tiempo ni a coger sus armas. En cuestión de segundos estaban acribillados y se desangraban en el suelo.

—¿Atraparon al que lo organizó?

Ariadna miró al infinito durante un rato antes de responder.

—No. Mis raptores nunca dijeron su nombre, sólo se complacían en decirme que lo conocería al tercer día. Que entonces me *haría el honor* de visitarme y él mismo me violaría y después me mataría lentamente. Mis captores eran unos miserables criminales, pero cuando hablaban de aquel hombre yo notaba un odio inmenso que no provenía de ellos, sino del hombre que los instigaba. Lo que sí mencionaron es que mi *castigo*, como ellos decían, era una venganza contra mi padre.

Akenón oprimió delicadamente el hombro de Ariadna. Ella lo miró y sonrió con los labios húmedos de lágrimas. Fue una sonrisa breve que cedió de nuevo a la amargura.

—Después de aquello mi vida cambió, yo cambié. Antes era normal, como mi hermana Damo, pero me volví retraída, desconfiada y siempre estaba asustada. Además, me moría de vergüenza por lo sucedido, me sentía culpable y sucia. Veía en los demás miradas de reproche, incluso en los ojos de mi madre y de mi hermana. —Negó con la cabeza—. Sólo podía tolerar la presencia de mi padre. Él consiguió que mi vida no se apagara gracias a su sabiduría y su apoyo incondicional. Me envolvió en un manto protector y llenó todo mi tiempo y mi mente con la doctrina.

Ariadna irguió el cuerpo inconscientemente adoptando una postura de mayor fortaleza.

—Mi padre consiguió que recuperara la seguridad y el equilibrio. Me exigía lo justo para que pudiera superar los retos que me planteaba. Estimulaba mi interés y me mantenía animada. Al principio nos centramos en aumentar mi control sobre las emociones y el pensamiento, pero rápidamente me aferré a sus enseñanzas como si fueran la última bocanada de aire y extendimos el aprendizaje a otras áreas. En algunas yo ya estaba iniciada, otras eran nuevas para mí. —Dudó unos instantes antes de proseguir—. Aunque nadie conoce los detalles, no es un secreto que me transmitió conocimientos reservados a los grandes maestros. Al hacerlo se saltó algunas de sus propias normas, lo que ha levantado más de una ampolla. —Asintió pensativa y después sonrió cariñosamente–. Hizo todo lo que pudo por mí, y así me salvó la vida por segunda vez.

Secó sus lágrimas con el dorso de la mano y miró a Akenón a los ojos.

–Pasé diez años sin hablar con nadie, aparte de mi padre, pero al final lo superé. Sin darme cuenta él restauró mi confianza, consiguió que me sintiera fuerte e independiente. Además, me asignó un papel en la comunidad que encajaba con la persona en la que me he convertido. Ahora me dedico a enseñar a los niños, pero también formo parte de muchas embajadas a otras comunidades, y eso me permite viajar con frecuencia. Aunque me gusta la comunidad, cuando llevo tres o cuatro meses sin salir me siento enjaulada. Mi padre dice que ya era así de niña, que tengo espíritu de viajera. La verdad es que los recuerdos de mi niñez ahora me parecen tan irreales...

Akenón contempló a Ariadna, perdida en su pasado violentamente truncado. La luz de la lámpara de aceite se reflejaba en sus ojos enrojecidos e hinchados. Experimentó hacia ella un instinto protector y una corriente de afecto tan fuerte que lo sorprendió. Reprimió el impulso de abrazarla y se limitó a tomarla de la mano. Ariadna siguió mirando al infinito y Akenón apretó la mano para que volviera con él.

Ariadna giró la cabeza hacia Akenón y se sintió reconfortada, envuelta en la calidez de su mirada acogedora. Nunca le había gustado tanto como en ese momento.

–No había hablado de esto con nadie, pero quería contártelo... –Ariadna bajó la mirada, nerviosa, pero enseguida alzó la cabeza y lo miró con decisión a los ojos. Se ruborizó intensamente antes de volver a hablar–: Y quería decirte que quiero estar contigo.

Ariadna llevaba media vida soñando con este momento.

El sexo había sido el protagonista de sus pesadillas durante varios años tras su secuestro, pero después ella había progresado tanto en su dominio interior que había conseguido superar casi todo el trauma. Los miedos de su pasado acababan de revivir en un breve fogonazo al besar a Akenón –¡era la primera vez que besaba a un hombre!–; sin embargo, ya se habían disipado. Ahora llevaban un largo rato tumbados. Ella estaba echada sobre el musculoso cuerpo de Akenón, que se limitaba a estrecharla en sus brazos y a besarla con toda la suavidad y el cariño que necesitaba. Seguían con la ropa puesta y Ariadna agradecía que Akenón no intentara ir más allá, a pesar de que notaba que él experimentaba una poderosa erección desde que habían empezado a abrazarse.

Aparte de la violencia demente de sus secuestradores, Ariadna no tenía ninguna experiencia con el sexo. Al notar bajo su cuerpo la reacción del de Akenón a su contacto, había tenido que recurrir a toda la fuerza de su entrenamiento para no salir corriendo. Ahora su cuerpo estaba tenso, no conseguía relajarse del todo, aunque lo cierto era que el comportamiento de Akenón la estaba ayudando. La besaba sin urgencia, acariciando sus labios; la miraba a los ojos con su mirada cálida, haciendo que se sintiera segura y unida a él de un modo muy íntimo; dejaba que fuera ella quien tomara la iniciativa, quien decidiera cuándo separarse y cuándo besarse más profundamente. No podía negar que aquello empezaba a gustarle.

Akenón se notaba cada vez más enardecido. Ella parecía ansiosa por explorar nuevas sensaciones y ahora estaba jugando con su labio inferior, dando pequeños mordiscos, succionándolo suavemente y recorriéndolo con la lengua. Era excitante tener tan cerca la cara de Ariadna, la voluptuosa, inteligente y misteriosa Ariadna, con sus carnosos labios entreabiertos y húmedos, la punta de la lengua asomando para una nueva caricia, la mirada inquieta y profunda, ávida y sensual.

Después de un beso largo e intenso, Akenón decidió intentar avanzar un poco más. Entrelazó los dedos en el nacimiento de su cabellera y le acarició la nuca a la vez que besaba la delicada piel de su garganta. Ella sintió un escalofrío de placer y dejó escapar un suave ronroneo. Akenón le subió el borde de la túnica y acarició la cara interna de sus muslos ascendiendo poco a poco. Notaba que la piel se erizaba tras su contacto. Ariadna se dejó llevar con los ojos cerrados y comenzó a respirar entrecortadamente junto a su oído. La mano de Akenón se volvió más codiciosa. La punta de sus dedos recorrió la redondez atlética de aquellas nalgas suaves, con caricias que avanzaban hacia la zona más íntima de la mujer.

Ariadna comenzó a apretarse contra él. Akenón elevó la cadera a la vez que envolvía con las manos aquel culo rotundo y lo atraía hacia sí. Ella atrapó entre los labios el lóbulo de su oreja y lo lamió haciendo que se estremeciera. Al cabo de un rato Ariadna apoyó las manos en su pecho y se incorporó sentándose a horcajadas. Tenía una expresión salvaje. Se quitó precipitadamente la túnica y Akenón contuvo el aire en sus pulmones sin darse cuenta. Más de una vez la había imaginado desnuda, pero aquello superaba sus fantasías. Era tan hermosa que durante un momento lo único que pudo hacer fue admirarla.

Ariadna contempló con los ojos brillantes la reacción de Akenón. Estaba fascinada por el efecto que producía en él. Después se arqueó echando hacia atrás la cabeza y los hombros. Sus pezones turgentes apuntaron al techo. Le sorprendía tanto la intensidad de su propio deseo como sentirse así de desinhibida. Akenón agarró sus generosos pechos con ambas manos y los acarició con delicadeza. Sus manos eran cálidas y suaves. La boca del atractivo egipcio acompañó a las manos sobre su piel tersa y Ariadna no pudo contener un gemido ronco. Akenón alcanzó un pezón y después el otro. Utilizó los labios y la lengua para estimular con deliciosa habilidad su carne sensible. Ariadna creyó enloquecer.

Akenón recorrió con una mano la espalda y los hombros de Ariadna mientras con la otra acariciaba sus pechos. Ella jadeaba y arañaba su espalda. «Ya está preparada», pensó Akenón. Se quitó con cierta dificultad el taparrabos que, a diferencia de los griegos, llevaba bajo la túnica. Después se sacó ésta por la cabeza y quedó desnudo bajo Ariadna, que seguía a horcajadas sobre él. Sonrió al ver que ella recorría su cuerpo con una mirada sedienta, apreciando sus potentes pectorales, los abdominales marcados y la musculatura de sus brazos. Ariadna pasó las uñas por los músculos de su pecho. Él la tomó de las caderas y acomodó la virilidad erecta en la entrada del cuerpo femenino. Sintió que comenzaba a envolverle su humedad caliente. Bajó poco a poco las manos a la vez que presionaba ligeramente contra ella.

Ariadna notó que su cuerpo escapaba al control de su voluntad y se separó bruscamente.

«No puedo.»

El pensamiento atravesó su cerebro como una flecha de hielo. Una ola de frío la recorrió de los pies a la cabeza. Su cuerpo se retrajo con violencia y su temor aumentó, disparándose un círculo vicioso de miedo e inhibición tan irresoluble como un castigo de los dioses.

«Ahora Akenón me despreciará y nunca podré volver a mirarlo a la cara.» Iba a tener que esconderse en un rincón apartado de la comunidad, como hizo durante tantos años.

Una parte de su mente luchaba contra el absurdo de estos pensamientos, pero su cuerpo no conseguía reaccionar. Akenón tomó su cara con ambas manos e hizo que lo mirara a los ojos.

–Ariadna, mírame. –Cuando ella fijó la mirada, continuó hablando en un susurro tranquilizador–. No te preocupes. Ha sido muy agradable, no tenemos por qué ir más allá esta noche.

Ariadna notó que los ojos se le llenaban de lágrimas y se dejó caer sobre Akenón. Él la estrechó con firmeza. Sintió cómo desaparecía la erección del hombre y cerró los ojos, con la cara apoyada sobre el amplio pecho masculino. Akenón se limitó a pasar la mano por su pelo muy suavemente. Eso ayudó a que no tardara en tranquilizarse. Al cabo de un rato notó sorprendida que su cuerpo conservaba parte del calor que Akenón había prendido con sus caricias. Sonrió contra su pecho y levantó la cabeza.

–Quiero intentarlo.

Akenón analizó su mirada. Había algo de temor, pero estaba decidida. La miró con cariño y le dijo en silencio que sólo ocurriría aquello que deseara. Volvieron a besarse, esta vez más lentamente, dejando que la reacción de sus cuerpos marcara el ritmo. Cuando Akenón percibió que la respiración de Ariadna volvía a acelerarse, le acarició con los labios el cuello y los senos con mayor suavidad que antes. Ella continuaba recelosa, aunque poco a poco se dejaba llevar. Akenón, sin embargo, intuía que encontrarían el mismo problema si recorrían el mismo camino. Se apartó de Ariadna con delicadeza y se tumbó a su lado en la cama. Humedeció con saliva dos dedos y los apoyó delicadamente sobre su abertura íntima.

Ariadna se puso tensa, pero después consiguió relajarse bajo las caricias lentas y delicadas de Akenón. Notó cómo regresaban a su interior el calor y la humedad. Los dedos viriles lograron que su cuerpo se distendiera, y cuando alcanzaron gozosamente el centro de su placer, la yema sensible dormida hasta entonces, comenzó a gemir.

Akenón aceleró el ritmo poco a poco. Ariadna empezó a jadear de placer y él de pura excitación, contemplando a la voluptuosa griega retorciéndose y gimiendo de goce, derritiéndose entre sus dedos.

Ella colocó una mano sobre la masculina que tan íntimamente la acariciaba, animándole a que avivara el ritmo, y con la otra pellizcó uno de sus pezones.

«Por Baal, Amón y todos los dioses. Ni siquiera Afrodita puede inspirar tanto deseo.» Akenón estaba estupefacto ante la magnitud de su propio ardor. Notaba que Ariadna se encontraba cerca de alcanzar la cumbre del placer, y él mismo estaba próximo debido a la desmesurada pasión que lo consumía.

De repente Ariadna abrió los ojos y le dirigió una mirada febril.

–Ahora –dijo en un susurro entrecortado de deseo.

Akenón se puso encima. Ariadna lo miraba con intensidad. Los fantasmas del pasado llamaban a su mente, pero el rostro de Akenón le transmitía el afecto y la seguridad que necesitaba. La había guiado hasta ese punto de un modo sensible y placentero. Sabía que era él con quien podía y deseaba completar un camino que había creído imposible.

Abrazó la espalda de Akenón mientras él entraba en su cuerpo con una suavidad sorprendente. Akenón se mantuvo apoyado en los codos para que no se sintiera aprisionada. Un minuto después fue ella la que estrechó el abrazo buscando el máximo contacto entre sus cuerpos. La carne viril parecía hacer magia en su interior y sintió que el calor de su vientre se acrecentaba hasta límites inimaginables. Agarró el culo fornido de Akenón y apretó hacia ella, apremiándolo a intensificar sus acometidas. La sensación gozosa se multiplicó y el volcán que era su cuerpo entró en erupción. Su carne se convirtió en lava de placer fundido. En ese momento no fue consciente de que clavaba las uñas en el culo de Akenón, de que el hombre se derramaba en su interior bramando como un oso ni de que ella misma chillaba con todas sus fuerzas.

CAPÍTULO 59

10 de junio de 510 a. C.

EL MENSAJERO DE GLAUCO se alejó de la posada. Akenón lo contempló desde la puerta, pensativo. El sol ya se había puesto y las nubes viraban lentamente del rojo ardiente del ocaso a un gris difuminado. Frunció el ceño. Había estado todo el día esperando la respuesta de Glauco y ésta no había llegado hasta la puesta de sol.

«Me da mala espina.»

Echó un último vistazo a la espalda del mensajero y entró en la posada. Dos de los soldados aguardaban instrucciones. El resto aún no había regresado de la labor de investigación que les había asignado.

La sensación de peligro le llevó a pensar en Ariadna y sintió un fuerte instinto de protección. Sin embargo, hasta ahora ella había demostrado ser incluso más capaz que él de protegerse.

Lo sucedido la noche anterior acudió a su mente y no pudo evitar sonreír. «No sabía que todavía era capaz de semejantes proezas», pensó al recordar las veces que lo habían hecho. Las tres primeras habían sido casi seguidas, bajando el ritmo entre ellas pero sin dejar de besarse y acariciarse. Después necesitó tumbarse boca arriba.

–¡Por Apolo y Afrodita –exclamó Ariadna cuando él se retiró–, jamás había soñado con experimentar tanto placer! Oh, cielos, lo que me he perdido tantos años. Reponte rápido, tenemos que continuar lo antes posible.

Unos segundos después comenzó a besarle el cuello y el pecho.

–Espera, espera. –Akenón rió y la tomó de los hombros–. Si no quieres acabar conmigo, deja que descanse unos minutos.

Ariadna se apartó y observó la piel sudorosa que recubría los músculos de su amante egipcio. La luz tenue de la lámpara de aceite le daba un matiz irreal. Pensó que podía ser el mismo Apolo, aunque más moreno y corpulento.

«Quizás se parezca más a un titán», pensó besando su hombro. Tenía un sabor delicioso, ligeramente salado.

Akenón soltó una carcajada repentina.

—Y pensar que cuando nos conocimos me mandaste a orinar al bosque en cuanto me insinué.

—Fuiste grosero y presuntuoso —contestó ella riendo—. Merecías que te bajara los humos. Y lo cierto es que resultó muy divertido ver la cara que pusiste.

—¿No te di un poco de pena?

—Ninguna —respondió Ariadna—. Estoy acostumbrada a parar los pies a los que intentan propasarse. Sé que a veces resulto arisca, pero me viene bien teniendo en cuenta que soy una mujer soltera que viaja bastante. Por otra parte —añadió en un tono más sombrío—, cuando me ocurrió *aquello*, algo se bloqueó dentro de mí. Ya te he contado que mi padre consiguió que volviera a relacionarme con el mundo, pero seguía aterrorizándome la intimidad y levanté una barrera para que ningún hombre se acercara demasiado. —Se incorporó en la cama y le hizo una caricia en la mejilla—. Tú me has liberado de ese bloqueo. Ya no lo noto, y espero que se haya ido para siempre. De todos modos —continuó en tono divertido—, seguiré poniendo en su sitio a todos los engreídos que sólo vean en mí una posible diversión. Aunque, afortunadamente, ser hija de Pitágoras me protege en las ciudades por las que viajo, pues todas están en la órbita de la hermandad.

—Menuda sorpresa me llevé al enterarme de que eras su hija. Me prometí a mí mismo intentar verte a partir de ese momento como la hija de Pitágoras antes que como una mujer irresistible.

Ariadna sonrió agradeciendo el cumplido.

—Y ahora, ¿qué ha ocurrido? —ronroneó.

—Supongo que estar los dos juntos, lejos de la comunidad, afecta al modo de ver las cosas. Además, tienes que reconocer que desde que salimos de Crotona has sido tú la que se ha insinuado.

Ariadna lanzó una risa fresca. Después se acercó a Akenón y lo besó largamente en los labios.

–Me di cuenta de que me gustabas y... me excitabas. Eso no me había ocurrido nunca. No podía dejar pasar la oportunidad. Volvió a besarlo, con más pasión. Akenón pasó un brazo por su cintura desnuda y la atrajo hacia sí.

–Eres una mujer tremendamente sensual. Me temo que he despertado a una fiera que va a acabar conmigo.

Ella se acomodó encima de Akenón y apoyó los antebrazos en su pecho.

–Soy una mujer diferente cuando estamos juntos, y me encanta. Igual que cuando perseguíamos a Atma. Me resultó sorprendente sentirme tan lanzada, como si llevara toda la vida persiguiendo criminales.

La expresión de Akenón se nubló con el recuerdo de aquella jornada. Ariadna se apresuró a besarlo estrechando su cuerpo contra él. Enseguida notó que Akenón reaccionaba y se adentraron en el cuarto asalto carnal de la noche.

Akenón apartó aquellos agradables recuerdos y se dirigió a sus hoplitas.

–Gelo, Filácides, partimos inmediatamente al palacio de Glauco.

Los soldados se pusieron firmes y se encaminaron hacia la salida.

En ese momento apareció Ariadna.

–¿Qué ocurre? –preguntó–. ¿Ha llegado por fin la respuesta de Glauco?

Akenón vaciló antes de responder. Ariadna se había retirado a su habitación hacía media hora porque le dolía la cabeza, y Akenón había estado dudando si avisarla o no para la reunión con el sibarita. Estaba de acuerdo en que Ariadna podía ser útil con el enigmático Glauco, pero por otra parte recordaba cuando había presenciado la furia asesina del sibarita, ordenando enloquecido torturas y asesinatos. «Glauco será pitagórico, pero también es impredecible y puede volverse muy peligroso.» Además, también se acordaba de su esclavo Bóreas, aquella bestia inconcebible que Glauco utilizaba como verdugo. Todavía sentía escalofríos cuando rememoraba lo ocurrido aquella noche de hacía dos meses. Veía de nuevo al inmenso tracio aplastando al copero delante de él mediante la fuerza inhumana de sus brazos. Jamás olvidaría el sonido que había hecho el pecho del desgraciado al hundirse. Aquel terrible y sanguinolento crujido pastoso.

Ariadna se percató de las dudas de Akenón. De repente sintió una punzada de dolor y resentimiento de una intensidad sorprendente. Procuró disiparla antes de hablar, pero no lo consiguió.

–Ya veo que habías decidido dejarme atrás. Quizás no te hayas dado cuenta de que Glauco es pitagórico, ni de que yo tengo el grado de maestra de la orden y soy la hija de Pitágoras. Si alguien puede negociar con él, o presionarlo, soy yo.

Akenón humilló la mirada, avergonzado por el merecido reproche. Ariadna no quería decir nada más, pero su irritación seguía creciendo y no pudo contenerse.

–¿Qué pretendías, protegerme? ¿Con qué derecho tomas decisiones por mí? ¿Acaso eres mi padre, o mi marido, que afortunadamente no tengo?

Se hallaban junto a la puerta de la posada. Ariadna había hablado a un volumen suficiente para que la oyeran los soldados, que aguardaban a un par de metros. Akenón advirtió que uno de ellos contenía una risita.

–Está bien, perdona. Es cierto que estaba dudando si avisarte. No debía haberlo hecho. –Levantó las manos intentando apaciguarla.

Ariadna se dio la vuelta sin responder y fue a su habitación para coger los pergaminos que había traído de la comunidad.

«Maldita sea», se dijo sintiendo que su dolor de cabeza aumentaba.

Entró en el dormitorio y sacó los documentos de debajo de la cama. Cuando iba a salir de nuevo se detuvo, desconcertada, y se sentó en el jergón.

«¿Qué me ha ocurrido?»

Fijó su mirada en un punto de la pared e inició una respiración lenta y profunda. Sabía que llevaba una existencia impropia de una mujer griega. Tenía un montón de privilegios…, en realidad, los mismos privilegios que cualquier hombre griego. Su independencia y su libertad formaban parte esencial de ella. Pero vivía en un mundo de hombres y Akenón no era tan diferente al resto, por mucho que fuese amable, atractivo, encantador…

«¡Maldita sea!», volvió a repetirse. Sabía que la comunidad era una excepción y que en la mayoría de las ciudades de Grecia las mujeres eran poco más que esclavas, seres sin derechos subordinados a los deseos de sus amos. Y, por lo que sabía, en la mayoría de los pueblos extranjeros sucedía algo similar. ¿Por qué iba a ser diferente Akenón?

No obstante, aquello no justificaba cómo se sentía. Sí, había supuesto una decepción que él decidiera por ella como si fuera de su propiedad, que pretendiera dejarla al margen... «Pero una reacción tan intensa no es propia de mí», se dijo sorprendida. Incluso ahora, con el cuerpo completamente relajado, su mente se negaba a serenarse; como si muy dentro de ella, en algún lugar al que no conseguía acceder, hubiera una tormenta implacable y devastadora.

Tendría que resolver eso en otro momento. Ahora debían ir al palacio de Glauco. Se levantó de la cama, atravesó la posada y salió al exterior evitando cruzar la mirada con Akenón.

CAPÍTULO 60

10 de junio de 510 a. C.

A BÓREAS LE HABÍAN CORTADO la lengua cuando tenía ocho años. Sin embargo, no la necesitaba para estar al corriente de cuanto sucedía en el palacio de Glauco. Todos los esclavos y sirvientes corrían a comunicarle cualquier novedad. Sabían que eso era lo que él deseaba y se esforzaban por satisfacer cada uno de sus deseos. Bóreas era una montaña de músculos que superaba en medio metro y setenta kilos al más corpulento de ellos. Aun así, no era eso lo que le garantizaba la obediencia de todos. No le obedecían por ser un coloso, sino por lo que sucedió un mes después de que Glauco lo comprara.

Entonces debía de tener sólo dieciséis o diecisiete años pero ya había alcanzado sus temibles dimensiones. Se mantenía siempre al margen del resto de la servidumbre, observándolos inexpresivamente. Un día, cuando todos se habían acostumbrado ya a no prestarle atención, comenzó a dar órdenes mediante gestos y gruñidos guturales. Exigió privilegios que no le correspondían por su juventud y por el poco tiempo que llevaba en el palacio. Uno de los sirvientes más veteranos se rió de él y lo trató despectivamente delante de un grupo numeroso de esclavos. Algunos se temieron lo peor, pero no sucedió nada. Bóreas se retiró en silencio.

Esa misma noche, el veterano despertó bruscamente cuando notó que le quitaban la manta de un tirón. La habitación comunal no estaba a oscuras como era lo normal a esas horas, sino iluminada por dos lámparas de aceite. Varios hombres se estaban incorporando en sus catres, recién despertados y tan desconcertados como él. A los pies de su cama estaba Bóreas. Tenía la cabeza inclinada para no golpearse en el techo. Bajo su brazo llevaba un esclavo adolescente de frágil constitución al que había amordazado. El chico miraba en todas direcciones con ojos de terror. Cuando el veterano clavó la vista en ellos, Bóreas agarró un brazo del adolescente y de un tirón seco lo arrancó a la altura del hombro. La mordaza amortiguó los alaridos. El gigante arrojó sobre el veterano el brazo arrancado y después al esclavo, de cuya espantosa herida salía la sangre a borbotones. Bóreas apoyó una de sus enormes manos sobre el desgraciado amordazado y aprisionó con el cuerpo mutilado al veterano que se había reído de él. Sonrió tranquilamente y arrancó el otro brazo. El esclavo retorció frenéticamente su cuerpo desmembrado. Bóreas se volvió hacia todos los presentes con el brazo desgajado en la mano. En su mirada fría e intensa había un mensaje muy claro. Dejó caer el brazo y se fue a su habitación sin volver la vista atrás. Poco después dormía como si no hubiera pasado nada.

Glauco lo hizo llamar a la mañana siguiente nada más enterarse de lo ocurrido. Como había calculado Bóreas, todo quedó en una reprimenda. El esclavo al que había matado se llamaba Erilao y Glauco lo apreciaba tan poco que tenía pensado venderlo una semana más tarde al mejor postor, aunque fuese por una dracma. Erilao había sido la elección idónea para su demostración aleccionadora. Eso fue otra muestra de su inteligencia retorcida que no pasó por alto ni a la servidumbre ni a Glauco. Siguió siendo esclavo, pero entre los siervos adquirió la categoría de un dios. Poderoso, astuto y temible.

En cuanto a Glauco, unos días más tarde convirtió a Bóreas en su esclavo de confianza.

Bóreas aguardaba oculto la llegada de Akenón.

Hacía una hora que le habían avisado de que el egipcio iba a volver al palacio. Inmediatamente se apostó en una habitación de invitados cuya ventana daba al patio principal. Al otro lado del patio podía ver el pasillo de entrada por el que aparecería Akenón en cualquier momento.

La cercanía del investigador egipcio le hacía evocar la última vez que había podido satisfacer sus instintos sádicos. Disfrutaba matando, pero Glauco le había prohibido terminantemente hacerlo excepto cuando él se lo indicara. Aquella noche de hacía dos meses se sintió libre, como un león que hubiera pasado mucho tiempo enjaulado. Aplastar al copero Tésalo resultó placentero, pero lo mejor fue tener a Yaco, el amante adolescente de Glauco, completamente a su merced.

Glauco le había encargado desfigurarlo con un hierro al rojo, y cumplió concienzudamente su encargo, pero después se permitió ir un poco más allá.

Sonrió malévolamente al recordarlo. El joven Yaco, que tan bello era unos minutos antes, se retorcía de dolor en el suelo de arena. Estaba desnudo, se llevaba las manos a la cara y chillaba como un animal agonizante. En el aire flotaba el olor dulce de la carne quemada.

Entonces Bóreas lo tumbó boca abajo en una mesa, aplastándole la espalda con una manaza para que no escapara, le separó las piernas y lo violó salvajemente.

Yaco estuvo a punto de morir, pero Bóreas tuvo el cuidado de mantenerlo vivo. Sabía que Glauco se arrepentiría de su decisión de hacerlo encadenar a un remo y enviarlo a alta mar. También tenía la certeza de que el sibarita interrogaría a las personas que lo habían visto tras la tortura, aunque sólo le sirviera para mortificarse. Debían decirle que estaba desfigurado pero vivo y sin otras lesiones aparentes. En cualquier caso, Bóreas se cubrió las espaldas. Colocó a Yaco en un barco que tardaría al menos un mes en regresar. Además sobornó al responsable de los remeros para que fuera tan duro con Yaco que éste muriera antes de una semana. La mortandad era tan elevada entre los remeros, y Yaco tan endeble para esa tarea, que nadie sospecharía.

Sin duda fue una gran noche, pero normalmente no era así. Bóreas sentía que languidecía bajo las limitaciones que le imponía su amo. Aquella noche mágica, por ejemplo, Bóreas contaba con que Glauco también le permitiría matar a Akenón. A fin de cuentas, el egipcio había destapado la relación prohibida entre Yaco y Tésalo. No era infrecuente que la ira provocada por una mala noticia acabara con el mensajero.

Las expectativas de Bóreas no se cumplieron y a la mañana siguiente tuvo que dejar que Akenón se fuera con su recompensa. Cuando el egipcio cruzó el patio delante de él, llevando de las riendas a su mula cargada de plata, Bóreas pudo oler su miedo. Antes de que saliera cruzaron una última mirada y Bóreas le habló sin palabras.

«Tus dioses te han protegido, Akenón. La próxima vez no tendrás tanta suerte.»

La puerta interior del palacio, de madera reforzada con bronce y doble hoja, se abrió pesadamente. Bóreas se apoyó en el marco de la ventana y aguzó la vista.

«Akenón, volvemos a vernos», pensó con avidez en cuanto divisó el rostro del egipcio.

También entraron un par de soldados de Crotona y alguien más... a quien de momento no podía ver porque lo tapaba la estatua de Apolo. Un secretario de Glauco salió a recibirlos. Tras intercambiar unas palabras, los soldados permanecieron en su posición y Akenón avanzó con su acompañante, que quedó a la vista de Bóreas.

«¡Es una mujer!»

La mirada de Bóreas se estrechó y gruñó mostrando los colmillos. Corrió hasta otra ventana para ver más de cerca a la mujer de pelo claro. En el interior de su boca el muñón de la lengua se removió como un animal hambriento. Desde ese instante deseó con toda la fuerza de su mente perturbada tener a su merced a Ariadna.

CAPÍTULO 61

10 de junio de 510 a. C.

EURÍBATES, maestro veterano de la orden pitagórica, dio por finalizado el comentario de la lectura de aquella noche. Mientras los asistentes se retiraban a sus dormitorios, él salió al exterior. Cruzó los brazos sobre el pecho y contempló con preocupación la oscuridad que envolvía la comunidad de Crotona.

«¿Dónde estará Pelias?»

Pelias era uno de los discípulos que tenía a su cargo. El más aventajado, sin duda. Sobresalía en matemáticas y era tan carismático y convincente que dejaba con la boca abierta a los de su mismo rango. Los que tenían un rango inferior quedaban literalmente hechizados. Acababa de alcanzar el grado de maestro y esa tarde se había marchado a Crotona con un grupo de estudiantes. Le habían encargado una misión sencilla. Consistía en llevar un mensaje a uno de los miembros del Consejo de los 300, aunque Pelias había pedido permiso para pasear después con el grupo por Crotona. Quería hacerles algunas observaciones sobre las virtudes de una sociedad pitagórica.

A Euríbates le alegraba el afán pedagógico de Pelias, y accedió a su requerimiento con el único requisito de que estuvieran de regreso antes de la cena. Sin embargo, ni Pelias ni los seis estudiantes que lo acompañaban se habían presentado a la cena ni a la posterior lectura.

«Voy a dar la voz de alarma», decidió Euríbates dirigiéndose hacia la patrulla de hoplitas más cercana.

Cuando estaba a medio camino se detuvo al oír revuelo en la entrada de la comunidad. Poco después el revuelo ascendió hacia él. En medio de la confusión creyó distinguir la voz alterada de Pelias. Euríbates se apresuró en su dirección, aliviado porque hubieran regresado, pero con una inquietud nueva por la alarma que detectaba en las exclamaciones de su discípulo.

–¡Euríbates! –gritó Pelias en cuanto lo distinguió–. Gracias a los dioses que te encuentro.

–Cálmate, hermano –repuso Euríbates tomando a Pelias de un brazo. Estaba disgustado porque su discípulo mostrara tan poca moderación, aunque percibía en sus ojos tal horror que no añadió nada más, en espera de oír sus explicaciones.

–Maestro, es terrible, terrible. –La angustia quebró la voz de Pelias. Antes de seguir, miró con suspicacia a los soldados que se habían aproximado y bajó la voz–. Tenemos que hablar en privado. ¡Ahora mismo!

Los seis estudiantes los siguieron de cerca, pálidos y sin despegar de Pelias su mirada nerviosa. Se apresuraron en silencio hacia una de las grandes casas comunales, en la que ambos residían. Los hoplitas patrullaban el perímetro y el interior de la comunidad, pero tenían instrucciones de no entrar en los edificios a menos que se lo requirieran.

En cuanto estuvieron en el patio interior, Pelias miró a su maestro con los ojos desmesuradamente abiertos.

–Hemos descubierto una traición, Euríbates. ¡Hay un traidor entre los grandes maestros!

La mente de Euríbates tardó varios segundos en desbloquearse tras escuchar las palabras de Pelias. Cuando pudo reaccionar miró a su alrededor, asustado por la magnitud de lo que acababa de oír. Pelias y los estudiantes tenían los ojos clavados en él. Un poco más allá había tres pitagóricos conversando y algunos más se encaminaban tranquilamente a sus dormitorios.

«¡Un traidor entre los grandes maestros!» Aquello era una terrible acusación. Debía de haber algún malentendido. Había que aclararlo lo antes posible sin llamar la atención.

–¿Cómo se te ha ocurrido semejante locura? –Euríbates se acercó más a Pelias, hablando en un discreto susurro–. Explícate.

–No hay ninguna duda, maestro Euríbates. ¡Lo he visto con mis propios ojos! –Pelias respiraba agitadamente sin conseguir calmarse, pero hizo un esfuerzo por ordenar sus pensamientos–. Esta tarde hemos entrado en una taberna para refrescarnos. Hemos pedido una jarra de mosto y cuando iba a pagar he oído que nos llamaban desde la esquina del comedor.

»–¡Pitagóricos!

»Me di la vuelta, un poco ofendido tanto por el modo de llamarnos como por el tono insolente de aquella voz. El que nos llamaba era un marino con pinta de estar un poco borracho. Tenía unos cuarenta años y era griego, pero no de por aquí. Hablaba con un acento que no conseguí identificar, tal vez corintio. Mientras lo miraba hizo un gesto con la mano para que nos acercáramos.

»–Venid a celebrar conmigo, pitagóricos –gritó hacia nosotros–. Hoy estoy dispuesto a invitar a todos los pitagóricos del mundo.

»Tanto sus palabras como su tono despertaron mi curiosidad. Parecía ocultar una segunda intención que decidí desvelar, así que nos acercamos a él y aceptamos la invitación de sentarnos a su mesa.

»–Tú tienes pinta de ser un maestro, con todos éstos siguiéndote –me dijo.

»Le seguí la corriente, pues por su voz pastosa pensé que sería fácil averiguar rápidamente qué pasaba por su cabeza. Él continuó bebiendo vino, pero tenía mucho aguante y se limitaba a repetir que era un marino a punto de volver a embarcarse y que estaba muy agradecido a los pitagóricos. Después de una hora de aguantar sus tonterías de borracho eufórico, cuando ya pensaba en irnos, dijo algo que me dejó clavado en el asiento.

»–Mi amigo y maestro Pelias –yo ya le había dicho mi nombre–, puede que tú y yo lleguemos a un acuerdo favorable para ambos. –En ese momento se inclinó hacia mí para enseñarme discretamente, sin que nadie más lo viera, una pesada bolsa que parecía llena de monedas. Después habló susurrándome en la oreja–. Puedes regresar a tu comunidad con una buena cantidad de oro si me cuentas algunos secretillos.

Euríbates escuchaba con mucho interés, pero también con una inquietud creciente. No sólo por la alteración de Pelias y el giro que estaba tomando su narración, sino porque cada vez había más gente a su alrededor. El ardor de Pelias hacía que se acercaran con curiosidad tanto los que estaban en el patio al iniciar el relato como los que iban entrando del exterior. Ya debían de ser unos veinte.

–Le dije prudentemente –continuó Pelias– que nosotros no tenemos secretos que merezcan pagar por ellos, y que en cualquier caso hay que ingresar en la hermandad para acceder a nuestra doctrina.

»El marino se rió en mi cara, despidiendo un aliento que olía fuertemente a alcohol.

»–Con el oro se superan todos los obstáculos, mi ingenuo amigo –me dijo todavía riendo.

»Me resultó raro que un borracho pareciera tan interesado por nuestra doctrina. Intenté sonsacarle, pero tuvo que pasar otra media hora hasta que volvió a hablar del tema. Miró a mis estudiantes, asegurándose de que no le prestaban mucha atención, y susurró discretamente:

»–Estoy interesado en los círculos, y te pagaré bien si me explicas algunas cuestiones. Entiendo que estas cosas… –golpeó con un dedo en su pecho y advertí que bajo la ropa ocultaba documentos– tienen su precio, igual que tú debes entender, Pelias, que si no lo obtengo de ti lo conseguiré de otro.

»Apenas pude indignarme, pues mostraba tal convencimiento que me heló la sangre. Me limité a responderle que no creía que nadie le revelara nada.

»–¿Tanto confías en vuestro juramento de secreto? –preguntó con desprecio. Después me miró durante unos segundos, como si estuviera decidiéndose, y al final sus palabras comenzaron a revelar la terrible verdad–. Ahora mismo –me soltó con insolencia de borracho– voy a demostrarte lo que vale vuestro juramento.

»Sacó los documentos que ocultaba, eligió uno y lo desplegó ante mí.

»–¿Lo reconoces? –me preguntó–. ¿Reconoces en este pergamino las claves secretas de construcción del dodecaedro?

Las últimas palabras de Pelias arrancaron una exclamación de horror de las gargantas de sus veinte oyentes. Euríbates, tan espantado como los demás, presintió en ese instante que la tragedia era inevitable.

Pitágoras había descubierto que en el universo –al que llamaba cosmos, que significa orden– todo ocurría según unas leyes matemáticas regulares. Dedicaba su vida a descifrar esas leyes y había advertido que los movimientos y la materia se podían estudiar mediante la geometría. Igual que los planetas se desplazaban trazando curvas perfectas, la materia se componía de unos pocos elementos asociados en última instancia a los escasos poliedros o sólidos regulares conocidos. El que había mencionado el marino –el dodecaedro– era el más importante para Pitágoras al ser el elemento constitutivo del universo. Euríbates sabía perfectamente que los secretos de su construcción eran conocidos únicamente por los diez o doce miembros más destacados de la hermandad.

«Si el relato de Pelias es cierto, uno de ellos ha roto el sagrado juramento de secreto.»

Pelias prosiguió su narración en medio de la exaltación general. Señaló que, aunque él no había tenido acceso a los secretos más profundos del dodecaedro, sabía lo suficiente para poder distinguir si los documentos del marino borracho contenían aquellos secretos. Estaba completamente seguro de que así era.

–Después de dejarme examinar sus documentos –continuó casi gritando–, abrió su bolsa para demostrarme que estaba llena de monedas. Sacó una y me la puso en la mano. Era un darico de oro, pesado y resplandeciente, y me dijo que al que le había revelado los secretos del dodecaedro le había pagado veinte monedas como ésa, y que por los secretos del círculo me daría doscientas. Afirmaba que él, por su cuenta, multiplicaría esas cantidades sin que nadie supiera de mí, igual que nadie iba a saber quién le había proporcionado acceso al dodecaedro.

Las expresiones de horror de los oyentes iban transformándose en indignación y en furia cada vez más exaltada. Algunos comenzaron a dar voces. Llamaron la atención de hombres que ya se habían acostado y que ahora salían de sus habitaciones y se unían a la algarabía haciendo preguntas. Pelias parecía encantado de que su audiencia aumentara y se enardeciera tanto como él. Hablaba a Euríbates, pero la mitad del tiempo miraba enfebrecido hacia la multitud creciente y los azuzaba con enérgicos aspavientos.

Aunque Euríbates también estaba furioso, era el miembro de mayor grado entre los presentes y sabía que tenía que contener aquello o se transformaría en un tumulto descontrolado que nadie podría detener.

—¡Escúchame, Pelias! —Euríbates tuvo que gritar para llamar la atención de su discípulo, al que todos requerían—. ¿Estás absolutamente seguro de todo lo que cuentas?

—Que me caiga muerto ahora mismo y las alimañas devoren mi cuerpo si he alterado en algo lo que ocurrió.

—¿Conseguiste que el marino nombrara a quien le había revelado los secretos del dodecaedro?

—Resultó imposible. Se nos hizo de noche en Crotona porque pasé horas intentando que aquel hombre lo dijera, o al menos que tuviera un desliz y me diera alguna pista. Él insistía en que callando el nombre me demostraba que tampoco revelaría el mío. Hasta el último momento siguió insistiendo en que le hablara de los círculos a cambio de oro.

Euríbates se sumió en sus cavilaciones. «No hay duda, el juramento de secreto se ha roto.» Sintió un estremecimiento. Al ingresar en la hermandad juraban por su propia vida que jamás revelarían los conocimientos secretos de la orden. Ese juramento se renovaba y reforzaba con cada grado que se ascendía. Sólo tenía noticia de una vez que alguien había traicionado el juramento. Fue un discípulo matemático, ni siquiera tenía el grado de maestro, y lo desvelado tenía muy poca importancia. Aun así lo expulsaron de la orden, le hicieron una tumba como si hubiese muerto y a partir de ese momento todos actuaron como si hubiera fallecido, sin dirigirle la palabra ni posar la vista sobre él. Decían que estaba más muerto que los difuntos, puesto que su alma era la que había muerto.

«Pero ahora no se trata de una nimiedad. La traición ha desvelado uno de nuestros secretos más fundamentales.»

Alzó las manos para llamar la atención. Ya se habían congregado cerca de cincuenta hombres. Se agitaban como una jauría de perros de caza esperando la orden de ataque.

—Calmaos. —Estaba tan indignado como ellos, pues el crimen cometido era el más grave posible, pero debía evitar una locura fruto de la precipitación—. Aunque comparto vuestra rabia, no sabemos quién ha sido. Es mejor esperar a que regrese Pitágoras y él decida qué hacer.

Paseó la vista por la concurrencia. Parecían indecisos. De repente se oyó de nuevo la voz de Pelias, afilada como un puñal.

–Lamento no estar de acuerdo en esperar, maestro. No tenemos un nombre, pero sabemos muy bien por dónde empezar.

Aquel día, Orestes había asistido a su cuarta sesión en el Consejo como máximo representante de los pitagóricos. «He puesto a Cilón en su sitio», pensó sin poder evitar una sonrisa de orgullosa satisfacción. En la primera sesión, Cilón se había sorprendido al verlo aparecer y no había intervenido. Astuto como siempre, prefirió preparar a conciencia el ataque que le lanzó en la siguiente reunión. Con toda su habilidad y perfidia sacó a la luz el delito que Orestes había cometido en su juventud, cuando desvió fondos aprovechando un cargo público. No había sido una cantidad muy alta y además ya había pagado por ello, pero Cilón consiguió presentarlo como algo espantoso. Sin embargo, Orestes contaba con aquel ataque y con la confianza que Pitágoras le había proporcionado al delegar en él. Se defendió bastante bien, y en la siguiente sesión tuvo la habilidad de sacar él mismo el asunto antes de que interviniera Cilón. Lo dejó sin argumentos y el político crotoniata apenas pudo replicar.

En la sesión de hoy, la cuarta, su enemigo Cilón había hecho gala de buen juicio al no desgastarse inútilmente. Normalmente contaba con la ventaja de que Pitágoras no podía asistir a las reuniones del Consejo. Eso le había permitido mejorar su posición contraria a ellos, favorecido además por las dramáticas muertes ocurridas en la comunidad. Cilón no podía luchar contra Pitágoras, pero era superior al resto de políticos de Crotona y había esperado apabullar a Orestes con su retórica. No había sido así. Con la autoestima reforzada, Orestes resultaba un orador excepcional. Se había batido de tú a tú con Cilón y había resultado victorioso.

«Esto ha sido mi prueba de fuego. Mi renacimiento político.»

El ruido del exterior interrumpió sus pensamientos. Parecía haber una discusión. Se levantó del borde de la cama y avanzó hacia la puerta. La habitación estaba iluminada por una pequeña lámpara de aceite. Era un cuarto individual, con un solo catre pegado a la pared contraria a la entrada.

Inspiró profundamente junto a la puerta. Se había pasado media vida sintiéndose inseguro, huyendo de disputas que no fueran puramente teóricas, pero ahora era un nuevo Orestes. Lleno de gravedad y autoridad, dispuesto a mediar y a imponerse como si fuese el mismísimo Pitágoras.

Acercó la mano a la puerta y de repente ésta se abrió bruscamente. La sorpresa lo paralizó por un instante, igual que al numeroso grupo que se apelotonaba frente a él. Sus rostros estaban agitados y dubitativos. Se dirigió al que había abierto tan impetuosamente.

–Pelias, hermano, ¿puedo preguntarte por qué irrumpes de este modo, rompiendo la paz de mi dormitorio y de toda la comunidad en estas horas de recogimiento?

Pelias parecía el cabecilla de aquel tumultuoso grupo y Orestes había procurado dirigirse a él del mismo modo que lo habría hecho Pitágoras. La razón y la superioridad moral no se demostraban con aspavientos ni imposiciones, sino mediante un proceder recto y mesurado.

–Disculpa, maestro Orestes, pero graves cuestiones nos obligan a pedirte que nos permitas registrar tus ropas, así como tu aposento.

Aquellas palabras dejaron a Orestes tan estupefacto que no acertó a responder. Sintió el peso aplastante de la acusación –«¡¿Me acusan de robo?!»–, y sus viejos miedos e inseguridades acudieron en tropel llenándolo de vergüenza. Sin embargo, un segundo después su recién estrenada confianza transformó la vergüenza en indignación.

–¿Y puedo saber –se obligó a no elevar el tono– qué estás buscando exactamente?

–Oro –contestó Pelias entrando en la habitación.

Tras él irrumpieron varios hombres que sin mediar palabra comenzaron a registrar sus pertenencias. Orestes se volvió hacia ellos, pero antes de que hablara volvió a hacerlo Pelias.

–Maestro, lamento sinceramente tener que hacer esto y espero poder disculparme dentro de un minuto.

Orestes percibió en la mirada de Pelias algo que contradecía sus palabras. El impulsivo joven estaba totalmente convencido de su culpabilidad.

–¿Piensas que he robado oro de la comunidad? –preguntó mientras Pelias y otro joven lo registraban sin mucha delicadeza.

Pelias no respondió. Acabó su tarea sin encontrar nada y se unió al grupo que inspeccionaba el contenido de un pequeño arcón volcado en el suelo de arena. Orestes se asomó a la puerta. Entre los hombres que se mantenían a distancia, aguardando el resultado de la inspección, distinguió a Euríbates. Era uno de los maestros más veteranos, uno de los miembros de la orden de mayor grado, y además se conocían desde hacía más de veinte años.

—¡Euríbates! —exclamó Orestes sorprendido.

El aludido desvió la mirada, incómodo. Orestes dio un paso hacia él pero se detuvo al oír una exclamación a sus espaldas.

—¡La tierra está recién removida!

Al darse la vuelta, Orestes vio que habían volteado su cama. Dos hombres escarbaban en la arena. Tragó saliva, notando que los latidos de su corazón escapaban al control de su voluntad.

—¡Aquí hay algo!

Orestes sintió una punzada de pánico.

Intentó acercarse, pero lo sujetaron por los hombros. Un joven arrodillado en el suelo extrajo de la arena una bolsa de cuero marrón y se la entregó a Pelias. Éste la desanudó y volcó el contenido en la palma de su mano.

—Veinte daricos de oro —murmuró para sí.

La nueva moneda de Darío de Persia era inconfundible, con su rey arquero en una de las caras. Cada una equivalía a más de cuarenta dracmas de plata de Crotona. Hacía muy poco que había empezado a circular, por lo que todavía era extraño verla en la Magna Grecia.

Pelias alzó la mano, mostrando las monedas a todo el mundo, y proclamó con energía:

—¡Veinte daricos de oro!

Los hombres presentes en la habitación se convirtieron en una jauría humana que se lanzó sobre Orestes, insultándolo y zarandeándolo. Habían escuchado el relato de Pelias y sabían que ésa era la cantidad que el marino de Crotona había pagado por el secreto del dodecaedro. Ya nadie dudaba de que Orestes hubiera traicionado el sagrado juramento, y todos sabían lo que eso significaba. El juramento de secreto era la única norma pitagórica que, cuando se rompía, obligaba a los discípulos a comportarse violentamente.

—¡No es mío! —Orestes era consciente de que había perdido el control, tanto sobre la situación como sobre sí mismo—. ¡No es mío, lo juro por la sagrada *tetraktys* y por Pitágoras!

—Guárdate tus juramentos —musitó Pelias en su oído mientras lo empujaba hacia el exterior.

Allí lo acogieron con redoblada violencia. Se cubrió la cabeza con los brazos intentando protegerse de los puñetazos.

—¡Quietos! ¡Deteneos!

Por mucho que gritara era imposible hacerse oír. Tampoco resultaba fácil pensar entre los golpes y el pánico que crecía en su interior. «¿Qué está sucediendo? ¿Por qué tanta furia por un simple robo?» Alguien le agarró del pelo y tiró con saña. Una mano se coló entre sus brazos y le arañó la cara. Notó un fuerte tirón que le desgarró la túnica, después otros que se la arrancaron completamente.

Pelias gritó instrucciones. Orestes no consiguió distinguirlas, pero la masa se calmó un poco. Parecía que se estaban organizando. De repente lo sujetaron entre varios y lo alzaron en volandas. Acto seguido avanzaron con decisión. Miró alrededor frenéticamente y vio que un pequeño grupo se adelantaba hacia la puerta exterior del edificio comunal.

Sintió alivio. Lo iban a entregar a los soldados para que lo llevaran ante las autoridades. Al menos estaría a salvo de la violencia de aquellos locos. ¿Cómo era posible que lo hubiesen tratado así? Sobre todo teniendo en cuenta que había algunos maestros entre aquella manada de salvajes, entre ellos Euríbates. Era inconcebible.

Esperaba poder aclarar todo lo antes posible y depurar responsabilidades, empezando por Pelias. Por muy seguros que estuvieran de que había robado, la violencia empleada había sido excesiva. Además, dentro de la orden sólo Pitágoras podía juzgarlo. Quizás por eso iban a entregarlo a las autoridades de la ciudad. Tendría que enfrentarse al mismo proceso que en su juventud, con la diferencia de que ahora era inocente. Se libraría de la cárcel aunque tuviese que esperar para ello al regreso de Pitágoras. Lo que no sería tan fácil evitar era el impacto político para la orden. Tal vez fuese eso lo que buscaba el que había preparado la trampa. ¿Cilón, quizás? Indudablemente él sería el mayor beneficiado de este nuevo escándalo dentro de la orden.

Lo llevaban desnudo en posición horizontal, tumbado boca arriba sobre un mar de brazos. Alguien le gritaba con insistencia desde su izquierda. Giró la cabeza en su dirección.

Era Euríbates.

—¡Has traicionado el juramento! ¡Has vendido nuestros secretos!

Orestes se estremeció con una intensa oleada de pánico, tanto por lo que decía Euríbates como por el odio inmenso que rezumaban su voz y su mirada.

—¡No! ¡No es cierto!

Advirtió que cambiaban de dirección. Ya no se dirigían hacia la salida. El verdadero propósito del grupo que se había adelantado hasta la puerta debía de ser impedir que entraran soldados. Orestes intuyó aterrado lo que eso significaba y se debatió violentamente. Las manos le aferraron con más fuerza.

—¡Socorro! —gritó con toda su alma—. ¡Sold...!

Le agarraron del pelo y tiraron hacia atrás con rudeza.

—Calla de una vez, maldito asesino —gruñó la voz enfebrecida de Pelias—. Creíste que acabando con Cleoménides y Daaruk te garantizabas la sucesión. Nunca fuiste digno de ser uno de los nuestros y pretendías ser nuestro líder.

«¡Creen que soy el asesino, por eso actúan con tanta brutalidad!»

—Yo... no... —Su intento de hablar quedó en un graznido ronco por la violenta torsión de su cuello.

Se le comenzó a nublar la vista. Aun así se dio cuenta de que los hombres que lo sujetaban aceleraban el paso. Un segundo después estaban corriendo y finalmente Orestes notó que lo arrojaban por los aires.

El vuelo fue corto. Lo habían lanzado contra el pilón de agua. Tenía un metro de ancho, tres de largo y uno de profundidad. Orestes golpeó contra su borde de piedra y cayó de bruces en el líquido. El pilón sólo estaba medio lleno, pero el gran maestro quedó inconsciente con la cara debajo de la superficie.

Al comenzar a entrar agua en su garganta, ésta se contrajo y despertó súbitamente. Alzó la cabeza tomando una bocanada de aire que sonó como un ronquido agónico. Una brecha espantosa le atravesaba la frente y chorreaba sangre que cegaba sus ojos. Sacudió la cabeza, intentando librarse de las manos que lo buscaban como tentáculos de un engendro marino. Se apoyaba dolorosamente en uno de sus brazos, el otro no podía sentirlo, debía de habérselo roto. Las manos ansiosas hicieron presa en su cabello. Le hundieron la cabeza con fuerza rompiéndole la nariz contra el fondo resbaladizo.

Oyó gritos amortiguados por el agua. ¿Acudía alguien en su ayuda? Intentó relajar el cuerpo para aguantar un poco más y dar tiempo a que vinieran a rescatarlo. Poco después le pareció que las manos aflojaban. «¡Necesito respirar!» Lanzó la cabeza con fuerza hacia arriba. Consiguió soltarse de algunas de las garras asesinas, vació los pulmones e inspiró con fuerza. El aire entró a raudales, salvador, pero cuando todavía estaba inspirando lo sumergieron de golpe y tragó agua. Tosió bajo la superficie y tuvo que hacer un esfuerzo sobrehumano para no volver a inspirar mientras le machacaban el rostro contra el lecho de piedra.

Aguantó más allá de lo imaginable, pero tenía que respirar. Inhaló agua, su cuerpo se rebeló y tosió; sin embargo, la necesidad de aire era tan acuciante que su cerebro le obligó a volver a inspirar. Abrió la boca bajo el agua y aspiró con fuerza. Una rápida marea de fuego y dolor recorrió su tráquea y estalló en sus bronquios. El pánico y la desesperación se multiplicaron hasta lo inconcebible. Formando parte de su pavoroso sufrimiento seguía estando la necesidad angustiosa de aire. Su cuerpo inspiró de nuevo, una y otra vez, aumentando la cantidad de agua que llenaba sus pulmones.

Cuando el pánico comenzó a remitir, el último destello de Orestes supo que aquella calma era la antesala de la muerte.

Lo aceptó.

Un segundo después, el gran maestro Orestes no existía.

CAPÍTULO 62

10 de junio de 510 a. C.

AKENÓN NUNCA HABÍA PERCIBIDO el peligro con tanta intensidad. Nada más entrar en el palacio supo que algo iba muy mal. El secretario que los atendió fue desagradablemente frío e indicó con sequedad que los soldados debían quedarse en el patio. Los sirvientes tendían a adoptar hacia la gente la misma disposición que sus amos, por lo que aquello era una señal alarmante. La sensación incómoda se incrementó al ver, apoyado contra la galería del patio, un enorme círculo de madera de casi cuatro metros de altura. Resultaba grotesco, como un monumento a la demencia.

El secretario torció hacia la izquierda.

«¿Adónde nos lleva?», se preguntó Akenón.

Conocía el palacio y sabía que no se iba por allí a las estancias privadas de Glauco, en las que celebraba sus reuniones. Mientras avanzaban sintió que los observaban y notó que se le erizaba el pelo de la nuca.

El secretario cruzó el umbral de la sala de banquetes y los anunció. Después se volvió hacia ellos con gesto adusto, esperando a que pasaran.

Akenón entró por delante de Ariadna y se detuvo sobrecogido. Había muy poca iluminación, pero pudo ver que el salón presentaba un aspecto totalmente diferente a la última vez que había estado allí. La pared del fondo había sido derribada, dejando a la vista la despensa y parte de la cocina. Había un círculo grabado en el suelo que tenía el tamaño del salón y la despensa juntos. Parte del mobiliario había desaparecido y lo que quedaba estaba amontonado en las esquinas. Dio un par de pasos en la oscuridad silenciosa y chocó con algo que emitió un sonido metálico. Al escudriñar entre la penumbra, vio que los paneles de plata que solían revestir lujosamente las paredes ahora estaban desperdigados por el pavimento, llenos de arañazos.

«Por Astarté, ¿qué ha ocurrido aquí?»

La respuesta estaba frente a él. Glauco les daba la espalda y escudriñaba las paredes con una antorcha en la mano. La luz ondulaba contra los muros revelando que estaban cincelados con figuras geométricas hasta donde alcanzaba la vista.

Aquello parecía la gruta de un matemático loco.

A pesar de que el secretario acababa de anunciarlos, Glauco permanecía ajeno a ellos. Ariadna y Akenón se miraron dubitativos y después se acercaron. El sibarita continuó dándoles la espalda mientras caminaban hacia él. Cuando estaban a un paso de distancia se volvió bruscamente.

Akenón tuvo la inmediata certeza de que Glauco se había vuelto loco.

CAPÍTULO 63

10 de junio de 510 a. C.

Como todas las noches, Cilón despidió en la entrada de su mansión a los notables de Crotona con los que se había reunido y se dispuso a acostarse. Subió a la segunda planta y atravesó con rapidez el gineceo, la parte de la casa reservada a las mujeres. Allí vivía su esposa y dos concubinas de las que hacía años se había encaprichado pero a las que ya no visitaba.

Ahora era más práctico y se limitaba a las esclavas.

Entró en su dormitorio. A los pies de la cama estaba arrodillada Altea, una esclava de quince años por la que, para regocijo del vendedor, no había regateado. Le hizo un gesto indicándole que esa noche quería sus servicios. Altea acudió con rapidez a su lado y le quitó la túnica.

–Ariadna –susurró Cilón mientras la acariciaba–. Desnúdate para mí.

La esclava tenía orden de responder al nombre de Ariadna. La había seleccionado por su parecido con la hija de Pitágoras. En realidad, por lo mucho que se parecía a la auténtica Ariadna cuando ésta tenía quince años.

–Ponte de espaldas, Ariadna.

Altea giró su cuerpo desnudo y Cilón se deleitó un rato contemplándola sin tocarla. Sus rasgos no eran tan semejantes, pero su cabellera larga y ondulada, de un tono castaño claro, era exactamente igual a la de la soberbia hija de Pitágoras. Le apartó el pelo y mordió su cuello mientras manoseaba desde atrás sus pechos abundantes. Altea intentó ahogar una exclamación de dolor, pero Cilón la oyó y su excitación se multiplicó. Dio un paso atrás y palmeó con fuerza las nalgas de la muchacha. La piel enrojeció rápidamente. Contempló el resultado, complacido, y después se tumbó en la cama boca arriba.

«Ni música ni meditación, Pitágoras, esto es lo mejor para eliminar tensiones.»

Altea comenzó a trabajar entre sus piernas con la boca. Cilón colocó dos almohadas bajo su cabeza para poder verla bien salvando el obstáculo de su voluminoso vientre. La ilusión era perfecta desde esa perspectiva, con el cabello tapando la cara de la esclava.

–Ariadna, Ariadna –gimió sin dejar de contemplarla.

Había comprado esa esclava hacía cinco meses. Desde entonces todas las noches se deleitaba con ella.

Eso le hacía recordar cuando estuvo a punto de disfrutar de la verdadera Ariadna.

CAPÍTULO 64

10 de junio de 510 a. C.

GLAUCO CLAVÓ SUS OJOS enfebrecidos en Akenón.

«Por tu culpa perdí a Yaco.»

Su primer impulso al ver al investigador egipcio fue llamar a Bóreas, pero al momento siguiente su mente volvía a navegar exclusivamente por aguas matemáticas. Se volvió hacia la pared y siguió con lo que estaba haciendo.

–Glauco –lo llamó Akenón.

El sibarita asintió levemente, como si oyera una llamada lejana; sin embargo, continuó recorriendo con el dedo a un ritmo vertiginoso los trazos de la pared. Una parte de sí sabía que allí estaba el egipcio, pero no era capaz de prestarle atención. Sus pesquisas no le interesaban. Los soldados de Crotona ya le habían molestado con preguntas sobre un encapuchado hacía dos meses y no pensaba dedicar más tiempo a aquello.

–Glauco –intervino Ariadna–, soy Ariadna, la hija de Pitágoras.

El sibarita se paralizó. Al cabo de unos segundos dio media vuelta y la miró, abriendo y cerrando los ojos como si ella acabara de materializarse ante él.

–La hija de Pitágoras –murmuró.

–Hemos venido para hablar de tu interés en los círculos.

Aquellas palabras produjeron una sacudida en Glauco. Asintió vigorosamente sin decir nada. La carne de la cara y del cuello le colgaba como bolsas vacías. Había perdido treinta kilos en los dos últimos meses. También se notaba la pérdida de peso en que la túnica, rozada y sucia, parecía pertenecer a un hombre mucho más grueso.

Ariadna le mostró los documentos sobre el círculo.

–Quiero que veas esto.

Glauco arrancó los pergaminos de la mano de Ariadna, se dejó caer en el suelo y los extendió ante sí. Comenzó a pasar la antorcha sobre ellos frenéticamente. Ariadna se sentó junto a él y esperó mientras el sibarita examinaba todo con los ojos desmesuradamente abiertos.

Durante un largo rato nadie habló. Akenón paseó nervioso por la sala de banquetes, observando con creciente inquietud la locura que reflejaba cada detalle de aquel lugar. Miró preocupado hacia Ariadna. Habría preferido que ella estuviese en la comunidad, con soldados por todas partes y Orestes al mando. Siguió recorriendo la sala y pensó en Orestes. En las últimas semanas, su opinión sobre el gran maestro no había dejado de crecer. «Orestes será un buen sucesor de Pitágoras.»

Ariadna observaba con interés a Glauco. El sibarita a veces volvía hacia atrás para repasar a la luz de la antorcha algo que ya había estudiado. Al llegar al final del último pergamino, cerró la mano sobre él y lo estrujó con fuerza.

Ariadna se sobresaltó. Glauco se volvió hacia ella y la miró con los ojos inyectados en sangre. Agitó el puño con el pergamino aplastado y rugió con rabia:

—¡¿Qué demonios es esta basura?!

CAPÍTULO 65

10 de junio de 510 a. C.

El recuerdo de Cilón sobre Ariadna era de hacía dieciséis años. Volvía de una sesión del Consejo y se cruzó con un grupo de pitagóricos. Los contempló con desprecio e iba a continuar su camino cuando algo le retuvo. Con los pitagóricos caminaba una adolescente muy joven, de llamativas curvas, que combinaba la atractiva inocencia de su edad con una expresión despierta y segura. Sólo podía ser la hija de Pitágoras.

«La pequeña Ariadna», pensó Cilón sin poder apartar la vista. Hacía cuatro o cinco años que no la veía y entonces todavía era sólo una niña, no había eclosionado en la magnífica mujer que ahora tenía ante sí.

Regresó a casa sin quitársela de la cabeza. No sólo por interés carnal, pues aquello no tenía sentido dadas las circunstancias, sino porque ella era la hija mayor de Pitágoras y por lo tanto un medio excelente para hacer daño al filósofo.

Cilón se dedicó durante varias semanas a obtener información sobre ella, las personas que la rodeaban, la frecuencia con la que salía de la comunidad... Cuando tuvo suficientes datos trazó un plan y se reunió con unos hoplitas que se habían acostumbrado a cobrar más de él que con la soldada.

–Esta vez tengo para vosotros un trabajo de lo más placentero. ¿Habéis visto últimamente a Ariadna, la hija de Pitágoras?

–¡Por Ares que sí! –exclamó inmediatamente uno de ellos relamiéndose.

–Vaya, me alegra ver tanto entusiasmo. Así pondrás más empeño en que todo salga bien, porque quiero que la secuestréis mañana.

A continuación les explicó lo que había maquinado. La raptarían en las afueras de Crotona, aprovechando que ella llevaría sólo dos acompañantes a los que dejarían fuera de combate con facilidad. Luego la llevarían a un buen escondite y la retendrían durante tres días, hasta que él acudiera a darle su merecido castigo. Después se desharían del cuerpo.

El plan era bastante sólido, pero no contaba con que Pitágoras conseguiría en sólo unas horas poner cientos de soldados y mercenarios a trabajar en el secuestro de su hija. «Maldita sea, ¿de dónde sacó tantos hombres?» Establecieron una estrecha vigilancia en todos los caminos, hasta el punto de que le resultó imposible enviar un mensaje a sus sicarios y mucho menos ir donde ellos para ocuparse de Ariadna. Si no actuaba rápido, corría el riesgo de que sus hombres se pusieran nerviosos e hicieran alguna estupidez. Y si los atrapaban, no dudaba de que lo delatarían al momento.

Tuvo que tomar la única decisión lógica.

Convocó a otro grupo de sus hoplitas a sueldo. Les dijo que guiaran a las patrullas de las que formaran parte al lugar donde estaba Ariadna. Por supuesto, debían acabar con los secuestradores antes de que les diera tiempo a decir ni una palabra.

«Al menos ese plan funcionó perfectamente.» Por mucho que investigó después Pitágoras, no encontró ni una pista que lo vinculara a él con el secuestro. El único vestigio de aquello estaba dentro de su cabeza. La frustración de haberse quedado con la miel en los labios se había transformado en obsesión por Ariadna. Desde aquel episodio elegía para su alcoba esclavas que se parecieran a ella. Había habido algunas con una semejanza notable, pero la mejor era la que en estos momentos hundía la cabeza entre sus piernas.

Contempló satisfecho el suave vaivén de la cabellera castaña y luego cerró los ojos. Si algún día conseguía su sueño de convertirse en la cabeza política de Crotona, no se limitaría, como muchos pensaban, a expulsar a los pitagóricos. Arrasaría la comunidad, ejecutaría a sus miembros y esclavizaría a Ariadna para que fuera ella, por fin, la que le diera placer por las noches.

CAPÍTULO 66

10 de junio de 510 a. C.

GLAUCO DEJÓ CAER la antorcha, estrujó todos los pergaminos y se puso de pie.

–¡Esto es una bazofia! –gritó blandiéndolos–. ¡¿Quieres reírte de mí?! Ariadna se puso en pie de un salto y retrocedió desconcertada. El sibarita tiró los documentos al suelo con rabia. Comenzó a pisotearlos bufando como un animal enfurecido.

–¡No! –Ariadna se lanzó a los pies de Glauco e intentó proteger los pergaminos con su cuerpo.

El sibarita levantó un pie para pisarla. En ese momento Akenón lo sujetó de las muñecas y tiró de él apartándolo de Ariadna. Glauco se revolvió como un loco furioso. Durante el forcejeo Akenón encontró su mirada y vio que los ojos del sibarita estaban velados por una rabia irracional. No iba a poder apaciguarlo. Debían salir de allí antes de que acudieran los guardias de Glauco. Ellos contaban con dos soldados dentro del palacio, si llegaban a las puertas podrían escapar. «Pero si aparece Bóreas estamos muertos.»

–¡Pitágoras te exige respeto, Glauco de Síbaris!

Akenón y Glauco se paralizaron ante la severidad de aquella orden. Al darse la vuelta, Akenón vio que Ariadna apuntaba con una mano a Glauco, traspasándolo con ojos de hielo y fuego.

–¡Muestra el respeto que juraste al maestro de maestros, discípulo indigno!

Glauco movió los labios varias veces sin llegar a decir nada. Parecía confuso, como un sonámbulo que no consigue despertar. Akenón echó un vistazo a los dos accesos del salón. Todavía no había aparecido nadie.

Ariadna se agachó con aparente serenidad, recogió los pergaminos y los alisó antes de guardarlos entre sus ropas.

–Te he mostrado estos documentos, cuya visión no mereces, para demostrar que tu pretensión es vana. Y aunque no lo fuera, tus actos van contra el espíritu de aquello que prometiste honrar y acatar. Reflexiona sobre ello.

Dio la espalda a Glauco y caminó majestuosa hacia la salida. Akenón, desconcertado, echó una última ojeada al sibarita antes de seguirla. La mirada de Glauco se mantenía clavada en el lugar desde donde había hablado Ariadna.

Su rostro estaba congelado en una expresión tensa.

–¡Maldito loco! –Akenón suspiró en cuanto salieron del palacio y se volvió hacia Ariadna–. Ha sido impresionante cómo lo has dominado. Aunque pensé que ibas a aprovechar para intentar que se comprometiera a retirar el premio.

Ariadna respondió sin mirarlo.

–He leído dentro de su mirada. Estaba a punto de ordenar nuestra muerte. –Akenón se sobresaltó con las palabras de Ariadna, que continuó hablando con una voz fría y lenta, como si su mente estuviera muy lejos de allí–. He conseguido calmarlo momentáneamente para que saliéramos con vida, pero Glauco ahora es incontrolable. No va a plegarse a los deseos de nadie.

Akenón no replicó. Se había acostumbrado a la capacidad de Ariadna para ver más de lo que él era capaz.

Ariadna siguió andando en silencio. Le había resultado agotador contener a Glauco. Por otra parte, lo que había percibido en él resultaba escalofriante. La rapidez con la que había absorbido el contenido de los estudios sobre el círculo era incomprensible. Le había llevado los documentos más avanzados sobre la materia y Glauco los había descifrado en apenas media hora. Además, ella había analizado algunas de las inscripciones de las paredes y de los paneles de plata, y aunque aquellas indagaciones no parecían llevar a ninguna parte, revelaban avances increíbles.

«Más propios de un gran maestro que de un simple iniciado.»

Sin embargo, lo más espeluznante, lo que hacía que su cuerpo siguiera estremeciéndose, era la profunda oscuridad que había avistado en el interior de Glauco.

Sacudió la cabeza, apabullada. Las sorpresas de esa noche se volvían mucho más temibles al tener en cuenta los inmensos recursos materiales del sibarita.

«Glauco puede ser el enemigo más poderoso que hayamos tenido nunca.»

Continuaron caminando sobre la gruesa capa de tela que recubría las calles del barrio aristocrático. Al ser de noche no habían podido ir cabalgando al palacio de Glauco. Akenón miró de reojo a Ariadna. El silencio del entorno hacía más evidente el que se había instalado entre ellos. Ariadna estaba ausente y parecía muy triste. Akenón sintió que se le encogía el corazón. Quería abrazarla, pero era evidente que ella prefería mantener la distancia.

–Ariadna –bajó la voz para que los soldados no lo oyeran–, lamento de veras lo de esta tarde. No tengo ningún derecho a decidir por ti. Además, probablemente yo ahora estaría muerto si no hubieses venido. Tengo que darte las gracias por ello.

Ariadna asintió sin mirarlo.

–En cuanto a nosotros... –continuó Akenón–, ¿quieres hablar de ello?

Ariadna negó con la cabeza.

–Ahora no puedo, Akenón. –Buscó en su interior palabras con las que decirle algo más, pero estaba demasiado confusa y cansada.

–De acuerdo –respondió Akenón un poco dolido–. Cuando quieras hacerlo, no tienes más que decírmelo.

Ariadna asintió en silencio. El vaivén emocional de las últimas horas había sido excesivo y seguía doliéndole la cabeza. Quizás la noche anterior había cometido un error al dejarse llevar por los sentimientos de un modo tan impetuoso. Tal vez eran preferibles la estabilidad y serenidad que se conseguían con una mayor sobriedad emocional.

«Además, en eso soy una experta.»

CAPÍTULO 67

11 de junio de 510 a. C.

CILÓN ABANDONÓ SU RESIDENCIA y caminó apresuradamente por la amplia avenida. Había vuelto a disfrutar de la esclava por la mañana y se le había hecho tarde. La sesión del Consejo debía de estar a punto de comenzar.

—Consejero Cilón, acudís un poco tarde a una sesión tan importante de la Asamblea.

Cilón se volvió para ver quién lo interpelaba. Era Calo, el astuto y viejo comerciante poseedor de la mejor red de informadores de Crotona. «¿Qué ha querido decir con *sesión tan importante?*», se preguntó moderando el paso para que Calo pudiese caminar a su altura.

El comerciante le daba grima, pero era uno de sus mejores aliados. A cambio de protección política y concesiones millonarias, Calo le mantenía al tanto de los pasos en falso de sus enemigos. Le proporcionaba información confidencial de las principales instituciones de Crotona, las fuerzas de seguridad e incluso de la comunidad pitagórica.

—Pese a mi retraso, estimado Calo, tengo la fortuna de contar con tu compañía. —Estudió su expresión. El taimado Calo parecía feliz. Eso debía de significar que había conseguido información valiosa antes que nadie.

—Te estás preguntando qué quiero decir —señaló Calo—. Pues bien, tengo la mejor de las noticias sobre tu pesadilla de estos últimos días.

«¡Orestes!» Cilón abrió ojos y oídos. Aquel gran maestro había resultado una amarga sorpresa para él. Estaba desconcertado por la habilidad con que se había defendido de sus ataques y ganado la confianza de la mayoría del Consejo. Con gran pesar tenía que reconocer que no podía vencerlo luchando de igual a igual. Por eso llevaba un par de días maquinando otros modos de acabar con él.

–Veo en tus ojos, estimado Cilón, que sabes que hablo de Orestes. –La voz de Calo era autocomplaciente y reflejaba una alegría maliciosa. Vivía para momentos como aquél–. Efectivamente, de Orestes voy a hablarte, y con ello pondré en tus manos la posibilidad de convertirte hoy mismo en el rey del Consejo.

–Habla, te lo ruego, Calo.

–Creo que nuestra amistad, y la colaboración mutua que a ella va unida, está resultando muy satisfactoria para ambos, apreciado Cilón. –Cilón asintió, deseando que el comerciante se dejara de circunloquios–. En honor a nuestra alianza, y poniendo a tu disposición todos mis recursos, he conseguido saber… –Calo se detuvo con una sonrisa en la que faltaban la mitad de los dientes.

«¡Dilo de una vez, por Zeus!»

–… que el pitagórico Orestes murió anoche.

–¡Sí, por Heracles, sí! –exclamó Cilón sin poder contenerse.

Ya estaban acercándose al edificio del Consejo. Miró hacia allí con una sonrisa triunfante.

–Y además… –Calo volvió a reclamar su atención y Cilón se volvió hacia él extrañado.

«¿Todavía hay más?»

Su acompañante continuó hablando. El semblante de Cilón reflejó sorpresa, después incredulidad y finalmente el más intenso regocijo.

La sesión del Consejo comenzó con la lectura de un comunicado por parte de Aristómaco. El gran maestro, subido a lo alto del estrado, leyó el documento sin levantar la vista ni una sola vez. Los esfuerzos que hacía para que su voz resultara firme y solemne eran tan notorios como infructuosos. En el comunicado anunció que, hasta que regresara Pitágoras, él sería el nuevo representante de la comunidad pitagórica. El motivo del cambio era la muerte de Orestes, de la que informaba en ese momento.

Cilón permaneció con los ojos cerrados durante la lectura de aquel comunicado, dando forma en su mente a su próxima y demoledora intervención. No le hacía falta escuchar, pues Calo le había hecho un resumen de lo que contenía el mensaje de Aristómaco, que para el resto de consejeros constituía una pasmosa novedad.

Cuando Aristómaco acabó la lectura y bajó del estrado, Cilón se levantó con gesto solemne. «Qué grave error político acaban de cometer los pitagóricos.» Sabía que Aristómaco era un completo inútil como político, pero Milón, que también había trabajado en el comunicado, no se había mostrado más capaz que Aristómaco. Bordeó el mosaico de Heracles en dirección al estrado. Los mil consejeros seguían sus pasos sin saber a qué atenerse. ¿Qué diría Cilón tras la nueva desgracia acontecida a los pitagóricos?, se preguntaban. Cilón reprimió una sonrisa. En unos minutos desaparecería toda la compasión que ahora flotaba en el ambiente. Abriría los ojos de aquellos ciegos, desenmascarando sin piedad los oscuros secretos de la secta maldita y las mentiras que acababan de arrojar a la cara de los gobernantes de la ciudad.

Subió la escalinata y se quedó en silencio en lo alto del estrado, paseando la mirada lentamente sobre las distintas facciones de consejeros. Poseía una gran habilidad para percibir el ambiente emocional de cada grupo, así como para modular ese ambiente y ponerlo a su favor. Sobre todo cuando tenía argumentos de peso, como ahora. Los pitagóricos, como él ya sabía que iba a ocurrir, acababan de mentir al Consejo. Habían dicho que Orestes había sido asesinado sin que hubiese pistas del asesino, como en las anteriores muertes. Cilón sabía que lo habían matado ellos mismos, golpeándolo con saña y metiéndole la cabeza en un pilón de agua hasta que dejó de patalear.

«El Consejo va a ver con toda claridad a qué clase de bestias protege.»

Asintió pensativo, con expresión severa. Todo el mundo estaba pendiente de él, intrigados por su intervención, tratando de adivinar lo que diría. Cilón hacía que su rostro mostrara las emociones que quería propagar. Sabía que una audiencia es escéptica con las palabras, pero tiende a adoptar el estado de ánimo que transmiten las expresiones del rostro, el tono de voz y los ademanes. Siguió mirándolos, indignándose, indignándose con sinceridad ante la infamia pitagórica. Era importante que él mismo rebosara emoción antes de hablar, y cuando se esforzaba conseguía hacerlo como el mejor de los actores de teatro.

«Estoy indignado –se dijo con ardor–. Verdaderamente furioso porque los pitagóricos acaban de mentir al Consejo.» Todos los consejeros advirtieron que resoplaba con evidente irritación.

Cilón tampoco iba a olvidar que los pitagóricos habían matado a Orestes acusándolo de traición. Él ya había avisado de que aquel hombre llevaba en su interior un ladrón, un delincuente que en su juventud había pasado por la cárcel. Ahora sus propios hombres lo habían matado por traidor. Eso rebajaba tanto a Orestes como a sus asesinos. Cerró los ojos y negó con vehemencia. Pitágoras y Milón, su yerno y jefe del ejército, habían sellado un pacto delante de todo el Consejo que debía garantizar la seguridad en la comunidad y la investigación de los crímenes ocurridos. Ahora había otro asesinato, cometido por los propios pitagóricos, ¡y en las mismísimas narices de los hombres de Milón! Aquello era inaceptable, pero lo peor era que el propio Milón había participado en el infame comunicado. Era tan responsable de la muerte como de la mentira.

El Consejo podía ver que Cilón estaba furibundo. Tanto, que tuvo que respirar varias veces para calmarse antes de iniciar su intervención. Por fin logró que se desvaneciera de su rostro la justa ira que lo embargaba. Ahora mostraba una enorme pena y la determinación suficiente para echarse al hombro la tarea de poner fin a una situación inaceptable. Elevó las manos y el rostro al cielo, con los ojos cerrados, y todos supieron por el silencioso movimiento de sus labios que rogaba piadosamente a los dioses.

Cuando terminó, extendió los brazos hacia sus iguales, mirando hacia uno y otro lado, reclamando el justo apoyo y la sólida unidad que sus palabras requerían.

Leyó en sus rostros que había logrado *conectar*.

Hinchó profundamente los pulmones y rugió con fuerza estentórea:

–¡Consejeros de Crotona!

CAPÍTULO 68

17 de junio de 510 a. C.

LA COMITIVA DE ARIADNA y Akenón bordeó la ciudad de Crotona y enfiló el camino hacia la comunidad. Todavía quedaba una hora para que se pusiera el sol, pero estaba tan nublado que era como si fuese de noche. Soplaba un viento húmedo y fresco que arrastraba diminutas gotas de agua. Todos tenían ganas de abandonar sus monturas y disfrutar de un cuenco de sopa caliente.

Los soldados y los sirvientes se animaron al divisar el pórtico de la comunidad, donde empezaba a acumularse gente para recibirlos. En cambio, Akenón y Ariadna continuaron tan ensimismados como habían estado la última semana, desde que habían visitado a Glauco.

«Creí que me alegraría al regresar a la comunidad», pensó Ariadna. Llevaba varios días tratando de mitigar la sensación de tristeza que la envolvía como una manta mojada y fría. Sabía que en parte procedía de sacar a la superficie los recuerdos de las horas pasadas en manos de sus secuestradores. Era como si Akenón le hubiese hecho sentir la fuerza y el apoyo para enfrentarse a ello y de repente tuviera que hacerlo sola. Su inexperiencia con los hombres la había llevado a cometer la imprudencia de apartar la coraza que la había protegido durante tantos años. Se había abierto sin reservas a Akenón y resultaba dolorosamente evidente que no estaba preparada para ello. Lo más sensato era volver a colocar en su sitio la coraza y reforzarla. Tenía que mantener a Akenón a distancia, y a la vez esforzarse en disolver la dolorosa sensación de echarlo de menos.

Subido en su gran caballo, Akenón miró con disimulo a Ariadna. La piel de la joven relucía por la humedad. Estaba a sólo dos metros y al mismo tiempo completamente fuera de su alcance. Habían hablado poco, pero lo suficiente para que ella le dejara claro que entre ellos no podía haber nada. Akenón suspiró, añorando la alegría del viaje de ida a Síbaris y la pasión ardiente que había descubierto en el interior de Ariadna, pero sobre todo la agradable amistad de las semanas previas. «¿También vamos a perder eso?»

El ambiente lóbrego contrastaba con el de los primeros días del viaje, pero era apropiado a los resultados de la investigación en Síbaris. Habían sido seis días decepcionantes. En cuanto a Glauco, la visita para convencerlo de que retirara el premio había sido un fracaso, además de peligrosa. Y después no había respondido a sus mensajes para intentar que los ayudara en la búsqueda de pistas del encapuchado. Tampoco habían obtenido nada útil de los numerosos interrogatorios realizados a lo largo y ancho de Síbaris. El principal sospechoso de los asesinatos de Cleoménides y Daaruk, además del de Atma, parecía haberse evaporado.

Llegaron junto al pórtico y descabalgaron. Akenón, absorto en sus pensamientos, al principio no se dio cuenta del extraño silencio del comité de bienvenida.

De pronto se percató de que nadie hablaba y todos rehuían su mirada.

«¿Qué demonios ocurre?»

Buscó a Milón sintiendo una inquietud creciente. Al localizarlo, el jefe del ejército agachó la cabeza. Akenón experimentó un súbito vacío en el pecho. Se acercó rápidamente al enorme crotoniata y lo agarró de los hombros.

—¿Qué ha sucedido, Milón? ¡Habla!

CAPÍTULO 69

17 de junio de 510 a. C.

PITÁGORAS ESTABA SENTADO en un taburete con la espalda apoyada en la pared, disfrutando del frescor de su habitación. Se encontraba en la casa de campo de Mandrótilo, uno de los aristócratas de Neápolis que más tiempo llevaba apoyándolos. Residían allí desde que habían llegado a la ciudad. El aristócrata había confiado en que se fundara una comunidad pitagórica en Neápolis; sin embargo, Pitágoras había tardado sólo dos días en darse cuenta de que la ciudad no estaba preparada. La decepción de Mandrótilo fue acompañada por la de Evandro, que ya se veía como líder de una nueva comunidad. «Pero esto ha sido muy positivo para él», pensó Pitágoras. Estaba satisfecho por la evolución de Evandro. El más joven de sus grandes maestros, en su preparación para guiar en solitario a una comunidad, había dado un salto adelante en su capacidad para dominar su naturaleza vehemente. No sería en este momento, pero pasarían pocos años antes de que el influjo del pitagorismo romano llevara a la fundación de una comunidad en Neápolis. La ciudad se convertiría en el centro estratégico del eje Crotona-Roma.

«Roma, Roma, Roma.»

Pitágoras ya no tenía ninguna duda. En los siguientes años la hermandad iba a expandirse y fortalecerse de la mano de Roma. La ciudad de los romanos sería un poderoso foco pitagórico en el centro de la península itálica. Desde allí extenderían su influencia política hasta conectar con los territorios que ya controlaban en las colonias de la Magna Grecia. El pitagorismo sería la doctrina científica y moral en un área tan extensa como un pequeño imperio.

Roma estaba experimentando cambios políticos radicales que le insuflaban una energía nueva. Después de dos siglos y medio de monarquía, acababan de expulsar al último de sus reyes etruscos, Lucio Tarquino el Soberbio. Las largas tensiones sociales habían estallado cuando su hijo Sexto Tarquino violó a Lucrecia, la mujer de un sobrino del rey. Lucrecia se suicidó después de la violación y otro sobrino del rey, Lucio Junio Bruto, encabezó una revuelta que había concluido recientemente con la proclamación de la República. El gran maestro Hipocreonte tenía una pariente lejana que era cuñada de Lucio Junio Bruto. A través de ella, el propio Bruto había solicitado reunirse con Pitágoras para pedirle consejo sobre los primeros pasos de la República. El aura de justicia y cohesión del pitagorismo había llegado a Roma. Bruto quería integrar esos principios en la nueva forma de gobierno.

«Tendrás todo mi apoyo, Lucio Junio Bruto.»

A Pitágoras le llenaba de satisfacción trabajar en aquel proyecto. El sueño de su vida estaba cobrando cuerpo con rapidez. Sus ideas comenzaban a traspasar fronteras y a calar en pueblos distintos a los griegos.

Entrecerró los ojos y repasó la estrategia que iba a poner en marcha.

Al cabo de un rato, se levantó del taburete y se acercó a la ventana. A cien metros de distancia vio a Hipocreonte, sentado a la sombra de un almendro. El proyecto pitagórico en Roma requería que el receloso maestro se dedicara más a la política. Pitágoras lo necesitaba allí como su mano derecha, pues él mismo pensaba trasladarse a Roma al menos por un tiempo. Llevaba meses pensando en ello y había que aprovechar la inmejorable oportunidad de que los nuevos líderes de Roma fueran favorables a sus ideas.

«En Crotona quedará como líder Orestes, que sin duda hará un papel excelente.»

La cortina que cerraba su puerta se descorrió y entró uno de los sirvientes. Pitágoras se apartó de la ventana. Esperaba que le trajesen la respuesta de Bruto con los detalles de la reunión que iban a mantener.

—Maestro, acaba de llegar un mensajero. —El sirviente hizo una pausa antes de concluir—. Viene de la comunidad de Crotona.

«¡De Crotona!»

El corazón de Pitágoras dio un vuelco.

«Puede ser cualquier cosa», se dijo sin mucho convencimiento.

Era extraño recibir tan pronto un mensaje de Crotona, pero eso no implicaba necesariamente que las noticias tuvieran que ser malas.

—Hazlo pasar. Y diles a Evandro e Hipocreonte que vengan.

Al cabo de unos segundos se presentó el mensajero. Respiraba agitadamente y llevaba la ropa y el pelo manchados con el polvo de los caminos.

—Salud, maestro Pitágoras, me envía el general Milón.

Pitágoras se dio cuenta rápidamente de que el heraldo pertenecía al ejército de Crotona. Por el modo de saludarlo también podía ver que era un iniciado pitagórico.

—Salud, hermano. ¿Qué nuevas me traes?

El mensajero extrajo un pequeño pergamino lacrado con el símbolo del pentáculo. Pitágoras lo tomó e hizo un gesto al militar indicando que deseaba leerlo a solas. En cuanto el hombre se retiró, rompió el sello intentando serenarse.

El breve contenido lo horrorizó desde la primera línea.

«Orestes ha muerto... a manos de otros discípulos que lo han acusado de traición.»

Pitágoras apretó los párpados. Notó que por su mejilla comenzaba a resbalar una lágrima. Intentó serenarse, pero el dolor siguió creciendo.

Otro discípulo, otro amigo muerto.

De espaldas a la entrada, se dejó caer en el taburete y se pasó la mano por la cara. No creía ni por un momento que Orestes fuese un traidor. El análisis interior que le había hecho despejaba cualquier duda. También le había permitido saber que su discípulo sólo necesitaba un pequeño empujón para superar su miedo político y convertirse en un hombre público de una talla cercana a la suya. Había delegado en Orestes durante este viaje dando por hecho que se convertiría en un líder sólido, y que eso le permitiría a él trasladarse un tiempo a Roma.

Enderezó la espalda e hizo un esfuerzo enorme para serenarse. Evandro e Hipocreonte debían de estar a punto de llegar. Se tocó la barba para asegurarse de que no quedaban lágrimas. No era momento de lamentarse sino de tomar decisiones. No podía regresar a tiempo para el entierro de Orestes, pero debía volver para controlar la situación política. «En cuanto tenga las primeras reuniones con Lucio Junio Bruto me marcharé a Crotona.» Intentaría no demorarse en Roma más de una semana. Esperaba que para entonces le hubiera dado tiempo a plantar una semilla en el alma de Bruto. Antes de un mes procuraría regresar a Roma para regar esa semilla y que arraigara con fuerza.

Se puso en pie al escuchar unos pasos. Era Evandro, que frunció el ceño en cuando vio el semblante de su maestro.

—Acaba de llegar un mensaje de Crotona —dijo Pitágoras con un tono triste y suave—. Orestes ha muerto.

Evandro perdió el color del rostro.

—¿Asesinado? —preguntó con un hilo de voz.

Antes de que Pitágoras respondiese, entró Hipocreonte.

—Maestro, ha llegado un mensajero de Crotona.

—Lo sabemos, Hipocreonte. Aquí tengo el mensaje. —Pitágoras levantó la mano en la que sostenía el pergamino con el sello roto.

Hipocreonte arrugó el entrecejo, desconcertado. Tras él entró un tercer hombre y se cuadró frente a Pitágoras.

—Traigo un mensaje del general Milón —dijo con voz marcial.

—¿Milón ha enviado dos correos con el mismo mensaje? —preguntó Pitágoras.

No era raro que se enviaran dos y hasta tres heraldos cuando la información transmitida era de importancia vital.

—No, señor —respondió el mensajero con pesadumbre—. Yo salí de Crotona con nuevas noticias un día después que el correo que acabáis de recibir. Tenía el encargo de intentar darle alcance para sustituir su mensaje por el mío. Como veis —añadió agachando la cabeza—, no he podido cumplir este cometido por cuestión de pocos minutos.

—De acuerdo. —Pitágoras suspiró—. Entregadme el mensaje.

El nuevo correo también estaba sellado con el pentáculo. Su contenido era más extenso que el de la anterior nota. Pitágoras cayó sin fuerzas en el taburete mientras lo leía. Al terminar, se quedó mirando al infinito.

—Evandro, Hipocreonte, dad instrucciones de partir —dijo con voz apagada—. Tenemos que regresar inmediatamente a Crotona.

CAPÍTULO 70

17 de junio de 510 a. C.

EL ROSTRO TACITURNO DE MILÓN presagiaba malas noticias. Hizo un gesto para que lo siguieran y se alejó del pórtico de la comunidad. Ariadna y Akenón caminaron tras él mientras se adentraba en campo abierto. A Milón no parecía importarle la fina llovizna que los empapaba insidiosamente ni la negrura cada vez más cerrada.

–No me fío de nadie –comenzó diciendo mientras miraba alrededor.

–Habla de una vez, Milón.

Akenón empezaba a exasperarse. Ariadna, en cambio, mantenía un gesto neutro que no permitía adivinar lo que pasaba por su mente.

–Orestes... –dijo por fin Milón– ha sido asesinado.

Aquello sobrecogió a Ariadna arrancándola de sus reflexiones. Su cabeza comenzó a llenarse de preguntas, pero Milón siguió hablando antes de que pudiera decir nada.

–Fue acusado de romper el juramento de secreto. Lo ejecutaron los hermanos de su mismo edificio comunal. Uno de ellos, Pelias, había hablado esa tarde con un marino que dijo haber conseguido secretos a cambio de oro. En concreto, aseguraba que se había hecho con el secreto del dodecaedro pagando veinte daricos de oro. Al ser un secreto tan restringido, la lista de posibles traidores se reducía mucho y... –dudó, avergonzado de compartir en parte el razonamiento de los asesinos–, el hecho es que el pasado de Orestes les hizo pensar que él podía ser el traidor.

Akenón negaba con incredulidad mientras escuchaba a Milón. Le parecía estar viviendo una pesadilla.

–Inspeccionaron su habitación y encontraron los veinte daricos enterrados bajo su cama. Les pareció indudable que Orestes era el traidor. Pensaron que eso también implicaba que era el asesino de Cleoménides y Daaruk. Entonces lo golpearon, lo tiraron a un pilón y lo ahogaron.

Akenón apretó la mandíbula sintiendo una oleada de rabia y desesperación. «Por Baal y Amón-Ra. El asesino ha conseguido que los pitagóricos se maten entre sí.»

–¿Cuándo ha ocurrido? –preguntó Ariadna.

Milón dudó un instante antes de contestar. En ese momento agradecía que la oscuridad ocultara su semblante.

–Hace una semana.

Ariadna resopló con aspereza y apartó la mirada. Fue Akenón el que formuló la pregunta evidente.

–¿Por qué no nos avisaste?

–Envié dos mensajes a Pitágoras. Ya deben de haberle llegado. En cuanto a vosotros…, estabais investigando en Síbaris y de todos modos no podías llegar a tiempo para la investigación sobre el marino.

Akenón procuró disimular su irritación. Resultaba obvio que Milón no los había avisado por una cuestión de orgullo. No estaba acostumbrado a obedecer a nadie que no fuera Pitágoras. Ahora que el filósofo no estaba, prefería llevar por su cuenta la investigación que tener que limitarse a seguir las instrucciones de Akenón.

–¿Cuál fue el resultado de esa investigación? –preguntó Akenón secamente.

–El marino había desaparecido. Averiguamos que llevaba tres días acudiendo a la taberna en la que abordó a Pelias. Pasaba las tardes bebiendo allí, él solo, seguramente esperando la llegada de pitagóricos. Eligió bien el lugar, pues es una taberna a la que suelen acudir los miembros de la comunidad cuando bajan a Crotona. Le mostró a Pelias documentos que demostraban que poseía el secreto del dodecaedro…

–¿Estás seguro de eso? –lo interrumpió Ariadna.

–Le pedí a Aristómaco que hablara con Pelias para estar seguros de este punto, y parece que no hay duda. El secreto del dodecaedro estaba en sus manos. Me temo que estamos ante un complot muy bien organizado.

–No cabe duda –murmuró Ariadna pensativa.

–¿Nadie conocía a aquel marino? –preguntó Akenón.

–Apareció tres días antes del asesinato y se esfumó esa misma noche. Nadie lo había visto antes en Crotona y nadie ha vuelto a verlo después.

«¿Será posible que el marino y el encapuchado sean la misma persona?» Akenón le dio vueltas a esta idea, pero acabó desechándola. El marino había mostrado su rostro y nadie lo conocía. Estaba convencido de que tras la capucha se ocultaba alguien que en Crotona sería conocido a cara descubierta.

Se volvió en dirección a la comunidad. A través de la llovizna apenas se veían titilar las antorchas clavadas junto a las puertas de los edificios comunales. Milón estaba tomando muchas precauciones para que nadie pudiera escucharlos. Eso podía significar que había habido algún problema de filtración de información.

–¿Cuál es la situación en el Consejo? –preguntó Ariadna adelantándose al razonamiento que estaba desarrollando Akenón.

–Mala –respondió Milón–. Es muy mala y cada día empeora. Necesitamos a Pitágoras cuanto antes u ocurrirá una desgracia terrible. Ahora mismo no hay ningún gran maestro que se enfrente a Cilón. –Intentó contenerse, pero no pudo evitar sus siguientes palabras–. El cobarde de Aristómaco se ha negado a pisar el Consejo. Cada vez que se lo digo se echa a temblar y al final tengo que ir yo solo.

Milón notó la cólera vibrando en su propia voz. Cerró los ojos y procuró calmarse. Unos segundos después, ordenó sus pensamientos y prosiguió:

–La noche de la muerte de Orestes me reuní con Aristómaco. Decidimos informar al Consejo, pero diciéndoles que Orestes había sido asesinado sin que hubiese pistas, como en las anteriores muertes. En la sesión de la mañana siguiente, tras la lectura de nuestro comunicado, me encontré con la desagradable sorpresa de que había habido un soplo.

Akenón asintió en silencio y siguió escuchando al yerno de Pitágoras.

–Cilón estaba informado de todo y nos lanzó un ataque demoledor –evocó Milón con rabia–. El miserable relató en detalle la ejecución de Orestes y después acusó a todos los pitagóricos de mentirosos, traidores y asesinos. El Consejo de los 300 se le echó encima a base de gritos e insultos, pero se notaba que estaban desconcertados e inseguros. No consiguieron echar a Cilón del estrado, como otras veces, y el maldito continuó implacable. A mí mismo me tachó de mentiroso y dijo que era incapaz de mantener la seguridad. Recordó el acuerdo que sellé con Pitágoras ante todo el Consejo, haciéndome responsable de evitar nuevos crímenes en la comunidad. En ese momento aprovechó para arremeter también contra Pitágoras, al que llamó incapaz y líder de una secta de criminales. Exigió que se retirara el apoyo a la comunidad, y llegó a sugerir que se exiliara a Pitágoras y a todos sus seguidores. ¿Os dais cuenta? Ya no trata de reducir los privilegios de la comunidad, ¡sino de deshacerla y expulsar de Crotona al maestro Pitágoras y a todos los pitagóricos!

Milón tuvo que hacer una pausa para recuperar el resuello. Después continuó algo más calmado:

–A partir de esa jornada, en todas las sesiones Cilón repite básicamente el mismo discurso. Yo lo niego todo e insisto en nuestra versión del asesino desconocido. Lo contrario implicaría tener que encarcelar a los autores materiales del crimen, los pitagóricos que mataron a Orestes, y sobre esto quiero que decida Pitágoras. En cualquier caso, yo no soy un buen político y Cilón consigue todos los días nuevas conversiones. Al acabar las sesiones cada vez son más los que lo rodean como moscas y se alejan hacia su casa murmurando conspiraciones.

–Ya no busca el apoyo de los 300 –afirmó Ariadna.

–¿Qué quieres decir? –inquirió Milón.

–Siempre ha intentado embaucar a todo el Consejo de los Mil. Tanto a los que él llama los *setecientos marginados*, como a los consejeros que forman el Consejo de los 300. Ahora ha cambiado de estrategia. Pretende que los *setecientos* le apoyen en una lucha contra los 300. –Meditó unos instantes antes de continuar–. Se ha vuelto más agresivo y ambicioso. Sabe que con la ley en la mano prevalecen las decisiones de los 300. Necesita una revolución para saltarse a los 300, y para eso necesita el apoyo en bloque de los *setecientos*... –miró fijamente a Milón antes de concluir–, y también del ejército.

Milón saltó inmediatamente.

—¡Como general en jefe de nuestro ejército, respondo de su completa lealtad!

—La lealtad siempre existe, lo que varía es hacia qué se dirige —replicó Ariadna ensañándose con Milón. Estaba molesta con él por no haberles enviado un mensaje a Síbaris informando del asesinato de Orestes.

Milón, desairado, se dispuso a contestar pero Akenón hizo que se tragara su orgullo. Llevaba un rato pensando sobre un detalle del relato de Milón: el marino había dicho que había pagado veinte daricos de oro, y eso fue lo que apareció bajo la cama de Orestes. Dado que Orestes era inocente, alguien tenía que haber colocado allí las monedas. Podía haber sido un pitagórico, pero en los interrogatorios tras la muerte de Daaruk había quedado clara la fidelidad de todos ellos. La alternativa era que hubiese sido uno de los soldados asignados a la comunidad. Akenón daba más peso a esta posibilidad precisamente por el hecho de que, en su relato, Milón había pasado de largo sobre este punto clave.

—Milón, ¿quién puso las monedas en la habitación de Orestes? ¿Me equivoco al suponer que esa noche desapareció uno de los hoplitas que asignaste a la comunidad?

Akenón calló y a su alrededor se instaló un silencio tenso. La lluvia arreció con fuerza. Lo único que se oía era el repiqueteo de las gotas contra el suelo. Intentó vislumbrar la reacción de Milón a sus palabras, pero la oscuridad se había vuelto tan impenetrable que ni siquiera estaba seguro de tenerlo enfrente. Sintió una oleada de aprensión. «¿Milón va a atacarnos?» Akenón llevó la mano a la empuñadura de su espada. Aunque el crotoniata ya no era joven, su constitución seguía siendo la de un imbatible campeón de lucha.

La voz de Milón, amarga y humillada, surgió por fin de la oscuridad.

—Lo comprobé una hora después del asesinato de Orestes. Ordené que se presentaran ante mí todos los soldados asignados a la comunidad. Lo hicieron todos menos uno, al que no hemos vuelto a ver desde entonces. Se llama Crisipo. Era uno de los guardaespaldas personales de Orestes.

CAPÍTULO 71

17 de junio de 510 a. C.

NÚMEROS, formas geométricas, símbolos...

Los ojos del enmascarado recorrieron todo aquello durante unos minutos en un proceso que era la puerta de entrada a la dimensión matemática. Después cerró los párpados y se adentró en aquel universo de conocimiento utilizando exclusivamente la potencia de su mente. Así recorría distancias inmensas, exploraba áreas desconocidas, observaba, escudriñaba... y de vez en cuando desentrañaba otro nudo, abría una puerta hasta entonces cerrada, lograba un nuevo avance, pequeño pero irreversible, hacia los grandes descubrimientos que lo hacían más sabio e incrementaban su poder sobre la naturaleza y los hombres.

Un ligero ruido a sus espaldas perturbó su trance. Su atención retornó a los sentidos corporales y se vio sentado en la sala subterránea de su refugio.

–Pasa, Crisipo –dijo su voz de piedras arrastradas.

Una puerta se abrió tras él. En lugar de volverse, desvió la vista ligeramente hacia el largo espejo de bronce que tenía junto a la mesa. La pulida superficie le mostró a Crisipo acercándose hasta quedar a un par de metros.

–Maestro, la misión ha sido completada.

–¿Algún percance?

–Ninguno, señor.

–Excelente.

Crisipo se dio la vuelta y salió de la sala cerrando la puerta tras él. El enmascarado notó que en su interior brotaba una sensación de regocijo, cálida y efervescente. Dejó que se extendiera y de la máscara negra surgió una risa gutural.

El último paso de su plan se había resuelto con éxito. Gracias a Crisipo, el marino navegaba en esos momentos rumbo a Atenas con el compromiso de no regresar a la Magna Grecia. Lo había reclutado doce días antes entre los pescadores de Terina, a un par de días de marcha al oeste de Crotona. Era un hombre sin ataduras, con un pasado turbio, que había huido de Siracusa dos años antes. Malvivía vendiendo el poco pescado que conseguía con una barca que era poco más que una tabla agujereada. Su sueño, que consideraba inalcanzable, era poder viajar a Atenas, comprar una barca decente e iniciar allí una vida como pescador. El enmascarado supo ver que por aquel sueño estaba dispuesto a hacer lo que necesitaba de él.

Había regresado con el marino desde Terina al refugio que tenía entre Crotona y Síbaris. Durante el trayecto utilizó las palabras adecuadas para moldear la mente de aquel hombre, apagando sus reparos y avivando su ambición. Le hizo sentir que servir a los dioses o a él era prácticamente lo mismo. Al final del viaje había conseguido del marino una entrega completa. En caso de ser atrapado, no dudaría en elegir la muerte antes que decir una sola palabra sobre él.

Ya en el refugio, le había explicado a qué taberna de Crotona debía acudir cada día en espera de un joven maestro pitagórico al que ofuscar con la farsa que había elaborado minuciosamente. Finalmente le entregó lo necesario para redondear el engaño: una bolsa de monedas con daricos de oro que debía mostrar al incauto maestro, y documentos, preparados por él mismo, que desvelaban los secretos del dodecaedro.

El enmascarado dejó escapar de nuevo aquella risa que era como una serie de graznidos profundos.

«Debo serenarme para continuar con los estudios», se recriminó rápidamente. Estaba rozando conocimientos nunca concebidos. Cuando los poseyera, su poder se multiplicaría de forma instantánea.

«En unas horas habré concluido, y entonces… –jadeó bajo la máscara con los dientes apretados–, entonces todo será posible.»

Aún necesitó otro minuto para apaciguar la exaltación que le producía experimentar una sensación de dominio tan fuerte. Se había sentido un maestro de marionetas haciendo bailar a su antojo al marino, a Crisipo, al maestro engañado que prendió la llama ciega de la ira en la comunidad… En el asesinato de Orestes todos habían cumplido sus deseos como esclavos sin elección. No obstante, lo que convertía aquello en una obra maestra era el aprovechamiento perfecto de algunos de sus conocimientos: los misterios del dodecaedro, los trapos sucios del pasado de Orestes y los detalles exactos del juramento pitagórico de secreto.

Crisipo, oculto junto a la puerta de la sala subterránea, observó el entorno con ojo crítico. El bosque era particularmente espeso alrededor de la pequeña vivienda de piedra. Nadie que estuviera a más de veinte o treinta metros podría ver que allí había una construcción humana. Menos aún que había una gran sala bajo tierra, a la que se accedía por una única puerta camuflada. Además, el paraje montañoso y alejado de los caminos hacía improbable que se acercara alguien. Aquél era, sin duda, un buen escondite.

Se rascó el mentón bajo la barba enmarañada. Le resultaba extraño encontrarse allí. Hasta hacía poco era un soldado más en el ejército de Crotona. Llevaba veinte años de hoplita, siempre apañándoselas para llevar una vida cómoda y tranquila dentro del ejército. Nunca había tenido interés en ascender, pues eso significaba complicarse la vida, pero procuraba llevarse bien con los mandos. Por eso se había hecho amigo de Bayo hacía un año: el joven soldado le había caído en gracia al general Milón. Haciendo amistad con él, Crisipo comenzó a beneficiarse del trato de favor que Milón dispensaba a sus soldados de confianza.

«Yo, soldado de confianza de Milón.»

Ese pensamiento lo incomodaba. No podía negar que el general Milón había demostrado fiarse mucho de su lealtad al designarlo, junto con Bayo, guardaespaldas personal de Orestes. La elección no parecía desatinada. Crisipo nunca se había metido en problemas —era un maestro en evitarlos o en que la culpa recayera en otros—, y tampoco se llevaba, como otros muchos hoplitas, un sobresueldo por parte de Cilón o de otros políticos ambiciosos, siempre deseosos de tener hombres leales dentro del ejército.

¿Por qué de repente se había comportado así, después de veinte años de historial militar casi inmaculado?

Reflexionando un poco, se dio cuenta de que su lealtad siempre había estado dirigida básicamente a sí mismo. Hacía lo que le mandaban y cultivaba determinadas relaciones porque eso era lo más práctico para él. Sin embargo, esa filosofía de pragmatismo personal y desinterés general había cambiado radicalmente hacía un par de semanas.

Se disponía a entrar en una taberna con Bayo y otros hoplitas cuando oyó que lo llamaban. Se quedó en la puerta del local, escudriñando la penumbra mientras los demás entraban. Cuando la calle quedó vacía, apareció un encapuchado que le dijo unas rápidas frases y se alejó.

Crisipo dudó, miró al interior de la taberna, donde sus compañeros ni siquiera se habían percatado de que no estaba con ellos, y se internó en la oscuridad de las estrechas calles de Crotona. La conversación no duró más de veinte minutos, pero cambió su vida. O, más exactamente, lo cambió a él. El encapuchado vertió en sus oídos ideas extraordinarias que arraigaron en su mente igual que si tuvieran vida propia, desplegándose durante aquella noche que pasó en vela y durante el día siguiente. Sin saber cómo, en su cabeza aparecían pensamientos e impulsos nuevos. Su instinto práctico intentaba rebatirlos, pero cada uno de sus argumentos prudentes era refutado inmediatamente por alguna de las frases que el enmascarado había grabado en su mente. Según pasaban las horas, dejó de intentar resistirse a las nuevas ideas y acabó aceptándolas como suyas.

Fue como un nacimiento, intenso y revelador, a una nueva consciencia. Como si de repente cayera en la cuenta de que su postura hacia los pitagóricos, que habría dicho que oscilaba entre la indiferencia y un leve recelo, en realidad siempre hubiese sido de repulsión e incluso de marcada hostilidad. Su moderado individualismo práctico lo sentía ahora como un egoísmo intenso, completamente indiferente a los demás. Y, sobre todo, su falta de devoción, acaso una desvaída creencia en los dioses olímpicos, se había transformado en un convencimiento ferviente de que el encapuchado era un ser superior, la única persona que merecía ser su líder, una mente preclara a quien la naturaleza obedecía y al que tanto hombres como gobiernos debían venerar igual que a un dios.

«Es mi señor y mi maestro, pues me ha revelado mi verdadera naturaleza.»

El nuevo Crisipo no dudó en aceptar el primer encargo de su maestro. Unos días después de su primer encuentro, tomó de él una bolsa de cuero con veinte daricos de oro. Tuvo que llevarla encima durante dos días sin encontrar la ocasión para cumplir su cometido. Entonces se convocó una reunión en la comunidad y los edificios de viviendas quedaron vacíos.

Crisipo montó guardia junto con Bayo en la puerta de la escuela, donde Orestes estaba reunido.

—Ahora vuelvo —dijo con aparente indiferencia.

Se alejó sin mirar atrás. Bayo le echó un vistazo y luego volvió a dirigir su atención hacia la puerta de la escuela. Suponía que Crisipo tenía que aliviar el vientre.

Crisipo entró en un edificio comunal, recorrió con rapidez el gran patio interior y entró sin problemas en la habitación de Orestes. Dejó caer la lanza en el suelo, sacó la bolsa de cuero y se arrodilló junto a la cama. Tras apartarla, rascó frenéticamente el suelo de arena. Estaba más duro de lo que esperaba. Desenvainó la espada y con la punta consiguió hacer un pequeño agujero. Había pensado profundizar más, pero el tiempo pasaba con rapidez y Bayo sospecharía si se demoraba. Puso la bolsa en el fondo del agujero y la tapó de modo que a simple vista no se notara nada. Una inspección detallada, en cambio, revelaría que allí acababa de enterrarse algo.

Antes de salir echó un vistazo rápido y se dio cuenta de que con los nervios había estado a punto de dejarse la lanza. La cogió y recorrió el patio con el corazón en un puño. Sabía que no superaría un interrogatorio de un gran maestro pitagórico. El enmascarado le había explicado que podían penetrar en todos los rincones de su mente. Tenía la certeza de que si levantaba sospechas descubrirían su traición y lo ejecutarían.

Moderó el paso al acercarse a Bayo, que apenas lo miró cuando llegó junto a él. Tardó media hora en controlar su respiración agitada, y durante el resto de la jornada sus músculos se tensaban cada vez que oía un ruido fuerte o alguien lo llamaba. A partir de ese día se mantuvo muy atento a la señal para escapar. Debía dejársela el marino que trabajaba para su señor. En el momento en que los pitagóricos mordieron el anzuelo, el marino hizo una discreta marca con tiza junto a la puerta de la taberna convenida. Nada más ver la marca, Crisipo cogió el petate que tenía preparado y huyó de Crotona hacia un lugar en las montañas donde habían acordado reunirse.

Al llegar vio con inquietud que sólo estaba el marino, pero inmediatamente apareció su maestro con la capucha echada. Envolviéndolo en el magnetismo de su mirada oculta, le felicitó por el trabajo realizado, le entregó una bolsa con dracmas de plata y le dio nuevas instrucciones. Crisipo, obedeciéndolas, llevó al marino hasta Locri, a tres días de marcha por la costa meridional. Viajaron de noche por los caminos y de día a través del bosque evitando todo contacto humano. Cuando llegaron a Locri, entregó la bolsa de dracmas al marino y se aseguró de que embarcaba para Atenas. Acto seguido regresó junto a su señor.

Ahora estaba esperando a que el maestro le encargara nuevas tareas. De momento debía mantenerse oculto y vigilar. En caso de que se acercara alguien debía avisar al maestro con una señal convenida y expulsar a los intrusos.

En ese momento oyó un agudo sonido metálico.

El maestro lo llamaba.

Bajó las escaleras y se detuvo a un par de pasos, inclinando respetuosamente la cabeza. Si hubiera podido ver a través del inquietante metal negro que recubría el semblante de su maestro, habría contemplado un rostro absolutamente extasiado.

El enmascarado había completado hacía media hora la última fase de una investigación crucial. Nada más terminar, en el momento en que todas las piezas encajaron con sorprendente sencillez, había experimentado un placer intelectual indescriptible. Ahora todavía sentía su espíritu transportado, pero había temas urgentes de los que debía ocuparse.

«Ha llegado el momento de volver a actuar.»

Se reclinó sobre el respaldo y clavó la mirada en Crisipo. La clave para una conversión tan satisfactoria había estado en su vacío previo, en su falta de valores, lealtades y creencias.

«Es difícil encontrar a alguien que ofrezca tan poca resistencia.»

Crisipo mantenía una postura marcial y a la vez humilde. Se había deshecho de sus ropas militares y vestía como un campesino, aunque resultaba un tanto extraño el corte de cabellos y barba que había improvisado con su daga durante el viaje a Locri. El enmascarado lo comparó mentalmente con Atma. El esclavo también había sido un devoto completamente entregado, quizás incluso más que Crisipo, pues lo amaba en todos los sentidos. La diferencia era que Atma era un ser débil, blando y demasiado sensible, mientras que Crisipo era un soldado veterano, hábil, inteligente y seguro de sí mismo. Reconocía que Atma le había prestado un gran servicio, pero lo más sensato había sido matarlo. Para Crisipo, en cambio, había trazado un destino muy diferente.

Se aclaró la garganta y habló con un murmullo áspero:

–Crisipo, escucha atentamente, pues tu próxima misión es fundamental para nuestros propósitos.

CAPÍTULO 72

23 de junio de 510 a. C.

PITÁGORAS EXPERIMENTÓ un fuerte alivio al divisar su comunidad de Crotona.

Quería bajar de una vez de la montura, pues por primera vez en su vida sentía que tenía la edad de un anciano. Sin embargo, el motivo principal de su alivio no era estar a punto de desmontar, sino el hecho de que la comunidad siguiera en pie.

El segundo de los mensajes que había recibido en Neápolis indicaba que la muerte de Orestes había sido producto de una maquinación muy bien tramada. También decía que Cilón se había enterado de los detalles de la muerte y los había aprovechado para lanzar un ataque frontal contra el pitagorismo. El filósofo había llegado a temer que, en la semana transcurrida desde que se envió el mensaje, Cilón hubiera conseguido el control del Consejo y del ejército y hubiese arrasado la comunidad.

La pequeña comitiva llegó hasta el pórtico y fue recibida por cientos de discípulos nerviosos. Pitágoras sentía que la comunidad lo necesitaba y hacía un esfuerzo por mostrar aplomo, pero no podía evitar resultar más sobrio de lo acostumbrado.

Cuando llegó a la altura de Akenón, apoyó las manos en sus hombros como gesto de saludo.

—Voy a ir con Evandro e Hipocreonte a visitar la tumba de Orestes. —Akenón pensó que Pitágoras nunca había parecido tan cansado—. Después meditaré un rato en el Templo de las Musas. Dentro de una hora nos reuniremos en mi casa para analizar en profundidad la situación.

Akenón asintió y la mirada del filósofo se mantuvo en él un segundo más.

«Sigues con nosotros a pesar de no ser miembro de la hermandad», pensó agradecido.

Aristómaco se encontraba a su izquierda.

–Salud, maestro –susurró mirando al suelo.

Pitágoras oprimió su hombro con calidez hasta que Aristómaco levantó la vista.

«No tienes nada de lo que avergonzarte», le dijo con la mirada. Aristómaco se echó a llorar en silencio y volvió a bajar la cabeza. Llevaba dos semanas torturándose por su incapacidad de ir al Consejo a enfrentarse a Cilón.

Téano se adelantó hasta él, seguida por su hija Damo, y ambas lo abrazaron. El anciano maestro sintió que tenía en ellas dos pilares firmes. Quizás eran los miembros más sólidos de la comunidad. «Si Téano fuese un hombre, habría podido ir al Consejo y no me cabe duda de que habría mantenido a raya a Cilón.»

Milón estaba detrás de ellas. Se le notaba intranquilo, con ganas de dar explicaciones.

–Salud, hermano. Dime en qué situación nos encontramos.

–Maestro Pitágoras, doy gracias a los dioses por tu regreso. –El coloso inclinó la cabeza con respeto antes de seguir hablando–. Cilón continúa ganando partidarios en el Consejo de los Mil. Entre los *setecientos* ya tiene mayoría y los 300 se sienten confusos y perdidos, y alguno incluso ha contactado en secreto con Cilón.

–Tranquilo, Milón, he venido para quedarme y asistiré a todas las sesiones del Consejo.

Tenían que controlar al Consejo, pero había algo todavía más importante. «El siguiente objetivo de Cilón será el ejército.» Pitágoras sabía que el retorcido político necesitaba a los militares para cambiar el orden de cosas establecido. El prestigio del general Milón entre sus soldados era tan elevado que para Cilón resultaba imprescindible controlar a Milón o acabar con él.

«La entrega de Milón a la hermandad es total, Cilón no tiene otra opción que intentar asesinarlo.»

Dando vueltas a este pensamiento se dirigió a Ariadna. Su expresión era triste pero a la vez serena. Sin embargo, en el fondo de sus ojos Pitágoras distinguió un dolor intenso contenido a base de voluntad.

«Mi pequeña, cuánto lamento que sufras así.»

Intuyó que había ocurrido algo entre ella y Akenón, y eso debía de haber removido el recuerdo de su terrible secuestro. Pero había algo más en el dolor de su mirada...

«Siento no poder ayudarte ahora.»

Ariadna entendió el mensaje silencioso de Pitágoras y notó que con su presencia el dolor remitía un poco.

El maestro de maestros intercambió algunas palabras con otras personas. Después se alejó caminando por el exterior de la comunidad, a lo largo del seto que la rodeaba. Lo siguieron Evandro e Hipocreonte. El resto de los discípulos fue regresando lentamente a sus quehaceres.

El filósofo llegó hasta el pequeño cementerio anexo a la comunidad. Allí se arrodilló junto a la tumba de Orestes para rendirle el homenaje que no había podido hacerle de cuerpo presente. Antes de cerrar los ojos, miró las tumbas colindantes. Al lado de la de Orestes estaba la que acogía las cenizas de Daaruk y un poco más allá la de Cleoménides.

«Por todos los dioses, que pase mucho tiempo antes de que tengamos que cavar otra tumba.»

Media hora más tarde, en la soledad del Templo de las Musas, la llama eterna de Hestia se reflejaba en los ojos concentrados de Pitágoras. El fuego sagrado parecía penetrar en su mente y atacar sin piedad sus sueños de futuro.

Roma estaba al alcance de la mano. Lucio Junio Bruto quería que ellos participaran en el nacimiento de su República..., pero ahora Pitágoras no podía abandonar Crotona. Se arriesgaba a que la base del edificio se derrumbara por concentrarse en añadir otro piso.

«¿He apuntado demasiado alto?»

Aunque sus ideas regían en buena parte de la Magna Grecia, consideraba que eso debía ser sólo una primera etapa. Ahora tenía que llegar Roma, y después, ya de la mano de sus sucesores, debían extenderse por Cartago, Etruria, Persia...

«Una comunidad de naciones.»

Aquel pensamiento le estremecía el alma. Su doctrina tenía como objetivo intensificar los vínculos de amistad y respeto entre hombres y entre gobiernos. El sueño final de Pitágoras era un mundo en el que no hubiera diferencias de trato ni de derechos jurídicos por pertenecer a diferentes razas o naciones. Una comunidad mundial basada en los principios de hermandad, espiritualidad y justicia.

También soñaba con que los conocimientos de la hermandad continuaran desarrollándose. Las leyes de la naturaleza estaban al alcance de los sentidos y el intelecto. Había que seguir descifrándolas, obteniendo sin descanso nuevos descubrimientos apoyándose en los anteriores. El conocimiento era un camino de iluminación, una senda irreversible, pues las reglas de la naturaleza eran el idioma de los dioses. ¡Eran leyes, estables y exactas, que los mismos dioses debían respetar!

Entrecerró los ojos atisbando los confines de sus sueños.

Con sus enseñanzas, el alma se elevaba hasta lo divino a través del conocimiento y la práctica, a través del ejercicio de la mente, de la ciencia y la meditación. Los hombres podían llegar a librarse para siempre de sus instintos bestiales, podían trascender sus limitaciones y condicionamientos...

Podían convertirse en dioses.

Pitágoras vislumbraba un mundo de hombres ascendiendo hasta lo divino, la definitiva apoteosis del ser humano...

Un sueño que ahora se tambaleaba.

Sintió que perdía fuerza, como si su energía vital se debilitara. Sin darse cuenta, echó los hombros hacia delante y encorvó la espalda.

Aquellos sueños necesitaban alguien que los liderara. «De los seis candidatos a sucederme que tenía hace tres meses, la mitad han sido asesinados.» Quizás debería olvidarse de sueños y concentrarse en la supervivencia de lo que ya tenían. Aunque también para mantener eso se necesitaba un líder, una cabeza dirigente.

Desde que habían partido de Neápolis estaba dándole vueltas a una idea: en vista de lo sucedido, y anticipándose a nuevas tragedias, posiblemente lo mejor fuese designar no un sucesor individual, sino un grupo de sucesores, un comité. En el comité debería estar Aristómaco, que era el mejor matemático; Evandro, el mejor dispuesto para la política; Hipocreonte y Téano como consejeros... y tal vez Milón por su peso político y militar.

«En cualquier caso, toda solución pasa por atrapar al asesino.»

El asesino... ¿Quién podría ser, por todos los dioses? De repente, un extraño recuerdo apareció en su mente y sintió que le faltaba la respiración. Una noche, regresando de Neápolis, había tenido un sueño muy intenso en el que el asesino tenía su mismo rostro, como un hermano gemelo que fuera la encarnación del mal. Desde entonces había veces, como ahora, que le acometía la inexplicable sensación de estar enfrentándose a sí mismo.

—En los días siguientes al *asesinato* de Orestes —le explicaba Akenón a Pitágoras—, interrogamos a todos los miembros de la comunidad, así como a los soldados asignados para la seguridad interna. —Milón apartó la vista de Akenón y apretó las mandíbulas sin decir nada—. Nadie más estaba implicado, lo que nos lleva a concluir que el hoplita Crisipo colocó las monedas bajo la cama de Orestes. Debió de ser unos días antes del asesinato. Después lo avisaron de algún modo la noche en que engañaron a Pelias, y así pudo escapar antes de que se iniciara la investigación.

Aristómaco tenía los ojos clavados en la mesa, sintiéndose culpable. De los asistentes a aquella reunión, él era junto con Milón el único que estaba en Crotona la noche del crimen.

—Para evitar nuevos engaños, sobornos o traiciones —continuó Akenón—, hemos decidido que los soldados que se ocupan de la protección, ya sean guardaespaldas o patrullas nocturnas, residan en la comunidad y no tengan contacto con el exterior durante el tiempo que dure su asignación.

—Se está cumpliendo a rajatabla —se apresuró a afirmar Milón con su vozarrón.

—También hemos tomado medidas de aislamiento con los miembros de la comunidad —dijo Akenón—, tanto discípulos como servidumbre. Nadie puede salir solo de la comunidad. En caso de tener que salir, se hace en grupos compuestos al menos por tres individuos.

—¿Temes que se repita lo de Orestes? —preguntó Evandro.

—Estoy bastante seguro de que nuestro enemigo cambiará de procedimiento, pero parece que nos enfrentamos a alguien capaz de alterar en poco tiempo la voluntad de otra persona. Alguien con unas capacidades similares a las que alcanzáis en los grados más elevados de la orden. —Todos se miraron entre sí, inquietos—. Por lo tanto, hay que evitar que el asesino logre quedarse a solas tanto con un miembro de la comunidad como con uno de nuestros soldados.

»En cuanto a éstos, ahora también tienen que entrar en los edificios de la comunidad. Han de acompañar a los grandes maestros y a ti, Pitágoras, hasta la puerta de vuestros dormitorios. De hecho, deben inspeccionarlos antes de que entréis. También tienen que acompañaros dentro de la escuela, los establos e incluso al interior de los templos.

Hipocreonte gruñó una protesta. Pitágoras alzó una mano en su dirección y matizó las últimas indicaciones.

—Entiendo que Akenón no se refiere a que tenga que haber soldados en medio de nuestros rituales o estudios. Bastará con que los hoplitas examinen los templos antes de que entremos, y permanezcan luego a una distancia a la que no oigan nuestras conversaciones, pero sí una voz de alarma.

Miró a Akenón y éste mostró su acuerdo con una inclinación de cabeza antes de retomar la palabra.

—Por último, y por si se repitiera algo similar a lo de Orestes, los delitos cometidos por un miembro de la comunidad los juzgará exclusivamente Pitágoras. Y si él no estuviera, esa persona sería encarcelada hasta el regreso de Pitágoras. —Se volvió hacia Milón—. Debido a que nuestro enemigo parece ser un maestro de la manipulación, esto debe aplicarse también a todo delito civil o militar que implique castigo físico, exilio o pena capital. Entiendo que esto no sería del agrado del Consejo, por lo que debe mantenerse en secreto; pero hay que aplicarlo aunque el Consejo se entere y esté en contra. Al menos hasta que Pitágoras haya podido evaluar el caso. No se trata de saltarnos la ley sino de evitar un error trágico al ser víctimas de un nuevo engaño.

—Nadie tocará un pelo a uno de nuestros hermanos —sentenció Milón.

Akenón indicó con un gesto a Pitágoras que había concluido y se echó hacia atrás en la silla. Había otro asunto al que no dejaba de dar vueltas, pero no iba a compartirlo con ellos: en los últimos días había pensado mucho en Ariadna y había creído entender sus motivos para mantenerse alejada de él. Aunque Ariadna había conseguido disfrutar haciendo el amor, en realidad no había superado el trauma de haber sido violada. Las heridas emocionales eran demasiado profundas, seguía siendo demasiado vulnerable. Akenón deseaba lo mejor para ella y, desgraciadamente, parecía que eso implicaba aceptar que entre ellos no habría nada más.

Pitágoras se dirigió a Ariadna.

—¿Qué ocurrió en vuestro viaje a Síbaris?

Akenón contuvo la respiración. Aunque era previsible que Pitágoras se enterara de que habían ido juntos a Síbaris, no había imaginado que aquello llegara a sus oídos con tanta rapidez. De pronto recordó a Ariadna haciendo el amor apasionadamente sobre él y se ruborizó. Afortunadamente todos habían dirigido su atención hacia Ariadna.

—Las nuevas investigaciones respecto al encapuchado no dieron ningún resultado —respondió ella cerrando concisamente aquel tema—. En cuanto a Glauco, no conseguimos que cambiara de actitud con respecto al premio. No sólo eso, sino que corrimos verdadero peligro en su palacio. Está más que obsesionado, enloquecido con investigaciones sobre el círculo. Investigaciones, por cierto, en las que ha avanzado de un modo sorprendente. En el poco tiempo que estuvimos con él comprobé que sus capacidades matemáticas son al menos de mi nivel.

Pitágoras arrugó el entrecejo. En matemáticas, Ariadna estaba al nivel de alguno de los grandes maestros. Glauco no había recibido adiestramiento como para superar ni siquiera el nivel de discípulo oyente. Todo lo que hubiera conseguido a partir de ahí se debía a una combinación de sus capacidades innatas y de las enseñanzas que había comprado con su oro. «¿Hasta dónde habrá conseguido avanzar?»

—Ni siquiera escuchó mi petición de que retirara el premio —continuó Ariadna con sobriedad—. Sólo intentó que lo ayudara en sus estudios y después, al no conseguir lo que pretendía, enfureció de tal modo que estuvo a punto de hacernos matar. Tuve que utilizar toda mi voluntad para conseguir aplacarlo durante el tiempo suficiente para poder escapar de allí. Glauco ya no obedece tu autoridad, padre. Es impredecible y muy peligroso.

El ambiente se volvió más opresivo tras las palabras de Ariadna. Pitágoras permaneció ensimismado durante un rato antes de hablar.

—Glauco es el miembro más influyente del gobierno de Síbaris. Allí no hacen servicio militar ni tienen un ejército regular, pero las enormes riquezas de sus aristócratas mantienen a cientos de mercenarios a sueldo. Además, el propio Glauco tiene una guardia personal compuesta por decenas de soldados. Vigilaremos a Glauco de lejos, pero nadie más irá a verlo por el momento. Más adelante enviaré una embajada con un mensaje para tratar de reunirme personalmente con él en un lugar seguro. –Se quedó un momento pensativo y después se volvió hacia Milón–. Refuerza la vigilancia sobre Síbaris. Debemos estar atentos a cualquier movimiento de sus tropas y a la posibilidad de que recluten más mercenarios. De momento nuestro ejército es muy superior, pero más vale asegurarse de que eso sigue siendo así.

—¿Temes un ataque militar? –preguntó Aristómaco asustado.

—Temo a la locura –sentenció Pitágoras.

Los miró a todos antes de continuar.

—En cuanto al asesino, nos ha revelado que es un poderoso matemático. Diría que es un miembro de nuestra orden de los grados más altos, o que tiene un infiltrado entre alguien de este nivel. –Los candidatos se cruzaron miradas incómodas–. También es posible que sea un maestro o gran maestro de otra de nuestras comunidades.

Tras un momento de silencio, Akenón tomó la palabra interrumpiendo el repaso mental que cada uno estaba haciendo de los maestros que conocía.

—Debemos tener en cuenta que el soldado traidor, Crisipo, podía haber aprovechado un paseo por el bosque para dejar fuera de combate a su compañero Bayo y después matar a Orestes sin ningún problema. Eso habría resultado menos peligroso para él que enterrar las monedas bajo la cama de Orestes. ¿Por qué actuó como lo hizo? –preguntó retóricamente–. Bien, yo creo que el asesino le ordenó que actuara de esa manera para que fuera la propia comunidad quien ejecutara a Orestes. El daño interno para la comunidad es mucho mayor de este modo, y además desacredita a la hermandad ante el Consejo. Pretende radicalizar la postura contraria de los ajenos a la orden, que seguramente no entienden la importancia que para vosotros tiene el juramento de secreto. –Se vieron asentimientos de cabeza y Akenón aguardó unos segundos antes de acabar su intervención–. Por último, pienso que el asesino organizó así este crimen porque se siente más fuerte que nosotros. No sólo no le importa que podamos deducir algo sobre él, sino que quiere que lo hagamos. Todos se quedaron perplejos menos Pitágoras, que habló a continuación.

–Yo también tengo la sensación de que está jugando con nosotros. Se está divirtiendo. Nos da pistas que apuntan hacia él porque piensa que somos incapaces de atraparlo. Por eso ha utilizado el secreto del dodecaedro y el juramento de secreto para acabar con Orestes. Nos está enviando un mensaje.

Se inclinó hacia delante con sus ojos dorados refulgiendo.

–Nos está diciendo quién es.

CAPÍTULO 73

29 de junio de 510 a. C.

LA ESCLAVA ALTEA despertó a su amo Cilón. Era completamente de noche y el poderoso político gruñó irritado. Al momento recordó lo que tenía que hacer y saltó de la cama. Cinco minutos después se reunió en los establos con sus dos guardias de mayor confianza. Iban fuertemente armados y ya tenían preparados los caballos. Antes de salir a la calle, Cilón se cubrió la cabeza con una capucha cerrada que ocultaba sus facciones.

Recorrieron al paso las calles de Crotona amparados en la oscuridad. Faltaba una hora para el alba. Cuando llegaron a campo abierto se pusieron al trote. No había necesidad de correr mucho, su destino estaba a tan sólo diez minutos.

«*Tenemos el mismo objetivo.*»

Cilón pensaba en aquella única frase del primer mensaje misterioso que había recibido. No sabía quién era el remitente, pues se lo había hecho llegar a través de uno de sus esclavos. Cuando lo interrogó, el esclavo sólo pudo decirle que alguien lo puso en sus manos en el mercado y se perdió entre la gente antes de que pudiera verle el rostro.

Lo más interesante del mensaje no era el texto, *Tenemos el mismo objetivo*, sino el símbolo que lo acompañaba: un pentáculo invertido.

El mensaje estaba lacrado. Cuando Cilón accedió a su contenido lo primero que pensó fue que lo había abierto al revés, pero enseguida se dio cuenta de que la estrella del pentáculo, el símbolo de los pitagóricos, tenía la punta orientada hacia abajo. Cilón comprendió que aquello simbolizaba el *objetivo* común al que hacía referencia el texto. La persona que había enviado el mensaje deseaba, al igual que él, la destrucción de los pitagóricos.

En cualquier caso, Cilón no le prestó demasiada atención. El enigmático remitente no había indicado cómo contactar con él, y tampoco podía descartar que aquello fuera una broma o una trampa. Por otra parte, su cruzada contra los pitagóricos marchaba mejor que nunca. No necesitaba unir fuerzas con nadie.

Al día siguiente de recibir aquel mensaje, supo que Pitágoras había regresado de Neápolis y que asistiría a la siguiente reunión del Consejo. Cilón no sólo no se amedrentó, sino que preparó un discurso muy agresivo. No iba a permitir que los pitagóricos rehicieran su posición política. Atacaría a su soberbio líder con tanta fuerza que ni siquiera podría levantarse de su asiento.

Su discurso resultó vigoroso, afilado y preciso. Posiblemente su mejor intervención en el Consejo. Consiguió, por primera vez delante de Pitágoras, que muchos consejeros lo aclamaran tras finalizar su ofensiva. Estaba exultante.

«Pero fue un tremendo error de cálculo.»

Cuando cesaron los vítores, Pitágoras se levantó, calmado y seguro, y ejerció de sí mismo. Primero templó los ánimos con su voz grave y vibrante. Después repasó todos los ataques de Cilón, modificando su enfoque de modo que tanto él como los suyos parecían víctimas en vez de responsables; y por último ensalzó, de un modo que a Cilón casi le hace vomitar, los beneficios que su orden conllevaba para Crotona desde hacía muchos años. La salva de aplausos, comandada por los 300 pero secundada por la mayoría de los *setecientos*, resultó interminable. Cilón abandonó la sala antes de que acabaran.

Desde entonces se habían celebrado cinco sesiones del Consejo de los Mil. Cilón había asistido para ver de primera mano lo que ocurría, pero no había intervenido en ninguna. Tenía garantizado el apoyo de unos doscientos cincuenta consejeros, pero el resto de los *setecientos* eran una cuadrilla de oportunistas y cobardes que se movían siempre a favor de la corriente. Ahora que Pitágoras asistía a todas las sesiones, ellos bailaban su música.

El segundo mensaje había llegado el día anterior.

Tampoco fue posible identificar al remitente. En esta ocasión contenía los detalles para un encuentro. Y, de nuevo, el pentáculo invertido.

Cilón refrenó su caballo dejando que sus guardias se adelantaran unos metros. Estaban llegando al lugar de la cita, un pequeño templo situado en lo alto de una colina al norte de Crotona. Su construcción no había finalizado debido a la muerte prematura del comerciante que lo financiaba. Al haber quedado a medias, era poco más que una casa de piedra con algunas columnas.

Los guardias desmontaron. La luz de la luna proporcionaba una visibilidad moderada. Cilón, desde lo alto de su caballo, hizo un gesto indicándoles que entraran en el templo.

El mensaje pedía que se vieran en el interior, a solas.

«Hay que ser estúpido para pensar que vendría solo.»

Los guardias desaparecieron dentro de la construcción. Cilón, manteniendo la capucha echada, se mantuvo en tensión sobre su caballo. Esperaba que los guardias le trajeran desarmado a quien le había enviado los mensajes.

Transcurrió un minuto sin señales de vida. Los ruidos nocturnos del bosque lo inquietaban, no estaba acostumbrado a esas situaciones. Sus ojos saltaban de un lado a otro siguiendo con ansiedad pequeños crujidos. Giró la cabeza escudriñando el entorno. No vio caballos ni ningún otro indicio de que hubiera alguien más.

De pronto se vio sobrecogido por una extraña voz.

–Que los dioses sean contigo, Cilón de Crotona.

CAPÍTULO 74

29 de junio de 510 a. C.

Aunque todavía faltaba bastante para el amanecer, Pitágoras llevaba mucho tiempo levantado. Nunca había necesitado dormir mucho, pero últimamente apenas conseguía conciliar el sueño dos o tres horas.

Intentaba aprovechar el tiempo que pasaba despierto por las noches. En esta ocasión había decidido visitar de nuevo la tumba de Orestes. De pie junto a ella estaba reflexionando sobre las circunstancias de su muerte: resultaba descorazonador ver con qué facilidad habían sido manipulados decenas de miembros de su orden, en algún caso maestros avanzados.

Cerró los ojos, apesadumbrado.

El castigo por traicionar el juramento de secreto sólo había sido aplicado hasta entonces de modo simbólico. Era cierto que en un caso de máxima traición, por parte de un gran maestro y dándose todos los agravantes, se podía llegar a considerar que el culpable merecía la pena capital. «Pero tenía que ser yo quien dictara esa sentencia.» Y siempre había pensado que, si se daban esas circunstancias, encontraría la manera de suavizar la pena y no cargar sobre sus hombros la muerte de un ser humano. Por desgracia, al estar él de viaje, los que habían *descubierto* la traición habían decidido aplicar el castigo por su cuenta.

El juramento de secreto era imprescindible. Los secretos de la orden debían estar sólo al alcance de mentes rectas y preparadas. Su intención al crear el juramento había sido proteger a la humanidad de que los secretos cayeran en malas manos.

«Proteger mediante la disuasión, no mediante la ejecución.»

Suspiró profundamente al imaginar el linchamiento y muerte de Orestes. El cerebro de aquel crimen había demostrado un aterrador dominio no sólo de sus secretos, sino del funcionamiento de la mente humana. Había logrado que hombres habitualmente serenos y reflexivos se dejaran llevar por las pasiones más salvajes. No sólo consiguió que creyeran que Orestes era un traidor, sino que hizo que todos estuviesen convencidos de que Orestes era también el asesino de Daaruk y Cleoménides. El enemigo sabía que vivían atemorizados por las recientes muertes y que, gracias a sus artimañas, se iba a producir una catarsis emocional, una explosión general de sentimientos que disolvería las consciencias individuales en un furioso animal colectivo y primario. Como había previsto aquel criminal, el miedo y el odio se aliaron para fusionar lo más primitivo de todos los presentes al mismo tiempo que anulaba la parte más elevada de sus almas.

Pitágoras sabía perfectamente lo que había ocurrido en la mente de sus discípulos. Había interrogado uno a uno a los participantes en el crimen y en todos había visto lo mismo.

Le pareció bien mantener ante el Consejo la versión de que Orestes había muerto asesinado sin que hubiera pistas, pero tomó sus propias medidas sobre los implicados. A Euríbates y a Pelias los degradó a discípulos matemáticos, sin posibilidad de ascender durante diez años en el caso de Euríbates y veinte en el de Pelias. Además, los envió a la comunidad de su hijo Telauges, en Catania. De este modo los protegía, tanto a ellos como a la propia hermandad, de una posible investigación del Consejo de los Mil.

En cuanto al resto de implicados, degradó a muchos y todos perdieron la posibilidad de ascender al menos durante diez años. Por otra parte, dio instrucciones para que se incrementara el tiempo dedicado al trabajo interior. De algún modo esos hombres habían hecho lo correcto, pues creían tener la certeza de que Orestes era un traidor y habían aplicado a rajatabla la letra del juramento de secreto, pero debían haber esperado a que regresara él. Además, no habían actuado racionalmente, sino ofuscados por la emoción y embrutecidos por la multitud que formaban entre todos.

«Mis discípulos actuando como bestias.»

Aquel crimen había sido, sin ninguna duda, el más dañino para la hermandad.

El cielo comenzaría a clarear enseguida, pero todavía era un manto negro cuajado de estrellas. Las antorchas de los soldados era lo único que permitía divisar el entorno. Pitágoras se apartó de la tumba de Orestes y caminó hacia la entrada de la comunidad seguido por varios hoplitas. Oyó que se acercaba un caballo desde el interior y poco después vio que se trataba de Akenón.

–Buenos días, Pitágoras –dijo tras franquear el pórtico.

–Buenos días, Akenón…, aunque todavía no ha salido el sol. ¿Vas a Crotona?

–Así es –respondió desde su caballo–. Quiero hablar con algunos trabajadores del puerto y ésta es la mejor hora. Después visitaré a Ateocles y otros comerciantes de monturas y bestias de carga. Tal vez encontremos alguna pista analizando sus ventas de las últimas semanas.

–Me parece una buena idea. Ve con cuidado.

Akenón partió al trote y Pitágoras se quedó mirándolo mientras su silueta se disolvía en las tinieblas de la madrugada. De repente se dio cuenta de que no había visto juntos a Akenón y Ariadna desde que había regresado de Neápolis. Ella casi siempre estaba encerrada en la escuela, y cuando la veía mostraba un exterior sobrio, inexpresivo, tras el que presentía un intenso sufrimiento.

La política y otras obligaciones no le habían dejado tiempo para ocuparse de ella. Reflexionó unos instantes. A su hija siempre le venía bien viajar. Quizás lo mejor sería enviarla durante un tiempo con su hermano Telauges a la comunidad de Catania, en la isla de Sicilia.

Dirigió una última mirada hacia Akenón y se adentró en la comunidad.

CAPÍTULO 75

29 de junio de 510 a. C.

CILÓN GIRÓ EL CUERPO hacia atrás, asustado, e intentó que su caballo diera media vuelta. Desenvainó la espada con torpeza y sólo entonces se acordó de avisar a sus guardias.

–¡Aquí! –gritó con fuerza.

Lo que tenía delante, no obstante, no parecía peligroso. Un solo hombre a pie, inmóvil entre dos árboles. Se cubría con una capa cuya capucha llevaba ceñida, igual que él. En sus manos no sostenía armas, sino que las tenía apoyadas una sobre otra en una postura que le daba una apariencia tranquila. No parecía importarle lo más mínimo que hubiera dos guardias corriendo desde el templo hacia él con las espadas en alto.

Cilón levantó una mano y los guardias se detuvieron a la altura de su caballo.

–¿Quién eres? –preguntó con autoridad.

El desconocido no se inmutó. Cilón aguardó, un tanto desconcertado. Después se sintió irritado al ser ignorado de esa manera.

–¡Responde si no quieres que mis guardias te atraviesen!

Le pareció que el encapuchado elevaba un poco la cabeza, pero no podía estar seguro porque la claridad que se percibía en un extremo del cielo no era suficiente para deshacer las sombras que los envolvían.

–Esperaba que mantuviéramos una conversación privada. –La voz del desconocido pareció arrastrarse por el suelo hasta llegar a sus oídos. Era una voz muy grave, a la vez penetrante y tenebrosa.

Cilón dudó qué hacer. El encapuchado abrió las manos y mostró las palmas, haciendo patente que estaba desarmado.

–De acuerdo. –El político giró la cabeza hacia los soldados sin apartar la vista del misterioso desconocido–. Retroceded hasta el templo y permaneced alerta.

Esperó hasta que los soldados se alejaron a una distancia a la que ya no podían oírlos.

–¿Quién eres? –preguntó con menos agresividad que antes. El encapuchado negó lentamente con la cabeza.

–Lo importante es: ¿cómo podemos unir nuestras fuerzas para acabar con Pitágoras y su orden?

Cilón no estaba acostumbrado a no recibir una respuesta directa, pero decidió pasarlo por alto.

–¿Por qué querría yo, Cilón de Crotona, unir mis fuerzas a un desconocido? –respondió mientras pensaba quién se escondería tras aquella capucha. ¿Quizás un miembro del Consejo de los 300 que quería venderse?

–Porque este desconocido puede conseguir cosas que tú no puedes, y porque juntos podemos hacer más daño, y más rápido.

–Yo controlo casi la mitad del Consejo –contestó Cilón herido en su orgullo–. ¿Qué puedes aportar tú a esta lucha?

La voz del desconocido se volvió todavía más grave y adoptó una dureza que hizo que Cilón se echara para atrás en su caballo.

–Controlas menos de la mitad de los *setecientos marginados*, que es poco más que nada. Sin mi ayuda seguirías desgastándote de un modo inútil. ¿Qué has logrado hasta ahora, Cilón? Nada. ¿Qué he logrado yo? –Hizo una pausa y continuó con un tono de cruel regocijo–. Que Pitágoras pierda a la mitad de sus hombres de confianza: Cleoménides, Daaruk y Orestes.

–¿Tú los has matado?

El encapuchado no respondió.

–De acuerdo –continuó Cilón–. Tienes medios eficaces para hacer daño a la secta. Si tan eficaz eres, entonces, ¿para qué me necesitas? –preguntó en tono crispado.

El encapuchado negó con la cabeza.

–El odio proporciona mucha energía, y tú tienes mucho odio. Eso está bien, pero no lo malgastes conmigo. Distingue entre tus enemigos y tus amigos, y procura tener siempre fuego en el corazón y hielo en la mente.

«Parece un maestro pitagórico», pensó Cilón extrañado. De hecho, el encapuchado hablaba con un aplomo e irradiaba una fuerza que sólo había sentido frente a Pitágoras. «Aunque la energía de este hombre tiene un matiz siniestro.»

–¿Cómo sé que no me estás tendiendo una trampa? ¿Cómo sé que no trabajas para la secta?

–Lo sientes –dijo enigmáticamente aquella voz ronca.

Era cierto. Igual que percibía su fuerza, Cilón sentía que aquel hombre odiaba a Pitágoras al menos tanto como él.

–¿De qué manera sugieres que colaboremos? –preguntó por fin.

Le pareció oír un gruñido de satisfacción antes de que el encapuchado respondiera.

–Aunque vamos a necesitar al Consejo, tenemos que trabajar en la sombra. Pitágoras no debe notar ningún cambio. Mantén tu postura contraria a él en el Consejo, pero no intentes nada ambicioso que muestre la fuerza que vamos a ir ganando.

–¿Y cómo se supone que vamos a ganar esa fuerza?

–Organizarás reuniones con los consejeros que no tengan una postura clara. Yo asistiré y utilizaré con ellos tanto mi capacidad de persuasión como la del oro. En cuanto convirtamos a unos cuantos, los demás llamarán a nuestra puerta para no quedarse en minoría.

–El oro es un argumento muy convincente, pero se necesitaría mucho para comprar el apoyo de hombres a los que no les falta.

–Mucho es lo que les ofreceré. A cada uno de ellos.

«¿Quién demonios es este hombre?», se preguntó Cilón asombrado.

–De acuerdo –respondió–. Pero me gustaría ver la cara de la persona en la que voy a depositar tanta confianza.

–Por supuesto –susurró la voz cavernosa.

Cilón observó con atención mientras el hombre misterioso retiraba la capucha. Cuando acabó, el político sintió que se le paraba el corazón.

«¡No tiene cara!»

Sin darse cuenta tiró de las riendas y el caballo se revolvió. Consiguió mantener el equilibrio a duras penas, sin despegar la vista de la aterradora aparición. Aquel cuerpo parecía acabar a la altura del cuello y después no se veía nada, sólo una oscuridad tan profunda como las sombras que lo circundaban.

El hombre sin rostro avanzó dos pasos.

–¿Satisfecho?

A esa distancia Cilón pudo distinguirlo mejor.

–¿Llevas... llevas una máscara?

–Sí –respondió secamente el enmascarado.

Cilón se tranquilizó un poco, pero ya no se atrevió a decirle también que se quitara aquella máscara negra.

–Hay algo más –añadió el enmascarado–. Tenemos dos enemigos especialmente molestos. Uno es Milón, el general en jefe del ejército, a quien sus tropas son desagradablemente leales. Sin embargo, todavía sería prematuro atacarlo directamente. Ya me ocuparé de Milón, no intentes nada contra él –dijo con un tono que no admitía réplica–. El otro enemigo es Akenón, el investigador egipcio. Supongo que lo conoces.

–Por supuesto. Es una vergüenza para Crotona que Pitágoras haya otorgado las funciones de la policía a ese *egipcio* –Cilón escupió la última palabra con rabia.

–Akenón es un incordio y un potencial peligro para nuestros propósitos. Afortunadamente no cuenta, ni mucho menos, con el apoyo que tiene Milón en el Consejo. –El enmascarado apretó un puño con fuerza aplastando el aire–. Te voy a decir cómo vamos a ocuparnos de Akenón... hoy mismo.

CAPÍTULO 76

29 de junio de 510 a. C.

A MEDIA MAÑANA, Akenón entró en el establecimiento de Ateocles.

–¡Qué alegría, mi buen amigo Akenón!

El comerciante exhibía tras su barba desaliñada la sonrisa que reservaba para sus mejores clientes.

–Buenos días, Ateocles. Me alegra que me recibas con tanta efusividad, pero no esperes que te compre un caballo cada vez que nos veamos.

–Cada vez que nos veamos no, pero sí cada vez que lo necesites. –Ateocles rió, satisfecho de su propia respuesta–. Por cierto, he visto a mis criados ocupándose de tu caballo. Espero que estés contento con él.

–Lo estoy, lo estoy. Creo que tanto como tú con el precio que pagué por él.

El vendedor soltó una carcajada a la vez que palmeaba su espalda con rudeza.

–Lo que me trae por aquí –dijo Akenón cuando acabaron los manotazos– es la investigación de los crímenes de Crotona.

Ateocles asintió, repentinamente serio. No le gustaba nada tener alguna vinculación con aquello.

–Supongo que llevas un registro de los animales que vendes.

Ateocles volvió a asentir, reticente. En realidad llevaba dos registros. Uno para asegurar un buen control de su negocio y otro, mucho más negativo, para justificar sus reducidas aportaciones al tesoro de la ciudad.

–Lo que me interesa –prosiguió Akenón– es saber si un soldado llamado Crisipo adquirió una montura hace unas semanas. Como supongo que no lo haría él directamente o que no daría su nombre, me gustaría examinar todos los movimientos.

Ateocles se rascó ruidosamente el mentón, pensativo. De repente un potente grito lo arrancó de sus reflexiones.

–¡Akenón!

Los dos se volvieron hacia la puerta de la calle. Seis hoplitas irrumpieron armados con lanza, escudo y espada al cinto. La hosquedad de sus semblantes y la manera de moverse, desplegándose en arco hacia ellos, dejaban claras sus intenciones.

Akenón comprobó de un vistazo que no había otra salida y retrocedió instintivamente hasta la pared más cercana. De este modo evitaba que lo rodearan, pero seis soldados bien armados eran demasiado a lo que enfrentarse. Decidió no desenvainar la espada.

–¿Qué queréis?

Los hoplitas se acercaron sin responder y lo acorralaron. Ateocles aprovechó para escabullirse sin que nadie se lo impidiera.

–Debes acompañarnos.

«No parece que ése sea vuestro único propósito», pensó Akenón intentando no perder de vista a ninguno.

–¿En nombre de quién? –preguntó con firmeza.

–¡En nombre de Crotona! –respondió el que parecía llevar la voz cantante.

Akenón sopesó a toda prisa sus opciones.

–De acuerdo –accedió finalmente.

Aquéllos debían de ser soldados a sueldo de Cilón. Milón ya le había advertido de que había unos cuantos. Lo mejor que podía hacer era no enfrentarse a ellos y pedir ayuda en cuanto se cruzara en la calle con otros soldados o alguien que lo conociera.

Caminó con ellos hacia la salida. Uno de los hoplitas se situó a su espalda, desenvainó la espada procurando no hacer ruido y la levantó sobre su cabeza. Akenón se dio cuenta un instante antes del ataque, pero ya era demasiado tarde. El soldado bajó el brazo con fuerza y golpeó su nuca con la empuñadura.

Se desplomó como un fardo. Otro de los soldados se apresuró a envolverle la cabeza con una capucha para que nadie pudiera reconocerlo. Lo colocaron atravesado en la grupa de un caballo y se pusieron en marcha evitando las calles más concurridas.

Cuando estaban llegando a su destino, Akenón recobró la consciencia. Sentía un terrible dolor de cabeza y se estaba ahogando con aquella capucha. Al intentar levantarla para respirar descubrió que tenía las manos atadas a la espalda. En ese momento el caballo se detuvo y Akenón consiguió distinguir las palabras de uno de sus captores.

–Échalo al fondo de un calabozo –gruñó con desprecio–. El *jefe* se ocupará de él.

CAPÍTULO 77

29 de junio de 510 a. C.

ARIADNA PASEABA LENTAMENTE por el jardín de la comunidad, bordeando el pequeño estanque. Su mirada perdida vagaba por la superficie del agua, donde aparecía de vez en cuando la silueta nerviosa de un pez anaranjado.

Pitágoras caminaba preocupado junto a ella, todavía con dudas sobre lo que iba a decirle. Observó a su hija de reojo. La dureza del semblante de Ariadna era una reacción defensiva que él había visto muchas veces.

«Los recuerdos dolorosos del pasado vuelven a afectarla.» Pitágoras imaginaba que ella había tenido una relación sentimental con Akenón. Aquello debía de haberle hecho revivir su pasado traumático.

«Y probablemente eso ha desbaratado su relación con Akenón.»

No necesitaba que su hija le dijera nada para ver aquello con claridad, pero que lo viera no significaba que supiera cómo ayudarla. Lo que sí tenía claro era que el ambiente de luto y la sensación de amenaza que se respiraban en la comunidad no le hacían ningún bien.

Padre e hija continuaron paseando en silencio, cada uno sumido en sus propias reflexiones.

«De acuerdo —pensó Pitágoras decidiéndose al fin—, lo mejor será que vaya seis meses con su hermano a Catania.»

Tomó a su hija del brazo y comenzó a hablar.

El gran maestro Aristómaco, en el camino entre la comunidad y Crotona, se sobresaltó al oír que lo llamaban a gritos:

—¡Maestro Aristómaco! ¡Maestro!

Se volvió hacia los gritos y retrocedió instintivamente hacia sus dos guardaespaldas. Uno de sus discípulos se estaba acercando por el camino del norte montado en un burro al que clavaba los talones con fuerza.

–Tranquilo, Hipárquides –dijo Aristómaco cuando el discípulo estuvo más cerca–. ¿Por qué castigas de ese modo al pobre animal? ¿Qué noticias traes? –Ante sus discípulos procuraba mostrarse sereno, aunque desde que comenzaron los asesinatos tenía problemas para controlar sus nervios.

–El premio, maestro Aristómaco, el premio de Glauco...

Hipárquides saltó de su montura y calló un momento para recuperar el resuello. Aristómaco sintió que su mano derecha empezaba a temblar. La entrelazó con la izquierda y las apoyó con disimulo en el regazo.

–¿Qué ocurre con el premio? Habla.

–Maestro..., el premio ha sido entregado.

«¡No es posible!»

La cara de Aristómaco se convirtió en una máscara de asombro. Separó los labios e intentó decir algo, pero sólo consiguió boquear como un pez fuera del agua.

–Ayer por la mañana estaba en Síbaris –continuó Hipárquides–. Hablé con un hermano pitagórico que a su vez conoce a un secretario de Glauco. Este secretario le dijo que unos días antes Glauco había pagado el oro del premio. ¡Mil quinientos kilos de oro!

Aristómaco comenzó a balbucear.

–Pero... ¿Sabemos... sabemos quién... cómo...?

Hipárquides negó con la cabeza.

–No sabemos quién ha sido, maestro. El secretario dijo que el que lo cobró iba encapuchado... –su expresión se ensombreció al igual que su voz– y añadió algo más.

Aristómaco tragó saliva y aguardó a que su discípulo concluyera.

–Parece que el encapuchado se ocupó de que quedara algo muy claro: ha hallado la solución utilizando el teorema sagrado de nuestro líder.

Aristómaco retrocedió un paso, horrorizado.

«¡El teorema de Pitágoras!»

Ariadna reflexionaba con el ceño fruncido sobre la sugerencia de su padre.

«Irme a Catania...»

La mirada dorada de Pitágoras la envolvía, pero ella no conseguía sentir su calor como otras veces. Desvió la vista y se alejó unos pasos de su padre.

«Dentro de seis meses Akenón ya se habrá ido.» Estaba confusa. Ella también había pensado que podía venirle bien dejar de ver a Akenón. Sin embargo, su estómago se encogía hasta dolerle ahora que esa posibilidad se concretaba.

Levantó la cabeza alarmada. Alguien se estaba acercando apresuradamente.

«Es Aristómaco. ¿Qué le ocurre?» El maestro caminaba hacia ellos moviendo los pies tan deprisa como le era posible sin echar a correr. Aunque hacía ímprobos esfuerzos por mantener el control, su cara denotaba que estaba a punto de tener un ataque de nervios.

Al llegar junto a ellos habló atropelladamente.

—Maestro, Glauco ha entregado su premio.

Pitágoras se quedó petrificado.

—¿Se sabe algo más? —dijo por fin.

—Sí. —Aristómaco agachó la cabeza antes de continuar. Estaba claro que le disgustaba lo que tenía que añadir—. Parece que la aproximación al cociente que buscaba Glauco ha sido resuelta... utilizando el teorema al que diste nombre.

El rostro de Pitágoras se contrajo como si le hubiera mordido una serpiente.

«Dioses, es otro mensaje del asesino... Y otra muestra de su capacidad ilimitada.»

Pitágoras no tenía ninguna duda: el que había resuelto el problema era el asesino de sus candidatos. ¿Quién más podía hacer gala de esa capacidad asombrosa, y al mismo tiempo despreciar de tal modo sus normas relativas al secreto sobre los conocimientos más elevados? «Ha hecho un descubrimiento increíble y se lo ha entregado a un perturbado peligroso a cambio de oro.»

Ariadna intentó leer en el rostro crispado de su padre. La noticia era impactante para todos, pero especialmente para Pitágoras. Alguien acababa de lograr lo que él había afirmado que no era posible.

«Y resulta especialmente humillante que lo haya hecho utilizando su teorema más famoso.»

Aquello era una proeza sobrehumana y a la vez una enorme bofetada en la cara del filósofo.

«Por otra parte –se dijo Ariadna–, esto tiene implicaciones terribles.» Significaba que las capacidades de su enemigo estaban por encima de cualquier gran maestro... e incluso del propio Pitágoras.

Además, ahora el encapuchado, quienquiera que fuese, contaba con una cantidad de dinero prácticamente infinita para sus propósitos criminales.

«Ocho millones de dracmas», pensó Ariadna recordando el cálculo que había hecho Akenón.

De pronto cayó en la cuenta de que no lo había visto en todo el día.

–Padre, ¿sabes dónde está Akenón?

Su padre giró la cabeza hacia ella. Seguía con la mirada perdida en las implicaciones de la noticia sobre el premio.

–Lo vi esta mañana –respondió distraído–. Se marchó a investigar a Crotona antes de que amaneciera.

Ariadna miró al cielo y vio que sólo quedaban dos horas para que se pusiera el sol. Se volvió hacia Crotona con ansiedad.

Su intuición le advertía de que algo iba muy mal.

CAPÍTULO 78

29 de junio de 510 a. C.

CILÓN HINCHÓ EL PECHO rebosante de gozo. La colaboración con el misterioso enmascarado estaba dando unos resultados magníficos a las pocas horas de haberse iniciado.

Se encontraba en el salón principal de su mansión con veinte consejeros afines a él. Se trataba de una reunión como otras muchas que mantenía todas las semanas, «con la salvedad de que hay dos invitados que hasta entonces nunca habían pisado mi casa.»

El primero de ellos era el propio enmascarado. Al principio los demás asistentes se habían extrañado al verlo allí, sentado en un extremo del salón; sin embargo, en cuanto se levantó y empezó a hablar se adueñó de la atención de los consejeros. Unos minutos después, sus palabras se habían infiltrado en lo más profundo de sus mentes y ahora todos lo trataban con reverencia, como si en vez de un hombre tras una máscara negra fuese el temible dios Hades. A Cilón le agradaba tener un aliado tan poderoso, aunque también sentía cierta envidia.

La segunda novedad entre los presentes era al mismo tiempo el elemento más valioso de la reunión. «Sin él, esta asamblea no tendría sentido», se dijo Cilón observándolo satisfecho. Se trataba de Helicaón, uno de los secretarios del Consejo, cuya firma y sello eran necesarios para validar actas y sentencias. El secretario nunca había ayudado a Cilón. En esta ocasión se había presentado en su mansión sólo para rechazar la invitación y decir, con mucha dignidad, que ni su cargo ni su honestidad le permitían asistir a ese tipo de reuniones. Diez minutos de conversación con el hombre de la máscara negra, y la bolsa de oro que éste le entregó, hicieron que dejara la dignidad y la honradez para otro día.

Helicaón había redactado un documento a instancias de Cilón y el enmascarado. En este momento estaba estampando su sello en él. Cilón se acercó a Helicaón y esperó con impaciencia a que terminara. Después le arrancó el pergamino de las manos y recorrió ávidamente las líneas. Obviamente ya conocía su contenido, pero le satisfacía enormemente verlo escrito en un documento oficial. Se decretaba el exilio del extranjero Akenón y la confiscación de todas sus propiedades.

«Perfectamente legal», se dijo Cilón mientras lo releía.

Este tipo de decisiones se podía tomar por un mínimo de veinte consejeros, sin que fuese necesario que pertenecieran a los 300. Si Akenón hubiese sido ciudadano en vez de un simple extranjero, su exilio habría tenido que decretarlo por mayoría el Consejo de los 300. Y, aun siendo extranjero, para decretar la pena capital también habrían hecho falta varios consejeros de los 300.

«Pero nosotros, aun siendo de los *setecientos marginados*, al menos tenemos la potestad de ordenar esto.» Cilón agitó el documento con una expresión fiera.

Todos los presentes tenían cerca una copa de vino. El enmascarado se inclinó para tomar la suya y la alzó en dirección a Cilón.

–Por la destrucción de Pitágoras.

Su voz escabrosa estremeció al secretario del Consejo, que se apresuró a levantar la copa con los demás.

–¡Por la destrucción de Pitágoras! –exclamaron todos al unísono.

El secretario apuró el contenido de un trago, deseoso de acallar su mala conciencia. De todos modos, no dudaba de que había hecho lo más apropiado. Hablar con el enmascarado le había dejado claro algo que en adelante debería tener muy en cuenta.

«El bando pitagórico tiene los días contados.»

Media hora más tarde, Cilón subió a su alcoba y requirió los servicios de la esclava Altea, a la que él llamaba Ariadna. Era infrecuente que la utilizara antes de la noche, pero estaba de celebración. Entre otras cosas, porque se acercaba con rapidez el día en que la mujer que se esforzara entre sus piernas fuese la verdadera Ariadna.

Akenón estaba a punto de ser embarcado con destino a Biblos, antigua ciudad fenicia que actualmente formaba parte de Persia. Su pequeña fortuna de plata –de la que Cilón había obtenido información detallada a través de Calo– debía de estar pasando en estos momentos de las manos del curador Eritrio a las del tesoro público.

«Por supuesto, la sentencia de exilio y confiscación será recurrida y anulada por los pitagóricos –sonrió regodeándose–; pero entonces descubrirán que es demasiado tarde.»

La habilidad de la esclava hizo que Cilón cerrara los ojos y gimiera de placer.

«Dentro de una hora zarpará el barco de Akenón... –volvió a gemir, acercándose al éxtasis–, y esta noche mis soldados arrojarán su cadáver al mar.»

–En pie, perro egipcio.

Akenón intentó levantarse, pero sólo pudo quedarse a cuatro patas en el suelo húmedo de piedra. Estaba mareado y parecía que le iba a estallar la cabeza. Apoyó una mano en la pared y con un nuevo esfuerzo consiguió incorporarse lentamente.

–Avanza hasta aquí. Y no intentes ninguna estupidez.

En la puerta lo esperaban tres soldados con las espadas desenvainadas. A él le habían quitado su espada curva y su cuchillo. Respiró profundamente, dándose tiempo para pensar.

«Mi mejor opción sigue siendo esperar a que me rescate Pitágoras.» Aquello tenía que ocurrir más pronto que tarde. En cambio, si se enfrentaba a los soldados seguramente acabaría herido, cuando no muerto.

Avanzó despacio hacia ellos.

–Date la vuelta.

Obedeció y le juntaron las manos tras la espalda. Notó que rodeaban sus muñecas con una cuerda y apretaban con fuerza.

–Vamos, grandullón, te vas de viaje –dijo con sorna uno de los hoplitas.

Akenón se estremeció.

–¿Adónde me lleváis? –dijo procurando que su voz sonara firme.

El que llevaba la voz cantante le escupió en la cara. Después pareció pensárselo mejor y respondió:

–La ciudad te exilia, perro extranjero. Te mandan a Persia.

Lo empujaron para que caminara delante de ellos. Recorrieron un pequeño pasillo y salieron al patio interior de una especie de cárcel. El sol ya estaba bajo, pero la luz obligó a Akenón a cerrar los ojos y sintió una nueva oleada de dolor en la cabeza.

En la puerta que daba al exterior aguardaban otros tres soldados con varios caballos.

«Son los seis hoplitas del establecimiento de Ateocles.»

—¿Te suena? —preguntó uno de ellos con aire burlón mostrándole una capucha. Estaba manchada de sangre. Debía de ser la que le habían colocado por la mañana—. Pórtate bien o tendremos que volver a atizarte antes de ponértela.

Akenón asintió en silencio. Si encontraba una oportunidad la aprovecharía, pero no iba a arriesgar su vida intentando escapar si todo lo que pretendían era expulsarle de Crotona.

Le metieron un trapo doblado en la boca y lo amordazaron para que no pudiese gritar mientras lo trasladaban. Después le embutieron la cabeza en la capucha y lo colocaron atravesado sobre el lomo de un caballo.

Cuando iniciaron el avance, el bamboleo hizo que la sangre se agolpara en la cabeza de Akenón. El dolor volvió a aumentar. Aun así trató de permanecer atento a la información que recibía del entorno. Al cabo de un minuto desistió. Bastante tenía con lograr respirar con un trapo metido en la boca y una capucha de fieltro que el sudor pegaba a su cara.

El trayecto fue un suplicio aunque no duró mucho. Cuando se detuvieron, bajaron a Akenón del caballo y pudo escuchar los sonidos característicos del puerto. Inmediatamente lo agarraron de ambos brazos y le hicieron caminar sin quitarle la capucha.

Al cabo de un rato, uno de los que lo sujetaban habló junto a su oído.

—Ahora tienes que cruzar una pasarela.

Akenón adelantó un pie, a tientas. Lo empujaron para que avanzase más rápido. De pronto se encontró sobre un suelo bamboleante. Escuchó a ambos lados el sonido del mar y sintió que le fallaba el sentido del equilibrio. «¡Voy a caer!» El pánico lo atenazó y su cara se empapó de sudor bajo la capucha. Pensó que estaba a punto de caer al agua con las manos atadas a la espalda, encapuchado y con un trapo en la boca.

Sabía nadar, pero en esas condiciones no le iba a servir de nada. Tiraron de sus ropas para que avanzara. Entonces reparó en que había un soldado sujetándolo por delante y otro desde atrás. Dio pequeños pasos en la dirección en que tiraban de él, muy atento por si pisaba el borde de la pasarela. Cuando notó bajo sus pies la cubierta de un barco, soltó con alivio el aire que estaba reteniendo en los pulmones.

Lo condujeron a la bodega e hicieron que se sentara. Dos soldados se quedaron custodiando a Akenón y el resto permaneció en tierra. El destino de aquel barco, como le habían dicho, era Persia. Sin embargo, antes haría una última parada en la Magna Grecia. Sería dentro de dos días, en Locri. Los soldados que lo acompañaban tenían intención de bajarse allí.

Para entonces ya no tendrían ningún prisionero que custodiar.

Akenón comprobó la firmeza de sus ataduras. No pudo separar las muñecas ni siquiera un centímetro.

«Persia», pensó con una mezcla de resignación e impotencia. Si lo desataban en algún momento quizás podría dejar fuera de juego a sus guardianes. No obstante, tenía que tener en cuenta que la tripulación del barco debía de pensar que él era un fugitivo de la ley. Si Pitágoras no conseguía rescatarlo antes de que el barco zarpara, su única opción sería librarse de los guardias e intentar saltar a tierra en una escala intermedia.

«Si no lo consigo... tendré que apañármelas para regresar desde Persia.»

Pensó en Pitágoras y en Ariadna y sintió rabia, pero se obligó a serenarse. Le iría mejor con la cabeza fría. Respiró hondo, despacio, esforzándose por relajar el cuerpo. Necesitaba distraerse de la sensación de ahogo y las arcadas que le producía el trapo que llenaba su boca. Se deslizaba continuamente hacia su garganta. La única manera de contenerlo era empujando sin descanso con la base de su lengua. Al mismo tiempo debía controlar la acuciante necesidad de tragar saliva o el trapo descendería y ya no podría hacerlo subir.

En ese momento notó que soltaban amarras.

CAPÍTULO 79

29 de junio de 510 a. C.

AQUELLA MAÑANA, en el establecimiento de Ateocles, uno de los mozos de cuadras se había hecho cargo de la montura de Akenón. Recordaba bien aquel caballo, pues era uno de los mejores que habían tenido a la venta. Tras ocuparse de él, salió a la calle y vio que unos soldados se llevaban a alguien encapuchado e inerte. Se agachó y observó cautelosamente.

«Es Akenón», pensó al reconocer las ropas. Él no quería problemas con la autoridad, así que se limitó a regresar al interior de las cuadras y no hizo preguntas. Su única reacción fue guardar el caballo junto a los de su señor, por si Akenón no regresaba.

Por la tarde se cruzó con su primo Anticlo, un joven entusiasta que había solicitado que lo admitieran en la comunidad pitagórica. Dudó si decirle lo de Akenón, pero tenía muy buena relación con Anticlo y se habría sentido mal ocultándole una información que imaginaba que le interesaría bastante.

–Anticlo, sé algo que a ti te parecerá muy importante. Pero primero debes jurarme por todos los dioses que nunca revelarás que yo te lo he contado.

Anticlo abrió los ojos con mucho interés y juró inmediatamente. Su primo siguió hablando en voz baja.

–Esta mañana, al poco de abrir, ha venido Akenón. Ya sabes, el investigador que contrató Pitágoras.

Anticlo asintió. Sabía perfectamente quién era Akenón.

–Un rato después llegaron unos soldados –continuó su primo–. No sé lo que pasaría, yo no lo vi, pero cuando se marcharon llevaban a Akenón cargado en uno de los caballos. Lo habían encapuchado y estaba inconsciente. Igual hasta estaba muerto.

Anticlo se llevó las manos a la cabeza.

–¡Por Zeus y Heracles! –exclamó espantado. Se quedó un momento mirando a su primo y de repente salió corriendo sin ni siquiera despedirse.

Media hora más tarde, los soldados que vigilaban la entrada de la comunidad le cortaron el paso. Primero se sonrieron ante la pretensión de aquel jovencillo nervioso de ver al mismísimo Pitágoras, pero cuando consiguieron entender su historia se apresuraron a llevarlo con él.

Al encontrarse frente a Pitágoras, Anticlo se postró a sus pies sintiendo que estaba en presencia de un dios. Junto al filósofo se encontraban Ariadna y Aristómaco, que acababa de informar de que Glauco había entregado su premio.

–Levántate, muchacho. –Pitágoras tomó a Anticlo de un hombro–. Dinos qué noticias traes.

El joven relató rápidamente lo que le había contado su primo. Ariadna sintió que el corazón le daba un vuelco en cuanto oyó que Akenón podía estar tanto inconsciente como muerto.

–Nos vamos inmediatamente a Crotona –les dijo Pitágoras a los soldados–. La mitad de los hoplitas de la comunidad me acompañarán. Que salga ahora mismo un mensajero para avisar a Milón de que se reúna conmigo frente al templo de Hera. Y que lleve a todos los soldados que pueda reunir sin demorarse.

Los hoplitas partieron a la carrera y Pitágoras se apresuró hacia el establo en busca de la yegua. «Lo primero es lanzar una batida rápida para encontrar a todos los posibles testigos.» También debía enviar patrullas fuera de Crotona y situar una en cada camino que saliera de la ciudad, así como en el puerto.

«Lo detuvieron por la mañana –se dijo preocupado–, nos llevan mucha ventaja. Espero que no demasiada.»

Alrededor de Pitágoras los soldados se organizaban con rapidez. El que iba a avisar a Milón ya estaba recorriendo a galope tendido el camino hacia Crotona.

En la grupa del caballo, sujetándose al soldado, cabalgaba Ariadna.

Antes de que Pitágoras llegara al templo de Hera, Milón y Ariadna ya habían conseguido más información. Sabían que unos soldados habían llevado al puerto a un prisionero encapuchado y maniata-do. Fueron allí a toda velocidad acompañados por una veintena de hoplitas. Tras interrogar a varios trabajadores portuarios, por fin encontraron a uno que les dio indicaciones precisas.

–Sí, señor. –El hombre estaba impresionado al ser interpelado por Milón, que era un héroe para los crotoniatas–. Un prisionero encapuchado, escoltado por varios soldados. Los vi hace una media hora. El prisionero y algunos de los soldados subieron a ese barco... –Se volvió y buscó con la mirada–. Vaya, ya ha zarpado. –Chasqueó la lengua, compartiendo la decepción de sus interlocutores–. Era un barco mercante bastante grande... ¡Ahí está, es el que acaba de cruzar la bocana!

Ariadna se volvió en la dirección indicada y sintió que se le caía el alma a los pies. El barco estaba ya a una milla de distancia, había desplegado su gran vela rectangular y comenzaba a surcar el mar abierto.

Milón contempló el barco que se alejaba, recorrió el puerto con la mirada y echó a correr sin previo aviso. Ariadna y los soldados se miraron desconcertados y salieron tras él.

El general en jefe del ejército, a pesar de sus cuarenta y cuatro años, dejó atrás a soldados a los que doblaba en edad. Seguía siendo un portento físico. No en vano había ganado seis veces los Juegos Olímpicos en la modalidad de lucha. La última había sido hacía seis años y ya no competía, pero mantenía la fuerza de un toro.

Alcanzó el extremo en el que se recogían las embarcaciones más sencillas y saltó dentro de una pequeña barca. El primero de los sol-dados que lo seguían llegó a su altura e hizo amago de subir con él, pero Milón lo detuvo con su voz potente.

–¡No! Iré más rápido yo solo.

La embarcación tenía sólo dos remos. Milón comenzó a bogar con fuerza y se alejó rápidamente del embarcadero. Varios soldados requisaron otras barcas e intentaron seguir la estela de su general.

Milón estuvo un rato remando más rápido de lo que ningún otro hombre era capaz, pero la distancia con el barco de Akenón no pa-recía reducirse. El barco aprovechaba con su extensa vela los vientos favorables y ya estaba a una distancia capaz de desanimar a cual-quiera. Milón echó un vistazo hacia el barco y apretó los dientes incrementando la fuerza de su remadura. Sus músculos se hincharon todavía más. Para aumentar el ritmo empezó a contar mentalmente aumentando poco a poco la velocidad, como cuando forzaba una marcha militar.

«Uno, dos; uno, dos; uno, dos...»

Sus oídos recogían el siseo del viento y el rumor rápido que hacía la quilla al cortar el agua. Se volvió de nuevo, jadeando. ¿Estaba más cerca o era una ilusión causada por su deseo? Necesitaba mayor velocidad, pero empezaba a notar los efectos del cansancio.

«El soldado Crisipo fue una pieza clave en el asesinato de Orestes, y ahora son otros soldados los que atacan a la hermandad.»

Su orgullo de general en jefe se revolvió con estos pensamientos y consiguió aumentar su velocidad.

«Uno, dos; uno, dos; uno, dos...»

Al cabo de un rato se volvió otra vez. «Estoy acercándome. Debo mantener este ritmo.»

Ya estaba en mar abierto. La pala del remo golpeó la cresta de una ola y recibió una salpicadura de agua fresca. Desperdició algo de fuerza, pero lo agradeció porque su cuerpo estaba ardiendo a causa del esfuerzo colosal.

Al mirar hacia el puerto veía a los soldados que lo seguían en otras embarcaciones. No habían recorrido ni la mitad de la distancia que él, a pesar de que en cada barca iban varios hoplitas y se turnaban para remar.

De nuevo sintió que llegaba al límite de sus fuerzas. Cerró los ojos y recordó las enseñanzas de su maestro. Su corazón y su respiración se volvieron un poco más lentos y se sincronizaron incrementando la eficiencia de su organismo. Continuó remando con los ojos cerrados, concentrándose más cuanto más se agotaba, sin bajar el ritmo.

De repente lo oyó. Algo grande surcaba el mar y el viento cerca de él. Abrió los ojos y vio el barco a menos de veinte metros.

Hizo un último esfuerzo para ponerse a su altura y comenzó a gritar.

En la bodega del barco, los hoplitas que custodiaban a Akenón estaban dormitando apoyados en la pared curva de madera. Sólo tenían que hacer tiempo hasta que fuese de noche. Entonces degollarían al egipcio y lo tirarían por la borda. Aunque debían procurar no ser vistos por los marineros, tenían las espaldas cubiertas: el capitán del barco había recibido unas monedas de oro para que no tuvieran problemas. Si alguien daba la voz de alarma, ellos dirían que el prisionero les había atacado y el capitán corroboraría su versión.

Ni ellos ni Akenón se percataron de que el barco se detenía, pero todos se sobresaltaron cuando se abrieron las puertas de la bodega y se oyó un vozarrón enfurecido.

–¡Por Zeus, Heracles y Pitágoras, qué demonios está ocurriendo aquí!

Los soldados se incorporaron aterrorizados. «¡¿Cómo ha aparecido aquí el general?!» Se apresuraron a cuadrarse mientras Milón se acercaba con paso enérgico.

–Obedecemos órdenes, mi señor. Trasladamos al pri...

El bofetón lo lanzó volando hacia atrás. Acto seguido Milón soltó un revés tremendo al otro soldado, que se derrumbó inconsciente. Después se agachó junto a Akenón, le quitó la capucha y sacó la mordaza de su boca.

Akenón tomó aire a grandes bocanadas.

–Gracias –dijo con voz enronquecida–. Gracias, Milón.

El coloso se arrodilló tras él sin decir palabra, sacó su cuchillo y cortó las ataduras.

Ariadna esperaba en el muelle junto a su padre, que acababa de llegar. A lo lejos, regresando del panzudo barco mercante, se divisaba una barca diminuta. Ariadna forzó la vista en la declinante luz del crepúsculo hasta que consiguió asegurarse de que en aquella barca iba Akenón y estaba vivo. «Gracias a los dioses», pensó cerrando los ojos.

Al mismo tiempo se dio cuenta de que no quería irse a Catania.

La barca siguió acercándose con rapidez. El general Milón había puesto a remar a los dos soldados y les obligaba a mantener un ritmo agotador. Cuando saltaron a tierra, los empujó hacia sus hoplitas.

–Meted a esta escoria en el calabozo. Luego los interrogaremos.

El general se alejó con sus soldados y Akenón se acercó a Pitágoras y Ariadna. Ella sintió el impulso de abrazarlo, pero se refrenó y fue Pitágoras quien lo recibió.

–Siento mucho lo ocurrido, Akenón. Doy gracias a la Providencia por haber llegado a tiempo. –Apoyó las manos en los hombros de Akenón y lo examinó para ver si estaba herido. A pesar de la poca luz, advirtió que tenía el cuello manchado de sangre–. Déjame que te vea eso.

Akenón mostró a Pitágoras la parte de atrás de su cabeza.

–Tienes una brecha bastante fea –dijo Pitágoras frunciendo el ceño–. Además, ya se ha secado. Tendremos que frotarla bien antes de cosértela.

Akenón se limitó a asentir. Ariadna se mantenía en un segundo plano, mirándolo de un modo que él no supo interpretar.

Pitágoras aguardó un segundo y después extrajo un pergamino.

–Ya tenemos la certeza de quién está detrás de esto. –Mostró el documento a Akenón–. Cilón ha conseguido que se dicte sentencia de exilio contra ti.

–Vaya, así que es cierto –respondió Akenón con un punto de amargura–: mi exilio es una decisión del Consejo. Pensé que era una invención de los que me detuvieron.

–Sólo se necesitan veinte consejeros para condenar a un extranjero al exilio –explicó Pitágoras–, más la validación con firma y sello de un secretario del Consejo. Hasta ayer te hubiera dicho que ningún secretario validaría algo así sin avisarnos antes, pero ahora sabemos que la influencia de Cilón ha llegado a niveles extremadamente preocupantes. En cualquier caso no te preocupes por esto, mañana anularemos la sentencia.

Akenón miró a Pitágoras extrañado. Había una insólita pesadumbre bajo sus palabras. Miró después a Ariadna y se dio cuenta de que había algo más flotando en el ambiente.

–¿Qué más ha sucedido? –preguntó alarmado.

Ariadna se adelantó a responder.

–Acabamos de saber que Glauco ha entregado su premio. Alguien ha conseguido lo que pretendía el sibarita... y lo ha hecho utilizando el teorema más importante de mi padre.

Akenón se sorprendió. No tenía conocimientos suficientes para valorar la magnitud intelectual de aquello, pero él mismo había escuchado a Pitágoras afirmando que no era posible. Además, la utilización del teorema de Pitágoras...

–¿Piensas que la utilización de tu teorema es otro mensaje? ¿Crees que se trata de nuestro enemigo?

–Tiene que serlo –asintió Pitágoras–. Ya había demostrado poseer unas capacidades extraordinarias, y ahora nos revela que más que extraordinarias son únicas. –Suspiró, y en ese suspiro cansado estaba el reconocimiento de que su enemigo estaba por encima de él–. Para acabar con Orestes utilizó el secreto del dodecaedro, demostrándonos que tenía acceso a nuestros secretos mejor guardados y quizás que era uno de los nuestros. Ahora ha utilizado mi propio teorema para volver a reírse de nosotros. Y al mismo tiempo, ha obtenido recursos materiales con los que puede comprar casi cualquier cosa.

Akenón se quedó un rato pensativo.

–¿Has dicho que el secretario que firmó mi exilio acaba de cambiar de bando?

El filósofo asintió.

«Bien –pensó Akenón–, puede que haya una relación entre el cobro del premio de Glauco y mi exilio.»

Se dirigió a Pitágoras con expresión resuelta.

–Dime dónde vive ese secretario.

CAPÍTULO 80

29 de junio de 510 a. C.

HELICAÓN, SECRETARIO del Consejo de Crotona, avanzaba dando tumbos por las calles oscuras de la ciudad. De vez en cuando balbuceaba unas palabras a media voz. No acostumbraba a emborracharse y menos aún a trasnochar, pero aquel día llevaba bebiendo desde la reunión de la mañana en la lujosa residencia de Cilón. «Ni siquiera he pasado por casa», se dijo con culpabilidad. Le daba vergüenza enfrentarse a los ojos de su mujer después de haber legitimado aquella sentencia de exilio tan injusta. Todavía estaba asombrado de que lo hubieran convencido, pero la voz de aquel extraño enmascarado tenía algo que hacía que se confundiera con los pensamientos de uno mismo. También había ayudado la bolsa de monedas de oro, claro, y esperaba que su irascible mujer estuviera apaciguada durante unos cuantos días gracias a ese oro. Helicaón había pasado aquella tarde por un puesto de esclavos y había comprado una cocinera, algo que su mujer le pedía cada dos por tres pero que hasta hoy no habían podido permitirse. Le había encargado al mercader de esclavos que la enviara al día siguiente por la mañana y que cocinara por sorpresa algo especial para su mujer. Tenía la esperanza de que eso calmara el enfado de su esposa por llegar tan tarde y tan borracho.

Levantó la mirada. Haciendo un esfuerzo consiguió convertir las dos imágenes que veía en una sola. Sintió alivio al comprobar que estaba a sólo cincuenta metros de su casa. «Menos mal que estoy llegando.» Sacudió la cabeza recriminándose su imprudencia. Tenía que haber puesto a buen recaudo el oro que le había sobrado tras la compra de la esclava. Todavía lo llevaba oculto en la túnica y la noche era inquietantemente oscura.

De pronto alguien aferró el cuello de su túnica. Sintió que tiraban de él hacia una callejuela lateral. Abrió la boca para gritar, pero unas manos fuertes agarraron rápidamente su cabeza y la estrellaron contra un muro.

Akenón contempló el cuerpo que yacía inconsciente a sus pies. Se arrodilló y rebuscó con manos ágiles en la túnica del secretario. «¡Aquí está!», se dijo triunfante.

Sacó una bolsa con monedas, la guardó en su bolsillo y desapareció sigilosamente entre las sombras de la noche.

Cuando llegó a la comunidad todo el mundo estaba durmiendo. Quedaba poco para el amanecer y decidió esperar sentado junto a la casa de Pitágoras. Se notaba demasiado agitado para dormir.

El filósofo apareció poco después.

–Vayamos al Templo de las Musas –le pidió Akenón. Necesitaba un lugar bien iluminado y protegido de miradas ajenas.

Al entrar en el templo, Akenón se acercó a la luz del fuego sagrado. Sacó la bolsa del secretario y depositó en la palma de su mano tres monedas de oro. El filósofo, nada más verlas, respondió con seguridad.

–Son de Síbaris, sin duda, aunque nunca las había visto de oro.

Akenón ya conocía las monedas de Síbaris. Siguiendo la costumbre preponderante en la Magna Grecia, las acuñaban delgadas y con el borde ornamentado. En el caso de Síbaris mostraban un toro mirando hacia atrás. En el anverso de la moneda el toro estaba en relieve y en el reverso en hueco. Él tampoco las había visto de oro. En la Magna Grecia las monedas generalmente eran de electro –aleación de plata y oro– o de plata pura.

–Eritrio podrá darte más información –añadió Pitágoras–. Es el mayor experto en monedas de toda Crotona.

Akenón estaba impaciente por seguir tirando de aquel hilo. Se despidió de Pitágoras y cabalgó de nuevo hasta Crotona. Llegó frente al establecimiento del curador antes de que abriera sus puertas. Cuando Eritrio apareció con sus guardias, primero se sorprendió al ver a Akenón esperándolo y después comenzó a balbucear una disculpa.

–Lo siento, Akenón. Tenían una sentencia sellada. No pude oponerme. Yo sólo...

–No te preocupes, Eritrio –lo interrumpió Akenón–. No vengo por eso. Pitágoras me ha asegurado que en la sesión del Consejo de hoy se anulará la sentencia. Mis quince mil dracmas volverán a tus manos, y ahí quiero que sigan. Vamos dentro y te diré a qué he venido.

En la privacidad de la oficina de Eritrio, Akenón colocó las monedas sobre la mesa.

–Sé que son de Síbaris. ¿Puedes decirme algo más?

Eritrio tomó una entre dos dedos y la examinó de cerca con interés.

–Nunca había visto una de éstas. –Le dio un par de vueltas en silencio–. Es el toro de Síbaris, eso ya lo sabrás, e incluso estoy seguro de que reconozco el cuño que han utilizado. Sin embargo... –Cogió las otras monedas y las comparó–. Hay algo extraño. Para una acuñación de este tipo lo normal hubiese sido crear un cuño nuevo, pero han reutilizado otro que ya habían usado para amonedar plata. Por otra parte, es muy raro ver una moneda de oro de Síbaris. –Siguió examinándolas durante un rato, frunciendo sus cejas grises en un gesto reflexivo. Finalmente acercó una a Akenón y señaló algo–. ¿Ves estas letras?

Akenón observó la moneda. Había dos agrupaciones de letras en el anverso. Una encima del toro y otra debajo.

–¿Qué significan?

–Éstas de aquí representan el nombre de la ciudad, y estas otras –tocó con la punta del dedo debajo de la figura del toro–, al aristócrata que encargó amonedar el oro. Sólo se pone en el caso de personas muy relevantes y en ocasiones puntuales. –Dio un par de golpecitos sobre las letras doradas–. En esta ocasión se trata de Glauco.

«¡Glauco de nuevo!» Akenón se sentó en el borde de la mesa y dejó la mirada perdida en las monedas. «Glauco ha acuñado este oro hace poco, y con tanta prisa que no han tenido tiempo de hacer un cuño nuevo... Poco después este oro aparece en la bolsa del secretario que firma mi exilio...»

Se incorporó con decisión y recogió las monedas.

–Gracias, Eritrio, me has sido de mucha utilidad.

Cabalgó de regreso a la comunidad incitando al caballo para que volara sobre los caminos. Se sentía lleno de energía. Había sido desesperante estar tanto tiempo dando palos de ciego mientras el asesino actuaba a su antojo; ahora por fin experimentaba la conocida excitación de estar en una investigación que progresa.

«O Glauco es el asesino, o ha estado en contacto directo con él.» En cualquier caso, el sibarita era la siguiente etapa de la investigación.

TEOREMA DE PITÁGORAS

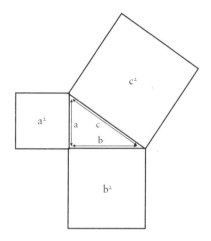

...

El teorema de Pitágoras establece que, en un triángulo rectángulo, el cuadrado de la hipotenusa (el lado más largo del triángulo) es igual a la suma de los cuadrados de los catetos (los lados contiguos al ángulo recto).

En el diagrama: $c^2=a^2+b^2$

Desde hace al menos cinco mil años, en el Antiguo Egipto y en otras civilizaciones de la Antigüedad se conocían ternas de valores que corresponden a los lados de un triángulo rectángulo. El ejemplo más sencillo es: 3, 4, 5 ($5^2=3^2+4^2$).

Al triángulo rectángulo en el que la longitud de sus lados tiene esos valores se lo conoce como triángulo sagrado egipcio. Se cree que se utilizó para diseñar múltiples construcciones, como la Pirámide de Kefrén (siglo XXVI a. C.). En la época de Pitágoras, muchos pueblos llevaban miles de años utilizando ejemplos prácticos del triángulo rectángulo. Sin embargo, no sabemos de nadie que, antes que Pitágoras, demostrara teóricamente la relación entre sus lados. Esto es: que $c^2=a^2+b^2$ se cumple siempre, y no sólo en algunos casos concretos como el del triángulo sagrado egipcio.

El teorema de Pitágoras es otro de los descubrimientos de la escuela pitagórica que muestra, de un modo sublime e inequívoco, la relación entre la aritmética y la geometría; es decir: el vínculo entre los números y el espacio físico.

El teorema contribuyó notablemente a la enorme confianza que los pitagóricos tenían en sus ideas, y a que Pitágoras fuera encumbrado definitivamente como uno de los mayores genios de la historia.

...

Enciclopedia Matemática. Socram Ofisis, 1926

CAPÍTULO 81

1 de julio de 510 a. C.

Dos DÍAS MÁS TARDE, las pesadas puertas del palacio de Glauco se abrieron de par en par. El sibarita las atravesó emergiendo al soleado exterior y saludó a sus visitantes con una sonrisa plácida y cordial.

–¡Akenón, Ariadna, qué alegría volver a veros! –Miró al resto del grupo y abrió los ojos como si descubriera la sorpresa más agradable–. ¡Por la tierra y la resplandeciente luz del sol, si es el gran maestro Evandro! Qué honor poder recibir en mi humilde casa a tan ilustres invitados. Pero por favor, no os quedéis en la calle. Pasad, pasad.

Se apartó de la entrada y señaló hacia el interior de su palacio sonriendo de un modo intensamente obsequioso. Había recuperado peso, llevaba el pelo arreglado y vestía una túnica sencilla y limpia. Akenón miró de reojo a Ariadna y después al interior del palacio, dudando.

La expedición se había organizado para aclarar el papel de Glauco en los asesinatos, pero también para saber cómo se había resuelto el problema del círculo utilizando el teorema de Pitágoras. Para esto último, el filósofo había resuelto que Evandro viajara con Akenón a Síbaris. Aristómaco era todavía mejor matemático, pero su fragilidad nerviosa lo descartaba para esa tarea.

Akenón agradecía la presencia en aquella expedición de Evandro, el más abierto y jovial de los grandes maestros. También se alegraba de que Ariadna hubiera venido. Aunque ella seguía tratándolo con cierta reserva, algo había cambiado desde hacía un par de días. La tarde anterior, cuando estaban entrando en Síbaris, Akenón la había descubierto mirándolo pensativa y ella había desviado la vista con rapidez, como si no quisiera que adivinara sus pensamientos.

¿Estaría replanteándose su decisión? En cualquier caso, Ariadna se mostraba más cercana con él y eso era muy agradable.

Pitágoras les había dado varias cartas para que las utilizaran en caso de que Glauco se negara a recibirlos. Eran para otros miembros relevantes del gobierno de Síbaris, iniciados pitagóricos que tenían la capacidad de presionar con fuerza a Glauco. Las cartas seguían guardadas porque el impredecible sibarita había mostrado la mejor disposición desde el primer mensaje que le habían enviado. A pesar de ello, y de ir acompañado de diez soldados de élite, Akenón estaba indeciso.

Glauco compuso una expresión consternada.

–Veo en tu rostro que dudas de mí, Akenón. Lo entiendo, pues mi comportamiento dejó mucho que desear en vuestra última visita. Estaba fuera de mí, pero eso ya pasó, créeme.

Al ver que Akenón todavía se mostraba reacio a internarse en el palacio, el sibarita volvió a hablar:

–Además, ya no tienes que preocuparte de Bóreas.

«¿Qué quiere decir con eso?», se preguntó Akenón sorprendido. Después se volvió a su derecha y consultó con la mirada a Evandro y Ariadna. Ella se encogió de hombros y señaló con la cabeza hacia delante. Habían acordado que entrarían en el palacio si se les permitía hacerlo acompañados por sus soldados. Ariadna estaba de acuerdo en que el cambio de actitud tan radical de Glauco resultaba inquietante, pero nunca parecía estar cuerdo del todo y siempre sería mejor su versión amable que la violenta de la vez anterior.

Evandro también se mostró conforme y se internaron en el pasillo de entrada junto a Glauco. Sus diez soldados los seguían de cerca.

En el patio interior ya no estaba el enorme círculo de madera. Akenón se apartó de Glauco y susurró al comandante de sus hoplitas que permanecieran en el patio, junto a la estatua de Apolo, muy atentos para acudir en su ayuda si él daba la voz de alarma. Ya les había prevenido sobre Bóreas, por lo que se quedaron vigilando inquietos, preparados para utilizar sus armas en caso de que una montaña de músculos arremetiera contra ellos.

Akenón regresó junto a Ariadna, Evandro y Glauco, que los condujo en silencio hasta la sala de banquetes.

El aspecto de la estancia había cambiado. Habían levantado de nuevo la pared que separaba el salón de los almacenes y la cocina, habían apilado ordenadamente los paneles de plata en una esquina y habían encendido todas las antorchas de las paredes. Gracias a eso se podía ver que los muros seguían recubiertos en toda su superficie por inscripciones relacionadas con el círculo.

Glauco se volvió hacia ellos.

–Ésta es mi nueva sala de estudio.

El sibarita parecía un poco ido, pero su rostro expresaba una alegría sincera y una especie de calma apacible, como si hubiese satisfecho todos los objetivos de su vida. Sus movimientos eran tranquilos, carentes por completo de la explosividad de hacía unas semanas. Señaló unas mesas en el centro de la sala que estaban cubiertas de pergaminos.

–Aquí tenéis mi tesoro. –Sonrió como quien presenta su propio hijo a sus invitados–. Me ha costado buena parte de mi oro pero ha merecido la pena. –Inspiró y soltó el aire lentamente. Luego añadió para sí–: Ha merecido la pena con creces.

–¿Es el método para lograr la aproximación al *cociente*? –preguntó Ariadna acercándose a la mesa. Intentaba descifrar a toda velocidad lo que veía en los pergaminos, por si Glauco los ocultaba en un arrebato.

–Así es –respondió solemnemente el sibarita–. El cociente entre perímetro y diámetro del círculo, con cuatro decimales. –Se le iluminó la cara, consciente de repente de que tenía pendiente de sus explicaciones al gran maestro Evandro y a la hija de Pitágoras–. Como muestra de buena voluntad, para borrar todas las diferencias que pudiera haber entre nosotros, voy a compartir con vosotros algo... –Negó con la cabeza lentamente y abrió las manos en un gesto que indicaba que aquello no se podía expresar con palabras–. En fin, algo que hasta ahora sólo conocemos dos personas en el mundo: su descubridor y yo.

–¿Quién es el descubridor? –se apresuró a preguntar Akenón.

–Luego hablaremos de eso –intervino rápidamente Ariadna–. Veamos primero el método.

Ariadna echó una rápida mirada a Akenón. Habían quedado en que, si Glauco colaboraba, primero procurarían que les mostrara el método y después lo interrogarían en relación con la investigación de los crímenes. Si lo intentaban en orden contrario existía la posibilidad de que no consiguieran ni una cosa ni la otra.

Akenón apretó la mandíbula y desvió la mirada, dando la razón a Ariadna. Habían acordado que lo harían así, pero le costaba un gran esfuerzo esperar sin sacar el tema, pensando que Glauco podía ser el asesino y que todo aquello fuese una farsa. Además, estaba inquieto; aunque el sibarita había dicho que no debían preocuparse por Bóreas, no podía evitar volverse cada dos por tres hacia la puerta.

Glauco pasó una mano sobre los pergaminos, acariciándolos con expresión de deleite, y después se volvió hacia ellos.

–El método parte de una idea sencilla: cuantos más lados tiene un polígono regular, más se aproxima su perímetro al del círculo. Vemos de modo evidente que un octógono se parece más a un círculo que un cuadrado. Y un polígono de mil lados a simple vista sería indistinguible de un círculo.

Akenón asintió a la vez que Ariadna y Evandro. Hasta ahí comprendía lo que decía Glauco, pero intuía que pronto sería incapaz de seguir la explicación.

–Para calcular el *cociente*, empezamos con un cuadrado inscrito en un círculo. El diámetro de este círculo mide uno, por lo que la longitud de su perímetro es el *cociente*, que sabíamos que era tres y un poco más.*

»El perímetro del cuadrado inscrito en este círculo será igual al número de sus lados multiplicado por la longitud de cada lado. Como es un cuadrado, tiene cuatro lados. Y podemos ver que cada lado mide la mitad de la raíz de dos.

Mientras hablaba, señalaba lo que mencionaba en un pergamino en el que estaba dibujado con trazos claros un círculo con polígonos inscritos. En uno de los cuadrantes del círculo había muchas líneas, que demostrarían ser la clave para conseguir la tan deseada aproximación al *cociente*.

–Por lo tanto –prosiguió Glauco–, la primera aproximación que logramos al *cociente*, partiendo del cuadrado inscrito, es cuatro veces la mitad de la raíz de dos. Es decir: 2,82.

* Recordemos que, en la época de Pitágoras, la mejor aproximación conocida al valor de Pi –lo que ellos llaman el *cociente*– no iba más allá del primer decimal: 3,1.

–No parece una aproximación muy buena, cuando se sabe que es alrededor de 3,1 –objetó Akenón.

–No lo es, claro –respondió Glauco visiblemente divertido–, pero ahora viene la magia del método. Partiendo del cuadrado inscrito en el círculo, vamos a ver cómo duplicar el número de lados. Si lo conseguimos, tendremos un polígono de ocho lados cuyo perímetro será mucho más cercano al del círculo que el del cuadrado. Después volveremos a duplicar el número de lados, y la aproximación será todavía mejor. Y después seguiremos duplicando el número de lados: 32, 64, 128...

–Está claro –intervino Ariadna– que el perímetro de ese polígono será en cada duplicación una aproximación más precisa al *cociente*. El número de lados lo sabemos en cada caso. La clave está en saber cuánto mide cada lado. Para el caso del cuadrado es evidente que será la mitad de la raíz de dos, pero ¿cómo saberlo para los siguientes polígonos?

Glauco se volvió hacia ella, repentinamente excitado. Akenón observó inquieto que sus mejillas habían enrojecido y tenía la frente sudorosa.

–¡Exacto! –exclamó el sibarita casi gritando–. Ahí entra el teorema de tu padre, que nos revela de un modo asombrosamente sencillo y preciso la longitud de cada lado del polígono duplicado partiendo de la longitud del lado del polígono de partida. Si sabemos cuánto vale el lado del cuadrado, y hemos visto que lo sabemos, con el teorema de tu padre obtenemos el valor del lado del octógono, y a partir de éste el del lado del polígono de dieciséis lados, y así sucesivamente.

Akenón se dio cuenta de que Ariadna y Evandro estaban cada vez más emocionados. Tendrían pocas ocasiones en sus vidas como ésta, en la que estaban a punto de acceder a un descubrimiento geométrico que suponía un salto formidable respecto a lo ya conocido.

–Yo no conocía la demostración del teorema de Pitágoras –continuó Glauco–, pero el que ha descubierto esto la dominaba perfectamente, y me enseñó a controlar el teorema para poder dominar el método de duplicación de los lados de un polígono.

Akenón, como egipcio versado en geometría, conocía algunos casos particulares en los que los lados de un triángulo rectángulo tienen valores exactos; sin embargo, desconocía el teorema de Pitágoras.

–Ahora podréis apreciar la genialidad del método. –La mano de Glauco temblaba sobre los pergaminos sin que él se percatara. Irradiaba tanto entusiasmo que parecía enloquecido–. Poned atención, porque aquí está la clave de todo: El lado del polígono duplicado es la hipotenusa de un triángulo cuyo cateto largo es la mitad del lado del polígono de partida, y cuyo cateto corto es la diferencia entre el radio y el cateto largo de otro triángulo cuyo cateto corto es la mitad del lado del polígono de partida y su hipotenusa es el radio.

Se hizo un silencio absoluto en la antigua sala de banquetes, como si aquellas palabras hubieran suspendido el paso del tiempo.

«Me he perdido desde el principio», pensó Akenón un poco avergonzado. Observó con el rabillo del ojo a sus compañeros y vio que estaban inmóviles como estatuas, con la vista clavada en los pergaminos. Entonces se concentró él también en los diagramas para intentar extraer alguna conclusión.

Ariadna contemplaba las figuras geométricas tratando de recrear las explicaciones de Glauco. Se centró en la obtención del polígono de ocho lados a partir del de cuatro. Lo consiguió al cabo de un rato, impresionada, y se sumergió de nuevo en el diagrama para ver si aquel método también servía para obtener el polígono de dieciséis lados a partir del de ocho.

–Funciona –susurró atónita al cabo de un rato.

Se volvió hacia Evandro, que acababa de finalizar su comprobación. El gran maestro tenía la misma expresión de asombro que ella. Si no hubieran estado junto a su posible enemigo, se habrían encerrado durante días para navegar extasiados en aquel mundo geométrico que acababan de descubrir.

Akenón siguió contemplando el diagrama con el ceño fruncido y finalmente desistió. Quizás pudiera comprenderlo analizándolo con calma en un ambiente tranquilo y seguro, pero desde luego no allí. Su prioridad era la investigación, y todo lo demás quedaba muy al margen. No obstante, respetaba la importancia que aquello tenía para los pitagóricos, e intuía que aquel descubrimiento geométrico era de enorme magnitud.

Glauco permanecía en un silencio expectante, dándoles tiempo para asimilar el método. Cuando vio que Ariadna y Evandro ya lo habían comprendido, lamentó que no se dejaran llevar por el éxtasis como había hecho él.

Evandro habló con voz ausente, sin despegar la mirada de los pergaminos.

–¿Hasta cuántos lados se ha realizado la duplicación?

–Hasta 256 lados –respondió Glauco orgulloso, como si el mérito fuese suyo–. Ha realizado seis veces la duplicación a partir del cuadrado. Las operaciones son farragosas, pero el descubridor tiene una capacidad sobrehumana para el cálculo numérico. Además, utiliza los números de un modo curioso, algo diferente a lo que yo había visto hasta ahora. Como podéis ver en los pergaminos, resulta ingenioso y muy eficiente.

Ariadna se volvió hacia Glauco, casi sin atreverse a preguntar.

–¿Cuál es la aproximación obtenida?

–Es 3,1415. Pero no tengáis tanta prisa, mis queridos hermanos. Voy a encargar que hagan una copia de todos los pergaminos para que os la llevéis a Crotona.

–Eres muy amable, Glauco. –Ariadna sonrió mostrándose agradecida, pero temía que un nuevo cambio en el sibarita hiciera que se echara atrás en su oferta. Por ello siguió intentando memorizar cuanto podía de los pergaminos, igual que Evandro, a la par que hacía preguntas–: ¿Cómo sabes que la aproximación es correcta?

–El método lo es, como podéis apreciar. En cuanto a los cálculos, he dedicado días a repasarlos y a comprender el ingenioso sistema de utilización de los números que lo facilita. Además…, hay algo que todavía no os he contado.

Su tono de voz consiguió que Ariadna y Evandro levantaran la vista de los pergaminos.

–El descubridor del método se dio cuenta de algo más. De mucho más en realidad. –Glauco hizo una pausa. Sus ojos brillaban enfebrecidos–. Cada vez que duplicamos el número de lados de los polígonos, el dato obtenido para el *cociente* se va incrementando. Este incremento tiende a ser cuatro veces menor en cada duplicación. El inventor del método no me demostró la razón de esto, y sigo investigando sobre ello, pero si, a partir de un punto, seguimos esta regla en vez de la duplicación de polígonos, los cálculos son mucho más sencillos y avanzamos mucho más rápido. El que descubrió esto aplicó la regla a partir del polígono de 256 lados. En ocho pasos el resultado ya se estabiliza para ocho decimales: 3,14159265.*

Tanto Ariadna como Evandro quedaron completamente estupefactos. Aquello superaba todo lo imaginable. Cuando consiguieron reaccionar se sumergieron con avidez en los pergaminos buscando corroborar lo que acababan de oír.

«Bueno, ya han obtenido lo que deseaban», pensó Akenón con impaciencia. Metió la mano en su bolsillo y sacó las monedas de oro que había sustraído al secretario del Consejo. Las mismas que Eritrio le había confirmado que había acuñado Glauco.

–Glauco, ¿reconoces estas monedas?

El sibarita tomó una de ellas, la observó unos instantes con el ceño fruncido y asintió.

–Por supuesto. Son las que utilicé para pagar todo esto –señaló con la mano hacia los pergaminos.

–¿A quién? –preguntó Akenón exaltado.

–No puedo decirte su nombre, pues no lo sé. –La expresión satisfecha de Glauco se ensombreció ligeramente mientras desgranaba recuerdos–. Ocultaba su rostro tras una máscara de metal negro y llevaba todo el tiempo una capucha subida. Iba un poco encogido, aunque a veces se estiraba y parecía tan alto como yo. Tenía una voz grave, la más grave que he oído jamás, pero además era extraña y rota... Aunque ahora que lo pienso, sólo le oí susurrar.

–¿Quizás ocultaba su verdadera voz? –inquirió Akenón tras mirar disimuladamente hacia Ariadna. Ella debía analizar a Glauco durante el interrogatorio para tratar de averiguar si respondía la verdad.

–Puede, pero lo dudo. No veo posible simular esa voz. –El corpachón de Glauco se estremeció de repente y su rostro perdió el matiz encarnado–. La verdad es que todo en él resultaba inquietante y siniestro. No llegué a verle los ojos, pero cuando me miraba notaba

---

* El resultado –y el método– mencionado por Glauco es correcto. Tendrían que pasar casi dos milenios, hasta el año 1400 d. C., para que el matemático indio Madhava superara esta aproximación, obteniendo once decimales.

que leía en mí de un modo que sólo había sentido con Pitágoras. Y en su interior... –se volvió hacia Ariadna, como disculpándose–, sentí una fuerza aún mayor que la que percibí en Pitágoras.

Akenón miró hacia Ariadna. Ella asintió de un modo casi imperceptible confirmando que Glauco no mentía.

–Entonces –prosiguió Akenón–, ¿no puedes decirnos nada de su aspecto físico?

Glauco dejó la vista perdida y asintió lentamente.

–En una ocasión la capucha se abrió un poco. Atisbé parte de la piel de su cuello y algo de su cabeza. Era una piel arrugada y envejecida. Yo diría que tiene al menos sesenta años, quizás setenta..., aunque por sus manos y su manera de moverse no parece tan mayor.

«Desde luego no puede ser un inválido», pensó Akenón. Estaba seguro de que el enmascarado del que hablaba Glauco era también el encapuchado que lo había dejado fuera de combate junto al establo de la posada, después de haber matado a Atma. «En aquel momento debía de llevar puesta la máscara negra, por eso no vimos nada dentro de su capucha.»

–¿Vino solo a tu palacio? –continuó preguntando.

El semblante de Glauco se iluminó, alegrándose de poder dar información más precisa.

–Lo acompañaba un único sirviente. Griego, alto, de unos cuarenta años. Por su manera de comportarse yo diría que era un militar.

«¡Crisipo!»

Akenón apretó las mandíbulas. Las piezas seguían encajando.

–¿Más o menos de mi altura, delgado, con expresión inteligente?

–Sí, sí. Así era. ¿Lo conoces?

–Tengo mis sospechas. Pero volvamos al tema del oro. ¿El enmascarado te pidió que lo amonedaras?

–Sí. Fue una petición sorprendente. Dijo que lo quería todo en monedas, como si pensara gastarlo con rapidez en multitud de pequeños pagos. Le dije que tardaría al menos un mes en conseguirlo. Tenía que pedir permiso a las autoridades, elaborar un cuño apropiado y después cortar todo el oro en piezas de tamaño y peso adecuados. Por último, el propio proceso de acuñación no se podía realizar en menos de una semana. –Frunció el ceño al seguir recordando–. El enmascarado no habló ni movió un solo músculo mientras se lo explicaba. Cuando acabé, él susurró despacio, con su extraña voz: «Volveré a por él dentro de tres días». –Glauco sacudió la cabeza–. ¡Por las tres cabezas de Cerbero, tendríais que haber escuchado su voz! ¡Resultaba imposible negarse!

El sibarita resopló, incomodado por el recuerdo, y después prosiguió:

–Lo primero que tuve que hacer fue prescindir de cualquier permiso o proceso administrativo. Pagué un poco aquí y allá para saltarme las trabas legales y ese mismo día empezamos a amonedar. Como no daba tiempo a hacer un cuño nuevo, utilizamos otros con los que se había amonedado plata. Tanto los trabajadores de la fábrica de moneda como yo estuvimos tres días sin dormir. Unos se dedicaban sin descanso a cortar y pesar el oro y otros a acuñar.

–¿Por qué pusiste tu nombre en las monedas?

–Normalmente es un honor que tu nombre figure en una moneda. En este caso, sin embargo, hice que lo pusieran para intentar reducir los problemas que me podía causar el haber emitido moneda con el cuño de Síbaris sin tener la aprobación de las autoridades.

Ariadna había estado dividiendo su atención entre el interrogatorio y el descubrimiento. Ahora se despegó de los pergaminos y dejó a Evandro a solas absorbiendo su contenido. Para ella era fundamental mantenerse al tanto de la investigación.

–¿Conseguiste acuñar todo el oro? –estaba preguntando Akenón a Glauco.

–Prácticamente. Faltaban unos cien kilos, pero el enmascarado regresó al tercer día y dijo que no podía esperar. Se llevó los mil quinientos kilos tal como estaban en ese momento.

–¿Cómo lo transportaron? –preguntó Ariadna.

–En el premio estaba incluido el transporte del oro hasta donde quisiera el que lo resolviera. No imaginaba lo que me iba a pedir, pero ya os he dicho que resulta muy difícil negarle algo al enmascarado. Me dijo que llevara el oro hasta el puerto, y que allí pusiera a su disposición un barco con la tripulación y medios suficientes para navegar una semana, descargar el premio y transportarlo por tierra durante un día. –Se encogió de hombros–. En fin, hice todo lo que me pidió y zarparon inmediatamente. Yo me quedé en el puerto, viendo al barco alejarse en dirección Este hasta que desapareció en el horizonte. Pensé que igual se dirigía a Corinto o Atenas. «Probablemente el enmascarado haya tratado de despistarnos», se dijo Akenón.

−¿Ha regresado la tripulación? Me gustaría hablar con ellos.

−Todavía no, pero los espero para dentro de dos o tres días. Os avisaré en cuanto lleguen.

Ariadna permaneció en silencio, reflexiva. «El enemigo deja cada vez más pistas.» A través de la tripulación probablemente conseguirían acercarse un poco más al misterioso enmascarado. Echó un vistazo a los pergaminos, en los que Evandro seguía enfrascado, y negó con la cabeza. La mente de aquel enemigo parecía capaz de cualquier cosa.

«Y ahora cuenta con una inmensa cantidad de oro. Mala combinación», pensó preocupada.

Glauco atrajo de pronto la atención de Ariadna y Akenón.

−Todavía hay algo que no os he contado.

Hizo una pausa y Akenón intuyó que aquello no iba a gustarle.

−El enmascarado, a cambio del oro del premio, me explicó el método para duplicar polígonos y me dio la aproximación de cuatro decimales que yo pedía. Pero, como os he dicho, también me enseñó una manera más rápida de aproximarse al *cociente* y me proporcionó una aproximación de ocho decimales. Esto último no lo compartió conmigo generosamente. Lo hizo a cambio de algo que yo tenía y que él estaba muy interesado en llevarse.

Akenón contuvo la respiración mientras Glauco terminaba de hablar.

−El enmascarado es ahora el amo de Bóreas.

CAPÍTULO 82

4 de julio de 510 a. C.

EL ENMASCARADO COGIÓ un puñado de monedas de una tinaja llena de oro. Las echó en una bolsa y salió agachando la cabeza. Después cerró con llave el pequeño depósito, que formaba parte de un almacén subterráneo mucho más amplio. Estaba dentro de su nueva adquisición, una villa alejada de los caminos más frecuentados. La había comprado a través de Crisipo utilizando todo el oro que le quedaba de Daaruk, dando por hecho que estaba a punto de cobrar el premio de Glauco.

Sonrió complacido. Ahora tenía dos refugios y había repartido la mitad del oro del premio en cada uno.

«Y ahora también tengo dos sirvientes.»

La primera vez que cruzó el patio del palacio de Glauco sintió una presencia intensa detrás de él, observándolo. Al darse la vuelta no vio nada. Bóreas espiaba a través de una rendija, oculto en las sombras de alguna habitación del piso superior. El enmascarado continuó caminando hasta llegar a la gran sala donde se encontraba Glauco, explicó al sibarita el método para calcular el *cociente* duplicando polígonos y después le pidió que le mostrara al esclavo que tenía oculto.

–¿Qué esclavo? –respondió Glauco tensándose.

–El que acecha entre las sombras –contestó el enmascarado, aunque no había llegado a ver a Bóreas–. El que tiene más fuerza que cualquier otro hombre. –Glauco se revolvió, incómodo, y el enmascarado se acercó a él para acabar de susurrar–: El que disfruta matando.

Un minuto después Bóreas estaba ante ellos, escoltado por dos guardias a los que parecía poder aplastar con una mano. Glauco evitó mirarlo, como si su visión le trajera recuerdos muy desagradables. El enmascarado, en cambio, clavó los ojos en el gigante y descubrió que en muchos aspectos eran almas gemelas. También vio que sería más feliz teniéndolo a él de amo. Entonces le pidió a Glauco que añadiera a Bóreas al premio. Si lo hacía, le daría no sólo una aproximación de cuatro decimales sino otra de ocho. Glauco dudó. Más de lo que el enmascarado esperaba. Pero finalmente accedió. Ahora Bóreas le pertenecía, y el enmascarado se regocijaba por haber tenido la fortuna de haberlo encontrado. No sólo había sido un descubrimiento inesperado, sino también, como demostró poco después, una adquisición tremendamente eficaz.

Bóreas estaba paseando por el bosque en las cercanías de la villa. Le agradaba la novedad de no pasar todo el día encerrado. Después de dos meses bajo techo, escondiéndose de Glauco, ahora encontraba un disfrute especial en estar al aire libre. No obstante, la mayor fuente de satisfacción era haber cambiado de amo.

Habían llegado a la villa hacía una semana. Lo primero que hicieron fue trasladar el oro de las mulas al almacén que había debajo de la vivienda. Eran siete hombres en total: los cuatro tripulantes del barco de Glauco, el enmascarado, Crisipo y él.

Cuando estaban todos dentro del almacén, colocando el oro, el enmascarado le pidió a Crisipo que acudiera a su lado. Bóreas no prestó atención a aquello y siguió cargando sacos de oro. Entonces el enmascarado se dirigió a él.

–Bóreas –susurró con su voz gutural–, demuéstrame de lo que eres capaz.

El gigante miró al enmascarado para confirmar lo que le estaba pidiendo. No pudo ver sus ojos, pero no le hizo falta. De inmediato notó que sus sentidos se afinaban a la vez que el corazón se le aceleraba. Se acercó por detrás al capitán del barco y con un movimiento rápido le quitó la espada. Cuando el capitán se volvió hacia él, sorprendido, Bóreas golpeó con todas sus fuerzas. Quería impresionar a su nuevo amo. La espada penetró entre el hombro y el cuello, atravesó en diagonal el tronco y salió por la cadera contraria. El cuerpo del capitán cayó al suelo en dos trozos sin que hubiera llegado a pronunciar palabra.

En ese momento estalló el pánico. Aunque los compañeros del hombre muerto intentaron ponerse a salvo, eran demasiado lentos para Bóreas y estaban demasiado impresionados. El gigante describió un arco vertiginoso con la espada del capitán y decapitó al más cercano. Oyó gritos de terror histérico cuando la cabeza se separó del cuerpo. Luego dio dos pasos e incrustó el arma en la tripa de otro. Lo levantó ensartado y el desgraciado, mudo de horror incrédulo, se rajó las manos intentando agarrarse a la hoja afilada. Bóreas giró noventa grados la empuñadura de la espada e hizo un movimiento de sacudida hacia arriba, sacándola por la clavícula del hombre.

Después se volvió tranquilamente hacia el último objetivo.

El marinero retrocedió andando de espaldas, temblando, hasta que chocó con la pared. Ni siquiera intentó sacar su cuchillo. Bóreas iba a usar de nuevo la espada, pero se lo pensó mejor. «El amo ha dicho *demuéstrame de lo que eres capaz.*» Dejó caer el arma, agarró al hombre del cuello y lo levantó usando sólo su brazo izquierdo. Luego caminó hacia el enmascarado.

Junto al amo estaba Crisipo, blanco de terror. Debía de temer que el siguiente fuera él.

«Eso depende de la voluntad de nuestro señor», pensó Bóreas.

Cuando estuvo a un par de pasos estiró el brazo, alejando de su cuerpo al hombre que pataleaba frenético. Después echó hacia atrás el otro brazo, cerró la mano y lanzó un puñetazo bestial. La cabeza del marinero reventó como un huevo estrellado contra una pared.

Lo que quedaba del hombre se escurrió blandamente de su mano y cayó al suelo.

Bóreas se encontraba cubierto de sangre y otros restos humanos. Había destrozado en un momento a los cuatro miembros de la tripulación.

«Quizás demasiado rápido», pensó mirando a la máscara negra.

El enmascarado estaba concentrado en él. Bóreas sintió que, por debajo de los inalterables rasgos de metal, unos ojos leían en su interior y unos labios se arqueaban en una sonrisa amplia.

El amo estaba satisfecho.

CAPÍTULO 83

4 de julio de 510 a. C.

TÉANO SE ACERCÓ A LA CASA en la que vivía con Pitágoras. Necesitaba coger un pergamino para la lectura de esa noche con sus discípulas. Cruzó el patio interior con su andar elegante y entró en su habitación iluminándose con una lámpara de aceite. Al atravesar el patio no se había dado cuenta de que la puerta de la despensa estaba entornada.

Tras ella, unos ojos estaban siguiendo con ansiedad todos sus movimientos.

Un minuto después salió de la habitación, volvió a cruzar el patio y se internó en la noche cálida de la comunidad. La persona oculta en la despensa aguardó un rato antes de salir de su escondite. Cuando lo hizo, los rayos de la luna decreciente incidieron en su rostro revelando que se trataba de Ariadna.

Casi de puntillas, Ariadna llegó hasta el cuarto de su madre. Echó un vistazo atrás, respiró hondo y entró cerrando la puerta. El interior estaba iluminado solamente por la claridad que se colaba a través de la ventana. Era suficiente para lo que tenía que hacer.

Conocía bien la habitación de su madre. Constaba de una cama con estructura de madera, una bonita arca finamente labrada que había pertenecido a su familia, una silla y una mesa que siempre estaba cubierta de pergaminos.

Hojeó rápidamente los documentos que había sobre la mesa, con poca esperanza de encontrar ahí lo que buscaba. Enseguida pasó a sacar pergaminos de debajo de la cama. También había rollos de papiro, enrollados en torno a un eje de madera con pomos en las puntas. Los llevó a la ventana y los desenrolló para examinarlos.

Fue descartándolos uno a uno.

«Tengo que encontrarlo –pensó agobiada–. Seguro que lo tiene aquí.»

Cuando terminó con todos los documentos, los colocó de nuevo bajo la cama. Puso los brazos en jarras y se mordió el labio inferior mientras recorría con la vista la habitación.

«Sólo me queda el arca.»

Se abalanzó sobre el mueble, abrió la tapa apresuradamente y miró en el interior. Aparentemente sólo había ropa. Rebuscó con la mano, apartando las prendas con los dedos hasta que llegó al fondo. Allí le pareció notar la textura del pergamino. Tiró con cuidado y salieron dos documentos.

Corrió hasta la ventana con ellos. El primero era un tratado sobre la sección áurea. Sus ojos volaron al segundo, nerviosa porque llevaba allí mucho más tiempo de lo que había previsto.

«¡Eureka!»

Aquel documento era justo lo que esperaba encontrar.

Su entusiasmo se esfumó en un instante. «Ahora hay que afrontar las consecuencias», pensó tensando los músculos de la mandíbula.

Guardó en el arcón el tratado de la sección áurea, dejó todo como creía que lo había encontrado y salió con sigilo.

El pergamino que ocultaba entre las ropas esclarecería una cuestión trascendental.

CAPÍTULO 84
5 de julio de 510 a. C.

—Ahí sale otro. ¿Lo reconoces? —susurró Akenón.

Ariadna se inclinó hacia delante y entrecerró los ojos forzando la vista. Se encontraban en el segundo piso de la casa de Hiperión, padre del difunto Cleoménides. Hiperión era el miembro del Consejo de los 300 que vivía a menor distancia de Cilón, en el barrio más lujoso de Crotona. Había aceptado de buen grado la petición de dejarles vigilar a Cilón desde una ventana de su residencia.

—Es Hipódamo —respondió Ariadna identificando al hombre que acababa de salir de la mansión del político crotoniata—. Siempre ha sido aliado de Cilón.

Akenón asintió y continuaron vigilando en silencio.

Al partir de Síbaris, dos días antes, Glauco les había proporcionado una copia del método para calcular la aproximación del *cociente*. Cuando Pitágoras analizó el método, aseguró que era imposible que lo hubiese descubierto Cilón. Aun así, Akenón había decidido estrechar el cerco sobre el político crotoniata. Quizás Cilón no fuera el enemigo enmascarado pero, gracias a las monedas sustraídas al secretario del Consejo, sabían que el oro de Glauco estaba detrás de la multiplicación de sobornos que el político estaba llevando a cabo.

«Cilón está realizando sus sobornos con el oro que el enmascarado cobró de Glauco.» El político tenía una relación directa con el enmascarado, y por tanto podía ser la mejor manera para llegar hasta él.

La puerta de la mansión de Cilón volvió a abrirse.

—No les veo la cara —susurró Ariadna.

De la puerta entornada habían surgido dos figuras encapuchadas. Con la cabeza agachada y avanzando con rapidez, se internaron juntos en las calles oscuras.

«Puede que sean nuevas conversiones», pensó Ariadna. Los viejos aliados de Cilón iban con la cara descubierta, sin que les importara que les viesen frecuentar al influyente político; sin embargo, los consejeros que habían entrado recientemente en la órbita de Cilón preferían ocultarse. Cilón seguía siendo una minoría, un rebelde al poder establecido. Además, era un rumor a voces que los nuevos adeptos le entregaban su lealtad a cambio de llenarse los bolsillos de oro. Las críticas a los que se unían a su bando eran feroces..., lo cual no evitaba que últimamente el goteo de adhesiones fuese constante.

Ariadna dejó de pensar en aquello al acordarse del pergamino que había cogido el día anterior de casa de su madre. No podía evitar pensar en él en todo momento.

«Tal vez debería compartirlo con Akenón...»

Lo miró y dudó un instante, como llevaba haciendo desde que lo había leído. Finalmente decidió seguir manteniéndolo en secreto.

«Pero no podré mantenerlo oculto mucho tiempo», se dijo angustiada.

A tan sólo cuarenta metros de Akenón y Ariadna, sentado en la sala principal de la mansión de Cilón, el enmascarado observaba la salida de los últimos asistentes. Cerró los ojos y reflexionó sobre la reunión que acababa de concluir.

«Ya tenemos otros dos consejeros, pero avanzamos demasiado despacio.»

Estaba un poco frustrado. Por mucho oro que gastara, el ritmo de políticos que se pasaba a su bando se había reducido demasiado. Convertía a todo aquel con el que conseguía estar un rato a solas, pero dependía de Cilón para contactar con nuevos consejeros. La capacidad de Cilón para atraer más políticos a su casa estaba agotándose y todavía era demasiado pronto para que él apareciera en público.

Había llegado el momento de emprender otras líneas de actuación. El trabajo con Cilón era imprescindible y seguiría desarrollándolo, pero él necesitaba más, mucho más.

Abrió los ojos y sonrió con decisión.

«Mañana me centraré en algo completamente distinto.»

Akenón observaba la mansión de Cilón con expresión ceñuda. Estaba de pie a un paso de la ventana, oculto entre las sombras. Notaba a Ariadna detrás de él. Después del último viaje a Síbaris había creído que podía suceder algo entre ellos. Le habían parecido evidentes los signos de que ella estaba dispuesta a abrirse de nuevo: una mirada sostenida un poco más de lo necesario, una sonrisa silenciosa, la resonancia cálida de su voz...

«Me equivoqué», pensó negando lentamente con la cabeza.

El día anterior, cuando estaba buscando el momento de entablar una conversación más personal, notó que se había producido otro cambio. Ella de nuevo se mostraba fría, con la mirada huidiza, y se limitó a las palabras mínimas sorteando sus intentos de conversar. «Supongo que se dio cuenta de mis intenciones.»

Había sido demasiado optimista. Cada vez que intentara acercarse a Ariadna, ella se retraería.

Volvió a negar con la cabeza mientras vigilaba. Al cabo de un minuto surgió de la mansión otro personaje.

–¿Ése es Calo? –susurró volviéndose levemente hacia Ariadna.

Ella se sobresaltó y miró hacia la casa de Cilón. Calo acababa de salir y se alejaba con dos guardaespaldas.

–Sí, es él.

La calle volvió a quedarse vacía. Ya debían de haber salido casi todos.

Ariadna se mantuvo un paso detrás de Akenón. Podía desviar ligeramente la vista y observarlo sin que él se diese cuenta. Podía recorrer su perfil fuerte y serio, la nariz recta, los labios oscuros y apetecibles que habían besado todo su cuerpo...

Apretó los dientes y desvió la mirada.

«Akenón debe de imaginar que he vuelto a alejarme de él como reacción a sus intentos de aproximarse.»

Él no podía saber que la causa de que se mostrara taciturna estaba en el pergamino de su madre. Aquélla era ahora su máxima preocupación. «Y esta vez ni siquiera puedo hablarlo con mi padre.»

Retrocedió un paso en la oscuridad de la estancia. Ahora sólo podía ver la espalda de Akenón, su silueta imponente recortada contra el marco de la ventana.

Nunca se había sentido tan sola.

CAPÍTULO 85

7 de julio de 510 a. C.

CRISIPO FINALIZÓ SU DISCURSO y contuvo el aliento. Un segundo después, lo envolvió una salva de aplausos y gritos entusiasmados de su auditorio.

«¡Por Ares, qué mal lo he pasado!» Respiró aliviado y notó que se liberaba la tensión de sus músculos. Odiaba hablar en público, pero formaba parte de sus nuevas obligaciones. Por otra parte, le enorgullecía ser una pieza clave en el grandioso plan de su maestro enmascarado.

«Un plan que va a cambiar el mundo», se dijo extasiado.

Todo había comenzado tres semanas antes, cuando acompañó al enmascarado a Síbaris para cobrar el premio de Glauco. Además de acudir al palacio del sibarita, el enmascarado y él pasaron unos días andando sin cesar por toda la ciudad. Recorrieron posadas, mercados, plazas..., cualquier lugar donde se juntara el pueblo. El enmascarado observaba en silencio a todo el mundo y a veces le hacía una seña a Crisipo.

–Ése –susurraba en su oído.

Crisipo se acercaba a la persona indicada, le decía que era un forastero que necesitaba cierta información y le invitaba a vino a cambio de dedicarle un rato. Muchos recelaban, pero entonces Crisipo se apresuraba a añadir una dracma a la oferta y eso bastaba para que lo acompañaran.

Cuando llegaban a la posada más cercana, el enmascarado ya estaba sentado en alguna esquina. Desde allí observaba la conversación que Crisipo mantenía con el desconocido. Aparentemente la charla era intrascendente, pero contenía algunas frases clave; de la reacción del desconocido a ellas dependía que el enmascarado se acercara o no a la mesa. En caso de unirse a ellos, Crisipo callaba y el enmascarado envolvía al desconocido con el embrujo de sus palabras susurradas. Unos minutos después, el hombre salía de la posada con unas cuantas monedas en el bolsillo y una misión: al día siguiente debía reunirse de nuevo con ellos y llevar consigo a cuantos creyera que compartían las ideas de las que habían hablado.

Cuando zarparon de Síbaris habían tratado con más de cien personas. Al despedirse de cada grupo, el enmascarado les decía que volvería en unos días.

Sus planes, sin embargo, eran diferentes.

–Debo centrarme en Crotona, por lo que no seré yo el que regrese a Síbaris, sino tú, Crisipo –le dijo en cuanto el barco se alejó del puerto.

–¿Yo, señor? –se sobresaltó Crisipo–. Pero... Yo no sabría qué decir a esos hombres. No seré capaz de convencerlos, no me escucharán.

–Te escucharán, Crisipo, te escucharán –susurró la voz cavernosa.

Después siguió hablando, muy lentamente, y sus palabras se grabaron en la mente de Crisipo. Una hora más tarde, el antiguo soldado de Crotona se sentía más seguro. Ahora sabía lo que diría a los hombres que acudieran a escucharlo y, sobre todo, sabía cómo decirlo. Además, aquellos hombres acudirían porque eran favorables a la idea general de lo que iban a escuchar. Se trataba de avivar una llama que ya ardía en su interior, y que vieran en el enmascarado –temporalmente a través de Crisipo– al líder que necesitaban.

Al llegar al nuevo refugio, después de que el monstruoso Bóreas destrozara a la tripulación del barco, el enmascarado entregó a Crisipo una pequeña bolsa de monedas de oro. Tenía que dar una a cada cabecilla y que éste la distribuyera entre sus hombres. Crisipo regresó a Síbaris y pasó una semana manteniendo pequeñas reuniones. Los asistentes reaccionaban siempre como había previsto el enmascarado. Al regresar otra vez al refugio, su señor le dio una nueva bolsa de oro y el mismo encargo de mantener viva la llama de sus ideas.

El remate de aquella segunda semana había sido la reunión clandestina que acababa de terminar. Crisipo había conseguido que se congregaran más de cien personas en un almacén del puerto, lo cual era el máximo hasta ahora y el motivo de que hubiese estado tan nervioso.

Contempló a su audiencia, que tras su arenga se había juntado a debatir en pequeños grupos, y sonrió satisfecho.

«Estamos avanzando más rápido de lo que esperaba mi señor.»

Al día siguiente retornaría al refugio. Se alegraba de llevar buenas noticias y suponía que volvería a recibir una tarea similar.

No sabía que los planes de su señor acababan de dar un giro radical.

CAPÍTULO 86

9 de julio de 510 a. C.

EL ENMASCARADO HABÍA ordenado a Bóreas que no le molestara durante unas horas.

Tenía frente a él los pergaminos que contenían su mayor logro: el método para obtener la aproximación al *cociente*. El contenido de aquellos documentos era tan sublime que con sólo sumergirse un rato en ellos alcanzaba un intenso trance matemático. En aquel estado, mezcla de relajación y concentración máximas, veía todo con mayor claridad y lo aprovechaba para refinar hasta la última consecuencia sus planes terrenales.

Había pensado dedicar aquellas horas a seguir elaborando su nueva estrategia, pero inmediatamente sintió la necesidad de retornar a lo puramente matemático. Inesperadamente le había rozado una leve y escurridiza intuición, el presentimiento de que quizás allí se escondía algo más allá de sus posibilidades: una realidad que sobrepasaba el horizonte de todo lo conocido. Redobló la concentración. Sin duda se trataba de algo relacionado con el método para calcular el *cociente*, pero no conseguía dar con ello, su mente no alcanzaba a verlo.

Volvió al punto de partida por tercera vez y avanzó muy despacio, revisando meticulosamente los conceptos relacionados con el círculo..., con el teorema de Pitágoras..., con los numerosos y complicados cálculos que había tenido que llevar a cabo.

«La clave está aquí, lo percibo, pero ¿dónde exactamente?»

No era suficiente con su estado de concentración titánica, más allá de las capacidades de cualquier hombre. «Puede que no haya nada que descubrir... O quizás necesito un cambio de enfoque, algo totalmente diferente.»

Se alejó mentalmente de los círculos y las figuras geométricas, de los procesos y los símbolos. Intentó dejar de pensar y limitarse a intuir. Se esforzó por no elaborar ideas concretas, por dejar que sólo los conceptos básicos fluyeran dentro de él, lo impregnaran, se fundieran con su ser. En las matemáticas estaba la verdad. Eran la Verdad misma. Sabía que la naturaleza se rige por leyes escritas en lenguaje matemático, el lenguaje de los dioses; pero él necesitaba ir más allá de esa manifestación divina, hasta la esencia misma de la que surgía todo.

La exaltación intelectual lo llevó a superar sus propios límites y poner en peligro su vida: su ritmo cardíaco descendió por debajo de los quince latidos por minuto.

La respiración se hizo imperceptible.

Se estaba acercando.

De repente notó que le traspasaba una irradiación de fuerza, de lógica pura y conceptos abismales...

Estaba de nuevo en su refugio, delante de los pergaminos. Los contempló desorientado. Al cabo de un rato apareció una sonrisa debajo de la máscara. Aquellos documentos podían ser la puerta al mayor de sus éxitos. Algo muy por encima del descubrimiento del *cociente*. En esta ocasión no había llegado a alcanzar el misterio tremendo que escondían, pero lo había atisbado. El enmascarado se apoyó en el respaldo de madera. En adelante dedicaría toda su energía y su capacidad para avanzar por el nuevo camino en busca de lo que había vislumbrado que le esperaba al otro lado.

«Si consigo resolverlo –pensó maravillado–, tendré en mi mano la destrucción total de Pitágoras.»

A pesar de lo enorme que era Bóreas, Crisipo no reparó en él hasta que estuvo a menos de veinte metros. El gigante estaba sentado, oculto entre la vegetación que rodeaba la puerta del almacén subterráneo donde solía trabajar su amo. No se levantó cuando se aproximó Crisipo. Sin embargo, cuando éste se dirigió hacia la puerta dejó escapar un gruñido de advertencia.

–Tengo que hablar con él –objetó Crisipo–. Me está esperando.

Bóreas hizo un único movimiento de negación con la cabeza. Después se limitó a contemplarlo con una mirada fría. Crisipo miró hacia la puerta, luego a Bóreas y a continuación se alejó a esperar con la espalda apoyada en un árbol.

«No seré yo el que discuta con la bestia.»

Todavía tenía pesadillas en las que aparecía Bóreas destrozando a los miembros de la tripulación. Le estremecía sobre todo la imagen del último desgraciado al que había reventado la cabeza de un puñetazo.

«Y habría estado encantado de hacerme lo mismo a mí», pensó recordando la mirada que le había dirigido durante la carnicería.

También ahora Bóreas lo estaba observando. Crisipo tuvo que hacer un esfuerzo para mirar a otra parte e intentar olvidarse del gigante.

Transcurrió casi una hora sin que ninguno de los dos se moviera. Entonces se oyó un agudo sonido metálico. Era la señal de que podían entrar.

Bóreas no se movió. Crisipo pasó delante de él mirándolo de refilón, abrió la puerta y bajó las escaleras. El enmascarado aguardaba sentado, con un montón de pergaminos desplegados en la mesa que había junto a él. Parecía cansado.

—¿Qué novedades me traes, Crisipo? —susurró con su voz agrietada.

—Todo ha ido según lo planeado, maestro. Incluso mejor de lo previsto. —Crisipo agachó la cabeza con veneración, sintiéndose dichoso de llevar noticias que satisficieran a su señor—. En la última reunión había más de cien asistentes y cada uno de ellos representaba al menos a cinco hombres. En total calculo que hemos llegado a más de mil hombres.

El enmascarado asintió complacido.

—También he conseguido identificar a un líder suyo que lleva tiempo trabajando en la misma línea que nosotros. Se llama Telis. Tiene mucho prestigio entre ellos. En cuanto comienza a hablar todos se callan para escucharlo.

«Telis… —pensó el enmascarado—. En Crotona tengo a Cilón y en Síbaris tendré a Telis…, aunque sus funciones serán muy diferentes.»

Tras un rato de silencio, Crisipo volvió a hablar.

—¿Volveré a Síbaris, maestro? ¿Quieres que continúe con las reuniones?

–Volverás a Síbaris, Crisipo, pero antes necesito que lleves un mensaje a Crotona. Cilón debe saber que voy a estar unos días sin reunirme con él. Por supuesto, adjuntarás una buena cantidad de oro para que continúe su labor.

El enmascarado se inclinó hacia delante para enfatizar sus siguientes palabras:

–Y cuando regreses a Síbaris, Crisipo, también llevarás oro, mucho oro.

«Una inversión que se multiplicará por mil dentro de poco», pensó excitado. Volvió a recostarse en el respaldo y continuó hablando.

–Esta vez, tu misión consistirá en preparar una gran reunión clandestina. Telis tiene que ocupar un lugar preferente y traer a todos los hombres de peso que conozca. Dale a él la mitad del oro. La otra mitad utilízala como mejor sepas, pero antes de una semana quiero dirigirme personalmente a todos los cabecillas del pueblo de Síbaris.

«Para iniciar el ataque definitivo», añadió para sí.

CAPÍTULO 87

10 de julio de 510 a. C.

AKENÓN HABÍA IDO A CROTONA pensando que aquélla iba a ser una mañana tranquila. Ahora estaba saliendo del establecimiento de Ateocles. Había acudido para pedirle unas aclaraciones sobre el destino de un par de caballos que figuraban en sus registros. Las respuestas de Ateocles no habían conducido a nada y la intención de Akenón era regresar ya a la comunidad.

Subió a su montura y se alejó del olor a estiércol de las caballerizas del comerciante. Poco después cruzó delante de él otro caballo. Akenón se quedó mirando al jinete, pensando que le sonaba su cara, pero no consiguió ubicarlo. Se encogió de hombros y continuó avanzando al paso por las calles de Crotona. Durante un rato pareció que el otro jinete llevaba su misma dirección. Al abandonar la ciudad, sin embargo, Akenón se dirigió hacia el oeste mientras que el desconocido comenzó a trotar en dirección norte.

Entonces cayó en la cuenta.

«Lo he visto en la puerta de la casa de Cilón. Es uno de sus guardias.»

Tiró de las riendas de su animal y lo contempló alejarse, dudando. Finalmente decidió obedecer a su instinto y comenzó a seguirlo.

El guardia de Cilón avanzaba por el camino de la costa. Era una vía bastante transitada, sobre todo en las cercanías de Crotona, por lo que no era necesario que Akenón se distanciara mucho para no ser descubierto. Gracias a eso, vio con claridad que el jinete se salía del camino y se internaba en el bosque.

Akenón también abandonó el sendero y continuó siguiéndolo, favorecido porque el bosque era poco espeso. Se había incrementado su sensación de peligro. Al cabo de unos minutos le pareció distinguir entre las ramas que el guardia se había detenido. Desmontó, ató su caballo a un árbol y se acercó a pie.

Oyó ruido y se agazapó. Eran voces de distintos hombres hablando entre ellos. Akenón continuó acercándose con todo el sigilo posible.

«Ahí están.»

En un pequeño calvero había dos hombres. Estaban de pie con sus monturas junto a ellos. Uno era el guardia de Cilón al que había estado siguiendo. El otro estaba de espaldas a él y no pudo ver quién era hasta que giró la cabeza.

«¡Crisipo!»

El corazón se le disparó. Tenía frente a él al soldado traidor, el que había colocado las monedas bajo la cama de Orestes.

«El sirviente del enmascarado», se dijo Akenón excitado. Siguió observando con detenimiento. Crisipo estaba hablando y el guardia escuchaba y asentía. Daba la impresión de que estaba recibiendo instrucciones o algún mensaje por parte del antiguo soldado. Poco después, Crisipo se acercó a su caballo y cogió una bolsa que parecía pesar bastante. Dijo algo más y se la entregó al guardia de Cilón.

«Por Osiris, apostaría a que contiene oro del premio.»

Akenón se obligó a pensar con frialdad. Podía salir y luchar con los dos hombres, pero cabía la posibilidad de que el guardia lo retuviera mientras Crisipo aprovechaba para escapar. No debía arriesgarse. La prioridad era atrapar a Crisipo para que confesara el paradero del enmascarado.

«Y después ir allí con medio ejército para dejar fuera de combate a Bóreas.»

El guardia ocultó la bolsa y subió a su caballo. Crisipo montó el suyo y los dos se alejaron al paso. Akenón desató las riendas y los siguió a distancia, deshaciendo el camino hasta llegar de nuevo al sendero de la costa. Allí vio que el guardia ponía su montura al trote y se alejaba en dirección a Crotona. Crisipo, en cambio, se encaminó hacia Síbaris.

Akenón se desentendió del guardia y fue detrás de Crisipo.

Crisipo cabalgó durante todo el día a pesar del fatigoso calor húmedo. Parecía que se dirigía a Síbaris y quería llegar en una sola jornada. La visibilidad era muy buena y Akenón no encontró la ocasión de acercarse a él con la seguridad de cogerlo desprevenido. Al menos resultaba sencillo mantener un seguimiento discreto, pues en el camino había varios viajeros que también se dirigían hacia Síbaris. Al anochecer, en cambio, la situación se complicó. El camino se vació de viajeros y cada vez se veía a menos distancia. Akenón tuvo que acercarse a Crisipo para no perderlo. Al cabo de un rato advirtió que la separación entre ellos estaba aumentando. El trote del caballo de Crisipo era más vivo. Akenón, preocupado, también incrementó el ritmo.

«Esto empieza a parecerse demasiado a una persecución abierta.»

De repente Crisipo lanzó su caballo a galope tendido. Akenón respondió inmediatamente espoleando su montura. Si lo perdía de vista, Crisipo podía escabullirse fuera del camino y sería imposible encontrarlo.

Ya no tenía sentido disimular, por lo que Akenón dejó que su caballo, superior al de Crisipo, fuera recortando la distancia. Sintió que su cuerpo se tensaba preparándose para el combate. Un minuto después, cuando lo tenía a menos de treinta metros, Crisipo hizo un quiebro y se internó entre un grupo de árboles sin disminuir la velocidad, arriesgándose a que su animal se quebrara una pata o a romperse él mismo la cabeza con una rama. Akenón lo siguió a la misma velocidad. Gracias a eso pudo ver que el soldado saltaba al suelo y se ocultaba tras unos arbustos mientras su caballo se alejaba galopando. Akenón tiró de las riendas y saltó a su vez. Crisipo, al darse cuenta de que su estratagema no había funcionado, se lanzó furiosamente al ataque blandiendo su espada.

Akenón apenas tuvo tiempo de desenvainar y parar el primer golpe. El choque de las hojas de metal hizo saltar chispas en la noche oscura. Crisipo lanzó un segundo ataque y después un tercero a una velocidad endiablada. Era evidente que había sido un buen soldado. El cuarto golpe lo dio agarrando su arma con ambas manos, impulsándola de arriba abajo hacia la cabeza de Akenón. Éste aún estaba desequilibrado a causa de las anteriores acometidas pero era un experto en la lucha con espada. Paró el golpe con la base de su arma, evitando así que se venciera hacia él, y aprovechó el momento en que Crisipo retiraba la espada para lanzar una patada hacia su estómago. Su adversario se ladeó y sólo lo rozó, pero la patada cumplió el objetivo de proporcionarle la iniciativa. Crisipo no pudo adoptar una buena posición de defensa antes de que la espada curva de Akenón golpeara la suya con una fuerza tremenda. Casi se la arranca de las manos. Retrocedió para ganar un instante y aferrar con mayor firmeza la empuñadura.

«Ya es mío», pensó Akenón.

Llevaba la iniciativa en el combate y era más fuerte y diestro que su adversario. Podía acabar con él en cualquier momento, pero lo necesitaba vivo. Lanzó varios golpes consecutivos mientras avanzaba hacia él con rapidez. Crisipo no podía retroceder a la misma velocidad sin perder el equilibrio, por lo que embistió a la desesperada descubriendo su guardia. Akenón desvió el arma con facilidad y después estrelló la empuñadura de su espada en la cara de Crisipo. El soldado se mantuvo en pie pero quedó aturdido como un borracho. Akenón apenas tuvo que golpear su espada para desarmarlo.

–Se acabó, Crisipo.

Su adversario lo miró, todavía confuso. Después dirigió la vista hacia la espada tirada en el suelo junto a sus pies.

–Ni se te ocurra –gruñó Akenón.

De repente el rostro de Crisipo se convirtió en una máscara de odio. Lanzó un grito y saltó hacia él. Aquel ataque ciego sorprendió a Akenón, que no quería arriesgarse a matar a su contrincante sin haber obtenido el paradero del enmascarado. Los cuerpos de los dos hombres chocaron y cayeron sobre la tierra seca. Crisipo acabó encima de Akenón y la espada de éste en medio de ambos. La mano que aferraba el arma quedó inutilizada. Akenón trató de parar los puñetazos de Crisipo con su brazo libre. Recibió un golpe en la sien y otro junto a la nariz. Soltó la espada y consiguió sacar el brazo que tenía atrapado, se revolvió y estrelló su puño con fuerza contra la mandíbula de Crisipo.

El soldado se desplomó como un muerto. Akenón se lo quitó de encima y se sentó a su lado, recuperando el resuello. En ese momento notó un pinchazo debajo del ojo. Se palpó el pómulo y miró los dedos. Le dolía y se estaba hinchando, pero no había sangre.

Se volvió hacia Crisipo. El soldado tenía los ojos cerrados y le caía un hilillo de sangre de los labios entreabiertos. Tardaría un rato en recuperar el sentido.

Akenón se puso de pie, recogió las espadas y fue a su caballo a por una cuerda. Iba frunciendo el ceño, reflexionando con expresión sombría.

«¿Cuánto habrá que torturar a Crisipo para que traicione al enmascarado?»

El dolor hizo gemir a Crisipo.

Notaba que su cuerpo se zarandeaba pero no comprendía lo que estaba sucediendo. Entreabrió los ojos, desconcertado. Entonces se dio cuenta de la situación y se apresuró a cerrarlos.

«Tengo que hacer creer a Akenón que sigo inconsciente.»

Estaba tumbado sobre el lomo de su caballo, con los brazos y las piernas abrazando al animal. Le dolía la mandíbula. Recorrió con la lengua el interior de su boca y encontró un corte profundo en la cara interna de su mejilla y un par de muelas medio arrancadas. Abrió una rendija el ojo que tenía junto al caballo. Era de noche cerrada y avanzaban al paso. Oyó otro caballo a su izquierda. Akenón debía de estar cabalgando a su lado, llevando a su montura de las riendas. Crisipo encogió lentamente un brazo para comprobar la firmeza de sus ataduras. Enseguida notó tensión. Probó con una pierna y ocurrió lo mismo. «No voy a poder soltarme», se dijo contrariado. Tendría que esperar a que lo desatara el egipcio e intentar sorprenderlo entonces.

–Buenas noches, Crisipo. –Akenón lo saludó con fingida amabilidad. Él continuó simulando que seguía inconsciente–. Adivina quién te va a interrogar.

«¿Adónde nos dirigimos?», se preguntó Crisipo. Era imposible saberlo desde su situación. Ni siquiera sabía cuánto tiempo llevaban cabalgando. Supuso que se dirigían a Crotona. Seguramente a la comunidad pitagórica.

–Primero pensé en interrogarte yo en el bosque. –El egipcio seguía empeñado en hablar y Crisipo se preguntó por qué lo haría. ¿Sólo para entretenerse mientras viajaban toda la noche? Akenón continuó–: Sin embargo, supuse que no ibas a colaborar y que hay alguien que para obtener información tiene más habilidad que yo. ¿Quién crees que es?

Crisipo notó que su respiración se aceleraba, pero no de temor sino de odio. Odiaba al egipcio y se odiaba a sí mismo por poner en peligro a su maestro.

—¿Estás pensando que vamos a Crotona? —le preguntó Akenón—. Lo cierto es que se me pasó por la cabeza, pero encontré dos buenas razones para no hacerlo. La primera es que puedes tener muchos aliados en Crotona. Eres un criminal y un traidor, y desgraciadamente sabemos que hay muchos como tú, hoplitas que se venden a Cilón o a quien les pague. —Akenón prosiguió con tono irónico—. ¿Quizás esperabas que Cilón te salvara? Esta mañana vi que te reunías con uno de sus guardias.

Crisipo no respondió.

—La segunda razón para no ir a Crotona es que estábamos mucho más cerca de Síbaris. —Crisipo abrió los ojos alarmado—. Veo que eso te hace reaccionar. Bien, porque todavía estás a tiempo de ahorrarte algo muy desagradable. Quizás prefieres hablar conmigo antes de que te entregue a Glauco. —Akenón dejó por un momento que el nombre flotara en el ambiente—. Puedes imaginar que él tendrá muchos menos escrúpulos a la hora de… *interrogarte*, de los que tendrían en la comunidad.

La mente de Crisipo se disparó. Quizás Glauco se mostrara favorable a él por ser el sirviente de quien le había proporcionado el conocimiento que tanto deseaba, pero también era muy posible…

—Tal vez te ayudará a decidirte saber que Glauco ha restablecido su buena relación con Pitágoras. A la comunidad llegan enviados suyos casi a diario con mensajes amables, de concordia y respeto. —Akenón hizo una pausa para que sus palabras calaran en Crisipo—. Hace tres días, Glauco remitió un mensaje en el que decía que ya daba por perdidos el barco y la tripulación que transportaron el oro del premio. En ese barco también ibais el enmascarado, Bóreas y tú. Supongo que Glauco también querrá preguntarte sobre eso, y que no tienes nada que decirle que lo pueda apaciguar. No sé si he mencionado que está muy furioso por esto. ¿Has visto alguna vez a Glauco furioso?

«¡Maldito seas, Akenón! —pensó Crisipo—. Intentas meterme miedo con Glauco para que te revele dónde está mi señor.»

No iba a confesar, por supuesto, pero tampoco se veía capaz de resistir una sádica sesión de tortura.

Dos horas después, Akenón y Crisipo estaban en el palacio de Glauco, en el depósito subterráneo que había bajo la cocina. El sibarita hablaba a Crisipo mientras calentaba unas barras de hierro.

–¿Sabes que aquí mismo tu compañero Bóreas torturó a alguien muy querido por mí?

Crisipo apretó los dientes y notó un latigazo de dolor en la mandíbula. Estaba atado a una silla, con un guardia a cada lado.

–Hace más de dos semanas que os fuisteis de Síbaris –comentó Glauco con aparente despreocupación–. Además del premio, os llevasteis un buen barco y una valiosa tripulación. –Se volvió hacia su prisionero con una extraña sonrisa–. Supongo, Crisipo, que tu señor encargaría a Bóreas que matara a la tripulación de mi barco. ¿Fue así como ocurrió?

–Yo no tuve nada que ver con eso –respondió Crisipo con voz desmayada.

–Claro, por supuesto –dijo Glauco con un tono extremadamente amable, como si para él fuese muy importante que a Crisipo le quedara claro que no sospechaba de él–. Yo no creo que tuvieras nada que ver. –Comprobó los hierros. Todavía tenían que calentarse más–. Desgraciadamente estamos en esta situación tan lamentable porque puedes decirnos dónde está tu señor, el hombre que se esconde tras una máscara negra, pero no nos lo quieres decir.

Crisipo agachó la cabeza mientras negaba. Tuvo que hacer un esfuerzo para que el miedo no lo hiciera llorar, pero no consiguió evitar que sus manos y piernas comenzasen a temblar.

Glauco había dejado los ojos fijos en él. De repente su mirada se volvió tan fría como el tono que utilizó para murmurar:

–Hablarás, Crisipo, hablarás.

El sibarita se volvió hacia Akenón, que observaba taciturno sentado en las escaleras de entrada del almacén. Cuando volvió a hablar había recuperado su tono amigable.

–Nosotros no queremos hacerte esto, Crisipo. Nos obligas tú con tu silencio. A mí me repugna esta situación.

Glauco mantuvo en Akenón una mirada expectante hasta que

éste asintió, asqueado. El sibarita le estaba solicitando su autorización moral para torturar a Crisipo. Le pedía que confirmara que era un buen pitagórico, y que sólo por unas circunstancias extremas, y por el bien de la hermandad, se sacrificaba y realizaba algo que su naturaleza rechazaba.

Glauco se volvió e hizo un gesto hacia el esclavo que se ocupaba de avivar las brasas removiéndolas y soplando a través de un tubo. El siervo redobló sus esfuerzos y el sibarita continuó hablando.

–Supongo que tu señor mató a mi tripulación para que no nos dijeran dónde se oculta. Resulta comprensible que lo hiciera, teniendo en cuenta que es el asesino de varios grandes maestros pitagóricos. Sí, es normal que haga todo lo posible para que no lo encontremos. Afortunadamente, hemos dado contigo.

Glauco sacó otro hierro. La punta estaba incandescente. Su cuerpo se estremeció al pensar que un metal al rojo como aquél había destrozado la cara de su amado Yaco. Se volvió con el hierro en la mano y sus ojos se detuvieron al encontrar a Akenón.

«Akenón me convenció de que Yaco me engañaba.»

Dudó un momento con el hierro candente apuntando en dirección a Akenón. Finalmente sacudió la cabeza y avanzó hacia el aterrado Crisipo.

Su sonrisa amable se había transformado en una expresión salvaje.

CAPÍTULO 88

10 de julio de 510 a. C.

ARIADNA LLEVABA HORAS en la cama, pero no se decidía a apagar la lámpara de aceite. Sabía que le resultaría imposible dormirse. Nada más cenar se había escabullido, saltándose la lectura, y se había apresurado a encerrarse en su cuarto. A pesar de todos sus intentos de relajarse, seguía hecha un manojo de nervios.

Estaba un poco preocupada por Akenón. Sabía que por la mañana había ido a Crotona para hablar con Ateocles, y ella lo había buscado después para ver si había conseguido algún dato relevante para la investigación. De todos modos no se había esforzado mucho en dar con él. Suponía que habría pasado el día en Crotona y que luego habría regresado sin que ella se hubiese enterado. Casi mejor estar un día sin verlo.

Lo que la mantenía en permanente angustia era otra cosa.

Se sentó en la cama y suspiró. Después, con la vista perdida en el cálido aire de la habitación, sacudió lentamente la cabeza.

«No puede ser –pensó aturdida–. No puede ser.»

Sin embargo, la evidencia estaba ahí mismo, justo debajo de ella. Se levantó y extrajo un pergamino de debajo de su jergón. Era el documento que había encontrado en el fondo del arcón de su madre. Lo había examinado cien veces, pero volvió a desdoblarlo con la misma ansiedad que en las primeras ocasiones.

Pensó en su madre con una mezcla de sentimientos encontrados. Si tuviera mejor relación con ella le resultaría más fácil afrontar esto. Pero no la tenía. Por eso sentía una tremenda soledad mientras repasaba el contenido del pergamino.

No había duda de que su madre era una experta en aquel tema.

Todo estaba descrito con meticulosa precisión, lo que no dejaba lugar a segundas interpretaciones: diez días de retraso, mayor sensibilidad, náuseas...

«¡Estoy embarazada!»

CAPÍTULO 89

10 de julio de 510 a. C.

AKENÓN PERMANECIÓ sentado mientras Glauco caminaba hacia Crisipo, llevando el hierro con la punta al rojo hacia delante como si fuese una espada. Recordó la primera tortura a la que había asistido, la del primo conspirador del faraón Amosis II. Sintió un estremecimiento, pero se obligó a no desviar la mirada.

Glauco había recuperado gran parte de su anterior peso. Su voluminosa figura tapaba por completo a Crisipo, como un pez grande a punto de devorar a uno pequeño. Al acercarse a su presa ralentizó el ritmo de su avance. Estaba recreándose en el terror de su víctima y a la vez decidiendo dónde empezar a aplicar el hierro.

Akenón contuvo la respiración, aguardando con el cuerpo tenso a que se produjera el primer contacto. Teniendo en cuenta la poca entereza que había demostrado Crisipo, confiaba en que se derrumbara pronto.

«Aunque no sé si podré parar a Glauco después de que Crisipo haya confesado.» El sibarita mantenía un esforzado tono de amabilidad desde que habían llegado, pero en su mirada brillaba la misma chispa de locura que tenía cuando Akenón lo había visto ordenar a Bóreas que matara y torturara.

Glauco avanzó un paso más, a punto de caer sobre su víctima.

«Qué harto estoy de todo esto», pensó Akenón. Quería creer que por fin estaban cerca de atrapar al asesino. Necesitaba retirarse de una vez, llevar una vida tranquila en Cartago sin tener que presenciar torturas ni asesinatos.

Ariadna le vino a la cabeza, pero el sonido de un golpe fuerte lo arrancó de sus pensamientos. Se irguió y avanzó rápidamente intentando ver lo que ocurría. Glauco estaba de espaldas a él y tapaba a

Crisipo. El sibarita abofeteó a su prisionero con violencia furiosa. Después le agarró de los pelos e intentó meterle el hierro incandescente por la boca.

Crisipo había observado con horror a Glauco mientras sacaba los hierros para comprobar su temperatura. Finalmente llegó el momento en que extrajo un hierro al rojo, se volvió hacia él y comenzó a acercarse. El sibarita se había comportado hasta entonces como un anfitrión que se disculpara por causar una molestia involuntaria. Sin embargo, mientras se acercaba a Crisipo ya no fingía. Su semblante irradiaba sadismo, deseo intenso de producirle dolor.

En el campo de batalla Crisipo nunca se había comportado como un cobarde, pero en ese momento sintió que estaba a punto de desmayarse de terror. Se le nubló la vista, el mundo giró de un modo vertiginoso y su cabeza cayó sobre el pecho.

«¡Reacciona!», gritó una voz en su interior.

Si no actuaba inmediatamente todo estaría perdido. Intuía que el sibarita sería muy hábil a la hora de prolongar su sufrimiento sin llegar a matarlo. Ya había recorrido la mitad del camino, unos pocos pasos más y comenzaría a achicharrar la carne de sus mejillas, de su cuello, quizás incluso sus ojos.

Al borde de un colapso, Crisipo dobló el cuello hacia abajo todo lo que pudo y atrapó con los labios el borde de su túnica.

«Valeroso Ares, sostén mi voluntad.»

En el reborde del tejido sus labios percibieron un abultamiento. Agarró el pequeño bulto con los dientes y rasgó la tela. El contenido cayó en su lengua y Crisipo se apresuró a tragar.

«Ya está hecho.»

Con la cabeza apoyada en el pecho, advirtió que los pies de Glauco entraban en su campo de visión. Daba igual. Ya notaba su lengua retrayéndose, su garganta se cerraba como si un puño la estrujara desde dentro. Respirar se volvió muy difícil. Al esforzarse por hacerlo emitió un silbido que en unos instantes se convirtió en un gruñido agónico. Glauco debió de imaginar por la contracción antinatural de los músculos de su cuello lo que había sucedido. Se apresuró a cubrir la distancia que los separaba y lo abofeteó en un intento de que escupiera el veneno. Demasiado tarde. Volvió a golpearlo a la vez que gritaba de rabia. Crispo apenas se dio cuenta, centrado en la realidad inmensa de que iba a morir y de que así salvaba a su señor y maestro.

—¡Escupe!

El sibarita le agarró del pelo y levantó su cabeza.

—¡Escupe!

Cuando Glauco vio que Crispo tenía la mandíbula y los labios tan agarrotados como el cuello, intentó meterle en la boca el hierro al rojo para hacer palanca. La carne de los labios se chamuscó con un rápido siseo y el metal golpeó los dientes.

—¡Detente!

Akenón tiró del brazo de Glauco. El hierro cayó al suelo. Crispo, atado a la silla, tenía la cabeza echada hacia atrás y de su boca comenzaba a salir espuma blanca. Un guardia aferró a Akenón del antebrazo. Éste se desembarazó de la presa con un fuerte empujón y cogió la cabeza de Crispo con ambas manos.

«Raíz de mandrágora blanca.»

Los síntomas eran inconfundibles. Se trataba del mismo veneno que había matado a Cleoménides y Daaruk.

—¡Dinos dónde está!

Los labios quemados se convulsionaron como si Crispo quisiera decir algo. Akenón intentó con desesperación captar alguna palabra. Un segundo después, entre la espuma que anunciaba la muerte inmediata, la boca del agonizante Crispo consiguió transmitir con claridad su mensaje.

En un gesto que se congeló al morir, los labios achicharrados dibujaron una sonrisa de triunfo.

CAPÍTULO 90

11 de julio de 510 a. C.

ENCERRADO EN SU CUARTO, Aristómaco contenía la respiración mientras analizaba el método del enmascarado para calcular la aproximación al *cociente*. Su cuerpo pequeño y enjuto estaba tan inclinado sobre los pergaminos que parecía a punto de caer sobre ellos. Se pasó una mano sobre la franja de pelo gris y alborotado que coronaba su cabeza. Al apoyarla de nuevo en la mesa vio que temblaba. Como le ocurría a menudo, le molestó no ser capaz de controlar ese signo externo de su carácter temeroso.

Llevaba varios días analizando los pergaminos. Estaba completamente fascinado. Tanto por el descubrimiento que aquel misterioso enmascarado había hecho con relación al *cociente*, como por otros conocimientos portentosos que había desplegados a lo largo del método. Ahora mismo estaba estudiando el procedimiento utilizado para obtener la raíz de dos.* Jamás había visto algo similar, y aquello lo maravillaba tanto como lo inquietaba.

«Es... es magnífico.»

El procedimiento lo sorprendía tanto por su eficacia como por su simplicidad. Partía de una fracción sencilla que suponía una buena aproximación a la raíz de dos: 7/5. Después hacía el inverso de esa fracción (5/7) y lo multiplicaba por dos (10/7). Consideraba a esta fracción resultante otra aproximación de la raíz de dos, e indicaba que un resultado mucho mejor sería el punto intermedio entre las

---

* La raíz de 2 (1,4142135623...) es el número que al multiplicarlo por sí mismo da 2. Es un número irracional; es decir, sus decimales son infinitos y no puede expresarse como una fracción de números enteros. En la época de Pitágoras se desconocía la existencia de números irracionales, y la mejor aproximación de la raíz de 2 era una fracción que proporciona cinco decimales correctos.

dos aproximaciones, para lo cual hallaba su semisuma. Con el resultado volvía a repetir el proceso.* El método era sencillo: a partir de una fracción, obtener el doble de su inversa y hallar la semisuma. El resultado era prodigioso.

Aristómaco repasaba cada elemento de aquellos pergaminos una y otra vez, ansioso tanto por absorber los vastos conocimientos que contenían como por encontrar en ellos alguna pista de su enemigo. Necesitaba hacer algo por Pitágoras después de haberle fallado dos veces seguidas. La primera fue cuando murió Orestes. Entonces alguien tenía que ir al Consejo como cabeza de la orden hasta que volviera Pitágoras, que estaba en Neápolis. Aristómaco acudió a leer un comunicado, pero tras los ataques de Cilón se encerró en la comunidad dejando a Milón solo ante el Consejo.

El segundo hecho que lo avergonzaba tuvo lugar cuando se organizó la expedición a Síbaris para que Glauco les transmitiera el método del *cociente*. «Fui débil y cobarde.» Tenía que haber ido él y no Evandro, pues él era el gran maestro con habilidades matemáticas más destacadas, sólo por detrás del mismísimo Pitágoras.

«Y ahora también por detrás del enmascarado», reconoció abiertamente.

Redobló su concentración sobre los pergaminos con la esperanza de captar alguna pista, algún indicio de quién había podido crear semejante prodigio. Intuía que había mucho más que lo que veía, presentía que a pesar de forzar al máximo sus capacidades sólo estaba rascando la superficie.

Su deseo de ayudar a Pitágoras radicaba exclusivamente en la adoración que sentía hacia su maestro. No se le pasaba por la cabeza ser elegido sucesor. De hecho, le hubiera quitado el sueño saber que la idea actual de Pitágoras era constituir un comité de sucesión donde él sería el responsable de la parte académica de la orden.

---

* $7/5=1,4$ y $10/7=1,428...$ Al hacer su semisuma (sumar ambas fracciones y dividir el resultado por 2: $(7/5+10/7)/2)$, obtenemos el punto intermedio, que es la fracción $99/70=1,41428...$ Como vemos, hemos mejorado mucho la aproximación a la raíz de 2, pasando de un decimal correcto con $7/5$ a cuatro decimales con $99/70$. Si repetimos el proceso, obtenemos $19601/13860=1,414213564...$, que nos da ocho decimales correctos. Con este sencillo procedimiento, en cada paso el número de decimales correctos crece de forma exponencial.

Volvió a revisar atentamente las operaciones con fracciones para calcular la raíz de dos.

«¿Cuántos pasos habrá que dar con este procedimiento para llegar a la fracción exacta que refleje la raíz de dos?»

Las reflexiones de Aristómaco se vieron interrumpidas por unos golpes en la puerta. Levantó la cabeza, dudando si había oído algo. Los golpes se repitieron.

Se incorporó con un crujido de articulaciones y esbozó una mueca de dolor. Se frotó una rodilla y después caminó lentamente hasta la puerta. Cuando abrió, encontró a uno de sus discípulos con algo en la mano.

—Maestro Aristómaco, acaba de llegar esto para ti.

Aristómaco lo cogió con aprensión. Era un delgado paquete de tela atado con una cuerda. No mostraba ningún distintivo externo que indicara su procedencia.

—¿Sabes quién lo envía?

—No, maestro. Se lo he preguntado al mensajero, pero parece que se lo entregaron de forma anónima.

Aristómaco miró el paquete con recelo intentando adivinar su contenido.

—Gracias —gruñó mientras cerraba la puerta.

Colocó el envoltorio sobre la mesa y cortó las ataduras.

Al apartar la tela vio que contenía un pergamino doblado por la mitad. Lo contempló durante un rato sin tocarlo. De repente sintió que la temperatura de la habitación descendía varios grados y notó que había alguien detrás de él. Miró rápidamente por encima del hombro.

Estaba solo.

«Vamos allá, es sólo un pergamino», se recriminó.

Lo primero que vio al desdoblarlo fue el pentáculo. Le tranquilizó encontrar el símbolo de saludo y reconocimiento entre los pitagóricos. Había pensado...

«¡¿Qué es esto?!»

El pentáculo estaba invertido respecto al texto. Su respiración se aceleró y comenzó a leer con las manos agitadas por un temblor incontrolable:

«Hermano Aristómaco, me llena de alegría volver a saludarte».

De inmediato le traspasó la certeza de que la carta era del enmascarado y de que éste era alguien que conocía. La vista se le nubló y tuvo que sujetarse al borde de la mesa. Su mente entró en ebullición presintiendo recuerdos con aquel hombre: era alguien con quien había mantenido conversaciones cordiales; alguien cuyo poder no se había revelado entonces con la contundencia que estaba mostrando ahora. Alguien...

Se obligó a continuar leyendo:

«Te estarás preguntando cuántos pasos hay que dar en mi procedimiento de aproximación para llegar a la raíz de dos».

Aristómaco ahogó un grito y soltó el pergamino como si quemara. Oyó el eco de una risa y se volvió histérico en todas direcciones. Por Pitágoras y Apolo, ¿cómo era posible que en una carta le dijeran lo que estaba pensando exactamente en el momento de recibirla? Saltó de la silla y anduvo de pared a pared rechinando los dientes.

«No voy a leer más.»

Se detuvo junto a la puerta y miró hacia la mesa negando vigorosamente. Sabía que debía deshacerse del pergamino, pero a la vez sentía hacia él una extraña y poderosa atracción. Cruzó el cuarto y lo cogió de nuevo.

Era una mezcla de carta y desarrollo matemático. Se internó en su contenido y un minuto después su expresión era de espanto. Vislumbraba un abismo oscuro tras aquellos símbolos y diagramas. Resultaba cada vez más arduo descifrarlos, pero no le hacía falta comprenderlo todo para empezar a entender las implicaciones.

Al llegar a la mitad del mensaje cayó de rodillas sin darse cuenta. Sus ojos siguieron adentrándose en aquel horror dotados de voluntad propia, indiferentes a su terror. Sintió que una tiniebla espesa y lóbrega se enroscaba en su cuerpo y penetraba en su mente.

Consiguió cerrar los ojos antes de alcanzar el final, pero ya era demasiado tarde.

Había comprendido demasiado.

CAPÍTULO 91

11 de julio de 510 a. C.

LA SESIÓN DEL CONSEJO de aquella jornada había dejado a Pitágoras muy preocupado. Aunque su presencia era suficiente para mantener a Cilón a raya, resultaba innegable que el crotoniata seguía ganando fuerza.

Abrió los ojos y contempló el fuego eterno frente a la estatua de Hestia, en el Templo de las Musas.

«Tenemos demasiados frentes abiertos y todos son inquietantes.» El enmascarado seguía libre y ahora contaba con el monstruoso Bóreas; Glauco parecía haberse serenado, pero no antes de entregar una montaña de oro a su enemigo, y su mezcla de poder e inestabilidad seguía siendo una amenaza latente; Cilón se volvía cada día más osado y ganaba partidarios, aparentemente ayudado por el oro del enmascarado; la sucesión era un problema arduo tras haber perdido a varios de sus mejores hombres, aunque esperaba solventarlo con la idea del comité; y, por último, la expansión de la orden se hallaba en un punto muerto tras haber tenido que aplazar la cuestión romana.

Pitágoras acercó una mano a las llamas y percibió las ondulaciones del calor. Había otro tema que lo inquietaba: Akenón estaba en paradero desconocido desde el día anterior. Tras mucho indagar se había enterado de que lo habían visto alejándose a caballo por el camino del norte. ¿Habría ido a Síbaris otra vez? ¿Por qué no le había avisado antes? Todo indicaba que había partido con urgencia, y eso lo mantenía intranquilo.

Se volvió hacia la puerta. Le había parecido oír jaleo en el exterior. Escuchó un alboroto lejano y se apresuró a salir. Entonces oyó que lo llamaban a gritos y se le encogió el corazón.

Sus guardaespaldas estaban a unos metros del Templo. Algunos discípulos corrían hacia él dando voces. Distinguió la palabra «fuego» al mismo tiempo que veía una columna de humo elevándose desde los edificios comunales.

—Corred a por agua —ordenó a los discípulos que habían ido a buscarlo.

Advirtió que ya había varios maestros organizando una cadena para transportar agua y se precipitó hacia el edificio del que salía el humo. Su forma física siempre había sido magnífica, pero ahora se sintió agotado tras una carrera de apenas cien metros. En las últimas semanas había envejecido varios años.

«Espero que no haya heridos», pensó mientras atravesaba la puerta del edificio y accedía al patio.

Se paralizó al ver lo que estaba ardiendo.

«¡Es la habitación de Aristómaco!»

Avanzó hasta quedar a unos metros del incendio tratando de no pensar en lo peor. El fuego estaba controlado pero todavía había llamas en lo que quedaba del techo. A través de la puerta abierta salía un humo tan denso que era imposible ver nada.

Al intentar acercarse más lo retuvieron del brazo. Se dio la vuelta y vio que lo sujetaba Evandro. No parecía herido, pero tenía la túnica rasgada y el cuerpo manchado de negro.

—Maestro, hay que esperar.

—¿Sabemos dónde está Aristómaco? —preguntó Pitágoras con gravedad.

—No lo he visto... —Evandro hizo una pausa, negando con la cabeza—. La puerta estaba atrancada por dentro. Yo mismo la he tirado abajo, pero era imposible entrar y no he podido distinguir nada.

Pitágoras miró un instante al fuego y se unió con Evandro a la cadena que transportaba agua y la arrojaba a la habitación. Cuando la humareda se redujo un poco decidieron entrar. Los envolvió un vapor caliente que olía a cenizas húmedas. El techo se había derrumbado y el suelo estaba cubierto de maderas humeantes.

Enseguida vieron un cuerpo tendido.

Pitágoras se arrodilló entre las cenizas y se acercó al rostro sin lograr identificarlo.

—Ayúdame a sacarlo —dijo con urgencia.

Retiró una madera y cogió el cuerpo de los pies. Evandro lo tomó de los brazos y lo sacaron entre los dos. Apenas pesaba.

Frente a la habitación incendiada se habían congregado numerosos discípulos. Se apartaron para que pasaran en medio de un silencio de muerte. Cuando depositaron el cuerpo boca arriba sobre la arena del patio se desvanecieron las dudas. Era Aristómaco. Su cuerpo estaba achicharrado, pero la parte de la cara que había permanecido contra el suelo se mantenía intacta. Mostraba una expresión de sufrimiento y tristeza que resultaba doloroso contemplar.

—Tiene algo en la mano —señaló Evandro con voz ronca.

Pitágoras siguió mirando el rostro de su amigo muerto, intentando contener el dolor. Su expresión era impenetrable. Por fin apartó la mirada y se fijó en la mano de Aristómaco. Aferraba lo que parecía un pergamino sucio.

—¿Cómo puede no haberse quemado? —preguntó Evandro mientras Pitágoras se lo quitaba a aquella mano rígida.

El filósofo sacudió la cabeza como respuesta. A él también le sorprendía. La mano de Aristómaco estaba abrasada pero el documento había resistido. Aunque estaba manchado y quemado por algún borde, la mayor parte de su contenido era legible. Pitágoras le dio la vuelta, lo miró desconcertado, y volvió a girarlo.

«¡Un pentáculo invertido!»

A continuación sus ojos pasaron por donde una hora antes lo habían hecho los de Aristómaco. La capacidad de comprensión de Pitágoras era superior, por lo que el abismo y la negrura se cernieron sobre él con mayor velocidad. Su rostro palideció hasta quedar tan blanco como su cabello. Se tuvo que apoyar en el hombro de Evandro para mantenerse en pie. Después balbuceó una excusa y se alejó de sus discípulos y del cadáver de Aristómaco.

Necesitaba seguir leyendo a solas.

CAPÍTULO 92

16 de julio de 510 a. C.

EL ENMASCARADO SE NOTABA inusualmente inquieto. «Esta reunión puede suponer un adelanto drástico en mis planes.»

Estaba de pie, con la espalda apoyada en una pared. La escasa iluminación del recinto procedía de una solitaria lámpara de aceite que descansaba en el suelo. Las paredes se perdían en la oscuridad de las alturas. Junto a él se encontraba Telis, el influyente cabecilla popular de Síbaris. Era un hombre que a menudo engañaba en una primera impresión. Poseía una apariencia anodina y tendía a sumirse en sus reflexiones, pero cuando hablaba en público se transformaba. Sus ademanes se volvían enérgicos y su voz vibrante transmitía un entusiasmo que encendía a todo el que lo escuchaba.

«Su mayor punto débil es su excesiva prudencia», pensó el enmascarado mientras lo observaba.

Probablemente por ser tan cauteloso, Telis llevaba años limitándose a conspirar en la sombra, sin pasar nunca a la acción... «Hasta ahora.»

El enmascarado asistía en silencio a las idas y venidas de Telis. El cabecilla sibarita no dejaba de frotarse las manos y murmurar algo inaudible. Frente a ellos había una amplia cortina que dentro de poco descorrerían. Al otro lado se encontraba una cámara abarrotada por doscientos hombres expectantes. Cada uno de ellos había acudido en nombre de numerosos sibaritas.

Entre todos, representaban a cerca de veinte mil hombres.

«Sin duda, el mayor acierto de Crisipo fue dar con Telis», se dijo el enmascarado con un gruñido de satisfacción. Telis le había ahorrado muchos meses de trabajo y una enorme cantidad de oro.

El edificio en el que se habían reunido era un granero. Habían improvisado un estrado –una sencilla tarima de madera–, y tras él habían colocado unos listones y unas telas a modo de cortina para hacer la sala separada donde el enmascarado y Telis estaban esperando. El granero tenía una puerta trasera. Junto a ella estaban apostados Bóreas y dos guardaespaldas de Telis, que parecían niños de siete años al lado del gigante. En el silencioso bosque que los rodeaba, invisibles en la oscuridad nocturna, se ocultaba una veintena de vigilantes. Tras la cortina crecía poco a poco el rumor excitado de la audiencia. Ya sólo faltaba que un hombre de Telis les confirmara que habían llegado todos los convocados.

Cuatro días antes, el enmascarado había acudido con Bóreas al lugar de encuentro establecido con Cilón. El político crotoniata enviaba todos los días un guardia a un lugar seguro como sistema de comunicación entre ellos. En esta ocasión, el enmascarado quería informarse del efecto de la carta que el día anterior había hecho llegar a Aristómaco.

–Aristómaco ha muerto en un incendio –le dijo el guardia. Él sonrió bajo la máscara, pero las siguientes palabras borraron aquella sonrisa–: Cilón me encarga que te comunique otra noticia. Acabamos de saber que Akenón detuvo a Crisipo y lo llevó al palacio de Glauco. Allí lo torturaron hasta que murió.

–¡¿Lo mataron ellos?! –La voz intensa del enmascarado estremeció al guardia.

–Creo que no, señor –se apresuró a responder–. Un guardia de Glauco que estaba presente en la tortura afirma que Crisipo murió nada más comenzar el tormento. Al parecer Glauco y Akenón hablaron de veneno.

El enmascarado respiró aliviado.

«Estúpido guardia, me has hecho temer que Crisipo hubiera revelado la ubicación de mis refugios.»

–Dile a tu señor Cilón que continúe con su labor.

Sin dirigir una segunda mirada a aquel guardia, volvió grupas y cabalgó directamente hasta Síbaris. Al perder a Crisipo tendría que ocuparse él mismo de la cuestión sibarita, la rama más importante de su estrategia actual.

La cortina se descorrió levemente y asomó una cabeza.

—Telis, ya están todos.

—Muy bien —respondió el cabecilla sibarita—. Ahora salimos.

Telis se volvió hacia el enmascarado y le ofreció la mano con un ademán enérgico. Se la estrecharon solemnemente y después cruzaron la cortina. Al instante la muchedumbre rugió, aunque todavía no había auténtico fervor, eso vendría tras los discursos si todo iba bien. En estos momentos todavía flotaba una corriente de nerviosismo que se mezclaba con el olor seco y dulzón del grano. Cada uno de los presentes arriesgaba mucho acudiendo allí esa noche. Telis era un líder natural y un viejo conocido de todos ellos. Tenía al público entregado desde antes de que abriera la boca, pero sabía que esa reunión era demasiado importante como para confiarse. Recorrió la audiencia con la vista, mirándolos a los ojos. Necesitaba que tanto él como el enmascarado hicieran un papel extraordinario sobre aquel estrado. Debía resultar más convincente que nunca para poder exigir a aquellos hombres algo que jamás les había pedido.

Levantó las manos para solicitar silencio. Después esperó el tiempo justo e inició su discurso modulando la emoción de su voz:

—¡Ciudadanos, compañeros, hermanos de Síbaris...!

El enmascarado se quedó observando desde detrás del estrado en un discreto segundo plano. Era la primera vez que veía a Telis en acción y enseguida estuvo más que satisfecho. Ni siquiera se oía respirar al público. Su mente regresó a Crisipo. Afortunadamente le había dado tiempo a morder una de las cápsulas de veneno que llevaba cosidas en el borde de la túnica.

Crisipo le había prestado grandes servicios, pero ya no quería más sirvientes a los que pudieran hacer confesar dónde se escondía. De momento se limitaría a Bóreas para que hiciera de guardaespaldas y para mantener a eventuales viajeros lejos de sus dos refugios. Su oro estaba repartido entre ambos escondrijos. A menudo se quedaban desprotegidos, pero desde fuera parecían dos villas abandonadas, sin interés para los ladrones, y además estaban lejos de las rutas transitadas.

«Bóreas es más que suficiente..., hasta que llegue el día en que mis sirvientes se cuenten por miles.»

Envolvió a la multitud con una mirada posesiva. De momento casi todo había salido a la perfección. Los únicos pequeños tropiezos en sus planes habían sido la captura de Crisipo y que Akenón hubiera sobrevivido al plan de Cilón de *exiliarlo* y después matarlo. Lo de Crisipo era previsible que ocurriera antes o después, había sido más bien un sacrificio necesario.

«En cuanto a Akenón, me ocuparé personalmente de él si mi plan general no lo arrolla como a todos.»

La clave para sus continuos éxitos contra los pitagóricos era el profundo conocimiento que tenía sobre ellos. Lo de Aristómaco, por ejemplo, había resultado patéticamente sencillo.

«Pobre idiota, sabía exactamente lo que harías tras recibir mi carta.»

Aristómaco siempre había tenido un carácter dramático. Parecía que su máxima aspiración era dar la vida por Pitágoras. Bien, él no había hecho más que ponérselo en bandeja. Para eso, claro, primero había tenido que realizar su hallazgo más impresionante y después enviárselo a Aristómaco.

Al pensar en ello, el enmascarado sintió que un estremecimiento se extendía por su cuerpo. Él mismo todavía estaba conmocionado con lo que había descubierto.

«Aristómaco dio la vida en vano para proteger a su dios Pitágoras.»

El pergamino que le había enviado estaba impregnado de una sustancia incombustible. Lo más probable era que hubiese sobrevivido al incendio y acabado en manos del filósofo.

«¿Tú también te vas a suicidar, gran Pitágoras? –El enmascarado contuvo una carcajada–. ¿Vas a abandonar a tu rebaño de borregos?»

Seguramente Pitágoras mantendría en secreto la terrible verdad que él había desvelado. Sin embargo, no podría olvidarla y eso lo destrozaría por dentro. El enmascarado se ocuparía más adelante de esparcir entre todos los pitagóricos aquel conocimiento devastador.

«Ahora es el momento de Síbaris.»

De repente estalló una atronadora salva de aplausos. Telis había terminado su discurso y el público estaba enardecido. Lo vitoreaban con los brazos en alto, repitiendo a gritos los últimos mensajes de su líder.

«Dispuestos a morir por *nuestra* causa –el enmascarado esbozó una sonrisa cínica–, justo lo que necesito.»

Telis se volvió hacia él y le tendió una mano. Estaba radiante. Había utilizado toda su capacidad de persuasión por ideas por las que estaba dispuesto a dar la vida.

«Mucho mejor, así resultas más convincente.»

El enmascarado no creía ni una sola de las palabras que iba a pronunciar. No era necesario, resultaba muy sencillo engañar a una audiencia tan entregada. Avanzó por el estrado de la mano de Telis. Doscientos influyentes sibaritas lo contemplaban con los ojos brillantes. Llegó al borde de la tarima y aguardó unos segundos para que la expectación se intensificara aún más.

De la máscara negra surgió una voz tenebrosa que se adueñó de la sala.

NÚMEROS IRRACIONALES

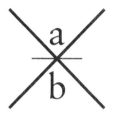

...

Son aquellos que no pueden expresarse como un cociente -o fracción- de dos números enteros. Una de sus características es poseer infinitas cifras decimales no periódicas.

Su descubrimiento conllevó la mayor crisis de la historia de las matemáticas.

Los babilonios y los egipcios hicieron aproximaciones a algunos números irracionales sin darse cuenta de que nunca podrían lograr un resultado exacto. También los griegos trabajaron de modo similar, pero ellos acabaron descubriendo la existencia de los irracionales.

Para los pitagóricos, las fracciones expresaban la proporción o razón entre dos números enteros. Esto reflejaba la realidad del mundo tal como lo concebían: todos los elementos de la naturaleza tenían que guardar entre sí una razón exacta. *Esa conclusión se derivaba de que sólo conocían los números racionales –expresables mediante fracciones de números enteros– y de sus investigaciones empíricas. Habían hecho algunos descubrimientos donde la proporción sí era exacta y confiaban en desentrañar del mismo modo todos los misterios del universo. Los detalles del descubrimiento de los irracionales son un misterio. Aristóteles afirma que se produjo al aplicar el teorema de Pitágoras a un triángulo cuya hipotenusa era la raíz de dos, que es un número irracional. De lo que sí estamos seguros es de que fue un descubrimiento dramático para toda la matemática griega, y en especial para los pitagóricos, cuya filosofía científica se basaba en la creencia de que sólo existían números racionales.*

Los matemáticos griegos estaban siguiendo un camino que de repente encontraron cortado. El desconcierto fue absoluto, y cayeron en una parálisis creadora que tardaron varias décadas en superar.

...

Enciclopedia Matemática. Socram Ofisis, 1926

CAPÍTULO 93

17 de julio de 510 a. C.

AKENÓN SALIÓ DEL EDIFICIO comunal y se dirigió a la casa de Pitágoras. El filósofo le había pedido esa mañana que asistiera a una reunión en la que iban a estar los principales miembros de la comunidad.

«No me ha explicado los motivos de la reunión», se dijo Akenón intrigado.

Además, aquélla había sido una de las pocas veces que habían hablado desde que había regresado de Síbaris y le había contado a Pitágoras lo sucedido con Crisipo.

«Pero no soy el único con quien Pitágoras se ha mostrado reservado en los últimos días», pensó mientras caminaba.

Tras el suicidio de Aristómaco, Pitágoras solía alejarse de la comunidad y se internaba en el bosque enfrascado en sus pensamientos. Akenón imaginaba que el filósofo había estado madurando algunas decisiones en esos paseos solitarios y que ahora los había convocado para comunicárselas.

Al entrar en la habitación vio que sólo quedaba una silla libre. La ocupó y aguardó en silencio junto a Evandro y Milón.

Al cabo de un rato, Pitágoras levantó la vista.

—Os he reunido para hablar de mi sucesión.

Los asistentes a aquella reunión guardaron silencio, esperando afligidos a que el venerable filósofo siguiera hablando. La palabra *sucesión* había resonado en los oídos de todos con un matiz triste de derrota y despedida.

Pitágoras se notaba agotado, pero tomó aire y continuó con su voz profunda.

—He enviado mensajeros a todas nuestras comunidades. Dentro de diez días celebraremos una asamblea en la villa de Milón. Confío en que acudirán todos los grandes maestros de la orden, así como muchos maestros de los grados más altos.

Milón asintió en silencio. Tenía una casa de campo cerca de Crotona que ponía a disposición de la hermandad siempre que Pitágoras lo necesitaba. Allí celebraban las grandes convenciones. Ésta iba a ser la más importante en la historia de la hermandad.

–En esa asamblea –prosiguió Pitágoras– designaré a las personas que han de sucederme al frente de la orden. Mi idea inicial era que una única persona asumiera el mismo papel que vengo desempeñando yo desde hace treinta años. Sin embargo, el asesinato de varios de los candidatos, y las graves amenazas que se ciernen sobre todos nosotros, me han llevado a decidir otro sistema de gobierno para la hermandad.

Todos los presentes se quedaron desconcertados. Pitágoras los miró uno a uno y después continuó:

–Voy a nombrar un comité en donde los distintos miembros tendréis papeles diferentes, si bien el peso de vuestro voto será similar en todas las cuestiones que afecten al conjunto de la orden. También ratificaré a los maestros que están al frente de cada comunidad. Asimismo, estableceré un segundo órgano de gobierno, subordinado al comité principal, que estará formado por grandes maestros de todas las comunidades. –Su expresión se volvió más grave–. No os voy a engañar. La función de este segundo órgano será garantizar la supervivencia y unidad de la hermandad en caso de que un nuevo ataque acabe con la vida de algunos de nosotros.

Akenón tensó la mandíbula al oír aquello. Estaba furioso consigo mismo por no haber conseguido que Crisipo le revelara el paradero del enmascarado.

–Evandro –dijo Pitágoras volviéndose hacia el gran maestro–, tú llevarás la mayor parte del peso político del comité. Espero poder ayudarte en esa labor durante algunos años.

–Sí, maestro. –Evandro inclinó la cabeza humildemente, consciente de que era un poco prematuro que él asumiera esa responsabilidad.

–Hipocreonte te apoyará y aconsejará desde el primer momento, y sobre todo cuando yo ya no esté entre vosotros.

El parco Hipocreonte hizo un gesto de asentimiento. Aunque detestaba la política, tenía muy presente la difícil situación y haría cuanto estuviera en su mano por el bien de la hermandad.

Pitágoras se detuvo un momento para ordenar sus pensamientos; sin embargo, lo que acudió a su mente fue el recuerdo de los grandes maestros que había perdido: Cleoménides, Daaruk, Orestes y Aristómaco.

«Han muerto cuatro de mis seis candidatos.»

El último, Aristómaco, se había suicidado cuando Pitágoras todavía no había asumido la pérdida de Orestes. La muerte de Aristómaco lo afectaba especialmente. Siempre había sido como un hijo inseguro, un genio de las matemáticas con un alma demasiado sensible. Además, era el mejor matemático que le quedaba a la orden. Tendría que haber sido el responsable de la parte académica del comité.

Pitágoras siguió ensimismado sin darse cuenta de que el resto de asistentes aguardaba a que continuara. El suicidio de Aristómaco le había revelado cuestiones terribles. Quien lo había empujado al suicidio, quien había enviado el pergamino, poseía un dominio sobre la mente de los hombres que resultaba pavoroso. Ya lo había demostrado cuando hizo que otros miembros de la hermandad mataran a Orestes, «pero lo de Aristómaco es algo más propio de un dios que de un ser humano».

Otra cuestión era el hecho de que el enemigo hubiese realizado un descubrimiento que lo situaba muy por encima de sus propias capacidades. Ahora Pitágoras tenía claro que, al menos en matemáticas, él mismo no era más que un principiante comparado con el asesino.

El propio descubrimiento era algo de lo que Pitágoras pensaba que nunca podría reponerse. En la carta a Aristómaco el enemigo había revelado, de nuevo con genial sencillez, algo que echaba por tierra toda su concepción del mundo. Él había creído que en el universo, en su *cosmos*, todo guardaba una proporción asequible y manejable con las herramientas matemáticas que estaban desarrollando. El enemigo había destruido sus pretensiones de predecir y dominar los misterios de la naturaleza. Con el descubrimiento de los irracionales había abierto una puerta al inabarcable infinito.

«Creía que habíamos avanzado mucho en la conquista del conocimiento, y en realidad nos encontramos frente a un abismo sin límites.»

Pitágoras continuaba callado, con la mirada perdida y expresión de perplejidad. Los presentes comenzaron a mirarse unos a otros sin saber qué hacer. Finalmente Akenón simuló una tos y el filósofo pareció despertar. En su rostro apareció una fugaz expresión de alarma. «Nadie debe saber en qué estoy pensando.» Había decidido que de momento mantendría en secreto el descubrimiento de los irracionales. Aristómaco se había suicidado para eliminar toda prueba de su existencia, incluidos los rastros presentes en su propia mente. Había sido un desesperado intento de proteger a la orden, alentado por las perversas palabras de su enemigo. Pitágoras no iba a suicidarse, pero de momento intentaría mantener a la hermandad al margen de aquello. Si se hiciera público ahora, todos los miembros de la orden sufrirían una conmoción similar a la suya. «Eso podría significar la desintegración de la hermandad.»

Por supuesto, el asesino podía darle difusión a aquello cuando quisiera, pero todavía cabía la posibilidad de que lo atraparan antes. Pitágoras, por otra parte, se daba cuenta de que la existencia de irracionales era sencillamente la realidad.

«Son un hecho. Es inevitable que alguien vuelva a descubrirlos antes o después. El camino del conocimiento necesariamente desemboca en los irracionales, en el infinito inmanejable. –Sin darse cuenta negaba lentamente con la cabeza–. ¿Qué podemos hacer?»

No tenía respuesta a esa pregunta que llevaba una semana haciéndose sin parar.

–Milón –continuó por fin con voz ronca–, tú también estarás en el comité. No tienes el grado de maestro pero eres uno de nuestros hermanos más fieles y valiosos. Nadie tiene tanto prestigio como tú entre los crotoniatas, eres uno de los miembros del Consejo de los 300 de más peso y el ejército te es leal.

Milón respondió emocionado:

–Haré cuanto esté en mi mano, maestro.

Pitágoras se volvió hacia su mujer.

–Téano, tú llevarás la mayor parte del peso académico de la orden, y también ejercerás de consejera política. Tu prudencia y sabiduría siempre han sido motivo de orgullo para la orden.

–Esposo mío –respondió Téano con su voz tranquila y melodiosa–, siempre estaré a tu servicio y al de nuestra hermandad. Gustosamente formaré parte de ese comité, igual que espero que lo hagas tú durante muchos años.

Las palabras de Téano suavizaron ligeramente la rigidez del rostro de Pitágoras.

—En cuando a Akenón y Ariadna —prosiguió—, aunque no formaréis parte del comité, asistiréis a las reuniones relacionadas con la investigación de los crímenes.

Akenón asintió con cara de circunstancias. Estaba pensando en el pergamino que había recibido Aristómaco justo antes de suicidarse. Examinarlo sólo le había servido para comprobar que estaba impregnado de alguna sustancia que lo protegía del fuego. Pitágoras había respondido con evasivas a su pregunta de por qué Aristómaco había intentado quemarlo. Además, no le había permitido ver su contenido, únicamente inspeccionarlo por el reverso y sólo en su presencia. Por otra parte, sabía que a Ariadna ni siquiera se lo había enseñado.

«Debe de contener uno de sus grandes secretos.»

Akenón levantó la cabeza hacia Ariadna, sentada enfrente. Apenas habían cruzado palabra desde que él había regresado de llevar a Crisipo al palacio de Glauco. De eso hacía casi una semana. Sus miradas se cruzaron y él esbozó una sonrisa. Ariadna dudó un instante y después desvió la vista con rapidez, produciendo en Akenón la misma sensación que si le hubiera dado una bofetada.

Ella era consciente de que se mostraba mucho más reservada desde hacía varios días, pero prefería eso a arriesgarse a que alguien se diera cuenta del secreto que ocultaba con tanto celo.

A pesar de que se sabía de memoria el pergamino de su madre sobre el embarazo, de vez en cuando lo desplegaba en la soledad de su habitación y releía su contenido. Le fascinaba ir encontrando en su cuerpo los cambios y síntomas que allí se describían. También leía con emocionada aprensión todo lo que iba a ocurrir en el futuro.

Apoyó una mano en su vientre sin darse cuenta. Sabía que podía poner fin a aquello con determinadas hierbas, pero había decidido tener a su hijo.

La reunión prosiguió con detalles sobre la futura asamblea en casa de Milón. Ariadna dejó de prestar atención a su entorno, como hacía con frecuencia últimamente, y siguió centrada en su embarazo. Tenía que encontrar el momento de decírselo a su padre, pero llevaba tiempo sin poder pasar un rato a solas con él. Además, en los últimos días parecía tan abatido que no quería cargarle con otra preocupación.

Miró disimuladamente a Akenón. Se daba cuenta de que el embarazo había supuesto para ellos un alejamiento irremediable. Sentir que crecía una vida dentro de ella había multiplicado su necesidad de protegerse del mundo entero. Si pensaba fríamente en ello, veía que las murallas que la separaban de Akenón de algún modo eran irreales, pues estaban hechas de traumas, inseguridades y miedos. Sin embargo, ser consciente de lo que le sucedía no le permitía cambiarlo. El embarazo había vuelto aquellas murallas más gruesas que nunca.

«Espero que Akenón regrese a Cartago antes de que se me note el embarazo.»

CAPÍTULO 94

18 de julio de 510 a. C.

GLAUCO, EN SU FASE ACTUAL, trataba de seguir muchos de los preceptos de Pitágoras, pero desde luego madrugar no estaba entre ellos. Por eso le enfureció oír jaleo dentro de su palacio cuando su cuerpo cansado le indicaba que apenas había amanecido.

Salió de su alcoba sin ni siquiera ponerse unas sandalias, dispuesto a imponer un rápido castigo al responsable de aquel bullicio y seguir durmiendo. Desde la galería gritó hacia las habitaciones de los sirvientes de confianza:

–¡Actis! ¡Hilónome!

Esperó en vano a que aparecieran y eso lo irritó aún más.

–¡Partenio! –exclamó llamando a uno de sus secretarios.

Asombrosamente no acudió nadie. Sin embargo, desde el otro lado del palacio se oían claramente muchas voces agitadas.

«Esto es insólito –pensó recorriendo furibundo la galería–. Hoy van a acabar muchos con la espalda despellejada.»

Pasó junto al altar de Hestia y accedió al patio principal. Allí se quedó plantado, observando perplejo con los brazos en jarras.

Decenas de guardias, sirvientes y esclavos se arremolinaban en el patio junto a la puerta principal. El jefe de su guardia ordenaba a gritos el cierre de las puertas. Un montón de sus hombres parecía forcejear con la servidumbre intentando cerrarlas.

«¿Intentan escapar?»

Tomó aire y gritó con todas sus fuerzas:

–¡¿Qué ocurre aquí?!

Todo el mundo se paralizó. Los arrebatos de Glauco podían suponer la muerte del que los causaba. El jefe de la guardia se acercó rápidamente y se cuadró antes de hablarle.

437

–He ordenado el cierre de las puertas como medida de seguridad, señor. –Hizo una pausa, lo que resultaba extraño en aquel hombre siempre tan expeditivo–. Sin embargo... –Se detuvo de nuevo.

–¡¿Qué?! –chilló Glauco exasperado.

–Es mejor que vayamos a verlo desde arriba, mi señor.

Glauco levantó la cabeza y vio que en el tejado había varios soldados mirando hacia la calle. Experimentó una súbita oleada de aprensión. Hizo un gesto de asentimiento y subió las escaleras en silencio detrás del jefe de su guardia. El perímetro de la azotea del palacio estaba amurallado con fines defensivos. Al llegar arriba, Glauco se agarró al borde de piedra y se asomó al exterior sintiendo que su inquietud crecía.

«¿Qué demonios sucede?»

Conteniendo la respiración miró hacia abajo, frente a las puertas de su palacio. No vio nada extraño. Entonces advirtió algo con el rabillo del ojo y giró la cabeza.

Sus ojos se abrieron desmesuradamente.

La ira de los dioses se abatía sobre la ciudad.

CAPÍTULO 95

18 de julio de 510 a. C.

ARIADNA ESTABA CON AKENÓN en un aula de la escuela. Era la primera vez que hablaban desde la reunión del día anterior en casa de su padre. Desvió la vista hacia una ventana, pensativa.

–A veces tengo la sensación de que nuestro enemigo no pretende matar a mi padre, sino hacerlo sufrir destruyendo todo lo que le importa.

Akenón se mostró de acuerdo, asintiendo en silencio mientras contemplaba el perfil de Ariadna.

–En cualquier caso –añadió él al cabo de un rato–, al detener a Crisipo hemos demostrado que el enmascarado no es infalible. Si Crisipo no hubiera conseguido suicidarse, estoy seguro de que nos hubiese revelado dónde encontrar a su jefe.

Ariadna no respondió. ¿Cuándo tendrían otra oportunidad como la de Crisipo? ¿Qué nuevas desgracias sucederían hasta entonces? Su enemigo ya había matado a casi todos los hombres de confianza de su padre, había roto la disciplina moral de la comunidad con la ejecución de Orestes, estaba socavando el apoyo político en el Consejo de Crotona, parecía haber hundido a su padre con cuestiones teóricas...

Se volvió hacia Akenón para preguntarle sobre esto último, pero desistió. Él ya le había dicho que desconocía el contenido del pergamino que tanto había trastornado a su padre.

«A mí ni siquiera me ha dejado verlo», se dijo frustrada.

Pitágoras sólo le había indicado que era indudable que lo había escrito la misma persona que había resuelto el problema del *cociente* –su enemigo enmascarado–, y que demostraba sin lugar a dudas que conocía muy bien a Aristómaco. Por eso se habían reunido Akenón y ella; estaban haciendo una lista de maestros y grandes maestros que habían conocido en profundidad a Aristómaco. En Crotona sólo quedaban Evandro e Hipocreonte, ambos descartados por el análisis de su padre. En cambio, había varios en otras comunidades. Akenón señaló la lista.

–¿Vendrán todos a la asamblea en casa de Milón?

–Mi padre los ha convocado a todos –respondió Ariadna–. El hombre que se esconde bajo la máscara podría buscar una excusa para no asistir, pero no parece que le tenga miedo a nada. Más bien creo que su mente enferma disfrutará con la perspectiva de pasearse delante de nuestras narices sin que nos demos cuenta de que es él.

–Yo también estoy convencido de que acudirá..., si es que realmente es un miembro activo de la orden. De todos modos, la reunión será una buena oportunidad para preguntar a los líderes de cada comunidad por los hombres más destacados de sus congregaciones.

Akenón reflexionó un momento y después cogió una tablilla de cera.

–Sigamos con la lista. De Metaponte vendrán Astilo y Pisandro, de Tarento Antágoras, Arquipo y Lisis, tu hermano Telauges de Catania...

Ariadna se volvió bruscamente y le indicó con una mano que guardara silencio. Del exterior llegaban con claridad los quejidos de una niña. Ariadna, con una expresión tensa, se apresuró hacia la ventana seguida por Akenón. Una pequeña de seis o siete años se había caído al suelo y su profesora la estaba consolando. La niña sólo tenía un rasguño en una rodilla, pero Ariadna se quedó observando la escena con mucha atención, agarrada con ambas manos al marco de la ventana. Akenón la contempló sin que ella se percatara. El cabello de Ariadna quedaba muy cerca de su cara. Siguiendo un impulso, Akenón se aproximó hasta que rozó su pelo con la nariz.

Cerró los ojos e inspiró lentamente.

CAPÍTULO 96

18 de julio de 510 a. C.

GLAUCO NO PODÍA apartar la vista del fuego. A menos de un kilómetro de su palacio, la ciudad entera parecía arder. Gruesas columnas de humo negro se elevaban por doquier.

«¿Un accidente? ¿Piratas?» Glauco estaba aturdido, no conseguía comprender lo que veía. De repente cayó en la cuenta de que había múltiples focos aislados unos de otros. La mano del hombre tenía que estar detrás de aquella destrucción.

Sus pensamientos volaron inmediatamente hasta la cámara subterránea donde guardaba su tesoro. Tenía que decidir lo antes posible si ordenaba una evacuación u organizaba la defensa del palacio.

«Con Bóreas estaría seguro», pensó con amargura.

Se volvió hacia el jefe de su guardia sin saber qué decirle. ¿Contra qué se enfrentaban? El hombre aguardaba sus instrucciones, nervioso pero disciplinado. El resto de guardias presentes en la azotea se aferraban a la muralla de piedra y parecían atemorizados.

Entonces lo oyó.

Había un rumor que su ansiedad no le había permitido escuchar hasta ese momento. Se volvió de nuevo hacia la parte de la ciudad en llamas. Se oían voces enardecidas, gritos de ataque procedentes de miles de gargantas.

Un instante después pudo verlos. A trescientos metros calle abajo. Surgieron como hormigas furiosas de un hormiguero y rodearon una pequeña mansión de una planta. Se movían de forma descoordinada, pero su eficacia residía en su gran número. Escalaron las paredes, cubrieron el techo y cayeron al patio interior por decenas. En cuestión de segundos habían sepultado la vivienda. Las puertas se abrieron desde dentro y la masa rugió enloquecida, pugnando por entrar todos a la vez. Glauco no podía ver lo que ocurría en el interior, sólo escuchaba un bramido continuo en el que bullía la furia. Un minuto más tarde la muchedumbre avanzó hacia el siguiente edificio.

–Es un levantamiento –susurró Glauco con la garganta seca–, hay que evacuar inmediatamente. –Sin dejar de mirar hacia el origen de aquel rumor de pesadilla, consiguió alzar la voz–. Que lleven las mulas a la puerta de mis dependencias y una docena de hombres para cargarlas. La prioridad es salvar todo lo que se encuentra en mi cámara subterránea.

–Sí, señor.

El jefe de su guardia ladró unas cuantas órdenes a los hombres que los rodeaban y todos se fueron corriendo. Glauco se quedó solo asomado a la muralla, descalzo sobre la azotea de su palacio mientras a poca distancia el horror seguía extendiéndose.

El dueño de la siguiente mansión, Erecteo, era amigo suyo. Tenía cuarenta y cinco años, había enviudado recientemente y era uno de los mayores terratenientes de Síbaris. Antes de que la muchedumbre bloqueara la entrada de su vivienda, las puertas se abrieron de golpe. Un par de insurgentes se apresuraron a entrar pero salieron despedidos al chocar contra los caballos que salieron impetuosamente. Los insurrectos quedaron tendidos en el suelo mientras Erecteo, sus hijos y sus guardias espoleaban sus monturas con frenética desesperación. Para su desgracia, a pocos metros del pórtico había un muro que les obligó a hacer un giro de noventa grados. Al perder velocidad concedieron una oportunidad letal a sus enemigos. Éstos iban armados con cuchillos y palos afilados que comenzaron a clavar con rabia tanto en los flancos de los animales como en las piernas de los jinetes. Otros atacantes consiguieron agarrar las riendas de las monturas y se colgaron de ellas con todo su peso. Los hombres a caballo llevaban espadas, pero la mayoría cayó al suelo antes de poder usar sus armas. En cuanto uno caía, inmediatamente lo rodeaba un enjambre enfurecido que lo destrozaba a cuchilladas y golpes.

Glauco, paralizado en la azotea de su palacio, apenas alcanzaba a distinguir la expresión desesperada de su compañero de banquetes. Erecteo estaba atrapado en medio de la multitud, lanzando cuchilladas a izquierda y derecha mientras intentaba ver qué había ocurrido con sus hijos. La afilada hoja de su espada amputaba dedos y manos que intentaban desmontarlo, partía caras y hendía el cuello de los hombres que lo rodeaban. De pronto una pica de madera se incrustó en su espalda. El dolor lo paralizó por un instante y le arrancaron la espada de las manos. Su atacante extrajo la pica y la clavó con más ahínco atravesándole un pulmón. Erecteo gritó hacia el cielo, ahogándose en su propia sangre mientras lo mataban.

La lucha feroz del aristócrata sirvió para que otro de los jinetes consiguiera escapar. Se trataba de Licasto, el segundo de sus cuatro hijos. Tan sólo contaba doce años. Tras arrollar con su caballo a los hombres que tenía delante, galopó doscientos metros y después se detuvo para comprobar si su padre y hermanos lo seguían.

Lo único que pudo ver fue a la muchedumbre despedazando con saña varios cuerpos caídos en el suelo.

Licasto se había detenido justo debajo de Glauco. Éste pudo ver que el muchacho comenzaba a llorar. No parecía herido, pero su caballo sangraba abundantemente por el cuello y por una profunda herida en las ancas traseras.

«No llegarás muy lejos», pensó Glauco.

El joven Licasto volvió grupas y se alejó dejando un reguero de sangre. Glauco lo siguió durante unos instantes con la vista. Después se volvió temblando hacia los gritos e intentó calcular de cuánto tiempo disponía.

«¡Por Hades, se acercan demasiado rápido!»

CAPÍTULO 97

18 de julio de 510 a. C.

DESDE LO ALTO DE SU CABALLO, el enmascarado escudriñaba pacientemente a través de los árboles. Junto a él se encontraba Bóreas de pie. Detrás de ellos estaban la montura del gigante y una decena de mulas atadas en fila.

La espera se prolongaba más de lo previsto y en el fondo de su mente apareció la sombra de una duda. La disipó de inmediato y siguió aguardando. El silencio del bosque se llenó poco después con un golpeteo rítmico. Enseguida pudo distinguirse que se trataba del trote de un único jinete. El enmascarado se adelantó con Bóreas, saliendo de la espesura hasta la mitad de un amplio calvero.

Uno de los hombres de Telis surgió cabalgando de entre los árboles.

–Lo hemos logrado, señor –dijo con una vehemencia eufórica–. Sólo han escapado unos pocos cientos, y les estamos dando caza.

El enmascarado se limitó a asentir. El jinete volvió grupas y espoleó con fuerza su montura, ansioso por sumarse de nuevo a la sangrienta fiesta en que se había convertido Síbaris.

La máscara negra se volvió hacia Bóreas.

–Vamos –susurró sin dejar traslucir su regocijo interno.

Se puso en marcha y el gigantesco Bóreas partió tras él, llevando de las riendas a su caballo y las diez mulas.

Su destino era el palacio de Glauco.

La tela que recubría el suelo del barrio rico de Síbaris estaba quemada y arrancada en muchos puntos. La sensación de sosiego que se respiraba habitualmente se veía definitivamente arruinada al escuchar los gritos enfebrecidos de los hombres que saqueaban e incendiaban las mansiones. El enmascarado recorría aquellas calles con Bóreas, recreándose al observar los efectos devastadores de sus intrigas. En varias ocasiones se cruzaron con patrullas armadas que se apresuraron a darles el alto. Inmediatamente les permitieron continuar. Todos los revolucionarios sabían que el hombre de la máscara negra era un poderoso aliado, alguien que había alentado y financiado la revuelta popular contra los aristócratas, convirtiendo en una inesperada realidad el sueño histórico de un puñado de visionarios. Además, Telis, el cabecilla al que todos obedecían, había ordenado mostrar al misterioso enmascarado el mismo respeto que a él mismo.

Por otra parte, todo sibarita sabía quién era Bóreas y de lo que era capaz, y tenían todavía menos ganas de acercarse a él ahora que lo veían con una espada desenvainada.

Las paredes de piedra del palacio de Glauco estaban recubiertas de estuco rojo. «Un color muy apropiado para un día de sangre y fuego», pensó el enmascarado. De su interior salía una delgada columna de humo; no parecía haber sufrido grandes daños. En la puerta había un grupo de diez o doce hombres armados, uno de los cuales se adelantó para recibirlos.

–Buenos días, señor –dijo con una mezcla de respeto y orgullo–. Mi nombre es Isandro y soy lugarteniente de Telis. Él me ha ordenado tomar este edificio y ponerlo a tu disposición junto con mis hombres.

Se apartó dejándole el acceso libre. Parecía un hombre duro e inteligente. Sin embargo, al igual que todos los participantes en la revuelta, denotaba una completa falta de formación castrense. El enmascarado recordó que, a diferencia de lo que era costumbre en casi todas las ciudades griegas, los ciudadanos de Síbaris no realizaban servicio militar.

–Muy bien, Isandro –susurró con su voz rasposa–. Os lo agradezco mucho, a ti, a Telis y a todo el pueblo de Síbaris. Ahora dime, ¿habéis detenido a Glauco?

Isandro torció el gesto.

–No, señor. El avance por el barrio de los aristócratas ha sido complicado porque la mayoría de ellos contaba con una fuerte guardia personal. A pesar de eso hemos conquistado todo en sólo dos horas, con la excepción de algunas mansiones que tenemos asediadas. Glauco tuvo la suerte de escapar antes de que cortáramos las calles. Matamos a varios de sus guardias, pero él se escabulló con un puñado de hombres.

Alrededor del pórtico de entrada varios cadáveres ilustraban el relato de Isandro. Todavía no había llegado la hora de retirar a los muertos.

El enmascarado asintió y se adentraron en el palacio sin más preámbulos. Había otro cadáver en el pasillo de acceso y tres cuerpos más desperdigados por el patio interior. Uno de ellos todavía gemía sin que nadie le prestara atención. La estatua de Dioniso había caído del pedestal durante la pelea; estaba tirada en el suelo con la cabeza y un brazo separados del tronco.

Bóreas experimentó una sensación extraña al regresar al palacio en el que había vivido tantos años. Miró hacia los establos. El humo procedía de allí, aunque no se veían llamas. En ese lateral del patio se agrupaban varias mulas con los aparejos para la carga ceñidos pero sin utilizar.

Isandro soltó un bufido desdeñoso.

−Glauco debía de pensar que le daría tiempo a llevarse su oro −dijo señalando a las mulas−. Al final tuvo que escapar con las manos vacías para salvar su vida…, de momento.

−Perfecto −susurró el enmascarado−. Utilizaré también sus mulas.

−Sí, señor, pero… −Isandro dudó si continuar.

−¿Sí? −El susurro apremiante surgió de la máscara cortante como una espada.

−Telis me ha ordenado obedecerte igual que si fueras él mismo…, pero ha señalado una excepción.

El enmascarado frunció el ceño. Había acordado con Telis que, como compensación a todo el oro con el que había financiado la revuelta, se quedaría con el contenido del palacio de Glauco. Era una gran concesión por parte de Telis, pues el idealista cabecilla había ordenado que todos los tesoros confiscados a los ricos se transfirieran al tesoro público. Las únicas salvedades eran los inevitables actos de pillaje −se hacía la vista gorda mientras no fueran de excesiva cuantía−, y los bienes de Glauco, el sibarita más acaudalado, que se reservaban para el hombre de la máscara negra.

«Y no habíamos hablado de limitaciones a este acuerdo.»

–Se trata de los caballos de Glauco –explicó Isandro para tranquilidad del enmascarado–. Telis quiere que todos los caballos de los aristócratas se destinen a formar el cuerpo de caballería del nuevo ejército de Síbaris.

Bóreas guió a su amo y a los hombres de Isandro a través del palacio que conocía tan bien. Accedieron a las dependencias privadas de Glauco, recorrieron la galería del gran patio interior, en cuyo centro se erigía la estatua de Zeus, y entraron en el dormitorio principal. En una de las paredes, oculta tras un tapiz, había una pequeña puerta de hierro encastrada en la piedra.

–¿Puedes abrirla? –le preguntó el enmascarado a Bóreas.

El gigante reflexionó un momento y se marchó de la alcoba en silencio. En el patio exterior volcó el pedestal de la estatua de Dioniso. Era cilíndrico y acanalado, como una columna gruesa de poco más de un metro de altura. Lo llevó rodando hasta la habitación de su antiguo amo y lo colocó en la pared contraria a la puerta de hierro. Allí rodeó el pesado pedestal con los brazos y tensó sus músculos en un esfuerzo titánico. Consiguió alzarlo hasta apoyarlo sobre un hombro, dio un par de pasos hacia la puerta, afianzándose, y después echó a correr. Todo el mundo se apartó de su trayectoria. Dos metros antes de llegar a su objetivo impulsó la enorme piedra con todas sus fuerzas. El pedestal golpeó contra la puerta de hierro haciendo temblar todo el palacio en medio de un estruendo formidable.

La pared se resquebrajó pero la puerta resistió.

Isandro y sus hombres miraron espantados a Bóreas mientras se acercaba de nuevo a la piedra. Algunos lo habían visto cuando pertenecía a Glauco y todos habían oído hablar de él; sin embargo, ser testigos de su inmensa fuerza resultaba aterrador. La sensación de peligro se incrementaba porque el gigante, a pesar de ser un esclavo, obedecía al enmascarado pero mostraba hacia los demás un desdén absoluto.

Bóreas hizo rodar la piedra de nuevo hasta la pared contraria y recomenzó el proceso. Al siguiente golpe la puerta metálica se hundió, arrancando con sus goznes grandes pedazos de la pared de roca. Detrás de la puerta había una escalera que se adentraba bajo tierra. Al final se encontraba una pequeña cámara con paredes de piedra de un metro de grosor. Era prácticamente imposible acceder a ella excavando desde el exterior. Bóreas no cabía por el hueco de la puerta, pero los demás bajaron con una antorcha y comprobaron admirados que las leyendas sobre la riqueza de Glauco eran ciertas. El premio del *cociente* no era ni la cuarta parte del tesoro de Glauco.

Dos horas más tarde la cámara estaba vacía. Habían repartido su contenido en dieciocho mulas: las diez que habían traído Bóreas y su amo y otras ocho de Glauco. La fría vigilancia del monstruoso Bóreas y los inescrutables ojos de la máscara negra lograron el milagro de que nadie escamoteara ni una sola moneda.

El enmascarado indicó a Bóreas que lo siguiera y se apartó unos pasos del resto de los hombres.

–Vamos a salir juntos de Síbaris y después nos separaremos. Tú te llevarás todas las mulas y la mitad de los hombres hasta el camino del arroyo seco. Allí les dirás que regresen a Síbaris. No les hagas daño, ¿me has entendido?

Bóreas tardó unos segundos en asentir, pero lo hizo con convicción. Siempre obedecería a aquel hombre enigmático cuyo incalculable poder percibía tras la máscara.

Su amo continuó dándole instrucciones.

–Después seguirás tú sólo y dejarás la mitad del tesoro en nuestro refugio nuevo. Luego llevarás la otra mitad al antiguo y esperarás allí hasta que yo regrese. Es posible que tarde unos días.

Bóreas asintió de nuevo y el enmascarado regresó junto a Isandro.

–La mitad de tus hombres acompañarán a Bóreas. Tú me escoltarás con la otra mitad hasta la casa de mi contacto en Crotona. –Por supuesto no le dijo que su contacto era Cilón, uno de esos aristócratas a los que los revolucionarios tanto odiaban.

Isandro se volvió hacia sus hombres y comenzó a escoger aquellos con los que escoltaría al enmascarado.

Recorrer el camino hacia Crotona en esos momentos resultaba extremadamente peligroso. Estaba infestado de sibaritas sedientos de sangre, persiguiendo a los que hasta hacía unas horas habían sido su clase alta y sus gobernantes. A la cabeza de aquella horda iba Telis, con quien el enmascarado estaría seguro, pero había numerosos grupos descontrolados entregados a una desenfrenada caza del hombre.

«Tengo que llegar a Crotona lo antes posible», se dijo el enmascarado con inquietud.

Esta vez no iba a viajar a la ciudad de los crotoniatas con una bolsa de oro, sino con un saco repleto. La siguiente fase de su plan dependía de que pudiera manipular al Consejo de los Mil antes de que los acontecimientos se precipitaran.

CAPÍTULO 98

18 de julio de 510 a. C.

AQUELLA NOCHE, en Crotona, la sala del Consejo se iba llenando poco a poco. Milón estaba en lo alto del estrado, observando con expresión grave la afluencia de consejeros. Según entraban, cada uno se apresuraba nervioso hacia el grupo con el que tenía mayor afinidad y allí se ponía al corriente de las novedades.

Una hora y media antes, Milón había sido informado de que sus tropas habían tenido un encuentro inusual. Un sibarita se había abalanzado sobre ellos pidiendo protección. Iba montado en un caballo que poco después murió extenuado, y vestía tan sólo una delicada túnica de dormir propia de las clases altas de Síbaris. Aseguraba que se había producido un alzamiento del que había escapado por los pelos. Milón hizo que lo condujeran a su presencia y se sorprendió al ver que se trataba de Pireneo, un joven y gordo aristócrata que pertenecía al Consejo de Síbaris y además era iniciado pitagórico.

—Milón, gracias a los dioses. —Pireneo se arrojó a sus pies sollozando.

—Levanta, Pireneo. —Tuvo que tirar con insistencia de sus hombros hasta que el sibarita se puso de pie—. ¿Qué ha sucedido?

Pireneo negó varias veces con la cabeza antes de conseguir hablar con voz lacrimosa.

—Lo he perdido todo. ¿Qué va a ser de mí? —Volvió a sollozar y luego se pasó las manos por la cara intentando reponerse—. Han atacado a traición. Eran muchos, muchísimos. Iban armados y tenían antorchas para quemarlo todo. Por fortuna, anoche yo tenía insomnio y oí cómo se acercaban. Mi casa es de las primeras que atacaron.

Pireneo siguió hablando, desahogándose durante un buen rato. De su discurso inconexo Milón sacó en claro que esa mañana se había producido en Síbaris un levantamiento popular de considerable dimensión, aunque no sabía cuál había sido el resultado final. Pireneo había huido al poco de comenzar y había cabalgado todo el día hasta llegar a Crotona. Milón reflexionó sin saber qué hacer. Ese tipo de revueltas podían propagarse fácilmente, aparte de que un cambio de gobierno en una ciudad vecina siempre era un tema delicado. Sobre todo si el gobierno derrocado era afín, pues eso aumentaba las probabilidades de que el nuevo resultara hostil. Por otra parte, sólo contaban con el testimonio de un hombre muy nervioso que quizás estaba magnificando lo que había visto.

Quince minutos después lo sacó de dudas un nuevo sibarita huido de la revuelta. No aportaba nuevos datos sobre el desarrollo de los acontecimientos, pero su testimonio confirmaba el de Pireneo. A pesar de que ya era noche cerrada, Milón envió un mensaje a Pitágoras y ordenó una convocatoria de emergencia del Consejo de los Mil.

Hasta el momento se había presentado la mitad de los consejeros. Milón iba actualizando la información según llegaban nuevos refugiados sibaritas.

—Lo último que he sabido... —aguardó hasta que los rumores se disolvieron y los consejeros se volvieron hacia él—. Lo último que he sabido es que el barrio aristocrático de Síbaris está en llamas. Ya tenemos siete refugiados. Todos disponían de excelentes caballos, y nos han dicho que han adelantado a muchos conciudadanos por el camino. Por lo tanto, tenemos que prepararnos para una llegada mucho más numerosa de refugiados, y para la posibilidad de que el régimen aristocrático de Síbaris haya sido derrocado.

La mención de un posible derrocamiento hizo brotar un rumor excitado por toda la sala. Pitágoras estaba sentado en su puesto, silencioso en medio de la primera fila de gradas, soportando con paciencia el enervante goteo de información.

«Ruego a los dioses que el levantamiento no tenga éxito.»

Sería muy peligroso para Crotona, pues en ambos casos se trataba de ciudades gobernadas por un consejo de aristócratas, que a su vez estaba dirigido por una élite pitagórica. Por otra parte, a Pitágoras le sorprendía la cantidad de derrocamientos que se estaban produciendo ese año, como si una ola de rebelión estuviera recorriendo el mundo. En Roma, Lucio Junio Bruto había destronado al rey Tarquino el Soberbio. Aquello parecía el fin de una monarquía de siglos, pues Bruto estaba trabajando para instaurar un gobierno republicano. En Atenas, Clístenes había derrocado al terrible Hipias, acabando con una larga época de tiranías, y ahora se afanaba en el diseño de reformas que ampliaban el poder del pueblo.

«Pero el gobierno de Síbaris no es despótico, como tampoco lo es el de Crotona.»

Las ideas políticas de Pitágoras, llevadas a la práctica por los gobiernos que dirigía, se basaban en un ejercicio justo del poder que perseguía abusos y corrupciones. No tenía sentido que lo acontecido en Roma y Atenas se produjera en las ciudades que él controlaba.

«Tiene que haber alguien instigando, engañando. Un líder fanático que haya confundido al pueblo en vez de pensar en su bien.»

De repente, una idea terrible lo sobrecogió. «¿De nuevo el hombre de la máscara negra?» No le encontraba sentido. El responsable del levantamiento tenía que ser un cabecilla bien conocido por el pueblo de Síbaris. Se removió en el asiento. Esperaba que la revuelta ya hubiese sido sofocada y les llegara la noticia cuanto antes.

Un soldado cruzó las puertas de la sala. Debía de haber llegado otro refugiado con novedades. El militar atravesó el pavimento central seguido por cientos de ojos ansiosos. Bordeó el mosaico de Heracles y llegó hasta el estrado, de donde se bajó Milón para hablar con él. Tras un breve intercambio, Milón subió de nuevo las escaleras del estrado.

Los consejeros habían enmudecido.

—Creo que ya podemos estar seguros de lo sucedido. —La voz estentórea del general Milón resonó entre las paredes de piedra—. El levantamiento ha sido masivo y muy bien coordinado. Miles de hombres han irrumpido al amanecer en el barrio de los aristócratas, asesinando sin miramientos a todos los que caían en sus manos. En pocas horas controlaban toda la ciudad, excepto pequeños focos de resistencia que probablemente habrán sucumbido ya. En resumen, la ciudad está bajo control de los insurgentes. —Hizo una pausa. Los consejeros estaban tan conmocionados que parecían estatuas—. En vista de la situación, voy a dar órdenes de que el ejército se prepare para evitar que ocurra algo similar en Crotona.

Milón aguardó unos segundos por si alguien quería replicar. Como nadie lo hizo, abandonó el estrado y se marchó para ponerse al mando de las tropas.

Cilón observó desde su asiento el paso del general en jefe de las fuerzas armadas. No tenía nada que oponer a que el ejército se preparara para aplastar cualquier motín. Al contrario, daba gracias a que ellos dispusieran de tropas, no como los holgazanes de Síbaris, que por no querer realizar servicio militar no contaban con un ejército regular. Confiaban en su oro para contratar mercenarios cuando la ciudad entraba en conflicto con algún vecino, y de modo permanente sólo mantenían una tropa reducida cuya lealtad resultaba bastante dudosa. Los más ricos disponían de una guardia personal, pero seguramente muchos de esos guardias se habían unido al pueblo, sobre todo al ver que su señor huía.

«Aquí nunca triunfaría una rebelión», se dijo con más firmeza de la que realmente sentía. Experimentaba la desagradable sensación de estar a merced de los acontecimientos. De todos modos, jamás se le habría pasado por la cabeza que su aliado estaba detrás de lo sucedido en Síbaris.

Cilón, al igual que la ciudad de Síbaris y la de Crotona, era sólo un peón en el juego del enmascarado.

CAPÍTULO 99

18 de julio de 510 a. C.

UNAS HORAS ANTES de aquella inquieta reunión nocturna del Consejo de los Mil, el enmascarado temía que sus planes se desmoronasen. Estaba cabalgando sin descanso para asegurarse de alcanzar Crotona antes de que incrementaran demasiado la seguridad. Suponía que en cuanto llegaran los primeros refugiados sibaritas saltarían las alarmas y se volvería muy difícil entrar en la ciudad.

Cuando su grupo había recorrido dos tercios de la distancia entre Síbaris y Crotona, dieron alcance a Telis. El líder de la revolución se había detenido a acampar junto a un río, una decisión inteligente. Además, no podía entrar con sus huestes en Crotona para perseguir a los aristócratas.

Al grupo de Telis se estaban uniendo nuevos contingentes que no habían podido avanzar con tanta rapidez o que habían salido más tarde de Síbaris. Ya sumaban tres o cuatro mil hombres.

–Vayamos a hablar con Telis –dijo Isandro animado.

–No –respondió el susurro bronco del enmascarado–. Tenemos que llegar a Crotona lo antes posible.

El lugarteniente de Telis lo miró con recelo durante unos segundos. Finalmente no rechistó y siguió escoltándolo acompañado de sus cinco hombres. En el último trecho del camino alcanzaron a algunos aristócratas sibaritas que pretendían refugiarse en Crotona. Isandro dirigió al enmascarado una mirada inquisitiva y él negó con la cabeza. Entretenerse cazando hombres los retrasaría.

Cuando llegaron a Crotona ya era noche cerrada. Se dividieron en parejas y atravesaron la puerta norte dejando distancia entre ellos para que los guardias, atentos a la posible llegada de grandes grupos de atacantes, no les impidieran el paso. Las noticias de la revuelta sibarita hacían que las calles estuviesen más agitadas de lo normal a esas horas. Por todas partes se veían ciudadanos en busca de novedades y sirvientes llevando mensajes. Paradójicamente, aquella agitación sirvió para que el enmascarado y su escolta pasaran desapercibidos y llegaran sin problemas a la mansión de Cilón.

El enmascarado desmontó y anunció su presencia a un guardia de la puerta al que conocía. Isandro y sus hombres se quedaron a unos metros de distancia, mirándolo con una mezcla de desconcierto y hostilidad. ¿Quién se escondía tras la máscara, que tan amigo parecía de los aristócratas crotoniatas? El guardia respondió que Cilón había salido, pero le franqueó el paso sin problemas. Los sirvientes de confianza del político sabían que debían obedecer al hombre de la máscara.

Antes de entrar, el enmascarado se volvió hacia Isandro y sus hombres.

–Éste es mi destino. Ya podéis iros –dijo escuetamente.

Isandro pensó en escupir en el suelo para mostrarle su desprecio. Al final se limitó a lanzarle una mirada envenenada y se marchó a toda prisa hacia el campamento de Telis.

Tras cruzar las puertas, el enmascarado le entregó las riendas a un sirviente e hizo señas a otro para que se acercara.

–Coge este saco –susurró señalando la carga de su caballo–, y sígueme.

Atravesó el lujoso patio, subió al segundo piso y recorrió una galería hasta llegar a la habitación de Cilón. El sirviente, encorvado por el peso que transportaba, depositó la carga donde le indicó y lo dejó solo. El enmascarado amontonó unos cuantos almohadones en el suelo y se tumbó encima. Profundamente satisfecho, apoyó un brazo sobre el saco lleno de oro y dejó que su cuerpo se relajara. Imaginaba que Cilón pasaría toda la noche en el Consejo.

Mientras se sumía en un sueño placentero, pensó en lo que iba a proporcionarle el contenido de aquel saco. Una parte serviría para comprar los votos que necesitaba del Consejo de los Mil.

«Gracias al miedo y al oro, dentro de muy poco yo controlaré todas las votaciones.»

Al grueso del oro, no obstante, iba a darle otro destino.

«¿Dónde demonios se habrá metido el enmascarado?»

Cilón caminaba agotado hacia su mansión. Lo acompañaban dos guardias con antorchas encendidas. El amanecer, no obstante, comenzaba a iluminar las calles. Cilón iba cabizbajo, perdido en sus pensamientos. Sin darse cuenta se había acostumbrado a seguir las *sugerencias* de su misterioso aliado, y ahora llevaba dos semanas sin verlo. En el Consejo habían decidido interrumpir la sesión e irse a descansar unas horas. Se mantenía la incesante llegada de sibaritas, casi todos aristócratas, que confirmaban el éxito de la revuelta y pedían que les dieran asilo.

Cuando Cilón entró en su casa, se dio cuenta de que estaba tan nervioso como cansado. No estaba seguro de poder dormirse. Subió a su dormitorio y se sentó en el borde de la cama, dejando caer la cabeza sobre el pecho.

–Veo que los dos necesitamos un descanso.

Cilón dio un respingo y se volvió hacia aquel susurro áspero. En una esquina de la habitación, reclinado sobre varios almohadones, estaba el enmascarado.

–¿Qué haces aquí? ¿Cómo has entrado?

Cilón tuvo la impresión de que el enmascarado sonreía antes de responderle.

–Si no te importa, seré tu invitado durante unos días. Tenemos que celebrar muchas reuniones –añadió palmeando un pesado saco que había junto a él.

A Cilón le irritó sentir que el enmascarado disponía de él a su antojo, pero también agradecía la seguridad que irradiaba en aquellas horas turbulentas. «Y ese saco parece contener mucho oro», se dijo impresionado.

Meditó en silencio durante unos segundos.

–De acuerdo –respondió al fin–. Voy a decir que te preparen un cuarto. Hablaremos con calma cuando haya descansado.

La sesión del Consejo se reanudó al mediodía. En Crotona no se había producido ningún conato de revuelta, pero toda la ciudad estaba sometida a una expectación tensa. Ya había doscientos refugiados sibaritas repartidos entre la comunidad y la ciudad, y cada hora llegaban más.

Pitágoras ocupaba su lugar en la primera fila de las gradas, rodeado de la totalidad del Consejo de los 300. Mientras aguardaba nuevas noticias, su mente volvió a la cuestión de los irracionales. «¿Habrá algún modo de enfrentarse a ellos?», se preguntó con el rostro crispado. La piedra de su asiento, fría y dura, hacía que le dolieran los huesos. Tendría que empezar a llevar una almohadilla como hacían los consejeros de mayor edad. Se inclinó hacia delante y apoyó los codos en los muslos buscando un poco de alivio. Encogido de ese modo parecía más frágil que nunca, casi un achacoso anciano en lugar del poderoso Pitágoras.

La caída del gobierno pitagórico de Síbaris le hacía sentir dudas sobre su proyecto político. Que el pueblo se rebelara contra un gobierno regido por sus normas, por su doctrina política, desestabilizaba sus convicciones. Sentía que perdía parte de la energía que necesitaba para enfrentarse a todos los proyectos expansivos que habían bullido en su mente: «Neápolis, los etruscos, Roma...»

Distraído como estaba, tardó un poco en advertir que casi la mitad de las gradas permanecían desocupadas. Faltaban Cilón y todos sus partidarios, que en los últimos tiempos eran alrededor de cuatrocientos consejeros.

En un extremo de la sala, junto a la puerta, Milón estaba hablando con un militar recién llegado. Cuando terminó se encaminó directamente al estrado. Su expresión era resuelta, como siempre, pero resultaba evidente que las palabras del militar lo habían preocupado.

—Acaban de regresar nuestros primeros espías —dijo con gravedad—. Los rebeldes de Síbaris, durante su persecución a los aristócratas, se han acercado mucho a Crotona. Ahora mismo están acampados a menos de tres horas a caballo.

Aquello provocó un rumor nervioso.

—¿Cuántos son? —preguntó alguien.

Milón dudó si compartir con todos lo que consideraba detalles militares.

—Cinco mil hombres —respondió finalmente—, y alrededor de mil caballos.

La audiencia se estremeció con exclamaciones de horrorizado asombro. «¡¿Cómo es posible?!», se preguntaban todos. Síbaris siempre había sido una ciudad sin ejército y de repente habían congregado unas fuerzas muy notables, sobre todo en cuanto a caballería.

El ejército de Crotona, si se incluían los reservistas, podía llegar a quince mil soldados; sin embargo, el cuerpo de caballería sólo contaba con quinientos efectivos, la mitad que el de Síbaris.

Pitágoras escuchó aquello con inquietud y después se volvió de nuevo hacia la posición de Cilón. La misteriosa ausencia del consejero y todo su grupo le provocaba un intenso desasosiego.

−¿Qué estás tramando? −susurró meneando la cabeza.

CAPÍTULO 100

19 de julio de 510 a. C.

GLAUCO ASOMÓ LENTAMENTE la cabeza desde la puerta del edificio comunal. Miró varias veces a ambos lados antes de decidirse a salir a descubierto. Entonces inició una apresurada marcha hacia el pórtico de la comunidad, avanzando encogido en un vano intento de que su voluminoso cuerpo pasara desapercibido.

El sol ya se estaba ocultando tras la colina que había a sus espaldas. Él había llegado antes del amanecer con una mísera bolsa de oro, dos sirvientes y cuatro guardias. Eso, más sus correspondientes monturas y los pergaminos sobre el *cociente*, era todo lo que había podido salvar de la locura que había estallado repentinamente en Síbaris.

Alrededor de Glauco, el terreno de la comunidad estaba salpicado de grupos que envolvían como peces hambrientos a todo aquél que llegara del exterior. Se buscaban novedades con ansiedad, tanto de quienes venían de Crotona como de nuevos escapados de la matanza de Síbaris.

«¡Ahí está Akenón!»

Entre la estatua de Hermes y el templo de Apolo se había formado un corrillo en el que estaban Akenón y Ariadna, atentos al relato de un sibarita.

Glauco corrió hacia ellos.

–¡Akenón! –Al llegar a su lado se dobló por la cintura y respiró agitadamente varias veces tratando de recuperar el resuello–. Akenón, gracias a los dioses que te encuentro.

Akenón se volvió hacia Glauco. Había oído que se encontraba entre los refugiados, pero hasta ese momento no lo había visto.

El sibarita le dirigió una sonrisa meliflua antes de hablar.

–La última vez que estuvimos juntos fue cuando trajiste a Crisipo a mi palacio.

Akenón asintió con los labios apretados. Que Glauco le recordara aquello significaba que iba a pedirle algún favor. No se sentía inclinado a ayudarlo, pero al menos lo escucharía.

Ariadna se acercó a ellos y Glauco se apartó un poco del corrillo para que no lo oyera nadie más.

–Ariadna, hija del gran Pitágoras, me alegro mucho de verte. Espero que os resultaran de mucha utilidad los pergaminos que os entregué en vuestra última visita.

–Gracias, Glauco –respondió ella con más diplomacia que Akenón–. Lamento verte en esta situación. ¿Hay algo más que podamos hacer para aliviar tu sufrimiento?

Habían acogido a Glauco como refugiado. Era un iniciado pitagórico que estaba amparado por las reglas de hospitalidad y solidaridad fraternal de la orden. Sería amable con él, pero era consciente de que entre los atributos de su naturaleza dual se encontraban la violencia y el egoísmo. Nunca olvidaría que había ordenado a sangre fría la muerte de otros seres humanos, ni que había estado a punto de matarlos a ellos mismos.

–Gracias, muchas gracias, Ariadna. Hay una cosa que puedes hacer por mí. He conseguido traer conmigo a un par de sirvientes y cuatro guardias, pero los han instalado en el gimnasio que hay camino de Crotona. Necesito que estén aquí, conmigo, por lo menos los guardias. ¿Darás la orden, por favor, lo harás?

Glauco se arrodilló y Akenón lo contempló con desprecio.

–No puedo hacerlo –respondió Ariadna–. En la comunidad os estamos acogiendo a los iniciados en la orden, y ya nos hemos quedado sin sitio incluso en los establos. Además, de ningún modo podrían entrar guardias armados. Las armas están prohibidas aquí, con la excepción temporal de los soldados asignados a nuestra seguridad.

Glauco se irguió bruscamente y en sus ojos destelló un relámpago de ira.

–Entonces seréis responsables de mi muerte.

Aquello sorprendió a Akenón:

–¿Quién va a atacarte dentro de la comunidad?

–Mis propios conciudadanos. Tienen la absurda sospecha de que yo soy responsable de lo sucedido en nuestra ciudad. –Miró alrededor adoptando de nuevo un aire temeroso–. Cuando se inició el ataque, un grupo de rebeldes se adelantó demasiado y quedó aislado del grueso de sus fuerzas. Intentaron tomar por su cuenta una mansión, pero estaba fuertemente protegida y acabaron todos muertos. El dueño de la mansión ordenó registrar los cadáveres de los rebeldes que se amontonaban en su patio. Por lo visto, el jefe de aquel grupo llevaba algunas monedas de oro con mi nombre.

–¿Del oro que amonedaste para el premio? –inquirió Ariadna.

–Así es. Parece que la revuelta ha sido financiada con mi oro, lo que apunta al enmascarado al que se lo di, pero mis compatriotas piensan que soy yo el que está detrás del levantamiento. ¿Cómo pueden ser tan estúpidos –se preguntó furioso–, viéndome en la miseria más absoluta?

Ariadna y Akenón se miraron en silencio, reflexionando sobre la sorprendente aparición del enmascarado en el alzamiento. No dejaba de tener sentido. A fin de cuentas, se trataba del derrocamiento de un gobierno pitagórico...

–Eso no es todo –añadió Glauco con amargura–. Algunos de los que escapaban de Síbaris vieron entrar en la ciudad a Bóreas, y muchos no saben que ya no es mi esclavo. Iba con alguien encapuchado, supongo que sería el enmascarado, y llevaban con ellos unas cuantas mulas. Debían de ir a cargarlas con el oro que tuve que dejar atrás. –Sin previo aviso cogió a Akenón del cuello de la túnica–. ¡Tenéis que ayudarme o me matarán!

Akenón le agarró de las muñecas con fuerza y se lo quitó de encima mientras Ariadna respondía.

–No podemos ayudarte permitiendo la entrada de hombres armados. En todo caso podemos pedir que te dejen alojarte en el gimnasio, junto a tus hombres.

Glauco la miró dubitativo.

–De acuerdo –contestó finalmente–. Por lo menos allí me protegerán cuatro espadas. Espero que sea suficiente hasta que encuentre un modo de arreglar mi situación.

Se volvió y miró hacia el gimnasio. No le hacía gracia tener que andar por campo abierto, pero sólo tardaría unos minutos en llegar.

En ese momento vio a Pitágoras entrando en la comunidad. Pensó en hablar con él, pero se quedó inmóvil ante el aspecto del filósofo. Aunque había pasado menos de un año desde la última vez que lo había visto, en ese tiempo Pitágoras parecía haber envejecido quince años. Seguía siendo alto y fuerte, pero estaba más delgado y ya no caminaba erguido. Iba mirando hacia el suelo, sin conversar con los discípulos que lo acompañaban.

Ariadna también observó el avance de su padre y sintió una profunda aflicción. Por primera vez le parecía frágil, necesitado de amparo. Deseó con toda su alma poder aliviar su sufrimiento. La imagen de su padre se emborronó y Ariadna se dio cuenta de que estaba llorando.

Enjugó las lágrimas disimuladamente con el dorso de la mano.

«Estar embarazada es como tener un manantial en los ojos.»

Se volvió de nuevo hacia Glauco y Akenón. El atractivo egipcio llevaba una túnica ocre sin mangas. Al señalar hacia Crotona, dando alguna explicación a Glauco, se destacó la fuerte musculatura de su brazo. De repente Ariadna recordó con viveza la sensación cálida y protectora de ser estrechada por aquellos brazos. En aquel viaje a Síbaris, aunque hubiera sido por unas horas, se había sentido completamente segura con él.

Al instante se recriminó esos pensamientos y se alejó de Akenón.

CAPÍTULO 101

19 de julio de 510 a. C.

—¡TENEMOS QUE ATACAR cuanto antes! Milón escuchaba los gritos de los consejeros desde lo alto del estrado. La sesión había vuelto a prolongarse hasta la madrugada y el cansancio hacía que todos estuvieran más irascibles.

—¡Hay que caer sobre ellos antes de que se refuercen más!

Negó con la cabeza sin intervenir. Desde hacía mucho rato no había un debate organizado, se habían formado grupos que discutían entre ellos sin lograr ningún avance. Tampoco había novedades reseñables. A lo largo del día habían sabido que el cabecilla de los insurgentes se llamaba Telis, y que probablemente habían recibido apoyo por parte de su enemigo enmascarado.

Milón calculaba que el campamento de los rebeldes debía de contar ya con algo más de mil caballos y unos diez mil hombres.

«Pero la mayoría no tienen experiencia en el combate», se dijo asintiendo. Todavía podrían derrotarlos sin muchas dificultades.

—No han dado muestras de agresividad —se oyó desde los 300—. No podemos atacar a quien ni siquiera nos ha amenazado.

Le contestó una voz airada desde el otro extremo de la sala.

—Su presencia a las puertas de nuestra ciudad habla por sí misma. Es obvio que sus intenciones no son pacíficas. ¡Estamos hablando de un movimiento contra los aristócratas!

—Están a tres horas a caballo, no a las puertas de Crotona —respondió alguien—. Además, son sibaritas y se ocuparán de los asuntos de su ciudad. ¿O acaso creéis que van a intentar acabar con todos los gobiernos de la Magna Grecia?

Milón miró preocupado a Cilón y al amplio grupo que lo respaldaba. Habían regresado hacía unas horas al Consejo y se mostraban extrañamente reservados. Después Milón se volvió hacia Pitágoras. El maestro no intervenía, aunque estaba atento a lo que se decía. De pronto, como reaccionando a su mirada, Pitágoras se levantó y caminó hacia el estrado. Milón hizo ademán de bajarse para cederle el puesto, pero el maestro le indicó con la mano que permaneciese arriba.

Cuando llegó a su lado, Pitágoras le hizo un gesto de confianza y le habló en voz baja:

–No sé lo que está maquinando Cilón, pero lo mejor será que tomemos la iniciativa.

La sala había enmudecido al ver que Pitágoras se disponía a hablar. El filósofo sabía desde hacía horas lo que quería decirles pero había estado aguardando el momento ideal. Ahora todos estaban tan cansados que deseaban que alguien zanjara la discusión para poder irse a dormir. También Pitágoras esperaba un acuerdo rápido, no se sentía con fuerzas para debatir ni para largas argumentaciones. Lanzó una mirada directa a la sala, esforzándose por transmitir la suficiente seguridad, y comenzó su intervención.

–Consejeros de Crotona, me gustaría someter a vuestra evaluación dos propuestas.

La voz de Pitágoras era profunda y resonante, pero Milón percibió en su firmeza una grieta sutil que esperó que nadie más detectara.

–La primera propuesta es que enviemos al amanecer una embajada que parlamente con Telis. Así obtendremos más información sobre sus intenciones, y de paso también sobre su capacidad. –Pitágoras paseó la mirada por su audiencia. Parecían favorables, pero no se pronunciarían hasta que terminara–. La segunda propuesta es que saquemos todo nuestro ejército y lo acampemos a un par de kilómetros al norte de Crotona. Confío en que esta demostración de fuerza produzca un efecto disuasorio, y de cualquier modo ya tendremos al ejército interpuesto entre nuestra ciudad y los rebeldes sibaritas.

Pitágoras habló durante cinco minutos más. Cuando finalizó, Milón se apresuró a intervenir como general en jefe para dar más peso a las palabras del filósofo. Apoyó las propuestas y explicó algunos detalles sobre el despliegue del ejército. Entre otras razones, era necesario acampar fuera de la ciudad porque con los reservistas no cabían en los cuarteles. Además, en aquellas circunstancias lo más prudente era mantenerse en formación de campaña.

En cuanto terminó su argumentación, los 300 manifestaron su apoyo inmediato. Los demás consejeros debatieron entre ellos en corros. Finalmente votaron también a favor, excepto Cilón y su numeroso grupo que se abstuvieron.

Dos horas más tarde, al amanecer, una embajada partió desde Crotona hacia el campamento de los rebeldes sibaritas. La formaban tres recelosos consejeros escoltados por diez hoplitas. Durante los primeros minutos de su expedición se sintieron como si atravesaran un agitado hormiguero humano: los quince mil soldados del ejército de Crotona se estaban desplegando en el flanco norte de la ciudad. Las tropas se detenían al paso de los consejeros y los observaban con expresión grave. En la mente de todos los hoplitas, acostumbrados a largos años de paz, se repetía el mismo pensamiento inquieto: «Si la embajada fracasa, tendremos que luchar».

CAPÍTULO 102

22 de julio de 510 a. C.

TELIS ATENDIÓ CON AMABILIDAD a la embajada de Crotona. A pesar de sus buenas maneras, el cabecilla sibarita consideraba que para ellos no era un buen momento para negociar, por lo que los embajadores crotoniatas se marcharon con las manos vacías, sin conseguir pactar ningún acuerdo ni tan siquiera que los sibaritas aclararan sus intenciones.

Dos días más tarde, era Telis el que estaba organizando su propia embajada para presentar condiciones a los crotoniatas.

—Isandro, es preciso que insistas en que tienen que daros una respuesta hoy mismo. Déjales claro que no aceptaremos ningún aplazamiento, y que interpretaremos cualquier dilación igual que si respondieran con una negativa rotunda a satisfacer nuestras exigencias.

Su lugarteniente asintió con mucha solemnidad. Estaba orgulloso de encabezar la embajada. Hasta hacía tres días no era más que un simple ayudante de panadero, y ahora se le consideraba nada menos que la mano derecha del líder del gobierno popular de Síbaris.

—No te preocupes, Telis, nuestras peticiones les llegarán claras y firmes.

El líder sibarita le apoyó una mano en el hombro.

—Si salís ahora y regresáis a la caída del sol, dispondrán de tres o cuatro horas para pensarse su respuesta.

Isandro volvió a asentir. Telis se acercó un poco más e intensificó su mirada.

—Isandro, lo que estamos haciendo será una referencia para otros pueblos durante muchas generaciones. —Mantuvo aquella mirada unos segundos y después lo estrechó en un abrazo—. Que los dioses te acompañen.

Su lugarteniente se limitó a devolver el abrazo, un nudo en la garganta le impedía hablar. Cuando se separaron, montó en su caballo y partió hacia el sur acompañado de cinco hombres.

Telis, de pie en el límite del campamento, contempló sus figuras empequeñeciendo en dirección a Crotona. Después se volvió y caminó entre sus hombres ascendiendo por el margen del río.

–¡Telis, Telis, Telis! –Los hombres gritaban a su paso agitando un puño en el aire. Telis comenzaba a acostumbrarse.

Ocupaban un kilómetro y medio del cauce del río, desde la desembocadura hasta que comenzaban las colinas. Gracias a que llevaba muchos días sin llover, el río era fácilmente vadeable, lo que habían aprovechado para cruzar hombres y animales y establecer todo el campamento en la ribera sur, la más cercana a Crotona.

«Mis hombres están eufóricos», se dijo pensativo. Era lógico, a fin de cuentas se encontraban en medio de la mayor aventura de sus vidas, envueltos en una embriagadora atmósfera de libertad y justicia, y además hasta ahora habían obtenido un éxito arrollador. Telis sabía que era importante resolver la situación con Crotona antes de que la moral de los hombres se enfriase. Devolvía los saludos y todos podían ver en su expresión la inmutable confianza que lo caracterizaba. Sin embargo, por debajo de esa apariencia estable bullía la inquietud. Tenía habilidad y experiencia en conspirar, no en liderar un ejército.

«Formado por carniceros, panaderos, alfareros...»

Sentía el peso de una enorme responsabilidad, pero no estaba completamente solo en esa labor. Entre su gente había doscientos mercenarios que habían estado a sueldo de los aristócratas, y a los que habían convencido –con el correspondiente pago en oro– de que se pasaran a su bando. También había un número similar de guardias que se habían unido a ellos. En total cuatrocientos hombres con formación militar, expertos en el manejo de las armas. No eran muchos, pero los había convertido en su cuerpo de oficiales y con ellos había organizado el improvisado ejército popular de Síbaris, asignando a cada flamante oficial la responsabilidad sobre un grupo de hombres sin experiencia. Por otra parte, había seleccionado a los cinco mejores para formar un consejo militar permanente.

Según ascendía entre vítores, pensó en el enmascarado con curiosidad y agradecimiento. Intuía que los motivos para que los hubiera ayudado iban más allá de simpatizar con el movimiento popular contra los aristócratas. El misterioso hombre había pedido como recompensa el contenido del palacio de Glauco, pero Telis estaba seguro de que había algo que lo motivaba más que el oro.

«En cualquier caso, su ayuda ha sido inestimable.»

El enmascarado había dado fuerza al movimiento y a la vez había reforzado la posición de Telis. Utilizaba siempre las palabras adecuadas y las dotaba de una capacidad de convicción sobrenatural.

Además, a menudo hacía aparecer unas cuantas monedas de oro para convencer a los contrarios o dubitativos y reafirmar a los ya convencidos. El hecho de que esas monedas las hubiera cobrado de Glauco por haber resuelto un problema matemático aparentemente irresoluble, no hacía sino añadir misterio a su figura.

Al llegar junto a su tienda, enclavada sobre una loma, Telis se dio la vuelta para observar el camino del norte. El tránsito era continuo, sobre todo en el sentido de Síbaris hacia ellos.

«Nuestro ejército no para de crecer y aprovisionarse», pensó esbozando una sonrisa de confianza.

La revuelta había estado muy bien planificada y ejecutada, pero sus planes sólo abarcaban hasta el momento de perseguir a los aristócratas que escapaban. A partir de ahí había improvisado. Nunca había imaginado que se iban a alejar tanto de Síbaris, ni que se unirían tantos hombres a la persecución. Cuando se quiso dar cuenta, llevaban todo el día tras los aristócratas y estaban más cerca de Crotona que de Síbaris.

Una voz tronó junto a él trayéndolo al presente.

–Bonito espectáculo.

Telis se volvió hacia el recién llegado. Se trataba de Branco, el miembro más valioso de su consejo militar. Era un espartano de unos cuarenta años, de piel curtida por la intemperie, cuya sonrisa cínica contrastaba de un modo inquietante con su mirada fría y calculadora. Se decía que había huido de Esparta con veinte años, tras rebanar el cuello a un superior militar que lo había humillado. Era uno de los primeros mercenarios que habían reclutado. La caída tan rápida del barrio aristocrático había sido fruto de su estrategia y de su capacidad de mando durante el combate.

Branco miraba con satisfacción hacia la parte baja del campamento, donde habían agrupado los dos mil caballos de su ejército.

–¿Estás convencido de que serán suficientes? –le preguntó Telis.

–Estoy completamente seguro –respondió Branco sin dejar de mirar a los animales–. Y si yo lo estoy, también lo estarán los asesores militares del Consejo de Crotona. –Se volvió hacia él–. Los griegos estamos poco acostumbrados a utilizar los caballos en el combate, pero con un cuerpo de caballería de este tamaño no harían falta el resto de tus hombres para aplastar al ejército de Crotona. Siempre que la caballería esté bien dirigida, claro.

Branco volvió a desviar la vista hacia los caballos y Telis se sintió un poco molesto por su arrogancia. No dejaba de hacer ese tipo de comentarios, señalando no sólo lo que tenían que agradecerle, sino cuánto lo necesitaban.

Lo cierto era que la situación de fuerza de que disfrutaban se debía en gran parte a Branco, que era quien llevaba la voz cantante dentro de su consejo militar. Siempre parecía estar muy seguro de lo que había que hacer. Él fue quien sugirió que acamparan junto al río la primera noche, y el que más insistió a la mañana siguiente en que debían agrupar sus fuerzas en aquella posición y presionar a la ciudad de Crotona para que entregara a los aristócratas escapados.

«En eso estoy completamente de acuerdo –pensó Telis–. Es imprescindible que atrapemos a los que han escapado.» Sus informantes hablaban de que en Crotona había unos quinientos refugiados. Si no los encarcelaban, unos meses más tarde esos aristócratas habrían reunido un ejército entre sus poderosos aliados e intentarían reconquistar Síbaris.

Telis miró de reojo a Branco. Confiaba en su valía militar, pero no en su lealtad. Afortunadamente los hombres lo seguían ciegamente a él y Branco se limitaba a poner en práctica sus dotes castrenses. Tras la primera noche, Telis lo había nombrado encargado de la intendencia. Branco estableció con Síbaris un flujo constante de mensajeros y pidió a la ciudad todo lo que iban a necesitar para acampar allí durante varios días. También redimensionó el campamento para los hombres que esperaban recibir. Fue entonces cuando apareció la embajada de Crotona. En cuanto se marcharon, Branco presionó para que se reforzaran con mayor rapidez.

–Es muy posible que los crotoniatas nos lancen un ataque inmediato –insistió con vehemencia–. Su embajada ha visto que estamos creciendo pero que todavía somos más débiles que ellos.

Organizaron la defensa y enviaron mensajes urgentes a Síbaris para que se acelerara el envío de hombres y de todos los caballos posibles. Por fortuna, los crotoniatas se mostraron pusilánimes y cometieron el error de no atacarlos. En sólo dos días el campamento sibarita se había duplicado y ya albergaba 25.000 hombres y 2.000 caballos. Sus espías les habían informado de que el ejército crotoniata, desplegado ahora frente a Crotona, se componía de 15.000 hombres y 500 caballos. Aunque la diferencia de hombres era notable, la infantería de Crotona era mucho más peligrosa. Estaba compuesta de militares expertos, protegidos por cascos, grebas y petos de cuero e incluso metálicos, y armados con espadas, escudos y lanzas. Los hombres de Síbaris rebosaban entusiasmo y estaban dirigidos por los mercenarios y los guardias, sin embargo, sólo eran civiles sin ninguna formación militar y no tenían corazas ni armas más allá de cuchillos, hoces y martillos.

«Ahora mismo Crotona nos aventaja en la infantería, pero hay dos elementos que nos garantizan la victoria», pensó Telis con regocijo.

El primero, que seguían llegando hombres y armas desde Síbaris. En uno o dos días ya serían 30.000 improvisados soldados y estarían mejor armados. El segundo y definitivo era la ventaja en la caballería. Eran 2.000 frente a 500. Además, los caballos de Síbaris eran más grandes y fuertes. Habían pertenecido a los aristócratas, y cada caballo había tenido tres o cuatro sirvientes encargados de alimentarlo, mantenerlo en forma y entrenarlo para los espectáculos ecuestres que tanto gustaban a los ricos sibaritas. Sus caballos sabían andar de lado y hacia atrás, quedarse sobre las patas traseras y girar sobre sí mismos como si fueran hombres bailando. Branco estaba admirado con aquellos animales.

–Cada corcel de Síbaris vale por tres caballos crotoniatas –le había dicho a Telis.

Si bien era cierto que no contaban con dos mil jinetes soldados, habían asignado cuatrocientos caballos a los mercenarios y guardias. El resto los habían repartido entre los hombres más fuertes y mejor armados. Según Branco, con esa caballería sería suficiente para aplastar a la mitad del ejército crotoniata y poner en fuga a la otra mitad. La infantería sibarita lo único que tendría que hacer sería rematar a los caídos y dar caza a hombres huyendo.

Telis pensó en la embajada que acababa de enviar a Crotona y suspiró profundamente. Él ya era responsable de muchas muertes, que consideraba inevitables, pero no disfrutaba viendo morir a otros seres humanos. Esperaba que el Consejo de Crotona fuese razonable y les entregase a los aristócratas refugiados.

«No quiero ordenar otra masacre, pero lo haré si no me dejan opción.»

CAPÍTULO 103

22 de julio de 510 a. C.

PITÁGORAS AGUARDABA en lo alto del estrado a que los consejeros tomaran una decisión. Erguido en toda su altura parecía el imponente líder que siempre había sido. Con el brazo izquierdo cruzado sobre el cuerpo recogía el extremo de su túnica de lino, tan blanca como su espesa cabellera. Sus ojos dorados recorrían la sala mientras se preguntaba qué iba a ocurrir.

La embajada de los rebeldes sibaritas había llegado hacía dos horas. El Consejo de los Mil había permitido que el hombre que la encabezaba, Isandro, hablara a toda la sala. Su mensaje había sido tan claro como contundente: Debían entregar a todos los aristócratas de Síbaris en un plazo de doce horas o atenerse a las consecuencias.

Isandro, poco sutil, había añadido:

–Y ya conocéis el tamaño de nuestro ejército, especialmente de nuestra caballería.

En efecto, conocían el tamaño de su ejército, y especialmente de su caballería. Por eso Pitágoras, que había dado un discurso corto pero fervoroso después de que la embajada abandonara la sala, no estaba seguro de haber convencido a los suficientes consejeros. No dudaba de que los 300 votarían a favor de proteger a los refugiados. «El problema estallará si en el conjunto del Consejo de los Mil se da una mayoría de votos en contra.» El Consejo de los 300 era la cabeza jerárquica de los Mil y podía decidir por sí mismo, pero eso ahora no era una opción. Si se quedaba en minoría en un asunto tan espinoso, se produciría una crisis institucional que bloquearía la capacidad de acción de Crotona en un momento terriblemente delicado.

Se habían concedido treinta minutos para reflexionar sobre aquel asunto antes de votar. Como era habitual, los consejeros se habían congregado en grupos a lo largo de las gradas. De vez en cuando se veía algún consejero que se apresuraba de un grupo a otro haciendo de mensajero. Tradicionalmente el grupo más grande era el del Consejo de los 300. Sin embargo, desde hacía algunas semanas el grupo de Cilón era todavía más numeroso. Actualmente lo constituían casi cuatrocientos consejeros.

Quedaban sólo cinco minutos para deliberar. El murmullo se había vuelto más apremiante. Pitágoras ya no podía hacer nada más que esperar al resultado de la votación.

«He estado demasiado ausente estos días –se recriminó–. Espero que eso no tenga consecuencias en esta votación.»

El descubrimiento de los irracionales lo había mantenido diez días en estado de pasmo. La existencia de relaciones en la naturaleza que no podían expresarse mediante proporciones entre números enteros era un golpe demasiado fuerte a su doctrina. La confianza en su conocimiento, en su método de búsqueda, y por tanto en sí mismo, había quedado irremediablemente tocada. Sin embargo, se daba cuenta de su gran responsabilidad. Los cimientos de sus matemáticas se habían deshecho; quizás lo que había que hacer era desmontar el edificio e intentar construir otro más sólido con los fragmentos resultantes.

«Yo ya no podré hacerlo, pero debo animar a otros a que lo hagan.»

Debía guiar a los miembros de su hermandad hacia el futuro. Había que intentar reconstruir las matemáticas, replantearse sus nociones de astronomía y música y aprender a ver de otro modo, o aceptar la imposibilidad de ver, como parecía ahora mismo. Pero, aparte de eso, su doctrina iba mucho más allá. Tenían sus conocimientos sobre el cuerpo y el espíritu humanos. Tenían sus reglas de comportamiento interior y comunitario que conducían a una vida terrenal superior, así como a un acercamiento a la apoteosis dentro del ciclo de reencarnación de las almas. Dentro de sólo seis días se reuniría en casa de Milón con los miembros más relevantes de la orden. Crearía el comité de sucesión, que se encargaría de replantear y reorganizar lo necesario con una energía que a él empezaba a faltarle, y entonces...

–¡No entregarlos es un suicidio! –gritó alguien.

Pitágoras volvió de sus pensamientos y vio que dos pequeños grupos de consejeros independientes se habían enzarzado en una discusión.

–¡Entregarlos es un asesinato! –respondió una segunda voz.

Pitágoras no intervino. Ese tipo de discusiones era habitual durante los debates. Además, se había acabado el tiempo.

«Hay que votar.»

El anciano Hiperión, padre de Cleoménides, se adelantó como representante de los 300. Ellos votaban en primer lugar como prerrogativa a su superioridad jerárquica. Caminó un par de pasos, hasta donde comenzaba el mosaico de Heracles, y declaró con una voz cansada pero decidida:

–Los 300 votamos a favor del asilo.

Sin decir nada más, dio media vuelta y regresó a su asiento. No hubo reacciones a su declaración.

Ahora le tocaba el turno al resto de los Mil. Una de las razones de que los 300 votaran antes era para influir en los otros setecientos consejeros; sin embargo, Pitágoras sabía que en un asunto tan importante, donde estaba en juego la vida de los propios consejeros, la capacidad de influencia era muy limitada.

Carraspeó para hablar con claridad.

–Prosigamos con la votación. En primer lugar, alzad la mano los partidarios de entregar a los aristócratas a los rebeldes sibaritas.

Aparecieron muchas menos manos de las que había previsto y eso le hizo experimentar un alivio agridulce. Entregarlos era una atrocidad, pero protegerlos probablemente implicaba combatir contra un ejército mucho más numeroso, lo que a la postre podía suponer la destrucción de Crotona. Un segundo después se dio cuenta de que había un gran vacío entre las manos.

Cilón y sus cuatrocientos acólitos no habían votado.

«¿Qué significa esto?», se preguntó preocupado. Por toda la sala comenzaban a oírse comentarios airados. No tenía sentido que el grupo de Cilón fuera a votar en el mismo sentido que los 300. A fin de cuentas, la mayoría de los aristócratas sibaritas eran miembros de la hermandad, habían gobernado según sus doctrinas. ¿Qué interés podía tener Cilón en defender a un grupo de pitagóricos?

Dos secretarios se encargaban de realizar de modo independiente el recuento de manos. Pitágoras ya las había contado, ciento cuarenta y ocho, pero esperó a que acabaran los secretarios.

El primero se acercó por su derecha.

—Ciento cuarenta y ocho —susurró.

Unos segundos después, el segundo acudió desde la izquierda y le indicó la misma cifra.

—Bien —prosiguió Pitágoras sin saber a qué atenerse—. Ahora alzad la mano los partidarios de mantener refugiados a los aristócratas de Síbaris.

Enseguida se multiplicaron las exclamaciones de asombro y protesta. Tras el recuento, los secretarios se acercaron y de nuevo coincidieron en el recuento.

—Ciento cincuenta y seis.

Cilón y sus cuatrocientos no se habían pronunciado y todo el mundo les gritaba. Permanecían tranquilos, como si aquella votación no tuviera nada que ver con ellos. Pitágoras frunció el ceño. La abstención era una opción a la hora de votar, pero se utilizaba poco, y jamás en un asunto de relevancia.

«Además —se dijo Pitágoras—, Cilón nunca querría favorecer a unos iniciados en la hermandad y abstenerse significa protegerlos.»

La única explicación al silencio de Cilón era que quisiera ejercer su derecho de dirigirse a la sala antes de votar. Sin embargo, era extremadamente irrespetuoso haber esperado hasta que se hubiera pronunciado la mayoría de los consejeros. De hecho, resultaba tan irregular que Pitágoras sintió la tentación de anular el voto de Cilón y los suyos. Se mordió el labio, dubitativo. El problema de actuar así era que se iniciaría una larga discusión.

«La embajada de Síbaris ha sido inflexible con los plazos, no va a esperar a que resolvamos nuestras rencillas internas.»

Cilón disfrutaba con la expresión de desconcierto de Pitágoras. No obstante, su mente estaba más ocupada en otras cuestiones.

«No entiendo qué pretende el enmascarado, y eso no me gusta.»

En las últimas reuniones que habían mantenido en su casa, el enmascarado había hablado por grupos con los cuatrocientos consejeros que ahora formaban su facción. A todos los había embelesado con el extraño hechizo de su voz oscura, y había terminado de ganarlos al entregar a cada uno treinta monedas de oro.

«Doce mil monedas en total.»

Cilón sacudió la cabeza. No se quejaba de no participar de esa lluvia de oro, pues él había recibido trescientas monedas. Lo que no le gustaba era actuar sin entender sus propios actos. «Me siento una marioneta.» Pese a todo, hasta ahora las compensaciones habían sido muy superiores a las molestias. El enmascarado disponía de su casa a su antojo y tomaba las decisiones, pero a cambio había logrado infligir más daño a Pitágoras en unas semanas de lo que él había conseguido en décadas. La gratitud de Cilón por ello era enorme, así como su confianza en que las siguientes decisiones del enmascarado obtendrían resultados en la misma línea.

Pitágoras estaba esperando a que hablara, pero él se mantuvo sentado.

—Consejero Cilón —dijo por fin Pitágoras dominando su irritación—. ¿Queréis decir algo a la sala antes de expresar vuestro voto?

Había llegado el momento. Votar en contra del asilo implicaba entregar a los refugiados y evitar conflictos militares. Votar a favor del asilo —o abstenerse— implicaba ponerse del lado de Pitágoras y sus 300, rechazar las exigencias de la embajada sibarita, y seguramente la guerra.

Se levantó del asiento dedicando un último pensamiento al enmascarado. «De acuerdo, haré lo que me ha indicado aunque no lo comprenda.»

—Estimado Pitágoras —replicó fingiendo estar sorprendido—, creía que no era necesario que hablara.

Después se encogió de hombros, como accediendo a explicar algo evidente.

—Nosotros... —hizo un gesto vago hacia los consejeros que lo rodeaban—, nos abstenemos.

CAPÍTULO 104

22 de julio de 510 a. C.

ARIADNA EXHALÓ UN SUSPIRO de cansancio y dio la clase por terminada. Después condujo a los niños hasta el comedor. Los chiquillos estaban más alborotados de lo habitual, como si se vieran contagiados por la tensión que latía en el interior de todos los adultos. También ella estaba inquieta. Salió al exterior y se dirigió hacia el pórtico de la comunidad en busca de novedades. En los jardines se encontraban Evandro e Hipocreonte dirigiendo una sesión de meditación a la que asistía un centenar de discípulos. Tenía mérito conseguir aislarse de todo en semejantes circunstancias.

En un descanso de la clase otra profesora le había comunicado las últimas noticias. Las había traído un mensajero a la comunidad hacía una hora: una embajada de sibaritas había acudido al Consejo de los Mil. Todavía no se conocían más detalles.

Mientras descendía, Ariadna calculó que en el terreno que había junto a la entrada, rodeando las estatuas de Hermes y Dioniso, se habían reunido más de seiscientas personas. Resultaba extraño lo silenciosos que estaban, pero nadie tenía ganas de conversar durante aquella espera agobiante. Entre los congregados había unos trescientos aristócratas sibaritas. Ésos eran los que dormían en la comunidad, la mayoría al raso en el patio interior de los edificios comunales. Los otros doscientos aristócratas refugiados estaban en la ciudad, en casa de familiares o socios que los habían acogido. Al recibir la noticia de que había llegado una embajada sibarita, todos daban por hecho que Telis había pedido que los entregaran y que en ese momento se estaba decidiendo su futuro en el Consejo.

Ariadna vio a Akenón de pie en la parte de atrás del grupo y se dirigió hacia él.

–¿Alguna novedad sobre la embajada?

Akenón se sobresaltó. Estaba tan absorto en sus pensamientos que no se había dado cuenta de que ella se acercaba.

–Lo último que sabemos es que los embajadores de Síbaris entraron en la sala del Consejo.

Ariadna asintió, dando a entender que eso ya lo sabía. Después se sentó a esperar. Estaba muy cansada.

Al cabo de unos segundos él se sentó a su lado. Durante un rato permanecieron en silencio. Akenón era muy consciente de que su brazo estaba casi rozando el de Ariadna. Se había resignado a que no estuvieran juntos, pero eso no hacía que le resultara fácil contener las ganas de acariciarla. Retuvo la respiración mientras contemplaba de reojo su cabello claro cayendo sobre los hombros, la piel tostada y suave de sus brazos...; apretó la mandíbula y miró hacia delante. Ya no pensaba volver a intentarlo, pero aquella situación le producía una continua sensación de pérdida.

«Cuando regrese a Cartago podré empezar a olvidarla.»

Ariadna comenzó a hablar mirando hacia el grupo de refugiados:

–Esta situación me resulta increíble. Siempre se decía que Crotona estaba a salvo de ataques al tener el ejército más fuerte de la región; y ahora, de repente, decenas de miles de sibaritas se preparan para caer sobre nosotros.

Miró directamente a Akenón.

–Tú has visto sus tropas. ¿Crees que pueden vencernos?

Akenón había acompañado esa mañana a unos soldados que iban a espiar a los sibaritas. Había querido evaluar sus fuerzas de primera mano.

–Los soldados de vuestro ejército son bastante buenos –respondió al cabo de un momento–. Están bien entrenados y armados, al contrario que los sibaritas. Pienso que cada soldado podría acabar con tres o cuatro de los hombres de Telis. Uniendo eso a que la proporción en tropas de infantería es de dos a uno a favor de los sibaritas, la infantería de Crotona podría arrasar a la de Síbaris. Si no fuera por la caballería, la victoria sería segura. De hecho, imagino que a los sibaritas nunca se les ocurriría presentar batalla.

–He oído que tienen dos mil caballos –dijo Ariadna–. Son los que criaban y entrenaban los aristócratas para sus juegos ecuestres, por lo que deben de ser ejemplares magníficos. Sin embargo, no tienen soldados de caballería para montarlos. ¿Eso no reduce su ventaja?

Akenón asintió a la vez que fruncía los labios.

–La reduce un poco, pero no lo suficiente. Muchos de los mercenarios y de los guardias son excelentes jinetes y saben combatir a caballo. Les he visto practicar y entrenar al resto de las tropas de caballería. En conjunto lo hacen bastante bien. No son profesionales, pero han sido escogidos entre los mejores jinetes y los mejores combatientes y les han proporcionado las mejores armas. Todos tienen una espada, mientras que su infantería tiene poco más que cuchillos y palos afilados. –Meneó la cabeza en un gesto de disgusto–. Además, sus caballos son realmente grandes. Eso también les da ventaja.

–¿Cuál es tu pronóstico en caso de que se declare la guerra?

Akenón tragó saliva. Llevaba todo el día pensando en eso. Pensó en suavizar su respuesta, pero los ojos de Ariadna le pedían la verdad.

–Depende de cómo planteen la batalla, pero me temo que están bien aconsejados. Su campamento denota una buena organización militar y los entrenamientos que he visto estaban bien dirigidos. Teniendo eso en cuenta, creo que el ejército de Crotona conseguiría acabar como mucho con la mitad de la caballería sibarita, y quizás con otros diez mil hombres de infantería. –Apretó las mandíbulas–. Es decir: después de la batalla podrían caer sobre la ciudad indefensa y la comunidad unos mil soldados a caballo y quince o veinte mil de infantería.

Ariadna asintió en silencio y desvió la mirada.

«Ruego a todos los dioses que no haya guerra», se dijo abrazando las rodillas contra el pecho.

Poco después creció un murmullo exaltado entre los presentes. Se levantaron para ver qué sucedía. Una nube de polvo avanzaba hacia ellos. Era un jinete, cabalgando a la altura del gimnasio. Aunque lo normal era aguardar a que el heraldo entrara en el recinto de la comunidad a dar su mensaje, en esta ocasión todo el mundo se abalanzó hacia el pórtico. Akenón fue a avanzar con los demás, pero se dio cuenta de que Ariadna se quedaba atrás intentando evitar la aglomeración. Esperó con ella y fueron los últimos en salir al exterior, justo cuando el jinete detenía su caballo y comenzaba a transmitir su mensaje con el rostro enrojecido.

—La embajada de Telis ha exigido la entrega de todos los aristócratas.

A pesar de que era lo que se esperaba, muchos hombres reaccionaron con exclamaciones de espanto. El mensajero recuperó el resuello y prosiguió:

—El Consejo de los Mil ha decidido rechazar la petición y así se lo ha comunicado a la embajada sibarita.

Esta vez se oyeron suspiros de alivio.

El heraldo acabó de transmitir su mensaje:

—¡Síbaris nos ha declarado la guerra!

CAPÍTULO 105

22 de julio de 510 a. C.

EL ENMASCARADO SE DISPONÍA a controlar el futuro. Se encontraba en la sala subterránea de su primer refugio, sentado frente a una mesa en la que tenía desplegados decenas de pergaminos.

«Éste es mi mayor tesoro», pensó contemplándolos.

Se centró en los últimos que había escrito. Eran los que le habían servido de base para elaborar la carta a Aristómaco. Esbozó una sonrisa amplia al recordar aquello. Un éxito rotundo. Aristómaco se había suicidado y, por lo último que había sabido, Pitágoras estaba tan abatido que parecía que le habían arrancado el alma.

No tenía tiempo para seguir regodeándose. Fijó su atención en los pergaminos a la vez que controlaba la respiración y el ritmo cardíaco. Experimentó la habitual sensación de pesadez muscular y una ola de calor recorriendo la piel. Después se concentró en los centros neurálgicos de su cuerpo e hizo que se disolviera toda su tensión.

Cerró los ojos. A partir de ese punto la visión era un estorbo. Recorrió los pergaminos a través de su memoria exacta y dejó atrás números y figuras. Se adentró en la dimensión de los conceptos y fue directo hacia los más complejos, aquellos que habían desquiciado a Pitágoras: los irracionales, la indefinición, el infinito matemático... Hasta llegar a ellos habían estado rascando la superficie pensando que no había nada debajo, que el mundo era una fina cáscara conmensurable. Dejó que su mente profundizara el trance.

Aquél era un mundo por descubrir incluso para él. Un reto nuevo y quizás imposible que lo llamaba como el canto de las sirenas, dejando tenues estelas luminosas en aquel océano de oscuridad absoluta. Intuyó que los breves trazos de claridad que atisbaba eran el inicio del camino hacia la comprensión y el dominio de aquel universo inexplorado.

«Adéntrate», le urgió su naturaleza ambiciosa.

Si alguien iba a convertirlo en un mundo conocido y regulado, quería ser él. Tanteó la frontera dispuesto a comenzar. Entonces una sensación imperiosa le recordó por qué estaba allí. Se había sumido en aquel mundo nuevo para lograr un trance profundo que le proporcionara el máximo dominio de su mente. Desde aquel estado podía controlar aquello que en las personas comunes se limitaba al espacio del subconsciente. Estaba allí para ponderar más elementos de los que nadie era capaz y trazar planes perfectos.

Estaba allí para que en el mundo de los hombres ocurriera lo que él deseaba.

Síbaris acudió a su mente. En las últimas semanas había trabajado con meticulosidad para que se produjera una avalancha social. Tras prepararlo todo, se había apartado antes de que comenzara y después había regresado a recoger el enorme tesoro de Glauco. En el conflicto entre Síbaris y Crotona su estrategia había sido similar. Con su oro y sus reuniones había conseguido que el Consejo de los Mil votara a favor de mantener el asilo a los aristócratas y, por lo tanto, que Síbaris declarara la guerra a Crotona.

Había conseguido iniciar un nuevo alud.

No obstante, en Crotona no se había limitado a desarrollar ese plan. Además de repartir oro entre los consejeros para controlar sus votos, había trabajado en otro proyecto en el cual había gastado todavía más oro. Era un proyecto incierto, no estaba seguro de que se fueran a dar las circunstancias en las cuales aquel oro sirviera para algo, pero quería tener todas las alternativas controladas. Si al final se daban las circunstancias –y lo sabría muy pronto–, ese oro serviría para impulsar la avalancha más devastadora de todas.

Su botín, en esta ocasión, sería el dominio total sobre Crotona.

CAPÍTULO 106

22 de julio de 510 a. C.

MILÓN ORDENÓ que todo el ejército de Crotona avanzara a marchas forzadas hacia el campamento militar de los sibaritas. No quería que Telis y sus hombres tuvieran tiempo para reaccionar a la noticia de que las tropas de Crotona se abalanzaban sobre ellos.

Tras la declaración de guerra por parte de la embajada sibarita, Milón había asumido el mando con firmeza. Las leyes crotoniatas y su prestigio determinaban que podía tomar las decisiones que creyera oportunas sin tener que consultar al Consejo.

–Retened a los embajadores sibaritas –fue su primera orden–. Cuando yo haya partido con el ejército, los dejaréis libres.

–¡Esto es una ignominia! –protestó Isandro, el lugarteniente de Telis que encabezaba la embajada–. ¡Un deshonor para toda Crotona!

–Tranquilo, ilustre embajador –ironizó Milón–. Dentro de unas horas podréis correr junto a Telis. Para entonces ya le habrán informado sus vigías de que nuestro ejército arremete contra él. Pero ahora entenderéis que no queramos regalaros una ventaja adicional.

El impulsivo Isandro intentó escapar y tuvo que ser reducido. Afortunadamente les habían quitado las armas antes de que entraran en el Consejo. Mientras ataban a Isandro, Milón se acercó a él para dirigirle unas últimas palabras. Era el momento de iniciar el plan que habían preparado por si estallaba la guerra, y que sólo conocían sus generales de confianza y Pitágoras.

–Esta noche lamentaréis habernos declarado la guerra –dijo Milón–. Despediros del sol cuando se oculte, porque no veréis un nuevo amanecer.

Retener a la embajada y decirles que iban a atacarlos esa noche era el primer punto de su estrategia. Por supuesto, si realmente pensaran atacar esa noche no se lo habría dicho.

Milón salió del Consejo y abandonó la ciudad por la puerta norte para ponerse al mando del ejército. Dio inmediatamente la orden de avanzar. Cuando la vanguardia del ejército de Crotona había avanzado varios kilómetros, Isandro y el resto de la embajada los adelantaron al galope. A través de la cadena jerárquica de mando se había transmitido la orden de no atacarlos, pero eso no evitó que les llovieran insultos y alguna pedrada durante los diez largos minutos que tardaron en bordear las tropas crotoniatas.

Quince mil hombres, quinientos caballos y cientos de animales de carga no podían desplazarse por un camino angosto, por lo que la mayoría del ejército avanzaba campo a través. Al llegar a una zona abrupta se vieron obligados a estrechar el frente y estirar la columna de tropas. La vanguardia quedó distanciada en más de una hora de marcha de los últimos hombres.

Había varias razones por las que Milón había decidido alejarse de Crotona para combatir. La primera, evitar que algunas tropas enemigas decidieran saquear la ciudad durante la batalla, lo cual no era descartable debido a la superioridad numérica y la falta de disciplina de las tropas sibaritas. Además, en caso de derrota los mensajeros transmitirían la noticia a la ciudad dos o tres horas antes de que llegara el enemigo, mientras que combatiendo a las puertas el saqueo sería inmediato a la derrota. Por otra parte, Milón necesitaba un terreno adecuado para maniobrar con los diferentes cuerpos de su ejército. La disposición y el movimiento de las tropas eran claves en una batalla, debían hacer valer su mayor experiencia y disciplina. Justo al sur del campamento sibarita había una explanada perfecta para el combate.

Milón echó un vistazo a derecha e izquierda. Sus mejores generales cabalgaban a su lado. En sus semblantes se mezclaba la preocupación con la determinación de enfrentarse a su destino. Milón pensó que él debía de tener una expresión similar. Él también estaba tan decidido como preocupado.

«¡Maldita caballería!»

Ese pensamiento era el más repetido en su cabeza desde hacía dos días, cuando supo que Telis contaba con cuatro veces más efectivos de caballería que él. Los jinetes de Crotona eran mejores soldados, pero los caballos de Síbaris eran más grandes y fuertes. Aunque consiguieran anularlos uno a uno con su propia caballería, quedarían mil quinientas bestias que aplastarían a su infantería como si pisotearan hierba.

Se mordió el labio inferior sin darse cuenta, pensando en las distintas tácticas que había desarrollado con sus generales para los posibles desarrollos de la batalla. Tenía que reconocer que la mayoría eran planes desesperados. Determinaban lo mejor que podía hacerse en cada caso, pero ni él ni sus generales creían que la victoria fuese posible enfrentándose a una carga de dos mil caballos.

Una pequeña nube de polvo se aproximó desde el norte. El sol acababa de ponerse, aunque todavía había bastante claridad. Quien se acercaba no había sido interceptado por las tropas avanzadas, por lo que debía de tratarse de alguien de su ejército. Poco después, Milón pudo ver que era uno de sus exploradores. Desde hacía días los enviaba en un flujo constante, gracias a lo cual cada media hora recibía información actualizada del campamento enemigo.

–No hay movimiento, señor. –El recién llegado hizo que su caballo avanzara junto al de Milón–. Media hora antes de que yo me marchara, llegó al campamento la embajada sibarita. No parece que eso les haya decidido a mover las tropas, al menos hasta hace casi una hora, que es cuando yo partí.

–¿La estructura del campamento sigue siendo defensiva?

–Sí, señor.

Milón reflexionó unos instantes.

–Bien. Buen trabajo, soldado. Ve a retaguardia y descansa.

Dos horas más tarde, con el cielo negro como un mal presagio, Milón ordenó que comenzaran las maniobras de confusión. Apenas habían empezado a establecer el campamento y sólo había llegado un tercio de su ejército, pero era preferible iniciarlas cuanto antes.

Los sibaritas preferían un combate a la luz del día, sencillo y directo para aprovechar su mayor fuerza bruta. Pensaban que el ejército de Crotona querría combatir por la noche para compensar con su mayor experiencia militar la diferencia de fuerzas.

«No dudaría en atacar de noche si pudiera pillarlos por sorpresa», pensó Milón mientras supervisaba el despliegue de sus tropas.

Un ataque nocturno inesperado y contundente podía acabar con fuerzas diez veces superiores, pero los sibaritas estaban muy alerta. Demasiado alerta, de hecho. Milón iba a tratar de aprovechar aquello con las maniobras que estaba poniendo en marcha en estos momentos.

Durante toda la noche, en turnos de dos horas para que no perdieran mucho sueño, quinientos soldados simularían que todo el ejército de Crotona iniciaba un sigiloso ataque sorpresa. Era relativamente fácil producir esa impresión con unos cuantos hombres, algunos caballos y jugando al despiste con fogatas y antorchas. El objetivo de Milón era que el grueso de sus fuerzas descansara toda la noche, mientras que los sibaritas se mantendrían despiertos y en tensión en todo momento, especialmente el escuadrón de caballería. Aquella táctica debilitaría al enemigo, aunque apenas compensaría mínimamente la enorme diferencia de fuerzas.

«Si sólo se enfrentaran nuestros cuerpos de infantería...»

Milón sentía que había caído sobre ellos la maldición de algún dios. Estaba muy orgulloso de sus soldados y le enfurecía la injusticia de poder perder un combate contra un ejército improvisado por unos aficionados exaltados. «Mis quince mil soldados podrían aplastar a los veinticinco o treinta mil de Síbaris sin sufrir más de mil bajas.» En las batallas las masacres se producían casi siempre en el momento en que uno de los ejércitos rompía la formación e iniciaba la huida. Tenía la certeza de que la mayoría de sus soldados aguantaría hasta la muerte antes de retirarse. En cambio, entre los sibaritas cundiría el pánico y saldrían corriendo si se veían en dificultades. El problema era que la caballería sibarita impediría que eso ocurriera.

A veces dos ejércitos se pasaban varios días el uno frente al otro sin combatir. Podían caer en una rutina diaria de desplegar las fuerzas y replegarlas en espera de que algo cambiara, sin llegar a decidirse. En ocasiones eso terminaba con la retirada de uno de los ejércitos sin haber llegado a batallar. Sin embargo, Milón sabía que eso no iba a ocurrir entre ellos. Si uno no iniciaba el combate al día siguiente, lo haría el otro. Los de Síbaris eran demasiado impulsivos para contenerse teniendo enfrente al enemigo, y a ellos les interesaba aprovechar el cansancio que tendrían mañana los sibaritas tras la noche en vela.

«Además, cada hora que pasa los sibaritas se refuerzan con más hombres y armas.»

Milón se volvió hacia el campamento enemigo situado a dos kilómetros. Las nubes tapaban la luna llena, pero eso no le impedía advertir la presencia de las tropas de Síbaris. Contempló pensativo el mar de hogueras desplegado al otro extremo de la llanura. Cerca de alguna de esas fogatas estaría el cabecilla sibarita.

Milón endureció la mirada.

«Telis, uno de los dos morirá al amanecer.»

CAPÍTULO 107

23 de julio de 510 a. C.

ARIADNA ESTABA SENTADA en el borde de su cama, con los brazos apoyados en las rodillas y la cabeza agachada. Tenía la piel sudorosa y luchaba contra las náuseas. No sabía si se debían al embarazo o a la tensión de las dramáticas circunstancias que estaban viviendo. Levantó la cara y se obligó a hacer una inspiración lenta y profunda. El ambiente de su habitación le pareció opresivo. Necesitaba respirar aire fresco, por lo que se calzó sus alpargatas de esparto y salió al exterior.

El cielo era un manto negro sobre su cabeza. En el horizonte, sobre el mar, la oscuridad comenzaba a disolverse tímidamente. Ariadna advirtió numerosas sombras repartidas por el terreno de la comunidad. Eran aristócratas sibaritas y discípulos que llevaban toda la noche en vela. Llenó sus pulmones con el aire limpio de la madrugada y descendió hacia el pórtico caminando entre ellos. Cuando pasaba cerca de algunos distinguía sus rostros cansados y preocupados. Esperaban en silencio, con los ojos clavados en el camino del norte.

«Por ahí veremos regresar a nuestro ejército... o a las hordas de Síbaris arremetiendo contra nosotros.»

Mientras andaba en medio de aquel silencio tenso y extraño, Ariadna recordó el pequeño discurso que Pitágoras había dado el día anterior a los presentes en la comunidad, tanto sibaritas como discípulos. Ella también asistió y comprobó aliviada que su padre estaba superando el impacto de la muerte de Aristómaco y de lo que quiera que contuviese el pergamino que habían encontrado junto al cadáver. Sus palabras fueron firmes y serenas, así como provistas de una sinceridad contundente. Les dijo a todos que tenían libertad para irse. Si algún discípulo quería hacerlo, no encontraría impedimentos en el caso de que decidiera regresar más adelante. Él intentaría proteger a los que se quedaran, aunque no podía prometer nada. Una hora después, la mitad de los sibaritas se había ido. En cambio, ni uno solo de los discípulos abandonó la comunidad.

«De todos modos –pensó Ariadna–, alejarse de Crotona se ha vuelto cada vez más difícil.» La comunidad albergaba a seiscientos discípulos residentes –más trescientos refugiados sibaritas hasta la tarde anterior–, y sólo tenían una veintena de monturas entre burros, mulas y la vieja yegua. Casi todos los sibaritas habían llegado con caballos, pero en muchos casos éstos habían muerto después, extenuados por haber sido forzados durante la huida o a consecuencia de las heridas recibidas. El precio de los caballos se había disparado y conseguir un pasaje para viajar por mar era casi imposible. Miles de crotoniatas huían a pie por el camino del sur, sabiendo que en cuestión de horas podía caer sobre ellos la temible caballería enemiga.

En medio de tanta desesperación, el día anterior un grupo de cuarenta sibaritas había unido sus recursos e influencias y había comprado un pequeño barco mercante.

«Entre ellos estaba Glauco», recordó Ariadna arrugando el entrecejo.

El imprevisible sibarita tenía la suerte de dedicarse al comercio y que en ese momento muchas de sus naves estuvieran viajando. Algunas regresarían a Síbaris y probablemente caerían en manos de los sublevados, pero a otras podría hacerles llegar un mensaje para que se dirigieran a Siracusa. Desde ahí reorganizaría su imperio comercial.

Los sibaritas que habían adquirido el barco partieron de la comunidad la tarde anterior. Ariadna y Akenón, entre cientos de personas, se acercaron al pórtico de la comunidad para verlos partir. La atmósfera era tensa y casi nadie hablaba. Por el camino ya se extendía una lenta procesión de sibaritas hacia el puerto de Crotona. Ariadna vio que en ese momento Glauco iba a unirse a ellos. Sus cuatro soldados lo rodeaban como un escudo humano. No habían vuelto a hablar con él desde hacía tres días, cuando el sibarita había intentado que le dejaran meter su guardia personal en la comunidad.

Glauco tenía el rostro crispado y unas grandes ojeras violáceas. Parecía que llevaba días sin dormir. Al pasar junto a Ariadna la miró y apartó la vista rápidamente, pero, después pareció dudar y giró la cabeza hacia ella sin dejar de andar.

—Me marcho a Siracusa —dijo con una sequedad casi hostil—. En esa ciudad tengo clientes que me deben lo suficiente para instalarme allí.

Con la misma brusquedad que había hablado, le dio la espalda y se alejó. En aquel momento uno de los sibaritas que se quedaba en la comunidad corrió hacia él. Se trataba de un hombre mayor, tan delgado que parecía enfermo. Consiguió meter una mano entre los soldados de Glauco y lo agarró de la túnica.

—¡Llévame contigo, Glauco! —Los soldados intentaron apartarlo, pero estaba tan aferrado a la túnica que la tela se desgarró. El torso fofo y blanquecino de Glauco quedó al desnudo—. ¡Soy el hermano de tu madre, Glauco! ¡Hazlo por ella, no me abandones a la muerte!

Los gritos desesperados de aquel hombre estremecieron a todos los presentes. Glauco se abalanzó sobre su tío y comenzó a darle golpetazos en la cabeza con la mano abierta.

—¡Suéltame, desgraciado!

El rostro de Glauco había enrojecido súbitamente y reflejaba una furia irracional. Su anciano tío intentó resistir sin soltarse, pero al tercer manotazo de su sobrino se desplomó sobre el camino de tierra.

Glauco continuaba fuera de sí.

—¡Dame tu espada! —le gritó a uno de sus guardias.

El soldado titubeó un instante. Glauco dio un paso hacia él, agarró la empuñadura de su arma y la sacó de su vaina. Inmediatamente se volvió hacia su tío inconsciente y alzó la espada.

Todo ocurrió muy rápido.

Se oyó un fuerte sonido metálico y la espada de Glauco voló de sus manos. Se agarró la muñeca haciendo un gesto de dolor. Sus soldados desenvainaron apresuradamente y se colocaron frente al musculoso egipcio que había desarmado a su señor.

Glauco se volvió hacia Akenón. Su primer impulso fue ordenar que lo mataran, pero la mirada fría y decidida del egipcio hizo que se lo pensara dos veces. Parecía muy seguro de poder enfrentarse a sus guardias.

«Maldito Akenón, no estarías tan seguro si tuviera conmigo a Bóreas.»

Glauco apretó los dientes con rabia y despés miró lentamente a todos los presentes. Ariadna se estremeció cuando recibió aquella mirada, cargada de odio y desprecio. El gesto de Glauco se transformó poco a poco en una mueca malévola y de repente soltó una carcajada fuerte y desagradable.

Ariadna tuvo un escalofrío al recordar la risa de Glauco.

«Ojalá no vuelva a verlo nunca.»

Se alejó unos metros del sendero central y se sentó en la tierra, convirtiéndose en otra sombra expectante. En las siguientes horas iban a morir miles de personas. Que ellos estuvieran o no entre los muertos quedaba ahora en manos del destino.

«También puede que nos conviertan en esclavos.» Ariadna apretó los dientes. El instinto protector le hizo cruzar los brazos sobre el abdomen.

La madrugada era fresca y al cabo de un rato tenía la piel de gallina. Se frotó los brazos para calentarlos y después flexionó las piernas y las abrazó. Ya no sentía náuseas. Deseó que el sol saliera y comenzara a calentar, pero todavía quedaba una media hora para el amanecer.

La claridad que surgía desde el horizonte permitía distinguir un poco mejor el entorno. Con la cabeza apoyada en las rodillas, Ariadna paseó la mirada por los que la rodeaban. De repente se dio cuenta de que delante de ella, a diez pasos en diagonal, estaba Akenón. Mantenía un gesto tenso, con las mandíbulas apretadas y el ceño fruncido.

«¿En qué estará pensando?», se preguntó Ariadna.

También pudo ver que llevaba su espada. Era el único hombre armado en la comunidad, pues los hoplitas asignados a la seguridad se habían reintegrado al ejército para combatir contra los insurgentes.

Lo observó sin moverse y Akenón no se percató de su presencia. Después Ariadna desvió la vista hacia el camino del norte. Mientras el cielo seguía iluminándose, pensó en la mirada de Glauco cuando se reía de ellos.

«Parecía estar seguro de que todos los que nos quedábamos en Crotona íbamos a morir.»

Bóreas estaba en la cima de una colina, contemplando con interés los últimos preparativos para la batalla. A sus pies se extendía la llanura en la que tendría lugar el combate. Le llegaba un rumor tenso y el olor a humo de las fogatas. Su colina formaba parte de una prolongada elevación del terreno que delimitaba uno de los flancos de la llanura. Al otro lado, a un kilómetro de su posición, estaba el mar. Había llegado con su amo hacía más de una hora, cuando todavía era noche cerrada. En aquel momento sólo se distinguían algunas fogatas del campamento crotoniata, que tenían justo enfrente, y las luces más lejanas de los sibaritas. Poco a poco la claridad había ido revelando más detalles. Hasta hacía media hora los crotoniatas parecían haber dormido plácidamente, mientras que el campamento sibarita se notaba mucho más agitado. Los soldados de Crotona se habían puesto en pie con rapidez obedeciendo las órdenes gritadas por sus oficiales. Las tropas habían desayunado en pocos minutos y después habían formado las líneas con disciplina, preparándose para el combate inminente.

«Un ejército muy preparado», pensó Bóreas con sarcasmo.

Uno de los flancos del ejército crotoniata llegaba hasta la ladera de su colina. Bóreas podía ver a los soldados más cercanos a poco más de cien metros de distancia. La vanguardia estaba formada por una única línea de caballería. Inmediatamente después venía un regimiento de hoplitas que suponía un tercio de la infantería. Se habían dispuesto en una profundidad de siete filas. Entre ellos se distinguían varios hombres con trompetas, flautas dobles y otros instrumentos. Bóreas supuso que su función sería transmitir las órdenes durante el fragor de la batalla. A continuación había un espacio libre de diez pasos, otro tercio de la infantería, de nuevo espacio libre y finalmente el resto de soldados. Esa disposición de caballería y tres regimientos de infantería se extendía desde la base de la colina hasta la orilla del mar.

El ejército de Crotona, con un frente de un kilómetro de ancho, resultaba impresionante desde donde estaba Bóreas. También podía distinguir al ejército sibarita a unos dos kilómetros a su izquierda. Parecían menos organizados, pero su volumen duplicaba al de los crotoniatas; además, su frente de caballería contaba con varias filas de profundidad.

Bóreas se dejó llevar por la imaginación y soñó que estaba en medio de la batalla. Daría otra vez su lengua a cambio de que su amo le permitiera internarse en la contienda. Estaría rodeado por una masa de combatientes que apenas le llegarían por el pecho y a los que doblaría en volumen y peso. Tendría delante un mar de cabezas que podría ir machacando sin que nunca se acabaran. Matar le proporcionaba un placer indescriptible, pero siempre resultaba un goce demasiado efímero. En una batalla como aquélla podría matar a cientos de hombres. Podría segar vidas durante horas. Podría... La boca se le llenó de saliva y tuvo que tragar. Miró a su amo. Le había dicho que si tenían la situación controlada le permitiría cazar a algunos de los crotoniatas que se dieran a la fuga. Tendría que conformarse con eso.

«Al menos haré que su muerte sea lenta.»

El enmascarado sonreía bajo su rostro de metal.

Notaba a Bóreas agitado a su lado, pero el gigante era obediente. No actuaría por su cuenta mientras estuviera cumpliendo una orden suya y ahora tenía una muy clara: protegerlo durante esa expedición. Había cierto riesgo al estar tan cerca de los ejércitos. Podían encontrarse con un grupo de exploradores de cualquier bando. Además, si la batalla se desarrollaba como era previsible, tenía intención de reunirse con Telis para ocupar un lugar destacado en los siguientes pasos que se dieran contra Crotona. Llegar hasta Telis sería peligroso tras la batalla, con miles de hombres ebrios de sangre y violencia a su alrededor.

«Bóreas será mi mejor salvoconducto.»

Los sibaritas se habían comportado exactamente como él quería. Lo que estaba ocurriendo era consecuencia de los hilos que había estado moviendo en Síbaris hasta hacía una semana. Tras la batalla llegaría el momento de manipularlos de nuevo, pero hasta entonces se mantendría al margen. En cuanto a los crotoniatas, gracias a su influencia sobre Cilón y sus seguidores había conseguido que se enfrentaran a Síbaris.

«Han sido realmente estúpidos. Si en vez de abstenerse hubieran votado a favor de entregar a los aristócratas refugiados, habrían mantenido la paz.»

Dejó escapar una risa breve. Resultaba muy placentero poder empujar al suicidio tanto a grandes maestros –qué patético y predecible había resultado Aristómaco– como a pueblos enteros.

Pero no era eso lo que le hacía sonreír mientras observaba a los dos ejércitos preparándose para la batalla. Lo que lo regocijaba en ese momento eran otros hilos que había movido a través de Cilón. El político crotoniata le había organizado reuniones con los hoplitas corruptos que tenía a sueldo, y a través de ellos había conseguido llegar a muchos más militares crotoniatas. En total, uno de cada cinco oficiales del ejército de Crotona había recibido su oro.

«Maldito Milón...»

Branco el espartano cabalgaba en la penumbra realizando la última inspección a las tropas sibaritas. Por culpa de Milón no había pegado ojo en toda la noche y estaba cansado y malhumorado. Muy a su pesar, tenía que admitir que el general crotoniata había demostrado un notable ingenio militar. Con unos cuantos hombres había conseguido que todo el campamento sibarita se pusiera en pie seis o siete veces a lo largo de la noche. A veces parecía que los atacaban por un flanco y de repente detectaban a cientos de hoplitas avanzando sigilosamente hacia el otro extremo de su campamento. Entonces creían que ése era el verdadero ataque y corrían de un lado a otro desordenadamente, pensando que habían sido víctimas de una maniobra de distracción, sólo para detectar que se trataba de un nuevo engaño.

«Doy gracias a Ares de que no hayan sido ataques reales, porque el campamento ha sido un caos durante toda la noche.»

Branco llevaba dos minutos avanzando por el pasillo que habían dejado libre entre la caballería y la infantería. Entrecerró los ojos y vislumbró por un instante su nombre resonando en Esparta, en todo el mundo griego, como el hombre que había derrotado al legendario Milón de Crotona y su poderoso ejército. Sonrió de medio lado y se centró en la infantería, situada a su derecha. Los hombres estaban ojerosos; sin embargo, tenían miedo y eso los mantenía tensos.

«Todavía aguantarán unas cuantas horas antes de acusar no haber dormido.»

En cualquier caso, tenía claro que lo mejor era lanzarlos al combate cuanto antes.

Branco también reconocía con un punto de admiración la habilidad del general Milón para desplazar todo su ejército a gran velocidad. El día anterior habían aparecido al otro extremo de la llanura bastante antes de lo previsto. No obstante, él nunca habría planteado la batalla del modo que lo hacía Milón. Lo que habría hecho era apostarse en el paso angosto que había unos kilómetros más al sur. Con un ejército inferior y más disciplinado lo mejor era evitar la confrontación directa.

«Quizás confía en la ventaja que proporciona la disciplina. –Negó con la cabeza–. Hoy no les va a servir de nada.»

Aquella batalla iba a ser diferente a cualquier otra de la que Branco hubiera oído hablar. La caballería nunca se había utilizado como frente de combate, sólo para flanquear y hostigar. Pese a ello, en sus circunstancias actuales era lógico embestir con la caballería, dado el insólito poderío de ésta y la peligrosa inexperiencia de su infantería. Sin embargo, en el caso de Milón lo razonable hubiera sido intentar evitar su embestida y utilizar sus disciplinadas fuerzas para ataques y retiradas fulminantes, que quizás habrían acabado por desbaratar al ejército sibarita.

«Habrás ganado muchos campeonatos de lucha, Milón, pero vas a perder esta batalla.»

Cuando Branco llegó al final de las tropas encontró a Telis. El líder de los sibaritas observaba los últimos movimientos de sus hombres desde un punto algo elevado, a veinte metros del extremo de las filas. Estaba montado en un caballo magnífico, llevaba una armadura completa y tenía una buena espada. Pese a todo, Branco se percató de su expresión reticente, la misma que había visto en muchos hombres antes de su primera batalla.

«No es lo mismo dar caza a unos cuantos ricos gordos que enfrentarse a un ejército», pensó sintiendo una punzada de desprecio. No obstante, trató de animarlo.

–Todo está dispuesto, Telis. Va a ser una victoria rápida y sencilla.

Hizo que su montura se colocara junto a la del sibarita y ambos quedaron orientados hacia las tropas. A la vanguardia estaba la poderosa caballería. Con cuatro líneas de fondo, sus mejores hombres montaban sobre dos mil caballos alimentados y entrenados con mimo en las cuadras de los aristócratas de Síbaris. La llanura poseía una anchura de un kilómetro y medio donde ellos estaban; sin embargo, según se avanzaba hacia el sur las colinas iban acercándose al mar. Esto daba al terreno la forma de un embudo que iba estrechándose hacia los crotoniatas. Por eso Branco había hecho que el frente sibarita ocupara sólo un kilómetro, la misma anchura que el frente crotoniata. De no hacerlo así, habrían tenido que apretarse según avanzaban, lo que hubiera roto completamente la formación.

–¿Estás seguro de que no atacarán? –preguntó Telis con una voz menos firme de lo que hubiera deseado.

–No lo harán. Les interesa combatir en la parte estrecha para intentar compensar su inferioridad.

–En ese caso, ¿por qué no retroceden más?

–Imagino que Milón ha considerado que ésa es la anchura ideal para las fuerzas de que dispone. Con menos terreno no podría aprovechar la agilidad de movimiento de sus disciplinadas tropas.

La referencia a las virtudes del ejército crotoniata inquietó a Telis, por lo que Branco se apresuró a recordar la táctica que habían decidido:

–De todos modos, no les vamos a dar tiempo a desplegar ninguna estrategia. Avanzaremos en bloque hasta ellos, con la caballería por delante y la infantería justo detrás, y cuando queden cien metros lanzaremos todas las tropas a la vez. –Guiñó un ojo a Telis–. Y luego les sorprenderemos demostrando que también nosotros somos capaces de maniobrar durante una batalla.

Branco se refería al movimiento envolvente con el que esperaban sorprender a los crotoniatas. Los exploradores habían reconocido la zona concluyendo que no era posible rodear el promontorio lateral, por lo que habían pensado en algo diferente. Esperarían a que la primera línea de caballería chocara contra el ejército enemigo. En ese momento, cien caballos de cada extremo de la tercera y cuarta filas se moverían lateralmente para superar los flancos crotoniatas. Éstos estarían ocupados con la carga de caballería y no podrían reaccionar. Tanto en la ladera de la colina como en la playa se verían sobrepasados por una avalancha de caballos que los rodearían para atacarlos por detrás. Sus líneas se desbaratarían y, lo que era aún mejor, perderían la posibilidad de retirarse.

No sería una victoria, sino un exterminio.

–De acuerdo, por Zeus, pongámonos ya en marcha –exclamó de repente Telis.

Branco dejó que Telis se adelantara. El sibarita se situaría en mitad de la cuarta fila de caballería, el lugar más seguro de toda la formación. Además, el mercenario espartano y varios de sus hombres lo protegerían.

«Un hombre agradecido siempre es más generoso», se dijo Branco.

Al ocupar su lugar entre las tropas, el espartano miró hacia atrás. Los treinta mil sibaritas que formaban la infantería ocupaban una franja de cincuenta metros de anchura. Su formación no era regular como la de un ejército profesional, pero estaban igual de alertas y silenciosos. Branco forzó la vista sobre su caballo, intentando distinguir a algunos de los hombres de la última fila. Hizo un gesto de firmeza hacia ellos. El día anterior había difundido un mensaje, dejando claro cuál era la función de esa última fila de infantería: ejecutar a todo el que intentara retirarse.

Se volvió hacia delante. Telis lo miraba, como si él fuera el cabecilla de aquellos hombres.

«En estos momentos lo soy», se dijo Branco disfrutando con la embriagadora sensación de poder.

Con el rabillo del ojo vio que el sol estaba a punto de aparecer. Alzó la mano derecha y la mantuvo en alto. Ellos no tenían instrumentos para transmitir órdenes, ni tropas capaces de cumplirlas durante la batalla. Por eso sólo iba a dar dos instrucciones. La primera sería iniciar el avance. La segunda, cuando estuvieran a cien metros, lanzarse al ataque.

Bajó el brazo.

La llanura comenzó a vibrar.

Milón, ceñudo en lo alto de su caballo, vio que la marea sibarita se ponía en marcha. Un momento después le llegó el rumor de su avance.

Estaba en mitad de la primera fila de su ejército, la de caballería, con tres de sus generales a cada lado. Tras ellos la infantería permanecía tan silenciosa que parecía haber desaparecido. Tampoco hablaba nadie en la caballería. Mirando hacia el enemigo, Milón tenía la inquietante sensación de estar solo en mitad de la llanura.

Cinco minutos antes había recibido el último reporte. El explorador apenas tenía veinte años y era evidente que estaba muy nervioso.

–Están preparados para avanzar, señor. Han formado cuatro filas de caballería. Justo después está toda su infantería en un solo bloque.

Milón asintió pensativo y después indicó al soldado que ocupara su puesto. Los sibaritas estaban haciendo lo mismo que haría él en sus circunstancias. Eran muy superiores gracias a su caballería y no tenían formación militar. Lo mejor era lanzar lo antes posible un ataque arrollador. Sin tácticas, sólo fuerza bruta.

«Pero tampoco organizar eso resulta sencillo, y menos con civiles.» Movió la cabeza de un lado a otro, inquieto. Aquello era otra muestra de que los sibaritas estaban recibiendo asesoramiento militar.

Se estiró sobre su montura para echar un vistazo a los extremos de su ejército. Por la izquierda ocupaban en formación compacta los primeros metros de una ladera. En la derecha había una playa de treinta metros de anchura. Sus tropas se habían extendido sobre la arena clara y los últimos hombres se adentraban en el mar hasta que el agua les cubría las rodillas.

«Sería un desastre que superaran los flancos.»

Volvió a mirar al frente. Los imponentes caballos sibaritas estaban a menos de un kilómetro. Se acercaban despacio, como si estuvieran dando un paseo. No se veía ningún estandarte ni a nadie que destacara sobre los demás. Milón, en cambio, resultaba inconfundible entre sus hombres. No sólo por su llamativa corpulencia sino por las dos coronas que llevaba sobre la cabeza. La de laurel representaba sus siete victorias en los Juegos Píticos, y la de olivo sus seis triunfos en los Juegos Olímpicos. Estaba orgulloso de lucirlas, pero además servían para incrementar la disciplina y la moral de las tropas. Les recordaba a todos que su general en jefe era el mayor héroe en la historia de Crotona, revestido de gloria como ningún otro hombre.

A pesar del orgullo y el prestigio de Milón, en ese momento la mayoría de sus soldados y oficiales temían que les estuviese conduciendo a la muerte. El enemigo estaba a sólo medio kilómetro y era evidente que pensaba arrollarlos por pura inercia. Todos llevaban días soñando con los dos mil caballos de Síbaris, que crecían de tamaño en cada conversación murmurada alrededor de una fogata. Los crotoniatas miraban a su propia caballería y lamentaban disponer sólo de una línea frente a las cuatro del ejército enemigo. Veían los espacios libres entre sus caballos e imaginaban que por ahí irrumpirían las bestias sibaritas. Además, ¿por qué había apostado Milón tantos hombres que llevaban trompetas o flautas en lugar de espadas? ¿Acaso iba a servir de algo dar órdenes mientras el enemigo los aplastaba como una ola gigante?

El ejército de Síbaris seguía acercándose, inexorable, y ellos lo observaban desesperados. No comprendían por qué se habían desplegado tanto. Tampoco encontraban sentido a un choque frontal. Si hubiesen sabido que Milón iba a plantear la batalla de ese modo se habrían rebelado contra él.

Ahora sólo les quedaba intentar sobrevivir.

Cuando los sibaritas estaban a trescientos metros, el sol lanzó sobre ellos sus primeros rayos. El frente de su avance se volvió más nítido, como un temor incierto que de repente cobra cuerpo. Los crotoniatas se estremecieron temiendo que aquello fuera una señal de que los dioses apoyaban a sus enemigos.

«Tienen miedo», pensó Milón observando a sus generales con el rabillo del ojo. Volvió a centrar su atención en el ejército sibarita. Los separaban doscientos metros y ya se podía ver que sus caballos eran de un tamaño fuera de lo común. Se acercaban muy despacio, para mantener la formación y para que sus tropas de infantería reservaran fuerzas.

La imagen del maestro Pitágoras acudió a la mente de Milón proporcionándole algo de serenidad. «Estamos haciendo lo correcto.» Eso era lo más importante, aunque miles de hombres fueran a morir esa mañana. Quizás él mismo.

Cerró la mano izquierda apretando las correas de su escudo redondo. Lo giró y examinó la gruesa punta metálica que tenía por la cara externa. Servía tanto de defensa como de arma de ataque. Después echó un vistazo al filo de su espada, que llevaba desenvainada desde hacía un rato. Antes de combatir siempre realizaba el ritual de comprobar sus armas. Inspiró profundamente y se volvió hacia la infantería, primero a izquierda y luego a derecha. Cientos de ojos estaban clavados en él, esperando sus órdenes para transmitirlas instantáneamente a todo el ejército. Levantó el brazo con la espada. Miles de soldados aferraron las empuñaduras de sus armas.

En ese momento, cuando la distancia que los separaba era de cien metros, la caballería sibarita se lanzó al ataque.

Fue como si comenzara un terremoto.

La tierra vibró con fuerza creciente bajo los pies de los crotoniatas. Las placas metálicas que revestían sus armaduras de lino o cuero chocaron entre ellas igual que lo hacían sus dientes. Aquel tintineo se aceleró a la par que el retumbar de la carga enemiga. Quince mil crotoniatas se encomendaron a Heracles, Zeus, Apolo y Ares mientras permanecían inmóviles apretando las mandíbulas bajo sus cascos de bronce.

Milón aguardaba con el brazo en alto. Sus hombres lo miraban a él y a los dos mil caballos que acometían contra ellos. Estaban a sólo setenta metros... y Milón seguía sin dar la orden de ataque.

Sesenta metros. Cientos de trompetas se alzaban hacia el cielo. Sus portadores apenas conseguían retener el aire que henchía sus mejillas. ¿Por qué Milón no bajaba su espada? No habían dispuesto picas ni cavado fosos que pudieran mitigar el empuje del enemigo.

Cincuenta metros. La temible caballería de Síbaris se abalanzaba como un huracán sobre el ejército de Crotona. Tras los dos mil caballos, treinta mil hombres corrían enfervorizados dispuestos a completar la masacre.

Milón rugió bestialmente y dirigió su espada hacia el enemigo. Las trompetas lanzaron con estridente urgencia la orden de ataque. Adelantándose a sus hombres, el héroe de Crotona arremetió contra la caballería sibarita.

CAPÍTULO 108

23 de julio de 510 a. C.

Los ejércitos iban a colisionar justo enfrente del enmascarado. «Oh, dioses, qué visión tan bella.» Desde su colina el espectáculo resultaba imponente, una promesa de aniquilación esplendorosa iluminada en tonos rojizos por el sol naciente.

Cuando la caballería sibarita se lanzó al ataque, el enmascarado contuvo la respiración. Le sobrecogía lo que estaba a punto de ocurrir, lo que había conseguido con sus maquinaciones. «Cincuenta mil hombres matándose entre ellos sólo porque yo lo he querido.» Abrió los ojos con avidez. En el primer minuto vería morir a miles de hombres. Aquello le producía una intensa euforia, y sabía que sólo era un anticipo de su gloria futura.

«Yo decidiré quién vive y quién muere.»

Cuando apenas quedaban cincuenta metros para que los sibaritas cayeran sobre la delgada fila de caballería crotoniata, Milón seguía con la espada en alto, reteniendo a sus hombres. Se mantenían inmóviles y silenciosos mientras la caballería y la infantería enemigas se abalanzaban sobre ellos profiriendo gritos de guerra. «¿Por qué no atacan?», se dijo el enmascarado extrañado. No les iba a servir de mucho, pero quedarse inmóviles, sin haber dispuesto elementos defensivos, era un suicidio absurdo.

En ese momento Milón bajó la espada y se lanzó bramando contra el enemigo. Lo hizo con tanto ímpetu que sacó algunos metros de ventaja a sus hombres. A punto de ser tragado por la avalancha sibarita, parecía un ratón solitario interponiéndose en la embestida de una manada de toros.

«Milón es uno de los siervos de Pitágoras, además de su yerno.» Su inminente muerte produjo al enmascarado un regocijo especial.

La caballería de Síbaris se cernía sobre Milón como una inmensa nube de tormenta. Detrás del general, a lo ancho de toda la llanura, las trompetas chillaban histéricas su mensaje de guerra y muerte. Los crotoniatas iniciaron una embestida masiva. Mientras corrían gritaban con fuerza, convirtiendo su miedo en odio y rabia. Al griterío furioso se unió el estrépito de cientos de flautas dobles y siringas, címbalos y caramillos. Envuelto en aquel estruendo, el héroe de Crotona se acercaba vertiginosamente a los caballos que tenía enfrente. Divisó un hueco entre dos de ellos y rectificó su trayectoria para pasar por en medio. Sus piernas atenazaban el cuerpo de su montura, tan compenetrado con ella como si fuese un centauro. Levantó el escudo para protegerse del previsible golpe que le lanzaría el adversario de su izquierda. Al mismo tiempo retrasó el brazo que aferraba la espada. Había dejado la mente en blanco, sus actos estaban guiados por su intuición natural para el combate.

Echó un último vistazo al jinete de la izquierda y reubicó su escudo para detener la espada enemiga. Inmediatamente concentró su atención en el hombre de la derecha. Los ojos del adversario siempre indicaban su siguiente movimiento. Éste miraba hacia su cabeza con la espada levantada y se protegía el costado con el escudo. Su expresión era furibunda, sin atisbo de miedo. Sin duda era un mercenario experimentado. Milón tendría que centrarse en detener su golpe.

Cuando estaban a pocos metros, el semblante de su adversario se convirtió en una máscara de sorpresa. Hacía unos segundos había dado a su montura la orden de acelerar a galope de carga, pero ahora el caballo estaba frenando en seco. El jinete se vio obligado a inclinarse hacia delante descuidando su defensa. Milón metió la espada por debajo del escudo enemigo, traspasó la protección de cuero como si fuera seda y con la hoja atravesó el hígado del mercenario. El caballo de Milón siguió avanzando. Los destrozos se multiplicaron al extraer la espada del cuerpo del enemigo. En ese instante, Milón adelantó su escudo y sintió un golpe fuerte. Oyó un grito de dolor y notó que el jinete de la izquierda caía al suelo. Refrenó su montura mientras seguía adentrándose en las líneas enemigas, que casi se habían detenido. Se inclinó hacia la izquierda pegando el escudo picudo al cuerpo. Con la fuerza de su avance machacó a otro enemigo. Ahora estaba rodeado por la caballería sibarita. Su montura se detuvo de golpe al chocar contra un caballo enorme que estaba parado. Tuvo un momento de pánico al sentir que caía, pero consiguió mantenerse sobre la silla. El caballo de su derecha se irguió sobre las patas traseras haciendo caer al jinete. Un hombre lanzó su montura hacia él, pero ésta se empeñó en avanzar de lado, lo que ofreció a Milón el costado izquierdo de su rival. Se volvió, clavó la espada por debajo de la axila y la retiró con rapidez.

Ya había penetrado hasta la tercera fila enemiga. Miró rápidamente alrededor para elegir otro rival y descubrió un caos absoluto en la caballería sibarita. Todos los caballos se habían detenido y giraban sobre sí mismos, daban saltos sobre sus patas traseras o caminaban de lado de un modo muy elegante pero inútil para combatir. Los sibaritas se desesperaban tirando de las riendas. Daban taconazos frenéticos a monturas que no los obedecían. Los doscientos que pretendían romper los flancos ni siquiera eran capaces de iniciar la maniobra envolvente. Aprovechando el descontrol, los jinetes crotoniatas se internaron entre la caballería sibarita pinchando y rajando a su antojo.

Los caballos de Síbaris habían sido entrenados para deleitar a sus dueños aristócratas. Desde que nacían se les hacía bailar al son de la música. Milón, sabiendo esto, había colocado cientos de instrumentos musicales en las primeras filas de su ejército. Después había esperado para dar la orden de ataque a que los caballos enemigos estuvieran a una distancia desde la que oirían perfectamente a sus músicos. Ahora éstos emitían sus notas impetuosamente, de modo incesante, mientras caminaban hacia el frente de combate.

«¡Funciona!», pensó Milón exultante.

A pocos metros de él, en la cuarta fila de la caballería, Telis estaba aterrorizado. Miraba a uno y otro lado sin comprender lo que sucedía. La carga de su ejército parecía imparable y de pronto, coincidiendo con la estruendosa música que había surgido desde las filas crotoniatas, los caballos habían frenado bruscamente y se habían puesto a bailar. Su propia montura estaba girando sobre sí misma, dando vueltas completas mientras sacudía las crines rítmicamente.

Telis había visto a Milón cabalgando hacia ellos un instante antes de que comenzara la música. El coloso de Crotona, adornado con sus coronas de laurel y olivo, era la punta de ataque de su exigua caballería. Telis estaba convencido de que iban a aplastarlo. Justo entonces los caballos habían empezado a comportarse de ese modo tan extraño. Entonces Milón había aprovechado para atravesar a un hombre y golpear con el escudo a otro. Se adentró entre sus filas y embistió con el escudo a un tercer soldado. Afortunadamente para Telis, que veía que el crotoniata iba directo hacia él, un corcel enorme se interpuso en su trayectoria y lo detuvo. En ese instante, Branco, situado a su derecha, dio un grito e impulsó su caballo contra Milón. La montura se adelantó hacia el general de Crotona, pero inmediatamente se giró y comenzó a avanzar de lado desbaratando la postura de ataque de Branco. Aunque el espartano se revolvió con rapidez, Milón era sorprendentemente ágil para su corpulencia y le hundió la espada en el costado.

Al ver cómo caía su militar más valioso, Telis sintió la dentellada gélida del pánico.

De repente Milón clavó la mirada en él. El héroe de Crotona no podía saber quién era, nunca se habían visto, pero lo eligió de objetivo y se lanzó como el rayo de Zeus. Esquivó con un hábil quiebro al caballo de Branco y llegó a su lado. Telis intentó desesperadamente mantenerse orientado hacia Milón, pero su montura seguía girando. Se retorció sobre la silla y alzó el brazo con la espada hacia el general en jefe de los crotoniatas. «Tal vez pueda contenerlo el tiempo suficiente para que alguien acuda en mi ayuda», pensó angustiado. Milón golpeó con fuerza y Telis sintió un tirón. No experimentó dolor. Se miró el brazo y vio con horror que habían desaparecido la mano y el antebrazo. No había nada por debajo del codo. El muñón escupió un chorro de sangre sobre las crines de su caballo y tuvo la certeza de que iba a morir. Inmediatamente después notó que una espada destrozaba sus costillas y le atravesaba los pulmones. Miró a Milón con incredulidad. En la expresión del crotoniata no vio odio, sólo determinación.

Su enemigo sacó el metal de su pecho provocándole un dolor lacerante.

–Dioses –musitó Telis.

Se desplomó sobre su caballo. El maldito animal seguía girando en círculos. Telis resbaló despacio y cayó al suelo. Quedó tumbado de lado, con la cara apoyada sobre la tierra. Antes de que su vista se oscureciera pudo contemplar un extraño bosque de patas de caballos. Entre ellas, como fruta madura, caían los cuerpos de sus compañeros.

CAPÍTULO 109

23 de julio de 510 a. C.

LA MASACRE SE INTENSIFICÓ de un modo pavoroso. Milón combatía con denuedo desde su caballo tratando de aprovechar aquellos momentos únicos. Iba de un enemigo a otro sin que su espada se detuviera un solo instante. Consideraba que había poco honor en la facilidad con que había matado ya a varios jinetes de la caballería enemiga. «Pero yo no he provocado esto», se dijo hundiendo su espada en otro cuerpo.

Varios metros por delante, la infantería de Síbaris era un griterío envuelto en polvo a punto de alcanzar el frente de combate. Milón miró hacia atrás y vio que sus propios soldados de infantería ya estaban cayendo sobre las desbaratadas líneas de caballería sibarita. Sus soldados se lanzaban sobre los jinetes enemigos como un enjambre de avispas furiosas. Algunos sibaritas intentaban desmontar para combatir desde el suelo; se dejaban caer de cualquier modo desde caballos que no los obedecían, pero cuando tocaban tierra ya los habían atravesado las lanzas y espadas de Crotona. A los pocos minutos de iniciarse la batalla, se desangraban bajo los caballos más de la mitad de los jinetes de Síbaris, los hombres más valiosos y mejor armados de aquel improvisado ejército.

Los inexpertos soldados de la infantería sibarita habían corrido tras su caballería a ciegas, envueltos en una densa nube de polvo. De repente se encontraron con algo que no esperaban.

–Nuestra caballería arrollará al ejército de Crotona –les habían asegurado repetidamente sus flamantes oficiales–. Vosotros sólo tendréis que adentraros entre sus restos para rematarlos.

En lugar de eso, había aparecido frente a ellos una urdimbre casi impenetrable de caballos bailando. Los soldados sibaritas situados en las primeras líneas convirtieron su carrera fogosa en un trote inseguro y se detuvieron a pocos pasos del muro de caballos. Unos segundos después vieron con espanto a los primeros jinetes crotoniatas emergiendo hacia ellos.

Milón fue el primero de sus hombres en lanzar el caballo contra la aterrada infantería sibarita. Poco después, el resto de la caballería crotoniata se abalanzó con ardor sobre los treinta mil civiles inexpertos y pobremente armados de Síbaris. «Por Zeus, es como atacar a la muchedumbre reunida en una plaza de mercado», pensó Milón. Sintió que su ímpetu se debilitaba pero se repuso al instante. Cualquier gesto de misericordia antes de que el enemigo iniciara la retirada podía causar la muerte de varios de sus propios soldados. Hizo volar su espada a derecha e izquierda desatando una vorágine de sangre y muerte. Notó que recibía en las piernas algunos cortes y pinchazos, pero llevaba fuertes protecciones de cuero y sus atacantes sólo disponían de palos afilados y cuchillos de cocina.

Al cabo de un rato se formó un claro alrededor de su caballo. Milón se irguió para comprobar la situación por detrás de él. Había dividido su infantería en tres regimientos. Los dos primeros estaban concluyendo el exterminio de jinetes sibaritas y empezaban a unirse a su caballería contra el *ejército* de civiles sibaritas. El tercer regimiento, viendo que no era necesario en el frente y que resultaba imposible avanzar hacia delante, se había dividido por la mitad y marchaba hacia los flancos. Allí los soldados ascendían la ladera de la colina o se adentraban en el mar hasta sobrepasar el frente de combate. En cuanto llegaban al otro lado se lanzaban contra los laterales de la infantería de Síbaris.

Milón gruñó, satisfecho por el comportamiento de sus oficiales, y miró de nuevo a los enemigos que tenía delante. Muchos se empujaban entre ellos intentando apartarse de él, pero vio un grupo de hombres dispuestos a hacerle frente. Apretó los dientes y se lanzó contra ellos.

El ataque frontal de la caballería crotoniata, combinado con los ataques laterales del tercer regimiento, hizo que los sibaritas más adelantados intentaran retroceder. Sin embargo, la inercia de sus tropas excesivamente compactas seguía empujando hacia delante, enviando a los hombres de primera línea contra las espadas de Crotona. La mayoría de aquellos desgraciados ni siquiera tenía escudos. Recibían el primer tajo en las manos o en los brazos que alzaban en un patético intento de protegerse.

Desde la privilegiada altura de su caballo, Milón pudo ver que en toda la extensión del frente ocurría algo similar: el pánico provocaba entre los sibaritas una ola de retroceso que se transmitía hasta las últimas líneas. Los integrantes de aquella retaguardia todavía seguían empujando sin ver lo que sucedía en la línea de choque. Estaban envueltos en una espesa polvareda y apretados contra cuarenta filas de hombres, sin mantener formación alguna. Oían un griterío incesante de terror y agonía pero no estaban seguros de quién lo emitía. Cuando notaron que la masa los empujaba hacia atrás, algunos dieron la vuelta. Se encontraron de cara con las armas afiladas de los destinados a impedir la retirada. Aun así, varios hombres intentaron escapar. Fueron acuchillados sin piedad y los demás volvieron a empujar hacia delante con redoblada fuerza.

–¡Avanzad! –gritaron aterrorizados a sus compañeros–. ¡Empujad, por Zeus, empujad o nos rajan!

Se produjo otra ola de avance frontal. Esto se unió a las continuas oleadas de retroceso y a las mareas laterales de los que estaban siendo atacados por los flancos. La masa del ejército sibarita era una cinta de un kilómetro de ancho por treinta metros de profundidad, un manto convulso de hombres que habían pasado rápidamente de la euforia a un terror histérico. Las avalanchas a veces se desplazaban en sentidos opuestos. Donde se encontraban, la presión reventaba los pechos de los hombres.

Los músicos estuvieron tocando durante veinte minutos.

En ese tiempo el ejército de Crotona acabó con la práctica totalidad de los dos mil jinetes de Síbaris. La única excepción fueron treinta o cuarenta soldados que consiguieron dominar a sus monturas y huir por los flancos. Ahora mismo cabalgaban hacia Síbaris.

La infantería sibarita se batió en retirada poco después. «Ya habrá caído la cuarta parte de sus *soldados*», calculó Milón. No murieron más porque la acumulación de cadáveres en la zona de combate dificultaba el avance. Los hoplitas de Crotona tenían que pisotear montículos de cuerpos para seguir atacando. En ocasiones debían ayudarse de los brazos para superar aglomeraciones de cadáveres que llegaban a la altura de la cintura.

Para desgracia de los sibaritas que intentaban escapar, el tercer regimiento de infantería de Crotona ya los había rodeado casi por completo. La huida de los sibaritas fue tan masiva que consiguieron romper el cerco por varios puntos, pero en el proceso cayeron abatidos miles de hombres. El resto inició una larga carrera hacia el río, hacia donde había estado el campamento desde el que habían soñado con una victoria fácil. La infantería de Crotona se lanzó a perseguirlos; sin embargo, sus armas y protecciones los lastraban y sólo dieron alcance a los que estaban en peor forma o ya habían sido heridos.

Hasta entonces Milón no había dado la orden de tomar prisioneros. Para su desarme y vigilancia se requerían tropas que eran necesarias para el combate. El enemigo al que se daba alcance era acuchillado al momento, asegurándose de que no podía levantarse y atacar después por la espalda. El frente iba avanzando y era muy peligroso dejar atrás enemigos vivos. Los soldados crotoniatas que estaban unos metros por detrás del frente, sin combatir en ese momento, se dedicaban a hundir sus espadas en el pecho o, cuando la coraza lo dificultaba, en el cuello de los sibaritas caídos.

Milón tiró de las riendas de su montura y dejó que se alejaran los sibaritas sobre los que estaba a punto de caer. Tenía los brazos y las piernas cubiertos de sangre propia y ajena. A su alrededor había tantos cadáveres que apenas se veía la tierra. Observó la desbandada del ejército enemigo. Desde el mar hasta la colina, la llanura era un hervidero de hombres corriendo. Agitó el brazo con la espada en el aire, gritando para llamar la atención de sus oficiales de caballería.

–¡Seguidme! ¡Hay que hacerlos prisioneros!

Repitió varias veces la palabra *prisioneros*. Sabía que, si no lo hacía, los sibaritas serían exterminados.

Cabalgó hacia el río por el flanco de la colina, sobrepasando a sus tropas de infantería y después a los sibaritas. La mitad de su caballería lo seguía. Miró hacia la derecha. El resto de sus jinetes avanzaba por la orilla del mar completando el movimiento envolvente.

Los sibaritas a los que adelantaba se desesperaban. Habían visto que conseguían dejar atrás a la infantería enemiga, pero su agotadora carrera no les había servido de nada. Una larga fila de caballos los estaba rebasando por cada extremo de la llanura con la intención obvia de cortarles el paso más adelante. Algunos se detuvieron, pero reanudaron la carrera al ver que se les echaban encima los hoplitas de Crotona.

El general Milón iba planificando sus siguientes pasos mientras cabalgaba.

«No podemos alcanzar a los caballos que han escapado», pensó preocupado. Esos jinetes llegarían a Síbaris al atardecer y pondrían a toda la ciudad sobre aviso. Aun así, esperaba que Síbaris se rindiera fácilmente. Habían perdido a la mayoría de los hombres aptos para el combate. Debían aceptar todas las condiciones que les impusieran, la primera de ellas el retorno del gobierno aristocrático. Además, les obligarían a acatar las condiciones de forma inmediata. Si les daban margen de reacción podían utilizar el oro que habían confiscado a los ricos para contratar un potente ejército.

Sin dejar de cabalgar, Milón se volvió hacia atrás. Ya había sacado doscientos metros de ventaja al grupo principal de sibaritas. Advirtió que algunos estaban escapando por las colinas. Era imposible controlarlos a todos con los caballos de los que disponía en ese momento. Hizo una señal hacia la línea de caballería que avanzaba junto al mar y viraron para encontrarse en un punto intermedio. Cortarían la llanura a esa altura.

Las dos líneas de caballería se unieron en una sola que se volvió hacia el enemigo. Los sibaritas todavía corrían hacia ellos. Muchos de los que estaban más cerca de las colinas cambiaron de rumbo para unirse a los que huían por las laderas. En cuanto llegara la infantería crotoniata, se crearía un cerco del que no podría escapar nadie más.

Los sibaritas dejaban de correr cuando llegaban a unos pasos de los caballos. Miraban hacia atrás con los ojos desorbitados y veían más compañeros corriendo exhaustos hacia ellos. Detrás la infantería de Crotona a punto de darles alcance. Se volvían de nuevo y contemplaban a los jinetes con las espadas desenvainadas. Sentían que su muerte era inevitable.

Milón adelantó su caballo con la espada en alto. Sibaritas y crotoniatas guardaron un tenso silencio, tan atentos que se podía escuchar el rumor de las olas.

–¡Prisioneros, al suelo sin armas! –señaló la tierra frente a los primeros sibaritas– ¡Al suelo!

Los sibaritas dudaron un momento; sin embargo, la palabra *prisionero* había despertado en ellos un rayo de esperanza. Los que estaban delante de Milón se tumbaron sin dejar de mirar a los caballos.

Milón se volvió y señaló a varios de sus hombres.

–Cabalgad hacia el mar. Recorred la línea asegurándoos de que los sibaritas comprenden que si se rinden su vida será respetada. Igual de claro debe quedar entre nuestra caballería.

–¡Sí, señor! –Los jinetes partieron al trote, gritando sus instrucciones mientras pasaban entre la línea de caballería y los sibaritas.

Milón señaló hacia el otro lado.

–Vosotros, hacia las colinas. Transmitid el mismo mensaje. –Se volvió hacia un tercer grupo de jinetes–. Y vosotros, conmigo.

Milón se lanzó hacia delante. Los aterrados sibaritas vieron desde el suelo que el general crotoniata se les echaba encima con la espada en alto. Rodaron a los lados en un intento desesperado de evitar su ataque, pero Milón se limitó a atravesar las líneas sibaritas hasta llegar a sus primeros soldados de infantería. Allí dividió a su grupo de caballeros y cabalgó entre ambos ejércitos transmitiendo la orden de hacer prisioneros. Tuvo que hacer dos veces el recorrido hasta que consiguió detener la matanza de sibaritas.

Finalmente lograron rodear a unos diez mil hombres. «Deben de haber escapado cinco o seis mil», se dijo Milón pensativo. Miró a ambos lados de la llanura y de pronto le vino a la cabeza la angustia que estaban pasando en Crotona. Llamó a un par de mensajeros y los envió al Consejo y a la comunidad, para que transmitieran la noticia de la victoria arrolladora, incluyendo el exterminio de la temible caballería sibarita.

Cuando los mensajeros partieron, Milón dio orden de convocar a sus generales y cabalgó rápidamente hacia el norte de la llanura. Estaba satisfecho con la captura de tantos prisioneros. «Servirán para presionar a la ciudad de Síbaris.» Los treinta mil hombres que tan insensatamente habían decidido jugar a la guerra eran muchos más de lo que la ciudad podía permitirse perder. Si no recuperaban al menos a esos diez mil prisioneros, Síbaris se marchitaría sin remedio.

Unos minutos después, departía con cinco de sus generales. El tiempo apremiaba, por lo que ni siquiera habían bajado de los caballos.

—¿Qué le ha ocurrido a Telémaco? —dijo preguntando por el único general que faltaba.

—Ha muerto, señor —respondió el general Polidamante—. Su caballo se fue al suelo al chocar con la caballería sibarita. Desde allí acabó con varios enemigos, pero finalmente...

Polidamante apretó los labios y se quedó callado. Telémaco era primo suyo. Milón suspiró y sacudió la cabeza. Al principio de la batalla había pensado que lo de hacer bailar a los caballos con música podía no funcionar. Sabía que en ese caso morirían todos. Sin embargo, al neutralizar a la caballería sibarita lo previsible era perder pocos hombres. Había esperado que entre los muertos no estuviera ninguno de sus veteranos generales.

«Le haremos el homenaje adecuado, pero eso tendrá que esperar.»

—¿Cuál es la situación?

Polidamante también respondió esta vez. Tenía una merecida fama de poder calcular el número de soldados de un ejército con sólo un vistazo.

—En la caballería hemos perdido alrededor de doscientos caballos y cien jinetes. Entre éstos hay algunos heridos, pero la mayoría están muertos. En infantería han caído menos de mil hombres. Quizás ochocientos. Un tercio muertos y el resto heridos.

Milón miró hacia el suelo con el ceño fruncido. Las cifras eran buenas para lo que podía haber ocurrido, pero sólo las consideraba mediocres teniendo en cuenta cómo se había desarrollado la batalla.

—Está bien —dijo finalmente—, vamos a hacer lo siguiente: la mitad del primer regimiento de infantería acampará alrededor de los prisioneros. El resto de la infantería marchará hacia Síbaris. Nos adelantaremos con la caballería para intentar cortar el paso a los que han escapado. Calculo que serán unos seis mil. —Miró a Polidamante, que asintió mostrando su acuerdo con la cifra—. Espero que podamos capturar al menos a la mitad. Para eso el tercer regimiento de infantería debe avanzar a marchas forzadas, y haremos igual que aquí: con la caballería los detenemos y la infantería llegará después para rodearlos. En la medida de lo posible, sin muertos.

Hizo una pausa y sus generales asintieron.

–Si conseguimos prisioneros, los enviaremos con una escolta a esta llanura para mantenerlos a todos juntos. Después acamparemos lo suficientemente cerca de Síbaris como para que se echen a temblar. Esta noche no dormirán y mañana tendrán mejor disposición para parlamentar.

Miró hacia el norte. En las colinas del otro lado del río se veía a algún hombre corriendo. Los caballos de Síbaris, en cambio, ya estaban fuera del alcance de la vista.

–Los jinetes que han escapado los pondrán sobre aviso, pero la ciudad ya no tiene medios para hacernos frente. –Milón echó un vistazo al sol–. Quiero llegar a Síbaris antes de que se haga de noche. En marcha.

CAPÍTULO 110

23 de julio de 510 a. C.

DETRÁS DE LA MÁSCARA NEGRA, unos ojos observaban fríamente la llanura. Su dueño llevaba sin moverse desde que había comenzado la batalla. Respiraba sosegadamente y tenía las manos descansando sobre las piernas, sin sujetar las riendas de su montura. El sol brillaba con fuerza frente a él en medio de un cielo despejado. Iba a ser un día cálido, por lo que la brisa, ahora templada y limpia, en unas horas arrastraría el pegajoso hedor de la putrefacción.

Desde los pies de su colina hasta la orilla del mar, el enmascarado contemplaba el mismo panorama: una densa franja de hombres y caballos muertos, tierra impregnada de sangre y varios soldados ocupados en auxiliar a los heridos. También había caballos de Síbaris que habían sobrevivido. Los soldados de Crotona los apartaban para ocuparse de ellos más tarde. A fin de cuentas, para la campaña militar contra Síbaris no servían unos animales que se ponían a bailar al son de las trompetas.

«Ha sido una estratagema realmente ingeniosa..., seguramente ideada por Pitágoras. El anciano todavía es capaz de tener buenas ocurrencias. No debo subestimarlo.»

El enmascarado desvió la vista hacia el norte. La llanura estaba moteada de cadáveres hasta llegar a un kilómetro de distancia, donde un cerco de soldados crotoniatas rodeaba a miles de prisioneros sibaritas. Pasado el río, el grueso del ejército de Crotona estaba avanzando hacia Síbaris a marchas forzadas.

–Volvamos al refugio –susurró volviéndose hacia Bóreas.

El gigante continuó mirando hacia el escenario de la batalla. Al cabo de unos segundos, dio media vuelta y lo siguió.

Mientras descendían la colina por la ladera contraria a la llanura, el enmascarado reflexionó tranquilamente sobre sus siguientes pasos. Aunque se había materializado el escenario más improbable a priori –la victoria del ejército de Crotona–, en realidad esto le acercaba más rápidamente a sus objetivos de venganza y dominación. De haber vencido los sibaritas, él habría descendido la otra ladera para unirse a Telis en la toma de Crotona. En la situación actual, se iría a su refugio y desde ahí retomaría el contacto con Cilón.

Pensó complacido en el oro que había colocado en los bolsillos de muchos oficiales de Crotona. Se lo había entregado para controlar sus actos en el remoto caso de que derrotaran a los sibaritas. Habría sido un desperdicio si esos oficiales hubieran muerto, pero ahora ese oro iba a proporcionarle un rendimiento fabuloso:

«El poder absoluto sobre el Consejo de Crotona».

Tres horas después de que terminara la batalla, un griterío interrumpió la concentración de Pitágoras. Estaba meditando sobre el concilio que había convocado para cinco días más tarde en casa de Milón. Confiaba en que sirviera para afianzar el futuro de la orden.

Apartó la mirada del fuego sagrado y desplazó su atención a las voces del exterior.

–¡Maestro Pitágoras! ¡Maestro Pitágoras!

En los gritos que oía a través de las paredes de piedra destellaban notas de júbilo.

«Ha funcionado», se dijo suspirando.

Pitágoras sonrió hacia las estatuas de las musas, pero lo hizo con cierta tristeza. Las guerras implicaban la muerte absurda de mucha gente inocente. Se dio la vuelta y salió al exterior del templo circular. Encontró a decenas de personas junto a las columnas que enmarcaban la entrada. Discípulos y sibaritas refugiados se apelotonaban alrededor de un soldado muy joven y sonriente. Era evidente que se trataba de un mensajero.

–Salud, soldado. ¿Te envía Milón?

–Sí, maestro. –El mensajero se inclinó respetuosamente, un poco cohibido por la imponente presencia del filósofo–. Me ha encomendado que os informe de que nuestro ejército ha obtenido una victoria aplastante. Hicimos sonar cientos de instrumentos cuando su caballería caía sobre nosotros y los caballos sibaritas se pusieron a bailar. Acabamos con todos los jinetes y con la mitad de su infantería en sólo media hora. En total unos quince mil por su parte... –frunció el ceño, experimentando una sensación agridulce–, y quinientos por la nuestra.

Pitágoras sintió un dolor en el pecho y cerró los ojos. Había sabido por Glauco que su enemigo enmascarado estaba detrás de la rebelión de Síbaris. Todos los muertos de aquella batalla eran consecuencia del odio de su encarnizado adversario.

El mensajero continuó:

–También tenemos diez mil prisioneros. Sólo han escapado unos seis mil sibaritas, pero Milón está persiguiéndolos mientras avanza hacia Síbaris. Nuestro ejército acampará esta noche cerca de la ciudad y mañana les exigirá una rendición sin condiciones.

Los aristócratas sibaritas gritaron con un alborozo rabioso. Llevaban desde el día anterior con la mirada clavada en el camino del norte, temiendo ver aparecer en cualquier momento la caballería enemiga.

Pitágoras agradeció al mensajero su trabajo y dio media vuelta. Varios sibaritas querían saber su opinión sobre la situación militar, pero los contuvo alzando una mano sin detenerse y se internó de nuevo en el Templo de las Musas.

«A veces resulta muy doloroso hacer lo correcto.»

Él había tenido la idea de anular a la caballería sibarita por medio de la música. Sin duda había sido necesario, pero sentía una angustia enorme al imaginar la masacre. La música desempeñaba un papel muy importante en su doctrina. La utilizaba con frecuencia para inducir ciertos estados emocionales y para curar enfermedades del cuerpo o de la mente.

«Pero es la primera vez que utilizo su poder para destruir.»

Destruir para crear, se recordó. Era una de las máximas de la naturaleza, pero eso le proporcionaba escaso consuelo en estos momentos.

Se concentró en el fuego eterno de la diosa Hestia. Las llamas bailaban una música silenciosa. Cerró los ojos y se obligó a serenarse. Vivían momentos críticos, la comunidad lo necesitaba más que nunca.

Enseguida consiguió aquietar su ánimo. Sin embargo, otra preocupación le rondaba la mente.

«Espero que Milón obtenga de Síbaris una rendición rápida y pacífica.»

CAPÍTULO III

24 de julio de 510 a. C.

QUEDABAN DOS HORAS para el amanecer. Androcles, veterano oficial de infantería del ejército de Milón, caminaba por el borde del campamento crotoniata llevando de las riendas un caballo que no era suyo. Estaba tenso y contrariado. Su plan hubiera sido mucho más sencillo de llevar a cabo si el ejército hubiera acampado a las puertas de Síbaris, como habían pretendido en un principio.

Escupió en el suelo con desprecio.

«Perros sibaritas.»

El día anterior, tras derrotar al ejército enemigo, Milón se había adelantado con la caballería para capturar más prisioneros. Consiguió acorralar a dos grupos que en total sumaban casi tres mil hombres. En cada ocasión, tuvo que detenerse y esperar después a que la infantería crotoniata los alcanzara para hacerse cargo de los prisioneros. Por otra parte, ese día habían partido de Síbaris varios grupos con intención de unirse a Telis. Dos mil hombres en total. Por el camino fueron advertidos de la situación por los jinetes sibaritas que habían huido de la batalla. En el momento de recibir el aviso, los hombres que estaban más adelantados se replegaron hasta un río que estaba a una distancia de unos quince kilómetros de su ciudad. Lo atravesaron, rompieron los dos puentes que lo cruzaban y se apostaron al otro lado sintiendo que eran la última defensa de Síbaris. En esa época del año el río se podía vadear con facilidad, pero era lo único que podían hacer contra el ejército de Crotona. Sabían que finalmente tendrían que rendirse. Sólo les quedaba intentar parecer un obstáculo de consideración a los ojos de los crotoniatas. Quizás así éstos les dejarían poner algunas condiciones a la rendición.

Androcles siguió avanzando hasta llegar al extremo de su campamento. Allí echó un vistazo al otro lado del río. Había muchas fogatas.

A los dos mil sibaritas que se habían replegado hasta ese punto se habían unido después otros tres mil procedentes del malogrado ejército de Telis, más otros cinco mil que habían surgido poco a poco de Síbaris.

«En total unos diez mil entre cobardes, campesinos y viejos.» Androcles no aprobaba la clemencia de Milón. Si por él fuera, al día siguiente esos diez mil sibaritas descenderían al reino de los muertos y sus mujeres serían botín de guerra para los soldados que los mataran.

Sonrió aviesamente con la idea y se alejó unos metros del campamento. Al llegar al primer grupo de arbustos se detuvo. Oyó un silbido suave al otro lado. Respondió del mismo modo y rodeó los arbustos.

—¡Por Ares, Androcles, creí que no llegarías nunca!

Su interlocutor también era oficial del ejército de Crotona. Tenía un rango similar al de Androcles, pero pertenecía al cuerpo de caballería.

—Tranquilo, Damofonte. Es importante que mantengamos la calma.

—Para ti es fácil decirlo —se quejó Damofonte—. Es mi cuello el que está en juego.

—Todos nos jugamos la vida —Androcles esbozó una sonrisa torcida—, pero el enmascarado nos ha pagado muy bien por ello. Además, te recuerdo que yo tendré que explicar tu desaparición a Milón. Como se dé cuenta de que le estoy mintiendo, me parte en dos con sus propias manos.

Damofonte decidió no replicar. En los últimos días habían discutido varias veces sobre quién sería el que abandonaría el campamento. No le hacía gracia, pero ya estaba decidido. No tenía sentido volver sobre ello.

Alargó una mano y tomó las riendas del caballo.

—Será mejor que me vaya cuanto antes. —Se subió a la montura—. Quiero estar al otro lado de Síbaris antes de que salga el sol.

Androcles esperó a que Damofonte desapareciera en la noche. Después se dio la vuelta y regresó al campamento acompañado por el rumor del río. Sabía que uno de cada cinco oficiales estaba al tanto de lo que iba a ocurrir. «Y espero que los demás sean víctimas del engaño», se dijo apretando los labios. En cuanto a los soldados, los que no estaban implicados se limitarían a obedecer a sus oficiales.

Además, el éxito de todo el plan se vería favorecido porque iba en la misma dirección que las pasiones básicas de los hombres: venganza, lujuria, ambición... Aquella maquinación triunfaría de un modo natural e inevitable, o algo así había dicho el enmascarado. Androcles le había creído.

En el extremo meridional del campamento estaban sus hombres. Se internó sigilosamente entre ellos.

–Despertad a los que estén durmiendo –les decía al pasar–. En unos minutos daré la orden.

Tras organizar las guardias, Milón había ordenado que el campamento fuera despertado media hora antes del amanecer. Todavía quedaba una hora para ese momento, pero el general en jefe ya llevaba un rato despierto. Dormía poco cuando estaban de campaña aunque la situación estuviese tan controlada como ahora.

Se dio la vuelta sobre su lecho, constituido por una estera de esparto cubierta por una sábana de lino. Le incomodaba el calor que hacía dentro de la tienda. Le hubiera gustado dormir al raso como la mayoría de sus hombres, pero por seguridad tanto él como sus generales pernoctaban a cubierto.

Milón estaba seguro de que no habría escaramuzas. Había dado la orden de que sus hombres no cruzaran el río y los sibaritas no iban a cometer la insensatez de atacarlos.

«Bastante tienen con aguantar enfrente de nosotros.»

Resultaba evidente que la única pretensión de los sibaritas era retenerlos durante unas horas. Milón suponía que en esos momentos estarían evacuando de su ciudad a las mujeres y los niños. Debían de temer que el ejército de Crotona saqueara Síbaris.

«No saben que no voy a permitir un saqueo.»

Agobiado por el calor, se puso boca arriba y agitó su túnica produciendo una corriente de aire entre la tela y la piel. El sudor se evaporó proporcionándole un agradable frescor. Se concentró en relajarse para descansar aunque no pudiera dormir.

Unas horas antes, cuando llegaron al río, había enviado un mensajero al campamento sibarita. El mensaje que llevaba era simple y claro: Al amanecer debían rendirse o serían arrasados. No le importaba concederles unas horas de tregua. Los sibaritas ya no disponían de fuerzas que oponerles. Además, prefería tomar Síbaris con las tropas descansadas. Habían librado una batalla y después habían forzado la marcha durante muchas horas. No era prudente ni necesario luchar por llegar a la ciudad cuando ya se había puesto el sol.

Volvió a agitar la túnica para refrescarse.

«Espero que resolvamos esto con rapidez.»

Le disgustaba profundamente tener que combatir contra los sibaritas, pero era imprescindible que Síbaris se rindiera. Dejar las cosas a medias sería un riesgo intolerable para Crotona. Con todo el oro que los rebeldes habían confiscado a los aristócratas, podían comprar un ejército de mercenarios suficiente para invadir Crotona.

Al amanecer haría que se rindieran y tomaría el control de la ciudad, pero cedería su gobierno a los aristócratas sibaritas lo antes posible.

«Tendré que dejar unas tropas de apoyo –reflexionó–, hasta que los aristócratas organicen fuerzas suficientes para mantener el control. Con dos mil soldados será suficiente. El resto del ejército estará en casa en pocos días.»

De repente se dio cuenta de que llevaba un rato oyendo voces en la lejanía. Abrió los ojos y los clavó en el techo de la tienda, iluminado débilmente por una lámpara de aceite. Aunque el ruido era lejano le pareció que se trataba del característico rumor de la lucha.

Se incorporó con rapidez, cogió sus armas y salió de la tienda. Los dos centinelas apostados junto a la puerta se cuadraron. En el exterior el sonido de combate era evidente. Procedía de un extremo del campamento.

–¡Traed mi caballo!

Milón dio unos pasos hasta la orilla del río y escudriñó la oscuridad. El campamento sibarita parecía tranquilo frente a él. El problema estaba en el extremo meridional.

«Parece una escaramuza aislada.»

Arrugó el entrecejo, extrañado. Sus hombres tenían orden de no cruzar el río y sería una temeridad absurda que los sibaritas lo hubieran hecho.

Uno de los centinelas se acercó llevando a su caballo de las riendas. Se apresuró a montar y cabalgó hacia el punto de conflicto. Había muy poca luz, pero al acercarse pudo advertir que sus hombres habían cruzado el río.

–¿Qué sucede? –gritó desde el caballo a un centinela.

–Parece que unos sibaritas han cruzado el río, señor. Después han huido y algunos de nuestros hombres los han perseguido.

«Maldita sea, ¿quién habrá sido el necio...?» Las órdenes de no cruzar habían sido muy claras. No podían infringirse ni siquiera para incursiones de castigo.

–¿Quién es el oficial que ha cruzado en primer lugar?

El centinela dudó antes de responder.

–Creo que se trata de Androcles, señor.

La expresión de Milón se endureció. Estaba casi seguro de que Androcles era uno de los miembros de su ejército que recibía un sobresueldo de manos de Cilón. Era una práctica tan habitual que si depurara a todos los que lo hacían se quedaría sin la mitad de las tropas.

Dudó qué hacer. Quizás Androcles había tenido una buena razón para cruzar el río.

«La única manera de averiguarlo es ir tras él», pensó con decisión. Podía ser peligroso, pero no iba a quedarse de brazos cruzados. Tampoco tenía sentido despertar a todo el campamento por un incidente aislado que claramente no suponía una amenaza para ellos.

Desenvainó la espada y clavó los talones en su montura dirigiéndose hacia el río. Aunque el cauce era bastante amplio, apenas bajaba agua. Llegó hasta la orilla contraria sin complicaciones.

«Aquí no hay nadie», se dijo mientras escrutaba el entorno. El campamento sibarita se había replegado hacia el flanco norte como si hubieran reaccionado a un ataque lateral.

Avanzó con cautela entre las fogatas abandonadas. El griterío se hallaba delante de él, a unos cincuenta pasos. Estaba tan oscuro que Milón no podía divisar nada desde su posición. Lo que sí veía eran cadáveres dispersos por el terreno.

«Son todos sibaritas.»

Los gritos se alejaban de él. Puso el caballo al trote y enseguida alcanzó a un grupo de soldados crotoniatas.

–¿Dónde está Androcles?

Los hoplitas dieron un respingo al ver surgir de la nada a su general en jefe. Se quedaron tan sorprendidos que se limitaron a señalar hacia delante. Milón trotó rebasando más soldados hasta que alcanzó a varios que clavaban sus espadas con saña sobre unos sibaritas caídos.

–¡Androcles! –rugió Milón con su voz de trueno.

Uno de los hombres se volvió hacia él cuadrándose al instante.

–Sí, señor.

–¿Qué demonios ha sucedido?

El oficial tragó saliva antes de responder.

–Varios sibaritas cruzaron el río sin que los detectáramos. Se mantuvieron escondidos hasta que pasó cerca de ellos el oficial Damofonte. Entonces se abalanzaron sobre él y lo apresaron. –Parecía estar recitando de memoria–. Fue una acción muy rápida, señor. Cuando se dio la alarma ya estaban cruzando el río de regreso. Salimos inmediatamente tras ellos, pero en lugar de hacernos frente siguieron retrocediendo. Hace un minuto hemos caído sobre los que iban más adelantados –señaló con la espada hacia los cadáveres de los sibaritas–, sin embargo, no hemos conseguido liberar al oficial Damofonte. Estos hombres han confesado antes de morir que un pequeño contingente de caballería se lo ha llevado a Síbaris. Creo que pensaban que se trataba de un general. Nosotros no tenemos caballos, señor. Ahora mismo iba a regresar a nuestro campamento para avisar a la caballería.

Milón escuchó con expresión severa el relato de Androcles. Dudaba mucho que todo fuera cierto, pero no era el momento de enjuiciar su actuación.

–Regresa al campamento con todos tus hombres –dijo con frialdad.

Dio la vuelta y puso su montura a un trote ligero. Aunque quería estar de vuelta cuanto antes, sería insensato galopar en medio de aquella oscuridad.

Cuando se aproximaba al río se percató de que había movimiento en su campamento. Parecía que todo el mundo había despertado. Cientos de antorchas zigzagueaban cerca del agua.

«¿Ahora qué ocurre? –se preguntó exasperado–. ¿Más incursiones suicidas?»

Se detuvo un momento para escuchar. Le llegó el chapoteo apresurado de miles de pies junto al estruendoso grito de ataque de todo un ejército.

Experimentó una brusca oleada de pánico.

«¡¿Los sibaritas nos atacan en masa?!»

¿Se había equivocado radicalmente en el cálculo de fuerzas enemigas? ¿Ocultaban dentro de Síbaris un ejército mercenario? De pronto se dio cuenta de que eran sus hombres los que cruzaban el río masivamente. Arrugó el entrecejo, desconcertado. ¿Qué motivo podían tener todos los oficiales para ordenar un ataque? ¿Qué demonios estaban haciendo sus generales?

Aquello era tan absurdo que parecía el delirio de un sueño febril. Espoleó el caballo con fuerza, atravesó el lecho del río y recorrió la orilla de su campamento gritando a los últimos hombres que retrocedieran. Pero ya era imposible detener aquello.

Distinguió a pocos metros al general Polidamante increpando a unos oficiales desde lo alto de su montura.

–¡Polidamante! –bramó Milón acercándose–. ¿Qué está sucediendo, por todos los dioses?

Su general, habitualmente sobrio, se volvió un rictus de desesperación.

–No lo sé, señor. De repente se han empezado a escuchar gritos de *nos atacan* por todo el campamento. Las tropas se han lanzado hacia el río en medio de la oscuridad para repeler los ataques.

–¿Tú has visto esos ataques? –gritó Milón blandiendo la espada–. ¿Has visto sibaritas en este lado del río?

Polidamante frunció el ceño.

–Bueno…, yo no he visto a ningún sibarita, señor, pero no se ve nada a más de diez metros de distancia.

Milón se volvió hacia el río. El fragor de su ejército se alejaba sin que pudiera verlos. Apretó tanto la mandíbula que sus muelas estuvieron a punto de quebrarse. Intuía que alguien los estaba manipulando…, pero una vez más debía ser consecuente con la información de que disponía.

–Que toquen repliegue inmediatamente –ordenó con determinación–. Vamos a envolver a los sibaritas minimizando los combates. Los adelantaremos con la caballería y les cortaremos el paso, como hicimos ayer. Después los haremos prisioneros y los conduciremos a las puertas de Síbaris. Parece que ellos han secuestrado a uno de nuestros oficiales de caballería. Si creen que un prisionero es un argumento para una negociación, a ver qué les parecen nuestros miles de argumentos.

CAPÍTULO 112

26 de julio de 510 a. C.

–¡ESTAMOS ANTE UNOS hechos que nos cubren de vergüenza y deshonor! –gritó Cilón desde lo alto del estrado–. ¡Ante la más degradante actuación de la historia de Crotona! Congestionado por la indignación, Cilón acompañaba su furibundo discurso con gestos enérgicos. Sus palabras mantenían en vilo a los mil consejeros. El vehemente Cilón acababa de hacer un resumen de los acontecimientos recientes. Dos días antes, el ejército de Crotona había acampado en el margen de un río, cerca de Síbaris. En la otra orilla se habían apostado diez mil sibaritas, básicamente campesinos y ancianos sin corazas, escudos ni espadas. El ejército crotoniata había atacado a los sibaritas durante la noche matando a miles y haciendo al resto prisioneros. Después había marchado sobre Síbaris, cuyos habitantes estaban más que dispuestos a rendirse. A pesar de ello, las tropas de Crotona habían irrumpido en la ciudad iniciando un saqueo que todavía duraba.

–¡La ira de los dioses caerá sobre nosotros! –Cilón tronaba con los brazos en alto. Parecía un heraldo de Hades, el dios de los muertos–. En nombre de cada uno de nosotros, nuestros soldados han prendido fuego a la ciudad, expoliado el oro de los templos, degollado a ancianos indefensos... –Con cada atrocidad imprimía más pasión a sus gritos–. ¡Han violado a las mujeres sibaritas y asesinado a sus hijos!

Pitágoras escuchaba a Cilón desde la primera fila de las gradas. El político llevaba más de media hora de intensa arenga, adornada con algunos detalles descarnados que el propio Pitágoras desconocía.

«Sus mensajeros le proporcionan más información que la que nos envía Milón.»

Siguió escuchando a Cilón con el rostro inexpresivo, disimulando su creciente estado de alarma. El ambiente emocional del Consejo se estaba volviendo muy peligroso.

–Y yo me pregunto –continuó Cilón–, yo me pregunto, estimados consejeros de Crotona: ¿quién es el responsable de tanta barbarie y desenfreno?

Hizo una larga pausa, recorriendo las gradas con la mirada y asintiendo ostensiblemente.

–Milón –respondió finalmente en un tono mucho más sosegado–. Milón es el general en jefe de nuestras tropas, luego él es el responsable de todo lo que éstas hacen. –Su voz se fue convirtiendo de nuevo en un temible torrente–. Pero se supone que Milón obedece a la ciudad, nos obedece a nosotros, y por lo tanto sus actos nos ensucian a todos. Y sin embargo –rugió con fuerza–, yo os digo, y todos sabéis que mis palabras contienen la verdad, que Milón obedece a Pitágoras antes que a nadie. –Señaló al filósofo con un dedo que la exaltación hacía vibrar–. ¡Por eso, la culpa de esta deshonra, de este infamante horror, es de Pitágoras!

Se calló para que el eco de sus palabras resonara en los oídos de los consejeros. Pitágoras se mantuvo en silencio. Si se apresuraba a responder, daría la impresión de que se consideraba culpable.

–¡Habla, Pitágoras! –se oyó desde las gradas.

–¡Responde a las palabras de Cilón!

El filósofo se puso de pie y avanzó unos pasos. Cuando estuvo en medio de la sala se detuvo y giró lentamente sobre sí mismo. Mostraba sus manos a todos los consejeros, tan desnudas como la verdad que les ofrecía.

–El saqueo de Síbaris es un acto despreciable ante el que estoy tan consternado y asqueado como todos vosotros. –Por un momento pensó en hablar en nombre del Consejo de los 300, pero intuyó que era mejor dejarlos al margen e intentar que las críticas de Cilón se centraran en él–. Como sabéis, hablé con Milón antes de su partida. Diseñamos juntos la estratagema de hacer bailar a la caballería enemiga –su voz se volvió repentinamente poderosa y cargada de indignación–; la estratagema que nos ha dado la victoria en la batalla de la llanura, cuando parecía que nuestro ejército sería machacado; cuando parecía que al día siguiente los rebeldes sibaritas arrasarían Crotona. –Hizo una pausa para que aquello calara en sus mentes volubles–. También hablamos de lo que habría que hacer después de la victoria. Y os aseguro que ni Milón ni yo pensamos en otra cosa que no fuera negociar una rendición pacífica. Os aseguro que...

–¡¿Debemos creer las palabras de Pitágoras?! –estalló Cilón de repente–. ¿Debemos creerlo cuando nos mantuvo en el engaño y la angustia antes del primer combate? Sólo él y *su yerno* Milón sabían lo que iba a hacer nuestro ejército en esa batalla. Sólo ellos sabían las atrocidades que los soldados cometerían después. ¿Acaso un ejército hace otra cosa que no sea obedecer a sus superiores?

Pitágoras, solitario en medio de la sala del Consejo, observó detenidamente los gritos y aspavientos de Cilón. Estaba atacándolo con una dureza inusitada, pero había algo más detrás de sus palabras. Una intención oculta que se esforzaba en no mostrar.

«Está preparando el terreno para algo mucho peor», se dijo Pitágoras entrecerrando los ojos.

Recordó la visión premonitoria que había tenido tres meses antes, en el Templo de las Musas. En ella había atisbado un futuro de sangre y fuego. ¿Sería el saqueo de Síbaris una señal de que aquella visión espantosa había comenzado a hacerse real? Era indudable que el mal estaba progresando, frío y oscuro como un eclipse. Debía luchar con todas sus fuerzas para detenerlo.

Pitágoras se concentró en las gradas sondeando la postura de los mil consejeros. Su enemigo seguía vociferando, pero al filósofo no le interesaban sus palabras sino el efecto que producían.

Cuando terminó el sondeo se dio cuenta de que la lucha iba a ser aún más difícil de lo que creía.

Cilón tenía el apoyo de la mayoría del Consejo.

Akenón se equivocaba por completo al pensar que aquella mañana le iba a resultar tediosa.

Llevaba a su caballo de las riendas mientras recorría lentamente las calles de Crotona. Por todas partes veía corrillos que comentaban las noticias que iban trayendo los mensajeros. Se formaban en las puertas de los comercios, en las plazas, frente a los templos... y todos bajaban la voz al paso de Akenón y su comitiva.

El grupo al que acompañaba Akenón estaba compuesto de dieciocho personas con algunos animales de carga. Se trataba de cuatro aristócratas sibaritas, sus familias y su servidumbre. Habían conseguido pasaje en un barco mercante y le habían pedido que los escoltara hasta el puerto.

«No me extraña que ya no se sientan seguros en Crotona», pensó Akenón.

Hasta hacía dos días, los sibaritas habían estado aguardando en la comunidad con la esperanza de poder regresar a su ciudad más adelante. Habían acogido con gran alborozo la victoria del ejército de Crotona sobre las tropas de los insurgentes. «También les agradó la noticia de que Milón marchaba sobre Síbaris para lograr una rendición total», recordó Akenón. Los aristócratas sibaritas se imaginaron retornando a sus palacios y reanudando la vida placentera a la que estaban acostumbrados. Sin embargo, lo siguiente que se supo fue que los militares crotoniatas habían iniciado un saqueo salvaje. Estaban robando su oro, masacrando al pueblo sibarita –su mano de obra– e incendiando sus mansiones.

«Ya no tienen adónde regresar.»

A pesar de que Pitágoras había intentado tranquilizarlos, los sibaritas veían con terror el momento en que aquel ejército sanguinario regresara a Crotona. Todos querían alejarse de la ciudad lo antes posible. Los que podían lo hacían en barco, pero eran muchos los que se habían marchado a pie.

Al adentrarse en el puerto, Akenón esbozó una mueca de desagrado. Le había venido a la mente la última vez que había estado allí. Tenía que dar gracias a los dioses de que Milón lo hubiera podido rescatar en el último minuto.

En el puerto se desarrollaba una actividad frenética. Los trabajadores iban corriendo a todas partes, hostigados a gritos por las autoridades para que la carga y descarga se realizara lo antes posible. Más allá de la bocana, balanceándose en el mar, una hilera de embarcaciones esperaba para recibir el permiso de atraque. La saturación se debía a lo ocurrido en Síbaris. Los numerosos barcos con ese destino se daban la vuelta al ver que por toda la ciudad ascendían columnas de humo. La mitad se dirigía entonces al norte, a Metaponte o Tarento, y la otra mitad costeaba hacia el sur hasta llegar a Crotona.

Akenón se despidió de los sibaritas y salió del puerto lo más rápidamente que pudo. No era sólo que estar allí le hiciera pensar en cuando Cilón había intentado exiliarlo; también le recordaba que para regresar a Cartago tendría que subirse a uno de esos malditos barcos.

Pensar en irse de Crotona le hizo evocar a Ariadna. Esa mañana, cuando él salía de la comunidad, había descubierto en ella una mirada diferente..., como si se hubiera quitado la máscara de indiferencia con la que lo trataba desde hacía tiempo.

«Parecía que estaba dudando si decirme algo importante.»

Él se había detenido y sus miradas se habían unido durante unos segundos, pero ella de repente se dio la vuelta, azorada, y se internó en la comunidad. Akenón continuó alejándose con los sibaritas manteniendo la imagen de Ariadna grabada en las retinas. Estaba más bella que nunca. Tenía algo especial, la piel luminosa, la sensualidad acentuada...

Aceleró el paso. Quería volver a verla, aunque no estaba seguro de qué haría cuando la tuviera delante. Tal vez replantearse su situación no fuera una buena idea para ninguno de los dos.

—¡Akenón!

Se dio la vuelta, sobresaltado. Pitágoras se acercaba acompañado de dos discípulos.

—¿Vas a la comunidad? —preguntó el maestro.

—Así es —respondió Akenón esforzándose por borrar a Ariadna de su mente—. Acabo de dejar en el puerto a los últimos sibaritas.

El rostro de Pitágoras se ensombreció.

—No les culpo por no sentirse a salvo con nosotros.

Akenón observó a Pitágoras. Parecía tener otro motivo de preocupación.

—¿Cómo ha ido la sesión? —le preguntó.

Pitágoras negó con la cabeza y suspiró antes de responder.

—Hoy, por primera vez en treinta años, Cilón tenía el apoyo de la mayoría del Consejo de los Mil. Sin embargo, no ha intentado ninguna acción concreta. Es como si algo lo refrenara. Está esperando algo, pero no sé el qué.

—¿Piensas que lo está dirigiendo el enmascarado?

Pitágoras asintió con gravedad.

—Así lo creo. Si Cilón actuara por su cuenta, habría exigido al instante alguna votación para utilizar su mayoría en nuestra contra. Lo de hoy revela una astucia y una frialdad superiores a las que él posee.

Pitágoras se ensimismó tras esas palabras y continuaron caminando en silencio hacia las puertas de la ciudad. Akenón metió la mano en el bolsillo de la túnica y encontró el anillo de oro de Daaruk. Jugó con él durante un rato, distraídamente, y acabó sacándolo. Hacía tiempo que no lo tenía en la mano. Recordó que lo había encontrado entre las cenizas de la pira funeraria del gran maestro asesinado. Pitágoras le había dicho que se lo quedase. Akenón había dedicado largos ratos a observar el pequeño pentáculo que contenía. Un símbolo muy sencillo y complejo a la vez. Gracias a Ariadna sabía que contenía secretos fundamentales sobre la construcción del universo. Rememoró a Ariadna explicándoselo. La visualizó vívidamente cabalgando a su lado, apoyando una mano en su muslo desnudo, envolviéndolo con una mirada que decía mucho más que sus palabras...

«Tengo que llegar a la comunidad cuanto antes», pensó guardando el anillo con manos agitadas.

Sin embargo, la imagen del pentáculo no abandonó su mente. Mientras avanzaba en silencio junto a Pitágoras fue concentrándose en los distintos segmentos de aquella figura geométrica tan especial. Era admirable el modo en que mostraban la *sección*, la proporción bella y reveladora que tanta presencia tenía en la naturaleza.

De pronto se detuvo con la boca abierta.

Acababa de tener una revelación tan fuerte que le había dejado sin respiración.

—Pitágoras, he de irme —farfulló mientras subía apresuradamente a su caballo.

El filósofo se volvió hacia él. Iba a preguntarle a qué se debía la urgencia, pero Akenón ya se alejaba por las calles de Crotona.

«¿Por qué tiene de repente tanta prisa?», se dijo Pitágoras extrañado.

Se encogió de hombros y siguió andando junto a los dos discípulos. Daba por hecho que más tarde podría preguntárselo, cuando se encontraran en la comunidad.

Estaba equivocado.

CAPÍTULO 113

26 de julio de 510 a. C.

—NIÑOS, CONTINUAD ESCRIBIENDO. Vuelvo en un minuto.

Ariadna salió del aula sin darse cuenta de que seguía llevando una tablilla de cera en la mano. Había estado todo el tiempo pendiente de la ventana y acababa de ver a su padre pasando por delante de la escuela. Haciendo un esfuerzo para no correr, se apresuró hacia Pitágoras.

El filósofo estaba hablando con Evandro. Parecía un ser divino bajo el sol implacable del mediodía, con el cabello y la barba tan blancos y resplandecientes como la espuma del mar. Ariadna dudó un momento antes de interrumpirlos.

—Padre —le molestó que su voz denotara ansiedad.

Pitágoras se dio la vuelta y se le iluminó la cara como siempre que la veía.

—¿Has visto a Akenón? —preguntó ella esforzándose por adoptar un aire casual.

—Me lo he encontrado en Crotona, al salir del Consejo. Íbamos a regresar juntos pero de repente ha montado en su caballo y se ha ido a toda prisa, como si hubiera recordado algo. —Pitágoras frunció el ceño—. Ha sido un poco extraño.

Ariadna permaneció un momento más frente a su padre, mordiéndose el labio en silencio.

—No importa.

Se dio la vuelta y anduvo de regreso a la escuela. Hacía un calor intenso, por lo que utilizó la tablilla para abanicarse.

Recordó que esa mañana, mientras asistía a la partida de algunos sibaritas en la puerta de la comunidad, Akenón la había descubierto observándolo. Por un momento él se quedó mirándola con curiosidad. Ariadna se preguntó por qué la miraba así. Entonces cayó en la cuenta de que era ella la que había provocado esa mirada en Akenón. Él la había cogido desprevenida mientras ella lo contemplaba con una expresión de ternura que había surgido en su rostro de un modo inconsciente. Ariadna se dio la vuelta avergonzada y se alejó de allí sin entender bien lo que había ocurrido. Ahora seguía preguntándoselo. Indagaba en su interior y notaba que algo había cambiado, pero estaba muy confusa.

«Sólo sé que necesito volver a verlo.»

CAPÍTULO 114

26 de julio de 510 a. C.

Akenón caminaba con todos los sentidos alerta.

«¿Cómo no me habré dado cuenta antes?», se reprochó.

Se encontraba a una hora a caballo de Crotona. Estaba caminando con las riendas de su animal en la mano, por un bosque en el que no se había internado nunca. Llevaba cinco horas recorriéndolo sin cesar y comenzaba a notarse fatigado por la tensa búsqueda. No ayudaba que el calor húmedo le pegara la túnica al cuerpo.

Crac.

Se volvió sobresaltado en la dirección del crujido y aguantó la respiración. A quince pasos de él, un denso grupo de arbustos parecía el lugar perfecto para que hubiera alguien escondido. Soltó las riendas, colocó delante la espada en posición defensiva y empezó a rodearlo muy lentamente.

Crac.

Algo grande acababa de moverse allí dentro. Podía ser un animal, pero la intuición le indicaba que no. Avanzó otro par de pasos. De pronto los arbustos se agitaron como si cobraran vida y surgieron dos hombres que se pusieron en pie con los brazos en alto.

Akenón saltó hacia atrás. Los hombres tenían la ropa andrajosa y sucia. El pelo enmarañado y la expresión hosca les daban un aire fiero. Akenón se dio cuenta en ese momento de que no llegaban a los veinte años y estaban asustados. Debían de vivir solos en el bosque. No parecía que les fuera muy bien, porque ambos estaban en los huesos.

«Puede que sean fugitivos.»

Los muchachos permanecían en silencio. Habían visto acercarse a un egipcio alto y corpulento que les sacaba treinta kilos a cada uno e iba armado con una espada curva. Se habían ocultado tras los arbustos con la esperanza de que pasara de largo; sin embargo, no habían tenido suerte y ahora el egipcio estaba frente a ellos con la espada levantada. Aunque preferían evitar un enfrentamiento, no dudarían en usar sus cuchillos si aquel hombre les atacaba.

–No voy a haceros daño –dijo Akenón.

Su voz sonaba sincera, pero ellos no se fiaron. Al contrario, aprovecharon aquella manifestación de buena voluntad para bajar las manos y tenerlas más cerca de los cuchillos.

Akenón se dio cuenta del parecido y supuso que serían hermanos. El pequeño no tendría más de dieciséis años. Le dieron pena. Sin bajar la guardia rebuscó en su túnica, sacó una dracma y se la mostró en alto.

–Esto es para vosotros si me ayudáis. Estoy buscando una villa abandonada, bastante pequeña. Puede que la habite alguien desde hace poco tiempo.

Los muchachos lanzaron miradas codiciosas a la valiosa moneda de plata. Con una dracma podrían comer tres o cuatro días. El mayor lo miró a los ojos y asintió. Luego extendió la mano e hizo un gesto para que le lanzara la moneda.

Akenón la arrojó al aire y el chico la atrapó al vuelo. La miró por los dos lados con incredulidad, se la pasó al muchacho más joven y señaló hacia su derecha.

–¿Ves aquel roble, el más grueso?

Akenón miró en la dirección indicada y después asintió.

–A unos dos kilómetros –continuó el chico– está la casa que dices.

–Ya he buscado por ahí –repuso Akenón.

–Está cubierta de vegetación. Hay que estar muy cerca para poder verla. Tienes que ir en esa dirección –insistió volviendo a señalar con el brazo–. Llegarás a un claro muy grande. La villa está al otro lado.

Akenón recordaba haber pasado por el claro que indicaba el muchacho.

–De acuerdo. Gracias. –Les dirigió una última mirada y se dio la vuelta para coger su caballo.

–Egipcio –lo llamó el chico mayor.

Akenón se volvió hacia él.

–Ten mucho cuidado –dijo el muchacho–. Nosotros no nos acercamos allí desde que vimos a un monstruo.

El corazón de Akenón se aceleró.

–¿Cómo era?

–Tú eres grande y fuerte –dijo el chico señalándolo. Después extendió los brazos todo lo que pudo–. El monstruo es mucho más grande y fuerte que tú. Ni siquiera Heracles podría vencerlo. «¡Bóreas!»

Akenón se estremeció. Ya no tenía dudas de que estaba a punto de dar con el enmascarado... y con su gigantesco esclavo.

Asintió agradeciendo el aviso y se alejó con la imagen de Bóreas en la cabeza. Daría toda su plata por disponer de hombres armados para seguir aquella pista, pero Milón y todos los soldados de Crotona estaban todavía en Síbaris. Sacudió la cabeza. «Bóreas no es más que un hombre. Se le puede herir con una espada igual que a cualquiera.» No se tranquilizó. No sólo se acordaba de la facilidad con la que el gigante destrozaba a una persona con las manos desnudas, sino también de su mirada fría e inteligente y de su endiablada velocidad.

Cabalgó hasta que estuvo a medio kilómetro del lugar indicado. Bajó de su montura y la ató a un árbol. Al anudar las riendas vio que le temblaban las manos. Respiró hondo varias veces, sacó la espada y continuó a pie, muy atento a cualquier ruido. Al cabo de un rato estaba enfrente del gran claro que había indicado el muchacho. Lo rodeó avanzando de árbol en árbol. Al llegar al otro extremo se asomó a través de una muralla de vegetación.

«No me extraña no haberla visto antes.»

La villa estaba en medio de un escondite natural. Además habían cubierto sus paredes con ramas. Akenón escudriñó durante un rato sin detectar ninguna actividad. Después se acomodó entre unos arbustos, desde donde vislumbraba la casa, y se dispuso a esperar.

Media hora después estaba lamentando no haber llevado consigo el agua que tenía en el caballo. Hacía tanto calor que sudaba a chorros. A pesar de ello se obligó a continuar oculto.

Una hora más tarde, un zorro cruzó despreocupadamente frente a la vivienda. Le tranquilizó que el zorro se internara sin temor y decidió que había esperado lo suficiente.

«Vamos allá.»

Sacó un puñal largo y puntiagudo y se incorporó poco a poco. Apretó con firmeza la empuñadura de sus dos armas y asomó la cabeza. Enfrente de él había un espacio despejado de siete u ocho metros. Al otro lado estaba la vivienda, ofreciéndole una de sus paredes laterales.

«No tiene ventanas, es buena idea acercarse desde este ángulo.» Cruzaría rápidamente hasta la pared y allí se detendría de nuevo. Miró a ambos lados. La vegetación creaba recovecos que quedaban ocultos a la vista; sin embargo, su vigilancia previa le hacía confiar en que no hubiera nadie alerta. Su primer objetivo era averiguar si había alguien en la vivienda. En caso afirmativo, se apostaría cerca de la entrada, quizás en el tejado, y atacaría por sorpresa cuando salieran.

Todavía oculto por la vegetación, Akenón volvió a mirar a izquierda y derecha. Respiró hondo, aferró el puñal y la espada y se lanzó hacia delante.

Antes de llegar a la pared se alarmó. Con el rabillo del ojo percibía un movimiento. Algo grande se acercaba por detrás con mucha rapidez.

Giró la cabeza y sintió que se le paraba el corazón.

CAPÍTULO 115

26 de julio de 510 a. C.

EN ESE MOMENTO, en la comunidad pitagórica, el último mensaje del general Milón estaba a punto de sobrecogerlos. Pitágoras lo estaba abriendo esperanzado. Se encontraban en su casa, en la habitación donde solían reunirse. El filósofo tenía frente a él a la mayor parte de su *comité de sucesión*: Téano, Evandro, Hipocreonte y también Ariadna. Faltaba Milón, y en esa reunión también tendría que estar Akenón, pero no habían conseguido localizarlo. Ariadna vio que su padre se permitía una sonrisa al leer las primeras líneas.

–Milón nos dice que ha conseguido que el ejército abandone Síbaris, por lo que el saqueo ha concluido. Ya sólo permanecen dentro unas tropas de confianza para mantener el orden. –Continuó leyendo en silencio y su expresión se oscureció–. Para detener el saqueo ha tenido que ejecutar a cientos de soldados y oficiales... y a muchos los ha ajusticiado él mismo. –Detuvo la lectura y se masajeó las sienes con los ojos cerrados. Téano se inclinó sobre él y le puso una mano en el hombro. Al cabo de un rato, Pitágoras continuó con la voz teñida de infinita tristeza–: Milón cuenta que ha hecho torturar a varios oficiales para que confesaran por qué habían desobedecido sus órdenes de no atacar. Nos confirma que Cilón y el enmascarado están detrás de todo.

Evandro intervino casi gritando:

–¡¿Eso no es suficiente para detener a Cilón?!

–Este crimen sería razón más que suficiente, por supuesto –respondió Pitágoras–. Y quizás a través de Cilón podríamos apresar al enmascarado. El problema es que ahora mismo tienen el apoyo de la mayoría del Consejo, y por lo visto también de una buena parte del ejército. –Concluyó dirigiéndose a Evandro con un tono más profundo y pausado–: Tenemos que actuar con mucho tiento o corremos el riesgo de desencadenar una guerra civil.

Ariadna se apoyó bruscamente en el respaldo de su silla. Se sentía frustrada e irritada. Hasta ese momento habían descubierto coincidencias en venenos, monedas y elementos matemáticos; habían destapado la actuación de Atma, Crisipo y otros implicados; habían viajado, interrogado, vigilado... Gracias a toda esa labor investigadora *sabían* que el enmascarado estaba detrás de los asesinatos de Cleoménides, Daaruk, Orestes y Aristómaco, así como de la orden de exilio de Akenón, la revuelta contra los aristócratas sibaritas y el saqueo de Síbaris.

«No nos sirve de nada saber todo eso. No hemos sido capaces de atraparlo y ni siquiera conocemos su identidad.» Y lo peor era que, ahora que podían intentar apresarlo a través de Cilón, tenían las manos atadas porque sus enemigos dominaban la mitad de las fuerzas de la ciudad.

Asintió para sí misma. «Estoy segura de que no es una casualidad que el rastro del enmascarado se haga más visible precisamente cuando perdemos el control del Consejo.» Aquello era otra muestra del estremecedor dominio de la situación que el enmascarado había exhibido siempre.

Las palabras de su padre la sacaron de su ensimismamiento.

–Milón también nos informa de que llegará mañana por la tarde. Tendremos que dedicar mucho tiempo a controlar la situación en el Consejo, pero además debemos centrarnos en preparar nuestro concilio.

«Sólo quedan tres días», recordó Ariadna sorprendiéndose. Era una lástima que aquella reunión se celebrara en medio de un ambiente tan revuelto. Se trataba de un acontecimiento único para la orden pitagórica: acudirían decenas de grandes maestros y los dirigentes de todas las comunidades; se designarían órganos de gobierno, se planificaría el futuro de la hermandad...

Ariadna se removió inquieta en el asiento. La perspectiva del concilio resultaba emocionante, pero su mente volvía una y otra vez a Akenón.

CAPÍTULO 116

26 de julio de 510 a. C.

AKENÓN SINTIÓ QUE EL TERROR le helaba la sangre. Bóreas se abalanzaba sobre él a una velocidad increíble. Descalzo y vistiendo sólo un taparrabos, el gigante imprimía una inmensa fuerza a cada una de sus rapidísimas zancadas. Akenón adelantó el brazo de la espada y mantuvo el puñal en posición defensiva. Era imposible esquivar el ataque del monstruo, sólo le quedaba confiar en que renunciara a embestirle al interponer el filo de sus armas.

Bóreas no varió su trayectoria ni disminuyó la velocidad. En el último instante hizo un movimiento que Akenón no fue capaz de seguir con la vista. Su única reacción fue mover la espada hacia donde pensaba que se dirigía el brazo del gigante.

No le sirvió de nada.

Bóreas apresó su antebrazo derecho. Al instante siguiente había atenazado el brazo del puñal. Akenón ni siquiera había respirado desde que se había iniciado el ataque y ya estaba inmovilizado. Se sacudió con todas sus fuerzas. No consiguió mover al gigante ni un milímetro, como si éste fuera una colosal estatua de bronce.

Akenón experimentó una desoladora sensación de impotencia.

El monstruo le puso los brazos en alto y dibujó una sonrisa de regocijo cruel. Parecía decir que llevaba mucho tiempo deseando ese momento. Se irguió en toda su estatura y le estrujó los antebrazos con sus puños de hierro. Akenón gruñó de dolor. Sus manos se abrieron contra su voluntad y las armas cayeron al suelo. Miró desesperado al gigante. Bóreas le sacaba medio metro de altura y era el doble de ancho. Aun así su fuerza estaba muy por encima de sus dimensiones. Si las creencias de los griegos eran ciertas, aquel monstruo tenía que ser un semidiós, el fruto de la unión entre un ser humano y alguna divinidad malévola.

El gigante levantó más los brazos sin aparente esfuerzo. Akenón se vio alzado del suelo hasta que sus cabezas estuvieron a la misma altura. Clavó la mirada en los ojos despiadados de Bóreas. Sin apartar la vista, lanzó una patada a la entrepierna de su enemigo. Bóreas giró el cuerpo con la agilidad de un gato y el empeine de Akenón golpeó contra el lateral de su muslo. Acto seguido, Akenón le acertó con una fuerte patada en la boca del estómago. Fue como golpear un árbol. Bóreas ni siquiera varió la expresión. Sólo emitió un gruñido profundo y lento, como si aquello le complaciera. Después flexionó los brazos para acercar a su insignificante adversario, echó para atrás su enorme cabeza y la descargó contra la cara de Akenón.

El crujido de huesos rotos fue espeluznante.

CAPÍTULO 117

26 de julio de 510 a. C.

ARIADNA SE ENCONTRABA en los jardines de la comunidad desde que había terminado la reunión en casa de su padre, hacía unas tres horas. Estaba sentada bajo un frondoso castaño y a pocos metros de ella varios discípulos meditaban en silencio. Envidiaba la serenidad que transmitían sus rostros.

Había decidido aguardar allí a que Akenón regresara. Durante la espera había explorado en su corazón y en su mente para intentar comprender lo que le estaba sucediendo con él. La desconsoladora respuesta era que se encontraba completamente dividida. Por un lado se daba cuenta de que había una parte de su alma en carne viva y eso la incapacitaba para abrirse a una relación. Por otro, la atracción que sentía por Akenón no sólo no se había enfriado como ella pretendía, sino que era cada vez más fuerte.

Había dado mil vueltas a la discusión que tuvieron en Síbaris el día después de haberse acostado. En aquel momento le había echado en cara a Akenón que planeara ir él solo al palacio de Glauco, dejándola atrás para protegerla como si fuera una niña. Sin embargo, aunque era cierto que él había pretendido decidir por ella, tenía que reconocer que aquello había sido una excepción, porque Akenón la trataba siempre en un plano de igualdad.

«Además de ser atractivo, inteligente, sensible...» Dio un puñetazo de rabia en la tierra. Odiaba a sus violadores y más aún a quien organizó todo aquello. La habían incapacitado para llevar una vida normal. Deseó con toda su alma saber el nombre del responsable.

Estar embarazada hacía que considerara todavía más difícil abrirse a Akenón. Ahora su caparazón emocional la protegía tanto a ella como a la criatura que llevaba dentro. Nunca podría levantarlo.

«Además, no puedo decirle a Akenón que estoy embarazada.» Él tenía un sentido de la responsabilidad tan acentuado que inmediatamente querría hacerse cargo de ella y del niño aunque no la quisiera. Eso a la larga sería malo para todos, aparte de que ella nunca querría estar con alguien que no la amara. Sólo había una solución: Akenón debía demostrar, sin que ella le dijera nada, que quería que estuvieran juntos.

«Y aun así, eso sólo serviría de algo en el caso de que yo pudiera tener una relación.»

Lo veía imposible.

Las horas siguieron transcurriendo y empezó a angustiarla que Akenón no hubiese regresado. No era tan raro que pasara el día investigando fuera de la comunidad, pero Ariadna experimentaba una extraña desazón, una especie de alarma instintiva que le decía que Akenón estaba en peligro.

Se le erizó el pelo de la nuca y se estremeció a pesar del calor bochornoso. En las últimas semanas había aprendido a confiar más en su intuición, como si el embarazo la hubiera afinado. Recorrió con la mirada el camino hacia Crotona y la línea de la costa. Se estaba haciendo de noche y resultaba difícil ver a tanta distancia.

De pronto sintió una molestia en su interior. Estiró las piernas y echó el cuerpo hacia atrás. La sensación cedió momentáneamente, pero un minuto después había vuelto. Se inclinó hacia delante y la molestia se convirtió en dolor. Gimió quedamente, procurando que nadie la oyera, y cerró los ojos.

Al momento los abrió de golpe.

«¡Oh, no, no! ¡Por los dioses, no!»

Palpó su entrepierna con una mano temblorosa. La punta de los dedos apareció teñida de sangre.

Sintió que desaparecía de golpe el color de su rostro. En el pergamino de su madre había leído que en los tres primeros meses del embarazo había cierta probabilidad de sufrir un aborto espontáneo. También había leído que los disgustos o preocupaciones intensas favorecían el aborto.

Se levantó luchando por contener las lágrimas. Su vientre contraído y dolorido apenas le permitía moverse. Apretó los dientes y comenzó a andar hacia su cuarto. En cada paso sentía que algo iba mal. Tenía que tumbarse y apartar de su mente la angustiosa sospecha de que la vida de Akenón estaba amenazada.

CAPÍTULO 118

26 de julio de 510 a. C.

EL AGUA GOLPEÓ su cara con fuerza.

Akenón abrió los ojos emergiendo bruscamente de la inconsciencia. No consiguió distinguir nada. Estaba sentado en una silla y tenía la cabeza echada hacia atrás, mirando al techo. Se dio cuenta de que no había luz natural. Parecía que se encontraba en una sala subterránea. Enderezó la cabeza e intentó quitarse el agua de los ojos. No pudo mover los brazos. Los tenía atados a la silla, igual que las piernas. Tragó saliva y se dio cuenta de que no podía respirar por la nariz. Le dolía toda la cara y apenas podía abrir el ojo derecho. Parpadeó varias veces y consiguió aclarar la vista del ojo sano.

Bóreas estaba enfrente de él, a un par de pasos. Seguía sosteniendo la jarra con la que le había echado el agua. Akenón recordó de golpe lo que había sucedido en el bosque: había encontrado la villa, Bóreas había surgido como una criatura infernal y lo había dominado con la misma facilidad que si él fuese un niño pequeño.

La respiración de Akenón se disparó al despejarse su mente. Estaba en la situación que había temido toda su vida. A merced de un sádico demente. A punto de ser torturado.

Junto con el terror vinieron la rabia y la frustración. Se obligó a no apartar la vista de Bóreas y apretó la mandíbula. Al hacerlo sintió un latigazo de dolor ardiente en el pómulo derecho. Sus ojos se cerraron con fuerza y vio una serie de fogonazos de luz amarilla.

Cuando volvió a abrir los ojos, Bóreas seguía en la misma posición. Parecía que algo lo refrenaba. Akenón apartó la vista del gigante y miró a su izquierda.

«¡El enmascarado!»

Contra su voluntad, su cara dolorida e hinchada reflejó lo que experimentó al verlo. No fue sólo el miedo de estar frente a su inminente asesino, ni el odio que sentía por el enemigo más encarnizado y diabólico que había tenido jamás. Lo que lamentó fue no poder evitar un instante de fascinación. Aquel hombre irradiaba un poder muy superior al que Akenón había sentido cuando lo había tratado con el rostro descubierto. En aquel entonces debía de estar conteniéndose para no revelar la extraordinaria magnitud de sus capacidades. Ahora, la inescrutable máscara negra parecía adecuarse a aquel monstruo mucho mejor que el rostro humano que Akenón había conocido.

El enmascarado se acercó hasta quedar a un paso de distancia.

–Me alegro de volver a verte –susurró con su voz gutural.

Akenón se limitó a fijar una mirada de desprecio en las rendijas de metal negro. El enmascarado se inclinó hacia él emitiendo un gruñido que se parecía levemente a una risa.

–¿Sabes quién soy? –Clavó su mirada en Akenón, que sintió como si un cuchillo helado penetrara lentamente en su cerebro–. Vaya –prosiguió el enmascarado al cabo de unos segundos–, has conseguido descubrirlo. ¿Cómo lo has hecho? –Su tono de voz, fingidamente amigable, producía escalofríos.

Akenón desvió la mirada, pero siguió sintiendo la presión de la mente de su enemigo. Cerró los ojos y trató de concentrarse. La mente del enmascarado atenazó la suya sin llegar a entrar. La sensación era parecida a querer mantener la boca cerrada y que unas manos poderosas intenten abrirla.

–¿Crees que puedes evitarlo? –El susurro del enmascarado, profundo y escabroso, tenía una inflexión alegre. Se estaba divirtiendo.

Akenón resistía con toda su voluntad. Él era un profano en aquel mundo de fuerzas esotéricas, pero le pareció que podía impedir que el enmascarado accediera a su interior.

Aquella esperanza duró hasta que su enemigo utilizó el poder de su voz.

Durante los siguientes minutos el enmascarado habló sin descanso. Akenón no comprendía lo que sucedía, pero se daba cuenta de que su voluntad se estaba disolviendo. El discurso de su adversario poseía una lógica implacable. Utilizaba las palabras exactas y cada frase resultaba afilada como una espada y mucho más peligrosa. Poco a poco fue *convenciendo* a Akenón de que le proporcionara acceso a sus pensamientos y recuerdos. Akenón pensó en rebelarse con más fuerza, pero realmente no lo intentó. Estaba cediendo. Se daba cuenta de lo que sucedía y... empezaba a *querer* que ocurriera. Aunque las palabras del enmascarado eran herramientas de una precisión matemática, ellas solas no lo hubieran doblegado. Lo que las dotaba de un influjo irresistible era el susurro que las transportaba, constante, envolvente, subyugador. Un murmullo áspero y hechizante que erosionaba su obstinación igual que un torrente desgasta una montaña.

Cedió.

La mente del enmascarado irrumpió en la suya como una inundación. Indagó en todo lo relacionado con la investigación, revolvió en cada uno de sus rincones igual que un ladrón de casas y averiguó cómo había descubierto su identidad y su paradero.

Cuando se retiró, Akenón tuvo la misma sensación que si despertara. Después le acometió tal sensación de rabia y asco de sí mismo que estuvo a punto de vomitar.

–Qué imprudente has sido –susurró con satisfacción el enmascarado–. Nadie sabe que has venido aquí y ni siquiera le has dicho a nadie quién soy. Lo único que te distancia levemente de ser un completo idiota es el ingenio que has demostrado al dar conmigo.

Se llevó las manos detrás de la cabeza.

–No hay razón para llevar aquí la máscara y hace demasiado calor.

Desanudó la máscara y la apartó cuidadosamente de su cara.

Akenón, a pesar de que sabía a quién iba a ver, se sobresaltó al contemplar aquel rostro sudoroso.

Su enemigo giró la máscara y pasó un dedo por su lado externo. Después habló de nuevo. La amabilidad había desaparecido en aquel susurro áspero.

–Me has causado problemas desde que llegaste, Akenón. Me obligaste a modificar mis planes originales, y ya sabes lo penoso que me resultó. Después continuaste siendo un engorro, sobre todo cuando atrapaste a Crisipo. –Acercó su cara a la de Akenón sin variar su expresión fría–. Hace mucho tiempo que quiero acabar contigo. Es evidente que he estado ocupado en asuntos más importantes, si no estarías muerto desde hace tiempo. De hecho, deberías estarlo. A través de Cilón hice que decretaran tu exilio y los hoplitas que te custodiaban iban a matarte en el barco, pero el necio de Milón se interpuso en mis designios. –Sonrió esbozando una mueca desagradable–. ¿Crees que esta vez te salvará alguien?

Akenón miró alternativamente al hombre de la máscara y a Bóreas. El gigante tenía toda su atención puesta en él, como un perro que apenas puede contenerse mientras aguarda la orden de atacar. «Me va a despedazar en cuanto su amo se lo permita.» Le resultaba angustioso no poder ni siquiera levantar los brazos para protegerse la cara.

–¿De verdad pensaste alguna vez que podía ser al revés? –continuó su enemigo–. ¿Yo atado a una silla y tú interrogándome? –Negó lentamente con la cabeza–. Tanta arrogancia resulta patética.

Se produjo un largo silencio. El hombre de la máscara se limitaba a observarlo y Akenón comprendió que estaba esperando a que suplicara. Estaba aterrado, pero no iba a darle ese gusto.

Su enemigo prosiguió al cabo de un rato. Akenón sintió que el susurro ronco y cruel penetraba lentamente a través de sus oídos.

–Comprenderás, mi querido Akenón, que no puedo dejar que vivas sabiendo quién soy.

Aquellas palabras soltaron la correa invisible que retenía a Bóreas. El gigante dio dos zancadas, estiró un brazo y envolvió el cuello de Akenón con su mano enorme.

Después tiró hacia arriba.

Akenón tensó los músculos con desesperación. Notó que sus pies se despegaban del suelo. Bóreas estaba subiéndolo despacio para intentar que no se le rompiera el cuello. Quería prolongar su agonía. Al cabo de unos segundos, Akenón colgaba del brazo del gigante a dos metros de altura. El peso de su cuerpo y de la silla a la que seguía atado amenazaban con descoyuntarlo en cualquier momento. Intentó respirar, pero su garganta aplastada no permitía el paso del aire. Lo único que consiguió fue emitir una angustiosa mezcla de jadeo asfixiado y gruñido ronco.

Bóreas estaba gozando cada instante. Dobló el brazo para tener más cerca la cara amoratada de Akenón, cuyos ojos parecían a punto de salirse de las órbitas. La mirada del egipcio había perdido toda su arrogancia. Reflejaba lo mismo que todos a los que Bóreas había torturado: un terror causado tanto por el sufrimiento físico como por la inminencia de la muerte.

El amo de Bóreas habló de nuevo, como si quisiera entretener los últimos momentos de su víctima.

−¿Quieres saber cuáles van a ser mis siguientes pasos? −preguntó retóricamente−. A través de Cilón controlo el Consejo de Crotona. Utilizaré ese poder político contra *Pitágoras* −enfatizó con desprecio el nombre del filósofo−. También me ocuparé especialmente de tu amiga Ariadna. Le daré recuerdos de tu parte antes de matarla.

Akenón cerró los ojos. Su mente era un torbellino frenético, un caos donde se mezclaban el insoportable sufrimiento, Pitágoras amenazado, la sorprendente identidad del asesino, Ariadna en peligro, Ariadna en sus brazos...

Su cuello produjo un chasquido estremecedor.

Abrió los ojos de golpe. Bóreas le enseñaba los dientes al sonreír. Tras él, su amo los estaba mirando con expresión complacida. La imagen se volvió negra y dejó de sentir su cuerpo.

Una negrura mucho más densa envolvió su alma.

La consciencia de Akenón se disolvió en el infinito.

CAPÍTULO 119

27 de julio de 510 a. C.

AL DÍA SIGUIENTE, Bóreas avanzaba en solitario por el bosque llevando de las riendas a su caballo y al de su amo. Los conducía a un riachuelo para que bebieran. Iba descalzo, como siempre. Tenía la piel gruesa y dura en todo el cuerpo, pero la planta de sus pies era tan resistente como el cuero.

Esa mañana habían acudido al segundo refugio porque su amo quería coger unos pergaminos.

—Ve a inspeccionar los alrededores —le había dicho el enmascarado dándole la espalda—. Yo estaré ocupado toda la mañana.

Bóreas se alegró al recibir aquella orden. Disfrutaba en medio de la naturaleza. El frío o el calor intenso —como hacía esos días— le afectaban muy poco.

«Podría vivir en el bosque.»

De pronto se quedó inmóvil. Oía el rumor lejano de una corriente de agua, pero había creído percibir otro sonido. Unos segundos después estuvo seguro. No muy lejos de él, alguien se desplazaba siguiendo una trayectoria perpendicular a la suya.

Con todo el sigilo posible, Bóreas ató las riendas a la rama de un roble y avanzó silencioso como un lobo. Enseguida divisó a dos jinetes. Montaban un burro y una yegua. Uno de ellos...

«¡Ariadna!»

El corazón de Bóreas se desbocó. No podía creer en su suerte. «Ayer Akenón y hoy Ariadna.» Los dioses habían decidido entregarle a las dos personas que más deseaba tener a su merced. Lo de Akenón había sido un regalo, pero encontrar a Ariadna desprotegida en medio del bosque era un sueño.

La boca se le llenó de saliva. La hija de Pitágoras le pareció toda-

549

vía más sensual de lo que recordaba. El deseo le acometió con violencia y tuvo una intensa erección. No sentía tanta excitación desde que había torturado y violado a Yaco, el amante adolescente de Glauco.

Avanzó tras ellos dejando una distancia de veinte pasos. La tierra crujía suavemente bajo sus pies. Si Ariadna detectaba su presencia pondría la yegua al galope y escaparía. No podía permitir que eso ocurriera.

Recordó cuando la había visto por primera vez, oculto en una habitación del palacio de Glauco. Había experimentado el mismo deseo que ahora.

«Pero ahora podré satisfacerlo», se dijo mostrando los dientes.

Se acercó un poco más procurando mantenerse justo a su espalda para que no lo descubrieran. Le encantaba la emoción de la caza. Ariadna se volvió para decirle algo a su compañero. Bóreas se puso tenso, pero Ariadna no lo vio.

La tenía ya tan cerca que comenzó a jadear.

Ariadna comenzaba a desesperarse. Llevaba buscando a Akenón desde el amanecer y no había encontrado ninguna pista sobre su paradero. Hacía tiempo habían comentado entre ellos que el enmascarado tenía que tener algún escondrijo que no estuviera muy lejos de Crotona. Ariadna pensaba que quizás Akenón había salido en busca de ese refugio. Por eso estaba recorriendo aquellos bosques, pero sabía que hacerlo al azar era empeñarse en conseguir un imposible.

Se notaba cansada y le dolía la parte baja de la espalda. La noche anterior, al llegar a su habitación, había comprobado que la hemorragia se había detenido. Sólo habían sido unas gotas, pero sabía que eso significaba que su embarazo corría peligro. Se había tumbado en la cama y había conseguido dormitar hasta poco antes del amanecer. Entonces la angustia por Akenón se le había hecho insoportable y había decidido ir a buscarlo. Mientras cruzaba la comunidad, teñida por el gris azulado del alba, había encontrado a Telefontes. Era uno de los discípulos que la habían acompañado a Síbaris cuando conocieron a Akenón. Entonces era discípulo oyente, no le estaba permitido hablar, pero ya podía hacerlo al haber ascendido al grado de discípulo matemático. Telefontes se empeñó en acompañarla y Ariadna no tuvo fuerzas para negarse. Además, cuatro ojos verían mejor que dos.

El bosque raleaba por la zona que estaban recorriendo y el sol del mediodía incidía sobre ellos con fuerza.

Se volvió hacia Telefontes.

–Acerquémonos al riachuelo. Necesito refrescarme.

Telefontes asintió, preocupado por el aspecto fatigado de Ariadna. La joven respiraba trabajosamente por la boca entreabierta y estaba muy pálida.

Ariadna espoleó su montura. En ese momento escuchó detrás de ella un sonido brusco, como si un animal grande echara a correr. Giró la cabeza mientras su yegua aceleraba.

Se quedó sin respiración.

Un ser monstruoso se les acercaba a toda velocidad. Parecía un hombre, pero de tamaño y corpulencia muy superiores a las de cualquier ser humano. Estaba casi desnudo y era completamente calvo. Su piel rojiza estaba recubierta por una capa de sudor que la hacía brillar y sus voluminosos músculos destacaban como si fuese una estatua desproporcionada. En un instante cubrió la distancia que lo separaba de Telefontes y lo golpeó con todas sus fuerzas. Se oyó un crujido espantoso y Telefontes voló hasta caer a veinte pasos de su burro.

Ariadna se quedó petrificada. El gigante apartó la montura de Telefontes de un empujón y se lanzó hacia ella. Ariadna reaccionó clavando los talones en la yegua y haciéndola girar por un sendero que se abría a su derecha. El animal se impulsó con fuerza y comenzó a ganar velocidad.

Ariadna miró hacia atrás.

No había nadie.

Volvió a mirar al frente. Algo le hizo girar la cabeza hacia la derecha. El monstruo estaba cortando en diagonal a través de los árboles. Ariadna clavó los talones en el vientre de su montura, chasqueó las riendas y gritó con desesperación.

El gigante surgió entre dos árboles y embistió con la fuerza de un toro. Su hombro impactó en la grupa de la yegua. La mitad trasera del animal giró en el aire y golpeó contra el tronco de un roble.

Ariadna sintió con horror que salía despedida. Chocó contra el suelo y rodó temiendo partirse la espalda contra un árbol.

Cuando se detuvo estaba magullada y desorientada. «¡Tengo que salir corriendo!», se dijo intentando levantarse.

A su lado aparecieron unos pies descomunales.

CAPÍTULO 120

27 de julio de 510 a. C.

EL ENMASCARADO ESTABA DELANTE de los pergaminos, viajando con la mente por el universo matemático que éstos le habían abierto. Había recorrido con rapidez el terreno conocido y ahora flotaba en el infinito de los irracionales. Intuía que también había una lógica en aquel abismo aparentemente inabarcable.

«Necesitaré tiempo para desentrañar sus misterios. Ahora no lo tengo.»

Debería esperar unas semanas, hasta que hubiera acabado definitivamente con Pitágoras y gobernase Crotona.

Oyó un ruido detrás de él. Se volvió, extrañado de que Bóreas lo interrumpiera. La puerta se abrió y el gigante entró con una mujer cargada sobre el hombro.

La reconoció en cuanto vio su cara.

—Átala —le dijo a Bóreas con un susurro seco. Estaba preocupado. ¿Cómo había averiguado Ariadna el emplazamiento de su segundo refugio?

Observó en silencio mientras su esclavo la ataba a una silla. Ella no luchaba, pero tampoco parecía que se hubiese rendido. En realidad su actitud era una muestra de inteligencia: ahorraba fuerzas y se mantenía alerta.

«Digna hija de Pitágoras», pensó el enmascarado desdeñosamente.

Ariadna contemplaba a sus captores en silencio. No quería exteriorizar su miedo. Le resultaba evidente que el gigante era Bóreas. No lo había visto antes de ese día pero Akenón se lo había descrito. También sabía que Bóreas pertenecía al enmascarado —Glauco se lo había dado hacía un mes—. Por eso no le había extrañado que el gigante la llevara a su presencia.

«Pero sigo sin saber quién se oculta tras la máscara.»

El enmascarado comprendió por la mirada de Ariadna que no conocía su identidad.

—¿Cómo has encontrado este sitio? —susurró acercándose a ella.

Bóreas gruñó y su dueño se volvió hacia él. El gigante explicó por gestos que la había atrapado lejos de allí y que ella no se estaba dirigiendo hacia el refugio.

El enmascarado graznó una risa desagradable y se volvió de nuevo.

—Así que ha sido una casualidad. Has caído en nuestras manos sin saber quién soy ni dónde me oculto. ¿Es así?

Ariadna notó que la mente de su enemigo presionaba contra la suya. Se concentró con todas sus fuerzas en no dejarle entrar. Tras unos segundos de tenso silencio el enmascarado comenzó a hablar de nuevo. Lo hizo con un murmullo hipnotizante y poderoso. Sus palabras acariciaban la mente con suavidad, pero después alcanzaban una resonancia ensordecedora que pugnaba por imponerse a los pensamientos y la voluntad de Ariadna.

Al cabo de unos minutos, el enmascarado desistió.

—Eres más fuerte de lo que pareces, te felicito; sin embargo, eso no salvará a tu padre ni a tu comunidad.

Ariadna bajó la cabeza completamente exhausta. Su enemigo era tan poderoso que casi todo el mundo debía de doblegarse ante él. Eso explicaba que Bóreas la hubiese conducido hasta allí sin tocarle un pelo, a pesar del evidente deseo que brillaba en la mirada perturbada del gigante.

—Tu amigo Akenón se mostró más colaborador —prosiguió el enmascarado con un tono entre alegre y cruel. Ariadna se sobrecogió al oír el nombre de Akenón y su atención se redobló—. Me informó de toda vuestra ridícula investigación. En realidad el único avance reseñable lo obtuvo él ayer, al averiguar quién soy y dónde se encuentra mi otro escondite, que fue donde lo atrapamos. Esos dos descubrimientos demuestran cierto ingenio, pero a cambio fue tan estúpido que no se los comunicó a nadie antes de acudir a que lo matáramos.

Las últimas palabras restallaron en los oídos de Ariadna como el rayo de Zeus.

«¡Akenón... muerto!» Sintió un dolor igual que si la hubieran apuñalado en el pecho. Su mente se bloqueó, incapaz de asumir aquello. Durante un rato ni siquiera fue capaz de respirar. Miró a su enemigo con los ojos anegados de lágrimas y un odio que casi la enloquecía.

El enmascarado disfrutó enormemente con la expresión de sufrimiento y hostilidad de Ariadna. En ese momento se dio cuenta de que Bóreas la miraba con una lujuria que rezumaba sadismo. Eso le dio una idea. Agarró el cuello de la túnica de Ariadna y tiró con fuerza hacia abajo. La tela se rasgó y quedó al descubierto uno de sus pechos, más voluminoso de lo habitual debido al embarazo. Ariadna intentó echarse hacia delante para tapar su desnudez, pero no pudo hacerlo al tener las muñecas atadas tras el respaldo de la silla.

Bóreas rugió como un animal rabioso. La visión de Ariadna semidesnuda lo enloquecía. El enmascarado agarró el pecho desnudo de Ariadna y lo estrujó mientras se volvía hacia Bóreas.

–¿Quieres disfrutar de ella? –Se volvió de nuevo hacia Ariadna sin dejar de apretar su pecho–. Parece que levantas pasiones entre los hombres. Sé que Akenón también sucumbió a tus encantos. ¿Y sabías que Cilón daría lo que fuera por poseerte? Fue él quién organizó que te secuestraran y violaran hace quince años. –Cilón había fanfarroneado sobre ello intentando impresionarlo. Ahora el enmascarado lo agradecía. Le proporcionaba otro elemento con el que herir a la hija de su enemigo.

Ariadna levantó de nuevo la cabeza y miró con desprecio al enmascarado. Era lo único que podía hacer. El enmascarado respondió retorciendo su pezón con fuerza. El dolor traspasó a Ariadna erizándole cada pelo del cuerpo, pero no varió la expresión. Entonces la máscara negra se acercó hasta quedar a sólo unos centímetros de su cara.

–Piensa en todo lo que te he dicho –susurró malévolamente–. Ahora no podemos dedicarte el tiempo que mereces, pero te aseguro que volveremos a por ti.

Ariadna distinguió sus ojos entre las rendijas metálicas. Al instante se dio cuenta de quién se ocultaba tras la máscara. Fue una revelación tan sorprendente como triste. Ya no servía de nada.

El enmascarado se dio la vuelta, recogió unos pergaminos y salió de la sala sin volver a dirigirle la mirada. Era como si ya no existiese para él. Bóreas, en cambio, estuvo gruñendo con su boca sin lengua y devorándola con la vista hasta que desapareció tras su amo.

Cuando se quedó sola, Ariadna rompió a llorar con amargura.

CAPÍTULO 121

29 de julio de 510 a. C.

DOS DÍAS DESPUÉS de que Bóreas atrapara a Ariadna, en el Consejo de los Mil estaba a punto de comenzar una nueva sesión. A lo largo de los siglos se recordaría como la más famosa de la historia de Crotona.

La sala estaba agitada. El murmullo provocado por los cuchicheos y comentarios de los consejeros era más fuerte que nunca. En las gradas, al lado de Cilón, se encontraba el motivo de todo aquel bullicio.

El enmascarado se había presentado en el Consejo.

Más de la mitad de los consejeros ya lo conocía, pues en las reuniones de casa de Cilón habían recibido su oro y los había cautivado su oscuro carisma. Por otra parte, los 300 estaban escandalizados y atemorizados. Pitágoras les había informado de que las investigaciones señalaban a *un enmascarado* como el cerebro de los asesinatos, revueltas y saqueos. Ahora se figuraban que el hombre que se ocultaba tras una máscara negra junto a Cilón era el responsable de aquellos crímenes.

Pitágoras y Milón no se encontraban en la sala. Ese día había comenzado la cumbre pitagórica. Durante dos días el filósofo estaría encerrado en la casa de campo de Milón con los miembros más relevantes de la hermandad. El día anterior, intentando anticiparse a los movimientos de Cilón, Pitágoras se había reunido con los 300 y les había advertido de que su enemigo político aprovecharía su ausencia para intensificar los ataques.

—Debéis aguantar con firmeza —les había dicho Pitágoras envolviéndolos con una mirada serena—. Estaré ausente dos días, pero el concilio nos reforzará. En cuanto concluya, concentraremos todas nuestras energías en restablecer los apoyos políticos que hemos perdido en los últimos meses. Aquellas palabras lograron cierto efecto sobre el ánimo de los 300. Ese efecto, sin embargo, se había desvanecido nada más entrar en la sala del Consejo y ver en las gradas al enmascarado.

Cilón se puso en pie para hablar pero no se encaminó al estrado. Al intervenir desde las gradas, rodeado de sus partidarios, realzaba el hecho de que su voz estaba respaldada por más de la mitad de los consejeros.

Se acomodó el pliegue de la túnica en el brazo izquierdo y levantó el derecho. Después miró a ambos lados mientras los comentarios se apagaban y se instalaba un silencio tenso.

—Estimados consejeros de Crotona —declamó con energía—, nos hemos reunido de nuevo para analizar los desmanes de nuestro ejército. Ayer escuchamos las explicaciones del general Milón, apoyado por su jefe Pitágoras —algunos de los 300 protestaron ante este comentario—, y hoy era el día en el que esperábamos poder debatir con ellos.

Los 300 incrementaron las protestas contra Cilón. El enmascarado sonrió desde su asiento. En realidad el día anterior Cilón había dejado que Milón y Pitágoras hablaran cuanto quisieran sin interrumpirlos. El político había seguido así fielmente las instrucciones del enmascarado: no actuar hasta que Milón y Pitágoras se ausentaran. El enmascarado le había dicho a Cilón que entonces sería el momento en que acudiría al Consejo para intervenir junto a él, concentrando todas sus fuerzas en un golpe único y definitivo.

—No obstante —prosiguió Cilón haciendo caso omiso de las protestas—, Pitágoras y los suyos han vuelto a demostrar la poca consideración que tienen por este Consejo. ¡Resulta que no acuden aquí porque tienen una reunión de su secta!

Muchos de los 300 se pusieron en pie y agitaron los puños hacia Cilón mientras vociferaban. El enmascarado no cabía en sí de gozo. «Gritad, gritad, mientras podáis.»

Cilón se mantuvo unos minutos en silencio aguantando estoicamente las quejas y silbidos que le dirigían los 300. Le increpaban porque Pitágoras y Milón habían advertido con mucha antelación de que esos dos días no acudirían al Consejo.

–Os quejáis porque vuestro gran líder ya había avisado de que iba a ausentarse. –Cilón hizo una pausa, recorriendo toda la audiencia con su mirada, y de repente gritó–: ¡¿Acaso un crimen deja de serlo porque el criminal avise con antelación de que va a cometerlo?!

Una nueva avalancha de gritos e insultos surgió desde la facción pitagórica. Algunos consejeros amagaron cruzar la sala para agredir a Cilón. Varios de ellos, sin embargo, se quedaron inmóviles en sus asientos preguntándose preocupados en qué derivaría aquello. La agresiva audacia de Cilón no presagiaba nada bueno.

«Bien, muy bien.» El enmascarado asintió lentamente, satisfecho con la actuación de Cilón. Estaba obedeciendo al pie de la letra sus instrucciones. Le había indicado que centrara las críticas en Pitágoras, y no en Milón, y que caldeara el ambiente para que fuera más propicio para lo que pretendían hacer dentro de sólo unos minutos.

Cilón prosiguió con severidad:

–Pitágoras gobierna la ciudad a través de los 300. El problema es que nos ha demostrado sobradamente que sus intereses personales y sectarios están muy por encima de los de Crotona. Todos sabéis que llevo muchos años luchando para evitar que la ciudad se resigne a este absurdo. Hoy, sin embargo, no va a ser mi voz la que haga patente en toda su gravedad este error histórico. –Se volvió hacia el enmascarado, le tendió una mano y volvió a mirar hacia delante–. Tenemos con nosotros a alguien que merece más que nadie el nombre de *consejero*. Cientos de nosotros hemos tenido ya la fortuna de ser guiados por sus sabias palabras. Además, conoce profundamente a Pitágoras y su doctrina perniciosa.

El enmascarado se puso en pie agarrándose a la mano de Cilón. Los más atentos de los 300 se sobrecogieron al ver el silencio reverente con que el desconocido era recibido por gran parte del Consejo.

Tras unos segundos de tensa espera surgió una voz inquietante de la máscara negra, un susurro fuerte y ronco que absorbió inmediatamente la atención de todos los presentes.

–Quien me conoce sabe cuáles son mis intenciones. –Se volvió hacia los asistentes evitando deliberadamente a los 300–. Sabéis que velo por vuestros intereses. Sabéis que quiero lo mejor para Crotona.

–¡Es un asesino! –gritó un consejero pitagórico.

–¡No le escuchéis, es nuestro enemigo!

El enmascarado alzó una mano hacia los 300, pero siguió sin volverse hacia ellos.

–Soy el enemigo, sí, ¡el enemigo de Pitágoras, que es el enemigo de Crotona!

Ante las nuevas y enérgicas protestas se limitó a sacar un pergamino de su túnica.

–Pitágoras, en una de sus muestras de egoísmo, no quiere que se difunda por escrito su doctrina. Sin embargo, sí recoge por escrito parte de ella en documentos que oculta celosamente. –Hizo una pausa, mostrando en alto el pergamino–. Lo que tengo en mis manos es un extracto del *Hieros Logos*, el libro que Pitágoras ha escrito de su propia mano y que él mismo denomina su Palabra Sagrada.

El enmascarado había reducido su tono de voz al susurro habitual. No obstante, era suficiente para que toda la concurrencia lo oyera perfectamente. Incluso los 300 se habían callado, atentos a lo que iba a suceder y sin poder sustraerse del todo al efecto embriagador de la voz de su enemigo.

–Este texto demuestra que Pitágoras es el peor de los tiranos. –De nuevo se alzaron protestas entre los 300. El enmascarado forzó la voz–: Demuestra que la apariencia bondadosa de Pitágoras es sólo un disfraz que lo hace todavía más peligroso. En el *Hieros Logos*, Pitágoras se denomina a sí mismo el pastor del pueblo. Dice que su función y la de sus discípulos es pastorear un vil rebaño. Muestra de modo constante su desprecio a todos los que no pertenecen a su secta, diciendo que son seres inferiores que necesitan ir de su mano para no sumirse constantemente en la bajeza y el crimen.

En los gritos de los 300 había ahora un matiz desesperado. Su enemigo estaba utilizando la más peligrosa de las mentiras: la que contiene parte de verdad. Era cierto que Pitágoras se consideraba pastor de pueblos, y que pensaba que sin su doctrina resultaba más probable que un individuo llevara una vida más primitiva. Sin embargo, a la vez sentía el máximo respeto por cada persona y por la libertad de decisión de cada uno. Pitágoras no quería imponer unas normas de vida sino ofrecerlas, y ayudar a cumplirlas al que quisiera su ayuda. También era cierto que abogaba por el gobierno de una élite, pero sus miembros debían alcanzar previamente un elevado grado de perfeccionamiento moral. Quería que el poder se ejerciera por los más capaces, sólo después de que se hubieran comprometido a desarrollar una conducta justa y generosa.

Cilón se había sentado al comenzar la intervención del enmascarado. Ahora se puso de pie junto a él para volver a hablar.

–¡Los pitagóricos han estado treinta años riéndose del pueblo de Crotona! –bramó con una indignación que apenas era fingida–. Estos trescientos *pastores* –señaló hacia delante con dedo acusador–, han decidido a su antojo sobre todos nosotros, que para ellos no somos más que animales: ¡sus setecientos miserables borregos! –Un rugido de indignación hizo vibrar la sala del Consejo–. Pitágoras y sus 300 han arriesgado la vida de todos los crotoniatas al lanzarnos a la guerra. Os recuerdo que nosotros nos abstuvimos en la votación sobre el asilo a los aristócratas sibaritas, pero que ellos –agitó el dedo con el que no dejaba de señalar a los 300–, votaron en contra de entregarlos, lo que significa que votaron guerra. –Estaba gritando con todas sus fuerzas para imponerse a los gritos desesperados de los 300 y al rugido acusador del resto del Consejo–. Y no contentos con eso, los pitagóricos decidieron después arrasar una ciudad que se había rendido, cargando sobre la espalda de toda Crotona sacrílegos expolios de templos, viles asesinatos y violaciones en masa. Y yo os pregunto, honrados representantes del pueblo de Crotona, yo os pregunto: ¿dejaremos sin castigo a los que han mancillado nuestra reputación ante otros pueblos y ante los dioses, o lavaremos nuestro nombre castigándolos como merecen?

Algunos de los 300 no esperaron a que Cilón acabara de hablar. Se dieron cuenta de que permanecer allí era arriesgar la vida y además tenían que avisar a Pitágoras de lo que estaba sucediendo. Descendieron a trompicones de las gradas y se apresuraron hacia las puertas. Estos intentos aislados de fuga pronto se convirtieron en una desbandada en medio del clamor agresivo del resto del Consejo. Los más rezagados fueron retenidos y zarandeados mientras los primeros en huir alcanzaban la salida y se abalanzaban hacia el exterior.

Los siguientes que estaban llegando a las puertas frenaron en seco. Un instante después, los que habían salido regresaron bruscamente al interior apretados unos contra otros en una masa compacta. Tras ellos, empujándolos con sus gigantescos brazos abiertos, irrumpió Bóreas.

El enmascarado estaba disfrutando sobremanera. Los 300 se miraban unos a otros aterrados. El poderoso cuerpo político de Pitágoras ya no era más que una masa temblorosa de cobardes. Detrás de Bóreas surgieron decenas de soldados con las espadas desenvainadas y rodearon a los pitagóricos.

–Detenedlos –ordenó Cilón–. Encerradlos hasta que decidamos qué hacer con ellos.

En realidad ya lo habían decidido, pero ahora no tenían tiempo para llevarlo a cabo. Algunos de los 300 pertenecían a las familias más ricas e influyentes de Crotona y se les ofrecería abjurar públicamente de sus creencias actuales. Al resto los colgarían.

El enmascarado abandonó las gradas. Al llegar al suelo rodeó el mosaico de Heracles en dirección al estrado.

«Ha llegado el momento», pensó estremeciéndose.

Iba a dirigirse al Consejo, ahora formado sólo por setecientos consejeros, con dos objetivos. El primero, afianzar su posición como líder único de Crotona.

«Cilón tendrá que asimilar pronto su papel subordinado o tendré que eliminarlo.»

El segundo objetivo de su intervención era poner en marcha la fase más trascendental de su plan. La cumbre de su venganza.

Apresuró el paso hacia el estrado y de repente se acordó de Ariadna. La tenía encerrada desde hacía dos días, atada semidesnuda a una silla. No había permitido que Bóreas la tocara por si necesitaba utilizarla para negociar.

Cambió de dirección y se acercó al gigante.

–Ocúpate de Ariadna –susurró sin que nadie más los escuchara.

Bóreas miró a su amo con expresión ansiosa. ¿Aquello significaba...?

El enmascarado asintió.

–Haz con ella lo que quieras.

CAPÍTULO 122

29 de julio de 510 a. C.

La casa de campo de Milón era una construcción amplia y sencilla. Las paredes eran de adobe y el techo de madera. Tenía una sola planta con un patio interior a cuyo alrededor se distribuían las habitaciones. La sala más grande ocupaba por completo uno de los laterales. Era la que destinaban a reuniones de la hermandad. Se accedía a ella desde el patio y tenía una única ventana en la pared que daba al exterior. En este momento tanto la puerta como la ventana estaban abiertas para que la corriente mitigara el calor que soportaban las cuarenta personas que se encontraban en su interior.

El número de convocados se elevaba hasta cincuenta, pero una decena habían respondido a la convocatoria enviando mensajes en los que lamentaban no poder asistir. Alegaban problemas de transporte o seguridad causados por la guerra entre Crotona y Síbaris.

«Son argumentos razonables –pensó Pitágoras–, pero lamento su ausencia.» Echaba en falta especialmente a su hijo Telauges, cabecilla de la comunidad de Catania. Llevaba varios meses sin verlo y había confiado en que se presentaría a pesar de las dificultades, como había hecho la mayoría de los convocados.

En medio de la sala habían dispuesto una larga mesa rectangular. Sobre ella había cuencos con aceitunas, queso y frutas, así como tortas de cebada. Los asistentes se sentaban alrededor de la mesa y se servían ellos mismos. Además, al contrario de lo que era habitual en cualquier reunión entre griegos, allí no había vino.

Pitágoras fue el primero en intervenir. Resumió los dramáticos acontecimientos de los últimos meses y les comunicó su idea de nombrar un comité de sucesión. Después pidió a los representantes de cada comunidad que expusieran la situación de la hermandad en su región.

Las intervenciones de los representantes de Himera y Metaponte ocuparon el resto de la mañana. En este momento, cuando acababan de dejar atrás el mediodía, se disponía a hablar Arquipo de Tarento. Tenía cuarenta años, era robusto y vigoroso y hacía sólo unos meses que había sido nombrado gran maestro.

–Salud, hermanos. En nombre de Antágoras, líder de la comunidad de Tarento, os pido disculpas por no haber podido asistir. Su salud no le ha permitido viajar con nosotros.

Se elevaron algunos murmullos de comprensión. Antágoras tenía ochenta años y hacía ya tiempo que no salía de Tarento debido a una enfermedad de los huesos.

Arquipo explicó que tanto él como Lisis acudían en representación de Antágoras. Lisis se sentaba al lado de Arquipo. Todavía no era gran maestro y sólo tenía treinta y cinco años, pero Pitágoras sabía que Antágoras lo consideraba su discípulo más notable.

«Antágoras ha organizado su propio comité de sucesión», pensó Pitágoras aprobatoriamente. A Antágoras le ocurría como a él. No contaba con un sucesor que reuniera todas las cualidades pero podía obtener algo similar agrupando varios discípulos. Miró a su derecha: Milón, Evandro e Hipocreonte escuchaban con atención las palabras de Arquipo. Ellos tres formaban parte del comité de sucesión que dirigiría toda la hermandad pitagórica. Tan sólo faltaba Téano, que se había quedado encabezando la comunidad de Crotona durante los dos días que duraba la cumbre.

Pitágoras agachó la cabeza y apoyó la frente en una mano, desconectando momentáneamente del entorno. Estaba muy preocupado por Akenón, del que no sabían nada desde hacía tres días; sin embargo, lo que mantenía su alma terriblemente angustiada era la ausencia de Ariadna. Su pequeña había desaparecido hacía dos días sin dejar rastro. Milón había enviado numerosas patrullas en su búsqueda, pero hasta el momento no habían obtenido ningún resultado.

Pitágoras notó que sus ojos se humedecían y los ocultó tras la mano. Comenzaba a temerse lo peor.

El enmascarado cabalgaba a través del bosque hacia su siguiente destino. Iba pensando con satisfacción en la sesión del Consejo que acababa de terminar.

«Qué sencillo ha sido manipularlos para que salten como fieras sobre los 300.»

Después de que los soldados se llevaran a los consejeros pitagóricos, él había hablado desde el estrado al resto del Consejo. Se había dirigido a ellos en solitario para que se acostumbraran a separar su imagen de la de Cilón. Sabía que en poco tiempo todos lo tratarían con la misma reverencia que habían mostrado hacia Pitágoras en su mejor época.

«Con la misma no –rectificó con una euforia violenta–. A mí me venerarán como a un dios.»

Sonrió mostrando los dientes bajo la máscara. Tenía una sensación de poder tan intensa como si fuera inmortal.

Miró a su derecha. La expresión radiante de Cilón reflejaba que también se estaba cumpliendo el sueño de su vida. El enmascarado reflexionó un momento sobre su aliado político. «No creo que me vaya a dar problemas.» Cilón obedecía sin objeciones y parecía bastarle con destruir a los pitagóricos, y eso era lo que él le estaba proporcionando.

El enmascarado se volvió bruscamente hacia delante. Algo se acercaba por el bosque. Un momento después apareció uno de los soldados que habían enviado a explorar.

–He llegado hasta la casa de Milón –dijo el soldado–. Está a sólo cinco minutos de aquí. Tienen una patrulla de guardia en el bosque con diez soldados de élite, otros cinco junto a la puerta de la casa y puede que otros tantos en el interior.

El enmascarado asintió en silencio. «Pitágoras, viejo patético, veinte hoplitas son lo único que me separan de ti y de tus *grandes maestros*.» Se volvió hacia Cilón y vio que el político lo miraba expectante. «Perfecto, está esperando a que yo dirija la operación.»

El enmascarado hizo que su montura diera media vuelta para encararse a los soldados que los seguían. Mientras los contemplaba, tuvo que hacer un esfuerzo para controlar la euforia.

Trescientos hoplitas fuertemente armados aguardaban sus órdenes.

CAPÍTULO 123

29 de julio de 510 a. C.

ARIADNA ESTABA ATADA a la silla con tanta fuerza que la sangre no circulaba por sus muñecas ni tobillos. Ya no podía sentirlos. En cambio, tanto la espalda como los brazos le transmitían sin tregua un dolor intenso. Por fortuna podía utilizar las enseñanzas de su padre para evadirse del sufrimiento físico. Gracias a ello había situado su mente en un nivel al que no llegaban las quejas de su cuerpo. Pero no podía librarse del sufrimiento emocional.

La muerte de Akenón la había sumido en una angustia desgarradora. Imaginaba que ella también moriría dentro de poco, pero le afectaba mucho más pensar que Akenón había muerto. No obstante, a pesar de todo el dolor, no se había rendido. Tenía intención de luchar hasta el último instante. Probablemente no tenía ninguna opción, pero la vida que latía en su vientre le proporcionaba la energía suficiente para querer intentarlo.

Durante los dos días que llevaba encerrada había pensado mucho en su padre. Le desesperaba no poder transmitirle la sorprendente identidad de su enemigo. A veces cedía a la tentación de soñar despierta y se imaginaba con su padre y Akenón, y a sus pies su enemigo encadenado. Pero soñar no cambiaba la realidad, por lo que apartaba aquellos sueños de la cabeza y se obligaba a afrontar sus trágicas circunstancias.

Levantó la cabeza bruscamente. La había sobresaltado un ruido procedente del exterior, junto a la entrada. Miró en esa dirección. En la rendija luminosa que quedaba bajo la puerta vio la sombra de alguien detenido al otro lado. Apretó las mandíbulas y su respiración se aceleró. De repente la puerta se abrió con violencia, golpeando contra la pared. Irrumpió una luz intensa que le hizo cerrar los ojos. No veía nada, pero escuchó un gruñido que le puso los pelos de punta. Percibió una presencia acercándose. Respiró su olor a sudor fuerte.

Aunque temía lo que iba a ver, abrió los ojos.

El terror superó al de las pesadillas de su adolescencia.

CAPÍTULO 124

29 de julio de 510 a. C.

ANDROCLES, OFICIAL DE INFANTERÍA del ejército de Crotona, caminaba hacia la villa de Milón con paso tranquilo. Acababa de salir del bosque y estaba atravesando el terreno despejado que había frente a la vivienda. Su actitud no tenía visos de ser hostil, parecía que estuviera dando un paseo.

Pero lo seguían cincuenta soldados.

Sauro, jefe de la guardia apostada por Milón en la puerta de su casa de campo, desenvainó la espada e indicó a sus hombres que formaran junto a él.

Androcles observó complacido que Sauro había hecho que salieran también los soldados del interior de la villa. Además no había dado la voz de alarma. Lo más probable era que los maestros pitagóricos no se hubieran enterado de nada.

Se detuvo a un par de metros de Sauro, que lo miró con expresión hosca. Era un secreto a voces que Androcles estaba a sueldo de Cilón y que había sido uno de los principales responsables del saqueo de Síbaris.

—Por orden del Consejo, vengo a detener a Pitágoras —dijo Androcles tranquilamente.

Sauro enarcó las cejas. Aquello no se lo esperaba. Se repuso rápidamente y respondió a su interlocutor con aspereza.

—Estamos aquí para impedir que entre nadie en esta casa. Ésas son las órdenes de Milón, general en jefe del ejército y por tanto tu máxima autoridad.

Androcles observó con desdén a Sauro. Le fastidiaban los militares como él, siempre tan estirados y tan esforzados en el cumplimiento del deber.

—Milón no está por encima del Consejo —se limitó a responder. Sauro escudriñó el rostro de Androcles detenidamente. No parecía que aquel oficial corrupto fuera a atenerse a razones.

—Iré a buscar a Milón —dijo de mala gana—. Ya veremos a quién decides obedecer.

—No te preocupes por mí —replicó Androcles con tono burlón.

Sauro dudó todavía un instante. Luego dio media vuelta pensando aceleradamente. «Somos diez frente a cincuenta, no podemos imponernos por la fuerza.» Quizás lo mejor sería que Pitágoras y los maestros escaparan por una ventana mientras ellos trataban de retener a los recién llegados.

Mientras Sauro se alejaba, sus soldados permanecieron frente a Androcles con las espadas desenvainadas. Vieron que el oficial corrupto les daba la espalda, pero no advirtieron que sacaba su cuchillo y lo agarraba por la punta.

De repente Androcles se volvió y lanzó el arma. Su hoja se clavó hasta la empuñadura en la espalda de Sauro.

Ésa fue la señal para que sus cincuenta hombres se lanzaran al ataque.

CAPÍTULO 125

29 de julio de 510 a. C.

BÓREAS ARDÍA DE LUJURIA contemplando a Ariadna. A la joven le temblaba la mandíbula mientras lo miraba con los ojos muy abiertos. Su miedo excitaba a Bóreas, pero aún le estimulaba más la fuerza interior que percibía en ella. Aunque estaba aterrada, no se había derrumbado como les ocurría a muchas de sus víctimas.

«Pero acabará suplicándome que la mate.»

Se acercó a ella lentamente, saboreando cada instante. Las facciones de Ariadna eran bellas como las de una diosa. Tenía la boca entreabierta, lo que resaltaba la exuberancia de sus labios temblorosos. La piel de su cuello era tan fina y tersa como la de su seno desnudo. Apretaba la espalda contra el respaldo en un gesto instintivo para tratar de alejarse de él, sin darse cuenta de que así realzaba la plenitud de su pecho.

La parsimonia de Bóreas le resultaba a Ariadna tan pavorosa como su prodigiosa corpulencia. Denotaba un sadismo frío e intenso que provocó que una nueva oleada de terror recorriera su cuerpo. Notó que se le erizaba la piel y se le endurecían los pezones. El gigante alargó una mano y recorrió el contorno de su pecho con un dedo de piel áspera. Después le pellizcó el pezón turgente con sorprendente delicadeza. Ella sintió un nuevo escalofrío. El gigante disfrutaba forzando a sus víctimas poco a poco tanto como despedazándolas con brutalidad.

Ariadna presentía que a ella le mostraría ambas facetas.

La enorme cabeza de Bóreas se acercó a su oído y Ariadna se apartó todo lo que pudo. El gigante le agarró la cabeza con una mano, pegó los labios a su oído y susurró con un aliento cálido y húmedo. Sus labios gruesos rozaron lentamente la oreja de Ariadna, pero su carencia de lengua hizo que ella sólo escuchara un gorgoteo incomprensible.

Aquel balbuceo húmedo resonando en su oído hizo que se le escaparan las primeras lágrimas.

Bóreas comenzó a desnudarla. Al estar atada a la silla era necesario romper la tela. El gigante lo hizo cuidadosamente, tomando el tejido con ambas manos para evitar dañar a Ariadna, como si pensara que ella agradecería su amabilidad.

Cuando terminó, Bóreas retrocedió un par de pasos y gruñó de satisfacción. Su víctima estaba completamente desnuda. Las ataduras de manos y tobillos le mantenían los brazos detrás del cuerpo y las piernas entreabiertas, como si ella se le ofreciera. Mientras la contemplaba sintió una excitación tan intensa que temió perder el control.

«Debo contenerme para no matarla demasiado rápido.»

Ariadna sollozaba con una mezcla de rabia y miedo. Había cerrado los ojos, pero los abrió al darse cuenta de que llevaba un rato sin oír a Bóreas.

El gigante seguía frente a ella, devorándola con la mirada. Se quitó el taparrabos y quedó completamente desnudo.

Su erección era tan excesiva como el resto de su cuerpo.

CAPÍTULO 126

29 de julio de 510 a. C.

–¡SILENCIO! Arquipo de Tarento se sorprendió al verse interrumpido en mitad de una frase, con las manos alzadas en un gesto a medio componer. Se volvió hacia quien lo interrumpía de ese modo.

«Quizás estoy prolongando un poco mi intervención –pensó un tanto molesto–, pero eso no justifica semejante grosería.»

Sentado en la esquina más cercana a la puerta se encontraba Diocles de Himera, un gran maestro de sesenta años y rostro generalmente apacible. En ese momento, Diocles tenía una expresión crispada y se inclinaba hacia la puerta a la vez que levantaba una mano para que nadie hablara.

Milón estaba en la esquina contraria a Diocles. Se puso en tensión y agudizó el oído igual que los demás presentes. Su experiencia militar le dijo al momento que lo que escuchaban era el sonido de espadas entrechocando. También se oían voces de combate y gritos de hombres heridos.

Se levantó con tanta rapidez que tiró la silla. Había dejado su espada apoyada contra la pared, cerca de la puerta. Corrió a través de la sala seguido por los ojos asustados de los maestros. Cogió su arma, desenvainó la hoja corta y afilada y se dispuso a salir.

Cuando iba a cruzar el umbral alguien cerró desde fuera. Milón empujó intentando abrir, pero debía de haber varios hombres haciendo fuerza al otro lado. Un instante después se oyó que encajaban algo contra la puerta.

–¿Quién demonios está ahí? –rugió furioso–. Soy el general Milón. Abrid ahora mismo.

La única respuesta fueron unos arañazos contra la madera que indicaban que en el exterior seguían ocupados en apuntalar la puerta. Milón se dio la vuelta. Los maestros lo miraban atemorizados. Durante un segundo nadie reaccionó, como si la tensión los hubiera congelado.

Al fondo de la sala se puso en pie bruscamente uno de los más jóvenes:

—¡Salgamos por la ventana! —gritó con la voz agudizada por la tensión.

Varios hombres saltaron de sus asientos y se precipitaron hacia lo que parecía la única vía de escape.

—¡Cuidado! —exclamó Milón.

Su advertencia llegó demasiado tarde.

En cuanto los primeros maestros alcanzaron la ventana, varias lanzas irrumpieron con fuerza. Unas acabaron su vuelo sin causar daños, otra arañó el costado de Arquipo y la más certera se incrustó en el cuello de Hipocreonte.

El gran maestro cayó al suelo intentando arrancársela.

Pitágoras sintió un estremecimiento como si la lanza lo hubiera atravesado a él. Se abalanzó sobre su discípulo caído y comenzó a arrastrarlo para apartarlo de la ventana abierta.

No vio venir la siguiente lanza.

La punta metálica se hundió en su cadera izquierda con un crujido de huesos rotos. Pitágoras cayó al suelo reprimiendo un grito de dolor. Con la mano izquierda agarró el astil de la lanza y la arrancó. Después dio otro tirón del cuerpo de Hipocreonte y ambos quedaron lejos de la ventana. Se arrastró hacia su discípulo para examinarlo y tuvo que reprimir un sollozo. Hipocreonte había conseguido quitarse la lanza. En mitad de su garganta se abría una herida espantosa, como una boca negra y roja que no cesaba de vomitar sangre. El gran maestro hacía un ruido de borboteo al tratar de respirar.

Pitágoras se obligó a serenarse. Cogió la mano de Hipocreonte y lo miró profundamente a los ojos para acompañarlo en el momento del tránsito. Su discípulo le devolvió una mirada valiente y parpadeó despacio. Estaba preparado. Unos segundos después, se despidieron en silencio y el semblante de Hipocreonte se relajó.

Pitágoras le cerró los párpados. Luego apoyó la frente en la de su discípulo y amigo.

Cuando volvió a prestar atención al entorno vio que habían conseguido asegurar la contraventana. Un gran arcón de madera estaba apoyado contra ella. Con la puerta y la ventana cerradas, la sala había quedado en penumbra. Evandro estaba arrodillado junto a él. Había contemplado en silencio la muerte de su compañero.

—Maestro, estás herido —señaló con la voz transida de dolor.

Pitágoras se tocó la pierna izquierda. Estaba empapada en sangre y no podía moverla. Se agarró a Evandro y se puso en pie con el rostro crispado de dolor. Después miró alrededor en silencio. En la oscuridad de la sala distinguía las sombras claras de las túnicas pero no las expresiones de los rostros. Aun así, el ambiente del grupo era evidente. Aunque la templanza de los maestros les permitía mantenerse controlados, el miedo se podía palpar.

Cerró los ojos apesadumbrado.

«Dioses, ¿qué he hecho?»

Con aquella reunión había dado a su enemigo la oportunidad perfecta para asesinar a la vez a casi todos los miembros relevantes de la hermandad. Si él no los hubiera congregado allí...

—Voy a entregarme —proclamó en voz alta.

Se volvió hacia la ventana saltando sobre un pie. Milón se interpuso con rapidez.

—Pitágoras, daría mi vida gustoso antes de permitir que acabaras en manos de esos asesinos.

—Maestro —intervino Evandro sujetándolo por el hombro—, no vamos a permitirlo, igual que no lo harías tú en caso contrario.

La penumbra se llenó con los murmullos de asentimiento de todos los presentes. Pitágoras iba a replicar cuando le sobresaltó un grito desde el otro lado de la sala.

—¡Hay alguien en el techo!

Todos miraron hacia arriba conteniendo la respiración. Oyeron crujidos que parecían pertenecer a uno..., dos..., al menos tres o cuatro hombres.

—¿Qué están haciendo? —susurró alguien.

Aquella pregunta estaba en la cabeza de todos. Milón escuchaba atentamente sin ser consciente de que aferraba su espada con tanta fuerza que sus nudillos se habían puesto blancos. Su mente daba vueltas intentando adivinar los planes de los de fuera.

Los ruidos del techo se extinguieron al cabo de cinco minutos. «Ya han bajado», pensó Milón angustiado. Miró en todas direcciones. Los maestros parecían un grupo de almas en pena. No se le ocurría ningún modo de afrontar aquello. Estaban encerrados sin información del exterior y rodeados de soldados.

«Tienen que ser muchos para haber acabado con mis hoplitas con tanta rapidez.»

Para empeorar las cosas, sus compañeros en aquella encerrona no eran militares bien pertrechados sino cuarenta maestros pacíficos, desarmados y con una edad media de sesenta años.

«Estamos completamente a merced del enemigo», se dijo con impotencia y rabia.

De pie al lado de Milón, Pitágoras se dio cuenta de que del exterior provenía un ruido diferente. Todos los presentes debían de estar escuchándolo, pues permanecían sumidos en un silencio expectante. Pitágoras se apoyó en la rugosa pared y pegó el oído. Era como si se hubiese levantado un vendaval.

«Proviene del techo», concluyó al cabo de unos segundos.

Cerró los ojos para concentrarse. Al poco los abrió de golpe. Inspiró ensanchando las aletas de la nariz y en ese momento varios maestros gritaron aterrados lo que él estaba pensando:

–¡Fuego!

CAPÍTULO 127

29 de julio de 510 a. C.

ARIADNA NO QUERÍA MIRAR A BÓREAS, pero su mirada se había congelado en el gigante. Aquel monstruo era la encarnación desmesurada de sus peores pesadillas. El calor y la agitación les hacían sudar y las gotas se deslizaban por sus cuerpos desnudos. A Ariadna sus ataduras ni siquiera le permitían cerrar las piernas y eso hacía que se sintiera extremadamente vulnerable; sin embargo, todavía le quedaba una mínima esperanza.

«Bóreas no puede violarme mientras esté atada a la silla.»

El gigante tendría que desatarla y en ese momento ella haría todo lo posible por escapar.

Bóreas se situó detrás de Ariadna, fuera del alcance de su vista. Durante un rato ella tampoco pudo escuchar la respiración del monstruo, sólo le llegaba su olor a almizcle y eso le erizó el vello de la nuca. Por la espalda le subían escalofríos presintiendo el inminente contacto. De repente el gigante apoyó las manos en sus hombros, las bajó hasta sus pechos y comenzó a manosearlos con rudeza.

Mientras la tocaba, sus antebrazos peludos y gruesos como el muslo de un hombre quedaban junto a la cara de Ariadna. Ella sintió un primer impulso de morderlos, pero el miedo hizo que se contuviera. Un momento después notó que hervía de rabia: cuando la secuestraron con quince años el pánico la había mantenido paralizada. Eso había hecho que se sintiera terriblemente humillada y culpable durante mucho tiempo.

Inclinó la cabeza hacia el brazo del gigante y clavó los dientes con fuerza.

Bóreas retiró las manos inmediatamente, agarró a Ariadna del pelo y echó su cabeza hacia atrás con brusquedad. Por su antebrazo corría un hilillo de sangre. Ella se tensó esperando recibir un golpe, pero el monstruo se limitó a mirarla desde arriba y sonreír satisfecho. Parecía decir que ésa era exactamente la conducta que esperaba de ella. Después la soltó y se agachó detrás de la silla.

Ariadna notó que el gigante manipulaba las ataduras de sus muñecas entumecidas.

«¡Me está soltando!»

Cuando Bóreas terminó, rodeó la silla y se arrodilló entre las piernas de Ariadna. Le desató los tobillos y después volvió a situarse tras ella, donde no podía verlo.

La primera idea de Ariadna fue salir corriendo. Estaba a sólo siete u ocho pasos de la puerta y el gigante la había dejado abierta para mantener iluminada la sala subterránea. Pero tenía los pies tan dormidos que ni siquiera podía levantarse.

En ese momento se dio cuenta de que Bóreas le estaba dando tiempo para recuperarse.

«Quiere que intente escapar para divertirse un poco más.»

Ariadna se inclinó hacia delante, apoyando el pecho en los muslos, y se frotó los tobillos tratando de restaurar la circulación. Sabía que sólo tendría una oportunidad, no debía intentar escapar antes de poder usar bien los pies. Aunque tampoco podía demorarse mucho, pues no sabía cuánto tiempo le concedería Bóreas.

Sin girar la cabeza, Ariadna recorrió con la vista el entorno. Aquello debía de haber sido una especie de almacén. A la izquierda, junto a la pared, había restos de un carro y algunas herramientas de labranza. De pronto sintió que sus pies habían recobrado la sensibilidad. Siguió frotando los tobillos, tragó saliva y se preparó mentalmente para impulsarse hacia delante. Echó un rápido vistazo a los objetos junto a la pared y después miró hacia el luminoso exterior.

«¡Ahora!»

Apretó los dientes e intentó convertir todo el miedo y la rabia en energía para sus piernas. Al comenzar a levantarse sintió un latigazo de dolor en los tobillos. Pensó que iban a fallarle, pero consiguió mantener el impulso. Acabó de erguirse y continuó el movimiento iniciando una carrera hacia la puerta. Una parte de su mente se mantenía concentrada en lo que oía por detrás.

Bóreas dejó que Ariadna recorriera la mitad de la distancia que la separaba del exterior. Entonces salió disparado tras ella. Tenía que ir encorvado porque el techo era un palmo más bajo que él. Se acercó a toda velocidad y estiró el brazo para agarrar a la joven antes de que llegara al umbral de la puerta.

Ariadna aceleraba con todas sus fuerzas haciendo caso omiso del dolor de los tobillos. Le quedaban sólo dos pasos hasta la puerta, un paso..., de repente apoyó todo su peso en la pierna derecha y se proyectó hacia su izquierda. Los dedos de Bóreas rozaron su espalda desnuda sin conseguir hacer presa. El gigante frenó y se volvió en su dirección, pero tener que hacerlo encorvado lo retrasó un par de segundos.

Lo suficiente para que Ariadna llegara hasta los objetos apilados junto a la pared.

Mientras estaba sentada se había fijado en un trozo de madera atravesado por un grueso clavo oxidado. Esperaba que le sirviera de arma, no tenía tiempo para buscar otra alternativa. Ahora vio que se trataba de un madero ancho, de tres palmos de longitud, en cuyo extremo sobresalía una punta de hierro de unos quince centímetros. Frenó en seco a la vez que se agachaba, agarró el pesado madero y se giró volteándolo con todas sus fuerzas. La punta oxidada surcó el aire y se detuvo... cuando Bóreas aferró el madero con una mano. Lo arrancó de un tirón de las manos de Ariadna y lo arrojó hacia atrás.

Ariadna se quedó paralizada. Había engañado a Bóreas simulando correr hacia el exterior, pero no había servido de nada. Ahora él era una montaña de carne desnuda y sudorosa frente a ella. La observaba divertido, esperando su siguiente movimiento. La resistencia que ella mostraba lo excitaba todavía más.

Ariadna se volvió de nuevo hacia la pared y se lanzó a por un palo estrecho de punta afilada. Antes de que lo cogiera sintió que el brazo inmenso de Bóreas la envolvía y la levantaba por los aires. Su espalda chocó contra el pecho del gigante. Bóreas la estrechó con fuerza. Con un solo brazo la había dominado por completo.

Mientras la mantenía alzada, Bóreas introdujo su mano libre entre las piernas de Ariadna y comenzó a moverla.

Le estaba separando los muslos.

CAPÍTULO 128

29 de julio de 510 a. C.

–¡FUEGO! La mente de todos los maestros se convirtió en un torbellino de miedo y confusión. El instinto les urgía a escapar del fuego, pero seguían paralizados. Al otro lado de las únicas salidas había soldados que los matarían en cuanto asomaran.

Parecía que lo único que podían hacer era elegir entre dos maneras de morir.

El olor a humo se intensificó. Poco después comenzaron las primeras toses. Milón sentía sobre sus hombros la obligación de encontrar la manera de escapar. Se enfrentaban a soldados –¡soldados de su ejército, por todos los dioses!–, y él era un experto en diseñar estrategias militares. Además, estaban en su villa y era él quien mejor conocía el edificio así como cada detalle del entorno.

Al cabo de un rato sacudió la cabeza con desesperación. La humareda comenzaba a aturdirlo.

–Agachaos –gritó alguien–. El humo es menos denso cerca del suelo.

Milón se arrodilló y comprobó agradecido que podía volver a respirar aire fresco; sin embargo, el humo descendía poco a poco, implacable. En poco tiempo también llegaría al suelo.

Un fuerte chasquido sobre la cabeza de Milón hizo que se estremeciera. El techo de encima de la puerta se había resquebrajado. Por las grietas surgieron unas lenguas de fuego. Las llamas lamieron con avidez las vigas de madera proporcionando una luz anaranjada y trémula al interior de la estancia. Milón pudo ver ahora que en la mitad superior de la sala flotaba un manto denso de humo. En el suelo estaban todos los maestros, sentados o tumbados en busca de aire limpio.

Milón se agachó más y volvió a mirar al fuego que surgía del techo.

Pitágoras contemplaba el incendio que se propagaba sobre sus cabezas. La convención de su hermandad, en la que tantas esperanzas había depositado, estaba a punto de convertirse en una gran pira funeraria para todos los que habían acudido. Recordó el disgusto que le había producido que Daaruk, el segundo de sus grandes maestros asesinados, hubiera dispuesto en su testamento que lo incineraran en lugar de enterrarlo.

«Pensé que Daaruk sería el único pitagórico incinerado, y ahora nuestro enemigo quiere quemarnos vivos a todos.»

Se arrastró impulsándose con la pierna ilesa hasta llegar al arcón de madera que bloqueaba la contraventana. Se apoyó en él y dirigió una mirada rápida a sus compañeros. Todos estaban dándole la espalda. Tenían la vista clavada en las llamas que se extendían por las vigas de madera. Aprovechó ese momento para apoyar la pierna en la pared y tirar del arcón con ambos brazos. El rugido incesante del fuego amortiguó el ruido del pesado mueble desplazándose sobre el suelo de tierra.

«Es suficiente.» Se incorporó y se acercó a la ventana sin que nadie se diera cuenta.

Los soldados del exterior vieron que la contraventana se entreabría y vomitaba una espesa columna de humo. Cilón y el enmascarado estaban contemplando extasiados el incendio, subidos a sus caballos por detrás de las líneas de soldados.

Se oyó la voz de Pitágoras, potente, inconfundible:

—¡Quiero entregarme! —gritó—. ¡Dejad vivir a los demás!

Varios hoplitas se apresuraron a arrojar sus lanzas. Unas golpearon en la pared y otras se clavaron en la contraventana, que se cerró inmediatamente.

«Tenía que intentarlo.» Pitágoras suspiró sentándose otra vez en el suelo. Estaba claro que no habría clemencia.

Un segundo más tarde levantó la cabeza.

—Milón —dijo con voz firme—. Vas a tener que dirigir el combate más desigualado de tu vida.

Milón llevaba un rato pensando lo mismo que Pitágoras indicaba ahora: hacer el mejor uso de las escasas fuerzas con las que contaban, vender caras sus vidas, luchar. Lo más probable era que murieran todos en un minuto, pero prefería morir combatiendo que esperar a que el techo en llamas cayera sobre sus cabezas.

El héroe de Crotona miró a su alrededor. Todos los maestros estaban sentados en el suelo, pendientes de su reacción a las palabras de Pitágoras. Sus expresiones eran admirablemente serenas a pesar de saber que estaban a punto de morir.

«Ahora no vendría mal que sus cuerpos fueran tan fuertes como sus mentes», pensó Milón contemplándolos.

—Coged las sillas —indicó resueltamente—. Arrancad los respaldos para usar los asientos como escudos, y quitad alguna pata para utilizarla como si fuera una maza.

Él tomó la silla más cercana y la estrelló contra el suelo. El respaldo se desgajó. Después le arrancó tres patas. Utilizaría la restante para sujetar el improvisado escudo. Cogió otra silla y repitió el proceso. Debía proporcionar mazas y escudos a los maestros que no tenían fuerza para romper sus propias sillas.

Mientras preparaban lo más rápidamente que podían aquel armamento tan burdo, Milón seguía dando vueltas a su cabeza a toda velocidad. Todavía no tenía claro qué iban a intentar. El calor insoportable le urgía a escapar de aquella sala lo antes posible. «¡¿Pero cómo lo hacemos?!» Por la ventana era imposible salir, tendría que ser por la puerta y no sabía si podrían abrirla. La habían atrancado desde fuera y el techo sobre ella estaba ardiendo por dentro, lo que convertía aquel lateral de la sala en un horno. Y eso por no hablar de que en el patio debía de haber un montón de soldados apuntando sus lanzas hacia la puerta.

Miró hacia Pitágoras. «Es una lástima que no pueda combatir, hubiera sido uno de nuestros mejores luchadores.» El filósofo estaba sentado junto al cadáver de Hipocreonte. Chorreaba sudor y tosía como todos los demás, pero no tenía el semblante enrojecido por el calor sino del color de la cera. La lanza le había destrozado la articulación de la cadera y apenas podía controlar el dolor. Milón echó un vistazo rápido a los demás maestros. Vestían finas túnicas de lino en lugar de las corazas de cuero y bronce que llevaban los hoplitas a los que iban a enfrentarse. Varios maestros disponían ya de su improvisado y tosco armamento de madera. Se veía que algunos debían hacer un esfuerzo considerable para sostenerlo.

«No pueden combatir», pensó Milón negando con la cabeza. Por la puerta se accedía al patio interior. Afortunadamente no era muy grande y como mucho habría dos docenas de soldados. Si ocurría un prodigio y los vencían, llegarían al pórtico principal y desde ahí al exterior, donde se encontrarían con un ejército.

Volvió a negar con la cabeza.

Androcles permanecía en el patio interior con veinte hoplitas. Sostenían sus lanzas mientras vigilaban la puerta atrancada, pero cada vez estaban más relajados. Gracias al aceite que habían vertido sobre el techo, éste ardía con fuerza desde hacía varios minutos.

«¿Habrán muerto ya?», se preguntó Androcles. De vez en cuando enviaba un soldado al exterior, para que preguntara a las tropas apostadas en el lateral de la casa si los pitagóricos habían intentado salir por la ventana. Le habían informado de que la habían abierto una única vez, hacía unos cinco minutos. La lluvia de lanzas les había hecho cerrarla de inmediato.

«Como sigamos aquí mucho tiempo vamos a morir nosotros.» Androcles volvió a quitarse el sudor de los ojos. Aunque el sol caía en vertical sobre ellos, lo que los estaba achicharrando era el incendio que tenían a pocos metros.

Le pareció que la puerta vibraba. No había oído nada, pero el estruendo de las llamas podía enmascarar cualquier sonido. Clavó la mirada en la puerta. Dos largos tablones estaban apoyados contra ella y tenían la base encajada en el suelo de tierra.

Los tablones se desplazaron un centímetro.

–¡Atentos!

La puerta saltó en pedazos antes de que hubiera acabado de gritar. Echó para atrás el brazo de la lanza. La cabeza de Milón surgió un instante y desapareció de nuevo.

«¡Maldita sea!» Androcles sabía que ese breve vistazo le habría bastado a Milón para captar perfectamente cuántos eran y cómo estaban dispuestos. «Da igual, eso no va a evitar que los masacremos.»

En realidad estaba bastante nervioso. Le fastidiaba reconocerlo, pero el general Milón le daba miedo.

De pronto Milón surgió como una tromba y echó a correr hacia él profiriendo un espantoso grito de guerra.

—¡Lanzad! —chilló Androcles aterrorizado.

Todos los hoplitas arrojaron sus lanzas al mismo tiempo. Temían a su legítimo general y sabían que él era el único peligro al que se enfrentaban. Les habían informado de que los demás miembros de aquella reunión eran viejos pitagóricos desarmados. Milón había cogido dos de los asientos y con la mano izquierda mantenía unidas sus patas. Así disponía de un escudo que le protegía la mayor parte del tronco y la cabeza. La improvisada protección le salvó la vida al detener el vuelo de varias lanzas. La punta de una de ellas atravesó la madera y se le clavó en el antebrazo. Otras tres lanzas golpearon su cuerpo. Una le hirió en el costado, otra en el interior del muslo derecho y la tercera abrió una profunda herida sobre su rodilla izquierda. Afortunadamente ninguna se quedó clavada. Eso le permitió seguir corriendo a toda velocidad hacia Androcles.

El oficial corrupto levantó su escudo redondo preparándose para la temible embestida. No reparó en el continuo flujo de pitagóricos que surgía por la puerta reventada. En cuanto salían corrían hacia ellos con sus resplandecientes túnicas de lino, sus escudos cuadrados y sus mazas de madera.

Androcles imaginaba que Milón apartaría su extraño escudo en el último momento y le atacaría con la espada. Sin embargo, el coloso de Crotona embistió con un ímpetu descomunal y aplastó al oficial contra sus hombres. El reducido espacio del patio les había obligado a permanecer muy juntos y ahora la mitad quedaron trabados en un revoltijo de cuerpos y armas.

Los soldados que se libraron del impacto de Milón no pudieron atacarlo al recibir una lluvia de golpes con estacas de madera. Eso permitió que Milón retrocediera un paso, apartara el escudo e hiciera volar su espada una y otra vez con su tremenda fuerza. Androcles consiguió levantar su arma, pero la espada de Milón golpeó con tanta potencia que le rompió la muñeca. Con el dolor llegó una oleada de pánico. Androcles miró con los ojos desorbitados a su general a la vez que intentaba retroceder. El siguiente espadazo de Milón le arrancó la cabeza de los hombros.

Milón luchaba con más fiereza que en toda su vida. Sabía que la ventaja del ataque inicial duraría sólo unos segundos, debía acabar con todos los enemigos que pudiera antes de que se desplegaran. Su brazo derecho se movía a tanta velocidad que los hoplitas apenas podían verlo. Barría el espacio frente a él parando todos los ataques y golpeando a un enemigo tras otro. El espacio se llenó de gritos, salpicaduras de sangre y crujidos de huesos. Con el rabillo del ojo Milón vio que los maestros aguantaban la posición a base de sustituir con nuevos combatientes a los que iban cayendo. En el suelo empezaban a amontonarse cadáveres vestidos con túnicas empapadas de rojo.

Evandro estaba sacando el máximo provecho de su gran corpulencia. Había machacado dos cabezas con su maza de madera y había tumbado a otro soldado de un puñetazo; sin embargo, se daba cuenta de que la mayoría de sus compañeros caían acuchillados antes de asestar un solo golpe. Un hoplita levantó la espada para atacarlo. Evandro se cubrió con su maltrecho escudo de madera y paró el golpe, pero la pata que hacía de asidero se quebró. El asiento cayó al suelo dejándolo desprotegido. El soldado alzó de nuevo la espada. Se congeló un instante con el brazo en alto y Evandro vio que Milón le había hundido su arma en el costado.

–Coge un escudo y una espada –gritó Milón sin dejar de pelear.

El propio Milón había conseguido un escudo de verdad. Empujó con él a los hoplitas que había frente a Evandro. El fornido maestro aprovechó para agacharse y obtener nuevas armas. Al erguirse con armamento de verdad sintió una energía renovada. No tenía experiencia con la espada, pero tampoco la tenía con la maza y con ella se las había apañado para dejar fuera de combate a tres enemigos.

En ese momento había doce soldados en el suelo y una veintena de maestros pitagóricos. Era imposible combatir sin pisotear cuerpos y resultaba difícil no tropezar. Milón advirtió consternado que el soldado que estaba más cerca de la puerta salía corriendo.

«Va a avisar a los del exterior.»

En cuanto acudieran refuerzos enemigos el final sería cuestión de segundos. Lo único que podía retrasarlo un poco era que se hicieran con la posición de la puerta para que sólo fuese posible atacarlos de frente. Empujó con el escudo hacia la entrada. Entonces oyó un grito detrás de él. Al volverse vio a Arquipo de Tarento con expresión angustiada.

—¡No podemos romperla! —volvió a gritar Arquipo.

Milón dudó qué hacer. La idea con la que habían salido de la habitación en llamas era que él, Evandro y todos los maestros que pudieran luchar —excepto Arquipo y Lisis—, intentaran neutralizar a los soldados del patio. Mientras tanto, Arquipo, Lisis y quienes no fueran aptos para el combate escaparían de la sala incendiada, cruzarían el patio interior y entrarían en la habitación de enfrente. Esa habitación no tenía ventana al exterior, por lo que la misión de Arquipo y Lisis era romper la pared utilizando una puerta como ariete. Luego saldrían por el agujero y tratarían de alcanzar el bosque.

Pero no habían conseguido romper la pared.

Evandro se volvió hacia Milón.

—Vete —gritó sin atisbos de duda—. Salva a Pitágoras.

Milón lanzó un último ataque rabioso. Después dio la espalda a Evandro y se alejó del frente de combate.

Al correr hacia la habitación se dio cuenta por primera vez de que estaba herido. Perdía mucha sangre por el costado y por el tajo del muslo. No eran heridas mortales, pero se desangraría si no le cosían rápidamente.

En la habitación se encontraban siete ancianos maestros más Pitágoras, Arquipo y Lisis. Este último sostenía con expresión desesperada la puerta con la que habían estado golpeando el muro.

—Entre los tres —dijo Milón.

Soltó las armas, agarraron la puerta y arremetieron contra la pared. Aparecieron unas grietas. Al siguiente golpe su improvisado ariete se hizo pedazos. Milón no dudó ni un segundo. Cogió el escudo y salió al patio. El fuego irradiaba un calor insoportable. Colocó el escudo en su hombro y echó un vistazo rápido hacia la puerta. La tierra estaba alfombrada de cadáveres ensangrentados. Vio que Evandro y otros maestros se habían hecho fuertes en la puerta principal. Quedaban vivos cuatro soldados, pero ya no luchaban; habían salido al exterior y esperaban la inminente llegada de sus refuerzos.

Milón retrocedió otro par de pasos con el escudo apoyado en el hombro, entró corriendo en la habitación y embistió contra la pared a toda velocidad.

El impacto fue colosal.

Durante unos segundos Milón permaneció tumbado sin saber qué había pasado. Tenía un corte en la frente y otro encima de la oreja derecha. Le ayudaron a levantarse. Estaba rodeado de escombros, al otro lado de la pared. Recogió el escudo y alguien le entregó su espada. Era Arquipo, que estaba ayudando a avanzar a Pitágoras.

–Corred. –Milón señaló hacia delante, todavía aturdido. A veinte pasos el bosque era una muralla de maleza espesa pero frente a ellos se abría un sendero de un metro de ancho.

Lisis seguía dentro de la vivienda, ayudando a franquear el irregular boquete de la pared a los maestros más ancianos. Milón miró a izquierda y derecha. Aquel lateral de la casa estaba sin vigilancia y el propio edificio los ocultaba de la vista del ejército apostado al otro lado.

Su esperanza se desvaneció en un instante.

Dos soldados a caballo surgieron por un extremo y se acercaron con rapidez. Ambos distinguieron a Pitágoras y enfilaron hacia él levantando las espadas. No en vano el enmascarado había ofrecido una recompensa de quinientas monedas de oro a quien le entregara la cabeza del filósofo.

Arquipo y Pitágoras avanzaban con una lentitud desesperante. Sólo habían recorrido la mitad de la distancia que los separaba del sendero.

«No van a conseguirlo.» Milón apretó los dientes y corrió hasta colocarse frente a Pitágoras. Los jinetes se vieron obligados a cambiar de objetivo en el último momento. Cabalgaron hacia Milón inclinando sus cuerpos hacia él con las espadas preparadas, dispuestos a atacarle uno por cada lado. Milón hizo girar su espada en el aire, la cogió de la punta y la arrojó con todas sus fuerzas hacia el jinete de su derecha. La espada le rompió los dientes al entrar por la boca y atravesó su cabeza desde el paladar hasta la coronilla.

Una intensa sensación de alarma advirtió a Milón de que había descuidado su guardia al lanzar la espada. No tuvo tiempo de reaccionar. El arma del segundo jinete le alcanzó entre el hombro izquierdo y el cuello. El metal rompió su clavícula y le cortó parte del músculo.

Milón cayó al suelo, rodó sobre sí mismo y trató de levantarse. Sintió un latigazo de dolor y se quedó a cuatro patas. Al palpar la nueva herida percibió los trozos de hueso y la inquietante profundidad del corte. Intentó mover el brazo izquierdo. El dolor resultó insoportable pero consiguió alzar el escudo.

Cerca de él estaba el jinete caído, tumbado boca arriba. Milón logró ponerse en pie, avanzó tambaleándose y se apresuró a desenterrar su espada de la cabeza del muerto. Al erguirse de nuevo vio que Arquipo había aferrado las riendas del caballo del soldado y había conseguido controlarlo. Ahora se dirigía hacia Pitágoras, que había caído al suelo al quedarse solo.

Tras ellos, el segundo jinete dio la vuelta, clavó los talones a su caballo y se lanzó de nuevo contra el filósofo.

Arquipo llegó junto a Pitágoras y lo ayudó a ponerse de pie. Ambos daban la espalda al jinete sin ser conscientes de que estaba cabalgando hacia ellos. Milón quiso volver a interponerse. Se esforzó por correr y cayó de rodillas. La pérdida de sangre lo había debilitado. Se incorporó con el rostro crispado y contempló la trágica escena. Se dio cuenta de que ni siquiera podía gritar. Volvió a coger su espada por la punta y entrecerró los ojos para aclarar la visión. El jinete se había percatado de sus intenciones y se protegía con el escudo sin dejar de avanzar hacia Pitágoras. Milón echó el brazo hacia atrás y lanzó su arma con un esfuerzo sobrehumano.

Era consciente de que no sería capaz de dar al soldado.

Su espada dio una vuelta y media en el aire y se incrustó en el pecho del caballo. Las patas delanteras se doblaron y el animal se derrumbó dando una voltereta. Al caer atrapó debajo el cuerpo del soldado.

Milón se acercó dando tumbos para recuperar de nuevo su espada. El soldado hizo un penoso esfuerzo por levantarse y después se quedó inmóvil. Arquipo y Pitágoras habían conseguido subir a su caballo y le gritaron algo que no entendió. Les hizo un gesto señalando el sendero. Arquipo espoleó su montura y desaparecieron.

La espada salió sin dificultad. El caballo relinchó y se revolvió sin conseguir ponerse en pie. Se estaba ahogando en su propia sangre.

«Eras mi última oportunidad», pensó Milón. Antes de lanzar la espada había caído en la cuenta de que el único modo de que él escapara con vida era hacerse con esa montura. Eso no había alterado su decisión, pero había sido un pensamiento amargo. Siguiendo el sendero del bosque durante un par de kilómetros se llegaba a una playa en la que había una cabaña de pescadores. Eran afines a la hermandad y disponían de dos barcas. Podían ayudar a escapar a una docena de hombres.

«La salvación está a dos kilómetros...»

Él ni siquiera podía caminar doscientos metros.

Recorrió a trompicones la distancia que lo separaba de la entrada del sendero. Dentro del bosque todavía se divisaba a Lisis ayudando a avanzar a un maestro renqueante. Los demás habían desaparecido de la vista. Se detuvo al comienzo de la senda y dio media vuelta. A veinte pasos, por el boquete que había abierto en la pared de su villa, emergían los primeros hoplitas.

«Han matado a Evandro», pensó con tristeza.

La abertura de la pared sólo permitía que los soldados cruzaran de uno en uno. Según salían avanzaban hacia él, pero lo hacían con cautela, mirando hacia atrás para asegurarse de que el grupo seguía aumentando. El general en jefe al que estaban traicionando, el glorioso Milón de Crotona, se erguía frente a ellos bloqueando la entrada de un camino del bosque. Debía de ser por donde habían escapado los pocos pitagóricos que habían sobrevivido a la matanza del patio. Tendrían que perseguirlos, pero primero había que ocuparse del más temible de los crotoniatas.

Milón resultaba todavía más imponente al estar cubierto de sangre. Su túnica de lino apenas mostraba en algún punto el blanco original. Algunas de sus heridas resultaban espantosas, pero se mantenía en pie con el escudo y la espada frente a él.

Los soldados no se daban cuenta de que Milón ya no distinguía lo que tenía enfrente. Tan sólo veía manchas borrosas que se acercaban lentamente. Estaba concentrando toda su energía en mantenerse de pie. Cada segundo que aguantara incrementaba la probabilidad de que algunos maestros llegaran a la playa.

Por encima del dolor y la extenuación sentía orgullo. Su última estrategia había funcionado. Con una desproporción de fuerzas inimaginable había conseguido salvar a varios hombres. Esbozó una sonrisa. Cilón y el enmascarado todavía creerían que habían muerto todos. Dentro de poco les informarían de que Pitágoras y algunos maestros más habían escapado haciendo un agujero por un lateral que nadie vigilaba.

«Estúpidos», pensó con desprecio. Los bordes de su túnica goteaban sangre. Su visión se oscureció completamente. No estaba seguro de si seguía de pie o había caído, pero siguió esforzándose por mantener el escudo y la espada levantados.

Apenas sintió dolor cuando lo atravesaron las primeras espadas.

CAPÍTULO 129

29 de julio de 510 a. C.

Ariadna tenía una sensación de absoluta impotencia. El brazo que la aprisionaba contra el pecho de Bóreas no cedía ni un milímetro a sus intentos de escapar. Las piernas era lo único que podía mover. Las sacudía frenéticamente para evitar que la zarpa del gigante la inmovilizara por completo, pero seguía sintiendo aquellos dedos enormes deslizándose entre sus muslos como lombrices.

Bóreas quería forzarla mientras la sostenía en vilo. Ariadna pensó en intentar disuadirle diciéndole que estaba embarazada. Inmediatamente desechó la idea. No serviría de nada y no quería que aquel monstruo supiera nada íntimo de ella.

«Podrá profanar mi cuerpo, pero no mi mente.»

Notó su asquerosa carne contra el interior del muslo y contrajo las piernas. Bóreas jadeó con más fuerza contra su oreja e hinchó el pecho para obligarla a adoptar la posición que él necesitaba. Ariadna, con las piernas encogidas, sintió que sus pies rozaban la pared. Los apoyó en el muro y extendió las piernas con todas sus fuerzas. El repentino impulso pilló por sorpresa a Bóreas, que trastabilló y retrocedió un par de pasos inclinado hacia atrás. Intentó enderezarse, pero el techo era más bajo que él y siguió dando traspiés. De repente algo se trabó en sus piernas. Era la silla en la que había estado sentada Ariadna. Bóreas prefirió caer de espaldas antes que soltarla para recuperar el equilibrio.

Mientras Ariadna caía pegada al gigante, oyó de nuevo su risa gutural. La invadió una oleada de rabia al sentir que su resistencia sólo servía para incrementar el placer del monstruo. Golpearon el suelo y ella se quedó sin respiración. El cuerpo del gigante había amortiguado el impacto, pero su brazo le había aplastado la boca del estómago como si le hubieran dado un puñetazo. Tardó unos segundos en darse cuenta de que la presión había disminuido.

«¿Es otra treta para divertirse conmigo?»

Ariadna empujó el brazo del gigante con ambas manos y rodó sobre su pecho hasta caer al suelo. Se alejó a cuatro patas, histérica, sintiendo en todo momento que la mano de Bóreas estaba a punto de aferrar sus tobillos. Por fin se puso de pie y echó a correr hacia la puerta.

El gruñido de Bóreas le puso los pelos de punta. Sin dejar de correr, giró la cabeza hacia atrás.

«¿Qué está haciendo?», se preguntó sin saber si aquello era un nuevo juego. Bóreas permanecía tumbado, tenía los brazos estirados a lo largo del cuerpo y miraba al techo.

Ariadna llegó hasta la puerta, puso una mano en el marco y se giró de nuevo. Sentía el pecho a punto de estallar y su instinto le gritaba que saliera corriendo, pero se obligó a observar a Bóreas con mayor detenimiento.

De repente lo vio.

Bajo la cabeza de Bóreas estaba el madero con el que ella había tratado de golpearlo. El pincho había quedado hacia arriba y el gigante se lo había clavado en la nuca al caer al suelo. Ariadna advirtió que sólo había penetrado tres o cuatro centímetros, pero al parecer era suficiente para mantenerlo paralizado.

«¡Aprovecha para escapar!», gritó una voz en su mente.

Ariadna permaneció agarrada al umbral, congelada en la frontera entre la libertad y la sala donde durante dos días había temido la tortura y la muerte. No podía apartar la mirada de Bóreas. El gigante emitía un gruñido débil y los músculos de su rostro se contraían de forma intermitente.

«No puedo seguir huyendo.»

Se apartó de la puerta y caminó cautelosamente hacia Bóreas. Los miedos que le habían marcado la vida se hacían más intensos con cada paso, pero no se detuvo.

La cabeza de Bóreas se mantenía ligeramente inclinada hacia el pecho debido a los doce centímetros de metal que sobresalían de su nuca. Ariadna se detuvo junto a él y lo contempló con ansiedad. De pronto Bóreas clavó la mirada en ella. Compuso una expresión de odio infinito y Ariadna se estremeció. Nunca había percibido tanta maldad. Supo sin ninguna duda que si Bóreas recobraba la movilidad ya no jugaría con ella. Se centraría en causarle el tormento más intenso posible durante todo el tiempo que pudiera mantenerla con vida. Ariadna se acercó al gigante y se obligó a sostenerle la mirada.

–Ahora yo tengo el control –le susurró.

Bóreas gruñó y contrajo violentamente los músculos de la cara. Estaba intentando liberarse. Ariadna ardía en deseos de golpearlo, pero sabía que sus patadas o puñetazos no podían producirle ningún daño. Peor aún, podían hacer que se soltara.

Miró alrededor con preocupación creciente. La silla estaba volcada y rota a los pies del monstruo. Ariadna se acercó a ella y la levantó. Le faltaba el respaldo y una de las patas traseras, pero seguía siendo muy pesada debido al grosor del asiento.

Se situó con la silla tras la cabeza de Bóreas.

–Mírame.

En los ojos del gigante ardía una amenaza temible, pero Ariadna mantuvo los suyos clavados en él. Quería que notara su determinación, su seguridad. Quería que viera que ella dominaba la situación. Que supiera que iba a castigarle por lo que le había hecho a Akenón y por lo que había querido hacerle a ella.

–Mírame bien porque voy a ser lo último que veas en tu vida.

Agarró la silla por las patas delanteras y golpeó con el borde del asiento en la frente del gigante. Sonó como si golpeara una piedra. Bóreas seguía mirándola pero ahora sus ojos estaban muy abiertos. Había notado que el grueso clavo se hundía más en su cabeza. Gruñó mostrando los dientes como un perro rabioso. Después abrió su boca sin lengua y lanzó un bramido con tanta potencia que Ariadna saltó hacia atrás. De inmediato volvió a adelantarse y miró desde arriba a la inmensa cabeza de Bóreas.

La expresión del gigante poseía una ferocidad espantosa. Su mirada destilaba odio y comenzó a rugir echando espuma por la boca.

–¡Muere de una vez, maldito monstruo!

Ariadna alzó la pesada silla sobre su cabeza curvando el cuerpo hacia atrás; se detuvo un instante con los músculos en tensión como la cuerda de un arco y descargó un golpe tremendo gritando con toda la furia que llevaba dentro.

Quince centímetros de hierro oxidado reventaron el cerebro de Bóreas.

CAPÍTULO 130

29 de julio de 510 a. C.

«HA LLEGADO EL MOMENTO de destruir la comunidad.» El enmascarado acababa de regresar al Consejo después del ataque a la casa de Milón. Estaba observando la sala desde el estrado: setecientos rostros en tensión vueltos hacia él y un gran vacío en la grada izquierda, donde antes se sentaban los 300 pitagóricos. De la máscara negra surgió un susurro ronco y ardoroso que sobrecogió a los consejeros:

—Hemos descabezado a la serpiente, pero tenemos que hacer lo mismo que hizo Heracles con Hidra: asegurarnos de que no salgan nuevas cabezas. —El enmascarado se inclinó hacia ellos antes de proseguir con mayor intensidad—: ¿O acaso queréis que la hermandad, el monstruo que os tuvo subyugados, vuelva a convertir la ciudad de Crotona y a este Consejo en su rebaño de borregos?

—¡No! —rugieron al unísono los setecientos consejeros.

El enmascarado asintió satisfecho: los consejeros estaban ebrios de resentimiento y violencia, harían cualquier cosa que les pidiera. Tenía que conseguir mantenerlos así el tiempo suficiente para destruir todo lo relacionado con Pitágoras.

Alzó los brazos y continuó su arenga sin ocultar el regocijo de su voz:

—Entonces debemos usar nuestra fuerza, nuestro ejército, para arrasar la comunidad. ¡No debe quedar piedra sobre piedra en la madriguera de aquellos que han manipulado y deshonrado a Crotona durante décadas!

Los consejeros lo aclamaron con entusiasmo. Él continuó enardeciéndolos a pesar de que estaba impaciente por pasar a la acción. Cilón había insistido en que era necesario actuar a través del Consejo, y tenía que darle la razón. Debía obtener apoyo legal para utilizar al ejército..., al menos por ahora.

«Dentro de poco suprimiré el Consejo y seré el único soberano de Crotona.»

Cilón observaba desde su asiento al enmascarado, fascinado por el dominio absoluto que ejercía sobre el Consejo. Se daba perfecta cuenta de que aquel hombre lo había utilizado para llegar hasta esa posición; sin embargo, no iba a cometer el error de luchar contra él.

«Lo más inteligente es intentar seguir siendo su mano derecha.»

El enmascarado había dicho que habían *descabezado a la serpiente*, pero lo cierto era que Pitágoras había escapado. El enmascarado y él habían sido testigos. Tras pasar por encima del cadáver acribillado de Milón, habían cabalgado por un sendero estrecho que desembocaba en una playa. Cuando ellos llegaron había una barca cincuenta metros mar adentro y otra que acababa de hacerse a la mar. En la embarcación más alejada distinguieron a Pitágoras. Sus soldados se apresuraron a meter los caballos en el mar y arrojaron sus lanzas a la barca más cercana, sin conseguir alcanzar a nadie. No había otras embarcaciones con las que perseguirlos, por lo que no les quedó más remedio que resignarse a ver cómo escapaban.

«Ya lo atraparemos», se dijo Cilón sin mucho convencimiento.

Al menos sí era cierto que habían asestado a la hermandad un golpe del que difícilmente se recuperaría. Al atacar la cumbre pitagórica habían acabado con la mayoría de los grandes maestros y líderes regionales. Cilón se había paseado entre los cadáveres del patio de la villa de Milón y había distinguido a varios de los pitagóricos más relevantes, como el gran maestro Evandro.

«Y ahora vamos a por la comunidad principal», pensó estremeciéndose de placer.

La cuarta parte del ejército obedecía a los oficiales que habían sobornado. Además, tras la muerte de Milón no quedaba nadie capaz de organizar al resto de las tropas con la rapidez suficiente para evitar su siguiente ataque. Iban a rodear la comunidad con miles de soldados y acabarían con la vida de todos los pitagóricos en cuestión de minutos.

«Excepto los que hagamos esclavos», se corrigió con una sonrisa.

Cilón no sabía que el enmascarado había atrapado a Ariadna. Imaginaba que ella estaría en la comunidad y soñaba con el momento en que cayera en sus manos. Se le hacía la boca agua al fantasear con que dos soldados la sujetaran para que él la violara allí mismo.

«He tenido que esperar quince años para poder saborearla», pensó recordando cuando hizo que la secuestraran. Entonces Pitágoras había conseguido rescatarla antes de que él pudiera disfrutarla. Ahora no quedaba nadie para ayudarla.

También pensaba hacer esclava a Damo, la otra hija de Pitágoras y ahora viuda de Milón. Y quizás a Téano, la esposa de Pitágoras, aunque a ésta la enviaría a las cocinas. No le gustaban las mujeres mayores.

Cerró los ojos para recrear con mayor viveza el momento que más veces había revivido a lo largo de su vida. Apareció ante él Pitágoras, en una escena de hacía treinta años, humillándolo en medio de la comunidad, declarando públicamente que no tenía las cualidades necesarias para ingresar en su orden.

El rostro de Cilón se iluminó al imaginar la devastación que estaba a punto de producirse en el escenario de su humillación.

Ariadna cruzó al trote la puerta norte de la ciudad.

Continuó por las calles de Crotona sin disminuir la velocidad. Al verla acercarse, los crotoniatas se apretaban atemorizados contra los muros de las casas. Ariadna montaba el caballo enorme de Bóreas, la única montura que había encontrado al salir de la sala subterránea donde ahora yacía el cadáver del gigante.

Todos sus músculos se tensaron en cuanto divisó el edificio del Consejo. Había más soldados de lo normal haciendo guardia frente a las puertas abiertas. Ella sabía que los guardias jamás permitían que entrara nadie en mitad de una sesión.

«Pero necesito que me escuchen inmediatamente.»

Un soldado se fijó en aquella estampa llamativa: una mujer de pelo claro montada en un caballo imponente, cabalgando hacia el Consejo a una velocidad temeraria. El guardia bajó los tres escalones que había frente al pórtico y aguardó extrañado la llegada de la joven. Parecía que iba vestida con una túnica rota atada con cuerdas.

Cuando se hallaba a pocos metros, el soldado levantó una mano para que la mujer se detuviera junto a él.

Ariadna espoleó el caballo y se lanzó hacia las puertas abiertas.

CAPÍTULO 131

29 de julio de 510 a. C.

EL ENMASCARADO SE DETUVO en mitad de una frase sin poder creer lo que veían sus ojos: Ariadna acababa de irrumpir a caballo en la sala del Consejo. Un segundo después entraron corriendo varios hoplitas, pero ella los dejó atrás avanzando al trote por encima del gran mosaico de Heracles y Crotón, haciendo que las teselas saltaran como grava bajo los cascos del enorme caballo.

Los consejeros lanzaron exclamaciones de sorpresa e indignación. Cilón se puso de pie de un salto.

–¡Detenedla! –gritó alarmado. La hija de Pitágoras iba directa hacia el estrado, parecía que fuera a lanzarse con su caballo descomunal sobre el enmascarado.

El estrado tenía un metro y medio de altura. Ariadna detuvo su montura junto a la base de modo que casi se encaró con su enemigo. Algunos de los consejeros que estaban más cerca se apresuraron a rodearlo para protegerlo. Éste se zafó de ellos, señaló a Ariadna con un dedo acusador y habló tan alto como se lo permitía su voz rota y tenebrosa:

–¡Es la hija de Pitágoras, la estirpe de la serpiente!

Ariadna lo señaló a su vez y gritó con una voz tan potente y firme como la de su padre:

–¡Éste a quien tanta atención prestáis, éste que se esconde tras una máscara para hacer el mal, es un discípulo de Pitágoras!

Sus palabras levantaron una exclamación de asombro unánime y ella continuó mientras se volvía vigorosamente hacia ambos lados de las gradas:

–¡Es un traidor y un criminal, que intenta manipularos con sus artes oscuras para llevar a cabo actos indignos de este Consejo!

Ariadna se dio cuenta de que los soldados estaban a punto de echársele encima. Hizo caracolear a su caballo para mantenerlos a distancia. El enmascarado intentó hablar y ella se impuso gritando con toda la potencia de sus pulmones.

–¡El hombre que está subido al estrado de este respetable Consejo es un gran maestro, y os está engañando igual que engañó a mi padre, pues formó parte de su círculo más íntimo hasta que hace unos meses simuló su asesinato!

Muchos consejeros clavaron su mirada en el hombre del estrado. Ariadna se enfrentó de nuevo al enmascarado.

–¡El hombre que se esconde tras esa máscara negra... –volvió a señalarlo y rugió con todas sus fuerzas–: es Daaruk!

El estrépito de la sala se congeló al instante en un pasmo silencioso. Todos sabían que Daaruk era uno de los grandes maestros que siempre habían acompañado a Pitágoras hasta que murió envenenado. Recordaban también que su cadáver había sido incinerado en una pira funeraria siguiendo la tradición de su cultura extranjera.

El enmascarado gruñó de rabia mientras todo el mundo lo miraba asombrado. El propio Cilón se quedó en suspenso; quería neutralizar a Ariadna, pero sería un suicidio político apoyar a aquel hombre si de verdad era Daaruk.

Los soldados cejaron en su empeño por derribar a Ariadna. Ella tiró de las riendas y encaró el caballo hacia su enemigo. El ruido de los cascos se oía ahora con claridad.

–Matadla. –La orden del enmascarado fue un graznido ronco de odio. Vibró unos instantes en la atmósfera expectante de la sala y se disipó sin que nadie reaccionara.

No había negado la acusación.

De pronto, un hoplita veterano que había subido al estrado se abrió paso entre varios hombres y sujetó al enmascarado por detrás. Antes de que nadie se interpusiera, agarró la máscara por la barbilla y la arrancó de un tirón.

Todos los consejeros, los soldados y hasta la propia Ariadna se sobresaltaron al ver aquel rostro. La piel oscura, los labios gruesos, el color de los ojos..., indudablemente era Daaruk, pero la piel estaba alterada y retorcida en la frente y en todo el lateral derecho como si se hubiese quemado. La mitad de la boca y los párpados de un ojo estaban tan deformados que no podía cerrarlos.

Daaruk lanzó una mirada rápida en todas direcciones. Todavía podía intentar anular la ventaja de Ariadna:

—La razón por la que...

Ariadna se apresuró a gritar para imponerse al susurro ronco de Daaruk.

—¡Pretendía dirigir el Consejo, y ni siquiera es griego! Aquello levantó una inmediata oleada de protestas airadas. Los griegos tenían una consciencia de pueblo muy arraigada. Todo aquel que no fuera griego era considerado un bárbaro inferior a ellos.

—¡Os diré dónde está su escondite! —gritó Ariadna antes de que Daaruk replicara—. ¡Allí encontraréis el cadáver de su monstruoso esclavo, y miles de kilos de oro!

Ariadna sabía que Daaruk había logrado gran parte de su influencia a base de sobornos. Ahora ella les estaba ofreciendo una cantidad incalculable si se ponían en contra de él. Estaba segura de que ése era el mejor argumento que podía esgrimir para poner de su parte a aquellos políticos volubles y corruptos.

«Pero todavía les voy a dar más», pensó esforzándose para que su mirada no reflejara el desprecio que sentía hacia ellos.

—¿¿Sabéis cómo consiguió Daaruk todo su oro?! —Los consejeros estaban pendientes de sus palabras, ya nadie prestaba atención a Daaruk—. ¡Él organizó las revueltas de Síbaris! ¡Ayudó a los revolucionarios a cambio de que le permitieran saquear el palacio de Glauco! —El Consejo rugió enfervorizado y Ariadna prosiguió con más fuerza—: Daaruk engañó, confundió y manipuló a los rebeldes, a los gobiernos, a los ejércitos... ¡Todos los acontecimientos trágicos de los últimos tiempos han sido causados por él! ¡Él es el culpable de todo lo sucedido!

Envuelto en un clamor ensordecedor, Daaruk se dio cuenta de que había perdido la batalla. Ariadna acababa de esgrimir el argumento definitivo para poner a los consejeros a su favor. Los políticos sabían que tanto el pueblo como el ejército exigirían respuestas, y Ariadna les acababa de proporcionar una explicación que los exculpaba de todo lo sucedido... y además les llenaba los bolsillos de oro. Indudablemente todos estarían de acuerdo en que el culpable era el malvado extranjero.

«Tengo que salir de aquí.» Daaruk miró alrededor como una fiera acorralada. El estrado se había llenado de consejeros y soldados que lo rodeaban por todas partes, excepto por delante. Allí estaba Ariadna haciendo girar a su caballo mientras arengaba al Consejo con el brazo en alto. En ese momento estaba de espaldas a él. Con un movimiento rápido, el antiguo gran maestro se adelantó hasta el borde del estrado y saltó hacia delante. Cayó en el lomo del caballo chocando contra la espalda de Ariadna. Desmontó de un fuerte empujón a la maldita hija de Pitágoras y clavó los talones en el animal, que se lanzó nervioso a la carrera.

Ariadna se agarró al brazo de un consejero mientras caía, pero acabó tirada en el suelo. Cuando levantó la cabeza vio que los soldados de la puerta se apartaban descaradamente para franquear el paso del caballo.

Daaruk atravesó el pórtico como un rayo.

CAPÍTULO 132

29 de julio de 510 a. C.

LA NARIZ ROTA DE AKENÓN no le permitía respirar. El aire sólo podía llegar a sus pulmones a través de la boca. Intentó tragar saliva y sintió que se ahogaba. Angustiado, trató de carraspear, pero el dolor de su cuello hizo que la garganta se cerrara. Al notar que su cuerpo se agarrotaba, comenzó a dominarlo el pánico. «¡Estoy asfixiándome!» Concentró toda su voluntad y consiguió relajarse lo suficiente para que el espasmo muscular remitiera. El aire volvió a entrar poco a poco en su pecho.

No había visto al enmascarado ni a Bóreas desde el día que lo atraparon. «¿Volverán para torturarme o dejarán que muera lentamente?», se preguntó entre las tinieblas del sufrimiento. Había recuperado el conocimiento hacía sólo dos horas, después de pasar tres días inconsciente. Casi deseaba volver a desvanecerse para librarse de aquel tormento de asfixia y dolor.

Estaba en penumbra, con los brazos y las piernas atados a una silla. La luz que se filtraba por el marco de la puerta cerrada le indicaba que en el exterior era de día. Inclinó la cabeza hacia abajo y gimió quedamente. El dolor del cuello se multiplicaba cuando movía la cabeza, pero necesitaba ver si podía mover las manos. Con un gran esfuerzo consiguió que la punta de sus dedos se deslizara por el brazo de la silla. Giró la cabeza e hizo la misma comprobación con la otra mano. Su campo de visión era reducido. El cabezazo de Bóreas que le había roto la nariz también le había hinchado el lateral derecho de la cara y no podía separar los párpados.

Cerró el ojo sano y recordó el momento en que había descubierto quién era el enmascarado. Había sucedido mientras paseaba junto a Pitágoras en Crotona. Había sacado distraídamente el anillo de Daaruk y de repente cayó en la cuenta de que él era el enmascarado. Aquella revelación lo paralizó durante unos instantes. En cuanto pudo reaccionar se despidió apresuradamente de Pitágoras y se fue a ver a Eritrio, el curador. Le pidió que le enseñara una relación de los bienes de Daaruk. En ella figuraba una vieja propiedad en el campo que había pertenecido a los padres del gran maestro y que llevaba décadas abandonada. Inmediatamente se fue a inspeccionarla.

«Y Bóreas me desarmó como si yo fuera un niño.»

Daaruk se había quitado la máscara de metal después de atarlo. Su rostro deformado por el fuego hizo que la mente de Akenón retrocediera varios meses, hasta el día en que Atma, el esclavo de Daaruk, había preparado la pira funeraria de su amo. Akenón y Ariadna habían sido testigos de la fase final de la construcción de la pira, así como del momento en que Atma le prendía fuego.

«Pero no nos dimos cuenta del engaño.»

Tenía algunas dudas sobre cómo se había llevado a cabo la farsa, pero podía imaginar la mayor parte. Suponía que en la pira funeraria Atma no había untado el cuerpo y las telas que recubrían a Daaruk con una sustancia inflamable, como habían creído Ariadna y él mientras lo observaban, sino con algún producto incombustible. Luego debió de verter el aceite sólo por los laterales de la pira para que al principio las llamas rodearan a Daaruk sin alcanzarlo directamente. La sustancia incombustible debió de proteger a Daaruk durante un minuto o dos. A la vista estaba que había sido suficiente para que se tirara al agua y se escabullera aprovechando la oscuridad nocturna, aunque no suficiente para evitar que se le abrasara media cara. Y teniendo en cuenta cómo hablaba, parecía que el humo caliente también le había quemado la garganta.

Akenón imaginaba asimismo que Atma había colocado un cadáver entre los troncos de la pira funeraria, debajo de Daaruk. Los huesos calcinados de ese muerto eran los que él recogió al día siguiente. El engaño se había preparado con meticulosidad, hasta el punto de que Atma le había puesto el anillo de Daaruk al otro cuerpo.

«Pero cometió un error», pensó Akenón en la soledad de su encierro.

Un error cuya evidencia había estado siempre delante de él, pero del que no se había percatado hasta hacía tres días, mientras examinaba distraídamente la sortija de oro de Daaruk. El gran maestro, en todas las ocasiones en que él lo había visto, llevaba su anillo con el pentáculo en la mano derecha.

«El cadáver de la pira lo tenía puesto en la izquierda.»

CAPÍTULO 133

29 de julio de 510 a. C.

DAARUK DETUVO SU MONTURA en lo alto de una colina. Con el rostro sudoroso escudriñó el terreno reseco y polvoriento que acababa de recorrer.

«No me sigue nadie», se dijo aliviado.

Volvió a espolear al magnífico animal, ansioso por llegar cuanto antes junto a la mitad de su oro, sus documentos matemáticos...

«Y junto a Akenón», pensó con una sonrisa malévola en su boca quemada. Bóreas había maltratado al egipcio con tanto apasionamiento que había estado a punto de acabar con él. No obstante, aunque llevaba tres días inconsciente, Akenón seguía vivo.

«Al menos la última vez que lo vi.»

Había sido esa mañana, antes de ir al Consejo para convencerlos de encarcelar a los 300 y atacar la cumbre pitagórica. Akenón estaba en tan mal estado que no le resultaría extraño que hubiera muerto desde entonces.

Daaruk apretó los párpados para expulsar las lágrimas que le provocaba el viento. El suelo volaba bajo las patas de su montura. En cinco minutos alcanzaría la vieja villa de sus padres. Akenón había dado con ella a través de Eritrio el curador, pero Daaruk calculaba que pasaría un tiempo hasta que alguien más tirara del mismo hilo. En estos momentos tanto los consejeros como los soldados estarían compitiendo por ser los primeros en llegar a su otro escondite, en el que había tenido encerrada a Ariadna.

«Todos han oído que allí hay miles de kilos de oro.»

Sacudió la cabeza con incredulidad mientras cabalgaba. No podía comprender cómo se las había ingeniado Ariadna para acabar con Bóreas. De todos modos, incluso para una situación tan improbable como la actual tenía un plan preparado. Había sido audaz desde el principio, pero también muy prudente.

Además de la antigua villa de sus padres, había comprado otra casa aislada para repartir entre ambas el oro que iba consiguiendo. Por otra parte, antes de provocar la guerra entre Síbaris y Crotona había conspirado de modo que cualquier resultado le favoreciera. También había tenido la precaución de mantener separados a Akenón y Ariadna, así siempre le quedaba un rehén para negociar en caso de que alguien diera con uno de sus escondites. Y la última muestra de su cautela, ésa que había esperado no llegar a utilizar –pero que hoy le resultaría muy útil–, era el barco que tenía siempre listo para zarpar en una cala cercana.

«Escaparé por mar y reconduciré la situación antes de lo que nadie puede imaginar.»

Se detuvo frente a su refugio y observó con ojo crítico. Era muy improbable que nadie encontrara la villa con facilidad; estaba situada en una zona muy densa del bosque y habían camuflado el edificio con ramas.

Bajó del caballo y entró en un pequeño establo. De allí sacó cuatro mulas, las condujo hasta la puerta del almacén subterráneo y enganchó sus riendas. Tenía el oro guardado en bolsas de unos diez kilos para poder transportarlo con facilidad. Hizo un cálculo rápido. En una hora y media habría cargado las cuatro mulas. Si aparecía alguien antes de que hubiera terminado, utilizaría a Akenón de rehén para poder escapar.

«Todavía puede tener alguna utilidad.»

Había hecho bien conteniendo el deseo de Bóreas de matarlo. Sin embargo, cuando hubiese terminado de cargar el oro, el egipcio ya no le serviría para nada.

Una sonrisa cruel se dibujó en su rostro deforme mientras se acercaba a la puerta.

«Disfrutaré matándolo.»

CAPÍTULO 134

29 de julio de 510 a. C.

LA PUERTA DE LA SALA subterránea se abrió con un chirrido. Akenón levantó la cabeza y miró aturdido en dirección a la luz.

Daaruk cruzó el umbral y se acercó a él susurrando con un tono mordaz en su voz quemada:

–Me alegra ver que por fin has despertado.

Akenón dejó caer la cabeza sobre el pecho y gimió por toda respuesta. La luz le daba de costado y resaltaba su aspecto deplorable. Tenía medio rostro amoratado y deformado por la hinchazón. Una costra de sangre seca le cubría desde la nariz aplastada hasta el pecho.

–¿No te encuentras bien? –se burló Daaruk situándose frente a él–. No te preocupes, en cuanto termine lo que he venido a hacer acabaré con tu sufrimiento.

Daaruk observó durante unos segundos a Akenón, que siguió con la cabeza agachada y los ojos cerrados. Después se alejó del egipcio y desplazó la mesa sobre la que descansaban los pergaminos. Se arrodilló, encontró una argolla disimulada en la tierra y tiró de ella levantando una trampilla. Quedó al descubierto un hueco de dos palmos de profundidad. Su extensión era de dos metros por uno y estaba repleto de bolsas llenas de oro. Daaruk levantó un par de ellas con un gruñido de esfuerzo, desapareció en el exterior para colocarlas en las alforjas de sus mulas y regresó a por más.

–Esta mañana he acudido al Consejo y he hecho que detengan a los 300 –susurró mientras pasaba por delante de Akenón–. Después he logrado que el ejército de Crotona ataque la gran convención de los pitagóricos. –Akenón no abrió los ojos, pero Daaruk se dio cuenta de que ladeaba ligeramente la cabeza–. Le hemos prendido fuego a la casa de Milón con todos dentro –continuó Daaruk mientras cogía otro par de bolsas–. Pitágoras ha conseguido escapar con vida, pero he visto que le clavaban una lanza en la cadera. Con suerte ya habrá muerto.

Se detuvo un momento al volver a pasar junto a Akenón y pronunció las siguientes palabras con un ensañamiento feroz:

–Los que estoy seguro de que han muerto son Milón y la mayoría de grandes maestros de la orden. Entre ellos, mis antiguos compañeros Hipocreonte y Evandro.

El rostro de Akenón se crispó de dolor. Daaruk lo observó complacido y después continuó su camino mostrando los dientes al sonreír con su boca deforme.

Akenón gimió negando lentamente.

«Evandro; Hipocreonte; Milón...»

Unas lágrimas amargas resbalaron por su rostro ensangrentado.

Daaruk volvió a por más bolsas y habló sin detenerse:

–Al día siguiente de apresarte, Bóreas atrapó a Ariadna. La mantuve encerrada en otro refugio... –calló un momento por el esfuerzo de levantar el oro–, y esta mañana le dije a Bóreas que podía hacer con ella lo que quisiera.

Se paró frente a su prisionero y buscó su mirada. Aunque Akenón permanecía con los ojos cerrados, se marcaban los músculos en sus mandíbulas apretadas. Daaruk gruñó satisfecho y se alejó de él mientras terminaba de hablar:

–Por cómo la miraba, supongo que lo primero que habrá hecho será violarla salvajemente.

Dejó que sus últimas palabras resonaran en los oídos de Akenón y salió al exterior. El sol se acercaba al horizonte y el entorno estaba tranquilo. Colocó las bolsas en las alforjas de la mula más cercana, regresó al almacén y caminó hasta el oro pasando por delante de Akenón. Levantó otras dos bolsas y se marchó sin hablar.

Repitió el proceso varias veces, siempre en silencio, hasta que entró sudoroso y se sentó en el suelo frente a su prisionero.

–Estoy empezando a cargar la segunda de las cuatro mulas que tengo fuera. –Hizo una pausa para recuperar el resuello y continuó con su desagradable susurro–. Cuando complete las cuatro llegará el momento de despedirnos.

Akenón levantó poco a poco la cabeza. La mitad del rostro que no estaba deformada mostraba una expresión de odio mortal. Daaruk sostuvo aquella mirada regodeándose durante un rato antes de volver a hablar.

—Tranquilo, Akenón, Ariadna es uno de mis siguientes objetivos, pero de momento sigue viva.

Prefería no contaminar con una mentira la perfección del suplicio de Akenón. El egipcio era consciente de que había fracasado en su compromiso de proteger a la orden y atrapar al asesino. Su espíritu debía de estar aplastado al saber que Pitágoras estaba gravemente herido, la mayoría de los hombres relevantes de la orden muertos... «y el asesino libre y a punto de matarlo a él».

La mirada de odio de Akenón no disminuyó mientras Daaruk seguía hablando.

—Supongo que Bóreas se distraería mientras forzaba a Ariadna y ella aprovecharía para clavarle un cuchillo o algo similar. Lo que no concibo —añadió pensativo— es que a él no le diera tiempo a despedazarla antes de morir. —Se encogió de hombros y continuó como si compartiera una ligera contrariedad con un amigo—. El caso es que Ariadna ha aparecido en mitad del Consejo, ha desvelado mi identidad y el ambiente se ha vuelto, digamos, *un tanto hostil.* —Gruñó como si aquello le hiciera gracia—. He optado por irme, pero regresaré pronto.

Se levantó trabajosamente y reanudó el transporte del oro.

—Ariadna me reconoció cuando vio mis ojos a través de la máscara. Tú lo dedujiste, te concedo el mérito sobre este punto; sin embargo, ella sola ha matado a Bóreas mientras que tú no pudiste hacerle ni un rasguño. ¿No te resulta humillante?

Lanzó una risa despectiva mientras salía de nuevo. Poco después reapareció y siguió hablando.

—La irrupción de Ariadna en el Consejo me ha obligado a aplazar ligeramente la segunda fase de mis planes. Por fortuna, ya había logrado casi por completo los objetivos de la primera etapa: acabar con Pitágoras y destruir la hermandad.

En cuanto cogió la siguiente bolsa tuvo que volver a dejarla en el suelo. Se llevó una mano al hombro derecho. «Bóreas haría esto en un minuto», pensó irritado. Mientras se masajeaba el hombro, continuó hablando hacia Akenón en el mismo tono de conversación amistosa.

—Tengo la certeza de que no nos molestarán —dijo como si Akenón tuviera que alegrarse de ello—. Ariadna cometió el error de decir en público que tengo una fortuna en oro en mi otro refugio. Ahora mismo todas las fuerzas de Crotona deben de estar buscando ese tesoro. Por otra parte, he sobornado y embaucado a tantos soldados que siempre habrá alguno que evite que me atrapen o que me ayude a escapar. De hecho, en el Consejo pude salir gracias a que los soldados se apartaron de mi camino. —Se acercó hasta dejar su rostro quemado junto al de su prisionero—. Te digo esto para ahorrarte falsas esperanzas.

Akenón entreabrió el ojo sano y musitó unas palabras.

—¿Qué has dicho? —preguntó Daaruk acercando el oído a su boca.

—¿Cómo simulaste tu muerte? —repitió Akenón.

Daaruk se irguió sonriendo.

—Muy bien, Akenón, muy bien —susurró con un tono amable que casi sonaba sincero—. Te honra que intentes satisfacer tu curiosidad incluso a las puertas de la muerte. El conocimiento es el camino, siempre es el camino. —Reflexionó un par de segundos antes de proseguir—. Supongo que creerás que comí una torta envenenada con raíz de mandrágora blanca.

Akenón frunció el ceño sin comprender. Recordaba cuando Daaruk había caído al suelo delante de él echando espuma por la boca. Quizás el veneno no estuviera en la torta sino en una cápsula que Daaruk llevaba escondida, pero él había utilizado un reactivo y había identificado el veneno sin ninguna duda. Como decía Daaruk, era extracto de mandrágora blanca, un tóxico potente que en dosis suficientes mataba al que lo consumía en pocos segundos. Daaruk debería estar muerto.

—En realidad —continuó Daaruk sin dejar de cargar oro—, el veneno estaba en un trozo de torta que llevaba oculto y saqué sin que nadie lo advirtiera. Utilicé el mismo veneno que con Cleoménides porque sabía que sería lo primero que comprobarías. En cuanto creyeras estar seguro de que era el mismo, dejarías de pensar sobre ello. Sin embargo, junto a la mandrágora blanca había puesto su antídoto y me tragué ambos a la vez.

Akenón hizo un esfuerzo por recordar. Conocía un par de antídotos efectivos, pero aquello no tenía sentido. Él mismo había comprobado que Daaruk no tenía pulso.

Su enemigo sonrió con orgullo.

–La clave estaba en el tercer componente: extracto de raíz de mandrágora negra. Los efectos que produce son similares a la mandrágora blanca, pero en dosis adecuadas induce un estado de catalepsia. El corazón y la respiración parecen haberse detenido; no obstante, si antes de que transcurran dos días se administra su contraveneno, el sujeto recupera con rapidez su vigor natural.

Akenón sintió cómo iban encajando todos los elementos. Tomó aire y susurró con esfuerzo:

–Supongo que Atma vertería en tus labios el antídoto de la mandrágora negra antes de prender fuego a la pira.

Daaruk asintió, repentinamente sombrío, y cogió otro par de bolsas.

–Atma te prestó un gran servicio –continuó Akenón–. ¿Lo mataste porque conocía tu identidad?

El antiguo gran maestro cruzó la sala y salió sin contestar. Cuando regresó respondió en tono tenso.

–Lo maté por eso y porque era débil. No hubiera soportado un interrogatorio.

–No como Crisipo.

–Crisipo cumplió su deber y se suicidó antes de traicionarme. Era un buen siervo... –Arrugó el entrecejo y añadió para sí–: Aunque el mejor esclavo imaginable era Bóreas. Me va a resultar difícil reemplazarlo.

Akenón intentó tragar saliva. Su garganta reseca y tumefacta le envió una punzada de dolor y durante un rato apenas pudo respirar.

–¿El primer asesinato, el de Cleoménides –preguntó resollando–, lo cometiste esperando que Pitágoras te escogiera entonces a ti como sucesor?

Daaruk dejó caer las bolsas y se volvió hacia él con el rostro congestionado. Era la primera vez que Akenón lo veía perder el control y temió que quisiera matarlo en ese instante.

—¡Yo tenía que haber sido el único sucesor de Pitágoras! —La voz susurrante de Daaruk era más ronca e intensa que nunca—. ¡La ceguera del gran fantoche los condenó a todos a la muerte!

Daaruk relajó los puños e inspiró profundamente para calmarse. Después entrecerró los ojos y dirigió a Akenón una expresión cargada de odio que poco a poco se transformó en una sonrisa diabólica.

«Tú también vas a morir por culpa de Pitágoras.»

Recogió las bolsas del suelo y salió al exterior. Cuando regresó volvía a exhibir la sonrisa cínica y fría de siempre.

—Como os he hecho comprobar, mis capacidades están muy por encima de las de cualquier gran maestro, y también de las de Pitágoras. Sin embargo, éste no supo verlo y decidió nombrar sucesor a Cleoménides. Lo leí en su mirada antes de que lo hiciera público. —Hizo un ligero asentimiento hacia Akenón, reconociendo que tenía razón en su anterior pregunta—. Por eso hice que Atma envenenara la copa de la que iba a beber Cleoménides.

—¿Todo esto ha sido por venganza?

Daaruk resopló con desprecio.

—No seas tan corto de miras, Akenón.

Salió y colocó el oro en las alforjas de la segunda mula. Ya no cabía más, tenía que empezar con la tercera. La acercó hasta la puerta para ahorrarse unos pasos en cada carga y después miró al cielo. El sol había desaparecido, aunque todavía había bastante claridad.

«Venganza...», se dijo pensativo.

Recordó sus primeros años en la orden. Entonces admiraba a Pitágoras y dedicaba todo su tiempo a estudiar con entusiasmo. Batió los registros de precocidad en su ascenso por los diferentes grados, pero cuando llegó a gran maestro empezó a ocultar sus descubrimientos al darse cuenta de que estaba dando mucho más de lo que recibía. Sus compañeros no le aportaban nada, y el propio Pitágoras ya no le transmitía más secretos a pesar de atesorar todavía algunos que reservaba para quien fuera su sucesor.

«Siempre creí que sería yo», pensó con la mirada perdida en el pasado. Hizo un esfuerzo por contener un nuevo acceso de rabia. La elección de Pitágoras le había resultado humillante, aunque en el fondo no había sido una sorpresa. Pitágoras era consciente de que él era más capaz, pero quizás también sabía que desde hacía tiempo ocultaba muchos de sus avances; y desde luego debía de haberse dado cuenta de que no compartía su modo de dirigir la orden.

«Pitágoras siempre ha sido un pusilánime.»

Estaban bien la moderación y los mensajes de cordialidad mientras se buscaba apoyo político, pero el tiempo de actuar así había pasado. La hermandad tenía que haber aferrado con puño de hierro el mando de los gobiernos en los que tenía influencia. Debía haber eliminado a los grupos que se le oponían y aplastado toda idea democrática. Tenía que haber unido los ejércitos de las diferentes ciudades y haberse expandido mucho más rápido, uniendo la fuerza militar a la fuerza de las ideas. La hermandad podía haber sido el origen de un gran reino. «Mi gran reino.» Y si no servía para eso, debía desaparecer para no interferir en su ascenso a soberano supremo de un mundo nuevo.

«No, Akenón, no se trata *sólo* de venganza.»

Antes de coger las siguientes bolsas, Daaruk examinó algunos objetos de oro.

«Esto me servirá.» Tomó una daga de oro larga y puntiaguda que parecía un objeto ceremonial y se acercó a Akenón.

–Tendrás una muerte lujosa –susurró mostrándosela. Después la depositó en el suelo de modo que quedara a la vista de su prisionero.

Akenón mantuvo la cabeza caída y evitó mirar el arma. Su respiración era lenta y trabajosa.

–¿Por qué no te limitaste a envenenar a Orestes? –musitó con un hilo de voz.

Daaruk rió divertido.

–¿Crees que vas a demorar tu muerte dándome conversación? Ya te he dicho que no va a venir nadie. Antes de una hora habré terminado de cargar las mulas y entonces –agarró la barbilla de Akenón y levantó su cara–, entonces hundiré la daga en tu corazón.

Akenón le sostuvo la mirada con el único ojo que podía abrir.

–Está bien –continuó Daaruk soltando a Akenón y yendo a por más oro–, consideraré tus preguntas la última petición de un condenado a muerte.

En realidad le satisfacía responder. La perfección de sus planes le producía un inconfesable orgullo. Además, sus palabras servían para mortificar a Akenón.

—Tras eliminar a Cleoménides me di cuenta de que Pitágoras trasladaba su elección a Orestes. En ese momento fui consciente de que nunca me haría sucesor y empecé a diseñar una nueva estrategia. Tu llegada a la comunidad precipitó los acontecimientos. Antes de que el cerco se estrechara demasiado simulé mi muerte. Así escapaba de la comunidad, conseguía recuperar el dinero de mi familia a través de Atma y podía utilizar la vieja villa de mis padres, ésta en la que nos encontramos, sin que nadie viniera a molestarme. Para entonces ya había decidido que acabaría con todos los posibles sucesores de Pitágoras. —Salió con un par de bolsas y regresó enseguida—. Matar a los candidatos era necesario para la construcción de mi futuro, pero no quería limitarme simplemente a acabar con ellos; he procurado hacerlo del modo más doloroso para Pitágoras... podemos decir que para castigar su ceguera y su arrogancia. —Se detuvo un momento frente a Akenón—. ¿No estás de acuerdo en que fue sublime lograr que a Orestes lo mataran sus compañeros? ¿Y no lo fue todavía más conseguir que Aristómaco se suicidara gracias a mi carta sobre los irracionales?

Akenón arrugó el entrecejo.

—Vaya, vaya —dijo Daaruk—, veo que Pitágoras ha mantenido en secreto el contenido de aquella carta. —Lanzó una risita seca—. Imaginaba que lo haría. Tú no puedes entender el problema de los irracionales, pero su existencia implica que las investigaciones de Pitágoras tienen un planteamiento erróneo de base. Con este descubrimiento le he arrebatado su doctrina matemática, igual que le he despojado de sus patéticos sucesores. —Daaruk no pudo evitar una sonrisa de orgullo—. También tuvo que resultarle duro que resolviera el problema del *cociente*, que él había declarado irresoluble. Tuve que esforzarme al máximo para solucionarlo con el teorema de Pitágoras, pero mereció la pena.

Cuando Daaruk abandonó de nuevo la sala, Akenón meneó lentamente la cabeza.

«Venganza y poder», se dijo asqueado.

Ésos eran los dos objetivos de su enemigo. Cada paso de su macabro plan le había servido para avanzar en ambos propósitos. Además, todas sus acciones habían sido tanto una muestra de superioridad como de desprecio. Había jugado con ellos. En cada acto había dejado su huella personal dando por hecho que no serían capaces de identificarlo.

Recordó de repente algo que había dicho Ariadna. «*Tengo la sensación de que nuestro enemigo no pretende matar a mi padre, sino hacerlo sufrir destruyendo todo lo que le importa.*» Ariadna tenía razón, Daaruk se había esforzado en arrebatar a Pitágoras cada elemento esencial de su vida –sucesores, poder político, doctrina…–. Pero además, después de destruir todo lo que le importaba, Daaruk quería matar a Pitágoras.

Akenón contempló la daga dorada, colocada en el suelo con la punta dirigida hacia él.

«Me mantiene con vida por si me tiene que usar de rehén.»

Daaruk afirmaba que no iba a venir nadie antes de que terminara de cargar el oro, pero si estuviera tan seguro de eso ya lo habría matado. Akenón miró hacia la puerta. Daaruk se estaba demorando más que otras veces.

«¿Tendrá algún problema?»

En ese momento Daaruk regresó.

–Voy a empezar a cargar la última mula –susurró.

Cruzó la sala y se entretuvo un minuto encendiendo una lámpara de aceite.

Akenón se fijó en que la luz que entraba por la puerta abierta era más escasa. «Se está haciendo de noche», pensó extrañado. Ni siquiera sabía cuántos días llevaba allí.

–¿Tienes más cómplices en la hermandad? –preguntó con voz desmayada.

–Eso sería una estupidez. Ya deberías saber que puedo conseguir colaboradores en el momento que quiera.

–Como Cilón –musitó Akenón pensativo–. A través de él has controlado las votaciones del Consejo. –Hizo una pausa para tomar aire–. Tú hiciste que el Consejo de los Mil tomara la decisión de dar refugio a los aristócratas de Síbaris, sabiendo que eso implicaría la guerra con los rebeldes sibaritas.

–Espero que sepas apreciar el mérito de esa acción –se jactó Daaruk–. Para asegurarme de que hubiera guerra lo más sencillo hubiera sido imitar a los 300 y votar a favor del asilo. Sin embargo, con la abstención conseguí dos objetivos a la vez: el primero, que estallara la guerra. El segundo, poder acusar después a los 300 de ser los únicos responsables de la guerra. A fin de cuentas, ellos votaron a favor mientras que nosotros nos abstuvimos.

Akenón asintió ensimismado. Muy a su pesar tenía que reconocer que estaba impresionado por la habilidad de Daaruk para maquinar.

—También controlaste a los cabecillas de la rebelión en Síbaris —murmuró—. Querías que se levantaran contra sus aristócratas como un modo indirecto de conseguir la guerra entre Síbaris y Crotona... y de paso les pediste como pago por tu ayuda que te permitieran quedarte con el oro de Glauco.

—Esos rebeldes no habrían llegado a nada sin mí. Estaban asustados, les faltaba organización y ni siquiera tenían claro lo que querían.

—¿Habrías preferido que ganaran la guerra?

—Creía que iban a ganarla —reconoció Daaruk mientras cogía más oro para la última mula—. Estuve observando la batalla desde una colina, preparado para unirme después a los cabecillas sibaritas. Tenía que asegurarme de que tras la batalla arrasaban Crotona y la comunidad. Sin embargo, los caballos de Síbaris se pusieron a bailar y los sibaritas fueron masacrados. Aquello resultó fascinante. —Esbozó una sonrisa de suficiencia—. Por supuesto, la victoria de Crotona también me conducía a mi objetivo. A través de oficiales del ejército crotoniata a los que yo controlaba, una buena parte de las tropas me obedecía a mí en vez de a Milón. Me aseguré de que arrasaban Síbaris con tal brutalidad que el Consejo se apresuró a buscar un culpable.

—Y tú se lo has dado esta mañana, y los has convencido de que prendan fuego a la casa de Milón —gruñó Akenón asqueado.

—No me ha costado mucho. Estaban deseando sacudirse la culpa de encima. A fin de cuentas, la clave de la manipulación es poner en contacto a los hombres con sus deseos más intensos. —Los ojos de Daaruk se clavaron en los de Akenón y su mirada refulgió de tal modo que su prisionero se estremeció—. Y te puedo asegurar, mi patético Akenón, que los impulsos egoístas y destructivos son siempre los más poderosos. No se requiere mucho esfuerzo para inducir a un hombre a que se lance a destruir a sus semejantes.

Akenón desvió la vista y tardó un rato en volver a hablar. Cuando lo hizo su voz era débil, pero también agresiva.

—¿También tenías controlada la posibilidad de que Ariadna te obligara a escapar del Consejo?

Daaruk respondió sin hacer caso de su hostilidad.

—Como ya te he dicho, eso sólo supone un ligero retraso en mis proyectos. Desde hace un mes tengo un barco siempre preparado para zarpar. Dentro de unas horas me habré hecho a la mar y en dos o tres días tendré en marcha un plan para tomar el control de otro gobierno.

Akenón tomó aire y siguió preguntando.

—¿Vas a partir de cero o es algo en lo que has estado trabajando?

—Pobre Akenón —susurró Daaruk—, siempre has ido un paso por detrás de mí y en tus últimos minutos quieres conocer el futuro. ¿No te das cuenta de que ese interés es un intento de aferrarte a un mundo al que ya no perteneces?

Se calló para sacar otro par de bolsas.

—La cuarta mula está casi llena, apenas nos queda tiempo —dijo al regresar. Se dirigió al agujero del oro y continuó hablando mientras completaba su tarea—. Supongo que te darás cuenta de que la situación en Crotona es irreversible. Puede que liberen a los 300, pero no les van a devolver el poder. Además, el ejemplo seguido aquí, donde siempre ha estado el núcleo de la hermandad, animará en otras ciudades a los grupos políticos contrarios a los pitagóricos. Me introduciré en esos grupos igual que he hecho en Crotona. Haré que expulsen de los gobiernos a los políticos pitagóricos y que arrasen sus comunidades.

Salió a colocar las últimas bolsas. Cuando volvió se dirigió a la mesa y comenzó a recoger los documentos, plegándolos o enrollándolos en unos cilindros de madera.

—Por toda la Magna Grecia correrá la voz de lo que ha pasado en Crotona —dijo Akenón con la voz enronquecida—. En cualquier ciudad te atraparán en cuanto aparezcas.

—No lo creo. —Daaruk pasó frente a él con los brazos llenos de pergaminos—. Más bien pienso lo contrario. Me presentaré a cara descubierta, diciendo que nadie conoce a Pitágoras mejor que yo. Les diré que he visto la luz, que sé que Pitágoras es la encarnación del mal. –Soltó una risa desagradable–. Me recibirán con los brazos abiertos. Desengáñate, Akenón, ya has visto con qué facilidad he controlado el destino de Síbaris y Crotona. Dentro de unas semanas me habré hecho con el control de otra ciudad y antes de un año regiré sobre la mayor parte de la Magna Grecia. Y, por supuesto, no me olvidaré de Pitágoras. Si sobrevive a las heridas de hoy, enviaré tantos sicarios a por él que ni los dioses podrán protegerlo.

Daaruk desapareció con los pergaminos y Akenón se quedó mirando la puerta abierta. Ya era casi de noche. El maestro asesino retornó enseguida y esta vez cerró la puerta tras de sí.

Akenón se volvió hacia la daga de oro que lo apuntaba desde el suelo. Su corazón latía desbocado. «Ha llegado el momento.» Daaruk anduvo hasta él y pasó de largo. Se alejó hasta situarse frente a un espejo de bronce de gran tamaño. El borde superior del marco estaba adornado con una figura de Cerbero, el monstruoso perro de tres cabezas que guardaba el acceso del inframundo. Daaruk se acercó a escasos centímetros de la superficie pulida y contempló absorto su rostro abrasado.

–Hubo otra razón para que matara a Atma –susurró lentamente con su garganta dañada.

El eco de aquellas palabras se disolvió en la atmósfera tirante de la sala subterránea. Akenón sólo podía ver la espalda de Daaruk, iluminada por la lámpara de aceite que había sobre la mesa. Intentó tragar saliva y ahogó un gemido de dolor.

Daaruk se dio la vuelta.

–Estoy seguro de que mis quemaduras se produjeron porque Atma se puso nervioso y no hizo bien su trabajo en mi pira funeraria.

Se acercó despacio a Akenón. Una expresión tensa crispaba su rostro deformado.

–Y creo –continuó susurrando– que Atma se alteró y no me protegió bien del fuego porque tú lo estabas vigilando.

Se agachó pesadamente y cogió la daga de oro. Pasó un dedo por la punta y después miró a Akenón. Su prisionero estaba demacrado por la deshidratación y el sufrimiento. El cuello y la mitad de la cara eran un enorme cardenal recubierto de sangre seca. Resultaba patético, pero a él sólo le inspiraba odio.

–¿Quieres preguntar algo más antes de morir?

–No.

La firmeza de esa respuesta irritó a Daaruk, que hubiera preferido que Akenón suplicara. Le miró a los ojos durante unos segundos.

De pronto echó hacia atrás el brazo de la daga y lo descargó con todas sus fuerzas contra el corazón de su prisionero.

El golpe alcanzó su objetivo produciendo un dolor insoportable.

CAPÍTULO 135

29 de julio de 510 a. C.

En el Consejo se había formado un gran revuelo tras la huida de Daaruk. Ariadna todavía estaba en el suelo, derribada de su caballo por el maestro asesino, cuando Cilón alzó la voz tratando de controlar una situación que amenazaba con volverse peligrosa para él.

–¡Yo no sabía quién era el enmascarado! –proclamó rodeado de miradas inquisidoras–. ¡Me ha engañado a mí igual que a todos vosotros!

Consejeros y soldados clavaban los ojos en Cilón, pero también se miraban entre ellos con desconfianza. Cilón sabía que era más fácil manipularlos mientras estaban desconcertados, antes de que tomaran una decisión. Alzó los brazos y se volvió a izquierda y derecha como si les mostrara su alma desnuda. Su voz sonó más firme y sincera que nunca.

–¡Os juro por todos los dioses que desconocía su identidad, y que siempre he actuado por el bien de la ciudad!

Recurrir a los juramentos quizás era algo simple, pero solía resultar efectivo. Siguió profiriendo juramentos sin descanso mientras observaba con disimulo a los hombres repartidos entre las gradas, el suelo y el estrado. Cuando estuvo seguro de que todo el mundo escuchaba sus palabras, utilizó el argumento más poderoso:

–¡Debemos mirar hacia delante, y lo primero que hay que hacer es arrebatar al maldito Daaruk todo su oro!

Percibió que la tensión remitía.

–Ariadna nos ha revelado que Daaruk tiene *miles de kilos de oro* escondidos. Ahora nosotros sabemos dónde está ese oro y debemos evitar que Daaruk lo recupere.

La expresión de los consejeros se relajó mientras visualizaban *miles de kilos de oro*.

«Gracias a los dioses.» Cilón suspiró al notar que la hostilidad casi había desaparecido del ambiente.

En ese momento, como si un viento helado se introdujera en su túnica, la voz enérgica de Ariadna lo estremeció:

–Os diré cómo llegar al lugar donde se encuentran el cadáver de Bóreas y el oro.

Cilón se volvió hacia Ariadna. Ella estaba de pie en medio de la sala, mirándolo con una expresión impenetrable.

«Va a ofrecer la ubicación del oro a cambio de mi cabeza», pensó Cilón horrorizado.

Todos los presentes dirigieron su atención hacia Ariadna. Para sorpresa de Cilón, ella apartó la vista de él y durante los siguientes minutos se limitó a explicar cómo llegar al refugio de Daaruk.

–Como podréis comprender –añadió Ariadna tras acabar las indicaciones–, yo no quiero regresar a ese lugar, pero lo encontraréis con facilidad.

Algunos de los consejeros conocían bien aquella zona apartada y habían identificado la casa de la que les hablaba.

–Es la villa que pertenecía a Hipsicreonte –señaló uno de los consejeros–, el mercader de esclavos que murió el año pasado. Sé muy bien dónde está.

Cilón se apresuró a retomar la palabra:

–De acuerdo, en ese caso vosotros nos guiaréis. Pongámonos en marcha.

Cilón estaba tan sorprendido como encantado: Ariadna, que con tanta habilidad había intervenido contra Daaruk, ahora parecía más interesada en marcharse que en intentar poner al Consejo en su contra.

La multitud comenzó a avanzar. Ariadna aprovechó para escurrirse como una gata en dirección a la salida.

«No me he olvidado de ti, Cilón, pero ahora tengo otra prioridad.»

Cuando estaba a punto de alcanzar el exterior, estalló el griterío.

Los hombres más cercanos a las puertas retrocedieron espantados. El miedo impregnó el aire y Ariadna se unió instintivamente a la retirada, mirando alarmada hacia atrás mientras corría. Por las puertas abiertas entró el general Polidamante, el más leal a Milón. Tras él, como las aguas de un río desbordado, irrumpieron decenas de hoplitas.

A través de las puertas abiertas se veía un enjambre agitado de miles de soldados.

Aquello había empezado unas horas antes. Algunos hoplitas leales habían recogido en el bosque el cuerpo acribillado de Milón, general en jefe del ejército y héroe de Crotona. Adornaron el cadáver con sus coronas de laurel y olivo y lo trasladaron al templo de Heracles. Al correr la voz de que había muerto, todos los militares fieles a él acudieron a rendirle homenaje. Poco a poco se fueron enterando de que Cilón y un *enmascarado* habían organizado la expedición a la casa de Milón con unas tropas afines a ellos, a espaldas del resto del ejército. Un par de horas después, el general Polidamante proclamó que iba al Consejo para arrestar a los culpables con quien quisiera acompañarlo. Las innumerables tropas congregadas alrededor del templo de Heracles lo siguieron como un único hombre.

Los políticos, aterrados al ver un torrente de soldados irrumpiendo a través de las puertas del Consejo, corrieron hasta apretarse en el otro extremo de la gran sala. Todos se esforzaban por no quedar en primera línea.

El general Polidamante se adelantó unos pasos y desenvainó su espada. Un presagio de muerte estremeció la sala.

—Consejeros, entregadme ahora mismo al responsable de la muerte de Milón.

El general ya sabía que detrás de aquello estaba Cilón. También sabía que éste tenía el apoyo de muchos miembros del Consejo, pero no quería mutilar al órgano de gobierno de Crotona. Sólo pretendía arrancar la mala hierba, acabar con el cerebro de aquellos crímenes.

Los consejeros comprendieron inmediatamente que el objetivo de Polidamante era Cilón. Todos los ojos se volvieron hacia él. Los más cercanos se apartaron como si quisieran evitar contaminarse con su culpa.

Cilón vio que entre él y el general Polidamante se despejaba con rapidez un amplio pasillo. Intentó escabullirse entre los miembros de su partido, pero éstos lo empujaron sin contemplaciones hacia los soldados. Miró al general a través del espacio despejado y comprendió que tenía que hacer valer lo antes posible todo el poder de su retórica. Avanzó hacia Polidamante con las manos abiertas y su cara se convirtió en la viva imagen de la sinceridad.

–No seamos víctimas de otro engaño –clamó con vehemencia–. Yo soy el primero en lamentar la muerte del glorioso Milón, del hombre que tanto honor ha brindado a nuestra amada ciudad...

Ariadna estaba pegada a la pared, deslizándose poco a poco hacia las puertas, pero en ese momento se detuvo con los puños apretados. Su voluntad se debatía entre la necesidad imperiosa de irse cuanto antes y el impulso de intervenir para asegurarse de que Cilón no salía indemne.

No hizo falta que actuara. Polidamante miró con desprecio a Cilón sin atender a sus palabras y se volvió hacia los hoplitas.

–Encadenadlo y echadlo al fondo de un calabozo. Que no reciba comida ni agua.

Se acercó a Cilón y le habló asqueado.

–Mañana tendrás un juicio militar. En él decidiremos cómo te ejecutamos.

Ariadna sintió un oscuro regocijo al contemplar aquello. Cilón intentó escapar, pero lo sujetaron numerosas manos de hierro que tiraron de él salvajemente hacia el exterior. Se retorció con violencia, gritando amenazas y después súplicas. El resto de los consejeros mantuvo un silencio cobarde mientras la masa de soldados rodeaba a Cilón y lo cubría de insultos y salivazos.

Cuando se alejó el tumulto que envolvía a Cilón, los demás políticos se apresuraron a informar obsequiosamente a Polidamante y a todo el ejército del fabuloso tesoro que los aguardaba en un refugio desprotegido. Al momento se inició un bullicioso debate para organizar la expedición en busca del oro de Daaruk. Todos querían asegurarse un buen botín. Tras una larga discusión, el general Polidamante, haciendo uso de su actual posición de fuerza, impuso que la mitad del oro sería para los militares, un cuarto para los políticos y otro cuarto para el tesoro de la ciudad.

Ariadna se escabulló del Consejo durante la discusión sobre el oro y bajó las escaleras del edificio. Se iba fijando con ansiedad en los rostros de todos los militares. Finalmente reconoció a un oficial de caballería que estaba iniciado en la hermandad.

—Arquelao, gracias a los dioses —dijo angustiada—. Me acabo de enterar de que han atacado la casa de Milón durante la cumbre de nuestra orden. ¿Sabes si han matado a alguien más aparte de Milón? ¿Sabes si mi padre...?

Se le quebró la voz y Arquelao se apresuró a responder.

—Tu padre ha escapado, pero está herido. Creo que de gravedad. Los demás... Han muerto casi todos, entre ellos Hipocreonte y Evandro.

Ariadna sintió que se le ponía la carne de gallina y se quedó petrificada, incapaz por un momento de asimilar la magnitud de la tragedia.

—Necesito... —Estaba tan aturdida que tuvo que hacer un esfuerzo para recordar su objetivo más acuciante—. Necesito que me proporciones una montura y una espada.

Arquelao, sin hacer preguntas, le entregó su arma y su propio caballo. Ariadna cogió las riendas y montó con torpeza, todavía conmocionada. Clavó los talones en el animal y abandonó Crotona al galope.

CAPÍTULO 136

29 de julio de 510 a. C.

EL IMPACTO LE HIZO PERDER el sentido durante unos instantes. Cuando recobró la consciencia, en medio de la sala subterránea, notó la boca llena de sangre. Intentó escupirla, pero apenas pudo mover los labios y la sangre resbaló por su barbilla en un chorreo espeso.

«¿Qué ha pasado?»

Daaruk abrió los ojos y levantó la cabeza. Akenón estaba de pie frente a él, frotándose el puño con el que lo había golpeado.

«¡¿Cómo ha podido soltarse?!» Daaruk sintió que lo llenaba un terror helado. Akenón dio un paso hacia él y le dio una patada en la boca del estómago.

–¿Sorprendido, Daaruk? –Le pateó con fuerza las costillas–. Mis ataduras están sueltas desde hace horas. –Le dio otra patada en el estómago–. Exactamente desde que Ariadna las desató.

«¡¿Ariadna?!» Daaruk levantó la cabeza hacia su enemigo con los ojos muy abiertos.

Akenón estrelló el pie contra su cara. La nariz del asesino crujió y comenzó a chorrear sangre. Akenón dobló el cuerpo y apoyó las manos en las rodillas para recuperar el resuello.

–Cuando Ariadna mató a Bóreas –dijo entrecortadamente–, lo primero que hizo fue acudir a Eritrio. Le preguntó al curador por tus propiedades. Averiguó que esta villa pertenecía a tu familia y se apresuró a venir aquí con la esperanza de encontrarme con vida, a pesar de que le habíais dicho que estaba muerto.

Daaruk se retorció en el suelo gimiendo de dolor y rabia. Tenía la cara empapada de sangre y apenas podía respirar. Akenón se irguió, pero sintió que se mareaba y volvió a agachar la cabeza. Inspiró profundamente un par de veces y continuó hablando, sabiendo que sus palabras hacían tanto daño a Daaruk como sus golpes.

–Después de liberarme, Ariadna corrió al Consejo para desenmascararte. Eritrio le había informado de que te habían visto acudir allí por la mañana. Sin embargo, decidimos que yo me quedaría aquí. –Levantó la cara y sonrió con desdén al ver la expresión de rabia de Daaruk–. Sabíamos que, si te deteníamos en Crotona, habría soldados corruptos que acabarían liberándote. Nuestra intención era que escaparas del Consejo y atraparte donde nadie pudiera ayudarte. Por eso me quedé. Si yo hubiera aparecido tú no habrías venido a este refugio. En cambio, al ver sólo a Ariadna pensaste que aquí todavía tenías un lugar seguro.

Daaruk sentía que la sangre le hervía por la humillación de haber caído en aquella trampa; pese a ello, hizo un esfuerzo supremo para despejar la mente. Consiguió concentrarse y desde el suelo analizó con disimulo a su rival. El corpulento egipcio era mucho más fuerte que él, pero estaba herido y llevaba tres días inmovilizado sin comer ni beber.

«El malnacido me ha hecho creer que estaba peor, pero lo cierto es que apenas puede tenerse en pie», pensó esperanzado.

La daga había quedado a un par de pasos. Daaruk movió el cuerpo poco a poco hasta colocarse en una posición desde la que podía impulsarse con rapidez hacia el arma. Después se quedó inmóvil, concentrado en la voz de Akenón. A través de ella podía ver que la mente del egipcio estaba embotada. Akenón se encontraba al límite de sus fuerzas.

«Pero yo también estoy herido. Tengo que atacarlo antes de que vuelva a golpearme.»

Buscó la mirada de Akenón. Cuando sus ojos se encontraron, canalizó todo su poder a través de la mirada para tratar de inmovilizarlo.

Akenón sintió una fuerte presión dentro de su cabeza y dejó de hablar. Vio que Daaruk se abalanzaba a por la daga de oro sin dejar de mirarlo. El asesino aferró la empuñadura y saltó hacia él levantando el arma.

Akenón gruñó con los dientes apretados y estrelló su puño contra el rostro ensangrentado de Daaruk. Al instante dejó de sentir la opresión en su cabeza. Daaruk soltó la daga gritando de dolor y cayó hacia atrás con ambas manos contra el rostro. El puñetazo había multiplicado los daños en su nariz rota. Se hizo un ovillo en el suelo mientras Akenón volvía a hablar.

–Daaruk, has tenido éxito durante demasiado tiempo, y eso te hace subestimar a tus enemigos. Tu arrogancia excesiva ha impedido que hoy te dieras cuenta de que ibas un paso por detrás. –Se agachó para coger la daga y la lanzó al otro extremo de la sala–. Has hecho exactamente lo que queríamos que hicieras. ¿Sabes por qué no te ataqué en cuanto regresaste del Consejo? Necesitaba que me dieras información, y sé que no hubiera podido obligarte a ello. Debía saber si tenías cómplices infiltrados en la hermandad o si había algún plan en marcha que pudiera seguir adelante sin ti. Tienes una capacidad sobrenatural para conseguir que los demás te obedezcan, pero me ha bastado con estimular tu estúpida y desmesurada vanidad para que dijeras todo lo que quería saber.

Daaruk se incorporó sobre una mano, ciego de ira y frustración, consciente de que todo lo que decía su enemigo era cierto. ¿Cómo era posible que un simple investigador egipcio ¡y una mujer! lo hubieran engañado a él, que estaba a la altura de los dioses? Alzó un dedo hacia Akenón y habló con un susurro tenebroso en el que ardían todo su desprecio y su cólera.

–Repugnante egipcio, indigno siquiera de mirarme, no te atrevas a...

La patada de Akenón le reventó los labios.

Akenón prosiguió con un tono mordaz mientras Daaruk escupía sangre y dientes.

–Aún debo agradecerte otra cosa que has hecho por mí en las últimas horas. ¿Adivinas el qué?

Los ojos de Daaruk eran dos centellas de odio reconcentrado, pero mantuvo la cabeza humillada y el cuerpo encogido. Akenón se inclinó hacia él y sonrió.

–Me has ahorrado el trabajo de cargar las mulas.

CAPÍTULO 137

29 de julio de 510 a. C.

ARIADNA CABALGABA a través del bosque con el rostro crispado. Su cabeza era un torbellino de pensamientos y emociones. Necesitaba calmarse para afrontar su siguiente paso, pero las noticias que acababa de recibir sobre su padre habían formado un nudo en su garganta que no conseguía deshacer.

Llevaba media hora cabalgando sin descanso y estaba llegando a la villa que había pertenecido a los padres de Daaruk. Justo antes de ir al Consejo había acudido allí y había desatado a Akenón. El plan era que Daaruk fuera a ese refugio tras escapar del Consejo y que Akenón lo dejara fuera de combate; sin embargo, Ariadna tenía miedo de que el deteriorado estado de Akenón hubiera hecho que algo saliera mal.

Espoleó su montura. La imagen de Daaruk acabando con Akenón apareció en su mente con una nitidez dolorosa. Si lo que encontraba al llegar era el cadáver de Akenón...

Ya era de noche. Desmontó, desenvainó la espada y recorrió con el máximo sigilo los últimos metros. Vio que la puerta de la sala subterránea se encontraba cerrada. Junto a ella estaban atados un caballo y cuatro mulas cargadas. Se acercó procurando que los animales no se alteraran y escuchó con atención.

«Daaruk ha salido de Crotona casi dos horas antes que yo», pensó con la cabeza apoyada en la puerta. Era tiempo más que de sobra para que Akenón hubiera conseguido sonsacarle la información que necesitaban. Se suponía que después tenía que apresar a Daaruk.

Un minuto después no había oído nada. El caballo y las mulas evidenciaban que Daaruk seguía allí. «¿Qué habrá ocurrido?», se preguntó angustiada.

Abrió la puerta de un tirón y se precipitó al interior con la espada por delante.

Había dos personas en el suelo. Parecía que estaban forcejeando y Ariadna experimentó un instante de pánico, pero rápidamente se dio cuenta de que Daaruk estaba tumbado mientras que Akenón, sentado sobre él, le ataba las manos detrás de la espalda.

El alivio de ver que Akenón estaba bien dio paso rápidamente a una oleada de furia. Ariadna corrió hasta Daaruk y comenzó a patear su cuerpo tendido.

–Maldito traidor, asesino, miserable. Has matado a todos tus compañeros. –Se dio la vuelta hacia Akenón, que se había derrumbado sobre una silla–. ¡Han prendido fuego a la casa de Milón! –exclamó con el rostro arrasado de lágrimas–. Han matado a casi todos. Mi padre está herido, puede que muerto.

Akenón asintió débilmente, apenas capaz de mantenerse consciente.

–Lo sé. Me lo ha dicho.

Ariadna se volvió de nuevo. Daaruk estaba tumbado de espaldas con la cara vuelta hacia ella. La miraba con odio, pero en aquella mirada firme también había una especie de complacencia que poco a poco se extendió por todo su rostro.

–¿Creías que estabas escapando cuando me quitaste el caballo en el Consejo? –le gritó Ariadna intentando descomponer su expresión satisfecha–. Fuiste tan estúpido que no te diste cuenta de que me puse de espaldas a ti para que saltaras en el caballo y te fueras de allí. Lo único que conseguiste fue alejarte de los hombres que te podían ayudar.

La cara quemada y ensangrentada de Daaruk se retorció en una mueca de hostilidad y rencor, pero fue una alteración fugaz como un relámpago. Su mirada recobró la serenidad y esbozó una sonrisa cínica y provocadora.

Ariadna sintió que ardía por dentro. Su rostro se volvió una máscara de piedra a la vez que apretaba los puños. Entonces se dio cuenta de que seguía llevando la espada en la mano derecha. La contempló por un momento y miró de nuevo a Daaruk. El maestro asesino se volvió hacia ella con un gruñido de esfuerzo. Ariadna acercó lentamente la espada hacia su cuello. Daaruk la miró desafiante. Ella apoyó la punta de la espada en su garganta y apretó ligeramente, rasgando la piel.

De repente Daaruk lanzó una carcajada prolongada, dura como un graznido, nacida de lo más profundo de su alma retorcida. Su cuerpo se sacudió con pequeñas convulsiones y el filo de la espada hizo brotar en su cuello un hilillo de sangre. En el fondo de su risa resonaba un eco de victoria.

Ariadna apretó con fuerza la empuñadura de la espada. Los músculos de su brazo se tensaron al máximo. Sin mover el arma, se inclinó hacia Daaruk.

–Lo sé –dijo asintiendo.

Daaruk congeló su expresión, súbitamente alarmado por lo que leía en los ojos de hielo de Ariadna. Ella apartó la espada y se irguió lentamente.

Sus siguientes palabras barrieron la arrogancia del rostro de Daaruk.

–La muerte sería demasiado poco para ti.

CAPÍTULO 138

1 de agosto de 510 a. C.

TRES DÍAS DESPUÉS DEL ATAQUE a la villa de Milón, Pitágoras llegó inconsciente a Metaponte. Durante el trayecto, la barca que lo transportaba sólo había tocado tierra en una breve ocasión, cerca de Síbaris. Se limitaron a llenar un recipiente de agua dulce y hacer un vendaje al filósofo que sustituyera al primero, improvisado con un trozo de túnica. Con el segundo vendaje la hemorragia se detuvo completamente, pero Pitágoras necesitaba un descanso que los escapados no se podían permitir. Regresaron inmediatamente a la mar y el estado de salud del filósofo continuó deteriorándose con cada hora de navegación.

Cuando por fin atracaron en lugar seguro, los tripulantes de la embarcación llevaron a toda prisa a su líder a que lo atendiera Tirseno, el afamado médico de la comunidad de Metaponte.

Tirseno contempló con inquietud la herida de Pitágoras y su rostro lívido e inerte.

–Ha perdido mucha sangre –dijo negando con la cabeza–. No sé si recobrará la consciencia. –Palpó con cuidado el contorno de la carne rajada–. Tenemos que conseguir que la herida no se infecte, pero la articulación está fracturada. Aunque salvara la vida, no creo que volviera a andar.

Pitágoras despertó al tercer día de llegar y contempló desconcertado su entorno. Estaba tumbado en la única cama de una habitación pequeña. En la pared frente a su lecho había una ventana con los postigos cerrados, lo que mantenía la estancia en penumbra. A pesar de ello, reinaba un calor sofocante que lo hacía sudar. Lo único que cubría su cuerpo desnudo era una banda de tela que le tapaba la cintura. Un aparatoso entablillado desde el muslo hasta la espalda lo mantenía boca arriba, sin poder cambiar de posición ni doblar el cuerpo.

Poco a poco le vinieron imágenes de los últimos días, recuerdos que había registrado estando semiinconsciente. Recordó que se encontraba en la comunidad pitagórica de Metaponte, una colectividad de poco más de cien miembros encabezados por Astilo.

«Astilo...»

El dolor crispó el rostro de Pitágoras y cerró los ojos. El gran maestro Astilo, líder de los pitagóricos de Metaponte, era uno de los hombres que habían muerto durante el ataque a la casa de Milón.

−¿Te duele?

Pitágoras abrió los ojos sobresaltado y vio ante sí a un hombre pequeño que lo miraba con expresión preocupada. Era Tirseno, el médico de aquella comunidad. Pitágoras había coincidido con él varias veces a lo largo de sus viajes y recordó vagamente que lo había estado cuidando durante los últimos días. Tirseno tenía alrededor de sesenta años, pero conservaba todo el cabello y no se veía una sola cana en su pelo negro y ensortijado. Sus ojillos vivaces permanecían fijos en él.

−No, no me duele, pero estaba recordando el ataque. −Pitágoras negó con la cabeza−. Me he acordado de que Astilo es uno de los que cayeron.

Tirseno suspiró y se sentó en un taburete junto a la cama del filósofo.

−Todo lo que ha ocurrido es... −El médico hizo un gesto con las manos, indicando que no era capaz de expresarlo con palabras. Después suspiró de nuevo y continuó hablando−. Afortunadamente tú has sobrevivido al ataque. Tienes una naturaleza prodigiosa. Tu cuerpo se restablece como si tuvieras la mitad de tu edad.

−Siempre ha sido así. −Pitágoras esbozó una sonrisa triste−. Pero los últimos meses me han convertido en un anciano.

−Han sido tiempos duros −asintió Tirseno−. Por fortuna, los culpables ya no podrán hacer más daño.

Pitágoras enarcó las cejas y trató de incorporarse.

−¿Cómo...? −Un latigazo de dolor le hizo dejar la pregunta a medias.

–No intentes levantarte. –Tirseno apoyó una mano firme y cálida en el hombro de Pitágoras y esperó a que se disipara el dolor de su rostro–. Lo último que sabes es que os atacaron... –Se quedó pensativo, recordando toda la información que había llegado desde Crotona en los últimos días, y después continuó–: Antes de que os atacaran, Cilón se presentó en el Consejo de los Mil junto a un enmascarado. Con el apoyo de gran parte del Consejo y de muchos militares comprados, detuvieron a los 300 y organizaron la expedición que atacó la casa de Milón.

–¿Cuántos de los nuestros han sobrevivido? –preguntó Pitágoras temiendo oír la respuesta.

–Sólo los siete que alcanzasteis la playa, los demás murieron asesinados.

Pitágoras ahogó un sollozo. Apretó los párpados y levantó una mano para que Tirseno le concediera un momento. Ya había imaginado que Milón, Evandro y el resto de los hombres que habían ido a luchar al patio podían haber muerto, pero la confirmación le resultó desgarradora.

Al cabo de un rato le hizo una seña a Tirseno para que continuara.

–Después de atacaros regresaron al Consejo –prosiguió el médico–. Parece que su siguiente paso iba a ser arrasar la comunidad de Crotona, pero la aparición de tu hija desbarató sus planes.

–¡Ariadna! –exclamó Pitágoras sorprendido y esperanzado. Lo último que sabía de ella es que había desaparecido dos días antes de la cumbre pitagórica.

–Sí, tu hija Ariadna irrumpió a caballo en medio del Consejo. Dicen que fue algo espectacular. Habló con tanta firmeza y convicción que era como si tú mismo estuvieses a lomos de aquel caballo, luchando con la fuerza de las palabras mientras hacía caracolear a su montura para que los guardias no la detuvieran. –Tirseno sonrió al ver que aquello animaba a Pitágoras–. De algún modo, Ariadna había averiguado quién era el enemigo que os estaba atacando desde hacía tiempo, quién se escondía tras la máscara.

Los ojos de Pitágoras se abrieron todavía más, tan impresionado y orgulloso por la actuación de su hija como intrigado por la identidad del enmascarado.

–¿Quién era? –consiguió preguntar.

–Uno de tus grandes maestros: Daaruk.

«¡¿Daaruk?!» El asombro dejó a Pitágoras sin habla. Apartó la vista de Tirseno y se quedó mirando al techo. Un momento después frunció el ceño. «¿Cómo es posible?», se dijo negando con la cabeza sobre la almohada. Él mismo lo había visto caer al suelo echando espuma por la boca y quedarse inmóvil, sin respiración. Además, Akenón había dicho que no tenía pulso. «Y su esclavo Atma quemó el cuerpo en una pira funeraria.»

Parecía imposible..., pero lentamente se fue dando cuenta de que, de algún modo, sabía que era cierto. Aunque no imaginaba cómo podía haber simulado todo aquello, ahora cobraban sentido las pistas que les había estado enviando para burlarse de ellos.

«Daaruk, Daaruk...» Pitágoras sacudió la cabeza, reviviendo las impresiones que su discípulo le había causado a lo largo de los años. Cuando era un joven recién iniciado aprendía con una rapidez pasmosa. Además, combinaba lo que aprendía con sus propias ideas de un modo muy original. Luego pareció estancarse, alcanzar un techo. Pitágoras no se extrañó, pues era un proceso que había visto en otros maestros brillantes.

«Sin embargo, Daaruk no alcanzó un techo, sino que lo *simuló*.»

Pitágoras se había percatado de que Daaruk era algo vanidoso y de que no era tan generoso como sus compañeros, por eso nunca lo habría nombrado sucesor. No obstante, jamás habría sospechado que sus límites eran fingidos y que en realidad había avanzado hasta superarlo a él.

«El método de aproximación al *cociente* usando mi teorema, la manera de aproximar raíces, el descubrimiento de los irracionales...»

¿Qué más secretos del universo habría desentrañado aquel prodigioso demonio?

De repente Pitágoras sintió que la habitación se oscurecía como si el sol se apagara. Escuchó la voz alarmada de Tirseno junto a él. Quiso responder, pero no fue capaz de hacerlo.

Había vuelto a desmayarse.

El desvanecimiento de Pitágoras fue causado por su estado extremo de debilidad. Aunque se repuso sin problemas, Tirseno decidió que no le daría más noticias hasta que recuperara un poco las fuerzas.

Al día siguiente, sin embargo, descubrió que Pitágoras no estaba dispuesto a esperar.

–Tirseno, cuéntame qué ocurrió después –dijo en cuanto el médico entró en su habitación–. Prometo no volver a desmayarme –añadió en tono de broma.

Tirseno observó a Pitágoras sin responder. El filósofo se esforzaba por sonreír, pero apenas conseguía que sus labios se curvaran débilmente. «Intenta aparentar unas fuerzas que no tiene», pensó el médico. Suspiró y se sentó en el mismo taburete que el día anterior.

–Daaruk consiguió arrebatar el caballo a tu hija y escapó del Consejo. Nadie lo ha visto desde entonces. Se supone que lo están buscando para detenerlo, pero todas las informaciones coinciden en que los consejeros no parecen muy interesados en que aparezca. Se dan por satisfechos con haber localizado el refugio de Daaruk gracias a las indicaciones de tu hija, que pasó unos días encerrada allí. En aquel escondrijo encontraron el cadáver de un gigante llamado Bóreas, al parecer tan temible que muchos no se atrevieron a acercarse, a pesar de que estaba muerto. También había tal cantidad de oro que cada consejero se ha embolsado varios miles de dracmas.

Pitágoras cerró los ojos un momento. Intentaba mostrarse tranquilo para que Tirseno continuara el relato, pero el corazón le latía con fuerza y le dolía el pecho. «Mi pequeña ha estado encerrada con Bóreas, ese monstruo brutal.» Se esforzó en disolver el nudo de la boca del estómago y llenar los pulmones. Al menos sabía que el gigante había muerto y Ariadna había escapado.

–¿Donde está Ariadna? –preguntó con un hilo de voz ronca.

Tirseno se revolvió incómodo. Era evidente que Pitágoras estaba muy fatigado, pero no podía irse sin responder a aquella pregunta. Contempló al maestro con preocupación. Su respiración era agitada y el sudor hacía que la larga barba blanca se le pegara al cuello.

–Lo último que sé de ella –contestó con suavidad– es que desapareció tras la intervención en la que desenmascaró a Daaruk.

Pitágoras percibió en la voz de Tirseno que le ocultaba algo.

–Dime todo lo que sepas –susurró con firmeza.

El médico se vio envuelto por la mirada perentoria del maestro y bajó los ojos. Estuvo un rato en silencio, con la mandíbula apretada, antes de responder:

—Nos hemos enterado de que le pidió el caballo y la espada a un militar pitagórico. Salió cabalgando de Crotona y nadie la ha vuelto a ver.

Pitágoras cerró los ojos sin alterar la expresión. Hizo un leve gesto con la mano y Tirseno lo dejó solo. Cuando oyó que la puerta se cerraba, Pitágoras se estremeció.

«Ariadna salió en persecución de Daaruk. Si lo ha encontrado y se ha producido un enfrentamiento...»

Aquella tarde, el médico visitó de nuevo a Pitágoras. El maestro le preguntó inmediatamente por Ariadna y Tirseno respondió que no había novedades.

—De acuerdo —se resignó Pitágoras—. Cuéntame qué más ha ocurrido en Crotona.

Tirseno veía al maestro más tranquilo que por la mañana. Tomó asiento en el taburete y se dispuso a conversar un rato.

—Después de que Daaruk huyera, el general Polidamante irrumpió en el Consejo con medio ejército para vengar la muerte de Milón.

Pitágoras arrugó el ceño temiendo que se hubiera producido una nueva masacre.

—Polidamante se mostró pragmático y sólo arrestó a Cilón —continuó el médico—. También ordenó que se liberara a los 300. No obstante, los 300 no han recuperado el poder. Después de que Polidamante se marchara, los consejeros deliberaron y decidieron que no querían que nadie gobernara sobre ellos.

—¿Cómo han reaccionado los 300?

—Acudieron al general Polidamante. Sin embargo, quizás porque Polidamante no pertenece a nuestra hermandad, les dijo que él garantizaba su seguridad física pero que no iba a intervenir en cuestiones políticas. Ahora Crotona está gobernada por un Consejo de los Setecientos.

Pitágoras meditó unos instantes.

—Es una decisión sabia —dijo para sorpresa de Tirseno—. Lo contrario hubiera acabado en tragedia en poco tiempo. —Se quedó un momento pensativo—. Cilón siempre quiso acabar con los 300. Quién le iba a decir que el día de su mayor éxito sería también el de su mayor derrota. ¿Qué ha ocurrido con él?

–Al día siguiente de su detención, lo juzgaron y lo ahorcaron. A continuación clavaron su cuerpo en un poste de madera y lo pusieron junto a la puerta norte de la ciudad, a la vista de todo el mundo. Al segundo día las alimañas habían dejado poco más que los huesos.

Pitágoras contempló con gravedad la imagen mental de su enemigo político clavado a las puertas de Crotona.

«Con esa ejecución, Crotona expía sus pecados», pensó con amargura. Más de la mitad de los Setecientos habían sido partidarios de Cilón y compartían la responsabilidad en la mayoría de sus crímenes; sin embargo, en vez de pagar por ello limpiaban sus nombres y su conciencia con la muerte de su cabecilla.

Tirseno observó el rostro demacrado del maestro.

–Ya basta por hoy, Pitágoras. –Le puso la mano en la frente. La piel estaba sudorosa pero no tenía fiebre–. Tienes que descansar. Mañana seguiremos hablando.

El filósofo asintió, sin fuerzas para responder.

Cuando salió Tirseno, Pitágoras se entregó a reflexiones sobre el futuro político de la hermandad. El derrocamiento que habían sufrido en Crotona, el corazón político del pitagorismo, daría ánimos a los políticos rivales de otras ciudades. Su orden seguía controlando una decena de gobiernos, pero en algunos lugares el equilibrio era bastante precario.

«Y en las ciudades donde estamos mejor, la situación se puede revertir con rapidez», se dijo recordando la amarga lección aprendida en Crotona.

Llenó sus pulmones con el aire caliente de la habitación y lo dejó salir lentamente. Daba por hecho que en los siguientes meses se iba a producir una ola de movimientos contra los gobiernos de toda la Magna Grecia. Los grupos opositores o incluso el pueblo llano tratarían de imitar lo sucedido en Crotona. También se fijarían con esperanza en la rebelión popular contra los aristócratas de Síbaris, en el derrocamiento del rey Tarquino en Roma y en la caída del tirano Hipias en Atenas.

«Crotona, Síbaris, Roma, Atenas...» Eran tiempos de cambio y había que moverse con la corriente o arriesgarse a perder muchas vidas por aferrarse al poder.

«Mi prioridad debe ser evitar nuevas muertes», pensó asintiendo levemente. Aunque tuviera que ser desde aquel lecho, iba a planificar y dirigir la retirada ordenada de todos los gobiernos en donde tuvieran riesgo de sufrir una oposición violenta.

Su rostro mantenía una expresión grave mientras asumía una de las decisiones más difíciles de su vida. Era consciente, con un dolor profundo, de que debía enterrar su sueño de crear una comunidad de naciones. Sus principios de armonía, desarrollo y justicia quizás nunca regirían el destino de los pueblos.

Cuando llevaba una semana en Metaponte, Pitágoras se llevó una gran sorpresa.

Era por la tarde, casi de noche. La temperatura de la habitación apenas había comenzado a descender. El filósofo estaba meditando con la mirada perdida en el techo cuando se abrió la puerta y entró Tirseno. En las manos sostenía un documento cerrado.

–Ha llegado un mensaje para ti –dijo con seriedad. Dudó un segundo antes de acercarse y continuó hablando–: Te lo envía el Consejo de Crotona.

Pitágoras alargó una mano en silencio y lo cogió. Tirseno salió cerrando la puerta tras él. Cuando estuvo solo, Pitágoras observó el documento y tuvo un escalofrío. Le acababa de venir a la mente el pergamino que había recibido Aristómaco antes de suicidarse. Quebró el sello y examinó rápidamente el documento por ambas caras. No mostraba ningún pentáculo invertido, tan sólo el sello del Consejo crotoniata.

«Un Consejo manchado con la sangre de inocentes», pensó con un sentimiento de rechazo.

Comenzó la lectura temiendo encontrarse con malas noticias para la comunidad de Crotona. Sin embargo, descubrió que los Setecientos parecían darse por satisfechos con haber logrado el poder. No sólo no querían actuar contra la comunidad, sino que lo invitaban a él a regresar a Crotona. Eso sí, con la condición de que se dedicara exclusivamente a cuestiones que no tuvieran que ver con la política.

Pitágoras dejó el documento sobre su pecho y apoyó la cabeza en la almohada.

«No voy a regresar», se dijo al momento.

Al menos, no como dirigente de la comunidad. No sólo estaba asqueado con el comportamiento de los políticos, sino también disgustado con los militares y con el pueblo por no enfrentarse a unos dirigentes que llevaban a cabo semejantes injusticias y tropelías. Además estaba herido, agotado por todo lo sucedido en los últimos meses y abatido por la muerte de tantos amigos.

«Los seiscientos discípulos de la comunidad de Crotona merecen alguien que los guíe con vigor, claridad y decisión.»

Tomó el documento de su pecho y lo dejó en el suelo, al lado de la cama.

«Le diré a Tirseno que escriba un mensaje a Téano.»

Iba a rogarle a su esposa que, en lugar de acudir a su lado, permaneciera en Crotona y asumiera el mando de la comunidad.

«Yo debo centrarme en otros asuntos», se dijo resueltamente.

Tenía que dirigir el repliegue político de la hermandad a lo largo de toda la Magna Grecia. Eso le llevaría meses, cuando no años. Por otra parte, debía ocuparse de transmitir la existencia de los irracionales. Daaruk había utilizado aquel descubrimiento para conseguir que Aristómaco se suicidara, pero no lo había hecho público. Probablemente su intención era divulgarlo más tarde, y seguro que pretendía hacerlo del modo más dañino para la hermandad.

«¿Dónde estará Daaruk?», se preguntó Pitágoras.

Lo último que sabía de él era que había escapado del Consejo... y que Ariadna había ido tras él. Sacudió la cabeza al pensar en su hija. Todavía no sabía nada de ella. «Quizás ya está sana y salva en la comunidad de Crotona y en cualquier momento Tirseno vendrá con la noticia.»

En cuanto a Daaruk, ya hacía diez días que había desaparecido, por lo que podía estar en cualquier parte. Tal vez había reanudado su plan de acabar con la hermandad. En este momento podía estar enviando cartas a todas las comunidades revelando la existencia de los irracionales.

Pitágoras meneó la cabeza. «Ya sea por medio de Daaruk o de otro descubridor, el abismo de los irracionales se hará visible.»

Daaruk se había adelantado a su época al descubrir la existencia de algo que todavía no vislumbraba nadie. Gracias a él, ahora

Pitágoras veía con claridad que sus estudios matemáticos y su concepción del mundo inevitablemente chocaban con la piedra –con la montaña, más bien– de los irracionales.

«Hay que enfrentarse a ellos, pero con el máximo cuidado, procurando que no destruyan todo lo que hemos logrado hasta ahora.» El propósito de Pitágoras no era intentar enterrar el descubrimiento. Su voluntad era transmitir el nuevo concepto a una reducida selección de grandes maestros. Después estudiaría con ellos la manera de difundirlo entre el resto de pitagóricos del modo menos traumático posible.

Miró hacia la pequeña ventana de la habitación. Los postigos estaban abiertos pero desde la cama sólo podía ver el cielo. Un manto grisáceo de nubes había hecho que la noche cayera prematuramente.

Volvió a sumirse en sus reflexiones.

«Hay otro problema que afecta gravemente al futuro de la orden.»

La sostenibilidad económica de la hermandad se encontraba en entredicho debido a la pérdida de apoyo político, a la previsible disminución de nuevas incorporaciones e incluso a la deserción de algunos discípulos.

Recordó todo el oro que había pasado de las manos de Glauco a las de Daaruk. «Con sólo una fracción de ese oro, la hermandad no tendría problemas para sobrevivir.»

La puerta se abrió de pronto sobresaltando a Pitágoras. El filósofo giró la cabeza para ver quién entraba.

Su semblante se iluminó con una sonrisa incrédula.

CAPÍTULO 139

8 de agosto de 510 a. C.

—¡PADRE!

Ariadna corrió hacia Pitágoras, se arrodilló frente a la cama y hundió la cara en el pecho de su padre.

—Ariadna —susurró Pitágoras acariciando el pelo de su hija. Después la estrechó con fuerza y lloró en silencio mientras ella sollozaba contra su pecho.

Akenón permaneció en el marco de la puerta, respetando la intimidad entre padre e hija. El médico Tirseno acababa de decirles que la herida de Pitágoras estaba curando bien, pero Akenón había temido que aquello fuese una mentira piadosa para tranquilizar a Ariadna.

«Gracias a los dioses», pensó Akenón mientras lo observaba. Aunque el filósofo estaba más delgado y pálido, no parecía el moribundo que había temido encontrar.

El entablillado de Pitágoras, no obstante, era muy llamativo. Varios listones de madera, atados con cintas de tela, recorrían el lado izquierdo de su cuerpo desde las rodillas hasta la mitad del torso, obligándole a mantenerse rígido. Una banda de lino le recubría la herida de la cadera. Akenón husmeó disimuladamente el aire de la habitación. No encontró rastros del olor dulzón propio de la putrefacción de la carne. Teniendo en cuenta que ya habían pasado diez días desde que hirieron a Pitágoras, eso era muy buena señal.

Ariadna levantó la cabeza y rió, un poco avergonzada por haber llorado como una niña. Apretó las manos de su padre y permanecieron un rato contemplándose en silencio. Después Pitágoras se volvió hacia Akenón.

—Amigo mío, qué alegría volver a verte.

Akenón se adelantó sonriendo y estrechó una de las manos de Pitágoras. Ariadna seguía agarrada a la otra.

–Imagino que eso es obra de Daaruk –Pitágoras señaló la cara de Akenón. La hinchazón del pómulo derecho todavía era visible, la nariz había quedado algo torcida y el cuello mostraba una irregular franja marrón.

Akenón asintió.

–Daaruk y Bóreas me ataparon y estuvieron a punto de matarme, pero gracias a Ariadna ya no tenemos que preocuparnos por ninguno de ellos.

Pitágoras les pidió que relataran todo lo sucedido. Le explicaron que Akenón había averiguado la identidad de Daaruk gracias a su anillo. También le contaron cómo Ariadna había conseguido acabar con Bóreas, acudir a la villa donde estaba Akenón para desatarlo y luego al Consejo para desenmascarar a Daaruk. Ariadna no pudo evitar una mueca burlona al recordar que Daaruk había huido del Consejo a su refugio creyendo que escapaba, y lo único que logró fue que Akenón lo atrapara.

–Cuando Eritrio me indicó dónde estaba la villa de la familia de Daaruk –dijo Ariadna–, le pedí que no revelara esa información a nadie más. Así me aseguré de que nadie iba a interferir en nuestros planes. Además, eso nos permitió pasar la noche en aquel lugar, pues Akenón estaba malherido y no podía cabalgar. A la mañana siguiente, antes de que amaneciera, fui al puerto para conseguir un barco con el que alejarnos de Crotona. Mientras recorría el puerto conocí a Eshdek.

Ariadna levantó la mirada hacia Akenón y él tomó el testigo del relato:

–Eshdek es un amigo de Cartago de total confianza. Es un poderoso comerciante para el que yo trabajo casi siempre. Se encontraba en Crotona por casualidad, pues su destino era Síbaris. Al recibir noticias de todo lo que había ocurrido en la ciudad de los sibaritas, decidió intentar vender sus productos en Crotona. Afortunadamente, Ariadna recordaba que yo le había hablado de él, así que lo abordó y Eshdek se ofreció inmediatamente a ayudarnos. Nos recogió con uno de sus barcos en una playa y nos mantuvo ocultos durante varios días. Mientras tanto sus hombres nos fueron informando de todo lo que sucedía. En cuanto supimos que estabas en Metaponte, zarpamos en el barco de Eshdek.

–¿Qué habéis hecho con Daaruk? –preguntó Pitágoras mirando a su hija.

El semblante de Ariadna se nubló bruscamente. Rehuyó la mirada de su padre y se hizo un silencio embarazoso. Finalmente Akenón respondió en lugar de Ariadna.

–Está encadenado a un remo en el barco de Eshdek. No podíamos entregarlo a la justicia crotoniata, pues hay demasiada gente a la que ha sobornado y que lo ayudaría con la esperanza de recibir más oro. –Titubeó un instante antes de concluir–. También tuvimos que tener en cuenta el poder de seducción de su mirada y de su voz hipnótica.

Pitágoras asintió con expresión sombría. Ariadna se levantó en silencio y se asomó a la ventana. Mientras contemplaba las sombras de la noche experimentó una melancolía profunda. Siempre había sentido que no encajaba del todo en la hermandad, pero ahora tenía la dolorosa certeza de que, a causa de Cilón y Daaruk, la distancia que la separaba de la orden pitagórica se había vuelto insalvable. Su padre siempre la querría, pero nunca podría aprobar algunos de los sentimientos oscuros que había dentro de ella, que formaban parte de ella igual que los demás rasgos de su persona.

Pitágoras la contempló con tristeza y después se dirigió a Akenón.

–¿Vas a volver ya a Cartago?

Akenón respondió afirmativamente, pero Ariadna no prestó atención a sus palabras. Estaba pensando en el segundo día que habían pasado ocultos en el barco de Eshdek. Mientras cambiaba el vendaje de la cara de Akenón, uno de los marineros había llegado con la noticia de que habían ejecutado a Cilón.

–Su cuerpo está expuesto en la puerta norte de Crotona –dijo el marinero.

Ariadna sintió en ese momento una irrefrenable necesidad de contemplar el cadáver. Al caer la noche, ocultó su rostro tras una capucha y abandonó el barco. No avisó a Akenón porque sabía que él habría intentado impedírselo.

Cuando llegó junto al cuerpo de Cilón, la decepcionó un poco que aquel rostro hinchado y deformado apenas fuera reconocible.

Aun así pasó media hora inmóvil frente a él, indagando en sus sentimientos. Por ser la hija de Pitágoras sentía la obligación de experimentar perdón o compasión, pero no fue eso lo que ocurrió. Al recordar que Cilón había ordenado que la secuestraran y violaran, que había dirigido el ataque a la casa de Milón, que había dedicado su vida a aplastar a su padre y los suyos... Al recordar todo eso y contemplar su cadáver, lo que sintió fue una liberación rabiosa, a la que sucedió inmediatamente una profunda sensación de vacío.

Dos días después, Ariadna y Akenón abandonaron la pequeña comunidad de Metaponte. Habían pasado la mayor parte del tiempo con Pitágoras, cuya evolución continuaba siendo buena gracias a los cuidados de Tirseno.

Los casi mil kilos de oro obtenidos en la villa de Daaruk, y que ahora estaban ocultos en las bodegas del barco de Eshdek, se los habían repartido a medias entre Ariadna y Akenón. Antes de irse de Metaponte, Ariadna ofreció a su padre prácticamente todo su oro y Akenón le cedió la mitad del suyo. Pitágoras se encontró inesperadamente con más de setecientos kilos de oro, cerca de cuatro millones de dracmas.

«Eso cubrirá los gastos de todas las comunidades pitagóricas durante varios años», pensó Ariadna.

En pocos minutos llegarían al lugar donde estaba atracado el barco de Eshdek. No habían hablado desde que iniciaron la marcha. Ariadna observó de reojo a Akenón y pensó en decirle algo, pero no lo hizo. Era evidente que los pensamientos de Akenón lo habían llevado muy lejos de allí.

«Está pensando en Cartago. Debe de ver su regreso como una liberación después de todo lo que le ha ocurrido aquí.»

Ariadna miró de nuevo al frente. Antes de caer en las manos de Daaruk y Bóreas había sentido que estaba incapacitada para una relación. Sin embargo, desde que se había enfrentado al gigante notaba que eso había cambiado. Seguían produciéndole aprensión los riesgos emocionales de exponerse tan íntimamente a alguien, pero habían desaparecido el bloqueo y los temores insuperables. Ya no había un trauma que se interpusiera entre ella y Akenón.

«Pero no debo decirle que estoy embarazada.» Si lo hiciera, él se sentiría obligado a ocuparse de ellos y de ese modo nunca conocería sus verdaderos sentimientos.

Las últimas semanas habían sido tan turbulentas y trágicas que todo lo demás había pasado a un segundo plano. No obstante, en los últimos días sí habían tenido ocasión de hablar con más calma. «Y Akenón no ha hecho ni una sola mención a nuestra relación.» No sólo eso, sino que ella lo había oído varias veces hablando con Eshdek de las ganas que tenía de regresar a Cartago.

Intentando pensar en otra cosa, Ariadna evocó la despedida de su padre. Al instante se le humedecieron los ojos. Apretó los dientes para evitar llorar, pero sintió que una lágrima traicionera se deslizaba lentamente por su cara. En la habitación de su padre, tras darle el último beso, se había alejado de él en dirección a la puerta. Entonces le había asaltado el pensamiento de que el rostro de su padre, al estar ella de espaldas, estaría mostrando lo que de verdad sentía hacia ella. No podía ser sino pesadumbre y condena, pues su actitud respecto a sus enemigos, rencorosa y vengativa, era opuesta a las enseñanzas morales de su padre. Llegó al umbral abatida, y en ese instante experimentó el impulso irreprimible de darse la vuelta. Merecía la desaprobación que iba a encontrar, el castigo de ver con claridad en el semblante de su padre que lo había defraudado. Giró la cabeza con brusquedad para sorprenderlo. Enmarcados en el majestuoso cabello blanco, cada rasgo de aquel hombre sobrio, poderoso y venerado transmitía lo mismo que su mirada dorada.

La ternura de un padre que ama a su hija.

CAPÍTULO 140

12 de agosto de 510 a. C.

AKENÓN ESTABA APOYADO en la borda con ambas manos, satisfecho por no haberse mareado desde que habían zarpado de Metaponte hacía dos días. Navegar podía llegar a ser soportable cuando el mar estaba en calma y la costa no se perdía de vista.

Eshdek le había dicho que los piratas estaban bastante activos, por eso llevaban de escolta un barco militar cartaginés, un trirreme largo y estilizado. Akenón estaba admirando su imponente espolón forrado de bronce y los enormes y feroces ojos dibujados en el casco a cada lado de la proa. Decían que servían para que el barco *viera* y para infundir temor en el enemigo. Akenón se imaginó el trirreme cargando hacia ellos, con sus más de cien remeros haciéndolo volar sobre las aguas, y tuvo que admitir que resultaba una visión terrible.

El barco en el que viajaban era un mercante ancho y panzudo, de treinta metros de eslora y una fila de doce remeros en cada lado. La brisa que soplaba era suficiente para hinchar su enorme vela cuadrada, por lo que los remeros estaban descansando.

Eshdek apareció a su lado. Vestía una túnica corta con un ancho cinturón de cuero y lucía su habitual sonrisa burlona.

–Vas a ser uno de los hombres más ricos de Cartago. ¿Has pensado qué harás allí con tanto dinero?

Akenón miró hacia el horizonte antes de responder.

–Comprarme una vida tranquila.

Eshdek pensaba hacer una broma, pero algo en la voz de Akenón lo retrajo. Sondeó por un momento su rostro maltratado y se quedó junto a él en la borda, observando el mar en silencio.

Al cabo de un rato se volvió de nuevo hacia Akenón.

–Será mejor que bajéis a la bodega. –Señaló con la cabeza hacia la costa–. Dentro de media hora estaremos en Crotona.

Akenón asintió. Lo más prudente era ocultarse hasta que los hombres de Eshdek averiguaran cuál era la situación. Hacía seis días, cuando zarparon hacia Metaponte, Crotona estaba en calma; no obstante, era mejor no fiarse de una ciudad en la que acababan de producirse violentos cambios tanto en la cabeza del gobierno como del ejército.

Al otro lado del barco, Ariadna permanecía absorta contemplando Crotona. Akenón se acercó y le puso una mano sobre el hombro desnudo. Ella se volvió sobresaltada y sonrió al ver que era él. Durante un instante se miraron sin hablar. Ariadna observó el brillo de sus ojos marrones y sus labios sonrientes y atractivos. «Vuelve a parecerse al Akenón de hace unos meses», pensó. Quizás la cercanía de su regreso a Cartago era lo que lo animaba.

–Tenemos que bajar a las bodegas –dijo Akenón.

Ariadna asintió pero no se movió. Siguió mirándole a los ojos, preguntándose si gestos como el de poner la mano en su hombro, que casi había sido una caricia, serían sólo acciones propias de un amigo o algo más.

El rostro de Akenón se tensó ligeramente y desvió la mirada.

Cuando estaban comenzando a bajar a la bodega, Ariadna se detuvo en seco.

–Quiero verlo por última vez.

Sin esperar respuesta, se alejó de Akenón y entró en el compartimento de los remeros. Allí el aire era caliente y húmedo, tan cargado de hedores humanos que apenas se podía respirar. Los remeros llevaban grilletes en los tobillos y se encontraban unidos entre sí por largas cadenas que a su vez los amarraban a sus posiciones. Casi todos aquellos desgraciados estaban dormitando inclinados hacia delante sobre sus remos.

Los ojos de Ariadna se detuvieron en el primer remero de la derecha. Aunque dormía con la cara hundida entre los brazos, se podía ver que la piel de su frente estaba quemada.

«Daaruk... –pensó Ariadna–. ¿Cómo puede haber hecho tanto daño un solo hombre?»

Dormido y encadenado parecía inofensivo, pero él solo, con el poder hipnótico de su mirada y de su voz oscura, había provocado la muerte de miles de hombres. Prácticamente había condenado a la desaparición a Síbaris, una ciudad de trescientos mil habitantes. Él había sido el causante de las sangrientas revueltas contra los aristócratas, de la guerra contra Crotona y del saqueo salvaje que se produjo a continuación. Cada uno de estos sucesos había diezmado a la población de Síbaris, que ahora era una ciudad agonizante.

Ariadna avanzó hacia Daaruk notando una tensión creciente. El antiguo discípulo de su padre, uno de los que había pertenecido a su círculo íntimo, había estado a punto de destruir por completo la hermandad pitagórica. Había conseguido que la orden perdiera todo su peso político en Crotona y probablemente dentro de poco perderían el gobierno de otras ciudades; habían pasado de ser una de las organizaciones más influyentes del mundo a correr el riesgo de desaparecer. Ariadna sintió que la respiración se le aceleraba. El discípulo traidor había asesinado a todos los candidatos a suceder a su padre y a muchos otros grandes maestros, primero uno a uno y luego en masa con el ataque a la casa de Milón.

«También has estado a punto de matar a mi padre.» Se detuvo a un paso de Daaruk con los dientes apretados. «Y a Akenón.» Daaruk se agitó como si advirtiera la presencia de alguien. «Y ordenaste a Bóreas que me violara y asesinara.»

Daaruk levantó bruscamente la cabeza. Husmeó con rapidez a izquierda y derecha igual que una rata en la oscuridad. La superficie de sus ojos era opaca; había sido abrasada con un hierro candente por los hombres de Eshdek. Aunque no podía ver a Ariadna, de repente clavó en ella su mirada ciega. Sus labios achicharrados se retrajeron como los de un perro amenazante, mostrando unos dientes incompletos y temblorosos de rabia. Emitió un gruñido gutural con la cara deformada en una mueca malévola. Transmitía un odio tan intenso que Ariadna se estremeció y dio un paso hacia atrás, pero hizo un esfuerzo para no darse la vuelta y continuó mirándolo. El maestro traidor estalló entonces en un rugido furioso de maldiciones ininteligibles; su cuerpo se sacudió con violencia contra las cadenas, su rostro se amorató y las venas del cuello se le hincharon como si fueran a reventar. Ariadna pudo ver en el interior de su boca las contorsiones frenéticas del muñón de su lengua arrancada con una tenaza.

«Ya no podrás hacer más daño.»

Ariadna levantó la barbilla y le dio la espalda sin decirle una sola palabra. Los rugidos enloquecidos del antiguo maestro sonaron tras ella mientras se alejaba, pensando que Daaruk había soñado con dominarlos a todos y ser venerado como un dios, y en cambio pasaría el resto de sus días encadenado y sin poder comunicarse, acumulando desprecio y odio hacia Pitágoras, hacia Akenón y ella y hacia toda la especie humana, hasta que llegara el día en que se ahogara en su propia rabia.

Unas horas más tarde, los hombres de Eshdek les informaron de que podían desembarcar sin problemas. Si alguien les preguntaba, bastaba con que dijeran que no sabían nada de Daaruk.

Ariadna estaba de pie en la cubierta, mirando hacia la comunidad. En realidad no podía verla desde allí, los edificios de Crotona la tapaban, pero sabía que en esa dirección estaba el corazón de la hermandad que su padre había fundado y dirigido durante treinta años.

«El lugar donde he pasado toda mi vida.»

A pesar de ello, no sentía que aquella congregación fuese su hogar. «Y menos ahora que no está mi padre.»

Desde hacía un tiempo tenía la sensación de estar cerrando una etapa de su vida sin sentir que se abriera otra ante sí. Suspiró y se llevó una mano al vientre. De momento residiría en la comunidad y más adelante decidiría lo que fuera mejor para su hijo. Se había quedado con una pequeña bolsa de oro, suficiente para que los dos llevaran una vida modesta.

Al volverse vio que Akenón y Eshdek charlaban animadamente en la proa del barco. Los negocios de Eshdek habían ido mejor de lo previsto y dentro de tres días sus naves regresarían a Cartago.

Al cabo de un rato, Ariadna se dio cuenta de que seguía con la mirada clavada en Akenón.

«Olvídalo. —Cerró los ojos y respiró lenta y profundamente—. Probablemente sea lo mejor no haberle dicho a Akenón que espero un hijo suyo.» No hubiese sido bueno que se hubiera quedado con ellos únicamente por sentido del deber.

Notó que tenía la mandíbula y los labios apretados y volvió a hacer un esfuerzo por relajarse. Sería mejor desembarcar ya, dejar de ver a Akenón cuanto antes. Sabía por experiencia que el tiempo cura las heridas.

«Aunque a veces se necesite mucho tiempo.» Contuvo el impulso de mirarlo de nuevo y se dirigió hacia la pasarela deslizando la mano por la borda.

De repente notó que unas manos fuertes la tomaban por los hombros. No lo había sentido llegar. Tensó el cuerpo y cerró los ojos sin darse la vuelta. No quería más gestos amables, le dificultaban empezar a olvidarlo.

Los brazos de Akenón la envolvieron desde atrás. Ariadna sintió que su piel se erizaba bajo aquellos dedos acariciadores, traicionando su voluntad de mostrarse indiferente. Akenón acercó sus labios hasta rozarla y habló con un leve temblor en su voz profunda.

–Ven conmigo a Cartago.

CARTA A MIS LECTORES:

15 de marzo de 2013 d. C.

–¿Esto sucedió de verdad?

He escuchado esa pregunta varias veces. La hacían las personas que me estaban ayudando a revisar el primer manuscrito de la novela, según iban leyendo los diferentes acontecimientos que se narran. La respuesta que yo les daba casi siempre era afirmativa:

–Sí, sucedió de verdad.

He procurado ser lo más fiel posible a los acontecimientos históricos. No obstante, las fuentes documentales sobre Pitágoras y su contexto son escasas, a veces contradictorias o poco fiables y a menudo presentan grandes lagunas. Debido a esto, durante la recreación histórica unas veces he tenido que decidir qué fuente elegir entre varias incompatibles, y en otras ocasiones he debido hacer uso de la inventiva para reconstruir hechos irremediablemente perdidos en la noche de los tiempos.

Mi propósito ha sido elaborar un relato veraz en lo conocido y posible en lo desconocido. Asimismo, he intentado ofrecer una novela entretenida. Para ello me he permitido introducir algunos personajes y hechos que son fruto exclusivo de mi imaginación.

Los acontecimientos narrados ocurrieron, hasta donde podemos saber, en el año que indico: 510 a. C. En cuanto a los meses, he utilizado los nuestros –los del calendario gregoriano– para facilitar la lectura. En aquella época, los griegos utilizaban calendarios lunisolares con diferente número de días y meses que el calendario gregoriano. Además, daban nombre a sus meses en función de fiestas y creencias que variaban entre las distintas ciudades o regiones.

Pitágoras es, por supuesto, un personaje histórico. Todo lo que hemos visto de prodigioso en él o en sus actos está recogido tal cual en alguna de las fuentes históricas de que disponemos. Sin duda fue uno de los principales maestros de la humanidad, tanto desde un punto de vista intelectual como moral. También hay numerosas constancias de que la hermandad pitagórica se extendió de un modo espectacular no sólo entre ciudadanos de a pie, sino en muchos gobiernos, convirtiendo al filósofo en uno de los hombres más influyentes de su época. Por otra parte, la historia no deja claro su final. Hay quien dice que se dejó morir de hambre tras ser testigo de los ataques a su hermandad, y quienes narran que vivió después largo tiempo. Yo prefiero imaginarlo en sus últimos años dedicado a transmitir su pensamiento a las generaciones venideras. De hecho, el pitagorismo sobrevivió bastante bien a la oleada de revueltas que lo expulsaron del poder político en la Magna Grecia: sus descubrimientos matemáticos sirvieron de base a los investigadores posteriores, su filosofía influyó en el platonismo y el cristianismo –entre otras corrientes–, y como movimiento religioso estuvo activo durante los primeros siglos del Imperio romano. Las huellas del pitagorismo se pueden seguir a lo largo de dos mil quinientos años, desde el hombre genial que lo fundó hasta pequeñas organizaciones que permanecen activas hoy en día, y que conservan muchas de sus ideas y símbolos así como la regla de secreto.

El término «sibarita» se utiliza actualmente para la persona que procura disfrutar de placeres exquisitos. Proviene de la primitiva ciudad de Síbaris, que he intentado recrear tal como nos la cuentan los historiadores de la Antigüedad. Éstos también nos hablan de Telis como el cabecilla sibarita que lideró la revuelta popular, y que después exigió al Consejo crotoniata que les entregara a los aristócratas sibaritas que se habían refugiado en Crotona. Parece que la negativa del Consejo fue el origen de la guerra que hubo entre ambas ciudades. También es histórica la treta de los crotoniatas de hacer bailar a los caballos sibaritas para derrotar a su improvisado ejército, así como el posterior saqueo de Síbaris. Hasta ahí llega esta novela, pero las desdichas de los sibaritas continuaron. Tiempo después, Crotona desvió el curso del río Cratis y lo hizo pasar por encima de Síbaris, para arrasarla y que los sibaritas no pudieran volver a asentarse allí. Ése fue el final de la legendaria ciudad, y los sibaritas que habían escapado, como Glauco, tuvieron que aceptar que ya no tenían una ciudad a la que regresar.

De Milón de Crotona sabemos que fue un coloso invicto durante décadas en las competiciones de lucha, como podemos ver en los registros de vencedores de los Juegos Olímpicos de la Antigüedad. Hay fuentes documentales que lo señalan como yerno de Pitágoras y también como comandante de las tropas que llevaron a Crotona a la victoria sobre Síbaris. Podemos encontrar innumerables anécdotas sobre su fuerza hercúlea. Por otra parte, hay una leyenda que le atribuye una muerte triste, devorado por las alimañas. Como su final no está claro en las páginas de la historia, he decidido recrearlo dando la vida por salvar a Pitágoras, que resulta mucho más apropiado para el mayor héroe que ha dado Crotona.

En cuanto a Cilón, el mezquino aristócrata y político crotoniata, efectivamente pretendió ingresar en la comunidad de Crotona y fue rechazado por Pitágoras. Esto lo humilló tanto que le guardó rencor de por vida, empeñándose en volver al Consejo de los Mil contra el filósofo. Muchos de los argumentos que Cilón utiliza en la novela para expulsar del gobierno a los 300, los he extraído directamente de *Vida Pitagórica*, de Jámblico.

Otros personajes históricos son Damo, la hija de Pitágoras, y Téano, su mujer. Téano realizó algunos descubrimientos y parece que escribió tratados relevantes sobre matemáticas y medicina. Ocupó un puesto preeminente en la comunidad de Crotona después de la marcha de Pitágoras, y tras la muerte de éste mantuvo durante muchos años un papel destacado en la orden. Su importante posición resultaba una rareza en la sociedad griega de la época, que consideraba que el papel de la mujer era ocuparse de la casa; sin embargo, la hermandad pitagórica era una isla de relativa igualdad en aquel mar de discriminación.

La semilla de esta novela se plantó en 1989, de un modo bastante poco literario. Ocurrió así:

Yo tenía diecisiete años y asistía a una clase de Matemáticas. Era un mal estudiante –me resultaba casi imposible mantener la atención durante las clases–, pero me encantaba aprender. En aquella ocasión me llamó la atención algo que dijo la profesora: aseguró que en la época de Pitágoras sólo sabían que Pi era 3 y algo más. No estaban seguros ni siquiera del primer decimal. Yo sabía que Pi era

3,14 y me pareció extraño que Pitágoras, el descubridor del famoso teorema, no hubiera sido capaz de obtener al menos ese par de decimales. Inmediatamente me distraje de las explicaciones y comencé a dibujar figuras geométricas. Al llegar a casa continué absorto en el problema. Quería obtener varios decimales de Pi utilizando sólo la *tecnología matemática* de la que disponía Pitágoras. Quería hacer algo que ellos no habían logrado, pero que podían haber hecho.

Me pareció que la clave estaba en conseguir duplicar los lados de un cuadrado mediante el teorema de Pitágoras, y hacerlo varias veces para que el polígono resultante fuera cada vez más parecido a un círculo.

A pesar de que no lo conseguí, intuí que estaba en el camino correcto y guardé los papeles con mis intentos. En 2003, a raíz de una mudanza, me sorprendí al encontrar de nuevo aquel problema del que ya no me acordaba. Decidí que en esta ocasión no lo abandonaría sin resolverlo, y le puse tanto empeño que al final trabajaba en él sin papeles. Al cerrar los ojos aparecían ante mí los diagramas que había trazado tantas veces. Una mañana desperté al amanecer y me quedé en la cama utilizando las sombras del techo para dibujar mentalmente el problema, una y otra y otra vez. Chocaba siempre con el mismo obstáculo: una única y escurridiza línea que se negaba a mostrarme cómo calcular su valor. De pronto, como si una luz intensa iluminara el problema, me sobrecogió una sensación que sólo puedo describir a la manera de los antiguos griegos: «¡*Eureka*!» Salté de la cama nervioso y corrí a por papel y lápiz, temeroso de que el puzzle en mi cabeza se deshiciera. Lo dibujé todo de nuevo y comprobé varias veces la solución... Funcionaba, lo había resuelto.

Sabía que el método no tenía aplicación práctica —hay otros métodos para calcular Pi, y los ordenadores han obtenido ya millones de decimales—, pero me hacía ilusión pensar que había conseguido algo que en la época de Pitágoras sí hubiese podido considerarse un descubrimiento, algo valioso que hubieran protegido mediante su juramento de secreto. En cualquier caso, como no estamos en la época de Pitágoras, me limité a guardar con cariño mi pequeño logro, pensando que ya no volvería a salir de aquella carpeta.

Unos años más tarde, en 2009, acababa de terminar un proyecto literario y me encontraba dando vueltas a diferentes ideas que me atraían para la novela que quería escribir a continuación. Estaba decidido a dedicarle un par de años entre documentación y escritura, por lo que los elementos centrales debían resultarme apasionantes (en una biografía de Darwin leí que al final de su vida lamentaba amargamente haber dedicado ocho años al estudio de los cirrípedos.* Me resultó aterrador). De pronto supe sobre qué iba a escribir, y al día siguiente compartí mis ideas con un amigo:

–Voy a escribir una novela en la que se hablará del número Pi. Puede que también introduzca mi pequeño descubrimiento como un elemento de la trama.

–Menudo rollo.

Bien, para ser el primer comentario sobre mi proyecto no era muy alentador, pero ya tenía claros otros elementos del contexto y de la trama que esperaba que sonaran más interesantes.

–Estará ambientada en la época de Pitágoras, y él será uno de los protagonistas. Es un personaje fascinante.

–Me sigue sonando un poco rollo.

Esto ya me hizo fruncir el ceño. Llevaba varios años estudiando filosofía y Pitágoras se había convertido en uno de mis filósofos favoritos. La respuesta de mi amigo me dejó claro que tendría que ser muy cuidadoso con el equilibrio entre conocimiento y entretenimiento. Corría el riesgo de resultar aburrido si me dejaba llevar sólo por mi fascinación sobre el mundo de Pitágoras, o de escribir una novela entretenida pero vacía si me dejaba llevar por el miedo a aburrir y eliminaba todos los *elementos de conocimiento*. Seguí adelante con el proyecto, pero tomé una precaución adicional: le pedí a aquel amigo tan escéptico que fuera uno de mis correctores.

Cuando leo una novela me gusta aprender algo además de entretenerme, y sé que a mucha gente le sucede lo mismo. Por ese motivo, y por mi devoción a Pitágoras, he procurado reflejar al menos un esbozo de los principales elementos de la filosofía pitagórica. En cuanto a los conceptos matemáticos o geométricos –como el pentáculo, el número Pi o la proporción áurea–, he intentado mostrarlos con la profundidad suficiente para dar una idea general sobre

---

* Orden de los crustáceos como el percebe.

ellos y que se entienda el papel que tienen en la novela. El lector que lo desee podrá encontrar con facilidad más información sobre estos conceptos. Sin embargo, el *enmascarado* –cuando todavía no han averiguado que es Daaruk–, hace un descubrimiento que requiere de mayor explicación para comprenderlo. Se trata de mi método de cálculo de Pi, por el que Glauco le entrega de premio al enmascarado 1.500 kilos de oro más el temible Bóreas. El método está expuesto en la novela, cuando Ariadna, Akenón y Evandro viajan a Síbaris para que Glauco se lo revele. Lo he reflejado con cierto detalle por su importancia en la trama. La explicación central del método la da Glauco y, aunque breve, resulta tan ardua que sólo Evandro y Ariadna, genios matemáticos, pueden comprenderla. Akenón, a pesar de su formación como geómetra, tiene que desistir. Igual que Akenón, supongo que la mayoría de los lectores que hayan intentado comprender el método habrán tenido que renunciar. Para poder seguir su desarrollo se requiere el apoyo de diagramas, así como explicaciones más amplias que hubieran resultado demasiado pesadas en la novela. En mi página web (www. marcoschicot.com) hay una sección dedicada a esta novela donde explico detalladamente el método para calcular Pi utilizando el teorema de Pitágoras.*

Algunos correctores se han sorprendido al encontrar numerosos paralelismos entre Pitágoras y Jesucristo, y me han preguntado si la figura del maestro griego estaba elaborada en parte con elementos del maestro nazareno. Estoy de acuerdo en que puede llamar la atención ver a Pitágoras predicando a sus discípulos y a multitudes numerosas una inusual doctrina de solidaridad y fraternidad; que sus contemporáneos creyeran que realizaba milagros como el control de los elementos naturales o la sanación de los enfermos; y, por supuesto, puede chocar que el maestro griego afirmara que

---

* Durante la investigación matemática que hice para el libro, desarrollé también el método de cálculo de la raíz cuadrada de 2 que en la novela atribuyo a Daaruk. Para mi desilusión, averigüé posteriormente que al menos una parte de ese método se conoce desde hace bastante tiempo, aunque parece que para los pitagóricos sí hubiera sido un descubrimiento importante. En la página web también detallo este método y algunas extensiones que no menciono en la novela.

nuestras almas inmortales estaban unidas a la divinidad hasta que cometieron un pecado y fueron condenadas a unirse a nuestros cuerpos mortales, donde deben llevar una vida recta y austera para poder elevarse de nuevo hasta lo divino. Tanta similitud puede hacer sospechar que Pitágoras se inspiró en el Mesías de los cristianos; sin embargo, hay que recordar que Pitágoras existió y predicó su doctrina casi seiscientos años antes que Jesucristo. Lo que ocurrió, más bien, fue que las enseñanzas de Pitágoras se vertieron en el mismo río del saber humano del que bebió posteriormente el cristianismo, tanto de modo directo como indirectamente a través del platonismo.

Pitágoras fue tan venerado en su época como Jesucristo en la suya, y entre sus coetáneos tuvo una mayor influencia política e intelectual. No obstante, sus enemigos políticos y la regla de secreto sobre su doctrina hicieron que la figura del filósofo quedara difuminada en las páginas de la historia. Por suerte, no se desvaneció completamente. La profunda sabiduría de aquel maestro extraordinario ha llegado hasta nosotros. Es cierto que la sociedad occidental parece haber perdido los valores y las reglas de comportamiento que Pitágoras, como otros grandes maestros, nos transmitió; afortunadamente, en nuestro interior, cada uno de nosotros sigue poseyendo la libertad de atender sus enseñanzas.

A lo largo de esta carta hemos visto qué sucedió, más allá de los hechos narrados en la novela, con algunos de sus protagonistas. Sin embargo, del futuro de Ariadna y Akenón no hemos hablado. Los hemos dejado en el barco de Eshdek, después de haber superado experiencias que han estado a punto de acabar con sus vidas. Gracias a ellos, la sabiduría del pitagorismo –a pesar del duro golpe sufrido– seguirá iluminando a la humanidad. Daaruk se consume de odio encadenado a un remo y entre la carga del barco se oculta una fortuna en oro más que suficiente para garantizar una vida cómoda a Akenón, Ariadna y el hijo que esperan.

Su porvenir en Cartago se presenta luminoso, y así será durante tres años, hasta que...

Pero espera, si quieres saber más, y vivir con Ariadna y Akenón una aventura que estoy seguro de que te sorprenderá, te invito a leer las primeras páginas de *La Hermandad*. Las puedes encontrar aquí mismo, a continuación de esta carta. Espero que disfrutes con su lectura.

Marcos Chicot

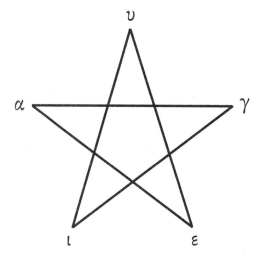

P. D.: En www.marcoschicot.com puedes encontrar algunas anécdotas sobre *El asesinato de Pitágoras* y sus personajes que no incluyo aquí por motivos de espacio.

Si entras en mi web también verás un área de contacto donde estaré encantado de atender tus preguntas, críticas o sugerencias. Puedes seguirme en Twitter y en Facebook, y me alegraría que lo hicieras, pero si quieres que te mantenga informado de mis próximas novelas lo mejor es que me escribas a través del formulario de contacto de la web.

Por último, me gustaría recordarte que al menos un 10% de lo que obtengo con mis libros va destinado a organizaciones de ayuda a personas con discapacidad intelectual. Quería expresarte desde aquí mi agradecimiento. No sólo eres mi lector, sino mi colaborador en unos proyectos maravillosos.

De todo corazón, en mi nombre y en el de todas las personas a las que ayudamos, un millón de gracias.

LA HERMANDAD

Vi un ángel que descendía del cielo,
trayendo la llave del abismo
y una gran cadena en su mano.
Tomó al dragón, la serpiente antigua,
que es el diablo, Satanás, y lo encadenó por mil años.

APOCALIPSIS 20, 1-2

Cuando se hubieren acabado los mil años,
será Satanás soltado de su prisión.

APOCALIPSIS 20, 7

PRÓLOGO

«Estoy... ¡Vivo!»

Permaneció sin respirar, paralizado en un pasmo de recién nacido. La repentina percepción del mundo anegaba su mente.

«Vivo...»

De pronto su cuerpo inspiró una bocanada agónica, como un
náufrago arrebatado a las negras aguas de la muerte. Una intensa
oleada de placer y dolor estremeció cada uno de sus músculos.
Abrió los ojos, acercó las manos al rostro y las examinó a través
de la penumbra cálida.

«Maravilloso...»

Hizo girar sus manos lentamente, observando fascinado cómo se
cerraban y volvían a abrir; después bajó la mirada para contemplar
el resto de su envoltura corporal.

Estaba sentado, y se levantó con dificultad. Su mente aún seguía
desplegándose, asumiendo su retorno al tiempo y al espacio. Lo
inundó gradualmente la energía de un rencor eterno y paladeó su
sabor amargo. El deseo de venganza rugía dentro de él como un incendio inmenso... pero no tenía ninguna necesidad de apresurarse.

Era inmortal.

Los hombres lo conocían por diversos nombres, pero carecía de
importancia cómo lo llamaran. Su corazón oscuro albergaba un único anhelo vital: que las naciones que habitaban los cuatro ángulos
de la tierra cayeran a sus pies y lo reconocieran como su dios.

«Su único dios. –El odio retrajo sus labios dejando al descubierto
los dientes–. Y mi reinado perdurará por los siglos de los siglos.»

Inspiró hondo, cerró los ojos y sondeó mentalmente su entorno:

muros de piedra, una mesa, una silla. Estaba solo en aquella estancia. Espiró con lentitud y llenó de nuevo los pulmones. Retuvo el aire en el pecho y concentró las capacidades que le permitía aquella forma corpórea. Pasados unos segundos, liberó de golpe la potencia de su mente, proyectándola como un relámpago que iluminara de modo simultáneo el resto de las habitaciones.

En torno a él la temperatura descendió con brusquedad. Asintió levemente, gruñendo de satisfacción, y caminó hacia la salida sin mostrar ningún vestigio de la torpeza inicial. En su interior, el odio antiguo se mezclaba con un odio nuevo impregnando de gozo malévolo cada fibra de su ser.

Al otro lado del umbral había un hombre haciendo guardia de espaldas a él.

«Un simple mortal», pensó con una mezcla de indiferencia y desprecio.

Esbozó una sonrisa fría y se acercó al guardia por detrás.

CAPÍTULO I

Cartago, 507 a. C

ARIADNA DE CROTONA, hija de Pitágoras y esposa de Akenón, alargó la mano para coger el pergamino.

Cuando estaba a punto de tocarlo, sus dedos se retrajeron como si hubieran rozado un hierro al rojo. Se quedó paralizada sobre el banco de piedra, conteniendo la respiración en el patio interior de su mansión. El mensajero no había dicho quién lo enviaba, y estaba plegado de modo que no se podía acceder a su contenido sin romper el sello de cera; sin embargo, en la cara externa del pergamino resaltaba un poderoso símbolo.

«El pentáculo.»

Tomó el mensaje con la vista clavada en la estrella de cinco puntas, el símbolo sagrado cuyos significados esotéricos estaban reservados a los elegidos. El cielo nublado ardía por encima de ella con el fuego escarlata del ocaso, otorgando al mundo una tonalidad sanguinolenta. Ariadna recorrió la figura con la punta de dos dedos en un estado cercano al trance. El presagio oscuro que había estado creciendo dentro de ella se revolvió como una bestia que intentara romper los límites de su encierro. Con manos temblorosas, dio la vuelta al pergamino, quebró el sello y comenzó a leer.

Cada una de las palabras le golpeó el corazón, sus ojos corrieron por las líneas ansiando, temiendo llegar al final... Al concluir aquel mensaje, su respiración apenas era un tenue hilo de vida. El mundo comenzó a desaparecer como si una oscuridad surgiera del pergamino para devorarla.

Tan sólo unas horas antes, Ariadna se estaba arreglando en su alcoba para ir a dar un paseo con Akenón y el pequeño Sinuhé –su hijo de dos años y medio– por el barrio aristocrático de Cartago. Se había sentado en una banqueta cubierta de lana y frente a ella tenía un valioso arcón de madera de cedro. Dejó su peine de marfil encima del arcón y se ajustó la diadema que recogía su ondulada melena de color miel. Tomó un espejo de mano y contempló su imagen en la superficie de bronce pulido. Aunque no solía prestar mucha atención a su aspecto exterior, sonrió satisfecha.

Nada hacía sospechar que, cuando el sol se pusiera, un horror inconcebible devastaría sus vidas.

Estiró el brazo para alejar el espejo y lo inclinó de modo que se reflejara la mayor parte de su cuerpo.

«Se me nota más que con Sinuhé», pensó acariciando la apreciable curva de su embarazo de casi cinco meses.

A su espalda se oyó una voz profunda:

–Estás irresistible.

Ariadna se volvió sobresaltada. Akenón estaba apoyado en el marco de piedra de la puerta, contemplándola con una sonrisa pícara. Se acercó hasta colocarse detrás de ella, apartó con delicadeza su cabello y le dio una mezcla de beso y mordisco suave en la nuca. Ariadna se estremeció. Akenón la envolvió con sus fuertes brazos y le acarició la tripa por encima de la túnica.

–Me encantan tus curvas de embarazada –susurró.

Las manos de Akenón comenzaron a subir más allá del vientre de Ariadna y ella se apartó riendo.

–Nos está esperando Kush con Sinuhé. –Blandió el espejo de bronce hacia él–. Tendrás que esperar unas horas.

Kush era el sirviente que se ocupaba del pequeño Sinuhé. El ejército de Egipto lo había hecho esclavo hacía dos décadas, durante una de las muchas escaramuzas que se producían con los pueblos del sur, a los que los egipcios denominaban Kush. Habían puesto ese mismo nombre al esclavo para burlarse de su pueblo, como si dijeran que todos ellos eran esclavos de Egipto. Poco después de venderlo, no obstante, Egipto había caído bajo el yugo del imperio persa mientras que el reino de Kush continuaba siendo libre. Quizás por eso el esclavo aceptaba ese nombre con orgullo y nunca había mencionado que tuviera otro.

–Está bien –Akenón levantó las manos y fingió una mueca de sufrida resignación–. Voy a ver si...

–¡Mamá!

Sinuhé cruzó la habitación corriendo atolondradamente hasta chocar contra la pierna de Ariadna, a la que se abrazó. Después levantó la cabeza y estiró los brazos hacia ella, mostrando en sus ojos verdes una mirada suplicante.

–Ven aquí... –Ariadna lo levantó con esfuerzo–. ¡Uy, cómo pesa este hombrecito! Dentro de poco vas a tener que cogerme tú a mí.

–Le hizo cosquillas y Sinuhé rió escondiendo la cara en el cuello de su madre.

Akenón contempló la escena en silencio. De pronto fue consciente de la sonrisa embobada que mantenía al mirarlos y disimuló a la vez que se sorprendía de cómo había cambiado su vida en poco tiempo. Hasta los cuarenta y cinco años su existencia había sido bastante solitaria, nunca había mantenido una relación de más de unos pocos meses. Había pasado toda la vida investigando, primero como policía en Egipto y luego trabajando por su cuenta en Cartago, cobrando lo suficiente para vivir sin estrecheces pero sin poder ahorrar para estar más de un par de meses sin trabajar.

«Todo cambió hace tres años», se dijo pensativo.

Después de una investigación que había realizado en la Magna Grecia para el filósofo Pitágoras, había regresado a Cartago acompañado de la hija mayor del filósofo, Ariadna. A los pocos meses se había casado con ella y había tenido un hijo. Además, el barco que los había traído a Cartago transportaba el oro que obtuvo en aquella investigación: más del que podrían gastar en varias vidas.

«Aunque estuve a punto de no regresar.» Sin darse cuenta, Akenón siguió con un dedo la línea irregular de su nariz. Durante aquella investigación en la Magna Grecia lo habían encerrado y golpeado hasta el borde de la muerte. Afortunadamente, las secuelas en su cuerpo se reducían a la nariz algo desviada y algunas cicatrices no demasiado visibles en la cara y el cuello.

Ariadna dejó a Sinuhé en la alfombra que cubría el suelo de cemento.

—Deja que te vea bien. —Se alejó un paso de su hijo—. Da una vuelta.

Sinuhé soltó una risita avergonzada mientras giraba sobre sí mismo. Llevaba una túnica nueva parecida a la de Akenón, blanca y de lino plisado al estilo de los nobles cartagineses, aunque la suya sólo llegaba por encima de las rodillas.

«No se puede negar que son padre e hijo», pensó Ariadna. Con esa túnica Sinuhé era una copia en miniatura de Akenón. El mismo tono tostado de piel, el pelo rizado y negro e incluso muchos de sus gestos eran un eco infantil de los de Akenón. La única diferencia notable estaba en sus ojos, del mismo verde intenso que los de Ariadna.

—¡Pero si estás descalzo! —exclamó ella de pronto.

—Como *Kuch* —respondió Sinuhé con su vocecilla al tiempo que asentía con mucha determinación.

—Pero Kush tiene los pies muy duros. —Ariadna se inclinó hacia Sinuhé con los brazos en jarras—. Tú ya sabes que para salir de casa tienes que ponerte sandalias.

Sinuhé arrugó el entrecejo en una graciosa mueca de concentración. No quería calzarse, pero tampoco arriesgarse a quedarse sin ir con sus padres a la calle.

Se decidió con rapidez.

—*Kuch* —gritó mientras salía corriendo—, tengo que ponerme las sandalias.

Unos minutos más tarde, se alejaban a pie de su propiedad.

Ariadna, caminando junto a Akenón, volvió la cabeza sin detenerse. El pequeño Sinuhé iba unos metros por detrás mirando al suelo, buscando algo interesante que coger, y a su lado estaba Kush. El kushita medía casi dos metros, tenía unos cuarenta años y su piel era negra como el carbón, lo que contrastaba con sus grandes ojos azules. Iba descalzo y vestía un taparrabos, como era común entre los esclavos y la clase baja de Cartago. Observaba a Sinuhé con su habitual expresión relajada de labios entreabiertos, en la que podía apreciarse que no era muy inteligente, aunque sí bondadoso y de sonrisa ligera. Entendía lo que se le decía en la lengua de Cartago pero casi no hablaba; no obstante, su anterior dueño se lo había recomendado para cuidar de niños pequeños. Les dijo que creía que Kush había sido separado de un hijo de pocos meses al ser hecho esclavo hacía al menos veinte años. «Quizás por eso siempre ha cuidado de mis niños como si fueran suyos –había añadido–; sin embargo, mis hijos ya se han ido de casa, y desde entonces Kush está mustio como una planta sin agua.»

Ariadna miró de nuevo al frente, pero inmediatamente volvió a darse la vuelta. Un extraño desasosiego acababa de estrechar su garganta y se detuvo con la respiración jadeante. Su pequeño seguía andando junto a Kush. Ella miró más allá, a la casa de dos plantas en la que vivían desde hacía un par de años. Los cimientos y las pilastras eran de piedra caliza procedente de las canteras de Cartago. Las paredes de ladrillo estaban enjalbegadas con cal y una bonita balaustrada remataba el edificio. El conjunto daba una apariencia de solidez que normalmente agradaba a Ariadna; sin embargo, ahora se notaba inquieta mientras contemplaba la casa y los alrededores.

–¿Qué sucede? –musitó.

Hacía tiempo que no experimentaba algo así. Era la hija de Pitágoras y había alcanzado el grado de maestro en la orden pitagórica. Sus aptitudes naturales, unidas a las avanzadas enseñanzas matemáticas y espirituales que había recibido de su padre, habían desarrollado en ella una percepción muy aguda que le permitía penetrar más allá del semblante de las personas comunes y conocer su verdadera naturaleza, o saber si mentían. También había heredado de Pitágoras cierta capacidad para presentir algunos acontecimientos. En el anterior embarazo había comprobado que esa capacidad se agudizaba, y en éste se notaba aún más intuitiva, como si la realidad y el presente fueran la hoja de un libro y se le permitiera levantar ligeramente la esquina para atisbar el contenido de la siguiente página.

Tras un instante de duda reanudó la marcha.

–¿Ocurre algo? –preguntó Akenón.

«Me temo que sí», pensó Ariadna, pero negó en silencio y continuó avanzando con el ceño fruncido.

Fin del extracto de *La Hermandad*

AGRADECIMIENTOS

Las siguientes personas me han ayudado enormemente durante el largo proceso de revisión de la novela:

En primer lugar mis padres, José Manuel y Milagros, siempre los primeros en devolverme las diversas versiones del texto repletas de anotaciones en rojo. A continuación, y por orden alfabético: Jesús Álvarez-Miranda, Carmen Blanco, Olga Chicot, Lara Díaz, Arturo Esteban, Natalia García de Soto, Paco González, Javier Garrido, Máximo Garrido, Julián Lirio, María Maestro, Antonio Martín, Carlos Pérez-Benayas, Fernando Rossique, Cynthia Torres y Tatiana Zaragoza.

El asesinato de Pitágoras sería un libro de calidad muy inferior si no fuera por todos ellos.

Por último, quiero dar las gracias a mi hija Lucía, por iluminar cada uno de mis días con su cariño y bondad inagotables.

www.marcoschicot.com

Esta novena edición de *El asesinato de Pitágoras*
Edición *Bestseller* terminó de imprimirse en
Grafica Veneta S.p.A. di Trebaseleghe en Italia
en septiembre de 2021. Para la composición
del texto se ha utilizado la tipografía Sabon
diseñada por Jan Tschichold en 1964.

Duomo ediciones es una empresa comprometida con el
medio ambiente. El papel utilizado para la impresión de
este libro procede de bosques gestionados
sosteniblemente.

Este libro está impreso con el sol. La energía
que ha hecho posible su impresión procede
exclusivamente de paneles solares. *Grafica
Veneta* es la primera imprenta en el
mundo que no utiliza carbón.